LEIGH BARDUGO

PARA O INFERNO

Tradução
Marina Della Valle

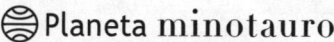

Copyright © Leigh Bardugo, 2023
Copyright © Editora Planeta do Brasil, 2023
Copyright da tradução © Marina Della Valle, 2023
Todos os direitos reservados.
Título original: *Hell Bent*

Preparação: Renato Ritto
Revisão: Ligia Alves e Barbara Parente
Diagramação: Vivian Oliveira
Mapa: Rhys Davies and WB
Capa: Keith Hayes
Ilustração de capa: Sasha Vinogradova, inspirado em Beth Cavener
Adaptação de capa: Renata Spolidoro

CIP-BRASIL. CATALOGAÇÃO NA PUBLICAÇÃO
SINDICATO NACIONAL DOS EDITORES DE LIVROS, RJ

Bardugo, Leigh
  Para o inferno / Leigh Bardugo; tradução de Marina Della Valle. – São Paulo: Planeta do Brasil, 2023.
  496 p.

  ISBN 978-85-422-2377-4
  Título original: *Hell Bent*

  1. Ficção norte-americana 2. Literatura fantástica I. Título II. Valle, Marina Della

  23-5202   CDD 893.4

Índice para catálogo sistemático:
1. Ficção norte-americana

 Ao escolher este livro, você está apoiando o manejo responsável das florestas do mundo

2023
Todos os direitos desta edição reservados à
Editora Planeta do Brasil
Rua Bela Cintra, 986 – 4º andar
01415-002 – Consolação – São Paulo-SP
www.planetadelivros.com.br
faleconosco@editoraplaneta.com.br

*Para Miriam Pastan,
que leu minha sorte em uma xícara de café.*

[...] não usavam a razão
em circunstância alguma até há pouco tempo,
quando lhes ensinei a básica ciência
da elevação e do crepúsculo dos astros.
Depois chegou a vez da ciência dos números,
de todas a mais importante, que criei
para seu benefício, e, continuando,
a da reunião das letras, a memória
de todos os conhecimentos nesta vida,
labor do qual decorrem as diversas artes.

— Ésquilo, *Prometeu acorrentado*[1]
Inscrito sobre a entrada da Biblioteca Memorial Sterling,
Universidade Yale

Culebra que no mir morde, que viva mil anos.
Que a cobra que não me morde viva mil anos.

Provérbio sefardita

---

1. Ésquilo. *Prometeu acorrentado*. Tradução de Mário da Gama Kury. Zahar, 2009.

UNIVERSIDADE YALE
NEW HAVEN, CT

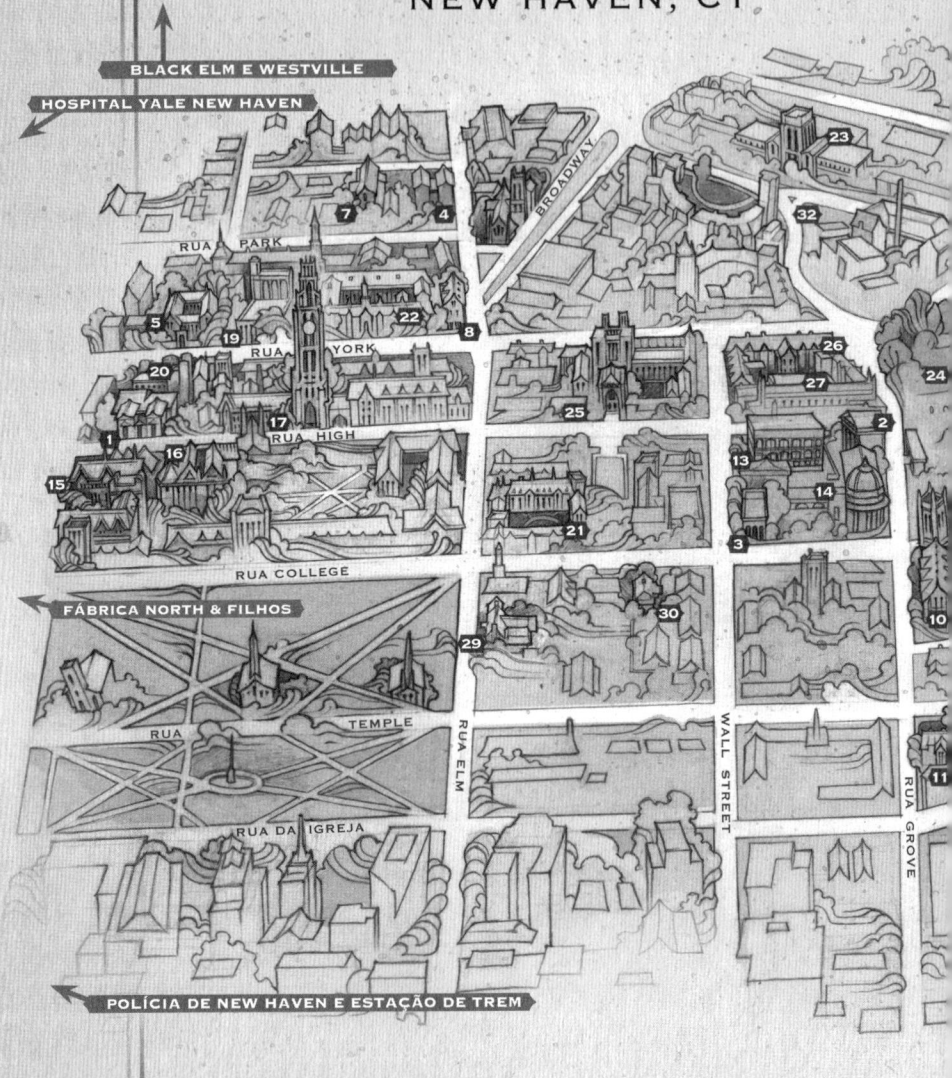

1 Crânio e Ossos
2 Livro e Serpente
3 Chave e Pergaminho
4 Manuscrito
5 Cabeça de Lobo
6 Berzelius
7 Santelmo
8 Gaiola
9 Il Bastone
10 Hall Sheffield-Sterling-Strathcona
11 Hall Rosenfeld
12 Faculdade de Silvicultura
13 Biblioteca Beinecke
14 Commons
15 Hall Vanderbilt
16 Hall Linsly-Chittenden

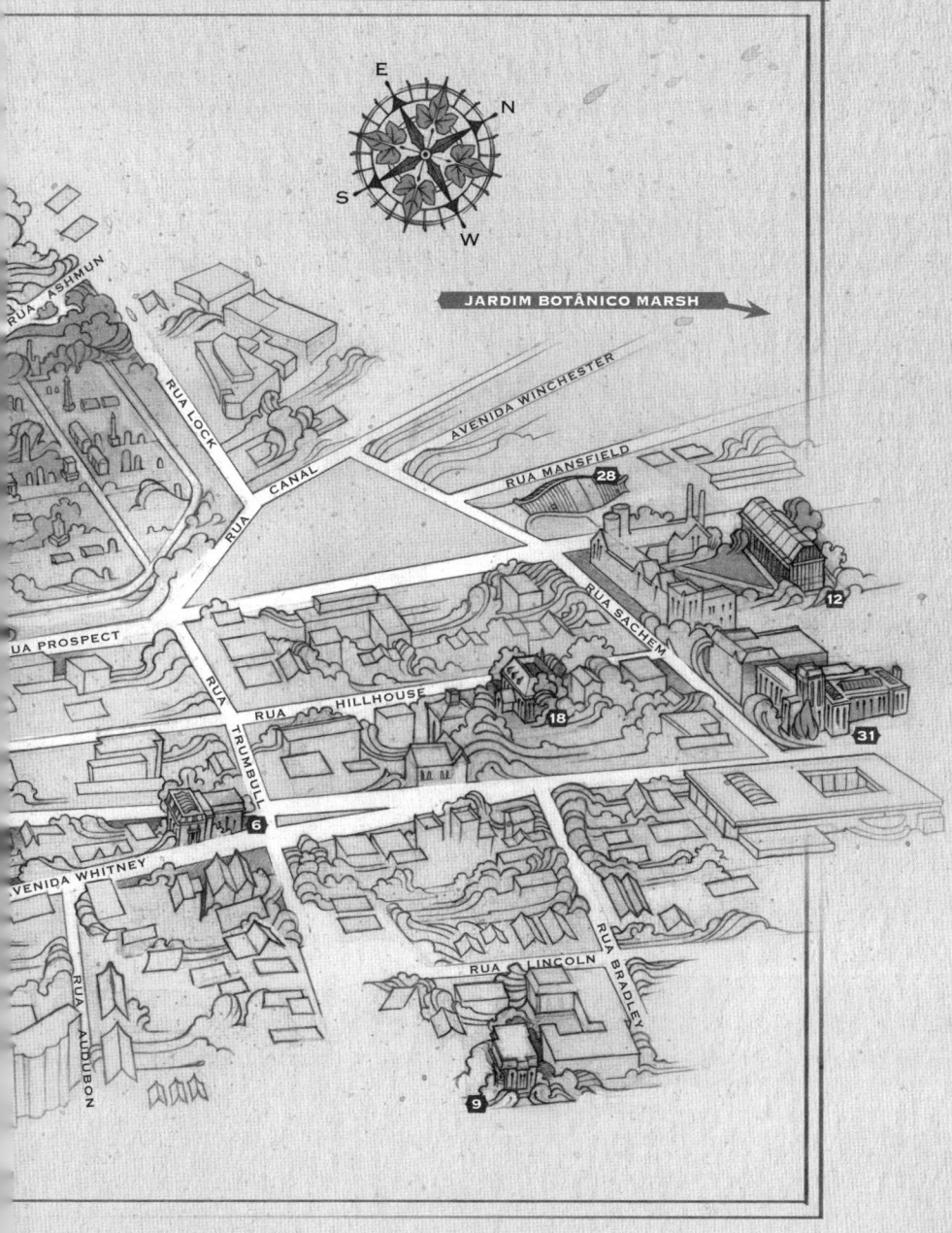

17 Torre Harkness
18 Casa do Presidente
19 Dramat
20 Residência Jonathan Edwards
21 Residência Grace Hopper
22 Residência Davenport
23 Ginásio Payne Whitney
24 Cemitério da rua Grove
25 Biblioteca Sterling
26 Faculdade de Direito de Yale
27 Biblioteca da Faculdade de Direito
28 Pista de patinação Ingalls
29 Clube Elihu
30 Clube Elizabethan
31 Museu Peabody de História Natural
32 Local da morte de Tara

PARTE I

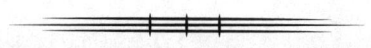

ASSIM ACIMA

Novembro

Alex se aproximou de Black Elm como se chegasse perto de um animal selvagem, caminhando com cautela pela entrada longa e curva, com cuidado para não demonstrar medo. Quantas vezes tinha andado por aquela entrada? Mas hoje era diferente. A casa surgia entre os galhos nus das árvores como se esperasse por ela, como se tivesse ouvido os passos e adivinhado a chegada dela. Não se encolhia feito presa. Erguia-se, dois andares de pedras cinza e telhados pontudos, um lobo com patas firmes e dentes à mostra. Black Elm já fora mansa um dia, bonita e cuidada. Mas tinha sido deixada sozinha por muito tempo.

As janelas fechadas com tábuas no segundo andar pioravam tudo, uma ferida no flanco do lobo que, se não fosse tratada, poderia enlouquecê-lo.

Ela enfiou a chave na velha porta dos fundos e entrou na cozinha. Estava mais frio dentro que fora – não tinham dinheiro para manter o lugar aquecido e não havia motivo para isso. Mas, apesar do frio e da missão que viera cumprir, o cômodo ainda parecia acolhedor. Panelas de cobre penduradas em fileiras organizadas acima do grande fogão vintage, brilhantes e prontas, ansiosas para serem usadas. O piso de ardósia estava impecável, os balcões, limpos e arrumados, com uma garrafa de leite com galhos de azevinho que Dawes havia ajeitado do jeitinho certo. A cozinha era o cômodo mais funcional de Black Elm, usada de forma regular, um templo de luz organizado. Fora assim que Dawes tinha lidado com tudo o que haviam feito, com a coisa à espreita no salão de dança.

Alex tinha uma rotina. Bem, Dawes tinha uma rotina e Alex tentava segui-la, e agora essa rotina funcionava como uma rocha para se agarrar quando o medo tentava puxá-la para baixo. Destrancar a porta, separar a correspondência e colocá-la no balcão, encher as tigelas de Cosmo de comida e água frescas.

Elas geralmente ficavam vazias, mas hoje Cosmo havia derrubado comida para o lado, espalhando pelotinhas em forma de peixe no chão como uma forma de protesto. O gato de Darlington estava bravo por ter sido deixado sozinho. Ou assustado por não estar mais assim tão sozinho.

— Ou talvez você só seja um bostinha enjoado — murmurou Alex, limpando a comida. — Vou dar seu recado para o chef.

Não gostou do som da própria voz, falhando no silêncio, mas obrigou-se a terminar devagar o que fazia de maneira metódica. Encheu as tigelas de água e comida, jogou fora os folhetos endereçados a Daniel Arlington e enfiou uma conta de água na bolsa que levaria de volta para Il Bastone. Eram passos de um ritual executados com cuidado, mas que não ofereciam proteção. Pensou em fazer café. Poderia sentar-se sob o sol de inverno lá fora e esperar que Cosmo viesse procurá-la quando achasse por bem deixar de rondar aquele emaranhado confuso que era o labirinto de sebes em busca de ratos. Ela iria conseguir. Deixaria a preocupação e a raiva de lado e tentaria resolver esse enigma, mesmo que não quisesse completar a imagem que surgia com cada peça nova e desagradável.

Alex olhou para o teto como se pudesse enxergar através das tábuas do assoalho. Não, não conseguiria simplesmente se sentar na varanda e fingir que tudo estava do jeito que deveria estar, não quando seus pés queriam subir aquelas escadas, não quando sabia que deveria correr para o lado oposto, trancar a porta da cozinha atrás de si, fingir que nunca tinha ouvido falar desse lugar. Alex tinha vindo até ali por um motivo, mas agora ficava se perguntando se era estúpida. Não estava à altura daquela tarefa. Falaria com Dawes, talvez até com Turner. Pela primeira vez traçaria um plano em vez de entrar de cabeça no desastre.

Lavou as mãos na pia e só quando se virou para pegar um pano de prato viu a porta aberta.

Alex enxugou as mãos, tentando ignorar o jeito como seu coração tinha disparado. Nunca notara aquela porta na despensa, um vão entre os belos armários de vidro e as prateleiras. Nunca a vira aberta antes. Não deveria estar aberta agora.

Dawes deve ter deixado assim. Mas Dawes estava lambendo as feridas do ritual e se escondendo atrás de suas fileiras de fichas. Não passava por ali havia dias, desde que colocara aqueles galhos de azevinho no balcão da cozinha, criando uma imagem de como a vida deveria ser. Limpa e fácil. Um antídoto para o resto de seus dias e suas noites, para o segredo logo acima.

Ela e Dawes nunca haviam se preocupado com a despensa, as fileiras de pratos e copos empoeirados, a terrina de sopa do tamanho de uma pequena banheira. Era um dos muitos membros vestigiais da casa velha, em desuso e esquecida, deixada para atrofiar desde o desaparecimento de Darlington. E certamente nunca haviam se preocupado com o porão. Alex nunca tinha pensado nisso. Não até agora, parada na frente da pia da cozinha, cercada por azulejos azuis bem cuidados e pintados com moinhos de vento e navios altos, contemplando aquele vão negro, um retângulo perfeito, um vazio repentino. Parecia que alguém tinha simplesmente arrancado uma parte da cozinha. Parecia a boca de uma sepultura.

Ligue para Dawes.

Alex se apoiou no balcão.

Saia da cozinha e ligue para Turner.

Ela baixou o pano de prato e tirou uma faca do bloco ao lado da pia. Queria que houvesse um Cinzento por perto, mas não queria correr o risco de convocar um para si.

O tamanho da casa, o silêncio profundo, pesavam ao seu redor. Ela olhou para cima novamente, pensou no brilho dourado do círculo no céu, no calor que emitia. *Eu tenho vontades.* Por que aquelas palavras a tinham deixado empolgada, quando deveriam apenas causar medo?

Alex caminhou silenciosamente na direção da porta aberta, da ausência de porta. O quanto tinham cavado ao construir esta casa? Conseguia contar três, quatro, cinco degraus de pedra que levavam ao porão, e então eles desapareciam na escuridão. Talvez não houvesse mais escadas. Talvez, quando ela descesse mais um degrau, caísse, continuasse caindo no frio.

Tateou a parede procurando por um interruptor de luz, então olhou para cima e viu um cordão surrado pendurado em uma lâmpada exposta. Puxou o cordão e as escadas foram inundadas por uma luz amarela quente. A lâmpada fazia um zumbido reconfortante.

— Merda — disse Alex, entre os dentes.

O terror dela se dissolveu, sem deixar nada além de constrangimento. Eram só escadas, um corrimão de madeira, prateleiras cheias de trapos, latas de tinta, ferramentas alinhadas na parede. Um leve cheiro de mofo subia da escuridão lá embaixo, um fedor de vegetais, um indício de podridão. Ouviu água gotejando e o farfalhar do que poderia ser uma ratazana.

Não conseguia enxergar direito a base da escada, mas devia haver outro interruptor ou lâmpada abaixo. Poderia descer até lá, certificar-se de que ninguém andava revirando as coisas, ver se ela e Dawes precisavam montar armadilhas.

Mas por que a porta estava aberta?

Cosmo poderia ter aberto a porta em uma de suas expedições para caçar ratos. Ou talvez Dawes realmente tivesse aparecido e descido ao porão para pegar alguma coisa normal – herbicida, papel-toalha. Tinha se esquecido de fechar a porta direito.

Então Alex fecharia a porta. Trancaria bem. E, se por acaso houvesse algo lá embaixo que não era para estar lá embaixo, poderia ficar onde estava até que ela chamasse reforços.

Ela apalpou, procurando pelo cordão, e parou ali, a mão segurando o fio, escutando. Pensou ter ouvido – ali, de novo – um silvo suave.

O som do nome dela. *Galaxy*.

— Foda-se essa merda.

Sabia como aquele filme em particular terminava, e não desceria lá por nada.

Puxou o cordão e ouviu o estalido da lâmpada, então sentiu um empurrão forte entre as omoplatas.

Alex caiu. A faca caiu de suas mãos. Lutou contra o desejo de estender a mão para amortecer a queda e, em vez disso, cobriu a cabeça, deixando o ombro sofrer o impacto. Ela meio que escorregou, meio que caiu até a base da escada, e bateu no chão com força, a respiração saindo como uma corrente de ar por uma janela. A porta lá em cima bateu. Ela ouviu o clique da fechadura. Estava no escuro.

Agora seu coração estava disparado. O que estaria ali embaixo com ela? Quem a trancara ali com isso? *Levanta daí, Stern. Bote a merda da cabeça no lugar. Prepare-se para lutar.*

Será que era a voz dela que ouvia? A de Darlington?

A dela, claro. Darlington nunca falaria palavrão.

Ela se levantou, apoiando as costas na parede. Pelo menos nada poderia vir daquela direção. Era difícil respirar. Depois que os ossos quebram, aprendem esse hábito. Blake Keely havia quebrado duas costelas dela fazia menos de um ano. Achou que elas poderiam ter quebrado de novo. As mãos de Alex estavam escorregadias. O chão estava molhado por causa de algum vazamento antigo nas paredes, e o ar tinha um cheiro fétido e errado. Limpou as palmas das mãos na calça jeans e esperou, a respiração saindo em arquejos irregulares. De algum lugar no escuro, ouviu o que poderia ser um gemido.

— Quem está aí? — ela disse de um jeito rouco, odiando o medo em sua voz. — Vem até aqui, seu bosta covarde.

Nada.

Tateou em busca do celular, em busca de luz, o brilho azul vibrante e atordoante. Apontou o feixe de luz para prateleiras com diluente de tinta velho, ferramentas, caixas marcadas com uma caligrafia irregular que sabia ser de Darlington, caixotes empoeirados com um logotipo circular: *Arlington & Co. Botas de Borracha*. Então a luz brilhou em dois pares de olhos.

Um grito ficou preso na garganta dela, e Alex quase deixou o celular cair. Não eram pessoas, eram Cinzentos: um homem e uma mulher, agarrados um ao outro, tremendo de medo. Mas não era de Alex que estavam com medo.

Tinha entendido errado. O chão não estava molhado por causa de um vazamento ou de água da chuva ou por algum cano velho estourado. O chão estava escorregadio de sangue. As mãos dela estavam cobertas de sangue. Tinha passado sangue nos jeans.

Dois corpos jaziam amontoados no chão de tijolo velho. Pareciam roupas descartadas, pilhas de trapos. Ela conhecia aqueles rostos. *O céu os excluiu, porque o aviltaria.*[2]

Tinha tanto sangue. Sangue novo. Fresco.

Os Cinzentos não tinham abandonado os próprios corpos. Mesmo em meio ao pânico, ela sabia que aquilo era estranho.

— Quem foi que fez isso? — perguntou a eles, e a mulher gemeu.

O homem colocou um dedo sobre os lábios, os olhos cheios de medo enquanto percorriam o porão. O sussurro dele pairou através do escuro.

— Não estamos sozinhos.

---

2. Alighieri, Dante. *Inferno*. Canto III, tradução de Italo Eugenio Mauro. Editora 34, 1998.

1
Outubro, um mês antes

Alex não estava longe do apartamento de Tara. Tinha dirigido por aquelas ruas com Darlington no início de seu primeiro ano, caminhado por elas quando estava caçando o assassino de Tara. Naquela época era inverno, os galhos nus, os pequenos quintais cobertos de montes sujos de neve. O bairro ficava mais bonito nos dias ainda quentes do início de outubro, nuvens de folhas verdes suavizando as bordas dos telhados, hera subindo pelas cercas de arame, tudo isso assumindo um ar suave e onírico pelo brilho dos postes de luz, que esculpiam círculos dourados nas horas suaves do crepúsculo.

Estava parada na sombra entre duas casas geminadas, observando a rua que dava para o Café Taurus, um bloco de tijolos sem janelas decorado com placas que prometiam quina, loto e Corona. Alex ouvia a batida da música em algum lugar lá dentro. Pequenos círculos de pessoas fumavam e conversavam sob as luzes, apesar da placa ao lado da porta que dizia: *Proibido vadiagem atenção polícia*. Ficou feliz com o barulho, mas menos feliz com a perspectiva de tantas testemunhas de seus movimentos. Seria melhor voltar durante o dia, momento em que a rua estaria deserta, mas não podia se dar a esse luxo.

Sabia que o bar estaria lotado de Cinzentos, atraídos pelo suor, pelos corpos pressionados, pelo tilintar úmido de garrafas de cerveja; queria alguém mais à mão.

Ali – um Cinzento de parca e gorro, pairando sobre um casal discutindo, que não parecia incomodado pelo forte calor de um verão muito longo. Ela fez contato visual, o rosto de bebê do Cinzento um susto desconfortável. Tinha morrido jovem.

— *Vem comigo*[3] — ela cantou baixinho, então soltou uma risada de repulsa. Tinha ficado com aquela música boba na cabeça. Algum grupo

---

3. Verso de "Alexander's Ragtime Band", composta por Irving Berlin e lançada em 1911. (N.T.)

cantando *a capella* tinha começado a ensaiar no pátio enquanto Alex se aprontava para sair do dormitório.

— Não acredito que já começaram com essa merda — Lauren tinha reclamado, arrumando as caixas de vinil, o cabelo loiro ainda mais claro depois de um verão trabalhando de salva-vidas.

— É Irving Berlin — havia notado Mercy.

— Não me importa.

— Também é racista.

— Essa merda é racista! — Lauren tinha gritado pela janela, e colocado AC/DC no aparelho de som, aumentando o volume até o máximo.

Alex tinha aproveitado cada minuto. Ficara surpresa com o quanto sentira falta de Lauren e Mercy durante o verão, das conversas fáceis e das fofocas, da preocupação compartilhada com as aulas, das discussões sobre música e roupas, aquilo tudo funcionando como uma corda capaz de agarrá-la e trazê-la de volta ao mundo comum. *Minha vida é esta aqui*, disse a si mesma, encolhida no sofá na frente de um ventilador barulhento, observando Mercy pendurar uma guirlanda de estrelas sobre a lareira da nova sala comunal, uma grande mudança em relação aos quartos apertados no Campus Antigo. O sofá e a poltrona reclinável tinham sido levados para a nova suíte, a mesa de centro que todas tinham montado juntas no início do primeiro ano, a torradeira e o suprimento aparentemente inesgotável de biscoitos Pop-Tarts enviados por cortesia da mãe de Lauren. Alex havia pedido à Lethe uma bicicleta, uma impressora e um novo tutor no final do ano anterior. Tinham concedido tudo com felicidade, e ela desejou ter pedido mais.

O dormitório dos calouros no Campus Antigo era o lugar mais bonito em que Alex já tinha morado, mas a residência estudantil – a JE propriamente dita – parecia real, sólida e elegante, permanente. Ela gostava dos vitrais, dos rostos de pedra em todos os cantos do pátio, dos pisos de madeira desgastados, da lareira bastante esculpida que não funcionava, mas que tinham decorado com velas e um globo antigo. Gostava até da pequena Cinzenta usando um vestido antiquado, uma criança com o cabelo preso em cachos crespos que gostava de ficar nos galhos acima do balanço da árvore.

Ela e Mercy dividiam um quarto duplo porque Lauren havia ganhado o quarto de solteiro no sorteio. Alex tinha certeza de que ela trapaceara, mas não se importava muito com isso. Seria mais fácil ir e vir se tivesse um quarto só para ela, mas também sentia certo conforto em deitar na cama à noite e ouvir Mercy roncar do outro lado. E pelo menos não estavam mais enfiadas em beliches.

Alex tinha planejado sair com Mercy e Lauren por algumas horas antes que precisasse sair para supervisionar um ritual na Livro e Serpente, ouvindo discos e tentando ignorar o irritante *mmmm ooh* de um grupo de canto que castigava "Alexander's Ragtime Band".

Vem comigo. Vem comigo. Deixe eu te levar pela mão.

Mas então a mensagem de Eitan tinha aparecido.

Agora, portanto, ela estava de olho no Café Taurus. Estava prestes a sair das sombras quando um carro de polícia passou, uma viatura nova, tão elegante e silenciosa quanto um predador do fundo do mar. A viatura piscou as luzes e deu um breve arroto de sirene, um aviso de que o Departamento de Polícia de New Haven de fato estava prestando atenção.

— É, vai se foder — rosnou alguém, mas a multidão se dispersou, indo para o clube ou descendo a calçada na direção de seus carros. Ainda não era tarde mesmo. Tinham bastante tempo para achar outra festa, outra chance de algo bom.

Alex não queria pensar nos policiais ou em ser pega, ou no que Turner poderia dizer se ela se visse levada a um caso de invasão de propriedade ou, pior, uma acusação de agressão. Não tinha notícias do detetive desde o final de seu primeiro ano e duvidava que ele ficaria feliz em vê-la, mesmo nas melhores circunstâncias.

Assim que a viatura se foi, Alex conferiu se a calçada estava livre de possíveis testemunhas e atravessou a rua até um duplex branco feio, apenas algumas portas abaixo do bar. Engraçado como todos os lugares tristes pareciam iguais. Latas de lixo transbordando. Jardins tomados por ervas daninhas e varandas destruídas. É agora ou nunca. Mas havia um caminhão novo na garagem daquela casa em particular, e ainda por cima com placa personalizada: ESTRNHO. Pelo menos sabia que estava no lugar certo.

Alex tirou um espelho compacto do bolso da calça jeans. Nos momentos em que não estivera mapeando as infinitas igrejas de New Haven para Dawes, tinha passado o verão vasculhando as gavetas do arsenal de

Il Bastone. Convenceu-se de que era uma maneira boa de perder tempo, de familiarizar-se com a Lethe, talvez de procurar o que valia a pena ser roubado se fosse necessário, mas a verdade era que, enquanto vasculhava os armários do arsenal, lendo os pequenos cartões escritos à mão – *o Tapete de Ozymandias; Anéis de Monção para chamar chuva, conjunto incompleto; Palillos del Dios* –, sentia Darlington com ela, espiando por cima de seu ombro. *Essas castanholas expulsam poltergeists, Stern, se tocadas no ritmo certo. Mas ainda assim vão deixar os dedos chamuscados.*

Era reconfortante e preocupante ao mesmo tempo. Invariavelmente, a voz firme e acadêmica tornava-se acusadora. *Onde você está, Stern? Por que não veio?*

Alex revirou os ombros, tentando se livrar da culpa. Precisava manter o foco. Naquela manhã, tinha segurado o espelho de bolso na frente da TV para ver se conseguia captar um pouco de feitiço da tela. Não tinha certeza de que funcionaria, mas havia funcionado. Ela então o abriu e deixou a ilusão cair sobre si. Subiu os degraus até a varanda e bateu na porta.

O homem que a atendeu era enorme e musculoso, o pescoço grosso e rosa como um presunto de desenho animado. Ela não precisou consultar a imagem no telefone. Aquele era Chris Owens, também conhecido como Estranho, ficha criminal tão comprida quanto ele e duas vezes mais larga.

— Puta merda — ele disse ao ver Alex na porta, os olhos fixos em um espaço trinta centímetros acima da cabeça dela.

O feitiço tinha acrescentado trinta centímetros à altura de Alex.

Ela levantou uma mão e acenou.

— Pois... pois não? — perguntou Estranho.

Alex fez sinal com o queixo para o interior do apartamento.

Estranho balançou a cabeça como se despertasse de um sonho.

— Sim, claro.

Ele ficou de lado, abrindo o braço em um gesto grandioso de boas-vindas.

A sala de estar estava surpreendentemente organizada: uma lâmpada halógena enfiada no canto, um sofá de couro grande combinando com uma poltrona reclinável de frente para uma enorme TV de tela plana sintonizada na ESPN.

— Quer alguma coisa para beber ou...

Ele hesitou, e Alex sabia o cálculo que estava fazendo. Só havia uma razão para uma celebridade aparecer na porta dele em uma noite de quinta-feira – em qualquer noite, na verdade.

— Quer descolar alguma coisa?

Alex não precisava mesmo da confirmação, mas agora a tinha.

— Você está devendo doze mil.

Estranho deu um passo cambaleante para trás, como se de repente tivesse perdido o equilíbrio. Porque estava ouvindo a voz de Alex. Ela não se preocupou em tentar disfarçá-la, e a dissonância entre a voz dela e o feitiço de Tom Brady criado pelo espelho fez a ilusão vacilar. Não importava. Alex só tinha precisado da magia para entrar no apartamento de Estranho sem enrosco.

— Que porra é essa...

— Doze mil — repetiu Alex.

Agora ele a via como era, uma menina pequena parada em sua sala de estar, cabelo preto repartido ao meio, tão magra que poderia escorregar direto por entre as tábuas do assoalho.

— Eu não sei quem caralhos é você — ele berrou —, mas está na porra da casa errada.

Já começava a vir na direção dela, o porte dele fazendo o cômodo tremer.

Alex jogou o braço através da janela, em direção à calçada em frente ao Café Taurus. Sentiu o Cinzento de gorro correr na direção dela, sentiu o gosto de bala de maçã verde Jolly Ranchers, o cheiro de fumaça fedida de maconha. O espírito dele parecia inacabado e frenético, como um pássaro que batia na vidraça sem parar. Mas a força dele era pura e feroz. Ela ergueu as mãos, e suas palmas atingiram Estranho bem no peito.

O grandão saiu voando. O corpo bateu na TV, despedaçando a tela e jogando-a no chão. Alex não conseguia fingir que não era bom roubar a força do Cinzento, que não era bom ser perigosa só por um instante.

Atravessou o cômodo e ficou de pé ao lado de Estranho, esperando que os olhos dele clareassem.

— Doze mil — ela disse de novo. — Tem uma semana para conseguir, ou eu volto e te quebro uns ossos.

Embora fosse possível que já tivesse rachado o esterno dele.

— Eu não tenho o dinheiro — disse Estranho num gemido, a mão esfregando o peito. — O filho da minha irmã...

Alex conhecia as desculpas; ela própria já tinha lançado mão delas. *Minha mãe está no hospital. Meu pagamento está atrasado. Preciso trocar a embreagem do carro e não consigo pagar se não puder trabalhar.* Realmente, não importava se eram verdade ou não.

Ela se agachou.

— Lamento pela sua situação. Realmente lamento. Mas eu tenho meu trabalho, você tem o seu. Doze mil até sexta-feira ou ele vai me obrigar a voltar e te fazer de exemplo para cada traficante pé de chinelo na vizinhança. E eu não quero ter que fazer isso.

Ela realmente não queria.

Estranho pareceu acreditar nela.

— Ele... tem alguma coisa contra você?

— Tem o bastante pra me fazer vir até aqui hoje e pra me fazer voltar.

As têmporas de Alex latejaram repentinamente, e o cheiro muito doce de bala de maçã explodiu em sua boca.

— Caralho, cara. Você tá mal.

Alex levou um segundo para perceber que era ela quem estava falando – com a voz de outra pessoa.

Os olhos de Estranho se arregalaram.

— Derrik?

— Isso!

Aquela não era a voz dela, não era o riso dela.

Estranho se esticou para tocar o ombro dela, algo entre surpresa e medo fazendo a mão dele tremer.

— Você... eu fui no seu velório.

Alex se levantou, quase perdendo o equilíbrio. Teve um vislumbre de si mesma no reflexo da TV quebrada, mas a pessoa olhando para ela não era uma garota magricela de camiseta cavada e jeans. Era um rapaz de gorro e parca.

Ela empurrou o Cinzento para fora de si. Por um momento, eles se encararam – Derrik, pelo jeito. Ela não sabia o que o tinha matado e não queria saber. De alguma forma, ele havia tomado conta de sua consciência, controlando seu rosto, sua voz. E ela não queria nada daquilo.

— *Bela Lugosi está morto*[4] — rosnou para ele.

Essas tinham se tornado as palavras de morte prediletas dela durante o verão. Ele desapareceu.

Estranho tinha se apertado contra a parede como se pudesse desaparecer nela. Os olhos dele estavam cheios de lágrimas.

— Que porra tá acontecendo?

— Não se preocupe com isso — ela disse. — Só arranje o dinheiro e isso tudo vai desaparecer.

Alex só queria que fosse fácil assim para ela.

---

4. Verso da música da banda Bauhaus de mesmo título, "Bela Lugosi's Dead". (N.T.)

Rete Mirabile
Proveniência: Galway, Irlanda, século XVIII
Doador: Livro e Serpente, 1962

A "rede maravilhosa" foi produzida pelos Livreiros por volta de 1922. A data de origem específica e o produtor são desconhecidos, mas histórias orais sugerem que foi criada por meio de mágica musical celta ou possivelmente seidh (ver a giganta do mar nórdico Rán). Análises indicam que a rede em si é feita de algodão comum, trançado com tendões humanos. Depois que um ser amado se perdia no mar, a rede era jogada no oceano, presa a uma estaca na costa. Na manhã seguinte, o corpo era devolvido, o que alguns achavam reconfortante, e outros, angustiante, dado o possível estado dos restos mortais.
Dada à Livro e Serpente quando as tentativas deles de recuperar cadáveres específicos fracassaram.

— *do Catálogo do Arsenal da Lethe,*
conforme revisado e editado por Pamela Dawes, Oculus

Por que os rapazes da Livro e Serpente aparentemente não conseguem fazer nada que funcione do jeito que deveria? Primeiro ressuscitaram um bando de marinheiros que só sabia falar irlandês. Depois, esvaziaram seus cofres substanciais para colocar as mãos em uma carta autenticada do Império Médio Egípcio antes que a Cabeça de Lobo pudesse levantar o dinheiro. Uma carta para ressuscitar um rei. Mas de quem vão atrás quando iluminam aquela coisa na tumba deles? Não de Amenhotep ou do bom e velho Tutancâmon, nem mesmo de um Carlos I sem cabeça na porta deles, mas de Elvis Presley – cansado, inchado e com vontade de comer um sanduíche de manteiga de amendoim e banana. Tiveram um trabalhão para mandá-lo de volta a Memphis e não aprenderam nada.

— *Diário dos dias de Lethe de Dez Carghill*
(*Residência Branford,* 1962)

2

A caminhada de volta para o campus era longa, e o calor parecia um animal perseguindo os passos dela, o hálito quente em sua nuca. Mas Alex não diminuiu o ritmo. Queria se distanciar daquele Cinzento. O que tinha acontecido lá atrás? E como faria para impedir que acontecesse de novo? O suor escorria pelas costas dela. Queria ter usado short, mas não parecera certo usar um jeans cortado para dar uma surra.

Foi para o canal por um caminho paralelo, contando os passos longos, tentando botar a cabeça no lugar antes de voltar ao campus. Tinha caminhado por uma parte daquela trilha no ano anterior, com Mercy, para ver a folhagem de outono, uma inundação de vermelho e dourado, fogos de artifício capturados no ápice da floração. Tinha pensado em como era diferente do rio Los Angeles, com suas margens de concreto, e havia se recordado de como tinha flutuado naquelas águas sujas, cheia da força de Hellie, desejando que ambas pudessem seguir até o mar aberto, pudessem se transformar em uma ilha própria. Perguntou-se onde Hellie estaria enterrada e esperou que fosse algum lugar bonito, um lugar bem diferente daquele rio triste, que estava só sobrevivendo, aquela veia colapsada.

A trilha do canal estaria verde agora, afogada em brotos de verão, mas os Cinzentos a amavam, e Alex não queria estar em nenhum lugar perto deles naquele minuto, então seguiu pelos estacionamentos tediosos e prédios de escritório anônimos do Science Park, apressou-se pelos lofts industriais e entrou na Prospect. Somente o fantasma de Darlington a perseguia ali. A voz dele contando histórias da família Winchester e como seus descendentes tinham se misturado e se casado com a elite de Yale, ou da massa pesada do túmulo de Sarah Winchester do outro lado da cidade – uma protuberância de quase dois metros e meio de altura talhada grosseiramente, uma cruz presa nela como se fosse um projeto escolar de criança. Alex se perguntou se a sra. Winchester havia escolhido ser enterrada em Evergreen em vez de na rua Grove, porque sabia que não descansaria muito bem ao lado da fábrica onde seu marido produzira cano atrás de cano, arma atrás de arma.

Alex não desacelerou até ter passado pelas novas residências e cruzado a Trumbull. Era reconfortante estar de volta perto do campus, onde as árvores cresciam sobre as ruas em copas cheias de sombra. Como tinha se transformado em alguém que se sentia mais à vontade ali do que nas ruas em torno do Taurus? O conforto era uma droga que ela não entendera até que fosse tarde demais, e quando viu já estava viciada em xícaras de chá e estantes cheias de livros, noites não interrompidas pelo lamento das sirenes e o giro ininterrupto de helicópteros no céu acima. O feitiço de Tom Brady havia se soltado completamente quando deixara o Cinzento entrar nela, então ao menos não precisava se preocupar em causar alvoroço no campus.

Estudantes aproveitavam a noite quente na rua, gingando com sofás entre eles, entregando panfletos de festas. Uma garota de patins deslizou no meio da rua, intrépida, usando a parte de cima de um biquíni e um shortinho minúsculo, a pele brilhando contra a noite azul. Era a época com a qual sonhavam, os primeiros dias mágicos do semestre de outono, a confusão alegre do reencontro, velhas amizades sendo reavivadas em faíscas de vaga-lume antes que o trabalho real do ano começasse. Alex queria se afundar naquilo também, lembrar-se de que estava segura, de que estava bem. Mas não havia tempo.

A Gaiola estava a alguns quarteirões de distância, e ela parou para colocar os pensamentos em ordem, apoiando-se no muro baixo em frente à Biblioteca Sterling. Como aquele Cinzento tinha conseguido dominá-la? Sabia que sua conexão com os mortos havia sido aprofundada pelo que precisara fazer em sua luta com Belbalm. Ela os tinha chamado para si e lhes dissera seu nome. Eles tinham respondido. Tinham-na salvado. E é claro que o resgate viera com um preço. Tinha sido capaz de enxergar Cinzentos durante toda a vida; agora, era capaz de ouvi-los também. Estavam um pouco mais próximos, um pouco mais difíceis de ignorar.

Mas talvez não tivesse entendido de fato o que a salvação lhe custaria. Algo muito ruim havia acontecido na casa de Estranho, algo que não conseguia explicar. Ela deveria controlar os mortos, usá-los. Não o contrário.

Puxou o celular e viu duas mensagens de Dawes, ambas com exatamente quinze minutos de diferença e toda em letra de fôrma. "URGENTE, VENHA."

Alex ignorou as mensagens e deslizou a tela para baixo, então digitou um rápido "Feito".

A resposta foi imediata: "quando vou receber meu dinheiro".

Ela realmente esperava que Estranho tivesse colocado a casa em ordem. Deletou as mensagens de Eitan e depois ligou para Dawes.

— Onde você está? — respondeu Dawes, sem fôlego.

Alguma coisa grande deveria estar acontecendo se Dawes estava ignorando o protocolo. Alex conseguia imaginá-la andando para lá e para cá na sala, o nó de cabelo vermelho caindo para um lado, os fones de ouvido presos ao redor do pescoço.

— Sterling. A caminho da Gaiola.

— Você vai se atrasar para...

— Se eu ficar aqui falando com você, vou. O que é que tá rolando?

— Escolheram um novo Pretor.

— Droga. Já?

O Pretor era o contato da Lethe com a faculdade, que servia como intermediário com a administração da universidade. Somente o presidente e o reitor sabiam das atividades reais das sociedades secretas, e era trabalho da Lethe certificar-se de que as coisas permaneceriam assim. O Pretor era um tipo de chefe dos escoteiros. O adulto que tomava conta do cômodo. Ao menos deveria ser. O reitor Sandow tinha se revelado um assassino.

Alex sabia que, para ser Pretor da Lethe, uma pessoa precisava já ter feito parte da Lethe e ser membro da faculdade de Yale, ou pelo menos morar em New Haven. Não devia ser algo fácil de encontrar. Alex e Dawes tinham pensado que o conselho levaria no mínimo mais um semestre para substituir o já bem morto reitor Sandow. Haviam contado com isso.

— Quem é o pretor? — perguntou Alex.

— Poderia ser uma mulher.

— Mas é?

— Não. Mas Anselm não me falou o nome.

— Você perguntou? — pressionou Alex.

Uma pausa longa.

— Não exatamente.

Não havia sentido em alfinetar Dawes. De forma parecida com Alex, ela não gostava de pessoas, mas, diferentemente de Alex, evitava confronto. E na verdade esse não era o trabalho dela. A Oculus deveria manter a Lethe funcionando sem problemas – geladeira e arsenal abastecidos, rituais programados, propriedades mantidas em ordem. Dawes era o braço de pesquisa da Lethe, não o braço de assediar-membros-do-conselho.

Alex suspirou.

— Quando vão trazê-lo?

— Sábado. Anselm quer uma reunião, talvez um chá.

— Não. Não dá. Preciso de mais de dois dias para me preparar.

Alex se afastou dos estudantes que passavam, subindo o olhar para os escribas de pedra que guardavam as portas da Biblioteca Sterling. Darlington tinha estado com ela ali, criticando os mistérios de Yale.

— Egípcio, maia, hebraico, chinês, árabe, gravuras de pinturas das cavernas de Les Combarelles. Cobriram mesmo todas as bases.

— O que querem dizer? — ela havia perguntado.

— São citações de bibliotecas, textos sagrados. A citação em chinês é do mausoléu de um juiz morto. A maia vem do Templo da Cruz, mas escolheram aleatoriamente, porque só conseguiram traduzir vinte anos depois.

Alex tinha rido.

— Parece coisa de um cara bêbado querendo tatuar um kanji.

— Falando de um jeito que você diria, eles fizeram um trabalho meia-boca. Mas ficou com uma aparência bem impressionante, não ficou, Sterling?

Tinha ficado. Ainda ficava.

Alex, então, curvou-se sobre o celular e sussurrou para Dawes, sabendo que provavelmente parecia uma garota no meio de um término de relacionamento.

— Precisamos de um atraso.

— E como isso iria nos beneficiar?

Alex não tinha resposta para isso. Tinham procurado pelo Corredor durante todo o verão e voltado de mãos vazias.

— Fui à Primeira Igreja Presbiteriana.

— E?

— Nada. Até onde sei, pelo menos. Vou mandar as fotos.

— Portais para o inferno não ficam por aí para as pessoas atravessarem — Michelle Alameddine as avisara quando tinham se sentado juntas no Blue State depois do funeral do reitor Sandow. — Seria muito perigoso. Pense no Corredor como uma passagem secreta que aparece quando você diz as palavras mágicas. Mas nesse caso as palavras são uma série de passos, um caminho que é preciso fazer. Você dá os primeiros passos no labirinto e é só aí que o caminho fica claro.

— Então nós estamos procurando uma coisa que nem conseguimos enxergar? — Alex havia perguntado.

— Supostamente teria sinais, símbolos. — Michelle dera de ombros. — Ou pelo menos essa é a teoria. Isso é tudo que o inferno e a vida após a morte são. Teorias. Porque as pessoas que conseguem ver o outro lado não voltam para contar para a gente.

Ela estava certa. Alex estivera apenas na região fronteiriça quando barganhara com o Noivo, e mal sobrevivera àquilo. As pessoas não eram feitas para ficar indo e vindo desta vida para a próxima. Mas isso era exatamente o que precisariam fazer para trazer Darlington para casa.

— Tem boatos de um Corredor em Station Island, em Lough Derg — continuou Michelle. — Pode ter existido um na Biblioteca Imperial de Constantinopla, antes de ser destruída. E, pelo que Darlington disse, um bando de caras das sociedades construiu um bem aqui.

Dawes quase cuspira o chá que tomava.

— Darlington disse isso?

Michelle lançou um olhar confuso para ela.

— O projeto de estimação dele era criar um mapa mágico de New Haven, de todos os lugares com fluxo e refluxo de poder. Ele disse que alguns membros das sociedades tinham feito um Corredor em uma aposta e que ele tinha a intenção de encontrá-lo.

— E?

— Eu disse que ele era um idiota e que deveria passar mais tempo se preocupando com o futuro dele e menos tempo escavando o passado da Lethe.

Alex se vira sorrindo.

— E como foi que isso terminou?

— Como você acha?

— Não sei, de verdade — ela dissera na época, muito cansada e sensível para fingir. — Darlington amava a Lethe, mas também escutava seu Virgílio. Levava isso a sério.

Michelle tinha estudado os restos do pãozinho que comera.

— Eu gostava disso nele. Ele me levava a sério. Mesmo quando eu não levava.

—Sim — disse Dawes, em voz baixa.

Mas Michelle só voltara a New Haven uma vez durante o verão. Durante junho e julho inteiros, Dawes ficara pesquisando da casa da irmã em Westport, enviando Alex para a biblioteca da Casa Lethe com pedidos de livros e tratados. Tinham tentado montar a série correta de palavras para estruturar os pedidos no *Livro de Albemarle*, mas o que aquilo tinha dado de retorno haviam sido velhos relatos de místicos e mártires tendo visões do inferno – Carlos, o Gordo, as duas torres de Dante em Bolonha, cavernas na Guatemala e em Belize que diziam levar até Xibalba.

Dawes havia pegado o trem de Westport algumas vezes para que pudessem sentar juntas e tentar encontrar um lugar para começar. Sempre convidavam Michelle, mas ela só havia se juntado a elas naquela vez, em um fim de semana em que estava de folga do trabalho em doações e aquisições na Biblioteca Butler. Tinham passado o dia vasculhando registros de sociedades e livros sobre o monge de Evesham e depois almoçado na sala. Dawes fizera salada de frango e tortinhas de limão enroladas em guardanapos de tecido xadrez, mas Michelle apenas beliscara a comida e ficara olhando para o celular, ansiosa para ir embora.

— Ela não quer ajudar — dissera Dawes, quando Michelle fora embora e a porta de Il Bastone já estava bem fechada.

— Ela quer — dissera Alex. — Mas está com medo.

Alex não tirava a razão dela. O conselho da Lethe deixara bem claro que acreditava que Darlington estivesse morto, e não estava interessado em ouvir outra coisa. Tinha tido muita bagunça no ano anterior, muito barulho. Queriam aquele capítulo finalizado. Mas, duas semanas depois da visita de Michelle, Alex e Dawes tinham conseguido a grande chance delas: um único parágrafo solitário em um *Diário dos dias de Lethe* de 1938.

Alex saiu do muro do lado de fora da Sterling e correu pela Elm até a York.

— Diga a eles que não posso ir à reunião no sábado. Diga que tenho... orientação ou algo assim.

Dawes gemeu.

— Você sabe que eu minto muito mal.

— Como vai melhorar se não praticar?

Alex desceu a viela e entrou na Gaiola, feliz com o frio escuro das escadas de trás, aquele aroma doce de outono de cravo e groselha. Os cômodos estavam impecáveis, mas solitários, os sofás xadrez gastos e as cenas de pastores cuidando de seus rebanhos presas na escuridão. Não gostava de passar muito tempo na Gaiola. Não queria ser lembrada dos dias perdidos em que havia se escondido naqueles cômodos secretos, ferida e desesperançosa. Patética. Não deixaria que aquilo acontecesse com ela este ano. Encontraria um jeito de manter o controle. Pegou a mochila que havia enchido com suprimentos mais cedo – terra de cemitério, giz de pó de osso e algo rotulado como Laço Fantasma, um tipo de taco de lacrosse chique que afanara do arsenal da Lethe.

Uma vez na vida, tinha feito o dever de casa.

⋆ ★ ⋆

Alex amava a tumba da Livro e Serpente porque ficava do outro lado do cemitério da rua Grove, e isso significava que não precisaria ver muitos Cinzentos, especialmente durante a noite. Às vezes eles eram atraídos até ali por funerais, se o falecido tivesse sido especialmente amado ou odiado, e Alex uma vez fora agraciada com a visão nefasta de um Cinzento tentando lamber o rosto de uma mulher que chorava. Mas à noite o cemitério não passava de pedras frias e decadência – o último lugar em que os Cinzentos queriam estar quando havia um campus ao lado cheio de estudantes flertando e suando, bebendo muita cerveja ou muito café, vivos de nervos e ego.

A tumba em si parecia algo entre um templo grego e um mausoléu de tamanho exagerado – sem portas ou janelas, tudo mármore branco com colunas imensas na frente.

— A intenção era parecer o Erechtheion — Darlington lhe dissera. — Na Acrópole. Ou o templo de Niké, segundo algumas pessoas.

— E qual é a real? — Alex havia perguntado.

Ela sentira que estava em território moderadamente seguro. Recordava-se de aprender sobre a Acrópole e a Ágora e o quanto tinha amado as histórias dos deuses gregos.

— Nenhum dos dois. Foi construído como um necromanteion, uma casa para receber e entrar em comunhão com os mortos.

E Alex rira porque sabia o quanto os Cinzentos odiavam qualquer lembrança da morte.

— E daí construíram um grande mausoléu? Deveriam ter construído um cassino e colocado uma placa dizendo *Mulheres bebem de graça*.

— Grosseiro, Stern. Mas você não está errada.

Isso tinha acontecido quase um ano antes, exatamente. Na noite de hoje, estava sozinha. Alex subiu os degraus e bateu nas grandes portas de bronze. Era o segundo ritual que observaria no semestre. O primeiro – um rito de renovação na Manuscrito – tinha sido até que fácil. A nova delegação havia despido e rolado um âncora de TV grisalho em uma vala coberta de alecrim e carvão quente. Ele emergira duas horas depois, com a cara vermelha, suado e uns dez anos mais jovem.

A porta se abriu e surgiu uma garota de túnica preta, o rosto coberto por um véu fino bordado com serpentes negras. Ela o puxou para cima da cabeça.

— Virgílio?

Alex assentiu. As sociedades não perguntavam mais por Darlington. Para os novos delegados, ela era Virgílio, uma especialista, uma autoridade. Jamais tinham encontrado o cavalheiro da Lethe. Não sabiam que estavam recebendo uma aspirante não totalmente treinada. Até onde sabiam, Alex era Lethe e sempre fora.

— Você é Calista?

A garota sorriu.

— Presidente da delegação.

Ela era aluna dos últimos anos, provavelmente só um ano mais velha que Alex, mas parecia de uma espécie diferente – pele macia, olhos brilhantes, o cabelo um halo de cachos.

— Estamos quase prontos para começar. Estou tão nervosa!

— Não fique — disse Alex.

Porque era o que deveria dizer. Virgílio era calma, instruída; tinha visto isso tudo antes.

Passaram debaixo de uma inscrição na pedra que dizia *Omnia mutantur, nihil interit*. Tudo muda, nada perece.

Darlington revirara os olhos ao traduzir o trecho para Alex em uma das visitas que tinham feito.

— Não me pergunte por que uma sociedade construída em torno da necromancia grega acha que é apropriado citar um poeta romano. *Omnia dicta fortiori si dicta Latina*.

— Eu sei que você quer que eu pergunte o que isso quer dizer, então não vou perguntar.

Ele, na verdade, havia sorrido.

— Tudo parece mais impressionante em latim.

Naquela época eles estavam se dando bem, e Alex sentira algo como esperança, um tipo de facilidade entre eles que poderia ter evoluído para confiança.

Se ela não tivesse deixado ele morrer.

Lá dentro, a tumba estava fria e iluminada por tochas, a fumaça puxada por pequenas aberturas de ventilação na parte de cima. A maioria dos cômodos era normal, mas o templo central era perfeitamente redondo e pintado com afrescos vivamente coloridos de homens nus usando coroas de louro.

— Por que eles estão subindo escadas? — Alex perguntara quando vira os murais pela primeira vez.

— E não "Por que estão todos nus?". Simbolismo, Stern. Eles estão ascendendo para um conhecimento superior. Nas costas dos mortos. Olhe para as bases.

As escadas se apoiavam nas costas curvas de esqueletos.

No centro do cômodo ficavam duas estátuas altas de mulheres encapuzadas, com serpentes de pedra nos pés. Uma lamparina pendia das mãos fechadas delas, o fogo ardendo em um azul suave. Debaixo havia dois homens mais velhos conversando. Um usava túnica preta e dourada, um ex-aluno que serviria como alto sacerdote. O outro parecia o pai muito carrasco de alguém, o cabelo cinza em um corte militar bem curto, a camisa de gola padre enfiada com cuidado na calça cáqui bem passadas.

Entraram mais duas figuras em túnicas carregando uma caixa grande. Alex duvidava de que fosse um sofá da Ikea. Elas a colocaram entre dois símbolos de bronze no chão – letras gregas que faziam uma espiral sobre o piso de mármore.

— Por que nos pressionaram tanto para poderem fazer um ritual sancionado nesta semana? — Alex perguntou a Calista, observando a caixa enquanto os Livreiros usavam um pé de cabra para abrir a parte de cima.

Na maior parte das vezes, as sociedades aceitavam as noites que tinham reservadas no calendário ou ocasionalmente pediam uma dispensa de emergência que invariavelmente bagunçava todo o cronograma. Mas os Livreiros tinham sido muito claros ao afirmar que a Livro e Serpente precisava da noite *desta* quinta-feira para o ritual deles.

— Era o único dia... — Calista hesitou, dividida entre o orgulho e a demanda por discrição. — Um certo general de quatro estrelas tem um cronograma muito apertado.

— Entendi — disse Alex, olhando para o homem de rosto severo com o corte de cabelo militar.

Ela tirou o giz e suas notas e começou a desenhar o círculo de proteção – com cuidado e precisão. Não percebeu a força com que apertava o giz até que ele quebrou em dois e precisou trabalhar com um dos cotocos. Estava nervosa, mas não sentia aquele pânico de não-estudei-para-a-prova. Tinha repassado suas notas, desenhado os símbolos repetidamente no conforto sombreado da sala de Il Bastone, com New Order tocando no aparelho de som metálico. Tivera a impressão de que a casa aprovava sua diligência recém-descoberta, as portas trancadas e seguras, as cortinas pesadas fechadas para manterem o sol lá fora.

— Tudo pronto? — O grão-sacerdote se aproximava, esfregando as mãos. — Temos um cronograma a cumprir.

Alex não conseguia se lembrar do nome dele, um ex-aluno que tinha conhecido no ano anterior. Ele supervisionaria o ritual com a nova delegação. Atrás dele, viu os Livreiros levantando um cadáver da caixa. Eles o colocaram no chão, nu e branco. Um cheiro de rosas encheu o ar, e o sacerdote deve ter visto a surpresa de Alex, pois disse:

— É assim que preparamos o corpo.

Alex não se achava uma pessoa impressionável; tinha estado perto demais da morte a vida toda para recuar diante de membros cortados ou ferimentos de bala – ao menos quando se tratava de Cinzentos. Mas era sempre diferente quando via um cadáver de verdade, duro e silencioso, mais alienígena em sua imobilidade do que um fantasma jamais seria. Era como se pudesse sentir o vácuo onde a pessoa deveria estar.

— Quem é ele? — ela perguntou.

— Ninguém agora. Ele *era* Jacob Yeshevsky, queridinho do Vale do Silício e amigo de hackers russos em todo lugar. Morreu em um iate há menos de vinte e quatro horas.

— Vinte e quatro horas — ecoou Alex.

A Livro e Serpente havia exigido aquela noite para o ritual deles em agosto.

— Temos nossas fontes. — Ele inclinou a cabeça para o cemitério. — Os mortos sabiam que a hora dele estava chegando.

— E previram até o dia. Que atenciosos!

Jacob Yeshevsky fora assassinado. Ela tinha certeza disso. E, mesmo que a Livro e Serpente não tivesse planejado o crime, sabia que ia acontecer. Mas ela não estava ali para causar problemas, e não tinha nada que pudesse fazer por Jacob Yeshevsky.

— O círculo está pronto — disse Alex.

O ritual precisava ser protegido pelo círculo, mas Alex havia feito uma porta em cada ponto cardeal, e uma delas seria mantida aberta para permitir que a magia entrasse. Era onde ficaria de guarda, para o caso de qualquer Cinzento tentar invadir a festa, atraído por desejo, ganância, qualquer emoção poderosa. Mas, a não ser que as coisas ficassem realmente empolgantes, Alex não achava que Cinzentos fossem querer ficar perto assim de um cadáver fresco e de toda aquela tristeza funérea grandiosa.

— Você é muito mais bonitinha do que aquela garota que andava com Darlington — disse o sacerdote.

Alex não retribuiu o sorriso dele.

— Michelle Alameddine é muita areia para o seu caminhãozinho.

O sorriso dele apenas se alargou.

— Não existe absolutamente ninguém que seja muita areia para o meu caminhãozinho.

— Pare de tentar comer ela e comece — rosnou o general.

O sacerdote saiu com outro sorriso.

Alex não sabia se era corajoso ou assustador passar uma cantada em alguém ao lado de um cadáver, mas tinha a intenção de ficar bem longe da Livro e Serpente assim que pudesse. Tinha que continuar sendo a boa garota. Fazer seu trabalho. Do jeito certo. Ela e Dawes não queriam nenhum problema, não queriam dar à Lethe qualquer motivo para separá-las ou interferir no que tinham planejado. Um novo Pretor no caminho delas já era problema demais.

Um gongo grave soou. Os Livreiros permaneceram fora do perímetro do círculo, os véus cobrindo seus rostos, o preto do luto, e apenas o general, o sacerdote e o homem morto estavam no centro.

— *Lá estudiosos me permitiram sentar* — entoou o sacerdote, sua voz ecoando pelo cômodo — *e travar conversas elevadas com os poderosos mortos.*

— Se serve de consolo, essa citação tem a ver com bibliotecas, não necromancia — Darlington sussurrara a ela uma vez. — Está entalhada numa pedra na Sterling.

Alex não quisera confessar que passava a maior parte do tempo dela na Biblioteca Sterling cochilando em uma das salas de leitura com as botas em cima de uma abertura da calefação.

O sacerdote jogou algo na lamparina acima deles e uma fumaça azulada saiu das chamas, então pareceu assentar, baixando para os pés nus das estátuas. Uma das serpentes de pedra começou a se mover, as escamas brancas agora iridescentes sob a luz do fogo. Ela deslizou na direção do corpo, ondulando pelo chão de mármore, e então fez uma pausa como se cheirasse o cadáver. Alex sufocou um arquejo quando ela deu o bote, as mandíbulas abertas, e abocanhou o tornozelo do corpo.

O cadáver começou a estremecer, músculos em espasmo, pulando no chão de ferro como milho em uma panela. A serpente soltou a mordida e o corpo de Yeshevsky se ergueu bem agachado, os pés afastados, as mãos sobre os joelhos, gingando como um caranguejo, mas em uma velocidade que fez a pele de Alex se arrepiar. O rosto do cadáver – o rosto *dele* – esticava-se em uma careta, os olhos arregalados em pânico, os cantos da boca para baixo como a máscara teatral da tragédia.

— Preciso de senhas — disse o general, quando o cadáver começou a saltar pelo templo —, informação sólida, não... — Ele acenou pelo ar, condenando, em um só gesto, a cripta arredondada, os estudantes em suas túnicas e o pobre e morto Jacob Yeshevsky. — Previsão do futuro.

— Vamos conseguir o que você precisa — respondeu o sacerdote, em voz suave. — Mas, se pedirem a você para revelar suas fontes...

— Você acha que eu quero alguma autoridade fiscalizando essa besteira de Illuminati?

Alex não conseguia ver o rosto do sacerdote debaixo do véu, mas o desdém dele estava claro.

— Nós *não* somos Illuminati.

— Impostores — murmurou um dos Livreiros perto de Alex.

— Só faça o homem falar — disse o general.

É só fachada, pensou Alex. Aquela atuação brusca, cheia de grunhidos, toda de negócios, era uma farsa. O general não sabia no que estava se metendo quando fechara aquele acordo com a Livro e Serpente, indicado por alguns ex-alunos poderosos. O que havia imaginado? Que uma voz do além murmuraria umas palavras? Tinha achado que haveria alguma dignidade nisso? Mas a magia real era assim: indecente, decadente, perversa. *Bem-vindo a Yale. Senhor, sim, senhor.*

Um fio de baba pendia da boca de Jacob Yeshevsky enquanto ele esperava naquela posição anormal de agachamento profundo, balançando de um lado para o outro, os dedos dos pés tremendo levemente, algo grotesco, uma gárgula.

— O escriba está pronto? — perguntou o sacerdote.

— Estou — respondeu um dos livreiros, velado e empoleirado em um balcão acima.

— Então fale — ribombou o sacerdote — enquanto pode. Responda nossas perguntas e volte para seu descanso.

Ele assentiu ao general, que limpou a garganta.

— Quem foi seu contato principal no FSB?

O corpo de Yeshevsky caminhou como caranguejo para a direita, esquerda, direita naquela velocidade enervante. Alex havia pesquisado um pouco sobre golens e *glumae* no ano anterior, mas não tinha ideia de como lutaria com aquela coisa se viesse correndo para cima dela. O cadáver se movia sobre cada letra de bronze como se o cômodo inteiro fosse uma tábua Ouija, deslizando sobre ela como uma placa, o escriba documentando cada pausa lá de cima.

De vez em quando o corpo desacelerava e o sacerdote colocava algo no fogo, produzindo aquela mesma fumaça azulada. A serpente acordava, deslizava sobre o chão e mordia Yeshevsky novamente, infundindo nele qualquer que fosse o veneno estranho que tinha nas presas.

É só um cadáver, lembrou Alex para si mesma. Mas aquilo não era totalmente verdade. Alguma parte da consciência de Yeshevsky fora trazida de volta para responder perguntas do general bravateiro. Será que essa parte desapareceria atrás do Véu quando aquele episódio mórbido de negócio acabasse? Estaria inteira ou retornaria ao além-vida danificada pelo horror de ser enfiada de volta num corpo desfalecido?

Era por isso que os Cinzentos ficavam longe da Livro e Serpente. Não porque a tumba deles parecia um mausoléu, mas porque os mortos não deveriam ser tratados daquela maneira.

Alex pensou naquelas cabeças encapuzadas e abaixadas dos Letreiros e do escriba. *Vocês estão certos em esconder o rosto*, pensou. *Quando a hora de vocês chegar, alguém vai estar esperando para dar o troco do outro lado.*

3

Por fim, tomar um ditado letra por letra de um cadáver reanimado levava muito tempo, e eram duas da manhã quando finalmente terminaram o ritual.

Alex limpou o círculo de giz e fez questão de ficar longe da vista do sacerdote. Não achava que seria bom para sua política nova e melhorada de discrição se desse uma joelhada no saco de algum estimado ex-aluno.

— Calista — ela disse em voz baixa, chamando a presidente da delegação.

— *Muito* obrigada, Alex! Quero dizer, Virgílio. — Ela deu uma risadinha. — Tudo correu *tão* bem.

— Jacob Yeshevsky talvez discorde.

Ela riu de novo.

— Verdade.

— O que vai acontecer com ele agora?

— A família acha que ele está sendo cremado, então ainda vão receber as cinzas dele. Sem danos.

Alex olhou para a caixa em que o corpo de Yeshevsky fora armazenado. Quando o general conseguira suas respostas e o ritual havia sido concluído com uma batida final no gongo, o corpo não havia simplesmente caído. Tinham precisado esperar que ele se cansasse, indo de letra em letra. O que quer que estivesse dizendo, ninguém se importou em transcrever, e a visão daquele corpo dançando freneticamente sobre o chão – construindo palavra após palavra, talvez dizendo bobagem ou fazendo um pedido além-túmulo ou passando a receita do pão de banana da avó – tinha de algum modo sido pior do que qualquer coisa que viera antes.

— Sem danos — ecoou Alex. — O que ele estava soletrando ali, no final?

— Alguma coisa sobre leite materno ou a Via Láctea.

— Não significa nada — disse o alto sacerdote. Ele havia removido o véu e a túnica e vestia camisa e calça de linho branco, como se tivesse acabado de sair de uma praia em Santorini. — É só uma falha técnica. Acontece. É pior quando o corpo não é fresco.

Alex jogou a mochila no ombro, ansiosa para ir embora.

— Claro.

— Talvez fosse uma referência ao programa espacial — disse Calista, olhando para o ex-aluno em busca de aprovação.

— Vamos sair pra beber no... — começou o alto sacerdote.

Mas Alex já abria caminho para fora do salão do templo em direção ao corredor. Não desacelerou o passo até estar livre da tumba da Livro e Serpente e do fedor de rosas, o ar ainda quente com o último suspiro do verão sob o céu sem estrelas de New Haven.

★ ★ ★

Alex ficou surpresa ao encontrar Dawes esperando por ela na Gaiola, sentada de pernas cruzadas e descalça no chão, de bermuda cargo e camiseta branca, os cartões de fichamento em pilhas arrumadas ao seu redor, o cabelo preso em um coque torto. Tinha colocado as sandálias Teva cuidadosamente ao lado da porta.

— E aí? — ela perguntou. — Como foi?

— O corpo se soltou e eu precisei trazer de volta com o Laço Fantasma.

— Ah, Deus.

— É — disse Alex, seguindo para o banheiro. — Lacei aquela coisa e cavalguei nela até Stamford.

— Alex — repreendeu Dawes.

— Foi tudo bem. Mas... — Alex tirou a roupa, ansiosa para se livrar daquele cheiro sinistro. — Não sei. O corpo meio que reduziu no final. Começou a comunicar alguma coisa sobre a Via Láctea ou leite materno ou leite para o cereal morto-vivo dele. Foi sombrio pra caralho.

Ela se virou na direção do chuveiro.

— Você disse para Anselm que não podemos ir a uma reunião com o novo Pretor no sábado?

Quando Dawes não respondeu, Alex repetiu a questão.

— Não posso ter uma reunião com o novo Pretor no sábado, tá?

Um longo momento depois, Dawes disse:

— Eu comuniquei Anselm. Mas isso só nos dá uma semana. Talvez... talvez o Pretor tenha a mente aberta.

Alex duvidava disso. Havia muitos trapaceiros na história da Lethe – Lee De Forest, que causara um blecaute no campus inteiro e fora suspenso por causa disso; que saco, um dos fundadores, Hiram Bingham III, não sabia nada de arqueologia e ainda assim tinha ido até o Peru para roubar alguns artefatos –, mas não havia qualquer chance de que a Lethe tivesse escolhido algum tipo rebelde para servir de Pretor agora, não depois do que tinha acontecido no ano anterior. E não com Alex no meio. Ela era uma grande incógnita, um experimento que ainda esperavam para ver no que iria dar.

— Dawes, confie em mim. Quem quer que seja esse cara, ele não vai aprovar uma viagem de campo para o inferno.

Ela acendeu o incensário cheio de cedro e palo santo e foi para baixo da água, usando verbena para lavar o fedor do sobrenatural.

Nos meses de busca, ela e Dawes tinham encontrado uma única pista sobre a localização do Corredor, um trecho de texto apertado no *Diário dos dias de Lethe de Nelson Hartwell, DC 1938.*

> Bunchy ficou bêbado e tentou nos convencer de que alguns amigos de Johnny e Jogador tinham construído um Corredor, para que pudessem abrir a porta para a fornalha ardente, se quisessem. Naturalmente exigi provas. "Não, não", disse Bunch. "É muito arriscado deixar qualquer registro disso." Juraram segredo uns aos outros e só deixaram escapar que fora construído em solo sagrado. Eu diria que isso é um pouco conveniente demais. Aposto que mataram uma ida à capela e acabaram indo encher a cara em uma cripta em algum lugar.

Solo sagrado. Isso era tudo que ela e Dawes tinham para seguir, um único parágrafo sobre um bêbado chamado Bunchy. O que não as impediu de tentar visitar cada cemitério, necrópole, sinagoga e igreja construídos antes de 1938 em New Haven, buscando sinais. Tinham voltado de mãos vazias, e agora teriam o novo Pretor pegando no pé delas.

— E se a gente desse um foda-se para o Corredor e, em vez disso, tentasse executar o feitiço de cães de caça de Sandow? — ela gritou sobre o barulho da água.

— Não deu muito certo da última vez.

Não, não tinha dado. Quase tinham sido comidas por uma besta do inferno pelo trabalho que tiveram.

— Mas Sandow não estava tentando de verdade, estava? — disse Alex, enxaguando o sabão da cabeça. — Achou que Darlington tinha ido embora para sempre, que não era possível ele ter sobrevivido a uma viagem ao inferno. Achou que o feitiço só iria provar que Darlington estava morto.

Tinha sido uma noite horrível, mas o ritual *tinha* trazido Darlington de volta, ou ao menos a voz dele, para acusar Sandow.

Alex desligou a água e pegou uma toalha do suporte. O apartamento parecia impossivelmente silencioso.

Ela quase achou que tinha imaginado quando ouviu um "certo" fraco. Alex fez uma pausa, apertando o cabelo para tirar a água.

— Quê?

— Certo.

Alex tinha esperado que Dawes fosse protestar, começasse a colocar obstáculos – não era a hora certa, precisavam planejar, era muito perigoso. Será que teria espalhado as cartas de tarô na sala a sua frente? Estaria vendo nelas outra coisa além de calamidade?

Alex pegou um short limpo e uma camiseta cavada. Dawes estava no mesmo lugar no chão, mas tinha colocado os joelhos de encontro ao peito e passado os braços ao redor deles.

— O que você quer dizer com "certo"? — ela perguntou.

— Sabe como os gregos chamavam a Via Láctea?

— Você sabe que eu não sei.

— *Galaxias*.

Alex sentou-se na beira do sofá, tentando ignorar o frio no estômago. *Galaxias*. Galaxy. Era isso que o corpo tinha soletrado repetidamente?

— Ele estava tentando mandar uma mensagem para você — disse Dawes. — Para nós.

— Você não sabe se é isso mesmo.

Mas havia acontecido antes. Durante o ritual de prognosticação na noite em que Tara fora morta, e depois de novo no ritual da lua nova, quando Darlington tentara avisá-las a respeito de Sandow. O que ele estaria tentando agora? Avisá-la? Culpá-la? Ou estaria gritando para ela do outro lado do Véu, implorando pela ajuda dela?

— Tem... uma coisa... que a gente poderia tentar — as palavras de Dawes vieram gaguejadas, em código Morse, um sinal de angústia. — Tenho uma ideia.

Alex se perguntou quantas catástrofes tinham começado com aquelas palavras.

— Espero que seja uma ideia boa.

— Mas se o conselho da Lethe descobrir...

— Não vão descobrir.

— Não posso perder esse emprego. Nem você.

Alex não tinha intenção de pensar naquilo naquele momento.

— Vamos voltar para Black Elm?

— Não. Precisamos da mesa na Chave e Pergaminho. Precisamos abrir um portal.

— Para o inferno.

— Não consigo pensar em mais nada. — Dawes parecia desesperada.

Tinham tentado o verão todo sem conseguir nada. Mas Alex tinha realmente tentado? Ou tinha se sentido segura enfiada em sua pesquisa em Il Bastone? Andando pelas ruas de New Haven, procurando por igrejas e lugares sagrados, procurando por sinais do Corredor sem encontrar nada? Será que tinha se esquecido de que Darlington estava perdido e sofrendo em algum lugar?

— Bom — disse Alex. — Então vamos abrir um portal.

— Como vamos fazer para entrar na Chave e Pergaminho?

— Deixa isso comigo.

Dawes mordeu o lábio inferior.

— Não vou bater em ninguém, Dawes.

Dawes alisou uma mecha de cabelo ruivo, encaracolada pelo calor. Alex virou os olhos.

— Nem ameaçar ninguém. Vou ser educada, de verdade.

E deveria mesmo. Precisava conseguir voltar para aquele jogo de aparências que tinha dominado no ano anterior, encontrar um novo norte. Elas trariam Darlington de volta. Fariam tudo ficar certo de novo. Até onde o conselho da Lethe sabia, Alex era só uma estudante que tivera um primeiro ano muito ruim. Não sabiam do aumento de notas que Sandow lhe concedera, ou de como estava envolvida na morte dele, ou dos assassinatos que havia acumulado naquela noite horrível em Van Nuys.

Mas Darlington sabia. E se ele quisesse montar um caso contra ela, seria o fim de tudo. O que ela faria, então? O que sempre fazia. Localizaria as saídas. Cairia fora antes que o problema de verdade acontecesse. Surrupiaria alguns artefatos caros na saída. Aquela litania tinha se tornado uma espécie de conforto, um cântico para afastar seu medo do futuro. Mas agora as coisas estavam mais complicadas. Antes as opções dela eram desanimadoras, mas agora eram totalmente horrendas, e não tinha mais para onde correr. Por causa de Eitan. Porque, quer chegassem ao além pelo Corredor, por um portal ou pegando um ônibus, haveria sempre um preço infernal a pagar.

4
Verão passado

Ela teria ficado em New Haven para o verão. Se não fosse por Eitan.

Alex dissera à mãe que conseguira um emprego no campus, e isso fora o suficiente para Mira. Ela achava que Los Angeles era uma tentação para Alex, que a garota pisaria fora do avião e voltaria para sua vida antiga, com os antigos amigos.

Não havia chances de aquilo acontecer, mas dizer *"Eles estão todos mortos, mãe"* não sossegaria a mente de Mira, e a verdade era que Alex não queria ir para casa. Não queria dormir em seu antigo quarto, com os sons da 101 parecendo um oceano feroz a distância. Não queria ouvir a respeito da última obsessão da mãe – massagem com pedras, limpeza de aura, óleos essenciais, uma busca sem fim por milagres fáceis. Ir embora de Yale tinha parecido perigoso, similar demais a um conto de fadas, um conto cruel no qual, caso deixasse o castelo encantado, não teria como voltar.

Pensara que passaria o verão com Dawes e Michelle Alameddine bolando um plano para resgatar Darlington. Mas Dawes precisara trabalhar como babá para a irmã em Westport, e era difícil ter acesso a Michelle, então Alex ficou a maior parte do tempo sozinha em Il Bastone. Perguntou-se se a casa iria rejeitá-la depois de todo o sangue derramado no último semestre, as janelas de vitral que jamais seriam tão perfeitas quanto tinham sido, o chão ainda manchado com o sangue de Blake Keely e agora escondido debaixo de um carpete novo. E se aparecesse na porta da frente e a maçaneta simplesmente não girasse para ela?

Mas naquele dia de primavera, quando Alex guardara os móveis da sala comunal delas no porão da Jonathan Edwards e se despedira de Mercy e Lauren, a maçaneta de Il Bastone chacoalhou com felicidade sob a mão dela, a porta se abrindo como um par de braços que a recebiam.

Realmente tivera a intenção de arranjar um emprego para o verão, mas os negócios em volta do campus tinham minguado muito. Então, por fim, simplesmente parou de procurar. Tinha recebido um pequeno pagamento de verão da Lethe, e o gastou em porcarias, rolinhos primavera congelados e enroladinhos de salsicha que podia esquentar no forninho elétrico. Nem tinha perguntado se podia ficar em Il Bastone. Simplesmente ficara. Quem mais havia sangrado por aquele lugar?

Alex passou os dias examinando o catálogo de disciplinas e falando com Mercy. Tinham acertado o cronograma de Alex para que ela pudesse seguir com suas leituras ao máximo. Ela lia livros vagabundos também, um depois do outro, como se fumasse incessantemente – romance, ficção científica, fantasias baratas antigas. Só queria ficar sentada, sem ser incomodada, embaixo do círculo da luz de uma luminária, e viver a vida de outra pessoa. Mas todas as noites eram passadas na biblioteca. Ela escrevia as sugestões de Dawes no *Livro de Albemarle*, ou inventava as próprias, e então esperava para ver o que a biblioteca traria. Um livro tinha uma lombada com vértebras de verdade, outro soltava uma nuvem de névoa suave cada vez que o abria, e outro era tão quente ao toque que precisou fuçar a cozinha e voltar com luvas de forno.

Apenas o arsenal tinha o clima controlado para proteger os artefatos, então, quando ficava quente demais, ela pegava um monte de cobertores e travesseiros do quarto de Dante e fazia um ninho para si aos pés do Cadinho de Hiram. Darlington teria ficado escandalizado, mas o ar-condicionado valia a pena. Às vezes, quando dormia ali, sonhava com um cume de montanha coberto de verde. Tinha estado ali antes, sabia o caminho pela escadaria e por passagens estreitas que cheiravam a pedra úmida. Havia um cômodo com três janelas e uma bacia redonda para observar as estrelas. Viu o próprio rosto refletido na água. Mas, quando acordou, sabia que jamais estivera no Peru, apenas o vira em livros.

Alex estava deitada de lado em um dos sofás de veludo na sala de Il Bastone, lendo uma cópia batida de *O homem ilustrado* que encontrara na biblioteca do Young Men's Institute, quando seu celular tocou. Não havia reconhecido o número, então não se importou em atender. Tinha apagado todos os velhos contatos quando fora embora de Los Angeles. Mas, na segunda vez em que tocou, ela atendeu.

Reconheceu a voz de Eitan imediatamente, aquele sotaque carregado.

— Alex Stern. Precisamos conversar. Entendeu?

— Não — ela dissera, o coração disparado no peito.

Havia chovido naquele dia, e ela tinha aberto todas as cortinas para poder ver a tempestade, arfadas brilhantes de relâmpagos crepitando pelo céu cinzento. Sentou-se, marcando o lugar em que parara a leitura com um tíquete de compra. Tinha a sensação inquietante de que nunca terminaria aquele conto em particular.

— Não quero falar por telefone. Vem me ver na casa.

Ele achava que ela estava em Los Angeles. *Isso é bom*, Alex dissera a si mesma. Ele não sabia que não conseguiria botar as mãos nela com tanta facilidade. Mas por que estava ligando? Eitan tinha sido o fornecedor de Len, um gângster israelense que operava em uma mansão elegante que flutuava no topo de uma colina sobre a 405. Achava que ele tinha se esquecido dela há muito tempo.

— Não vou para Mulholland — ela disse. — Não tenho carro.

Mesmo se estivesse em Los Angeles, não tinha a menor chance de ela ir até as colinas para a casa de Eitan para que ele pudesse meter uma bala no cérebro dela sem ninguém para ver.

— Sua mãe tem carro. Jetta velho. Não confiável.

É claro que Eitan sabia onde encontrar a mãe dela. Homens como Eitan sabiam onde procurar vantagem.

— Shlomo observa sua casa por tanto tempo, mas só sua mãe entra e sai. Nunca você. Onde está, Alex?

— Agora?

Alex olhou para a sala, para os tapetes empoeirados, a luz do verão suavizada pelos vidros molhados de chuva das janelas. Ouviu a máquina de gelo roncar na geladeira na cozinha. Mais tarde faria um sanduíche com o pão e os frios que Dawes tinha encomendado quando descobriu o quanto da dieta de Alex consistia em palitos de frango empanados, e que chegavam toda semana como se fosse mágica.

— Estou com uns amigos no Cânion Topanga. Vou no fim de semana.

— Não sábado. Venha amanhã. Sexta antes das cinco.

Eitan mantinha as regras kosher, e o sábado era sagrado. Assassinatos e extorsões só podiam acontecer nos outros seis dias da semana.

— Tenho que trabalhar — disse ela. — Posso ir no domingo.

— Boa menina.

Ela desligou e apertou o celular contra o peito, olhando para o teto artesoado. As luzes tremeluziram, e ela soube que a casa percebia seu medo. Ela se esticou para baixo e pressionou a palma da mão nas tábuas polidas do assoalho. Na noite em que Alex quase sangrara até morrer no corredor acima, Il Bastone tinha sido ferida também, uma de suas belas janelas fora quebrada, seus tapetes arruinados com sangue. Alex ajudara a limpar tudo. Ficara ao lado do homem que Dawes tinha contratado para restaurar a janela. Tinha usado vapor e esfregado todo o sangue do assoalho e dos tapetes no corredor. Sangue dela, de Sandow, de Blake Keely. Os dois mortos, mas não Alex. Alex havia sobrevivido, e Il Bastone também.

Ela não sabia dizer se a vibração que sentia naquele chão era real ou imaginada, mas se sentia mais calma com ela. Este fora seu esconderijo quando o campus esvaziou – protegido, escuro e fresco. Aventurava-se lá fora apenas de vez em quando para caminhar na colina e para ir até a ponte coberta perto do Museu Eli Whitney, aquele celeiro vermelho sobre o rio parecendo algo saído de uma pintura da qual Mercy daria risada. Levava a bicicleta nova para o Parque Edgerton, pedalava entre os canteiros de flores e olhava para a velha portaria, e todas as manhãs pedalava até Black Elm, alimentava Cosmo, andava pelo labirinto de sebe crescida. Mas sempre voltava para a casa na Orange, para Il Bastone. Tinha achado que se sentiria solitária ali sem Dawes ou Darlington, mas, em vez disso, bebia refrigerante diretamente do congelador antigo, cochilava no quarto chique com seu vitral de lua e sol, xeretava o arsenal. A casa sempre tinha algo novo para mostrar a ela.

Alex não queria ir embora. Não queria voltar para o apartamento infeliz da mãe em Van Nuys. E não queria falar com Eitan. Ele tinha algum negócio inacabado com Len que fora suspenso por um ano? Ou sabia, de algum jeito, o que Alex tinha feito? Fizera a conexão entre ela e a morte do primo?

Não importava muito. Ela precisava ir. Rolou a tela do celular pelos contatos e encontrou Michael Anselm. Ele era o membro do conselho que entrara na vaga autoritária deixada pelo reitor Sandow. Tinha se formado quinze anos antes, e Alex e Dawes tinham dado uma olhada no Diário dos dias de Lethe dele, mas acharam particularmente chato. Nomes, datas de rituais e pouco mais do que isso. Era assim que ele parecia no telefone, também. Seco, chato, ansioso para voltar ao trabalho com finanças ou bancos ou o que quer que envolvesse imprimir dinheiro.

Mas tinha conseguido uma bicicleta e um laptop para Alex, então ela não ia reclamar.

Anselm atendeu no segundo toque.

— Alex?

Ele parecia preocupado, e ela não tirava a razão dele. Alex bem poderia estar telefonando para dizer que a biblioteca da faculdade de direito havia pegado fogo ou que um exército de mortos-vivos estava se aglomerando no Commons. Ela não sabia muito sobre a vida de Anselm, mas o imaginava usando gravatas listradas e chegando em casa para encontrar um labrador caramelo, dois filhos envolvidos na Habitat para a Humanidade e uma esposa que malhava.

— Oi, Michael, desculpe incomodar no meio do dia...

— Está tudo bem?

— Está tudo ótimo. Mas preciso ir para casa no final de semana. Para ver minha mãe.

— Ah, sinto muito em saber disso — ele disse, como se ela tivesse dito que a mãe estava doente. O que Alex estava totalmente preparada para fazer.

— Você poderia, quer dizer, a Lethe poderia me ajudar com a passagem?

Alex sabia que deveria se envergonhar, mas, desde que quase morrera na casa, não havia hesitado em pedir à Lethe toda e qualquer coisa de que pudesse precisar. Eles deviam a ela, e a Dawes, e a Darlington. Dawes não pediria nada, e Darlington certamente não conseguiria receber, então cabia a Alex limpar o livro-razão.

— É claro! — disse Michael. — O que precisar. Vou passar você para o meu assistente.

E assim foi. O assistente de Anselm organizou um carro para levá-la até o aeroporto e o voo de volta. Alex se perguntou se estaria nele ou se morreria no topo de Mulholland Drive. Colocou roupa íntima e uma escova de dentes na mochila e parou no arsenal, mas então percebeu que não tinha ideia do que levar. Tinha a impressão de que estava entrando em uma armadilha, mas a Lethe não traficava o tipo de objeto que conseguia parar homens como Eitan. Ao menos nada que pudesse levar em um avião.

— Volto logo — ela murmurou para a casa quando a porta da frente se trancou atrás dela.

Ela fez uma pausa para escutar o gemido fraco dos chacais debaixo da varanda e esperou que aquilo fosse verdade.

Alex cumpriu aquela promessa. Tinha até terminado aquele livro de Ray Bradbury. Só não sabia que voltaria com sangue fresco nas mãos.

O Casaco de Muitas Raposas
Proveniência: Goslar, Alemanha; século XV
Doador: Chave e Pergaminho, 1993

Tido como trabalho de Alaric Förstner, que foi subsequentemente queimado na fogueira pela dizimação da população local de raposas. O casaco mudou de mãos diversas vezes, e há registros que indicam que pertenceu a um professor de Oxford na época em que C. S. Lewis dava aulas lá, mas isso nunca foi totalmente comprovado. Há especulações de que, um dia, pendurar o casaco em um closet, armário ou guarda-roupas criaria um portal, mas, seja qual for a magia que o casaco possa ter possuído, acabou há muito tempo. Este é mais um exemplo da instabilidade da magia de portais. Ver Tayyaara para uma rara exceção.

— *do Catálogo do Arsenal da Lethe,*
conforme revisado e editado por Pamela Dawes, Oculus

5
Outubro

Na manhã de sexta, Alex foi para Poesia Moderna e EE101 com Mercy e deu seu melhor para prestar atenção. O ano ainda estava muito no começo para ela já estar sem dormir.

Queria ficar em casa naquela noite, ficar em dia com o resto, terminar de pendurar os pôsteres em seu quarto. O lado de Mercy já fora meticulosamente transformado com impressões de arte e colagens de tiras de poesia em caracteres chineses e ilustrações de moda. Tinha criado uma espécie de dossel improvisado com tule azul que fizera o lugar todo parecer glamoroso.

Mas Mercy e Lauren tinham ficado com vontade de sair, então saíram. Alex colocou até um vestido, preto e curto, preso por tiras de teia de aranha, idêntico em tudo, menos na cor aos de Mercy e Lauren. Sentiu que elas eram um pequeno exército, três sonâmbulas em camisolas delicadas. Mercy e Lauren usavam sandálias de tiras, mas Alex não tinha sandálias, então ficou com as botas pretas gastas. Era mais fácil correr com elas.

Fizeram uma pausa no balanço para tirar fotos, e Alex escolheu uma para enviar para a mãe, uma em que estava mais feliz, em que parecia bem. Lauren à esquerda – cabelo loiro cor de mel e dentes mais claros que um raio de lanterna. Mercy à direita – cabelo em um corte Chanel preto brilhante, grandes brincos antigos em forma de margarida, cautela nos olhos.

Será que o pessoal de Eitan ainda estaria observando Mira? Ou ele tinha decidido deixar a mãe dela em paz agora que Alex ia fazer o que mandavam? A Califórnia parecia menos com a outra costa do que parecera antes, um tempo confuso que Alex queria manter vago, os detalhes doloridos demais para serem colocados em foco.

A festa era em uma casa na Lynwood, não muito longe do pardieiro triste do apartamento da Santelmo, os cata-ventos esperançosos girando lentamente no teto. Alex bebeu água a noite toda e estava totalmente entediada, mas não se importava. Gostava de ficar com aquele copo vermelho descartável na mão ao lado das amigas, fingindo estar altinha. Bem, não fingindo totalmente. Tinha tomado uma dose de basso beladona. Tinha dito a si mesma que ia atravessar o ano limpa, mas aquele ano estava sendo uma merda, então fizera o que tinha de fazer.

Na manhã de sábado, Alex saiu enquanto Mercy ainda estava dormindo e foi até a Chave e Pergaminho. Como prometido, foi simplesmente educada; então se enrolou na cama e voltou a dormir até que Mercy a acordou.

Tomaram café da manhã atrasado no salão de jantar; Alex fez uma pilha alta no prato, como sempre fazia. Elas estavam prestes a tentar abrir um portal para o inferno; deveria estar nervosa demais para comer. Em vez disso, tinha a impressão de que não conseguia ficar satisfeita. Quis mais calda, mais bacon, mais tudo. Os Cinzentos amavam aquele lugar, o cheiro de comida, a fofoca. Alex poderia ter protegido o lugar, do mesmo jeito que colocara proteções em seu quarto no dormitório. Mas, se algo viesse atrás dela, queria um Cinzento perto o suficiente para usar – só não perto o suficiente para incomodá-la. E ali eles pareciam se misturar à multidão. Havia algo pacífico naquilo, os mortos dividindo o pão com os vivos.

Alex sabia que havia cômodos mais bonitos em Yale, mas aquele era seu favorito, a madeira escura das vigas flutuando bem lá em cima, a grande lareira de pedra. Amava sentar ali e deixar o retinir das bandejas, o rugido de conversa inundá-la. Tinha esperado que Darlington fosse dar um sorrisinho malicioso quando disse a ele como amava o salão de jantar da JE, mas ele apenas assentira e dissera: "É grandioso demais para parecer com o salão comum de uma taverna ou estalagem, mas essa é a sensação que passa. É quase como se você pudesse botar os pés para cima ali e esperar qualquer tempestade passar". Talvez isso fosse verdade para um viajante cansado ou para a estudante que ela fingia ser. Mas a Alex real pertencia à tempestade, era um para-raios de problemas. Aquilo mudaria quando Darlington voltasse. Não seriam mais apenas ela e Dawes tentando bloquear a porta contra a escuridão.

— Aonde você vai? — Mercy perguntou quando Alex se levantou e enfiou um pedaço de torrada com manteiga na boca. — Temos leituras pra fazer.

— Já terminei "O conto do cavaleiro".

— E "A mulher de Bath"?
— Também.
Lauren se recostou na cadeira.
— Espere. Alex, você está *adiantada* nas leituras?
— Sou muito acadêmica agora.
— Precisamos decorar as primeiras dezoito linhas — disse Mercy. — E não é fácil.
Alex baixou a bolsa.
— Quê? Por quê?
— Para saber o som delas? Estão em inglês médio.
— Precisei aprendê-las no ensino médio — falou Lauren.
— Isso porque você foi para uma escola preparatória chique em Brookline — disse Mercy. — Alex e eu ficamos presas na escola pública, aprimorando nossa sabedoria das ruas.
Lauren quase cuspiu o suco rindo.
— Melhor ter cuidado — Alex disse com um sorriso. — Mercy vai foder com a sua vida.
— Você não me disse para onde está indo! — Lauren gritou enquanto ela se apressava para fora do salão de jantar.
Alex tinha quase esquecido como era cansativo inventar desculpas.
Dawes estava esperando por ela na frente da escola de música, cuja fachada rosa e branca parecia um bolo decorado demais. Alex nunca tinha visto Veneza, provavelmente jamais veria, mas sabia que era esse o estilo. Darlington tinha amado aquele prédio também.
— Eles nos deram permissão?
Sem *"Oi"* ou *"Como vai"*. Dawes parecia impossivelmente desajeitada numa bermuda cargo comprida antiquada e uma camiseta com gola V branca, uma bolsa de lona pendurada de um lado a outro do corpo. Algo parecia estranho nela, e Alex percebeu que estava tão acostumada a ver Dawes com os fones no pescoço que ela parecia estranhamente nua sem eles.
— De certo modo — disse Alex. — Eu disse a eles que ia fazer uma inspeção.
— Ah, ótimo... espere, por que você vai fazer uma inspeção?
— Dawes. — Alex lançou um olhar para ela. — Por que eu faria uma inspeção?

— Você disse que ia conversar com eles, não mentir para eles.

— Mentir é um tipo de conversa. Um tipo muito útil. E eu nem precisei convencer ninguém.

Depois da merda que Chave e Pergaminho tinha feito no ano passado – não as drogas, é claro –, aquilo era perfeitamente aceitável de acordo com as regras da Lethe. Mas tinham deixado estranhos, *gente da cidade*, entrar na tumba deles, e os feito participar dos rituais deles. Tudo tinha acabado em assassinato e escândalo. E é claro que nada disso repercutira para além de uma advertência firme e uma multa.

Robbie Kendall estava esperando, nos degraus da tumba, de short madra e uma camiseta polo azul-clara, o cabelo loiro longo o suficiente para sugerir que surfava sem de fato parecer desrespeitoso. O calor da tarde não parecia afetá-lo. Passava a impressão de jamais ter suado na vida.

— Oi — disse ele, nervoso. — Alex? Ou, uh... devo chamá-la de Virgílio?

Alex sentiu Dawes enrijecer ao lado dela. Não tinha estado com Alex nas primeiras duas noites de ritual. Não ouvia aquele nome desde que Darlington desaparecera.

— Sim — disse Alex, limpando furtivamente as palmas antes de apertar a mão dele. — Esta é a Oculus. Pamela Dawes.

— Legal. O que vocês queriam ver?

Alex olhou para Robbie calmamente.

— Passa as chaves. Pode esperar do lado de fora.

Robbie hesitou. Ele era o novo presidente da delegação, um estudante dos últimos anos, ansioso por fazer tudo certo. Por um histórico perfeito, na verdade.

— Não sei se...

Alex olhou por sobre o ombro e baixou a voz.

— É assim que você quer começar o ano?

A boca de Robbie se abriu.

— Eu... não.

— O descaso de seus amigos Chaveiros com as regras quase causou minha morte e a da Oculus no ano passado. Duas representantes da Lethe. Vocês têm sorte de nenhum de seus privilégios ter sido suspenso.

— Suspenso?

Era como se ele jamais tivesse considerado aquilo, como se uma coisa dessas fosse impossível.

— Sim. Um semestre, talvez um ano inteiro perdido. Eu defendi a leniência, mas... — Ela deu de ombros. — Talvez tenha sido um engano.

— Não, não. Definitivamente não. — Robbie remexeu nas chaves. — Definitivamente não.

Alex quase se sentiu mal por ele. Tinha provado magia pela primeira vez quando fora iniciado no semestre anterior, um primeiro vislumbre do mundo além do Véu. Tinham prometido a ele um ano de jornadas selvagens e mistério. Faria qualquer coisa para garantir que aquele suprimento viria.

A porta pesada se abriu para uma entrada de pedra elaborada, o escuro fresco um alívio bem-vindo saindo do calor. Um Cinzento usando calça de risca de giz cantarolava alegremente para si mesmo na entrada, olhando para um estojo de vidro cheio de fotos em preto e branco. O interior da Chave e Pergaminho era estranhamente pesado em contraste com o exterior gracioso, rochas brutas pontuadas por arcos mouriscos elaborados. Dava a sensação de que tinham entrado em uma caverna.

Alex arrancou as chaves das mãos de Robbie antes que ele pudesse reconsiderar.

— Espere lá fora, por favor.

Dessa vez ele não protestou, apenas disse um ansioso:

— Claro! Não precisam ter pressa.

Quando a porta foi fechada atrás dela, Alex esperava um sermão ou ao menos uma careta de desaprovação, mas Dawes parecia apenas pensativa.

— O que foi? — perguntou Alex, enquanto desciam pelo corredor para o santuário.

Dawes deu de ombros, e era como se ela ainda estivesse usando um de seus suéteres pesados.

— Você tá falando igual a ele.

Alex estava imitando Darlington? Talvez estivesse. Toda vez que falava com a autoridade da Lethe, era com a voz dele, na verdade – segura, confiante, instruída. Tudo que ela mesma não era.

Abriu a porta do cômodo de rituais. Era um aposento vasto em forma de estrela no coração da tumba, uma estátua de cavaleiro em cada um dos cantos das seis pontas, uma mesa circular no centro. Mas a mesa não era uma mesa de verdade; era um portal, uma passagem para qualquer lugar aonde se quisesse ir. E para alguns que talvez não quisesse.

Alex passou a mão sobre a inscrição na beirada. *Tenha poder para iluminar esta terra escura, e poder no mundo dos mortos para torná-lo vivo.* Tara estivera naquela mesa antes de ser assassinada. Tinha sido uma intrusa ali, como Alex.

— Será que vai funcionar? — perguntou Alex. — Esse nexo tem uma oscilação.

Fora por isso que os Chaveiros tinham recorrido a psicodélicos, por isso que tinham precisado de uma garota da cidade e de seu namorado traficante para fazer uma preparação que fosse ajudar a abrir portais e facilitar a passagem deles para outras terras.

— Não temos nem mais um pouco do molho especial de Tara.

— Não sei — disse Dawes, mordendo os lábios. — Eu… eu não sei mais o que tentar. Podemos esperar. Deveríamos.

Os olhos das duas se encontraram sobre a grande mesa redonda, supostamente feita das mesmas tábuas nas quais o rei Artur e seus cavaleiros um dia teriam se reunido.

— Deveríamos — Alex concordou.

— Mas não vamos esperar, vamos?

Alex balançou a cabeça. Mais de três meses tinham se passado desde o funeral de Sandow, desde que Alex tinha compartilhado a teoria de que Darlington não estava morto, mas preso em algum lugar no inferno, o demônio cavalheiro que tanto aterrorizava os mortos e quaisquer monstros que se reuniam para além do Véu. Nada que Alex e Dawes tinham descoberto desde então lhes dera motivos para acreditar que essa ideia era mais do que um mero pensamento positivo. Mas isso não as impedira de tentar encontrar um jeito de contatá-lo. *Galaxias.* Galaxy. Um grito do outro lado do Véu. O que significaria ser aprendiz novamente? Ser Dante de novo? Meses de procura por pistas do Corredor tinham resultado em nada, e isso poderia dar em nada também, mas precisavam ao menos tentar. Anselm tinha sido um pai ausente, conferindo tudo o que faziam lá de Nova York, mas deixando-as por conta própria. Não podiam contar que o novo pretor fosse fazer a mesma coisa.

— Vamos preparar as proteções — disse Alex.

Ela e Dawes trabalharam juntas, derramando sal em uma formação de Nó de Salomão – um círculo comum não serviria. Estariam, em teoria, abrindo um portal para o inferno, ou ao menos para um canto dele, e, se atualmente Darlington fosse mais demônio que homem, não o queriam pulando por aí, pelo campus, com seus amigos demônios.

Cada linha do nó tocava a outra, tornando impossível saber onde o desenho começava. Alex consultou a imagem que tinha copiado de um livro sobre contenção espiritual. Aparentemente demônios amavam quebra-cabeças e jogos, e o nó os manteria ocupados até que pudessem ser banidos, ou, no caso de Darlington, presos em correntes de prata pura. Ao menos Alex esperava que fossem de prata pura. Ela as encontrara em uma gaveta do arsenal, e esperava mesmo que a Lethe não tivesse economizado nisso. E se a besta do inferno tentasse passar de novo? Tinham colocado gemas em cada ponto cardeal: ametista, cornalina, opala, turmalina. Enfeites pequenos e brilhantes que seriam capazes de aprisionar um monstro.

— Não parece exagero, parece? — perguntou Alex.

Tudo que Dawes fez foi morder o lábio com mais força.

— Vai dar tudo certo — disse Alex, sem acreditar em uma palavra que proferia. — O que a gente faz agora?

Fizeram linhas de sal a cada poucos metros pelo salão, mais proteções para o caso de alguma coisa atravessar o nó. A linha final que fizeram era marrom-clara. Tinha sido misturada ao sangue delas, uma última linha de defesa.

Dawes tirou um pequeno trompete de brinquedo da bolsa.

Alex não conseguiu esconder a incredulidade.

— Vai chamar Darlington lá do inferno usando isso?

— Não temos os sinos da Aureliana, e o ritual só pede "um instrumento de ação ou alarme". Você está com o bilhete?

Usariam a escritura de Black Elm daquele ritual fracassado de lua nova, um contrato que Darlington tinha assinado com total esperança e intento. Não tinham nada daquele tipo naquele momento, mas tinham um bilhete, escrito por Michelle Alameddine, que haviam encontrado na escrivaninha do quarto de Virgílio na Lethe, apenas alguns versos de um poema e uma nota:

Havia um mosteiro que produzia um armanhaque tão refinado que seus monges foram forçados a fugir para a Itália depois que Luís XIV disse de brincadeira que iria matá-los para proteger os segredos que guardavam. Esta é a última garrafa. Não beba de estômago vazio e não me ligue a não ser que esteja morto. Boa sorte, Virgílio!

Não era muita coisa, mas estavam com a garrafa de armanhaque também. Era bem menos grandiosa do que Alex imaginara, verde turva, o rótulo velho ilegível.

— Ele nem abriu — observou Dawes, enquanto Alex colocava a garrafa no chão no centro do nó, a expressão dela mostrando desaprovação.

— Não estamos fuçando na gaveta de roupa íntima dele. É só uma bebida.

— Não é nossa.

— E não vamos beber — retrucou Alex.

Porque Dawes estava certa. Não tinham nada que roubar coisas de Darlington, que eram preciosas para ele.

Vamos trazê-lo de volta e ele vai nos perdoar, disse a si mesma enquanto pegava um pequeno vidro da mochila e o enchia, o líquido quente e alaranjado como o sol da tardezinha. *Ele vai me perdoar. Por tudo.*

— A gente deveria mesmo estar em quatro pessoas para esse ritual — disse Dawes. — Uma para cada ponto cardeal.

Deveriam estar em quatro pessoas. Deveriam ter encontrado o Corredor. Deveriam ter tirado um tempo para montar alguma coisa que não fosse aquele ritual bagunçado, tão improvisado que parecia uma colcha de retalhos.

Mas ali estavam elas, na beira do precipício, e Alex sabia que Dawes não estava tentando ser convencida a sair daquela beira. Queria alguém que a carregasse até o outro lado do precipício.

— Vamos — disse Alex. — Ele está esperando do outro lado.

Dawes respirou fundo, os olhos castanhos brilhantes demais.

— Certo.

Ela puxou uma garrafinha cheia de óleo de gergelim do bolso e começou a untar a mesa, traçando a beirada com o dedo enquanto andava, primeiro no sentido horário, depois no anti-horário, cantando em árabe empolado.

Quando voltou ao ponto de partida, olhou nos olhos de Alex, então passou o dedo no óleo, fechando o círculo.

A mesa pareceu descer até o nada. Alex teve a impressão de que estava contemplando o infinito. Levantou os olhos e viu um círculo de escuridão onde antes havia uma claraboia de vidro. A noite estava cheia de estrelas, mas ainda estavam no meio da tarde. Precisou fechar os olhos conforme uma onda de vertigem desceu sobre ela.

— Queime — disse Dawes. — Chame ele.

Alex acendeu um fósforo e o segurou perto do bilhete, então jogou o papel em chamas no nada onde a mesa estivera. Ele pareceu flutuar ali, as beiradas curvando-se, e, antes que pudesse cair, ela jogou um punhado de limalhas de ferro nas chamas. As palavras começaram a se descolar do papel para o ar.

Boa
sorte
você está
morto

— Se afasta — disse Dawes.

Ela levantou o trompete até os lábios. O som que saiu deveria ter sido fraco e metálico. Em vez disso, um bramido rico ecoou nas paredes, o estrondo triunfante de uma corneta chamando os cavaleiros para a caça.

A distância, Alex ouviu o passo suave de patas.

— Está funcionando — Dawes sussurrou.

Elas se inclinaram novamente sobre o espaço onde a mesa estivera e Dawes soprou o trompete de novo, ecoando de volta para elas de algum lugar ao longe.

Volte para casa, Darlington. Alex pegou o copo de armanhaque e o derramou dentro do abismo cheio de estrelas. *Volte e beba dessa garrafa chique, faça um brinde.* Ela ainda ouvia aquela velha música tocando em sua cabeça. *Vem comigo. Vem comigo. Deixe eu te levar pela mão.*

O som de passos aumentou, mas não parecia uma batida suave de patas. Era muito alto e estava ficando mais forte.

Alex olhou ao redor, no cômodo, procurando por uma pista do que estava acontecendo.

— Tem alguma coisa errada.

O som vinha de algum lugar na escuridão. De algum lugar abaixo.

Estremeceu o chão de pedras em um ronco crescente que Alex conseguia sentir através das botas. Ela espiou para o nada e sentiu cheiro de enxofre.

— Dawes, feche isso.

— Mas...

— Feche o portal!

Ela via salpicos vermelhos no escuro agora, e um momento depois entendeu: eram olhos.

— Dawes!

Tarde demais. Alex tropeçou contra a parede enquanto uma manada de cavalos em disparada trovejou para fora da mesa, invadindo o cômodo em uma massa fervilhante de carne equina negra. Tinham cor de carvão, os olhos vermelhos e brilhantes. Cada batida de cascos no chão explodia em chamas. Atravessaram a porta do cômodo do templo, espalhando sal e pedras, e rugiram pelo corredor. A cavalaria infernal passou pelas linhas de sal uma por uma.

— Eles não vão parar! — gritou Dawes.

Quebrariam a porta da frente e sairiam para a rua.

No entanto, quando a horda atingiu a linha de sal que haviam misturado com o sangue delas, foi como uma onda batendo nas rochas. A manada se espalhou para a esquerda e para a direita, uma maré encrespada bagunçada. Um dos cavalos caiu de lado, seu relincho alto como um grito humano. Ele se endireitou, e então a horda começou a bradar de volta ao templo.

— Dawes! — gritou Alex.

Ela sabia muitas palavras de morte. Tinha correntes de prata, uma corda cheia de nós elaborados, um maldito cubo mágico, porque os demônios gostavam de quebra-cabeças. Mas não fazia ideia de como lidar com uma cavalaria bufando enxofre que fora convocada das profundezas do inferno.

— Sai da frente! — berrou Dawes.

Alex se apertou contra a parede. Dawes ficou no lado mais distante da mesa, o cabelo ruivo voando em torno do rosto, gritando palavras que Alex não entendia. Ela levou o trompete aos lábios, e o som era como o de mil cornetas, uma orquestra de comando.

Vão esmagá-la, pensou Alex. *Ela vai quebrar até virar nada, vai dissolver em cinzas.*

Os cavalos pularam, uma maré negra de corpos pesados e chama azul, e Dawes jogou o trompete no abismo. Os cavalos mergulharam atrás dele, fazendo um arco impossível no ar, e agora pareciam menos com cavalos e mais com uma espuma marítima que rolava. Eles fluíam como água e se dissolviam na escuridão.

— Feche isso! — gritou Alex.

Dawes levantou as palmas vazias e as esfregou, como se lavasse as mãos daquilo tudo.

— *Ghalaqa al-baab! Al-tariiq muharram lakum!*

Então uma voz ecoou no cômodo – de algum lugar abaixo ou acima, era impossível saber. Mas Alex conhecia aquela voz, e a palavra que falou era clara e suplicante.

Esperem.

— Não! — gritou Dawes, mas era tarde demais. Houve uma explosão enorme, como o som de uma porta pesada batendo. Alex foi jogada no chão.

6

Alex não se lembrava de muito do que tinha acontecido depois. Seus ouvidos zuniam, os olhos lacrimejavam, e o fedor de enxofre era tão forte que mal teve tempo para rolar até ficar sobre as mãos e os joelhos antes de vomitar. Ouviu Dawes com ânsia também e quis chorar de alegria. Se Dawes estava vomitando, não estava morta.

Robbie entrou correndo no cômodo, abanando a fumaça e gritando:
— Que porra é essa? Que porra é essa?
Então ele começou a vomitar também.

O cômodo estava coberto de fuligem negra. Alex e Dawes estavam revestidas com ela. E a mesa – a mesa em torno da qual os cavaleiros do rei Artur supostamente tinham se reunido – estava rachada no meio.

Esperem.

Ela nem podia fingir que não havia escutado aquilo, porque Dawes também escutara. Alex vira a angústia nos olhos dela quando o portal se fechara.

Alex se arrastou até Dawes. Ela estava curvada contra a parede, tremendo.

— Não fale nem uma porra de uma palavra — sussurrou Alex. — Foi só uma inspeção, só isso.

— Eu escutei ele... — As lágrimas encheram os olhos dela.

— Eu sei, mas por enquanto precisamos salvar nossa pele. Repita comigo. Foi só uma inspeção.

— Foi só uma inspe... inspeção.

O resto aconteceu como num borrão – gritos dos delegados da Chave e Pergaminho; ligações de pessoas do conselho e ex-alunos; mais gritos de Michael Anselm, que chegara à Metro North e oferecera o uso do Cadinho de Hiram para restaurar a mesa e deixá-la inteira. Dawes e Alex fizeram o possível para limpar a fuligem de si mesmas e depois enfrentaram Anselm no corredor de entrada da tumba da Chave e Pergaminho.

— Não foi — disse Alex. Melhor cair atirando. — Queríamos ter certeza de que não estavam abrindo portais ou fazendo rituais não aprovados, então eu construí um feitiço de revelação.

Tinha preparado uma história para acobertá-las. Não previra que precisaria encobrir uma explosão imensa, mas era tudo o que tinha.

Anselm andava para lá e para cá, o celular em uma mão, os ex-alunos da Chave e Pergaminho podiam ser ouvidos gritando do outro lado. Ele cobriu o telefone com a palma da mão.

— Vocês sabiam que esse nexo era instável. Alguém podia ter morrido.

— A mesa quebrou em dois pedaços! — berrou um ex-aluno no telefone. — O templo inteiro está arruinado!

— Vamos cuidar da limpeza. — E Anselm cobriu o telefone mais uma vez e sussurrou furiosamente: — Il Bastone.

— Não se preocupe — falou Alex a Dawes enquanto passavam por um grupo furioso de Chaveiros e desciam as escadas rumo à calçada.

Robbie Kendall parecia ter caído dentro de uma chaminé e tinha perdido um de seus mocassins.

— Anselm vai culpar a mim por isso, não a você. Dawes?

Ela não estava ouvindo. Tinha um olhar assustado e distante.

Tinha sido aquela palavra. *Esperem.*

— Dawes, você precisa segurar as pontas. Não podemos contar a eles o que aconteceu, não importa o quanto você esteja chocada.

— Certo.

Mas Dawes ficou em silêncio por todo o caminho até Il Bastone.

Uma única palavra. A voz de Darlington. Desesperada, exigente. *Esperem.* Tinham quase conseguido, quase chegado até ele. Tinham chegado tão perto.

Ele teria feito aquilo direito. Ele sempre fazia tudo direito.

★ ★ ★

Elas levaram uma boa hora se lavando com salsinha e óleo de amêndoas para tirar o fedor do corpo. Dawes tinha ido para o banheiro de Dante, e Alex se despiu na linda suíte de Virgílio, com sua grande banheira de pés de garra.

Suas roupas estavam arruinadas.

— Esse maldito trabalho deveria ter uma verba para reposição — resmungou ela para a casa enquanto colocava um agasalho da Lethe e descia para a sala.

Anselm ainda estava no celular. Ele era mais jovem do que ela pensara antes, trinta e poucos, e não era feio daquele jeito corporativo. Levantou um dedo quando a viu, e ela foi encontrar Dawes na cozinha. Ela tinha servido pratos de salada de salmão defumado e pepinos, enfiado uma garrafa de vinho em um balde de gelo. Alex ficou tentada a revirar os olhos, mas estava com fome, e aquele era o costume da Lethe. Talvez pudessem só convidar a besta do inferno para um jantar frio.

Dawes estava de pé diante de uma pia cheia de pratos e espuma de sabão olhando pela janela, a água correndo, o cabelo recém-lavado caindo solto. Alex jamais o vira solto antes.

Alex esticou a mão e fechou a torneira.

— Você está bem?

Dawes manteve os olhos na janela. Não tinha muito ali para ver – a viela, a lateral de uma casa vitoriana bem cuidada.

— Dawes? Anselm ainda não acabou de falar com a gente. Eu...

— A Lethe colocou um sistema de segurança em Black Elm quando... quando a gente sabia que ficaria vazia por um tempo. Só duas câmeras.

Alex sentiu um alvoroço incômodo no estômago.

— Eu sei. Porta da frente, porta de trás.

Sandow havia se certificado de que as janelas fossem fechadas com tábuas, e a velha Mercedes fosse consertada com o dinheiro da Lethe. Dawes ocasionalmente a usava para fazer tarefas, só para não deixá-la parada.

Dawes apertou o queixo contra o pescoço.

— Coloquei uma no salão de dança.

No salão de dança. Onde tinham tentado fazer o ritual de lua nova.

— E?

Alex ouvia Anselm falando na sala, o crepitar das bolhas de sabão na pia.

— Alguma coisa... recebi uma notificação.

Ela inclinou a cabeça para o celular pousado no balcão.

Alex se obrigou a pegá-lo, deslizar o dedo pela tela. Nada além de uma mancha escura estava visível, uma luz fraca dançando nas beiras.

— A câmera só registrou isso — disse Dawes.

Alex olhou para a tela como se pudesse encontrar algum padrão no escuro.

— Pode ser o Cosmo. Ele pode ter derrubado a câmera.

O gato de Darlington havia rejeitado todas as tentativas de removê-lo para Il Bastone ou para o apartamento de Dawes perto da faculdade de teologia. Tudo que podiam fazer era oferecer tributos de comida e água e esperar que ele cuidasse de Black Elm, e que a velha casa cuidasse dele.

— Não alimente esperanças, Dawes.

— Claro que não.

Claro que não.

Mas Dawes ainda estava com aquele olhar perplexo, e Alex sabia no que ela estava pensando.

Esperem. A súplica viera tarde demais, mas e se, quando o portal na Chave e Pergaminho se fechou, Darlington ainda tivesse conseguido encontrar um caminho para sair? E se elas, de algum modo, tivessem feito aquilo direito? E se tivessem trazido ele de volta?

E se tivermos feito muito errado? E se o que estivesse esperando em Black Elm não fosse Darlington?

— Alex? — Anselm chamou do outro cômodo. — Uma palavrinha. Só você, por favor.

Mas Dawes não tinha se mexido. Apertava a beirada da pia com a mão como se segurasse a barra de segurança de uma montanha-russa, como se estivesse se preparando para gritar na descida. Alex tinha de fato entendido o que Darlington significava para Pamela Dawes? A quieta e fechada Dawes, que dominava a arte de desaparecer na mobília? A garota que só ele chamava de Pammie?

— Vamos nos livrar do Anselm e depois ir até lá para dar uma olhada — disse Alex.

A voz dela estava firme, mas seu coração tinha disparado.

Não é nada, Alex disse a si mesma ao se juntar a Anselm na sala. Um gato. Um invasor. Um galho de árvore desobediente. Um menino desobediente. Precisava estar com a mente clara se quisesse descobrir como tranquilizar Anselm e o conselho da Lethe.

— Conversei com o novo Pretor. Ele já estava relutante em aceitar o cargo, e duvido que as atividades de hoje possam enchê-lo de confiança, então fiz todos os esforços para minimizar esse pequeno desastre.

Obrigada não pareceu apropriado, então Alex ficou quieta.

— O que vocês estavam fazendo de verdade na Chave e Pergaminho?

Alex estava esperando que Anselm não fosse ser tão direto. A Lethe gostava de rodear o problema, e eram especialistas em encontrar tapetes empoeirados sob os quais varreriam a verdade. Ela deu uma olhada mais demorada em Anselm – bronzeado de algum tipo de férias de verão, levemente desgrenhado pelas aventuras daquela noite. Ele abriu o colarinho e serviu-se de uísque. Parecia um ator interpretando um homem cuja esposa tinha acabado de pedir o divórcio.

— Senti cheiro de enxofre — ele continuou, com ar cansado. — Todo mundo em um raio de uns três quilômetros provavelmente sentiu também. Então me diga, o que deu errado com um feitiço de revelação para causar uma coisa daquelas? Para quebrar uma mesa de séculos de idade?

— Você mesmo disse: o nexo deles é instável.

— Não instável no nível fogo-e-enxofre. — Ele levantou os óculos, apontando um dedo como se pedindo mais uma bebida. — Vocês estavam tentando abrir um portal para o inferno. Achei que tinha sido claro. Daniel Arlington não está...

Alex ponderou. Ele não ia deixá-la se safar dizendo que tinha sido um acidente ou um feitiço de revelação que dera errado. Mas ela não admitiria que estava tentando encontrar Darlington, não quando ele poderia estar de volta, não quando algo bem pior poderia estar esperando em Black Elm.

— Não foi acidente — ela mentiu. — Fiz de propósito.

Anselm piscou.

— Você queria destruir a mesa?

— Sim. Eles não deveriam ter se safado do que fizeram no ano passado.

— Alex — ele a repreendeu gentilmente —, nosso trabalho é proteger. Não distribuir punição.

Não se iluda. Nosso trabalho é garantir que as crianças não façam muito barulho e que arrumem o lugar depois.

— Eles não deveriam poder fazer rituais — ela disse. — Não deveriam só continuar de onde pararam.

A raiva na voz dela era real.

Anselm suspirou.

— Talvez não. Mas aquela mesa é um artefato inestimável, e ainda bem que o cadinho vai poder juntá-la de novo. Eu gosto do seu... senso de justiça, mas Dawes, pelo menos, deveria ter mais discernimento.

— Dawes só estava acompanhando. Eu disse a ela que precisava de uma segunda pessoa para o ritual, mas não falei o que tinha planejado.

— Ela não é idiota. Não acredito nisso de jeito nenhum. — Anselm a estudou. — Que feitiço você usou?

Ele estava fazendo um teste com ela, e, como de costume, ela não tinha estudado.

— Um que eu inventei. — Anselm fez uma careta. Que bom. Ele já achava que ela era incompetente antes. Aquilo funcionaria. — Usei um velho feitiço de bomba de fedor que achei em um dos *Diários dos dias de Lethe*. Um cara usou de brincadeira.

— Foi esse o seu golpe de justiça? Uma bomba de fedor?

— Que acabou saindo do controle.

Anselm balançou a cabeça e bebeu o resto do uísque.

— O nível de estupidez a que nós chegamos aqui. Estou surpreso que alguém tenha sobrevivido.

— Então parece que estou mantendo uma grande tradição.

Anselm não pareceu achar aquela piada engraçada. Não era como Darlington, nem mesmo como Sandow. A Lethe e seus mistérios eram uma coisa pela qual ele apenas passara.

— Você tem sorte de ninguém ter morrido. — Ele baixou os óculos para olhá-la nos olhos. Alex fez seu melhor para parecer inocente, mas não tinha muita prática. — Vou expor minha teoria. Vocês não estavam tentando estragar a mesa hoje à noite. Estavam tentando abrir um portal para o inferno e, de algum modo, entrar em contato com Daniel Arlington.

Por que ele não podia ser um dos burros?

— Teoria interessante — disse Alex. — Mas não foi isso que aconteceu.

— Então é uma teoria igual à de vocês, de que Darlington está no inferno? Pura especulação?

— O senhor é advogado?

— Sou.

— Fala mesmo como advogado.

— Não considero isso um insulto.

— Não é um insulto. Se eu quisesse te insultar, chamaria você de um quilo de merda em um saco de meio quilo. Por exemplo. — Alex sabia que deveria domar a própria raiva, mas estava cansada e irritada. O conselho deixara claro que não acreditava em sua teoria do paradeiro de Darlington e que não toleraria tentativas heroicas de libertá-lo. Mas se Anselm ficara chateado, não demonstrou. Parecia estar só cansado. — A gente deve um pouco de esforço a Darlington. Se não fosse pelo reitor Sandow, ele não estaria lá embaixo.

Se não fosse por mim.

— Lá embaixo — Anselm repetiu, perplexo. — Você acha mesmo que o inferno é um grande buraco que fica embaixo das linhas de esgoto? Que, se você só cavar o bastante, chega lá?

— Não foi isso que eu quis dizer.

Embora aquilo fosse exatamente o que vinha imaginando. Não tinha se preocupado muito com a logística, sobre o que abrir um portal ou andar pelo Corredor poderia envolver. Aquilo era trabalho de Dawes. O trabalho de Alex era ser a bola de canhão, assim que Dawes descobrisse para onde apontar o canhão.

— Não quero ser cruel, Alex. Mas você nem compreende as possibilidades dos problemas que poderia causar. E tudo isso pra quê? Por uma chance de expiar sua culpa? Pra provar uma teoria que mal consegue articular?

Darlington teria articulado isso muito bem se estivesse ali. Dawes também conseguiria, se não tivesse medo de falar um tom acima de um sussurro.

— Então ache alguém com o currículo certo para convencê-lo. Eu sei que ele está... — Ela quase disse *lá embaixo*. — Que ele não está morto.

Ou talvez estivesse descansando confortavelmente no salão de dança de Black Elm.

— Você perdeu um mentor e um amigo. — Os olhos azuis de Anselm eram firmes, bondosos. — Acredite ou não, eu compreendo. Mas está querendo abrir uma porta que não deve ser aberta. Não tem ideia do que pode passar por ela.

O que essas pessoas não entendiam? Proteja os seus. Pague suas dívidas. Não havia outra maneira de viver, não se quisesse viver direito.

Ela cruzou os braços.

— Devemos isso a ele.

— Ele se foi, Alex. É hora de aceitar isso. Mesmo que você esteja certa, o que quer que tenha sobrevivido no inferno, não é o Darlington que você conhece. Eu gosto da sua lealdade. Mas, se vocês se arriscarem desse jeito de novo, você e Pamela Dawes não serão mais bem-vindas à Lethe.

Ele levantou o copo vazio como se esperasse encontrá-lo cheio, então o colocou de lado. Juntou as mãos, e ela podia ver que estava pensando no que dizer. Anselm estava ansioso para ir embora, para voltar para Nova York e para a própria vida. Algumas pessoas levavam a Lethe para a vida, arrumavam empregos caçando artefatos mágicos ou escreviam dissertações sobre o oculto, trancavam-se em bibliotecas ou viajavam o mundo à procura de magia nova. Mas Michael Anselm não. Tinha se perdido nas leis, encontrado um trabalho que exigia ternos e resultados. Não tinha nada daquele ar de erudição gentil do reitor Sandow, nada da curiosidade ávida de Darlington. Tinha construído uma vida comum baseada no dinheiro e nas regras.

— Está me entendendo, Alex? Suas segundas chances acabaram.

Ela entendia. Dawes perderia o emprego. Alex perderia a bolsa de estudos. Seria o fim de tudo.

— Entendo.

— Preciso da sua palavra de que não vai continuar com isso, que podemos voltar às atividades normais, que você vai estar preparada para supervisionar rituais toda quinta-feira à noite. Eu sei que não teve o treinamento que deveria ter recebido, mas você pode contar com Dawes e parece ser… uma jovem inteligente. Michelle Alameddine está disponível, se você sentir que…

— Vamos dar um jeito. Dawes e eu damos conta.

— Não vou encobrir mais nada pra você. Sem mais problemas, Alex.

— Sem mais problemas — prometeu Alex. — Pode confiar em mim.

Contar mentiras grandes era tão fácil quanto contar pequenas.

7

Alex tinha pensado que estariam livres para correr até Black Elm assim que Anselm fosse embora, mas ele as deixou ao telefone com a assistente dele, que transferiu para Alex e Dawes um telefonema atrás de outro de ex-alunos da Chave e Pergaminho e membros do conselho da Lethe, para que pudessem se explicar e pedir desculpas arrependidas, repetidamente.

Alex apertou o botão de mudo.

— Isso não é saudável. Só consigo fingir sinceridade até um certo ponto antes de quebrar alguma coisa.

— Bem, então, tente ser sincera. — Dawes fez uma careta e apertou o botão de mudo como se espetasse o camarão de um coquetel. — Madame secretária, gostaria de falar sobre os danos que causamos hoje…

Era meia-noite quando se livraram da corrente de desculpas e foram até a velha Mercedes estacionada atrás de Il Bastone. Alex não tinha certeza se era certo ou errado estar no carro de Darlington naquele momento. Era desconfortável, como se estivessem indo buscá-lo em algum lugar, como se ele fosse estar esperando no fim do longo caminho da entrada de Black Elm com uma sacola pendurada no ombro, pronto para entrar no banco de trás, como se fossem dirigir e continuar dirigindo até que o carro desistisse ou brotassem asas dele.

Dawes já era uma motorista nervosa na maior parte do tempo, e naquela noite era como se ela tivesse medo de que a Mercedes fosse entrar em combustão se andasse a mais de sessenta e cinco quilômetros por hora. Por fim, chegaram às colunas de pedra que marcavam a entrada de Black Elm.

As árvores que cercavam a casa ainda estavam encorpadas com folhas de verão, então, quando chegaram às paredes de tijolo e cumeeiras, a casa apareceu muito subitamente, uma surpresa desagradável. Havia uma luz acesa na cozinha, mas que era conectada a um temporizador.

— Veja — disse Dawes, a voz quase um sussurro.

Alex já estava olhando. Tinham fechado as janelas do andar de cima com tábuas depois que o reitor Sandow deliberadamente estragara seu ritual para trazer Darlington para casa. Uma luz fraca brilhava pelas "beiradas", um âmbar suave, tremeluzente.

Dawes estacionou do lado de fora da garagem. As mãos dela apertavam a direção, os nós de seus dedos, brancos.

— Pode ser que não seja nada.

— Daí não vai ser nada — disse Alex, contente com o quanto demonstrava firmeza. — Pare de tentar estrangular o volante e vamos.

Ambas fecharam as portas do carro gentilmente, e Alex percebeu que era porque estavam com medo de perturbar o que pudesse estar esperando no andar de cima. O ar estava meio frio, a primeira insinuação do fim do verão e do outono que chegava. Não haveria mais vaga-lumes, bebidas na varanda ou o som de brincadeira de pega-pega até tarde da noite.

Alex destrancou a porta da cozinha, e Dawes arquejou quando Cosmo saiu correndo de trás dos armários, passou por elas dando um guincho e saiu para o quintal.

Alex pensou que seu coração fosse atravessar a caixa torácica.

— Puta merda, gato.

Dawes apertou a bolsa contra o peito como se ela fosse algum tipo de talismã.

— Você viu o pelo dele?

Um lado do pelo branco de Cosmo parecia ter sido chamuscado de preto. Alex queria encontrar algum tipo de desculpa. Cosmo estava sempre encrencado, sempre com uma nova cicatriz ou coberto de espinhos, as mandíbulas apertadas em torno de um pobre rato assassinado. Mas não conseguia forçar sua boca a dizer as palavras.

Antes de deixarem Il Bastone, tinham parado no arsenal de Lethe para pegar mais sal, e haviam trazido as correntes de prata. Pareciam coisas tolas e inúteis, brinquedos para crianças, contos da carochinha.

Dawes pairava na porta da cozinha como se fosse o verdadeiro portal para o inferno.

— Poderíamos ligar para Michelle ou...

— Anselm? Se conjuramos algum tipo de monstro, quer mesmo contar para ele?

— Se for um monstro, é bem silencioso.

— Talvez seja uma serpente gigante.
— Por que você foi falar isso?
— Não é uma serpente — disse Alex. — Também pode não ser nada. Ou então... um incêndio elétrico ou algo assim.
— Não estou sentindo cheiro de fumaça.
Então o que estava causando aquela luz dançante?
Não importa. Se Darlington estivesse ali, parado naquele limiar, não hesitaria. Ele seria o cavaleiro. Estaria muito mais bem preparado, mas subiria aquelas escadas. *Proteja os seus. Pague suas dívidas.*
— Vou subir, Dawes. Pode ficar aqui. Não vou usar isso contra você.
Estava sendo sincera. Mas Dawes a seguiu mesmo assim.
Passaram pela cozinha bem iluminada e entraram na escuridão. Alex nunca explorava os outros aposentos de Black Elm quando vinha alimentar Cosmo ou pegar a correspondência. Eles eram muito silenciosos, muito quietos. Era como andar por uma igreja bombardeada.
Dawes fez uma pausa no pé da grande escadaria.
— Alex...
— Eu sei.
Enxofre. Não tão forte quanto na Chave e Pergaminho, mas inconfundível.
Alex sentiu uma gota de suor frio escorrer pelo pescoço. Elas poderiam voltar, tentar se armar melhor, buscar ajuda, ligar para Michelle Alameddine e dizer que tinham ido em frente e feito uma coisa estúpida. Mas Alex sentiu que não conseguia se conter. Ela era a bala de canhão. Ela era a bala. E a arma havia disparado quando Dawes lhe dissera que acontecera algum tipo de movimentação na casa. *Você está querendo abrir uma porta que não deve ser aberta.* Não havia nada a fazer a não ser seguir em frente.
No topo da escada, pararam novamente. A mesma luz dourada cintilou no corredor, filtrando-se por baixo da porta fechada do salão de dança. Ela ouvia a respiração de Dawes — inspirando pelo nariz, expirando pela boca — tentando se acalmar enquanto se aproximavam da porta. Alex pegou a maçaneta e tirou a mão com um silvo. Estava quente ao toque.
— O que foi que a gente fez? — perguntou Dawes, com a respiração trêmula.

Alex enrolou a camiseta na mão, pegou a maçaneta e abriu a porta.

O calor as atingiu com uma rajada, a porta de um forno se abrindo. O cheiro ali não era sulfúrico; era quase doce, como madeira queimando.

A sala estava empoeirada, as janelas fechadas com tábuas eram tristes como sempre, as paredes cheias de pesos e equipamentos de ginástica. Não tinham se preocupado em limpar o círculo de giz que haviam criado para o ritual de lua nova fracassado de Sandow. Ninguém queria voltar para o salão de dança, lembrar-se da besta infernal pairando sobre eles, os gritos de assassinato, a terrível finitude de tudo.

Agora Alex estava agradecida por todos terem sido tão covardes. O círculo de giz brilhava, dourado, menos parecido com um círculo e mais como uma parede brilhante, e em seu centro, Daniel Tabor Arlington V estava sentado de pernas cruzadas, nu como um bebê na banheira. Dois chifres se curvavam para trás em sua testa, as cristas brilhando como se ouro derretido tivesse sido injetado nelas, e seu corpo estava coberto de marcas brilhantes. Uma coleira larga de ouro rodeava seu pescoço, ornamentada por fileiras de granada e jade.

— Ah — disse Dawes, os olhos dardejando pelo cômodo como se temesse pousar o olhar em qualquer lugar daquela cena, mas finalmente parando no canto mais distante... o lugar mais longe possível da visão do pau de Darlington, que estava duro e brilhava como um bastão de luz gigante e supercarregado.

Os olhos dele estavam fechados e as mãos descansavam levemente sobre os joelhos, as palmas para baixo, como se estivesse meditando.

— Darlington? — Alex disse, num engasgo.

Nada. O calor parecia irradiar dele.

— Daniel?

Dawes deu um passo arrastado para a frente, suas Tevas batendo nas tábuas empoeiradas do assoalho, mas Alex estendeu o braço e a bloqueou.

— Não — ela disse. — Nós nem sabemos se é ele mesmo.

O que quer que tenha sobrevivido no inferno, não é o Darlington que você conhece.

Dawes parecia impotente.

— O cabelo dele cresceu.

Demorou um segundo para Alex perceber, mas Dawes estava certa. Darlington sempre mantivera o cabelo arrumado, mas não muito arrumado, com a mesma falta de esforço que o resto de seu estilo. Agora o cabelo se enrolava em volta de seu pescoço. Aparentemente não havia barbeiros no inferno

— Ele... ele não parece ferido — arriscou Alex.

Sem cicatrizes, sem hematomas, todos os membros intactos. Mas Alex sabia que ela e Dawes estavam pensando a mesma coisa: enquanto tentavam resolver o mistério de como entrar no inferno e cuidavam da própria vida assistindo à TV, tomando sorvete e planejando o ano letivo, Darlington estava vivo e preso, talvez sendo torturado, no inferno.

Será que ela não tinha acreditado nisso? Apesar da conversa que tivera sobre o cavalheiro demônio? Apesar dos argumentos que apresentara a Anselm e ao conselho? Será que alguma parte dela ainda achava que todo mundo estava certo e que aquela missão ridícula era só mais uma oportunidade de se arriscar e apaziguar a culpa que sentia pela morte dele?

Mas ali estava ele. Ou alguém que se parecia muito com ele.

— Ele está preso pelo círculo — disse Dawes. — É o antigo, feito por Sandow.

Ouça o silêncio de uma casa vazia. Ninguém será bem-vindo. Quando Sandow percebera que Darlington poderia estar vivo do outro lado, tinha usado os últimos momentos do ritual para bani-lo de Black Elm e do mundo dos vivos.

Dawes inclinou a cabeça para um lado.

— Acho que ele está preso.

Então foi como se ela tivesse acordado de um sono. Pareceu quase em pânico.

— Precisamos dar um jeito de libertá-lo.

Alex olhou para a criatura nua com chifres sentada no que sua mãe teria elogiado como uma bela posição de *sukhasana*.

— Acho que não é uma boa ideia.

Mas Dawes já estava andando na direção do círculo. Esticou o braço na direção dele.

— Dawes...

Assim que sua mão quebrou o perímetro do círculo, Dawes gritou. Ela tropeçou para trás, apertando os dedos contra o peito.

Alex se lançou na direção dela, puxando-a para longe. O cheiro de enxofre a dominou novamente e ela teve que lutar para conter o ímpeto involuntário de vomitar. Ela se agachou ao lado de Dawes e a forçou a soltar o pulso. As pontas dos dedos de Dawes estavam chamuscadas de preto. Alex lembrou-se de Cosmo uivando na cozinha. Ele também tentara cruzar o círculo. Tentara chegar a Darlington.

— Vamos — disse Alex. — Vou levar você de volta para Il Bastone. Deve haver algum tipo de poção, bálsamo ou alguma coisa lá, certo?

— Não podemos deixá-lo aqui — protestou Dawes, enquanto Alex a puxava para ficar em pé.

Darlington estava sentado em silêncio e imóvel, como algum tipo de ídolo dourado.

— Ele não vai sair daqui.

— É nossa culpa. Se eu tivesse terminado o ritual, se o portal...

— Dawes — disse Alex, chacoalhando-a. — Não é assim que funciona. Sandow enviou a besta do inferno...

Um rosnado baixo ressoou pela sala. Darlington não havia se movido, mas sem dúvida o som vinha dele. Alex sentiu um arrepio percorrê-la.

— Acho que ele não está gostando disso — sussurrou Dawes.

É você?, Alex quis perguntar. Queria tentar passar direto por aquele círculo. Viraria um monte de cinzas? Uma pilha de sal? E o que estava esperando do outro lado daquele véu cintilante? Darlington? Ou algo vestindo sua pele?

— Vamos. — Ela conduziu Dawes para fora do salão de baile e descendo as escadas.

Ela não queria deixá-lo ali, mas também não queria ficar naquele quarto nem mais um minuto.

Alex trancava a porta da cozinha quando seu telefone tocou. Ela o tirou do bolso, mantendo um olho em Dawes e outro na luz que saía das janelas fechadas com tábuas no andar de cima. Ela hesitou quando viu o nome na tela.

— É o Turner — disse ela, empurrando Dawes em direção ao carro.

— O detetive Turner?

"Ligue para mim."

Alex fez uma careta e respondeu: "Me ligue você. Ainda lembra como faz?".

Não sabia por que estava amarga. Não tinha notícias de Turner havia meses. Entendia que ele estava com raiva após a morte do reitor, mas achou que ele gostava dela e que tinham conseguido fazer uma boa investigação juntos. Para surpresa dela, o telefone tocou quase que imediatamente. Ela tinha certeza de que Turner iria ignorá-la. Ele não gostava de receber ordens.

Alex colocou o detetive no viva-voz.

— Você lembra — disse ela. Alex empurrou Dawes na direção do banco do passageiro e sussurrou: — Eu dirijo.

Dawes devia estar machucada pra valer, pois não protestou.

— Estou com um corpo na faculdade de medicina — disse Turner.

— Imagino que haja muitos corpos na faculdade de medicina.

— Preciso que você ou alguém venha dar uma olhada.

Aquilo também doeu. Turner sabia mais do que a maioria das pessoas pelo que ela tinha passado no ano anterior, mas aparentemente agora ela era só uma representante da Lethe.

— Por quê?

— Alguma coisa não está certa. Dá uma passadinha aqui, me diga se estou vendo coisas e podemos voltar a não conversar.

Alex não queria ir. Não queria que Turner pudesse simplesmente ligar para ela no momento em que ele quisesse, e não antes. Mas ele era o Centurião, e ela era Dante. *Virgílio.*

— Tudo bem. Mas você me deve uma.

— Não te devo porra nenhuma. É seu trabalho.

E desligou. Alex ficou tentada a dar um bolo nele a princípio. Mas era melhor se preocupar com um cadáver do que com o que quer que estivesse sentado no salão de baile de Black Elm. Ela deu ré rápido demais e os pneus levantaram um jato de cascalho.

Você não está fugindo de uma cena de crime, Stern. Calma.

Ela se recusou a olhar no retrovisor. Não queria ver aquela luz dourada bruxuleante.

Dawes se encolheu contra a porta do passageiro. Parecia estar doente.

— Outro assassinato?

— Ele na verdade não disse. É só um corpo.

— Você não... acha que pode ter relação com o que a gente fez?

Droga. Alex não tinha nem considerado isso. Parecia improvável, mas os rituais tinham todo tipo de consequência, especialmente quando davam errado.

— Duvido — ela disse, com mais confiança do que sentia.

— Quer que eu vá com você?

Parte dela queria. Dawes era uma representante da Lethe melhor do que Alex jamais seria. Ela saberia o que procurar, o que dizer. Mas Dawes estava ferida e desorientada. Precisava de um tempo para se curar e chafurdar um pouco na própria dor e no próprio luto. Alex conhecia o sentimento.

— Não, você é a Oculus. Isso é coisa de Dante.

Dawes pareceu absurdamente reconfortada com isso. Não estava cedendo ao medo. Estava seguindo o protocolo.

Andaram com os vidros abertos, a noite fresca ao redor. Poderiam estar em qualquer lugar agora. Poderiam ser qualquer pessoa, livres de medo ou de obrigações, indo para algum lugar legal. Férias. Uma noitada. Uma casa em algum lugar no litoral. Darlington poderia estar esparramado no banco de trás, a mochila enfiada no chão do carro, as mãos cruzadas sob a cabeça. Eles poderiam estar bem.

— Era ele? — Dawes sussurrou no escuro, o ar da noite arrebatando suas palavras, lançando-as para a cidade adormecida, para as casas e campos além.

Alex não sabia o que dizer, então ligou o rádio e dirigiu em direção ao campus, esperando para ver as luzes de Il Bastone que lhe diriam que estava em casa.

Darlington superou o desafio dos chacais com facilidade – o que não é surpresa. Ele é exatamente o tipo que a Lethe procura, e é bom ver alguém aproveitando de verdade tudo que Il Bastone tem a oferecer. Quando expliquei os detalhes do elixir de Hiram, ele recitou Yeats para mim. "O mundo está cheio de coisas mágicas esperando pacientemente que nossos sentidos se agucem." Não tive coragem de dizer a ele que conheço a citação e sempre a odiei. É muito fácil acreditar que estamos sendo observados e estudados por algo com paciência infinita enquanto corremos, sem saber, na direção de um momento irreversível de revelação. Meu novo Dante está ansioso, e suspeito que minha tarefa principal será impedir que esse entusiasmo o mate. Ele fala de magia com tremenda facilidade, como se não fosse proibida, como se ela nem sempre cobrasse um preço terrível.

— *Diário dos dias de Lethe de Michelle Alameddine*
(*Residência Hopper*)

8

Assim que voltaram ao arsenal, Dawes ensinou Alex a fazer um curativo para as queimaduras nos dedos dela, insistindo o tempo todo que estava bem e que estava feliz por ser deixada sozinha. Alex percebia que ela definitivamente não estava bem, mas, se Dawes queria colocar os fones e passar duas horas sem trabalhar em sua dissertação, não seria Alex que ficaria em seu caminho. Ela deixou a Mercedes estacionada atrás de Il Bastone para que Dawes não ficasse nervosa por ela dirigir sozinha e chamou um carro para levá-la à faculdade de medicina.

Turner havia mandado um endereço, mas ela não conhecia bem aquela parte do campus. Tinha ido à biblioteca médica apenas uma vez, quando Darlington a acompanhara até o porão e entrara em uma bela sala apainelada cheia de potes de vidro, cada um com uma tampa preta e um rótulo quadrado, cada um com um cérebro humano completo ou parcial flutuando dentro.

— Essa é a coleção pessoal de Cushing — ele dissera, então abrira uma das gavetas sob as prateleiras para revelar uma fileira de pequenos crânios infantis. Calçara luvas de borracha nitrílica e selecionara dois para um prognóstico no meio do trimestre que a Crânio e Ossos queria realizar.

— Por que esses? — Alex perguntara.

— Os crânios não terminaram de se formar. Mostram todos os futuros possíveis. Não se preocupe, vamos trazê-los de volta intactos.

— Não estou preocupada.

Afinal, eram só ossos. Mas ela deixara Darlington fazer a visita de volta à coleção de Cushing sozinho.

O prédio no número 300 da George não era nada como a bela biblioteca, com o teto cheio de estrelas. O Departamento de Psiquiatria se espalhava pela maior parte do bloco grande, cinza e moderno. Ela tinha esperado ver carros de polícia, fitas de cena de crime, talvez até repórteres. Mas estava tudo quieto. O Dodge de Turner estava estacionado na frente, ao lado de uma van escura.

Ela ficou na calçada por um longo momento. No ano anterior tinha implorado a Turner para envolvê-la na investigação que estava conduzindo, mas agora estava hesitante, pensando na criatura que poderia ou não ser Darlington sentada naquele círculo dourado. Já tinha muito com que se preocupar e muitos segredos para guardar. Não podia se dar ao luxo de se envolver em um assassinato. E uma parte paranoica dela se perguntava se tudo aquilo era uma armação elaborada, se Turner havia descoberto sobre os trabalhos que estava fazendo para Eitan.

Mas suas escolhas eram ir para casa ou passar pelo fogo, e Alex realmente não sabia como não se queimar. Mandou uma mensagem para Turner e, um minuto depois, a porta da frente se abriu.

Ele acenou para que ela entrasse. Turner estava com uma aparência boa, mas ele sempre estava. O homem sabia se vestir, e seu terno cáqui de verão tinha linhas nítidas e vincos limpos.

— Parece que você fugiu da detenção juvenil — ele disse, quando a viu com o moletom da Casa Lethe.

— Estou tentando arranjar tempo para fazer um pouco de cardio. Vim correndo até aqui.

— Sério?

— Não. O que rolou?

Turner balançou a cabeça.

— Provavelmente só uma morte comum que não tem nada a ver com... *hocus-pocus*. Mas, depois da palhaçada em que você se enfiou no ano passado, eu queria a opinião de uma especialista.

— Eu me enfiei em solucionar crimes, Turner. No que você se enfiou?

— Já estou arrependido de ter ligado para você.

— Então somos duas pessoas arrependidas.

Lá dentro, o saguão estava silencioso e escuro, iluminado apenas pelas luzes da rua que entravam pelas janelas. Pegaram um elevador para o terceiro andar, e Alex seguiu Turner por um corredor austero iluminado por lâmpadas fluorescentes suspensas. Viu uma maca e dois homens de casaco azul da equipe de legistas encostados na parede, absortos em seus celulares.

Estavam esperando para levar o corpo.

— Onde está todo mundo? — perguntou Alex.

Não conseguia evitar pensar sobre o circo que se formara no assassinato de Tara.

— Por enquanto parece que são causas naturais, então nós estamos tentando manter sigilo.

Turner a levou a um escritório pequeno e bagunçado com uma grande janela que provavelmente tinha uma bela vista durante o dia. Agora era apenas um espelho preto brilhante, e o reflexo deu a Alex a sensação incômoda de que havia entrado em uma versão diferente da própria vida. Já tinha passado por detenções juvenis, e tinha sido questão de sorte jamais ter sido presa quando adulta. Ver-se em seu moletom triste ao lado de Turner em seu belo terno a fez se sentir pequena, e ela não gostou disso.

— Quem é ela?

A mulher estava caída na mesa como se tivesse apoiado a cabeça no braço estendido para tirar uma soneca. Os longos cabelos grisalhos caíam sobre um ombro em uma trança, e os óculos pendiam de uma corrente colorida em volta do pescoço.

— Você estava em volta de uma fogueira? — Turner perguntou. — Está cheirando a...

Ele hesitou, e Alex sabia que era porque não estava cheirando exatamente a fumaça.

— Coisa de ritual — ela disse, e Turner previsivelmente fez uma careta.

Mas ele ainda era um detetive.

— Não é quinta-feira.

— Estou tentando me aprimorar antes que o semestre comece de verdade.

Ele parecia saber que ela estava mentindo, e tudo bem. Alex não tinha nenhum interesse em explicar que ela e Dawes tinham tentado arrancar Darlington do inferno, resultando em algo que só poderia ser descrito como inesperado. Turner nem sabia que elas estavam tentando.

— Alguém a encontrou aqui? — perguntou Alex.

— O nome dela é Marjorie Stephen, é professora titular de psicologia. Há quase doze anos no departamento, é diretora de um dos laboratórios. O faxineiro noturno encontrou o corpo e me ligou.

— Ligou para você? Não para a emergência?

Ele balançou a cabeça.

— Eu o conheço do bairro, é amigo da minha mãe. Ele não queria problemas com os policiais.

— Também não quero.

Turner levantou uma sobrancelha.

— Então aja de acordo.

Cada osso contrário no corpo de Alex queria mandá-lo se foder.

— Por que estou aqui?

— Dê uma olhada. Os investigadores da perícia já vieram e foram embora.

Alex não tinha certeza de que queria. Já vira cadáveres demais desde que se juntara à Lethe, e este era o segundo em três dias.

Ela andou ao redor do corpo em uma curva ampla, tentando evitar aquela ausência fria.

— Jesus — ela engasgou quando chegou ao outro lado. Os olhos da mulher estavam arregalados e fixos, as pupilas eram de um cinza leitoso.

— O que fez isso? Veneno?

— Não sabemos ainda. Pode não ser nada. Um aneurisma, um derrame.

— Não é isso que acontece quando se tem um derrame.

— Não — Turner admitiu. — Nunca vi isso.

Alex se inclinou, cautelosa.

— Há...

— Ainda sem cheiro. Estimamos a hora da morte ente oito e dez da noite de hoje, mas vamos saber mais depois da autópsia.

Alex tentou não demonstrar alívio. Uma parte dela se perguntava se Dawes estava certa e se o ritual delas havia causado aquilo. Ela sabia que magia perdida poderia causar danos reais. Mas a mulher morrera horas depois.

A professora estava com a mão em um livro.

— A Bíblia? — perguntou Alex, surpresa.

— É possível que ela estivesse sentindo dor e procurando conforto — disse Turner.

Relutantemente, ele completou:

— Também é possível que tenha sido encenado.

— Sério?

— Olhe mais de perto.

A mão de Marjorie Stephen estava agarrada ao livro, e um de seus dedos estava enfiado entre as páginas, como se ela estivesse tentando marcar o lugar onde parara quando se deitara para morrer.

— Onde ela parou de ler?

Turner empurrou as páginas com a mão enluvada. Alex forçou-se a se inclinar.

— *Juízes*?

— Você conhece a Bíblia? — perguntou Turner.

— Você conhece?

— Até que bem.

— Faz parte do treinamento de polícia?

— Frequentei seis anos de escola dominical quando poderia estar jogando beisebol.

— Você era bom no beisebol?

— Não. Mas também não sou bom com as escrituras.

— Então o que é que eu não estou percebendo aqui?

— Sei lá. *Juízes* é chato pra caramba. Listas de nomes, nada muito além disso.

— E vocês pegaram as filmagens de segurança ou o que for?

— Pegamos. Havia muita gente no prédio naquele horário, mas vamos precisar pesquisar as fitas do saguão para procurar por pessoas que não deveriam estar aqui.

Ele bateu no calendário da mesa com os dedos enluvados. No sábado da morte de Marjorie Stephen, ela – ou alguém – tinha escrito *"Esconde os dispersos"*.

— Isso lembra alguma coisa?

Alex hesitou, então balançou a cabeça.

— Talvez. Acho que não.

— Uma coisa que também está na Bíblia.

— *Juízes*?

— Isaías. A destruição de Moab.

Turner a observava atentamente, esperando para ver se algo daquilo traria alguma centelha de lembrança. Alex teve a sensação distinta de decepcioná-lo.

— E a família da professora? — ela perguntou.

— Informamos o marido. Vamos falar com ele amanhã. Três filhos, todos crescidos. Estão voando ou dirigindo para cá.

— Ele disse se ela era religiosa?

— De acordo com ele, o mais perto que chegava da igreja era ioga todo domingo.

— Essa Bíblia diz outra coisa. — Alex conhecia a aparência de um livro amado, lombada quebrada, páginas com pontas dobradas e marcadas.

Os lábios de Turner, então, curvaram-se em um sorrisinho.

— Com certeza. Mas olhe de novo. Olhe para ela.

Alex não queria. Ainda estava abalada pelo que tinha visto em Black Elm e agora Turner a estava testando. Mas então ela percebeu.

— Os anéis dela estão soltos.

— Isso mesmo. E olhe para o rosto dela.

Alex não ia olhar para aqueles olhos leitosos de novo de jeito nenhum.

— Parece uma mulher morta.

— Parece uma mulher morta de oitenta anos. Marjorie Stephen acabou de fazer cinquenta e cinco.

O estômago de Alex revirou como se ela tivesse dado um passo em falso. Era por isso que Turner achava que as sociedades estavam envolvidas.

— Ela não estava doente — ele continuou. — Esta senhora gostava de caminhar por East Rock e pelo Sleeping Giant. Corria todo dia de manhã. Falamos com duas pessoas com escritórios neste corredor que a viram hoje cedo. Disseram que ela parecia normal, perfeitamente saudável. Quando mostramos a eles uma foto do corpo, mal a reconheceram.

Tinha cheiro de sobrenatural. Mas e a Bíblia? As sociedades não eram do tipo que citavam as escrituras. Os textos que usavam eram muito mais raros e mais obscuros.

— Não sei — disse Alex. — Essas coisas não parecem se encaixar.

Turner esfregou a mão no cabelo repicado.

— Ótimo. Então me diga que estou procurando pelo em ovo.

Alex queria dizer. Mas havia algo errado ali, algo mais do que uma mulher deixada para morrer sozinha com uma Bíblia na mão, alguma coisa naqueles olhos cinza leitosos.

— Posso pesquisar na biblioteca da Lethe — disse Alex. — Mas vou exigir certa reciprocidade.

— Não é assim que as coisas funcionam na verdade, Dante.

— Sou Virgílio agora — falou Alex, embora talvez não fosse por muito tempo. — Funciona do jeito que a Lethe diz que funciona.

— Tem alguma coisa diferente em você, Stern.

— Cortei o cabelo.

— Não, não cortou. Mas alguma coisa em você está estranha.

— Vou fazer uma lista para você.

Ele a levou até o corredor e acenou para que a equipe de legistas entrasse no escritório, onde colocaria Marjorie Stephen em um saco para cadáveres e a levaria embora. Alex se perguntou se fechariam os olhos dela primeiro.

— Me conta se encontrar alguma coisa na biblioteca — falou Turner no elevador.

— Envie o relatório de toxicologia pra mim — respondeu Alex. — Seria a ligação mais provável com as sociedades. Mas você está certo. Provavelmente é só uma noite minha desperdiçada.

Antes que as portas pudessem se fechar, Turner enfiou a mão entre elas, que voltaram a se abrir.

— Entendi — disse ele. — Você parecia que estava sempre sendo perseguida por problemas.

Alex apertou o botão para fechar a porta.

— E?

— Agora parece que eles te alcançaram.

9
Verão passado

Alex pousou no aeroporto de Los Angeles às nove da manhã no domingo. Michael Anselm e a Lethe haviam pagado pela primeira classe, então ela pediu duas doses de uísque grátis para se derrubar e dormiu durante o voo. Sonhou com a última noite que tivera no Marco Zero, Hellie deitada, fria, ao lado dela, a sensação do bastão em sua mão. Dessa vez Len falou antes que ela desse o primeiro golpe.

Algumas portas não ficam fechadas, Alex.

E então parou de falar.

Ela acordou encharcada de suor, o sol de Los Angeles batendo através do vidro turvo da janela do avião.

Estava quente demais para usar moletom de capuz, mas, para o caso de Eitan estar vigiando as chegadas, ela o vestiu, fechou o zíper e pegou um táxi para a 7-Eleven perto do apartamento da mãe. A corrida custou quase cem dólares. A cidade parecia nebulosa e desolada, o amarelo-acinzentado opaco de uma gema cozida demais.

Ela comprou um café gelado e Doritos e ficou a cerca de meio quarteirão do apartamento. Queria ver a mãe, ter certeza de que ela estava bem. Tinha pensado em simplesmente bater na porta, mas Mira entraria em pânico se Alex aparecesse sem avisar. E como explicaria onde conseguira o dinheiro para voar para casa?

Ainda sentiu uma pontada quando viu a amiga da mãe, Andrea, no interfone. Um minuto depois, Mira surgiu com calça de ioga e uma camiseta enorme com uma hamsá ornamentada, ecobags penduradas no ombro. Elas saíram juntas, braços e pernas subindo e descendo em uma caminhada vigorosa, e Alex as seguiu por um tempo. Sabia que estavam indo para o mercado dos fazendeiros, onde comprariam caldo de osso, espirulina ou alfafa orgânica. A mãe parecia feliz e dourada, o cabelo loiro com mechas recentes, os braços macios bronzeados. Parecia uma estranha. A Mira que Alex conhecia vivia em constante estado de preocupação com a filha louca e furiosa. A filha daquela mulher estudava em

Yale. Tinha um emprego de verão. Mandava fotos das colegas de quarto, das novas flores de primavera e de tigelas de macarrão.

Alex sentou-se em um banco na beira do parque e observou a mãe e Andrea desaparecerem nas tendas brancas do mercado. Sentia-se sem fôlego, chorosa e como se quisesse bater em alguma coisa. Mira tinha sido uma mãe de merda, presa demais em suas próprias tempestades para ser qualquer tipo de âncora. Por um tempo, Alex a odiara, e uma parte dela ainda odiava. Ela não nascera com o dom da mãe de perdoar ou esquecer. Não tinha o cabelo cor de sol e os olhos azuis suaves de Mira, o amor dela pela paz, as estantes repletas de maneiras de ser mais bondosa, mais empática, um ser mais gentil no mundo, uma força do bem. A terrível verdade era que, se pudesse ter parado de amar a mãe, teria parado. Teria deixado Eitan fazer ameaças e se afastado para sempre. Mas não conseguia se livrar do hábito de amar Mira e não conseguia separar o anseio que sentia pela mãe que poderia ter tido do desejo de proteger a que tinha.

Ela ligou para Eitan, que não atendeu, mas um minuto depois recebeu uma mensagem.

"Venha hoje depois das dez da noite."

"Eu poderia ir agora." Pareceu mais seguro do que "Você disse almoço, cuzão manipulador".

Os minutos passaram. Nenhuma resposta. E não haveria. O rei fazia o que o rei queria. Mas, se ele quisesse matá-la, não tinha motivo para esperar até o anoitecer. Isso era quase reconfortante. Então o que era aquilo? Algum tipo de armadilha? Uma tentativa de arrancar de Alex informações sobre Len ou sobre a morte do primo dele? Alex tinha que acreditar que poderia sair dessa. Eitan achava que ela era uma drogada, uma piada, e, desde que ele não a levasse a sério, estava segura.

Alex ficou sentada ali, observando o mercado por mais um tempo, então entrou em um ônibus para Ventura Boulevard. Tentou se convencer de que estava só matando tempo, mas isso não a impediu de descer no ponto de ônibus em que descia antigamente ou percorrer a antiga rota que fazia até o Marco Zero. Por quê? Não tinha voltado lá desde que fora levada em uma ambulância e não tinha certeza de que estava pronta para ver aquele prédio de apartamentos velho e feio, com seu estuque manchado e suas varandas tristes olhando para o nada.

Mas ele havia sumido, sem nem pedaço ou sinal dele, apenas um grande buraco de terra e um monte de vergalhões subindo para a coisa nova que iria substituí-lo, tudo contornado por uma cerca de arame.

Fazia sentido. Ninguém ia querer alugar um apartamento onde um assassinato múltiplo havia ocorrido. Um crime que ainda não fora solucionado. E ninguém ia erguer ali um monumento ou mesmo colocar uma daquelas cruzes brancas e frágeis rodeadas de flores baratas, bichos de pelúcia e bilhetes. Ninguém se importava com as pessoas que tinham morrido aqui. Criminosos. Traficantes. Perdedores.

Alex desejou ter trazido algo bonito para Hellie, uma rosa ou alguns desses cravos de supermercado de merda ou uma das cartas do antigo baralho de tarô da amiga. A estrela. O sol. Hellie tinha sido essas duas coisas.

Estaria esperando encontrá-la ali? Uma Cinzenta assombrando aquele lugar miserável? Não. Se Hellie voltasse pelo Véu, iria para o oceano, para o calçadão, atraída pelo barulho de skates e raspadinhas de gelo cheias de xarope, pelas doces nuvens de calor saindo daqueles grandes tambores de pipoca, casais se beijando no estúdio de tatuagem, surfistas desafiando a água. Alex ficou tentada a ir procurá-la, passar a tarde em Venice, com o coração disparado a cada cabeleira loira. Seria uma espécie de penitência.

— Eu devia ter encontrado um jeito de salvar nós duas — disse ela para ninguém.

Ficou suando sob o sol o tanto que conseguiu aguentar, então caminhou de volta para o ponto de ônibus. Aquela cidade inteira parecia um cemitério.

★ ★ ★

Alex passou as horas restantes no Getty, vendo o pôr do sol através da poluição, comendo uma pilha de biscoitos de chocolate do café. Obrigou-se a caminhar pelas galerias porque sentiu que deveria. Havia uma exposição de Gérôme. Nunca tinha ouvido falar dele, mas leu as descrições datilografadas ao lado de cada pintura e ficou um longo tempo diante de *A dor do paxá*, olhando para o cadáver do tigre deitado delicadamente em um canteiro de flores e pensando no buraco onde antes ficava o Marco Zero.

Um pouco antes das dez, pediu um carro para levá-la até a casa de Eitan em Mulholland. Podia ver a agitação da 405 lá embaixo, glóbulos vermelhos, glóbulos brancos, uma inundação de pequenas luzes. Poderia morrer ali naquela noite e ninguém saberia.

— Quer que eu espere? — o motorista perguntou quando chegaram ao portão de segurança.

— Não precisa, está tudo bem.

Talvez se dissesse isso várias vezes, viraria verdade.

Pensou em simplesmente pular a cerca, mas Eitan tinha cachorros. Pensou em enviar uma mensagem para Dawes, para que alguém soubesse que estava ali. Mas para quê? Dawes iria vingá-la? Será que Turner mexeria os pauzinhos, arranjaria alguém para investigar o caso dela, levaria Eitan para ser interrogado com um de seus advogados caros?

Alex estava prestes a apertar o botão do interfone quando o portão começou a se abrir com dobradiças silenciosas. Ela olhou para cima e acenou para a câmera empoleirada na parede. *Sou inofensiva. Não sou ninguém, nada com que valha a pena se preocupar.*

Seguiu pelo longo caminho, os tênis esmagando o cascalho. Ouvia o som da rodovia lá embaixo. Era o som do próprio sangue correndo nas veias quando você colocava as mãos em concha sobre os ouvidos. Oliveiras ladeavam o caminho e havia seis carros estacionados na entrada circular. Um Bentley, um Range Rover, um Lambo, dois Chevy Suburbans e uma Mercedes amarela brilhante.

A casa estava toda iluminada, as janelas brilhando como barras de ouro, a piscina, uma laje brilhante turquesa. Ela vislumbrou algumas pessoas reunidas ao redor da água. Homens com cabelos bem cuidados vestidos com camisas para fora da calça e jeans caros; mulheres longas e líquidas que pareciam ter sido despejadas de alguma garrafa cara, vestidas com biquínis e pedaços de seda que esvoaçavam ao redor delas enquanto caminhavam.

Viu uma Cinzenta de vestido justo de lantejoulas ao lado deles, o cabelo desfiado, atraída pela emoção rápida que vinha com a cocaína ou a ketamina, o pulso de luxúria que sempre parecia cercar aquela casa, estivessem vinte ou duzentas pessoas reunidas ali. Alex só tinha ido às grandes festas de Eitan, eventos barulhentos e bagunçados alimentados por graves pulsantes que sacudiam a encosta, corpos seminus na piscina, engradados de vodca israelense. Ela e Hellie seguiam Len enquanto ele exclamava, todas as vezes, como se nunca tivesse visto o lugar antes: "É isso aqui. Precisamos de um pouco disso. Merda. Eitan nem é assim tão inteligente. Lugar certo, hora certa!".

Mas Eitan era inteligente. Inteligente o suficiente para não confiar em Len com qualquer volume de mercadoria real. Inteligente o suficiente para saber que algo não estava certo no que pensava de Alex.

Ela olhou para os festeiros à beira da piscina e se perguntou se deveria ter se vestido melhor, não por ser convidada, mas como uma espécie de demonstração de respeito. Tarde demais agora.

— Oi, Tzvi — disse ela ao guarda-costas na porta.

Ele não tinha porte de segurança. Era alto, mas magro, e havia rumores de que tinha sido do Mossad. Alex só o vira em ação uma vez, quando um amigo desordeiro disparou uma arma no meio de uma festa. Tzvi havia tirado a arma das mãos dele e botado o cara para fora enquanto o som da bala ainda ricocheteava na encosta. Mais tarde descobriu que ele tinha quebrado o braço do sujeito em dois lugares.

Tzvi balançou o queixo e gesticulou para que ela levantasse os braços. Ela aguentou a revista – rápida e eficiente, sem agarrar os seios ou apertar devagar, como alguns dos funcionários de Eitan faziam – e seguiu o guarda-costas para dentro da casa. A casa de Eitan era toda de piso de mármore, lustres, aquele teto alto que ecoava. Coisas que antes significavam riqueza para Alex, luxo, uma coleção de tesouros caros e desejáveis. Mas Yale a tornara esnobe. Agora o dourado, a iluminação embutida, o mármore com veios pareciam chamativos e grosseiros. Gritavam novo rico.

Eitan estava sentado em um grande sofá de couro branco, R&B ecoando de fora das portas de vidro enormes, vindo de fora.

— Alex! — disse ele, afetuosamente. — Você me surpreendeu. Não sabia se vinha.

— Por que eu não viria? — ela perguntou.

Inofensiva, fácil, um coelhinho que não valia a pena caçar.

Ele riu.

— Verdade, verdade. Acho que não ia querer que eu fosse atrás de você. Está com fome? Com sede?

Sempre.

— Na verdade, não.

— Alex — ele a censurou, como uma avó diligente. — Comer faz bem.

Foda-se. Precisava fazê-lo acreditar que não tinha nenhuma razão para ficar nervosa. Não tinha nada a esconder.

— Claro, obrigada.

— Você é sempre educada. Não como o Len. Alitza fez torta.

Ele acenou com a mão para outro homem, que desapareceu na cozinha.

— Como está Alitza?

Era a cozinheira de Eitan, e nunca parecia aprovar nada do que acontecia na casa dele.

Eitan deu de ombros.

— Ela sempre reclama. Eu compro para ela... como é? Passe Anual da Disney. Ela vai toda semana agora.

O guarda voltou com um pedaço enorme de torta de cereja, uma bola de sorvete de baunilha no topo.

Através da porta de vidro, Alex via a Cinzenta brilhante em seu vestido justo girando na pista de dança, as mãos levantadas sobre a cabeça, o corpo fantasma pressionado contra os festeiros alheios.

Alex se obrigou a comer um pedaço de torta

— Jesus — murmurou ela, a boca ainda cheia. — Essa deve ser a melhor coisa que eu já comi.

— Eu sei — disse Eitan. — É por isso que eu mantenho ela aqui.

Por um tempo, Eitan a observou comer. Quando o silêncio foi demais, Alex colocou o prato em uma mesa de café grande de vidro, limpando a boca.

— Achei que você já estaria morta a este ponto — disse ele.

Não era uma aposta ruim.

— Achei que você fosse morrer de overdose — ele continuou. — Ou talvez encontrar outro namorado ruim?

Aquilo soava convincente.

— É, eu conheci um cara. Ele é legal. Vamos nos mudar para a Costa Leste.

— Nova York?

— Vamos ver.

— Muito caro. Até o Queens é caro agora. Nunca encontro o homem que mata Ariel. Nunca ouço nem um cochicho. Uma noite igual àquela nunca acontece sem conversa. Eu escuto. Peço para todo mundo escutar. Nada.

— Sinto muito por isso.

Eitan deu de ombros de novo.

— Estranho, sabe? Porque não é crime limpo. É feio. Amador. Pessoas assim, elas não disfarçam as pistas.

— Não sei o que aconteceu naquela noite — disse Alex. — Se eu soubesse, não estaria protegendo as pessoas que mataram meus amigos.

— Len era seu amigo?

A pergunta a deixou perplexa.

— Algo assim.

— Acho que não. — Ele fez um gesto para o quintal. — Esses aí não são meus amigos. Eles gostam da minha comida, da minha casa, das minhas drogas. Vampiros. Sabe, igual a música do Tom Petty?

— Claro.

— Adoro aquela música. — Ele apertou alguns botões no celular e o som de uma guitarra encheu o cômodo. — Tzvi revira os olhos.

Alex olhou sobre o ombro para o guarda-costas de rosto pétreo.

— Ele acha que eu preciso de música nova. Mas eu gosto. Não acho que Len era seu amigo.

Alex tinha passado anos de sua vida com Len, vivera com ele, dormira com ele, fizera tarefas para ele, passara drogas para ele. Tinha roubado e furtado para ele, fodido estranhos por ele. Tinha deixado ele transar com ela mesmo quando não queria. Ele nunca a fizera gozar, nem uma vez, mas a fazia rir de vez em quando, o que pode ter valido mais. Estava feliz por ele estar morto e nunca se preocupara em perguntar onde estava enterrado, ou mesmo se os pais tinham vindo buscar o corpo. Não sentia culpa ou remorso ou qualquer uma das coisas que deveria sentir por um amigo.

— Talvez não — ela concedeu.

— Ótimo — disse Eitan, como se ele fosse o terapeuta dela e tivessem feito um grande progresso. — O problema com a polícia é que eles só olham... — ele colocou a mão na frente do rosto. — Só bem ali. Só o esperado. Então eles verificam câmeras de trânsito, procuram carros. Quem vai a uma casa cometer um crime como esse a pé?

Ele fez os dedos irem para a frente e para trás em tesoura, um homem sem cabeça em um passeio pelo nada.

— A pé. É estúpido pensar nisso. Mas existem os tolos sábios.

Sophomore.[5] Do grego *sophos*, que significava sábio, e *moros*, que significava tolo. Uma brincadeirinha que um dos professores dela tinha feito. Alex ficou em silêncio.

— Então eu penso, por que não olhar. Que mal pode fazer?

Bastante, suspeitava Alex. Será que Eitan sabia que ela tinha matado Ariel? Ele realmente a trouxera até ali para acertar as contas? E ela tinha entrado na casa feito uma idiota?

— Conhece a loja de penhores em Vanowen?

Alex conhecia. All Valley Penhora e Vendas. Tinha penhorado o copo de kiddush do avô lá quando estivera desesperada por dinheiro.

— Eles têm uma câmera na calçada, lá na frente, o tempo todo — disse Eitan. — Eles não olham a filmagem se não há problema. Mas eu tive problema. Ariel teve problema. Então eu olho.

Ele estendeu o celular. Alex sabia o que ia ver, mas o pegou de qualquer maneira.

A calçada estava levemente verde, a rua quase vazia de carros e negra como um rio. Uma garota cruzou o quadro. Vestia apenas camiseta cavada e calcinha, e tinha algo nas mãos. Alex sabia que eram os restos quebrados do bastão de madeira de Len. O que tinha usado para matá-lo, e para matar Betcha, e Corker, e Cam. E o primo de Eitan, Ariel.

Ela deslizou o dedo sobre a tela, retrocedendo o vídeo. Sentiu Eitan observando-a, calculando, mas Alex não conseguia parar de olhar para a garota na tela. Parecia muito clara, como se estivesse brilhando, os olhos estranhos na luz verde de uma câmera de visão noturna. *Hellie estava comigo*, ela pensou. *Dentro de mim*. Naquela última noite, Hellie a mantivera forte, a ajudara a se livrar das evidências, fizera com que se lavasse no rio Los Angeles. Hellie a protegera até o fim.

— Garota pequena — disse Eitan. — Tanto sangue.

---

5. Em inglês, um termo para indicar um aluno do segundo ano. (N.T.)

Não adiantava negar que era ela no vídeo.

— Eu estava chapada. Não me lembro de nada do…

Não chegou a pronunciar a última palavra. Um braço carnudo a prendeu pela garganta, cortando seu ar. Tzvi.

Alex tentou libertar o braço, arranhando a pele do guarda-costas. Sentiu que era levantada do sofá enquanto os pés chutavam o nada. Não conseguia nem gritar. Viu Eitan nas almofadas brancas, observando-a com interesse calmo, os festeiros pela janela reunidos em volta da piscina, distraídos. A garota morta de lantejoulas ainda dançava.

Alex não pensou. Sua mão disparou quando a mente alcançou a Cinzenta, exigindo a força dela. A boca de Alex foi inundada pelo gosto de cigarros e brilho labial de cereja, a parte de trás de sua garganta coçou como se tivesse acabado de cheirar uma carreira. Sentia cheiro de perfume e suor. O poder explodiu através dela.

Alex agarrou o braço de Tzvi e o apertou. Ele grunhiu de surpresa. Ela sentiu os ossos dele se curvarem sob suas palmas. Ele a soltou e Alex caiu para trás no sofá. Ela se levantou e pegou um grande pedaço de escultura da mesa lateral, girando. Mas ele era rápido, e, não importava a força dentro dela, ela não era treinada. Tudo o que tinha era força bruta. Ele se esquivou do golpe com facilidade, e o ímpeto carregou a escultura contra a parede, atingindo-a com tanta força que atravessou direto. Ela sentiu o punho de Tzvi atingir seu estômago, deixando-a sem ar. Alex caiu de joelhos e agarrou a perna de Tzvi, usando a força da Cinzenta para derrubá-lo.

— Basta, basta — gritou Eitan, batendo palmas.

Tzvi recuou instantaneamente, as mãos levantadas como se tentasse domar um animal selvagem, os olhos apertados. Alex se agachou no chão, pronta para correr, lutando para respirar. Viu marcas de seus dedos no antebraço dele já começando a formar hematomas.

Eitan ainda estava sentado no sofá, mas agora sorria.

— Quando vi o que aconteceu com Ariel, penso, é impossível. Essa menininha não ia conseguir causar tanto estrago.

E Alex entendeu que tinha cometido um erro terrível. Ele não a trouxera ali para matá-la. Se tivesse, Tzvi teria usado uma faca ou um garrote em vez das mãos. Teria atacado para matar em vez de apenas socá-la no estômago.

— Então — disse Eitan. — Agora sei que conseguiria. Eu e você temos negócios a tratar, Alex Stern.

Tinha sido tudo um jogo. Não, um teste. Ela estivera procurando por uma armadilha, mas não a que ele tinha armado para ela. E ela caíra feito tola. A tola sábia.

10
Outubro

Alex pegou um carro perto da cena do crime de volta para os dormitórios. Provavelmente deveria ter caminhado, mas a área ao redor da faculdade de medicina não era segura, e estava cansada demais para uma briga.

Quando terminou de se lavar e se aninhar na cama, já eram três da manhã. Mercy dormia profundamente, e Alex ficou feliz por não precisar responder a nenhuma pergunta. Dormiu e sonhou que subia as escadas de Black Elm. Entrou no salão de dança, deslizou para além da barreira do círculo dourado, o calor dele um conforto, como entrar em um banho quente. Darlington esperava por ela.

Alex não se lembrava de ter acordado. Em um momento estivera dormindo e parada dentro do círculo de proteção com Darlington; no seguinte, estava sozinha sob um céu de outono na porta de Black Elm. No começo, pensou que ainda estivesse sonhando. A casa estava escura, exceto pela luz dourada que vazava por debaixo das janelas fechadas com tábuas no segundo andar. Ouvia o vento nas árvores, sacudindo as folhas, um sussurro de advertência, *o verão acabou, o verão acabou.*

Olhou para os próprios pés. Estavam cobertos de lama e sangue.

Estou aqui ou estou sonhando? Tinha voltado para o dormitório depois de deixar Turner no departamento de psicologia, escovara os dentes, subira na cama. Talvez ainda estivesse lá agora.

Mas seus pés doíam. Os braços estavam arrepiados. Não vestia nada além do short e da camiseta cavada que usava para dormir.

Uma consciência real a atingiu. Estava com frio, sozinha e no escuro. Tinha *andado* até ali. Descalça. Sem celular. Sem dinheiro.

Nunca fora sonâmbula na vida.

Alex colocou a mão na porta da cozinha. Podia se ver refletida no vidro, branca como osso contra a escuridão. Não queria entrar. Não queria subir aquelas escadas. Aquilo era uma mentira. Sentia que o sonho a puxava. Estava com Darlington dentro do círculo dourado. Queria estar lá agora.

Olhou para as janelas. Será que ele sabia que ela estava ali? Queria que ela estivesse ali?

— Puta merda — disse ela, a voz alta demais, morrendo abruptamente nas árvores que cercavam a casa como se nenhum som tivesse permissão para seguir até o mundo lá fora.

Precisava voltar para o dormitório. Poderia tentar encontrar um Cinzento para convocar e usar a força dele para levá-la para casa, mas seus pés já doíam pra caramba. Além disso, depois daquele pequeno incidente na casa de Estranho, não tinha certeza de que queria convidar outro Cinzento para entrar. Poderia tentar mancar até um posto de gasolina. Ou poderia quebrar uma janela e usar o telefone fixo para ligar para Dawes. Supondo que o telefone fixo funcionasse.

Então ela se lembrou: as câmeras. Dawes teria recebido um alerta de que alguém estava na porta. Ela acenou freneticamente para a campainha, sentindo-se uma idiota.

— Dawes... você está aí? — disse.

— Alex?

Alex pousou a cabeça na pedra fria. Nunca se sentira tão grata por ouvir a voz de Dawes.

— Acho que vim até aqui dormindo. Pode vir me pegar?

— Você *andou* até Black Elm?

— Eu sei. E estou meio pelada e congelando pra porra.

— Tem uma chave debaixo do vaso de hortênsias. Entre e se aqueça. Chego o mais rápido que puder.

— Certo — disse Alex. — Obrigada.

Ela inclinou o vaso, pegou a chave. E então estava de pé na sala de jantar.

Não se recordava de destrancar a porta ou de passar pela cozinha. Um lençol velho fora colocado sobre a mesa de jantar para barrar a poeira. Ela o pegou e se enrolou nele, desesperada por calor.

Espere por Dawes. Tinha todas as intenções de fazer isso, mas também tinha todas as intenções de ficar na cozinha, ao lado do forno.

Tinha a sensação de que ainda estava dormindo, ainda sonhando, como se não tivesse chave nenhuma nem conversa nenhuma com Dawes. Seus pés queriam se mover. A casa se abriu para ela porque ele estava esperando.

Puta merda, Darlington. Alex agarrou o corrimão. Estava na base da escada. Olhou para trás e viu o trecho escuro da sala de estar, as janelas para o jardim além. Tentou se ancorar no corrimão com as duas mãos, mas era uma marionete ruim, puxando as cordas. Precisava continuar subindo. Subir as escadas e andar pelo corredor até o salão de dança. Não havia tapetes para suavizar seus passos.

Ela conhecia apenas um Cinzento que frequentava Black Elm. Um velho, de roupão sempre meio aberto, um cigarro pendurado nos lábios. Ele ia e vinha, como se não conseguisse decidir se ficava ou não, e agora não estava em lugar nenhum. Ela não tinha sal nos bolsos, nem pó de cemitério, nenhuma proteção.

Tentou se forçar a não abrir a porta, mas abriu mesmo assim. Enganchou os dedos no batente da porta.

— Dawes! — gritou.

Mas Dawes ainda não tinha chegado a Black Elm. Não tinha ninguém na casa velha, exceto Alex, e o demônio que um dia fora Darlington a olhava do centro do círculo com olhos dourados brilhantes.

Ele ainda estava sentado de pernas cruzadas, mãos nos joelhos, palmas para baixo. Mas agora seus olhos estavam abertos e brilhavam com a mesma luz dourada das marcas em sua pele.

— Stern.

O choque da voz dele foi o suficiente para afrouxar as mãos dela na porta. Mas ela não tropeçou para a frente. Seja qual fosse a força que ele usava para controlá-la, havia diminuído.

— Que porra foi essa?

— Boa tarde pra você também, Stern. Ou já é de manhã? Difícil saber aqui dentro.

Alex precisou se forçar a ficar parada, não correr, não chorar. Aquela voz. Era *Darlington*. Totalmente humano, totalmente ele. Tinha só um eco fraco, como se estivesse falando das profundezas de uma caverna.

— Estamos no meio da noite — ela conseguiu dizer, a voz áspera. — Não tenho certeza de que horas são.

— Gostaria que me trouxesse alguns livros, se puder.

— Livros?

— Sim, ando entediado. Sei que isso demonstra uma mente preguiçosa, mas... — Ele deu de ombros levemente, as marcas no corpo brilhando.

— Darlington... você sabe que está nu, certo?

Como uma estátua perversa, mãos pousadas nos joelhos, chifres acesos, pau duro e brilhante.

— Sou um demônio, não um tonto, Stern. Mas minha dignidade está em frangalhos faz tempo. E você também não se vestiu para a ocasião.

Alex apertou o lençol com mais força.

— Que livros você quer?

— Você escolhe.

— Foi por isso que você me arrastou até aqui?

— Não arrastei você para lugar nenhum.

— Não atravessei New Haven descalça na calada da noite pela emoção. Fui compelida.

Mas não era bem isso. Não parecia com a moeda da compulsão ou Astrumsalinas ou qualquer outra magia estranha que tivesse encontrado. Parecia algo mais profundo.

— Interessante — disse ele, em uma voz que não parecia nem um pouco interessada.

Alex recuou, perguntando-se a cada momento se seus pés simplesmente parariam de obedecer e ela seria forçada a ficar. Assim que chegou ao corredor, levou um momento para recuperar o fôlego.

É ele. Ele está vivo.

E não estava bravo. A menos que isso fosse algum tipo de golpe. Ele não tinha voltado com sede de vingança ou pronto para punir Alex por ter falhado com ele. Mas o que era isso? O que a trouxera até ali?

Alex considerou sair correndo. Dawes chegaria em breve. Poderia estar virando a esquina agora mesmo. Mas o que Alex diria quando saísse correndo de casa? *O monstro exigiu que eu fizesse o que pedia! Ele me pediu que selecionasse material de leitura para ele!*

Para ser honesta, não queria ir embora. Não queria deixá-lo. Queria saber o que aconteceria a seguir.

Subiu as escadas até o terceiro andar e o minúsculo quarto redondo de Darlington na torre. Não entrava ali desde a noite do ritual da lua nova, quando fora procurar informações sobre a morte do Noivo.

Olhou pela janela. A entrada de carros fazia uma curva entre as árvores, a rua invisível dali. Nenhum sinal de Dawes. Não sabia se estava preocupada ou feliz.

Mas escolher material de leitura para Darlington era uma tarefa saída de um pesadelo. O que iria entreter um demônio com o gosto refinado? Finalmente optou por um livro sobre modernismo no planejamento urbano, uma biografia com dorso em espiral de Bertram Goodhue e um exemplar em brochura de *Dogsbody*,[6] de Diana Wynne Jones.

— Isso não vai pegar fogo? — ela perguntou, quando voltou ao salão de dança.

— Tente com um.

Alex colocou o livro no chão e deu um empurrão forte. Ele deslizou através da barreira, aparentemente ileso.

A mão de Darlington disparou e capturou o livro. A coleira em seu pescoço brilhava, as granadas como olhos vermelhos, observando.

— É uma joia e tanto — disse ela.

Era realmente muito grande para ser chamada de colar. Estendia-se da garganta até os ombros, como algo que um faraó usaria.

— A pala. Está pensando em penhorar?

— Não ficou boa em você.

Ele passou uma mão carinhosa pelo livro em brochura. As letras pareceram brilhar e mudar para símbolos desconhecidos.

— Oxalá eu fizesse com que amasses os livros mais do que tua mãe — murmurou ele.

Os dedos dele terminavam em pontas de garras douradas, e uma lembrança veio a ela, a sensação do corpo dele envolvendo o dela. *Vou servi-la até o fim dos meus dias.*

Ela estremeceu, apesar do calor no salão.

— Por que isso funcionou? — ela perguntou. — Por que não queimou?

— Histórias existem em todos os mundos. São imutáveis. Como ouro.

Ela não tinha certeza do que deveria entender disso. Deslizou o resto dos livros através da margem do círculo.

— Tudo certo? — perguntou.

O corpo todo dela zumbia, preso entre o desejo de correr e a vontade de permanecer. Parecia perigoso ficar naquela sala, sozinha com ele, essa pessoa que não era bem uma pessoa, essa criatura que ela conhecia e não conhecia.

---

6. Em tradução livre, "lacaio". (N.T.)

Darlington examinou os títulos.

— Esses vão servir por enquanto. Embora *Fire and Hemlock*[7] pareça mais apropriado do que *Dogsbody*. Toma — disse ele. — Pegue.

Ele jogou o livro no ar. Sem pensar, Alex estendeu a mão para pegá-lo, percebendo tarde demais que romperia o círculo. Ela sibilou quando o braço estendido atingiu o limite.

Mas nada aconteceu. O livro pousou na palma de sua mão com um baque forte. Alex ficou olhando para ele, para o próprio braço do outro lado daquele manto dourado.

Por que ela não havia queimado como Dawes?

Suas tatuagens tinham mudado. Brilhavam em dourado e pareciam estar vivas: a Roda girando; o leão em cima dela rondando sobre o braço; as peônias florescendo, depois perdendo as pétalas, depois florescendo mais uma vez. Ela puxou a mão para trás, deixando cair o livro.

— Que porra é essa?

O demônio a encarava, e Alex balançou sobre os calcanhares, absorvendo a realidade do que tinha acontecido. Se ela podia entrar, então ele poderia...

— Não consigo sair — ele disse.

— Prove.

— Não acho que seria inteligente.

— Por que não?

Uma prega pequena se formou entre as sobrancelhas dele, e ela sentiu um aperto no coração. Apesar dos chifres, das marcas, aquele era Darlington.

— Porque, toda vez que tento quebrar o círculo, eu me sinto um pouco menos humano.

— O que você é, Darlington?

— O que *você* é, Caminhante da Roda?

A palavra atingiu Alex como um tapa forte. Como ele sabia? O que ele sabia? Belbalm a chamara de Caminhante da Roda. Ela alegara ser uma também, mas Alex não encontrou nenhuma menção de sua espécie na coleção da Lethe.

---

7. Em tradução livre, "fogo e cicuta". (N.T.)

— De onde você conhece essa palavra? — ela perguntou.

— Sandow.

O nome surgiu como um rosnado que sacudiu o chão.

— Você o viu... atrás do Véu?

Darlington a encarou com aqueles estranhos olhos dourados.

— Tem medo de falar a palavra, Stern? Você sabe onde estive, muito além das fronteiras, muito além do Véu. Meu anfitrião recebeu Sandow em seu reino de bom grado, um assassino que matava para ganhar dinheiro. Ganância é pecado em todas as línguas.

Duas expressões piscaram em seu rosto, em guerra, uma de desgosto, outra de satisfação quase obscena. Uma parte dele havia gostado de punir Sandow. E outra estava enojada com aquilo.

— Um pouco de vingança pode ser bom para a alma, Darlington.

— Não é uma palavra para se soltar casualmente, Stern.

Ela não achou que ele se referia a *vingança*.

— Alex?

A voz de Dawes flutuou até lá vinda do térreo.

— É melhor que ela não te encontre aqui.

— O que é isso, Darlington? — sussurrou Alex. — Como podemos ajudá-lo? Como libertamos você?

— Encontre o Corredor.

— Estamos tentando, acredite. Você não faz ideia de onde está?

— Gostaria de saber — ele disse, e havia desespero em sua voz, mesmo quando soltou um riso que arrepiou os pelos dos braços de Alex. — Mas sou só um homem, herdeiro de nada. Encontre o Corredor, faça a descida. Não posso existir entre dois mundos por muito tempo. O cabo vai acabar arrebentando.

— E você vai ficar preso no inferno para sempre?

A expressão dele pareceu oscilar novamente. Desesperança. Antecipação.

— Ou o que quer que eu seja será libertado sobre o mundo.

Ele estava perto da beirada do círculo agora. Alex não o vira se mover, não o vira nem ficar em pé.

— Eu tenho vontades, Stern. Elas não são totalmente... salutares.

As garras dos dedos dele atravessaram o círculo dourado, e Alex tropeçou para trás, um grito agudo emergindo de seus lábios.

Darlington pareceu mudar. Estava mais alto, mais largo; seus chifres pareciam mais afiados. Ele tinha presas. *Eu me sinto um pouco menos humano.*

Então ele pareceu voltar para o centro do círculo. Estava novamente sentado, as mãos nos joelhos, como se nunca tivesse se mexido. Talvez realmente estivesse meditando, tentando manter seu eu demoníaco sob controle.

— Encontre o Corredor, faça a descida. Venha me buscar, Stern. — Ele então fez uma pausa, e seus olhos dourados se abriram. — Por favor.

Essas palavras, cruas e humanas, eram tudo que ela podia aguentar. Alex voou corredor abaixo, escadaria abaixo. Trombou em Dawes no pé da escada.

— Alex! — gritou Dawes, enquanto ambas tentavam manter o equilíbrio.

— Vamos — disse Alex, arrastando Dawes de volta pela casa.

— O que foi que aconteceu? — Dawes dizia, enquanto se deixava ser arrastada. — Você não devia ter subido lá...

— Eu sei.

— Não temos certeza de com que estamos lidando...

— Eu sei, Dawes. Só me tira daqui e eu explico tudo.

Alex abriu a porta da cozinha, grata pela rajada fresca de ar frio. Ouvia a voz de Belbalm: *Todos os mundos estão abertos para nós. Se formos ousadas o bastante para entrar.* Aquilo significava o submundo também? Tinha passado pela fronteira ilesa, assim como no sonho. O que aconteceria se entrasse no círculo?

Alex grunhiu e tropeçou quando seus pés bateram no cascalho.

Dawes a segurou pelo cotovelo.

— Alex, *mais devagar.* Aqui. — Ela estendeu um par de meias brancas macias de cano alto e um par de Tevas. — Eu trouxe isso para você. São muito grandes, mas é melhor do que ir descalça.

Alex sentou na soleira para calçar as meias e as sandálias. Não entraria lá de novo. A cabeça dela zumbia. O corpo parecia estranho.

— O que você estava fazendo lá em cima? — perguntou Dawes.

Alex percebia a acusação na voz dela e não sabia bem como responder. Pensou em mentir, mas tinha muita coisa para explicar. Por exemplo, como tinha ido parar em Black Elm de roupa de dormir.

— Acordei aqui — ela disse, tremendo de frio agora que o pânico havia diminuído. — Sonhei... sonhei que estava aqui e então estava.

— Você veio até aqui dormindo?

— Acho que sim. E depois era como se eu ainda estivesse sonâmbula. Não sei muito bem como fui parar no salão de dança. Mas... ele falou.

— Ele falou com você? — a voz de Dawes estava alta demais.

— É.

— Entendi. — Dawes pareceu voltar a si, a amiga preocupada recuando, a mãezona emergindo. — Vamos esquentar você.

Alex se deixou ser ajudada a ficar de pé e conduzida para dentro do carro, onde Dawes ligou o aquecedor, o leve cheiro de enxofre emergindo como sempre fazia desde a noite do ritual da lua nova. Dawes descansou as mãos no volante como se estivesse tomando uma decisão.

Então engatou a marcha e começaram a voltar para o campus. As ruas estavam quase vazias, e Alex se perguntou quem a teria visto andando, se alguém havia parado para perguntar se ela precisava de ajuda, uma garota seminua, descalça e vagando no escuro, assim como naquela noite com Hellie.

Foi só quando estavam de volta a Il Bastone, com os pés de Alex lambuzados de bálsamo curativo e apoiados em uma almofada coberta por uma toalha, uma xícara de chá ao lado dela, que Dawes se sentou, abriu seu caderno e disse:

— Certo, me conte.

Alex esperava mais emoção, morder de lábios, talvez lágrimas. Mas Dawes era a Oculus agora, estava no modo pesquisa, pronta para documentar e investigar, e Alex sentia-se grata por isso.

— Ele disse que não tem muito tempo — começou Alex, e então fez seu melhor para explicar o resto, que ele tinha quase quebrado o círculo, que tinha implorado para que elas encontrassem o Corredor, mas que não sabia onde estava.

Dawes fez um barulhinho de murmúrio.

— Ele não teria motivos para não contar para nós — disse Alex.

— Ele pode não conseguir. Depende... depende do quanto ele se tornou demônio. Demônios amam enigmas, lembra? Nunca se movem em uma linha direta.

— Ele falou de Sandow também. Ele o viu do outro lado. Disse que seu anfitrião tinha dado boas-vindas a ele.

— Era isso que eu estava tentando dizer — apontou Dawes. — Ele poderia ter nomeado seu anfitrião, seja qual for o deus, demônio ou besta do inferno que serve, mas não nomeou. O que ele falou sobre o anfitrião?

— Nada. Só que Sandow matava para ganhar dinheiro. Disse que ganância é pecado em todas as línguas.

— Então Darlington pode estar preso a Mammon, Plutus ou Gullveig, ou outro deus da ganância. Isso pode nos ajudar se a gente conseguir descobrir onde está o Corredor e como revelá-lo. Que mais?

— Nada. Ele queria livros e eu levei livros. Ele disse que estava entediado.

— Só isso?

— Só isso. Disse alguma coisa sobre amar livros mais que a mãe dele.

Os lábios de Dawes se suavizaram em um sorriso.

— É um provérbio egípcio. Combina bem com ele.

Egípcio. Alex endireitou-se no assento, o pé escorregando da almofada. Dawes ganiu.

— Não encoste isso no tapete, por favor!

— Quando os livros não pegaram fogo, ele disse que as histórias eram imutáveis.

— E? — perguntou Dawes, correndo até a cozinha para pegar um pano de prato.

Alex se recordou de caminhar sob a entrada da Sterling com Darlington. Havia quatro escribas de pedra sobre a entrada. Um deles era egípcio.

— Quando a Biblioteca Sterling foi construída?

— Acho que em 1931? — disse Dawes da cozinha. — As pessoas odiaram muito na época. Acho que o termo usado foi "orgia catedral". Eles disseram que parecia muito com...

Dawes parou na porta, pano de prato molhado nas mãos.

— Disseram que parecia uma igreja.

— Solo sagrado.

Ela e Dawes tinham entendido o que Bunchy, morto havia muito tempo, dissera de forma muito literal. Estavam procurando nos lugares errados.

Dawes entrou devagar na sala, o pano de prato ainda pingando nas mãos.

— John Sterling doou o dinheiro para a biblioteca. — Ela se sentou. — Ele era da Crânio e Ossos.

— Isso não quer dizer muita coisa — observou Alex, com cautela. — Tem um monte de caras ricos na Crânio e Ossos.

Dawes assentiu, ainda de modo lento, como se estivesse debaixo d'água.

— O arquiteto morreu de repente e alguém precisou assumir o trabalho.

Alex esperou.

— James Gamble Rogers assumiu o trabalho. Ele estava na Chave e Pergaminho. "Gambler", em inglês, é *jogador*. Outra palavra para apostador.

Os amigos de Johnny e Jogador tinham construído um Corredor. Em solo sagrado.

Dawes segurava o pano de prato com as duas mãos agora, como se fosse um microfone no qual estava a ponto de cantar.

— "Oxalá eu fizesse com que amasses os livros mais do que tua mãe." Essa citação fica em cima da entrada, sobre o escriba. Está escrita em hieróglifos.

As histórias eram imutáveis. E o que era uma biblioteca senão uma casa cheia de histórias?

— É a Sterling — disse Alex. — A biblioteca é o portal para o inferno.

Erigida em memória de
JOHN WILLIAM STERLING
NASCIDO EM 12 DE MAIO DE 1844
MORTO EM 5 DE JULHO DE 1918
BACHARELADO 1864 - MESTRADO 1874
DOUTOR EM DIREITO 1893 - ADVOGADO
AMIGO LEAL
CONSELHEIRO DE CONFIANÇA
LÍDER ENÉRGICO
EX-ALUNO DEVOTADO
James Gamble Rogers Arquiteto
— *Inscrição memorial, entrada da Biblioteca Memorial Sterling*

Se eu precisasse ser prisioneiro, desejaria não ter outra prisão que não fosse esta biblioteca.
— *James I, entalhado sobre a entrada do corredor de exibições da Biblioteca Memorial Sterling*

11

Alex tinha toda a intenção de ajudar Dawes na pesquisa, mas a próxima coisa que soube foi que acordara na sala de estar em Il Bastone, a luz da manhã entrando pelas janelas. Uma cópia do artigo da *Yale Gazette* de 1931 detalhando a condecoração da Sterling estava aberta em seu peito, como se tivesse tentado usar o livro para se cobrir.

Sentia-se aquecida e à vontade, como se tivesse imaginado tudo em Black Elm, e que aquela manhã pudesse ser simples, um domingo comum.

Tocou a mão nas tábuas do assoalho e elas pareceram zumbir.

— Foi você que fez isso? — ela perguntou a Il Bastone, olhando para o teto artesoado e para a luminária pendurada acima dela em uma corrente de latão.

A lâmpada piscou suavemente atrás de seu globo de vidro fosco. A casa sabia que ela precisava descansar. Estava cuidando dela. Pelo menos era assim que parecia, e talvez no que Alex precisava acreditar.

Dawes havia deixado um bilhete na mesa de café: "Indo para Beinecke. Café da manhã no balcão. Me ligue quando estiver acordada. Más notícias".

Quando não era má notícia? Quando Dawes deixaria uma nota que dizia "Tudo certo. Vá trabalhar naquele seu artigo para não ficar muito pra trás. Deixei pãezinhos frescos e uns filhotinhos pra você"?

Alex precisava chegar em casa, mas estava faminta e seria uma pena desperdiçar um café da manhã, então se arrastou para a cozinha nas Tevas gigantes de Dawes.

— Caralho — ela disse quando viu os pratos de panquecas, o tanque de ovos mexidos com cebolinha salpicada, montes de bacon, molho holandês quente em seu jarro florido e, sim, uma pilha de pãezinhos de morango. Havia comida suficiente para alimentar todo um grupo *a capella*, se eles parassem de cantarolar por um minuto que fosse. Dawes cozinhava para se acalmar, e aquilo significava que a notícia era de fato muito ruim.

Alex empilhou dois de tudo no prato e ligou para Dawes, mas ela não atendeu. "Você está me assustando", ela mandou em uma mensagem. "E tudo está delicioso pra caralho."

Quando terminou, encheu um copo de café para viagem e dobrou três panquecas de chocolate em um saco plástico para mais tarde. Pensou em fazer um desvio para a biblioteca da Lethe para ver se o *Livro de Albemarle* poderia encontrar qualquer coisa sobre a citação da Bíblia de Turner ou venenos que envelheciam suas vítimas, mas isso podia esperar. Precisava de um banho quente e roupas de verdade. Ao sair, deu um tapinha no batente da porta e se perguntou brevemente se estava fazendo amizade com uma casa ou perdendo a cabeça.

Ela tinha cruzado o campus e estava na metade da escadaria para seu quarto na JE quando o celular finalmente vibrou.

"Sterling ao meio-dia. Precisamos de quatro assassinos."

Alex olhou para a mensagem de Dawes e respondeu: "Vou passar no mercado. Será que é melhor já comprar meia dúzia para garantir?".

O telefone dela tocou.

— Isso não é brincadeira.

— Por que quatro, Dawes?

— Para entrar no inferno. Acho que foi por isso que Darlington mencionou Sandow. Ele estava nos dando instruções. É preciso quatro pessoas para o ritual depois que o Corredor for ativado, quatro peregrinos para os quatro pontos cardeais.

— Será que a gente precisa mesmo...

— Você viu o que aconteceu quando tentamos simplificar as coisas na Chave e Pergaminho. Não vou explodir a biblioteca. E acho...

A voz de Dawes parou.

— E? — instigou Alex, todo o otimismo matinal saindo dela.

— Se fizermos errado dessa vez, acho que não vamos voltar.

Alex se inclinou contra a parede, ouvindo o eco das vozes para cima e para baixo na escada de pedra, os sons da faculdade acordando, os canos antigos borbulhando com água, alguém cantando uma música antiga sobre os olhos de Betty Davis. Ela não conseguia fingir que estava surpresa. Essas conversas de Corredores e rapazes chamados Bunchy faziam tudo parecer um jogo, e esse era o perigo. O poder pode se tornar uma coisa fácil demais. Muitas possibilidades tentadoras, só porque elas estão lá.

— Entendo, Dawes, mas nós estamos enfiadas nisso agora.

Desde o momento em que tinham se encontrado no cemitério e Alex falara de sua teoria maluca sobre o cavalheiro demônio, sabiam que não podiam dar as costas para a chance de que Darlington ainda estivesse vivo. Mas as apostas agora eram diferentes do que haviam sido na primavera passada. Lembrou-se de seu sonho, de Len dizendo *Algumas portas não ficam fechadas*. Bem, tinham escancarado essa porta ao estragar aquele ritual na Chave e Pergaminho, e agora algo meio homem, meio monstro estava preso no salão de dança em Black Elm.

— Nós vamos salvá-lo — ela disse. — E, se não podemos salvá-lo, vamos detê-lo.

— O que... o que isso significa? — perguntou Dawes, seu medo como um farol procurando respostas.

Significava que, se não pudessem libertar Darlington, não podiam se arriscar a libertar o demônio, e que isso poderia significar destruir os dois. *Ou o que quer que eu seja será libertado sobre o mundo*. Mas Dawes não estava pronta para ouvir aquilo.

— Vejo você na Sterling — disse Alex, e desligou.

Ela subiu as escadas restantes, sentindo-se cansada de novo. Talvez pudesse tirar uma soneca antes de encontrar Dawes na biblioteca. Abriu a porta para a sala comunal esperando ver Mercy enrolada na poltrona com o laptop e uma xícara de chá. Mas Mercy estava sentada na vertical no sofá, costas eretas, em seu robe de jacintos – diretamente na frente de Michelle Alameddine. A mentora de Darlington, o Virgílio dele.

Alex não a via desde que Michelle praticamente fugira da sessão de pesquisa no verão. Ela usava um vestido xadrez, cardigã e sapatos baixos de tecido, o cabelo grosso preso em uma trança, um lenço alegre amarrado no pescoço. Demonstrava qualidade. Demonstrava ser adulta.

— Ei — disse Alex, a surpresa deixando-a incapaz de muito mais. — Eu... há quanto tempo você está esperando?

— Não muito, mas tenho um trem pra pegar. O *que* você está vestindo?

Alex tinha esquecido que ainda estava com o short do pijama, um moletom da Lethe e as meias amontoadas e as Tevas de Dawes.

— Vou trocar de roupa.

"Quem é ela?", fez Mercy com a boca enquanto Alex entrava apressada no quarto que dividiam. Mas aquela não era uma conversa que Alex queria ter em mímica.

Ela fechou a porta atrás de si e abriu a janela, deixando o ar fresco da manhã limpar sua cabeça. De repente, o verão tinha ido embora. Ela puxou um jeans preto e uma camiseta Henley preta, trocou as Tevas por suas botas e esfregou um pouco de pasta de dente sobre os dentes

— Há algum lugar onde a gente possa conversar? — perguntou Michelle, quando Alex saiu do quarto.

— Posso dar privacidade a vocês — ofereceu Mercy.

— Não — disse Alex. Ela não ia chutar Mercy do quarto que dividiam. — Vamos.

Ela levou Michelle lá para baixo. Tinha achado que poderiam conversar na biblioteca da JE, mas já havia pessoas reservando as mesas.

— Vamos para o jardim de esculturas — sugeriu Michelle, empurrando as portas.

Alex às vezes esquecia que ele existia, uma extensão vazia de cascalhos e a instalação de arte ocasional que ficava bem do lado da sala de leitura. Não havia muita coisa para ver ali, um bolsão de quietude e árvores espremidas entre prédios.

— Então, vocês foderam com aquilo — disse Michelle. Ela sentou-se em um banco e cruzou os braços. — Eu disse para não tentarem.

— As pessoas me dizem muito isso. Anselm te ligou?

— Ele queria saber se você e Dawes tinham me procurado, se ainda estavam tentando trazer Darlington de volta.

— Como ele...

— Nós fomos vistas juntas no funeral. E eu era o Virgílio de Darlington.

— E? — perguntou Alex.

— Eu não... dedurei vocês.

Ela soava como se estivesse citando um episódio de *Law & Order*.

— Mas não vai nos ajudar.

— Ajudar com o quê? — Michelle perguntou.

Alex hesitou. Qualquer coisa que dissesse a Michelle poderia ir parar diretamente em Michael Anselm. Mas Darlington considerava Michelle uma das melhores da Lethe. Ela ainda poderia ser capaz de ajudá-las, mesmo se não estivesse disposta a sujar as mãos.

— Encontramos o Corredor.

Michelle se endireitou.

— Darlington estava certo?

Alex não pôde deixar de sorrir.

— Claro que estava. O Corredor é real e está aqui no campus. Nós podemos...

Mas Michelle levantou uma mão.

— Não me conte. Não quero saber.

— Mas...

— Alex, eu vim para Yale com uma bolsa. A Lethe sabia disso. É parte do que me tornava atraente para eles. Eu precisava do dinheiro e ficava feliz em fazer o que me pediam. Meu Virgílio foi Jason Barclay Cartwright, e ele era preguiçoso porque podia se dar ao luxo. Eu não podia. Você também não pode. Quero que você pense no que isso pode lhe custar.

Alex tinha pensado. Mas não mudava nada.

— Eu devo a ele.

— Bem, eu não.

Simples assim.

— Achei que gostasse de Darlington.

— Eu gostava. Ele era um bom menino. — Ela era apenas três anos mais velha, mas era assim que Michelle via Darlington, um menininho brincando de cavaleiro. — Ele queria acreditar.

— No quê?

— Em tudo. Dawes explicou no que você está se metendo? O que envolve esse tipo de ritual?

— Ela mencionou que vamos precisar de quatro assassinos.

Bem, *mais dois* assassinos, já que ela e Dawes cobriam metade daquela equação em particular.

— Isso é só o começo. O Corredor não é bem um portal mágico. Atravessá-lo não é assim tão simples. Você vai precisar morrer para chegar ao submundo.

— Eu já morri antes — disse Alex. — Cheguei às regiões fronteiriças. Vou voltar disso também.

Michelle balançou a cabeça.

— Você não se importa, não é? Vai só entrar nisso de cabeça.

Eu sou a Caminhante da Roda, Alex quis dizer. *Precisa ser eu.* Só que nem ela mesma sabia o que aquilo significava. Soava tolo, infantil – *Sou especial, tenho uma missão* –, quando a verdade era muito mais próxima do que Michelle havia dito. É claro que Alex iria simplesmente entrar naquilo de cabeça. Ela era uma bola de canhão. Não servia para muita coisa parada, mas se lhe dessem um empurrão forte o bastante, se a deixassem pegar um bom impulso, ela abriria um buraco através de qualquer coisa.

— Não é tão ruim — disse Alex. — Morrer.

— Eu sei. — Michelle hesitou, então puxou a manga, e Alex viu a tatuagem dela pela primeira vez. Um ponto e vírgula. Conhecia aquele símbolo.

— Você tentou se matar?

Michelle assentiu.

— No ensino médio. A Lethe não sabia. Senão, jamais teriam me escolhido. Muito arriscado. Já estive do outro lado. Não lembro, mas sei que isso não é tipo entrar em um ônibus, e nunca vou voltar. Alex... eu não vim aqui para bancar o fantoche de Anselm. Vim para avisar você. Seja o que for que está lá fora, do outro lado do Véu, não são só uns Cinzentos.

Alex se lembrou das águas das fronteiras, das formas estranhas que vira na costa distante, da maneira como a corrente a derrubara. Pensou na força que a atraíra para Black Elm, que a desejara naquela sala, talvez dentro daquele círculo.

— Eles tentaram me segurar lá.

Michelle assentiu.

— Porque estão famintos. Já leu a *Demonologia de Kittscher*?

É claro que ela não tinha lido.

— Não, mas ouvi dizer que é um daqueles que não dá pra parar de ler.

Michelle virou os olhos na direção do céu.

— O que foi que Darlington viu em você. A Lethe tem uma cópia. Antes de fazer qualquer coisa maluca, leia. A morte não é só um lugar que se visita. Lutei para voltar uma vez. Não vou arriscar de novo.

Alex não poderia discutir com isso. Até mesmo Dawes hesitava sobre o que estavam prestes a tentar, e Michelle tinha o direito de viver e ficar longe da Lethe. Ainda assim, isso deixou Alex com raiva, aquela raiva de criancinha, uma raiva não-me-deixe-aqui. Ela e Dawes não bastavam para encarar aquilo.

— Entendo — ela disse, envergonhada por soar tão emburrada.

— Espero que entenda.

Michelle suspirou profundamente, feliz por ter se livrado de qual fosse o fardo que estivera carregando. Fechou os olhos e inspirou, cheirando aquele primeiro toque de outono.

— Esse era um dos lugares favoritos de Darlington.

— Ainda é — corrigiu Alex.

O sorriso de Michelle era suave e triste. Deixou Alex aterrorizada. *Ela acha que vamos fracassar. Ela sabe disso.*

— Viu essa placa? — ela perguntou.

Alex balançou a cabeça.

Michelle a levou para um dos caixilhos de vidro.

— George Douglas Miller era um Osseiro. Tinha todo um plano para expandir a tumba da Crânio e Ossos, construindo um dormitório.

Ela apontou para as torres que se erguiam sobre as escadas que davam para o jardim de esculturas. *Crenuladas*, Alex podia ouvir Darlington dizer. *Medieval falso*. Alex nunca as notara antes.

— Aquelas torres eram do velho salão dos ex-alunos. Miller mandou transferi-las para cá quando Yale derrubou o salão em 1911, o primeiro passo da grande visão dele. Mas acabou ficando sem dinheiro. Ou talvez tenha ficado sem vontade.

Ela deu uma batidinha na placa na base do caixilho. Dizia:

"A parte original do Weir Hall, comprado pela Universidade Yale em 1917, foi iniciada em 1911 por George Douglas Miller, bacharel em 1870, para realizar parcialmente sua visão de 'construir, no coração de New Haven, uma réplica de um pátio quadrangular de Oxford'."

Mas foi a segunda frase que surpreendeu Alex.

"De acordo com os desejos dele, esta placa foi erigida para celebrar seu único filho, Samuel Miller, 1881-1883, que nasceu e morreu nessas instalações."

— Eu nunca tinha notado isso — continuou Michelle. — Nunca soube de nada disso até Darlington. Espero que você o traga de volta, Alex. Mas lembre-se sempre de que a Lethe não se importa com pessoas como você e eu. Ninguém está cuidando de nós a não ser nós mesmas.

Alex passou o dedo sobre as letras.

— Darlington estava. Ele iria até o inferno por mim, por você, por qualquer um que precisasse ser salvo.

— Alex — disse Michelle, limpando a saia —, ele iria para o inferno só para fazer anotações sobre o clima.

Alex odiou a condescendência na voz dela, mas Michelle não estava errada. Darlington queria saber de tudo, não importava o custo. Ela se perguntou se a criatura que ele se tornara também era assim.

— Você veio de trem? — Alex perguntou.

— Vim, e preciso voltar para jantar com os pais do meu namorado.

Perfeitamente sensata. Mas Alex teve a sensação de que Michelle estava omitindo algo. Acenou quando Michelle desceu as escadas sob o arco que a levaria para a rua principal, onde ela pegaria um táxi para a estação de trem

— Sou eu — disse uma voz ao lado de Alex, e ela precisou se esforçar para não reagir.

O pequeno Cinzento com cachos definidos tinha se empoleirado na janela ao lado da placa.

— Estou feliz por terem colocado meu nome nela.

Alex o ignorou. Não queria Cinzentos sabendo que conseguia ouvir as histórias e reclamações deles. Já era bem ruim precisar escutar os vivos.

★ ★ ★

Mercy estava esperando na sala comunal. Vestia um suéter cor de abóbora e uma saia de veludo, como se a menor sugestão do outono no ar tivesse sinalizado a necessidade de mudança de roupa. Estava com o laptop aberto, mas fechou quando Alex entrou

— Então, vai ser igual no ano passado? — Mercy perguntou. — Você desaparece e depois quase morre?

Alex sentou-se na espreguiçadeira.

— Sim para a primeira parte... espero que não para a segunda.

— Gosto de ter você por perto.

— Eu gosto de estar por perto.

— Enfim, quem era ela?

Alex hesitou.

— Quem ela disse que era?

— Uma amiga do seu primo.

Mentir era uma coisa fácil para Alex. Sempre fora. Vinha mentindo desde que soubera que via coisas que outras pessoas não viam, desde que entendera como era fácil atribuir as palavras *louca* ou *instável* a uma garota. Podia sentir todas aquelas mentiras amigáveis prontas para se desenrolar de sua língua feito os lenços de um mágico barato. Era isso que a Lethe e as sociedades exigiam. Segredo. Lealdade.

Bem, elas que fossem se foder.

— Darlington não é meu primo. E ele não está na Espanha. E preciso falar com você sobre o que aconteceu no ano passado.

Mercy remexeu no fio do laptop.

— Sobre aquela vez que você apareceu com uma marca de mordida gigante num lado do corpo e eu precisei chamar sua mãe?

— Não — disse Alex. — Quero falar sobre o que aconteceu com você.

Ela não tinha certeza de como Mercy reagiria. Estava pronta para recuar se precisasse.

Mercy colocou o computador de lado, então disse.

— Estou com fome.

Alex não tinha esperado aquilo.

— Posso fazer uma Pop-Tart para você ou...

Ela enfiou a mão na bolsa e tirou as panquecas de chocolate de Dawes.

— Você anda por aí com comida de café da manhã na bolsa?

— Sinceramente? O tempo todo.

Mercy comeu uma panqueca quase inteira e Alex fez café para as duas, e então começou a falar. Sobre as sociedades, Darlington, a bagunça do primeiro ano. As sobrancelhas de Mercy foram subindo lentamente à medida que a história de Alex se derramava. De vez em quando ela assentia, mas Alex não sabia se era apenas um incentivo para que ela continuasse ou se realmente estava compreendendo tudo.

Por fim, Alex tanto não parou quanto relaxou, como se não houvesse palavras suficientes para todos os segredos que estava escondendo. Tudo ao seu redor parecia comum demais para uma história como essa.

Os sons das portas abrindo e fechando nas escadas ecoantes, gritos do pátio, a passagem dos carros em algum lugar da rua York. Alex sabia que estava correndo o risco de se atrasar para encontrar Dawes, mas não queria olhar para o celular.

— Então — disse Mercy devagar. — Foi assim que você conseguiu as tatuagens?

Alex quase riu. Ninguém havia mencionado as mangas de peônias, serpentes e estrelas que tinham aparecido de repente no final do ano letivo. Era como se eles não tivessem conseguido entender que isso era possível, então suas mentes haviam feito as correções necessárias.

— Não foi lá que as consegui, mas Darlington me ajudou a escondê--las por um tempo.

— Usando mágica? — perguntou Mercy.

— Isso.

— Que é real.

— Isso.

— E supermortífera.

— É — respondeu Alex.

— E meio nojenta.

— Muito nojenta.

— Eu rezei muito neste verão.

Alex tentou não demonstrar a surpresa que sentiu.

— Ajudou?

— Um pouco. Comecei a fazer terapia também. Usei um aplicativo e conversei com uma pessoa por um tempo sobre o que tinha acontecido. Isso me ajudou a parar de pensar naquilo o tempo inteiro. Tentei falar com o nosso pastor, também. Mas não consigo lamentar a morte de Blake.

— E deveria conseguir?

Mercy riu.

— Alex! Sim. Perdão deveria trazer cura.

Mas Blake não tinha pedido graça. Não tinha pedido nada. Tinha passado pelo mundo simplesmente pegando o que queria até que alguma coisa tinha cruzado o caminho dele.

— Eu não sei perdoar — Alex admitiu. — E acho que não quero aprender.

Mercy esfregou a barra do suéter entre os dedos, estudando a trama como se fosse um texto a ser traduzido.

— Conte para mim como ele morreu.

Alex contou. Não falou sobre o ritual da lua nova ou sobre Darlington. Começou com Blake invadindo Il Bastone, a luta, a maneira como ele a tinha controlado, a feito ficar parada enquanto batia nela, o momento em que Dawes esmagou o crânio dele com o busto de mármore de Hiram Bingham III. Falou de como Blake chorou e como ela tinha descoberto que ele segurava uma moeda da compulsão na mão. Que ele estava sob o controle do reitor Sandow quando tentara matá-la.

Mercy manteve os olhos naquele pedaço de lã cor de abóbora, os dedos movendo-se para lá e para cá, para lá e para cá.

— Não é que eu não lamente... — ela disse, por fim.

A voz dela era baixa, trêmula, quase um grunhido.

— Estou feliz por ele estar morto. Estou feliz por ele ter sentido como é ficar fora de controle, ficar assustado. Estou... feliz por ele ter morrido assustado.

Ela ergueu o rosto, os olhos cheios de lágrimas.

— Por que eu sou assim? Por que ainda estou com tanta raiva?

— Não sei — disse Alex. — Mas eu sou assim também.

— Repassei cada momento até aquela festa tantas vezes. O que eu estava vestindo, o que eu falei. Por que ele me escolheu naquela noite? O que ele viu?

Alex não tinha ideia de como responder a essas perguntas. *Perdoe-se por ir à festa. Perdoe-se por presumir que o mundo não está cheio de feras à porta.* Mas Alex sabia que as coisas nunca eram assim tão fáceis.

— Ele não viu você — disse Alex. — Pessoas assim... elas não veem a gente. Só veem oportunidades. Uma coisa que elas querem.

Ao menos sobre isso Michelle estava certa.

Mercy enxugou as lágrimas dos olhos.

— Você faz parecer que aquilo foi um furto à loja.

— Um pouco.

— Não minta para mim de novo, certo?

— Vou tentar.

Era o melhor que Alex podia oferecer sem mentir de novo.

12

Mercy bombardeou Alex de perguntas pelo resto daquela hora, todas sobre magia e a Lethe. Parecia um exame oral, mas Alex achava que Mercy merecia, e, enquanto fazia o possível para explicar, teve de aceitar a verdade desagradável de que a amiga teria sido uma candidata melhor para a Lethe. Ela era brilhante, falava francês fluentemente e também não era ruim em latim. Mas não havia cometido nenhum homicídio, então Alex supôs que isso seria um critério eliminatório para a vaga.

— Boa sorte — Mercy disse quando Alex saiu para encontrar Dawes. — Tente não morrer nem nada disso.

— Pelo menos não hoje.

— É por causa de Darlington que você não namora?

Alex fez uma pausa com a mão no batente.

— O que ele tem a ver com isso?

— Quer dizer, ele não é seu primo e é um dos humanos mais lindos que eu já vi.

— Ele é um amigo. Um mentor.

— E?

— Ele é... caro.

Darlington era bonito demais, culto demais, viajado demais. Ele não tinha sido feito só de outro material; tinha sido feito sob medida de modo muito refinado.

Mercy sorriu.

— Eu gosto de coisas caras.

— Ele não é um cachecol de cashmere, Mercy. Ele tem chifres.

— Eu tenho uma marca de nascença no formato de Wisconsin.

— Estou indo.

— Não esqueça que precisa escolher um livro para nossa discussão de HumBrit!

Humor no Romance Britânico Moderno. Alex estava querendo Monty Python, mas recebera *Lucky Jim* e *Novel on Yellow Paper*. Não tinha sido um mau negócio. Deixou Mercy com a promessa de se encontrarem para jantar, feliz por fugir da inquisição. Estava muito ocupada tentando não morrer para pensar em namorar ou mesmo sair pra se pegar. Darlington não tinha nada a ver com isso, não importava o quanto ele ficasse bem sem roupas.

Dawes estava esperando na entrada da Sterling, curvada ao lado da laje escultural da Mesa das Mulheres como se fosse cochilar a qualquer momento. Alex sentiu uma onda indesejável de culpa. Dawes não era feita para esse tipo de trabalho. Deveria estar segura em Il Bastone, cuidando de sua tese como um jardim que cresce lentamente. Ela era equipe de apoio, um gato que não sai para a rua. O ritual delas na Chave e Pergaminho estava bem fora de sua zona de conforto, e não havia exatamente recompensado nenhuma delas com um sentimento de realização. Agora Dawes parecia quase como se tivesse levado uma surra. Tinha manchas escuras sob os olhos por falta de sono, seu cabelo estava sujo e Alex tinha quase certeza de que ela ainda estava com as roupas que usara na noite anterior, embora com Dawes pudesse ser difícil ter certeza.

Alex queria dizer a ela para ir para casa e descansar um pouco, que poderia lidar com isso sozinha. Mas não podia de jeito nenhum, e não sabia quanto tempo tinham antes que a bomba que era Darlington explodisse.

— Você chegou a dormir? — perguntou Alex.

Dawes balançou a cabeça com firmeza, os dedos firmes em torno de uma *Yale Gazette* de 1931 com a qual Alex tinha adormecido e um caderninho de anotações preto.

— Passei a noite na biblioteca da Lethe, tentando encontrar histórias de pessoas que andaram por Corredores.

— Alguma sorte?

— Houve algumas.

— Isso é bom, né?

Dawes estava tão pálida que suas sardas pareciam flutuar sobre a pele.

— Encontrei menos de cinco registros que podem ser evidenciados de alguma forma e que deixaram algum traço de um ritual.

— É o suficiente para que a gente possa começar?

Dawes lançou um olhar irritado para ela.

— Você não está escutando. Esses rituais não estão no registro, não são discutidos, porque falharam, porque os participantes tentaram esconder os resultados. As pessoas ficaram loucas, desapareceram, morreram de um modo horrível. É possível que um Corredor tenha sido responsável pela destruição de Thonis. A gente não devia mexer com isso.

— Michelle disse a mesma coisa.

Dawes piscou os olhos avermelhados.

— Eu... você contou a ela sobre o Corredor?

— Ela veio me ver. Estava tentando nos alertar para que não tentássemos.

— E tinha motivo.

— Então você quer desistir?

— Não é tão simples!

Alex puxou Dawes para o muro e baixou a voz.

— É. A não ser que você queira tentar invadir a Chave e Pergaminho e abrir outro portal meia-boca, isso é tudo que temos. Fazemos isso ou vamos precisar destruí-lo. Não temos tantas outras escolhas assim.

— O ritual começa com a gente sendo enterrada viva.

Dawes estava tremendo.

Alex pousou uma mão desajeitada no ombro dela.

— Vamos ver o que encontramos, certo? Não precisamos ir até o fim. É só uma pesquisa.

Foi como se Alex tivesse sussurrado um feitiço de transformação.

Dawes soltou um fôlego recortado, assentiu. De pesquisa ela entendia.

— Me fale sobre o escriba — disse Alex, ansiosa para fazê-la conversar sobre alguma coisa que não fosse morte ou destruição.

— São oito escribas — disse Dawes, dando alguns passos para trás e apontando para a pedra acima das portas da Sterling. — Todos de diferentes partes do mundo. À direita estão as civilizações mais recentes: maia, chinesa, grega, árabe. Há a coruja ateniense. E à esquerda os quatro escribas antigos: desenhos rupestres de Cro-Magnon, uma inscrição assíria da biblioteca de Nínive, o hebraico é dos Salmos e o egípcio... os hieróglifos foram escolhidos pelo dr. Ludlow Seguine Bull.

"Oxalá eu fizesse com que amasses os livros mais do que tua mãe." Uma inscrição adequada para uma biblioteca, mas talvez algo mais.

Dawes sorriu, o medo consumido pela empolgação da descoberta.

— O dr. Bull era chaveiro. Era membro da Chave e Pergaminho. Começou estudando direito, mas depois mudou para egiptologia.

Uma mudança e tanto. Alex sentiu uma pontada de empolgação.

— Este é o primeiro passo no Corredor.

— Talvez. Se for, vamos precisar despertar o Corredor besuntando a primeira passagem com sangue.

— Por que é sempre sangue? Por que nunca pode ser geleia ou giz de cera azul?

Além disso, se esse era o primeiro passo no Corredor, o que vinha a seguir? Estudou o escriba curvado para seu trabalho, os hieróglifos, os remos do navio fenício, as asas do touro babilônico, o estudioso medieval de pé no centro de tudo, como se notasse a desordem ao seu redor. Será que a resposta estaria em algum lugar em meio a todo aquele trabalho de pedra? Havia possibilidades demais, símbolos demais para decifrar.

Sem falarem uma palavra, passaram pela entrada em arco e entraram. Mas o interior da biblioteca era ainda mais avassalador.

— Qual o tamanho deste lugar?

— Mais de trezentos e setenta metros quadrados — disse Dawes. — E cada centímetro é coberto de pedra trabalhada e vitrais. Cada cômodo tem um tema. Até a sala de jantar. Tem um balde e um esfregão entalhados sobre o armário do zelador. Pegaram de tudo para a decoração: manuscritos medievais, fábulas de Esopo, o *Ars Moriendi*.

Dawes parou no meio do corredor largo, seu sorriso evaporando-se.

— Que foi?

— *Ars Moriendi*... isso... isso quer dizer, literalmente, a arte de morrer. Eram instruções sobre como morrer bem.

— Só pesquisa, lembra? — instigou Alex, enchendo-se de culpa novamente.

Dawes estava apavorada de verdade, e Alex sabia que, se parasse para pensar bastante, poderia ter o bom senso de estar com medo também. Esticou o pescoço, olhando para os tetos abobadados, os padrões repetidos de flores e pedras, as luzes dos candelabros como rosas.

— Realmente parece uma igreja.

— Uma catedral grandiosa — concordou Dawes, um pouco mais calma. — Na época houve muita controvérsia sobre a Yale construir num estilo tão teatral. Puxei alguns artigos. Eles não são gentis. Mas a suposição foi que Goodhue – o arquiteto original – estava construindo na tradição gótica estabelecida pelo resto do campus.

Goodhue. Alex se lembrou da biografia com lombada em espiral na pilha de livros no quarto de Darlington. Ele a enviara lá em cima deliberadamente?

— Mas Goodhue morreu — disse Alex. — Morte repentina.

— Ele era muito jovem.

— E não tinha conexão nenhuma com as sociedades.

— Não que a gente saiba. James Gamble Rogers assumiu e o dinheiro de Sterling pagou por tudo. Há uma placa dedicada a ele na entrada. Foi o maior presente já dado a uma universidade na época. Pagou pelo Hall de Medicina Sterling, o Edifício de Direito Sterling e a faculdade de teologia. — Dawes hesitou. — Há um labirinto no pátio. Supostamente foi feito para encorajar a meditação, mas...

— Mas talvez tenha sido feito pra ser um labirinto de verdade?

Um quebra-cabeça para prender qualquer demônio interessado.

Dawes assentiu.

— Sterling não teve filhos. Nunca se casou. Viveu com um amigo por quarenta anos. James Bloss. Eles dividiam um quarto, viajaram juntos. Seu biógrafo se referiu a ele como o amigo de longa data de Sterling, mas eles provavelmente estavam apaixonados, eram parceiros de longa data. O testamento de Sterling exigia que todos os seus papéis e correspondências fossem queimados quando morresse. A especulação é que ele estava protegendo a si mesmo e a Bloss, mas talvez houvesse algo mais que quisesse esconder.

Tipo um plano para construir um portão para o submundo.

Alex olhou de volta para a entrada.

— Se o escriba é o começo, qual é o próximo passo?

— Darlington não aludiu a qualquer escriba para nos levar à Sterling — disse Dawes, balançando a *Gazette*. — Ele mencionou o egípcio. Há dois cômodos com vitrais que fazem referências ao *Livro dos Mortos* egípcio. Tematicamente...

Mas Alex tinha parado de escutar. Estava olhando para a nave longa até a mesa de recepção e o mural acima dela, as cores limpas e vivas contrastando com a escuridão do prédio.

— Dawes — disse ela, interrompendo, empolgada, mas também com medo de falar bobagem. — E se o próximo passo estiver bem na nossa frente? Aquela é Maria, certo? Maria, a Mãe de Jesus?

Oxalá eu fizesse com que amasses os livros mais do que tua mãe.

Dawes piscou, olhando para o mural e para a mulher de cabelo dourado e vestes brancas no centro.

— Não é Maria.

— Ah. — Alex tentou esconder seu desapontamento.

— Chama-se *Alma Mater* — disse Dawes, a empolgação fazendo as palavras vibrarem. — A mãe que nutre.

Elas partiram em uma caminhada rápida. Foi difícil não começar a correr.

O mural era enorme e fora instalado em um arco gótico. Mostrava uma mulher graciosa com um livro aberto em uma das mãos e um orbe na outra. Estava emoldurada por uma janela dourada, as torres de alguma cidade flutuando acima. Mas talvez não fosse uma janela. Talvez fosse uma porta.

— Com certeza se parece com Maria — notou Alex.

O mural poderia ser uma obra de altar tirada diretamente de uma igreja.

— Tem até um monge perto dela.

Havia oito figuras reunidas em torno dela. Oito figuras, oito casas do Véu? Aquilo parecia um exagero.

— Luz e Verdade são as duas mulheres à esquerda — disse Dawes. — O resto das figuras representa arte, religião, literatura e assim por diante.

— Mas nenhuma delas está segurando um sinal para o que vem a seguir. Acho que podemos ir tanto para a direita quanto para a esquerda.

— Ou para cima — disse Dawes. — Os elevadores levam para as estantes e os escritórios.

— Literatura está apontando para a esquerda.

Dawes assentiu.

— Mas Luz e Verdade estão olhando para a direita para... a árvore. — Ela pegou o braço de Alex. — É igual àquela no mural. A Árvore do Conhecimento.

Acima da cabeça da *Alma Mater*, em meio aos arcos de um prédio que bem poderia ser uma biblioteca, havia os galhos de uma árvore – perfeitamente ecoados na pedra sobre o arco à direita. Outra entrada. Talvez outro passo no Corredor.

— Conheço essa citação — disse Alex, quando se aproximaram do arco. — "Lá estudiosos me permitiram sentar e travar conversas elevadas com os poderosos mortos."

— Thomson? — perguntou Dawes. — Não sei muita coisa sobre ele. Era escocês, mas não é mais muito lido.

— Mas a Livro e Serpente a usa no início de seus rituais.

Abaixo do arco havia uma ampulheta de pedra, outro *memento mori*. Poderia ser só uma placa de sinalização. Poderia não ser nada. Só que...

— Dawes, olhe.

O arco sob a Árvore do Conhecimento conduzia a um corredor. Havia vitrines de vidro à esquerda e, à direita, uma série de janelas decoradas com vitrais amarelos e azuis. Cada coluna entre elas era decorada com um grotesco de pedra, estudantes curvados sobre seus livros. A maioria era humorística – uma criança bebendo uma jarra de cerveja e olhando para a página central em vez de seu trabalho, outra ouvindo música, outra dormindo. Um dos livros abertos dizia VC É 1 PIADA. Alex passava direto por elas sem perceber, concentrada nos artigos que tinha para escrever, em toda a leitura ainda não feita. Até que Darlington as tinha apontado.

— Eu tenho a impressão de que ele está aqui com a gente — ela disse.

— Queria que estivesse — respondeu Dawes, tentando encontrar a página certa em seu artigo velho da *Gazette*. — Arquitetura é a especialidade dele, não a minha. Mas isso...

Ela fez um gesto para um grotesco em particular que Alex havia apontado.

— A única descrição é "lendo um livro empolgante".

E, no entanto, estavam olhando para a Morte, o crânio espiando do capuz, uma mão esquelética pousada no ombro do estudante. *Lá estudiosos me permitiram sentar e travar conversas elevadas com os poderosos mortos.*

— Acho que estamos sendo levadas ao corredor — disse Alex. — Onde ele vai dar?

Dawes franziu o cenho.

— Em lugar nenhum, na verdade. Acaba sem saída nos Manuscritos e Arquivos. Tem uma saída que leva para fora do prédio.

Elas caminharam até o final do corredor. Havia um estranho vestíbulo com teto alto. Tritões de ferro com caudas divididas olhavam para elas das janelas. Estariam perseguindo fantasmas? Se os demônios adoravam jogos, talvez Darlington tivesse dado a elas pistas suficientes para fazê-las ficar vagando pela Sterling, caçando mensagens secretas em pedra.

Havia outro arco à frente, mas estranhamente sem decoração. À direita havia duas portas e um painel de pequenas janelas quadradas que pareciam pertencer a um bar. Algumas eram decoradas com ilustrações no vidro – o Fabricante de Barris, o Padeiro, o Tocador de Órgão.

— O que são essas?

Dawes estava folheando a *Gazette*.

— Quem escreveu isso tornou impossível encontrar qualquer coisa. Se não for algo deliberado, é um crime. — Ela soprou uma mecha de cabelo vermelho da testa. — Certo, são xilogravuras de alguém chamado Soum Omem.

Assim que as palavras saíram da boca de Dawes, ambas ficaram imóveis.

— Deixa eu dar uma olhada nisso.

Dawes passou a *Gazette*. Ela tinha pronunciado Jost como Iost, mas, vendo aquilo escrito na página, não havia engano. Alex se lembrou de implorar a Darlington para dizer se sabia onde encontrar o Corredor – e o desespero na voz dele quando respondeu: *"Gostaria de saber. Mas sou só um homem, herdeiro de nada"*. Ele queria dizer a ela, mas não podia. Precisou jogar o jogo do demônio e esperar que fossem solucionar esse quebra-cabeça.

Só um homem. Soum Omem. Estavam no lugar certo.

Então me mostre o próximo passo, Darlington. À esquerda deles havia um ratinho de pedra mordiscando a parede. À direita, uma pequena aranha de pedra. Isso era um aceno para Jonathan Edwards de fogo e enxofre? Alex só conhecia o sermão porque era uma piada em sua residência. *O Deus que os sustenta sobre o abismo do inferno, à semelhança de alguém que segura uma aranha ou qualquer inseto asqueroso sobre o fogo, os aborrece e está terrivelmente provocado.*[8] Era por isso que suas equipes internas eram chamadas de Aranhas JE. *Onde está sua escola dominical agora, Turner?*

— Onde essas portas vão dar? — perguntou Alex.

Havia duas delas, desajeitadamente enfiadas em um canto.

— Esta vai dar no pátio — disse Dawes, apontando para a porta com *Lux et Veritas* talhado em pedra acima. Luz e Verdade, o mote da Yale, como as figuras representadas no mural que as levara até ali. — A outra vai dar num monte de escritórios.

— O que nós estamos deixando passar?

Dawes não disse nada, mordendo o lábio.

— Dawes?

— Eu... bem, é só uma teoria.

— Não podemos passar anos martelando nisso como fazemos com uma tese. Fale, qualquer coisa.

Ela puxou uma mecha de cabelo, e Alex percebeu que Dawes travava uma luta consigo mesma, sempre buscando perfeição.

— Nos registros dos Corredores que consegui encontrar, quatro peregrinos entram juntos: o soldado, o erudito, o sacerdote e o príncipe. Fazem um circuito, cada um localizando uma porta e assumindo seu posto. O soldado é o último e completa o circuito sozinho... ou sozinha.

— Certo — disse Alex, embora não estivesse conseguindo entender o que aquilo tinha a ver com qualquer coisa.

— No começo eu pensei... bem, são quatro portas que levam ao Pátio Selin. Uma em cada canto. Achei que as pistas talvez estivessem nos levando para o pátio. Mas...

— Mas não tem como completar o circuito.

— Não sem sair do prédio — disse Dawes. Suspirou. — Eu não sei. Não sei o que vem depois. Darlington saberia. Mas mesmo se conseguirmos descobrir... quatro assassinos, quatro peregrinos. Estamos ficando sem tempo para encontrá-los.

— Você acha que o círculo de proteção não vai aguentar?

— Não tenho certeza, mas eu... acho que nossa melhor chance é fazer o ritual no Dia das Bruxas.

Alex esfregou os olhos.

---

8. Byrd, James P. *Jonathan Edwards para todos*. Tradução de Francisco Nunes. Ultimato, 2021.

— Então nós vamos quebrar todas as regras de uma vez?

Nenhum ritual era permitido no Dia das Bruxas, e particularmente nada que envolvesse magia de sangue. Havia Cinzentos demais, atraídos pela animação daquela noite. Era muito arriscado. Sem mencionar que o Dia das Bruxas seria dali a duas semanas.

— Acho que precisamos — disse Dawes. — Os rituais funcionam melhor em momentos de portento, e Samhain é supostamente a noite em que a porta se abre para o submundo. Existem teorias de que o primeiro Corredor foi construído em Rathcroghan, na Caverna dos Gatos. Foi disso que o Samhain se originou.

Alex não gostou nada daquilo. Sabia o que os Cinzentos eram capazes de fazer quando eram atraídos por sangue ou emoções poderosas.

— Isso mal nos deixa tempo para encontrar mais dois assassinos, Dawes. E o novo Pretor vai estar instalado a essa altura.

— Não sou assassina.

— Certo, mais dois solucionadores de problemas relutantes, mas eficientes.

Dawes apertou os lábios, mas prosseguiu.

— Precisamos de alguém para ficar de olho na gente também, para vigiar nossos corpos no caso de algo sair errado.

Novamente Alex teve a sensação de que isso estava muito além delas. Precisavam de mais gente, mais conhecimentos, mais tempo.

— Duvido que Michelle vá se voluntariar.

O telefone dela tocou de novo e ela xingou quando viu o nome. Tinha feito merda, mais uma vez.

— Desculpe — disse ela, antes que Turner pudesse criticá-la. — Eu quis dar uma olhada na citação da Bíblia, mas...

— Temos outro corpo.

Alex ficou tentada a perguntar se ele estava brincando, mas Turner não brincava.

— Quem? — ela perguntou. — Onde?

— Me encontre na Residência Morse.

— Só *Morse*, Turner. Não se diz *Residência Morse*.

— Porra, Stern, venha já pra cá.

— Turner acha que houve um homicídio — disse Alex, quando desligou.

— Outro?

Ninguém havia confirmado que o que acontecera com Marjorie Stephen tinha sido um homicídio, então Alex não estava ansiosa para tirar conclusões precipitadas. E, mesmo que fossem dois assassinatos, isso não significava que estavam conectados. Mas Turner não teria ligado para ela, a menos que achasse que sim e que as sociedades estavam envolvidas.

— Vá até lá — disse Dawes. — Vou continuar procurando aqui.

Mas algo incomodava Alex.

— Eu não entendo — ela disse, fazendo um círculo lento, olhando para a vastidão do lugar.

Ela e Mercy geralmente estudavam em uma das salas de leitura. Nunca tinha ido até as prateleiras. Até mesmo o escopo de um prédio grande como aquele era difícil de entrar em sua cabeça.

— "Amigos de Johnny e Jogador construíram um Corredor." Foi isso que o nosso amigo Bunchy disse. Você quer que eu acredite mesmo que isso ficou em segredo por tanto tempo?

— Estive pensando nisso também — disse Dawes. — Mas e se... e se Bunchy entendeu errado? E se a Lethe construiu o Corredor na Sterling?

— Quê?

— Pense nisso. Pessoas da Ossos e da Chave trabalhando juntas? Sociedades não compartilham segredos. Elas escondem o poder que têm. A única vez que trabalharam juntas foi para formar a Lethe, e isso foi só para...

— Salvar a própria pele.

Dawes franziu o cenho.

— Bem, sim. Para criar uma sociedade que fosse tranquilizar a administração e manter as outras sociedades sob controle. Um órgão de supervisão.

— Está me dizendo que o órgão de supervisão achou que seria uma boa ideia esconder uma porta secreta para o inferno em plena vista?

Havia cor nas bochechas de Dawes agora. Os olhos dela estavam brilhantes.

— Harkness, Whitney e Bingham são considerados os pais fundadores da Lethe. Harkness era da Cabeça de Lobo, e foi ele quem escolheu James Gamble Rogers para construir metade do campus, incluindo esta biblioteca.

— Mas por que a Lethe iria construí-lo se não fosse usar?
Não fazia sentido.

— Nós temos certeza de que não usaram? — perguntou Dawes. — Talvez eles soubessem que estavam mexendo com coisas potencialmente catastróficas e não queriam que as pessoas descobrissem.

Talvez. Mas aquilo não era lá muito coerente.

— O objetivo todo não é ver o outro lado? — Alex perguntou. — Desvelar os mistérios do além? Foi por isso que me escolheram para a Lethe. Se tivessem ido para o submundo, teriam deixado um registro. Teriam falado sobre isso, debatido, dissecado o assunto.

Dawes parecia inquieta, e isso deixou Alex ainda mais nervosa. Algo naquilo tudo parecia errado. Por que construir um Corredor que não se pretendia usar? Por que apagar qualquer registro disso? Elas não estavam conseguindo ver a imagem inteira, e Alex não pôde deixar de pensar que alguém não queria que vissem.

Uma coisa era se jogar de cabeça no escuro. Outra era sentir que alguém havia apagado as luzes deliberadamente. Alex teve a mesma sensação que tivera na noite em que passara pela porta de Eitan e fora enganada para revelar seu poder. Estavam caminhando na direção de uma armadilha.

13

Quando Alex vira o corpo de Marjorie Stephen, perguntara-se se Turner estaria imaginando coisas, enxergando um assassinato porque assassinatos eram seu trabalho. A professora havia parecido quase pacífica, a finalidade de sua morte apenas uma interrupção. O prédio e o mundo ao redor dela imperturbados.

Mas o reitor Beekman não. O cruzamento em frente à Morse – o mesmo local onde o corpo de Tara Hutchins fora encontrado no ano anterior – estava lotado de carros de polícia, as luzes piscando em círculos preguiçosos. Barreiras tinham sido erguidas e policiais uniformizados verificavam as identidades dos alunos antes de permitirem o acesso ao pátio. Turner estava esperando por ela quando chegou e a conduziu para dentro sem dizer uma palavra.

— Como você vai explicar minha presença aqui? — perguntou Alex, quando colocou as proteções azuis sobre os sapatos.

— Estou dizendo para todo mundo que você é minha informante criminal.

— Ótimo, agora sou dedo-duro.

— Você já foi coisa pior. Entre.

A porta da frente do escritório do reitor Beekman estava pendurada para fora e havia rastros de lama pela entrada. A escrivaninha pesada estava torta e havia livros espalhados pelo chão ao lado de uma garrafa de vinho tinto derramada. O professor estava de costas, como se estivesse sentado na cadeira e ela simplesmente tivesse caído para trás. As pernas dele ainda estavam enganchadas no assento. Um dos sapatos havia caído, e a lâmpada ao lado dele estava virada.

Teria o reitor cochilado lendo junto ao fogo e sido surpreendido por seu agressor? Ou havia lutado e sido empurrado de volta para a cadeira? Ele parecia bobo, quase caricatural com os pés no ar assim, e Alex desejou que não houvesse tantas pessoas por perto para vê-lo. Estúpido. Com o que o reitor Beekman se importava agora? Alex nunca tivera aula com ele, nem sabia direito o que ele ensinava, mas era um daqueles professores que todo mundo conhecia. Usava um chapéu de tweed e um cachecol da Morse, e andava de bicicleta por todo o campus, a sineta tocando alegre quando acenava para os alunos. Era chamado de Beeky e as palestras dele estavam sempre lotadas, os seminários eram lendários. Ele também parecia conhecer todo mundo interessante que já tinha ido para Yale, e trouxera uma série de atores e autores famosos para tomar chá em Morse.

Ninguém dissera uma palavra sobre Marjorie Stephen desde que ela fora encontrada morta. Alex duvidava de que alguém além dos alunos da professora e dos colegas do Departamento de Psiquiatria soubesse que ela havia morrido. Mas isso seria algo totalmente diferente.

Não queria ver o corpo de perto, mas obrigou-se a olhar para o rosto do reitor. Os olhos dele estavam abertos, mas não tinham o mesmo tom leitoso que Alex se lembrava da primeira cena de crime. Era difícil dizer se ele parecia mais velho do que deveria. A boca estava aberta, a expressão era assustada, mas ainda cordial, como se cumprimentasse um amigo que aparecera inesperadamente em sua porta.

— O pescoço dele está quebrado — disse Turner. — O legista vai nos dizer se isso aconteceu quando a cadeira virou ou antes.

— Então, não foi veneno — ela disse. — Mas você acha que está ligado à morte de Marjorie Stephen?

— Isto estava na mesa dele.

Turner acenou para onde um pedaço de papel escrito a máquina estava em cima do mata-borrão: "Não reveles os fugitivos".

— Isaías de novo?

— Sim. Completa a frase que nós encontramos com a professora Stephen: "Esconde os dispersos, não reveles os fugitivos". Encontrou alguma coisa sobre isso na Lethe?

Ela balançou a cabeça.

— Não tive a oportunidade de ir fuçar. — *Estive muito ocupada tentando descobrir como invadir o inferno.* — Não sei nada sobre Isaías.

— Foi um profeta que previu a vinda de Cristo, mas não vejo como isso tem a ver com dois professores mortos.

Alex estudou as estantes, a mesa bagunçada, o corpo rígido.

— Isso parece... passa a sensação de ter alguma coisa errada. É muito espalhafatoso. As citações da Bíblia. O corpo derrubado. Tem algo...

— Teatral? — Turner assentiu. — Como se alguém achasse que isso é divertido.

Como se alguém estivesse jogando um jogo. E os demônios adoravam jogos e quebra-cabeças, mas o único demônio local estava atualmente preso em um círculo de proteção. Será que alguém nas sociedades estava brincando com eles?

— A professora Stephen conhecia Beekman?

— Se eles tinham alguma conexão, nós vamos descobrir. Mas não estavam no mesmo departamento. Não eram nem do mesmo campo. O reitor Beekman ensinava Estudos Americanos. Ele não tinha nada a ver com o departamento de psicologia.

— E o veneno que matou a professora Stephen?

— Ainda esperando o relatório de toxicologia.

As sociedades não gostavam de olhos sobre elas, mas isso não significava que alguém não tivesse saído de controle. Mesmo assim, nada disso fazia sentido.

— São as pistas — ela disse, remoendo o pensamento. — Aquelas citações da Bíblia não se encaixam. Se alguém estivesse usando magia para... sei lá, se vingar de seus professores, não deixaria pistas. Isso parece desequilibrado.

— Ou alguém fingindo ser desequilibrado.

Isso significaria muito mais problemas. Por mais que Alex não quisesse que essas mortes fossem problema dela, não podia fingir que o sobrenatural não estava em ação aqui. A magia era a transgressão, a indistinção da linha entre o impossível e o possível. Havia algo em cruzar essa fronteira que parecia abalar toda a moral e os tabus que as pessoas consideravam naturais. Quando qualquer coisa estava ao seu alcance, ficava cada vez mais difícil lembrar-se de motivos para não agarrar – dinheiro, poder, o emprego dos sonhos, a foda dos sonhos, uma vida.

— Fala pra mim que estou vendo pelo em ovo, Stern, e pode voltar a espreitar naquela casa mal-assombrada da Orange.

Il Bastone era um dos lugares menos assombrados em New Haven, mas Alex não via motivos para entrar nessa discussão.

— Não posso — Alex admitiu.

— Será que você não poderia... acionar uns contatos do outro lado?

— Não tenho informantes fantasmas, Turner.

— Então talvez possa tentar fazer alguns amigos.

Mais uma vez, Alex teve a sensação de que estava perdendo alguma coisa, que, se Darlington estivesse ali, saberia o que procurar; ele seria capaz de fazer aquele trabalho. Então talvez Darlington fosse exatamente de quem precisavam. Turner queria respostas e talvez pudesse oferecer algo em troca. Quatro peregrinos. Quatro assassinos. Alex não tinha certeza se era sensato confiar em Turner, mas confiava, e o queria do lado delas.

— Turner — perguntou Alex. — Você já matou alguém?

— Que tipo de pergunta é essa?

— Então matou.

— Não é da porra da sua conta.

Mas poderia ser.

— Quanto tempo você precisa ficar aqui?

Turner deu uma bufada exasperada.

— Por quê?

— Porque eu quero te mostrar uma coisa.

Jogo de tabuleiro; papelão, papel, ossos
Proveniência: Chicago, Illinois; por volta de 1919
Doador: Livro e Serpente, 1935

Uma versão do Jogo do Proprietário que tem grande semelhança com sua última encarnação, Monopoly. Os nomes das propriedades foram tirados de Chicago e arredores. Os dados são feitos de osso, provavelmente humano. Algumas evidências sugerem que o tabuleiro de papelão artesanal foi criado em Princeton, mas os dados foram adicionados e o jogo se tornou muito usado durante a Lei Seca, quando um breve alvoroço de atividades ocultas centradas na livraria de D. G. Nelson resultou em um aumento na presença demoníaca no lado norte da cidade. As cores vivas e a barganha constante exigidas pelo jogo o tornam instantaneamente atraente, enquanto dois fatores – regras impenetráveis e jogo interminável que pode durar horas, senão dias – tornam-no virtualmente impossível de vencer. É, em resumo, uma armadilha perfeita para demônios.
Infelizmente um dos dados se perdeu em algum momento e esforços de substituição se mostraram falhos.

— *do Catálogo do Arsenal da Lethe,*
conforme revisado e editado por Pamela Dawes, Oculus

14

Turner não podia simplesmente se afastar de uma cena de crime ativa, mas concordou em buscá-la na manhã seguinte, depois de Poetas Modernos. A notícia da morte do reitor Beekman se espalhou rapidamente e um clima de inquietação se instalou no campus. A vida continuou, a correria das pessoas e das coisas a serem feitas, mas Alex viu grupos de estudantes de pé, abraçados, chorando. Alguns usavam chapéus de pescador pretos ou de tweed. Ela viu panfletos para uma vigília no pátio da Morse. Não pôde deixar de pensar na manhã seguinte ao corpo de Tara ter sido encontrado, a falsa histeria, o burburinho de fofoca que se espalhara pela universidade como um enxame vertiginoso de vespas. Alex compreendia que Beeky era amado, uma figura paterna, um personagem que fazia parte do tecido de Yale. Mas se lembrava da emoção que se seguira à morte de Tara, o perigo a um passo de distância, um novo sabor a ser experimentado sem nenhum risco.

Isso era um luto verdadeiro, um medo real. A professora de Alex começou sua aula falando sobre como o reitor Beekman e a esposa a tinham recebido na casa deles no Dia de Ação de Graças e como qualquer um que conhecesse Beeky nunca se sentia sozinho em Yale. O escritório do reitor na Morse havia sido lacrado, e agentes de segurança foram colocados na porta – a polícia de Yale, não do Departamento de Polícia de New Haven. O reitor da universidade faria uma reunião de emergência para estudantes preocupados em Woolsey Hall naquela noite. O *Yale Daily News* havia escrito um breve resumo do assassinato – o que se suspeitava ter sido um roubo, a polícia já seguindo uma forte pista fora da comunidade de New Haven. Aquilo soava como um viés: *Não se preocupem, pais, isso não é um crime de Yale, nem mesmo um crime de New Haven. Não há necessidade de despachar seus filhos para Cambridge.* Se a morte da professora Stephen mal causara uma marola, o assassinato do reitor Beekman foi como alguém jogando um piano de cauda em um lago.

Turner pegou Alex na frente de um dos novos hotéis na Chapel, longe o suficiente da cena do crime e do campus para que nenhum deles tivesse que se preocupar em ser visto. Ela tentou prepará-lo no caminho para Black Elm, mas ele não disse uma palavra quando ela lhe deu o relato básico de sua teoria sobre Darlington e como, contra todas as probabilidades, provou que estava certa. Turner simplesmente a deixou falar, sentado em um silêncio frio, como se fosse um manequim colocado atrás do volante para demonstrar como se pratica direção defensiva. Ainda no dia anterior havia feito um discurso semelhante para Mercy, mas Mercy absorvera tudo e voltara com fome de mais. Turner parecia prestes a jogar os dois de um penhasco.

Ela mandou uma mensagem para Dawes dizendo que estavam a caminho de Black Elm porque parecia a coisa certa a fazer, mas Alex se arrependeu assim que a viu parada na porta da frente em seu moletom disforme, seu cabelo ruivo brilhante no habitual coque torto, como uma vela irregular encimada por uma chama inesperada. Os lábios dela estavam comprimidos em uma linha de desaprovação.

— Ela parece feliz — observou Turner.

— Alguém parece feliz quando vê policiais chegando?

— Sim, senhorita Stern, pessoas que estão sendo vítimas da porra de um roubo ou tentando evitar serem esfaqueadas normalmente parecem felizes em nos ver.

Pelo menos ela sabia que Turner estava ouvindo durante o caminho. Só uma conversa sobre magia e ocultismo poderia deixá-lo nesse estado de espírito.

— Centurião — Dawes o cumprimentou, e Alex estremeceu.

— Meu nome é detetive Abel Turner e você sabe muito bem disso, caralho. Você parece exausta, Dawes. Não está sendo paga pra isso.

Dawes pareceu surpresa, então disse:

— Provavelmente não.

— Deixei um arquivo de caso aberto para estar aqui. Podemos começar logo com isso?

Dawes os levou para dentro, mas, assim que estavam seguindo Turner escada acima, ela sussurrou:

— Foi uma ideia ruim.

Alex concordou, mas também não via que escolha tinham.

— Ele vai contar para Anselm — Dawes se afligiu enquanto seguiam Turner pelo corredor até o salão de dança. — Para o novo Pretor. Pra polícia!

— Não, não vai. — Ao menos Alex esperava que não fosse. — Precisamos da ajuda dele e isso significa que precisamos mostrar a ele o que estamos enfrentando.

— Que é o quê, exatamente? Admita que está improvisando enquanto as coisas acontecem.

Ela estava. Mas algo em seu âmago a puxava para Black Elm, e ela arrastara Turner junto com ela.

— Se tem outras ideias, diz aí, então, Dawes. Conhece algum outro assassino?

— Além de você?

— Ele pode nos ajudar. E precisa de nossa ajuda, também. O reitor Beekman foi assassinado.

Dawes parou de repente.

— Quê?

— Você o conhecia?

— Claro que conhecia. Todo mundo conhecia. Fiz uma das aulas dele quando estava na graduação. Ele...

— Cristo de bicicleta.

Turner congelou na porta do salão de dança e não parecia ter nenhuma intenção de entrar. Deu um passo para trás, uma mão estendida como se para afastar o que estava vendo, a outra mão pousada em sua arma.

— Você não pode atirar nele — disse Alex, com toda a calma que conseguiu reunir. — Pelo menos eu acho que não pode.

Dawes correu para a porta, colocando-se entre Turner e o círculo dourado como uma espécie de escudo humano.

— Eu disse que era uma péssima ideia!

— O que é isso? — exigiu Turner. A mandíbula dele estava tensa, a testa franzida, mas havia medo em seus olhos. — O que estou vendo?

Tudo o que Alex conseguiu dizer foi:

— Eu disse que ele estava diferente.

— Diferente é você perder alguns quilos. Cortar o cabelo. Não... isso.

Naquele momento, os olhos de Darlington se abriram, brilhantes e dourados.

— Aonde vocês estiveram? — Turner se assustou com o som da voz de Darlington, humana, exceto por aquele eco frio. — Vocês fedem à morte.

Alex grunhiu.

— Você não está ajudando.

— Por que você me trouxe aqui? — Turner rosnou. — Pedi ajuda com um caso. Achei que tivesse deixado claro que não queria ter nada a ver com essa porra desse culto maluco.

— Vamos lá pra baixo — disse Dawes.

— Fiquem — disse Darlington, e Alex não sabia se era uma súplica ou uma ordem.

— Acho que Darlington pode ajudar você — ela disse. — Acho que ele é o único de nós que pode.

— Aquela coisa? Escute, Stern, não sei o quanto disso é real e o quanto é... essa porra de hocus-pocus, mas eu conheço um monstro quando vejo um.

— Conhece? — Alex sentiu a raiva subindo. — Sabia que o reitor Sandow era um assassino? Sabia que Blake Keely era um estuprador? Eu te mostrei o que tem atrás da porta. Você não pode ignorar e fingir que nunca viu.

Turner esfregou uma mão sobre os olhos.

— Eu queria muito poder, caralho.

— Vamos.

Alex entrou na sala e esperava que ele a seguisse. O ar estava exuberante de calor. Aquele cheiro doce estava por toda parte, aquele cheiro de incêndio florestal, o fedor de desastres levados pelo vento, do tipo que faz coiotes correrem das colinas para os quintais dos subúrbios para se agacharem e uivarem perto das piscinas.

— Detetive — disse a criatura atrás da parede dourada.

Turner ficou na porta.

— É você mesmo?

Darlington fez uma pausa, refletiu.

— Não tenho certeza.

— Puta merda — Turner murmurou, porque, apesar dos chifres e dos símbolos brilhantes, Darlington parecia só um humano. — O que aconteceu com ele? O que é isso tudo? Por que ele está pelado, caralho?

— Ele está preso — disse Alex, do modo mais simples possível —, e nós precisamos de sua ajuda para libertá-lo.

— E você não está falando de preencher um formulário de pessoa desaparecida, né?

— Acho que não.

Turner se deu um chacoalhão, como se ainda imaginasse, até esperasse, que pudesse estar sonhando.

— Não — ele disse, por fim. — Não. Eu não... esse não é meu trabalho e não quero que seja. E não me diga que isso tem qualquer coisa a ver com seus chefes da Lethe, porque eu conheço essa expressão de reserva na cara de Dawes. Ela está com medo de que eu dedure vocês.

— Seu caso...

— Não brinca com a minha cara, Stern. Eu gosto do meu trabalho... não, eu amo meu trabalho... e seja o que isso for... não vale todo o dinheiro no bolso do diabo. Vou solucionar o caso com meu bom e velho trabalho de detetive. "Esconde os dispersos" e toda aquela merda...

— "Não reveles os fugitivos" — disse Darlington, terminando a citação.

Alex quase esperou trovões e relâmpagos, alguma resposta cósmica a um meio demônio, ou talvez mais-que-meio demônio, recitando a Bíblia.

— É isso mesmo — Turner disse, desconfortável.

— Eu disse — sussurrou Alex.

— Vocês estão vindo de uma cena de crime — disse Darlington. — Por isso estão vestindo a morte como mortalha.

Turner lançou um olhar para Alex, e ela desejou que Darlington simplesmente falasse igual a Darlington falava antes. Mas Turner era um detetive e não podia evitar.

— A citação é familiar para você?

— Quem foi morto?

— Uma professora e o reitor da Residência Morse.

— Dois corpos — matutou Darlington; então um leve sorriso cruzou o rosto dele, malicioso, quase faminto em seu deleite, nada humano nele. — Haverá um terceiro.

— Que diabos isso significa?

— Exatamente.

— Explique-se — exigiu Turner.

— Sempre admirei a virtude — murmurou Darlington. — Mas nunca fui capaz de imitá-la.

Turner levantou as mãos.

— Ele endoidou de vez?

Em algum lugar lá embaixo, a campainha tocou ao mesmo tempo que o celular de Dawes vibrou.

Todos deram um pulo, menos Darlington.

Dawes inspirou profundamente. Olhava para a tela de seu celular.

— Ah, Deus. Ah, Deus.

— Quem são eles? — perguntou Alex, olhando para a tela, na qual um casal bem-vestido tentava espiar pelas janelas ao lado da porta da frente.

— Parecem corretores imobiliários — disse Turner.

Mas Dawes parecia mais aterrorizada do que quando tinham aberto um portal para o inferno.

— São os pais de Darlington.

15

Turner balançou a cabeça.

— Vocês parecem criança que foi pega assaltando o armário de bebidas.

A mente de Alex correu por estratégias possíveis, desculpas, mentiras elaboradas.

— Vocês dois, sumam enquanto eu cuido deles.

— Alex...

— Deixa eu lidar com eles. Não vou socar ninguém.

Pelo menos esperava que não fosse. Traduzir latim e rastrear citações da Bíblia não estavam em seu conjunto de habilidades, mas ela mentira para os pais a maior parte da vida. O problema era que tinha poucas informações. Darlington nunca havia falado sobre a mãe e o pai, apenas sobre o avô, como se tivesse brotado do musgo que se agarrava às pedras da velha casa e tivesse sido cuidado diligentemente por um jardineiro velho e rabugento.

Ela precisava do velho. Aquele que via ocasionalmente espreitando em torno da casa de roupão, um maço de Chesterfields amassados no bolso.

Vamos lá, pensou Alex, tentando não entrar em pânico enquanto descia correndo as escadarias. *Onde está você?*

Ela podia ouvir os Arlington batendo na porta da cozinha agora. Olhou para o celular de Dawes e viu as expressões frustradas deles.

— A Mercedes dele está na entrada — o pai murmurou.

— Está nos fazendo esperar de propósito.

— Devíamos ter ligado antes.

— Por quê? — a mãe reclamou. — Ele nunca atende.

Alex puxou o suéter, embora ainda estivesse coberta de suor do calor do salão de baile. Precisava cobrir suas tatuagens, parecer respeitável, fidedigna.

Lá. O velho estava sentado no solário com Cosmo a seus pés.

— Preciso da sua ajuda — disse Alex.

— Que diabos está fazendo na minha casa? — ele perguntou, melancolicamente.

Então Alex estava certa. Ele não era um Cinzento que havia entrado e gostado da atmosfera. Fantasmas não eram naturalmente atraídos para lugares vazios. Aquele precisava ser o avô de Darlington.

Vamos lá. Ela estendeu a mão e puxou. A boca do homem fez um *ah* assustado, e então ele se precipitou nela com um estertor, como uma tosse velha. Alex sentiu gosto de cigarro e de algo parecido com alcatrão. *Câncer.* Tinha sentido o gosto do câncer. Ele estava fraco quando morrera, com uma dor terrível, e a raiva queimava nele com um calor tão ardente que ela também podia sentir o gosto. Não precisava da força dele, precisava das memórias dele, e elas vieram claras e rápidas, assim como as do Noivo quando ela o deixou entrar em sua mente.

Ela olhava para Black Elm, que, por sua vez, estava linda, viva, cheia de luz e gente. Os amigos do pai, o velho capataz da fábrica de botas. Estava correndo pelos corredores, perseguindo um gato branco no jardim. Não poderia ser Cosmo, isso fora há muito tempo, e ainda assim... o gato virou-se para olhá-la com um olho cicatrizado. *Gato Bowie.*

Não havia irmãos e irmãs, apenas um único filho, sempre um menino para cuidar dos negócios, de Black Elm. Ele não se sentira sozinho. Aquele era seu palácio, sua fortaleza, o navio que comandava em todos os jogos. Fumara cigarros roubados no quarto da torre, olhando para as árvores. Escondera seus tesouros sob o parapeito solto da janela – gibis e pedaços de caramelo, depois uísque, cigarros e exemplares de *Bachelor*. Vira o pai chorar enquanto o velho assinava os papéis que fechariam a fábrica. Puxara Jeannie Bianchi por um corredor escuro, ofegando no ouvido dela enquanto gozava na mão dela.

Vestira um terno preto e lamentara a morte da mãe. Usara o mesmo terno preto para enterrar o pai. Comprara uma Mercedes marrom para a mulher e tinham feito amor no banco de trás, bem ali na entrada.

— Vamos para a Califórnia — sussurrara ela. — Vamos dirigir até lá hoje mesmo.

— Claro — respondera ele, mas sem querer responder. Black Elm precisava dele, como sempre. Observara a mulher da porta do escritório, os pés curvados debaixo do corpo, ouvindo música de que não gostava ou não entendia, bebendo grandes copos de vodca. Ela olhara para ele, ficara de pé com as pernas trêmulas, aumentara o volume.

— Isso vai acabar te matando — advertira ele. — Já pegou seu fígado.

Ela aumentara mais o volume da música. Por fim, a tinha pegado mesmo. Ele precisara comprar um terno preto novo. Mas não pudera culpá-la por não ser capaz de parar. Mesmo as coisas que você ama, coisas de que precisa, te pegam uma hora ou outra.

Segurara uma criança nos braços, seu filho... não, seu neto, uma segunda chance de acertar, de forjar esse menino em aço de fábrica, um verdadeiro Arlington, forte e capaz, não como seu filho tolo, obstinado, indo de um fracasso para outro, uma vergonha. Se Daniel não tivesse a aparência tão similar à de um Arlington, teria suspeitado que a mulher tinha encontrado algum artista de queixo fraco com quem passar as tardes. Era como olhar para um espelho daquelas casas espelhadas de parque de diversão e ver a si mesmo sem nenhuma coragem. Mas não cometeria os mesmos erros com Danny.

A casa estava diferente agora, silenciosa e escura, ninguém além de Bernadette cantarolando na cozinha e Danny correndo pelos corredores como ele um dia fizera. Ele não esperara envelhecer. Realmente não tinha entendido o que era a velhice, seu corpo em rebelião gradual, a solidão cercando-o como se estivesse apenas esperando que ele diminuísse a velocidade para poder pegá-lo. Fora destemido um dia. Fora forte. Daniel e sua esposa tinham cancelado a visita que fariam.

— Ótimo — dissera. Mas não dissera com tanta verdade quanto gostaria.

Quando a morte tinha se insinuado? Como ela sabia onde encontrá-lo? Pergunta tola. Ele vivera naquela tumba por anos.

— Mate-me, Danny. Faça isso por mim.

Danny estava chorando, e, por um momento, ele viu o menino como ele era, não o modelo ideal dos Arlington, mas na verdade uma criança, perdida nas cavernas de Black Elm, atendendo incessantemente às suas necessidades. Deveria dizer a ele para correr e nunca olhar para trás, para se livrar daquele lugar e daquele legado que murchava.

Em vez disso, agarrara o pulso do menino com suas últimas forças.

— Eles vão ficar com a casa, Danny. Vão ficar com tudo. Vão me manter vivo e drenar tudo, dizendo que é para o meu próprio bem. Só você pode detê-los. Você precisa ser um cavaleiro, pegue a morfina e injete. Tá vendo, parece até uma lança. Agora vá — ele disse, enquanto o menino chorava —, eles não podem saber que você esteve aqui.

A única coisa que lamentara tinha sido que morreria sozinho.

Mas a morte não fora capaz de mantê-lo longe de Black Elm. Ele se viu ali novamente, livre de dor e em casa mais uma vez, sempre subindo e descendo as escadas, entrando e saindo dos quartos, sempre sentindo que tinha esquecido algo, mas sem saber o que era. Observara Danny comer restos na cozinha, dormir em sua cama fria, enterrado sob casacos velhos. Por que amaldiçoara aquela criança a servir àquele lugar da maneira que ele próprio fizera? Mas Danny era um lutador, um Arlington, galvanizado, resiliente. Ele gostaria de poder dizer palavras de conforto, encorajamento. Desejou poder retirar tudo o que dissera.

Danny estava parado na cozinha, preparando alguma mistura nojenta. Ele sentia o desespero do neto, a infelicidade nele enquanto se levantava sobre uma panela borbulhante e sussurrava:

— Faz alguma coisa.

Preparou uma taça de vinho chique, mas fez uma pausa antes de derramar aquela estranha mistura vermelha nela. Danny largou o velho forno holandês de Bernadette e correu pelo corredor.

O velho podia sentir a morte na panela, a catástrofe. *Pare. Pare antes que seja tarde demais.* Ele a golpeou, tentando derrubá-la do fogão, querendo voltar ao mundo só por um momento, um segundo. *Por favor, me dê forças para salvá-lo.* Mas ele era fraco, inútil, ninguém e nada. Danny voltou, trazendo aquela caixa de lembranças feia, com *Botas de Borracha Arlington* estampado na tampa de porcelana. Ele a mantivera em sua mesa. Deixara Danny brincar com ela quando criança. Às vezes o surpreendia colocando uma moeda de vinte e cinco centavos, ou um chiclete, uma pedrinha azul do quintal, nada. Danny acreditara que a caixa era mágica. Agora derramava o veneno nela. *Pare,* ele queria gritar, *Ah, por favor, Danny, pare.* Mas o menino bebeu.

Alex tropeçou para a frente, batendo na mesa da sala de jantar e quase caindo antes de se segurar na borda. Era demais, as imagens muito claras. Ela caiu de joelhos e vomitou no chão incrustado, tentando fazer a cabeça parar de girar, tentando arrancar todas as Black Elms do passado e ver apenas a presente.

A campainha tocou de novo, uma acusação.

— Já vai! — ela gritou.

Alex se forçou a se levantar e cambalear para o banheiro ao lado da cozinha. Enxaguou a boca, jogou água no rosto e prendeu o cabelo em um rabo de cavalo baixo e apertado.

— Puta merda, Cosmo, fique longe disso. — O gato farejava a poça de vômito. — Me ajuda nessa.

E Cosmo, como se tivesse entendido, fez algo que nunca havia feito antes: aninhou-se nos braços dela. Ela o apertou cuidadosamente contra o corpo, escondendo seu pelo chamuscado.

— Os bárbaros estão no portão — ela sussurrou. — Vamos conseguir.

A campainha tocou novamente.

Alex pensou em quem queria ser naquele momento, e era Salome, a presidente da Cabeça do Lobo, que teve de assustar para que desistisse de usar a sala do templo. Rica, bonita, acostumada a conseguir o que queria. O tipo de garota que Darlington namoraria se não tivesse bom gosto.

Ela abriu a porta devagar, sem pressa, e piscou para os pais de Darlington como se eles a tivessem acordado de um cochilo.

— Sim?

— Quem é você?

A mulher – Harper, o nome veio da visão dupla de Alex, sua vista combinada com os olhos do velho – era alta, magra e vestia uma calça de lã de corte perfeito, blusa de seda e pérolas. O homem... um desprezo, puro e fervilhante, subiu ao vê-lo. Ele se parecia tanto com Danny, Daniel, Darlington. *Tão parecido comigo*. E, no entanto, não se parecia em nada com nenhum deles. Alex conhecera muitos vigaristas de baixo nível em sua vida, pessoas que estavam sempre procurando o atalho, a solução fácil. Eram alvos perfeitos.

— Alexandra — ela disse, a voz entediada, a mão acariciando o pelo de Cosmo. — Estou cuidando da casa para Darlington enquanto ele está na Espanha.

— Nós...

— Eu sei quem vocês são. — Ela tentou infundir as palavras com partes iguais de desdém e desinteresse. — Ele não quer vocês aqui.

Daniel Arlington gaguejou. Os olhos de Harper se apertaram, e ela levantou uma sobrancelha perfeita.

— Alexandra, não sei quem você é, ou por que o nosso filho a designou como cão de guarda dele, mas eu quero falar com ele. *Agora*.

— Estão sem dinheiro de novo?

— Saia do meu caminho — disse Daniel.

O impulso de Alex foi lhe dar um bom empurrão e ver o traseiro ossudo dele cair no caminho de cascalho. Tinha visto essas pessoas nas memórias do velho, mal havia uma palavra para Danny, um pensamento. Mesmo que sua própria mãe fosse péssima em pagar as contas ou fornecer qualquer coisa parecida com estabilidade, ela pelo menos se importava com Alex. Mas agora tinha que se manter na pose de garota rica.

— Ou o quê? — ela disse, com uma risada. — Esta casa não é de vocês. Vou chamar a polícia numa boa e deixar que ela resolva o problema.

O pai de Darlington pigarreou.

— Acho... acho que houve algum tipo de mal-entendido. Sempre temos notícias de Danny nas férias e ele sempre atende nossas ligações.

— Ele está na Espanha — disse Alex. — E agora faz terapia. Está definindo limites. Vocês deveriam pensar nisso.

— Vamos, Daniel — disse Harper. — Essa vaca está chapada do próprio poder. Quando voltarmos, vai ser com uma carta do nosso advogado.

Ela marchou de volta para o Range Rover.

Daniel balançou o dedo na cara dela, tentando se vingar.

— É isso mesmo. Você realmente não tem nada que...

— Corra para casa, fracote. — As palavras saíram como um rosnado, profundo, grisalho. Aquela não era a voz de Alex, e ela sabia que o pai de Darlington também não via mais seu rosto. — Você me manteve refém em minha própria casa, seu merda chorão.

Daniel Arlington IV engasgou e cambaleou para trás, quase caindo de joelhos.

Alex desejou que o velho recuasse, mas não foi fácil. Podia senti-lo em sua cabeça, a ferocidade da determinação dele, um espírito para sempre em guerra consigo mesmo, com o mundo, com tudo e todos em torno dele.

— Pare de perder a porra do tempo, Daniel! — gritou Harper do carro, ligando o motor.

— Eu... eu... — A boca dele se abriu, mas ele via apenas o rosto plácido de Alex agora.

O velho era como um cachorro descontrolado dentro de sua mente. *Covarde. Frouxo. Como eu fui criar um filho igual a você? Você nem teve coragem de me enfrentar, só sabia me manter drogado e indefeso, mas eu peguei você no final, não foi?*

Cosmo se remexeu nos braços de Alex. Ela levantou uma mão e acenou.

— Tchau, tchau — cantarolou.

Daniel Arlington entrou no carro e o Range Rover saiu, com um jato de cascalho.

— Obrigada, Cosmo — Alex murmurou, enquanto o gato pulava de seus braços e corria para trás da casa para caçar. — E a você.

Ela empurrou o velho para fora da mente com todas as forças. Ele apareceu na frente dela, o roupão esvoaçando, o corpo nu e emaciado salpicado de cabelo branco.

— Foi uma viagem única — ela disse. — Nem pense em tentar sequestrar este trem aqui novamente.

— Onde está Danny? — o velho rosnou.

Alex o ignorou e voltou para Dawes e Turner.

16

Quando Dawes estava chateada, dirigia ainda mais devagar, e Alex achou que levariam duas horas para voltar ao campus.

— Eles vão envolver advogados — reclamou Dawes.

— Não vão.

— Vão trazer a administração de Yale.

— Não vão.

— Pelo amor de Deus, Alex! — Dawes puxou o volante para a direita e a Mercedes desviou para o lado da rua, quase subindo no meio-fio. — Pare de fingir que vai ficar tudo bem.

— E de que outra forma vamos passar por isso? — exigiu Alex. — Eu só sei fazer desse jeito.

Ela se obrigou a respirar fundo.

— Os pais de Darlington não vão voltar com advogados nem envolver a Yale.

— Por que não? Eles têm dinheiro, poder.

Alex balançou a cabeça lentamente. Tinha visto tanta coisa nas memórias do velho, sentira tudo. A única vez que passara por algo assim fora quando tinha deixado o Noivo entrar e experimentado os momentos de seu assassinato. Não tinha apenas sentido que ele amava Daisy. Ela também amara Daisy. Mas desta vez houvera muito mais, uma vida inteira de pequenos prazeres e desapontamentos sem fim, todos os dias e todos os pensamentos moldados por Black Elm, pela amargura, pela fome de algo que pudesse sobreviver à sua vida breve e sem peso.

— Eles não têm nenhuma das duas coisas — disse Alex. — Não do jeito que você acha. É por isso que eles ficam pressionando Darlington a vender Black Elm.

Dawes pareceu escandalizada.

— Mas ele jamais venderia.

— Eu sei. Mas, se descobrirem que ele está desaparecido, vão tentar tirá-la dele.

Ficaram sentadas em silêncio por um longo minuto, o motor ligado. Pela janela, Alex viu um trecho estreito do parque, as folhas das árvores ainda não estavam prontas para as cores de outono, mas ela estava de volta a Black Elm, sentindo sua atração, a maneira como exigia amor, perdida na solidão do lugar.

— Eles não vão envolver advogados porque não querem que ninguém os observe muito de perto. Eles... o avô de Darlington basicamente os comprou. Ele queria criar... — Ela quase disse *Danny*. — Eles só o deixaram lá, e acho que mantiveram o velho prisioneiro quando ele adoeceu.

Até que Danny o libertou. Fora por isso que sobrevivera no inferno, não apenas porque era Darlington, imerso em conhecimento e tradição, mas porque matara o avô.

Não importava que o avô tivesse pedido a ele para fazer isso, assim como não importava que Dawes tivesse esmagado o crânio de Blake para salvar a vida de Alex.

— Mas eles vão voltar — disse Dawes.

Alex não podia argumentar contra isso. Tinha assustado o pai de Darlington, mas os monstros não vão embora apenas com um aviso. Harper e Daniel Arlington voltariam a farejar, procurando sua parte.

— Então vamos trazer Darlington de volta e ele mesmo pode mandá-los embora. — Ele tinha sido o protetor de Black Elm e ainda era o único que poderia defendê-la. — Quem vai nos ajudar a encontrar outro assassino? Estou ficando sem favores para cobrar das sociedades.

— Ninguém — disse Dawes, mas sua voz soou estranha. — Vamos precisar entrar no porão do Peabody. Mas está em reformas e tem câmeras para todo lado.

— Podemos usar a tempestade que você preparou ano passado. Aquela que bagunça todos os eletrônicos. E vamos envolver Turner. Se precisarmos olhar a ficha criminal de alguém, ele pode dar um jeito.

— Eu não... não acho que seja uma boa ideia.

— Ou confiamos nele ou não confiamos, Dawes.

Dawes flexionou os dedos no volante, então assentiu.

— Seguimos em frente — disse ela.

— Seguimos em frente — repetiu Alex.

Até o inferno e de volta.

★ ★ ★

Alex encontrou Mercy e Lauren almoçando tarde no refeitório do JE. A conversa era moderada, mesmo entre os Cinzentos, e a sala parecia maior e mais fria, como se o dormitório tivesse se vestido de luto pelo reitor Beekman. Alex encheu sua bandeja com uma pilha gigante de macarrão e alguns sanduíches que colocaria na bolsa para mais tarde. Seu celular soltou um aviso enquanto enchia o copo com refrigerante. Seiscentos dólares tinham sido depositados em sua conta bancária.

Então Esquisito tinha feito o pagamento. Se um babaca acertasse as contas, Eitan depositaria cinco por cento na conta dela pelo trabalho bem-feito. Provavelmente deveria se sentir mal por isso, mas recusar o dinheiro não faria bem a ninguém.

Quando se sentou, podia ver que os olhos de Mercy estavam vermelhos de tanto chorar, e Lauren também não parecia muito bem. As duas tinham apenas beliscado a comida.

— Vocês estão bem? — Alex perguntou, subitamente constrangida pela bandeja cheia de comida.

Mercy balançou a cabeça, e Lauren disse:

— Estou perturbada.

— Eu também — disse Alex, porque parecia que deveria estar.

— Não consigo imaginar pelo que a família dele está passando — disse Mercy. — A esposa dele também dá aulas aqui, sabe?

— Não sabia — disse Alex. — Dá aulas de quê?

Mercy assoou o nariz.

— Literatura francesa. Foi assim que eu conheci os dois.

Alex se lembrava vagamente de que Mercy tinha recebido um prêmio por um ensaio sobre Rabelais. Mas não tinha percebido que Mercy realmente conhecia o reitor Beekman.

— Como ele era? — ela perguntou.

Os olhos de Mercy marejaram novamente.

— Só... muito gentil. Eu estava assustada por ir a uma faculdade tão longe de casa, e ele me apresentou a outros estudantes de primeira geração. Ele e Mariah – a professora LeClerc, mulher dele – conseguiam abrir espaço para você. Não sei explicar. — Ela deu de ombros, desamparada. — Ele era como Puck e Próspero de Shakespeare, embrulhados juntos. Fazia a erudição parecer divertida. Por que alguém iria querer machucá-lo? E por qual motivo? Não era rico. Não poderia ter nada que valesse... valesse...

A voz dela estremeceu e parou.

Alex passou um guardanapo para ela.

— Eu nunca o conheci. Eles tinham filhos?

Mercy assentiu.

— Duas filhas. Uma era violoncelista. Muito boa. Tipo, acho que conseguiu um lugar na... acho que foi na Filarmônica de Boston ou de Nova York.

— E a outra? — Alex sentia-se como um vampiro, mas, se tivesse a chance de conseguir alguma informação sobre a vítima, não ia deixar passar.

— Médica, acho? Psiquiatra. Não consigo lembrar se ela estava se encaminhando para a pesquisa ou a prática.

Uma psiquiatra. Poderia estar conectada a Marjorie Stephen, mas Turner descobriria aquilo com facilidade.

— Ele era tão popular — Alex arriscou com cuidado. — Acho que nunca escutei nada negativo sobre esse cara.

— Por que escutaria? — Mercy perguntou.

— As pessoas ficam com inveja — disse Lauren, passando o garfo por uma poça de ketchup. — Eu tinha uma aula bem antes das aulas dele e os estudantes dele sempre apareciam mais cedo. Meu professor ficava puto.

— Mas isso diz respeito aos alunos dele — disse Alex —, não a ele.

Mercy cruzou os braços.

— É só inveja. Um professor me aconselhou a não escolher Beekman como supervisor.

— Quem?

— Que importância isso tem?

Alex tinha prometido tentar não mentir, mas já estava rodeando a verdade.

— Só curiosidade. Como eu falei, nunca ouvi uma palavra ruim sobre ele.

— Era um grupo deles. Do departamento de Inglês. Apareci durante o expediente para falar sobre um ensaio e três professores me acuaram para insistir que eu mantivesse o Inglês como matéria principal, me dizendo que o reitor Beekman não era sério nos estudos. Eles o chamaram de simpático profissional. — Ela empinou o nariz e adotou um tom de desdém. — Muita espuma e nenhuma substância.

Lauren balançou a cabeça em descrédito.

— Estou me ferrando para passar em economia, e você tem a faculdade fazendo intervenções para te manter nos departamentos deles.

— É bom ser amiga de um gênio — disse Alex.

Lauren fez uma careta.

— É deprimente.

— Não se um pouco disso passar para a gente.

— Existem diferentes tipos de inteligência — disse Mercy, generosamente. — E isso não teve importância, de qualquer jeito. Eu disse pra eles que ia me formar em Estudos Americanos.

Seria inveja profissional o suficiente para matar um cara? E o que isso possivelmente teria a ver com Marjorie Stephens?

— Quem são esses cuzões, e como eu consigo evitá-los? — Alex perguntou, jogando um verde para descobrir nomes.

— Não lembro — disse Mercy. — Ruth Canejo dava aula de Estudos Dirigidos, mas não sei quem eram os outros dois. Isso é parte do motivo de eu ter ficado tão irritada. Como se eu fosse só um ponto que eles quisessem marcar.

Lauren se levantou para limpar a bandeja.

— Sou o tipo de inteligente que vai tirar uma soneca antes da prática. Precisamos conversar sobre o Dia das Bruxas.

— Um homem foi assassinado no campus — disse Mercy. — Não é possível que você esteja achando que vamos dar uma festa.

— Vai ser bom para nós. E, se eu não tiver alguma coisa para esperar, não vou aguentar essa.

Quando Lauren foi embora, Mercy perguntou:

— Por que tantas perguntas?

Alex mexeu lentamente o café. Dissera a Mercy que não iria mentir, mas precisava caminhar com cuidado nisso.

— Conhece uma professora do departamento de psiquiatria? Marjorie Stephen?

Mercy balançou a cabeça.

— Deveria?

— Ela morreu no sábado à noite. No escritório dela. Há uma chance de que a morte dela tenha sido apenas algum tipo de acidente triste. Mas também existe a possibilidade de ela ter sido assassinada.

— Você acha que as mortes estão interligadas? — Mercy inspirou intensamente. — Acha que tem magia envolvida?

— Talvez.

— Alex, se as sociedades... se algum filho da puta fez isso com o reitor Beekman...

— Não sabemos se é o caso. Estou só... explorando todas as possibilidades.

Mercy colocou a cabeça entre as mãos.

— Como eles se safam disso? A Lethe não deveria impedir que esse tipo de coisa acontecesse?

— Sim — admitiu Alex.

Mercy se afastou da mesa, a bandeja chocalhando enquanto ela pegava a bolsa, mais lágrimas nos olhos.

— Então impeça, Alex. Faça eles pagarem por isso.

O Peabody originalmente ficava na esquina da Elm com a rua principal, lotado até o telhado com itens interessantes e obscuros. Foram feitos planos para um novo prédio e o porão foi cavado, mas os materiais ficaram difíceis de encontrar, com a guerra em curso. As coleções do museu original estavam espalhadas por todo o campus, em porões e cocheiras. Demorou tanto para construir o museu, e a documentação era tão aleatória, que partes da coleção ainda foram descobertas em prédios antigos bem recentemente, na década de 1970. É claro que existem alguns itens nessas salas poderosas que nunca serão catalogados, e, em alguns casos, é melhor que a proveniência permaneça desconhecida.

— de *A vida da Lethe: procedimentos e protocolos da Nona Casa*

Mesa; ametista
Proveniência: desconhecida
Doador: desconhecido

Os registros aparecem pela primeira vez por volta de 1930, depois da construção do novo Peabody. Favor ver notas sobre coleções fechadas.

— do *Catálogo do Arsenal da Lethe,*
conforme revisado e editado por Pamela Dawes, Oculus

17

Na noite seguinte, Turner encontrou Alex e Dawes do lado de fora do Peabody, perto da estátua de um triceratope que a Cabeça de Lobo havia animado acidentalmente em 1982. Depois que as câmeras foram desligadas, entrar no museu era questão de cronometrar as rodadas dos seguranças. Ela mencionou a possível conexão psiquiátrica e os professores que haviam falado mal do reitor Beekman para Turner, mas ele não pareceu impressionado.

— Conseguiu nomes?

— Ruth Canejo, mas não os outros.

— Encontrou alguma coisa sobre venenos que envelhecem?

— Sim e não — disse Alex, tentando tirar o nervosismo da voz. Só dois dias tinham se passado desde que Turner exigira a presença dela na segunda cena do crime. — Tem uma coisa chamada Tablete Murchante, que te faz parecer mais velho se você mastigar por tempo suficiente, mas os efeitos não duram mais do que algumas horas. E há um veneno chamado Tempusladro, o ladrão do tempo. Envelhece internamente.

— Parece promissor.

— Não, ele simplesmente envelhece os órgãos, acelera o relógio. Mas a questão toda é que a vítima parece ter morrido de causas naturais. Jovem e fresco no exterior, enrugado no interior.

— Então continue procurando — disse Turner. — Encontre alguma coisa que eu possa usar. Preciso de você e do seu namorado demônio para o trabalho que não posso fazer.

— Então nos ajude a tirá-lo do inferno.

Turner fechou a cara.

— Vamos ver.

Alex o persuadira a encontrá-las prometendo-lhe que, assim que tivessem mais dois assassinos para andar pelo Corredor, ela o deixaria em paz. Ficara surpresa por ele ter concordado em vir.

Passaram pela entrada principal e desceram as escadas. Turner olhou inquieto para os olhos mortos das câmeras de segurança. Elas ainda estavam gravando, mas o chá mágico na garrafa térmica de Dawes evitaria que capturassem qualquer coisa além da estática.

— Você tem um verdadeiro dom para transformar todos ao seu redor em criminosos, Stern.

— É um tipo leve de invasão de domicílio. Pode dizer que ouviu um barulho.

— Vou dizer que flagrei vocês duas invadindo e decidi correr atrás.

— Vocês podem ficar quietos? — Dawes sussurrou furiosamente. Ela fez um gesto para a garrafa térmica. — A tempestade não vai durar a noite toda.

Alex fechou a boca, tentando conter a raiva que sentia de Turner. Ela não estava sendo justa, mas era difícil se importar com o que era racional ou certo quando ela e Dawes estavam lutando contra o que parecia ser uma batalha perdida para libertar Darlington. Elas precisavam de aliados, mas a Lethe e Michelle Alameddine não estavam interessadas, e ela odiava sentir que estava implorando pela ajuda de Turner.

E o Peabody era mais um lugar onde a presença de Darlington era muito próxima – o verdadeiro Darlington, que pertencia a New Haven tanto quanto pertencia a Lethe ou Yale. Alex já tinha ido ao Peabody com ele, um lugar que o deixara surpreendentemente quieto. Tinha mostrado a ela a sala de minerais, o pássaro dodô empalhado, as fotos e cartas da expedição de Hiram Bingham III para "descobrir" Machu Picchu, onde encontrara o grande cadinho de ouro atualmente escondido no arsenal de Il Bastone.

"Esse era o meu esconderijo", ele dissera quando passaram na frente do mural Era dos Répteis, "quando as coisas ficavam feias em casa." Na época, Alex tinha se perguntado o quanto poderia ter sido ruim crescer em uma mansão. Mas agora que estivera na cabeça do avô de Darlington, que vira as memórias que ele havia tido de um menino perdido no escuro, entendia por que aquele menino viera até ali, um lugar cheio de gente e barulho, onde sempre havia algo para ler ou olhar, onde ninguém pensaria duas vezes em um garoto estudioso com uma mochila que não queria ir embora.

O porão era escuro e quente, cheio de encanamentos que chacoalhavam e arrotavam, mais barulhentos do que os andares superiores silenciosos, onde as exposições haviam sido embaladas e armazenadas em preparação para a próxima reforma. Os fachos de luz de suas lanternas flutuavam sobre canos expostos e caixas empilhadas até o teto, pedaços estranhos de andaimes encostados tortos contra eles.

Por fim, Dawes os conduziu a uma sala com um cheiro estranho de mofo.

— O que é tudo isso? — Alex perguntou quando Dawes passou a luz da lanterna sobre prateleiras de jarros cheios de um líquido turvo.

— Água de lago, centenas de jarros, de todo Connecticut, todos de anos diferentes.

— Qual é exatamente a razão para isso? — perguntou Turner.

— Acho... que, se você quiser saber exatamente o que tinha na água do lago em 1876, esse é o lugar ideal. Os porões são cheios de coisas assim.

Dawes consultou um mapa e então andou para uma prateleira do lado esquerdo do cômodo. Contou três fileiras de cima para baixo, então contou entre as jarras empoeiradas em si. Enfiou a mão entre elas e procurou atrás.

— Se vocês tentarem me fazer beber isso, vou embora — murmurou Turner.

Um *clinc* soou alto. A prateleira se abriu e ali, atrás das fileiras sujas de potes, havia uma sala enorme com nada além de uma enorme mesa retangular coberta com vários panos de limpeza.

— Funcionou — disse Dawes, com surpresa satisfeita. Ela apertou um interruptor na parede, mas nada aconteceu. — Acho que ninguém vem aqui há um bom tempo.

— Como você sabia que este lugar existia? — perguntou Turner.

— Sou responsável por manter o arquivo do arsenal.

— E uma sala no porão do Peabody faz parte do arsenal da Lethe?

— Não exatamente — lançou Dawes, e, mesmo nas sombras, Alex percebia que ela estava desconfortável. — Ninguém quer reivindicar isso. Não temos certeza de qual sociedade o fez ou se é obra de outra pessoa. Só tem uma entrada no livro para indicar quando chegou e... seu propósito.

Alex sentiu um calafrio subir. O que estavam prestes a ver? Começou a procurar, com a mente, por Cinzentos para o caso de algo terrível estar prestes a acontecer, e se preparou quando Dawes agarrou um dos panos. Ela deu um forte puxão, liberando uma nuvem de poeira.

— Uma maquete? — perguntou Turner, soando quase desapontado.

Uma maquete de New Haven. Alex reconheceu imediatamente a forma do parque com suas linhas de proteção que o dividia em dois, além de três lindas igrejas. O resto era menos familiar. Ela conseguia identificar alguns dos prédios, o plano geral das ruas, mas faltava muita coisa.

— É feito de pedra — Alex percebeu, correndo um dedo sobre o nome de uma das ruas, *Chapel*, gravado diretamente sobre o asfalto.

— É ametista — disse Dawes, embora parecesse mais branco que roxo aos olhos de Alex.

— Não pode ser — falou Turner. — É uma placa grande, sem linhas, sem rachaduras. Está me dizendo que isso foi esculpido em um único pedaço de pedra?

Dawes assentiu, e Turner franziu mais o cenho.

— Isso não é possível. Vamos dizer que alguém conseguiu encontrar um pedaço de ametista grande desse jeito, daí conseguiu tirar de uma mina, daí conseguiu, de algum jeito, esculpir, teria que pesar mais de uma tonelada. Como conseguiram trazer isso até aqui embaixo?

— Não sei — disse Dawes. — É possível que tenha sido esculpido aqui mesmo, e o prédio foi erguido em torno. Não sei nem se foi esculpido por mãos humanas. Na verdade não há... não há nada natural a respeito dele.

Ela tirou a tampa de uma garrafa de sua mochila e derramou o conteúdo no que parecia um frasco de limpa-vidro.

— Vou ler o encanto. Vocês só precisam repetir.

— O que vai acontecer? — perguntou Alex.

— Só vai ativar a maquete.

— Claro — disse Turner.

Dawes tirou uma caderneta de anotações na qual tinha transcrito o feitiço e começou a ler em latim. Alex não entendeu uma palavra.

— *Evigilato Urbs, aperito scelestos.*

Dawes fez um gesto para que eles repetissem e eles fizeram o melhor para seguir.

— *Crimen proquirito parricidii.*

Eles tentaram ecoá-la novamente.

Dawes pegou o frasco de spray e o apertou agressivamente sobre a maquete.

Alex e Turner deram um passo para trás, e Alex resistiu ao impulso de cobrir o nariz e a boca. A névoa tinha um leve cheiro de rosas, e Alex se lembrou do que o grão-sacerdote havia dito sobre a preservação de corpos na Livro e Serpente. Era isso que o mapa era? Um cadáver que precisava ser trazido de volta à vida?

A nuvem de névoa caiu sobre a maquete e a mesa pareceu explodir em atividade. As luzes piscaram; uma carroça de ametista em miniatura corria pelas ruas, puxada por cavalos de pedras preciosas; uma brisa se movia por entre as minúsculas árvores de pedra. Manchas vermelhas começaram a aparecer na pedra, como se estivessem vazando por ela, espalhando manchas de sangue.

— Pronto — disse Dawes, soltando o ar, aliviada. — Vai revelar a localização de qualquer um que tenha cometido homicídio.

O cenho de Turner franziu em descrédito.

— Está me dizendo que encontrou um mapa mágico que faz exatamente o que precisa que ele faça?

— Bem, não, o feitiço é feito de acordo com as nossas necessidades.

— Então você poderia fazer ele procurar sundaes de chocolate? Mulheres que amam cerveja artesanal e os Patriots?

Dawes riu nervosamente.

— Não, precisa ser um crime específico. Você não pede ao mapa para revelar criminosos em geral, só pessoas que infringiram uma lei específica.

— Uau — disse Alex —, se o Departamento de Polícia de New Haven soubesse disso. Ah, pera aí.

— Posso encontrar meu suspeito de assassinato assim? — perguntou Turner.

— Possivelmente? — disse Dawes. — Ele mostra localizações, não nomes.

— Localizações — repetiu Turner. — Não nomes. Quando isso foi criado?

— Não tem uma data exata…

— Mais ou menos. — A voz dele era dura.

Dawes enfiou o queixo para dentro do suéter.

— Mil oitocentos e cinquenta.

— Eu sei o que isso é — disse Turner. — Que porra, isso existe mesmo.

Dawes se encolheu, e agora Alex entendia por que ela tinha ficado preocupada de elas levarem Turner até ali.

— Essa coisa não foi construída para encontrar criminosos — falou Turner. — Foi feita para encontrar escravizados fugidos.

— A gente precisava de um jeito de encontrar assassinos — ela disse. — Não sabia mais o que...

— Você entende a grande merda que isso é? — Turner apontou o dedo para um prédio imponente em New Haven Green. — Aqui era onde ficava a casa dos Trowbridge. Era uma estação do metrô. As pessoas pensavam que estariam seguras aí. Deveriam estar seguras aí, mas algum idiota das sociedades usou magia...

Ele tropeçou na palavra.

— É para *isso aqui* que serve a magia de vocês, não é? Isso é o que ela faz. Mantém as pessoas no poder, permite que as pessoas que já têm tudo fiquem com um pouco mais?

Alex e Dawes ficaram em silêncio na quietude do porão. Não havia nada a dizer. Alex já tinha ficado frente a frente com o que a magia poderia fazer. Vira em Blake Keely, no reitor Sandow, em Marguerite Belbalm. A magia não era diferente de qualquer outro tipo de poder, mesmo que ainda excitasse alguma parte secreta dela. Ela se lembrava de estar na cozinha da Il Bastone, gritando com Darlington. "Onde você estava?", exigira ela. "Onde você estava?" Onde estavam a Lethe e todos os seus mistérios quando ela era uma criança que precisava desesperadamente ser salva? Darlington a ouvira naquela noite. Ele não havia discutido. Sabia que ela queria quebrar coisas e a tinha deixado quebrar.

— Podemos ir embora — disse Alex. — Podemos esmagar essa coisa até virar pó.

Era tudo o que ela podia oferecer.

— Quantas vezes essa abominação foi usada? — exigiu Turner.

— Não tenho certeza — disse Dawes. — Eu sei que a usaram para encontrar contrabandistas e bares ilegais durante a Lei Seca, e o FBI pode ter tentado usar durante os julgamentos dos Panteras Negras.

Turner balançou a cabeça.

— Termine — ele rosnou. — Não quero ficar nesta sala nem um minuto a mais do que preciso.

Hesitantes, eles inclinaram as cabeças, voltando suas lanternas para a superfície violeta pálida do mapa.

Um amontoado de manchas vermelhas se espalhou em um canto do Peabody, uma papoula em flor, viçosa de sangue. Alex, Turner, Dawes. Um ramalhete de violência.

Havia alguns borrões perto de Hill e até mesmo dois pontos nos dormitórios, ou onde Alex achava que os dormitórios estavam agora. Ela não conseguia se orientar. O mapa não parecia ter sido atualizado desde o final do século XIX, e a maioria das estruturas que ela bem conhecia simplesmente não havia sido construída ainda.

Mas o nome da rua principal não havia mudado, e tinha um lugar que Alex não teve dificuldade em identificar. O local para onde uma jovem criada chamada Gladys fugira, onde sua vida fora roubada e sua alma fora consumida por Daisy Whitlock. Esse ato criou um nexo de poder e, anos depois, o primeiro túmulo da primeira sociedade secreta foi construído sobre ele.

— Tem alguém na Crânio e Ossos — disse ela.

A construção no mapa era pequena, a primeira versão da tumba, antes de ser ampliada.

Eles ficaram olhando, juntos, para aquela mancha vermelha.

— É segunda-feira — disse Dawes. — Não tem ritual esta noite.

Isso era bom. Se conseguissem chegar até lá a tempo, não teriam tantos suspeitos possíveis para separar, apenas algumas pessoas estudando ou ficando por ali.

— Vamos — disse Turner, a raiva ainda em sua voz.

— Vamos deixar isso assim? — perguntou Alex enquanto voltavam pela passagem secreta, deixando a mesa ensanguentada para trás.

— Não se preocupe — disse Turner. — Vou voltar com uma marreta.

Alex ouviu Dawes prender a respiração, angustiada com a ideia de qualquer artefato sendo destruído, por mais vil que fosse. Mas ela não disse uma palavra.

Passaram de novo pela sala cheia de potes e saíram pela passagem lateral, tentando se mover silenciosamente. Assim que Turner empurrou a barra para deixá-los ter acesso à rua, um alarme começou a soar.

— Porra — disse ele, abaixando a cabeça, e Alex puxou o capuz para cima.

Eles irromperam pela porta e correram para o carro de Turner. A força da tempestade havia diminuído conforme o chá esfriava, e ela só podia esperar que as câmeras de segurança do museu não tivessem capturado nenhuma imagem nítida de seus rostos.

Eles se contorceram para dentro do carro e Turner ligou o motor, guinchando para a rua vazia.

— Mais rápido — pediu Alex enquanto ele dirigia o Dodge em direção à rua principal. Precisavam chegar à Crânio e Ossos antes que o assassino fosse embora, ou teriam que começar todo o processo novamente.

— Não estou querendo chamar a atenção — ele rosnou. — E você já pensou em como vai descobrir quem é o assassino e conseguir que um criminoso se junte à sua equipezinha infernal?

Ela não tinha pensado nisso. A bala de canhão havia encontrado seu ímpeto.

Turner guiou o Dodge até o meio-fio em frente à tumba de pedra avermelhada.

Alex nunca gostara daquela cripta em particular. As outras pareciam mais bobas, uma espécie de versão da Disneylândia de um estilo particular – grego, mourisco, Tudor, meados do século. Mas aquela parecia muito real, um templo para algo escuro e errado que tinham construído abertamente, como se as pessoas que ergueram aquelas pedras vermelhas soubessem que ninguém poderia tocá-las. Não ajudou que tivesse visto os Osseiros abrirem seres humanos e vasculharem suas entranhas, procurando por um vislumbre do futuro.

— Bem — disse Turner, enquanto saíam do carro. — Você tem um plano, Stern?

— Precisamos ter cuidado — pediu Dawes, chegando atrás dele, ainda segurando a caderneta de notas. — A Crânio e Ossos é muito poderosa, e se chegar alguma palavra disso ao...

Alex bateu na porta preta pesada. Ela não sabia muito sobre a tumba, tirando o fato de que havia um debate sobre quem teria sido o arquiteto original e de que a tumba supostamente havia sido construída com dinheiro do ópio.

Ninguém respondeu. Turner andou para trás, os braços cruzados.

— Será que chegamos tarde? — perguntou Dawes, parecendo quase ansiosa.

Alex bateu com o punho contra a porta novamente e gritou.

— Eu sei que você está aí. Para com essa porra.

— Alex! — gritou Dawes.

— Se não tiver ninguém, quem vai se importar?

— E se tiver?

Alex não tinha certeza. Levantou a mão para bater novamente quando a porta se abriu.

— Alex? — A voz era suave, nervosa.

Ela olhou para a escuridão.

— Tripp? Jesus, isso é sorvete?

Tripp Helmuth, terceira geração de alunos da Yale e filho de uma das famílias mais ricas da Nova Inglaterra, passou a mão na boca, parecendo envergonhado. Vestia uma calça esportiva comprida com abertura lateral e uma camiseta suja, o cabelo loiro enfiado sob um boné de beisebol de Yale virado para trás. Era membro da Ossos – ou tinha sido. Tinha se formado no ano anterior.

— Está sozinho? — perguntou Alex.

Ele assentiu, e Alex reconheceu o olhar no rosto dele imediatamente. Culpa. Ele não deveria estar ali.

— Eu — ele hesitou. Sabia que não podia pedir que eles entrassem, mas também sabia que eles não podiam ficar ali em pé.

— Você vai precisar vir conosco — disse Alex, com toda a autoridade exausta que conseguiu reunir.

Era a voz de cada professor, diretor e assistente social que ela já havia desapontado.

— Merda — resmungou Tripp. — Merda.

Ele parecia que ia começar a chorar. *Aquele* era o assassino deles?

— Esperem eu dar uma arrumada.

Alex foi com ele. Não achava que Tripp tinha coragem de fugir, mas não queria correr nenhum risco. A tumba era como todas as criptas da sociedade, bastante comum, exceto pela sala de templo romano usada para rituais. O resto se parecia com a maioria dos lugares mais bonitos de Yale: madeira escura, alguns afrescos sofisticados, um cômodo de veludo vermelho que já vira dias melhores e uma abundância de esqueletos, alguns famosos, outros nem tanto. Os canopos cheios de fígados, baços, corações e pulmões importantes estavam todos guardados atrás das paredes da sala do templo.

A tumba estava escura, exceto pela cozinha, onde Tripp estava fazendo algum tipo de lanche da meia-noite. Havia frios e pão na mesa, e um sanduíche de sorvete comido pela metade. Era um cômodo grande e arejado, com dois fogões e um enorme freezer, tudo mais adequado para preparar banquetes do que para servir uma dúzia de estudantes universitários. Mas, quando os ex-alunos chegavam à cidade, os Osseiros precisavam ter certeza de que serviriam um banquete adequado.

— Como você soube que eu estava aqui? — perguntou Tripp enquanto colocava tudo de volta na geladeira apressadamente.

— Vamos logo.

— Certo, certo.

Alex notou a mochila dele, que parecia muito cheia, e se perguntou se ele havia escondido mais comida ali. Tempos difíceis para Tripp Helmuth.

— Como você entrou? — perguntou Alex assim que ele trancou as portas e eles se dirigiram para o Dodge de Turner.

— Nunca devolvi minha chave.

— E não pediram de volta?

— Falei que tinha perdido.

E isso fora o suficiente. Tripp era tão sem sorte que era fácil acreditar que perderia a chave e qualquer outra coisa que não estivesse grampeada em seu bolso.

— Ah, Deus — disse Tripp enquanto Alex se juntava a ele no banco traseiro do Dodge. — Você é da polícia?

Turner olhou para ele pelo espelho e disse asperamente:

— Detetive policial.

— É claro, isso, desculpe. Eu...

— É melhor parar de falar e usar esse tempo para pensar.

Tripp baixou a cabeça.

Alex encontrou os olhos de Turner no espelho e ele levantou levemente os ombros. Se fossem enfiar Tripp naquilo, precisavam dele assustado, e Turner era bom em intimidar.

— Para onde estamos indo? — perguntou Tripp, enquanto seguiam para a Chapel.

— Casa Lethe — respondeu Alex.

A maioria dos membros das sociedades via a Lethe como uma necessidade cansativa, um lenitivo para a administração de Yale, e a maioria nunca se preocupara em colocar os pés em Il Bastone.

— O que você está fazendo no campus? — perguntou Alex.

Tripp hesitou e Turner rosnou:

— Não tente virar a história a seu favor.

Bendito Turner por cooperar.

Tripp tirou o boné e passou a mão pelo cabelo ensebado.

— Eu... tive permissão para seguir com a minha turma, mas não me formei. Não tinha créditos suficientes. E meu pai disse que não ia bancar outro semestre, então estou só... estou fazendo uns trabalhos de marketing para aqueles caras da imobiliária Markham? Na verdade estou ficando muito bom no Photoshop. Estou tentado economizar para poder terminar, me formar e tudo mais.

Isso explicava a mochila cheia de comida, mas Alex se perguntou por que Tripp não tinha simplesmente mentido na candidatura para uma vaga em qualquer banco de investimento ou empresa comercial para o qual quisesse trabalhar em Manhattan. O nome Helmuth abriria qualquer porta, e ninguém questionaria se um aluno de terceira geração escrevesse "bacharel em Economia, Universidade Yale" no currículo. Mas não ia dizer isso. Tripp era estúpido e sincero o suficiente para não considerar mentir de forma tão descarada.

Não era um cara mau. Alex suspeitava que ele passaria a vida toda sendo descrito dessa forma: não é um cara mau. Nem muito brilhante, nem muito bonito, nem nada demais. Tinha tirado umas férias bacanas e queimado suas segundas chances. Gostava de chapar e ouvir Red Hot Chili Peppers, e, se as pessoas não necessariamente gostassem dele, eram tranquilas quanto a tolerá-lo. Ele era a personificação, que vivia e respirava, da expressão "relaxa". Mas, aparentemente, o pai de Tripp estava cansado de relaxar.

— O que vai acontecer comigo? — ele perguntou.

— Bem — disse Alex devagar. — Podemos informar os Osseiros e o conselho deles de que você estava invadindo a propriedade.

— E cometendo apropriação indébita — acrescentou Turner.

— Eu não peguei nada!

— Você pagou por aquela comida?

— Não... não exatamente.

— Ou... nós podemos deixar isso quieto e você faz um trabalho pra gente — disse Alex.

— Que tipo de trabalho?

Um que poderia terminar em morte ou desmembramento.

— Não vai ser fácil — disse Alex. — Mas acho que você está à altura. Pode ser até que isso dê alguma grana.

— Sério?

Todo o comportamento de Tripp mudou. Não havia desconfiança nele, não havia cautela. Durante toda a vida, as oportunidades tinham caído em seu colo com tanta facilidade que ele não questionou que estivessem caindo mais uma vez.

— Mano, Stern, eu sabia que você era legal.

— Você também, parceiro.

Alex ofereceu o punho para que ele respondesse com uma batida e Tripp sorriu.

18

Alex assistiu à aula sobre Poetas Modernos com Mercy no dia seguinte, deixando as palavras de "Convite a Marianne Moore" rolarem por ela. "E só sabe Deus quantos anjos encarapitados na aba negra e larga do chapéu, venha voando".[9] Quando lia palavras como essas, ela as ouvia em sua cabeça, sentia a atração de outra vida; podia se ver vivendo aquilo tão claramente como se absorvesse as memórias de um Cinzento, ouvindo os horríveis e belos versos de "A Criança Ovelha"[10] ou pousando a caneta enquanto o professor de sua aula de história sobre a Guerra do Peloponeso comparava Demóstenes a Churchill.

— Os vencedores escolhem quem deve ser louvado como um baluarte contra os tiranos e quem pode ser ridicularizado como o inimigo da mudança inevitável.

Nesses momentos, sentia algo mais profundo do que a mera necessidade de sobreviver, um vislumbre do que poderia significar se pudesse simplesmente aprender e parar de tentar tanto o tempo todo.

Percebeu que estava fantasiando com uma vida não apenas sem medo, mas sem ambição. Ler, ir às aulas e morar em um apartamento com boa iluminação. Ficaria curiosa, em vez de entrar em pânico, quando as pessoas mencionassem artistas que ela não conhecia, autores que nunca havia lido. Teria uma pilha de livros ao lado da mesa de cabeceira. Ouviria no rádio o programa *Morning Becomes Eclectic*. Entenderia as piadas, falaria línguas; seria fluente em lazer.

Mas a ilusão não podia ser mantida, não quando havia dois professores mortos cujos assassinatos poderiam estar ligados às sociedades, quando Darlington estava preso em um círculo de proteção que poderia

---

9. Bishop, Elizabeth. *Poemas escolhidos*. Tradução de Paulo Henriques Britto. Companhia das Letras, 2012.
10. No original, "The sheep child". Trata-se de um poema bastante conhecido do autor James L. Dickery. (N.T.)

ceder a qualquer momento, quando o Dia das Bruxas estava a menos de duas semanas e tinham um ritual para realizar, quando ela poderia morrer se falhassem e perder tudo se conseguissem. O terror voltou, aquela sensação torturante de fracasso. A beleza da poesia e do padrão da história retrocedeu até que tudo o que restou foi o monótono e preocupante agora.

Dawes mandou mensagem na metade da aula, e Alex ligou para ela a caminho da próxima aula.

— Qual o problema? — perguntou Alex assim que Dawes atendeu.

— Nada. Bem, não nada, é claro. Mas você foi convocada pelo novo Pretor.

— Agora?

— Não dá pra continuar postergando isso. Anselm nunca se deu ao trabalho de marcar um chá depois... do que aconteceu na Chave e Pergaminho, e o Pretor está ficando apreensivo. Ele vai estar no escritório dele no LC das duas às quatro.

Praticamente ao lado do dormitório dela. Alex não achou o pensamento reconfortante.

— Você falou com ele? — perguntou ela. — Como ele era?

— Não sei. Parecia um professor.

— Bravo? Feliz? Me fala mais alguma coisa.

— Ele não parecia com nada, na verdade. — A voz de Dawes estava fria e Alex se perguntou o motivo.

— A que horas quer ir até lá?

— Ele quer encontrar você, não eu.

Qual era o problema? O Pretor não queria incluir Dawes?

— Espera, ele é professor? Há quanto tempo está aqui?

— Ele dá aula em Yale faz vinte anos.

Alex não conseguiu evitar o riso.

— Quê? — exigiu Dawes.

— Se ele está aqui há tanto tempo e só sabemos dele agora, deve ter sido a última escolha da Lethe.

— Não necessariamente...

— Você acha que as pessoas estavam fazendo fila para esse emprego? O último cara terminou morto.

— De infarto.

— Em circunstâncias misteriosas. Ninguém queria o cargo. Então precisaram escolher esse cara.

— Professor Raymond Walsh-Whiteley.

— Se eu não soubesse que não está, diria que você está brincando.

— Ele era uma espécie de prodígio. Se formou em Yale com dezesseis anos, fez pós em Oxford. Ele é professor titular de inglês e, com base nos artigos de opinião que escreve para a revista *The Federalist*, bem retrógrado.

Alex pensou em dar uma desculpa, adiar mais um pouco. Mas que bem isso faria? Era melhor se encontrar com o Pretor agora, só os dois, do que esperar Anselm arranjar um jantar onde teria que se preocupar com um membro do conselho da Lethe examinando-a também.

— Tudo bem — disse ela. — Posso ir depois da aula.

— Encontro você na JE quando terminar. Podemos tentar trabalhar no resto do Corredor.

— Certo.

— Seja educada — insistiu Dawes. — E vá bem-arrumada.

Isso significava muita coisa vindo de Dawes, mas Alex sabia bem como interpretar um papel.

Alex tentou manter o foco em Engenharia Elétrica 101, mas conseguir isso já era desafiador nos dias em que estava bem. O curso era oferecido em uma sala de aula cavernosa e também era, provavelmente, o mais democrático de Yale, já que todos estavam lá só para cumprir uma exigência – incluindo Alex, Mercy e Lauren. As três passaram a maior parte da aula debatendo em voz baixa que bebida serviriam no Gostosuras ou Bebericos, chegando à conclusão, finalmente, de que seriam doses de tequila e balas de gelatina em formato de minhoca.

Alex não estava realmente surpresa pelas festas, as aulas e os deveres de casa terem continuado normais depois dos assassinatos. Naquele momento, o campus acreditava que um homem havia morrido de forma horrível. Ninguém sabia que Marjorie Stephen também poderia ter sido morta. Não houve memoriais ou assembleias para ela. A morte de Beekman fora chocante, sombria, algo do que falar durante o jantar e se preocupar se você estivesse voltando para casa depois de escurecer. Mas nenhum dos alunos cochilando em suas cadeiras ao redor de Alex estivera na cena do crime ou tinha olhado para aquele rosto velho e assustado.

Não tinham sentido a ruptura repentina que vinha com a morte e tinham simplesmente seguido com a vida. O que mais havia para ser feito? Vestir-se como fantasmas, assombrações e celebridades mortas, afogar o terror da própria mortalidade no álcool e em ponche havaiano.

O Gostosuras ou Bebericos era considerado uma espécie de pré-jogo antes que as pessoas saíssem para as festas de verdade, e Alex podia escapar mais cedo para se preparar para o ritual na Sterling. Não haveria nenhuma atividade estranha para se preocupar na festa de Dia das Bruxas da Manuscrito este ano. Eles tinham sido penalizados pelas drogas que haviam perdido de vista no semestre anterior e que tinham sido usadas para vitimar Mercy e outras garotas que tinham tido o azar de cruzar com Blake Keely. Mas ainda teria que supervisionar algo chamado ritual dos pássaros canoros para eles na quinta-feira.

Alex voltou para a JE com Mercy e Lauren. Precisaria pular o almoço se quisesse chegar no horário de expediente do novo Pretor. Correu para o quarto para vestir sua roupa mais respeitável: jeans preto, um suéter preto e uma camisa de colarinho branco que pegou emprestada de Lauren.

— Tá parecendo uma quacre — Mercy disse, com desaprovação.

— Eu pareço responsável.

— Sabe do que ela precisa? — perguntou Lauren.

Entrou em seu quarto e voltou com uma faixa de cabelo de veludo vermelho-escuro.

— Melhor — disse Mercy.

Alex examinou seu rosto afetado e sem humor no espelho.

— Perfeito.

★ ★ ★

O escritório do professor Raymond Walsh-Whiteley ficava no terceiro andar do Hall Linsly-Chittenden, com seus horários colados na pesada porta de madeira. Ela hesitou. O que ela esperava? Uma palestra? Um aviso? Um interrogatório sobre o ritual da Chave e Pergaminho?

Ela bateu levemente e ouviu um desinteressado "entre".

A sala era pequena, as paredes forradas do chão ao teto com estantes de livros transbordando. Walsh-Whiteley estava sentado em frente a uma fileira de vitrais. As vidraças eram grossas e aquosas, como se tivessem sido feitas de açúcar aquecido, e a luz cinzenta de outubro precisava abrir caminho. Um abajur de latão de cúpula verde estendia o pescoço sobre a escrivaninha atulhada.

O professor ergueu os olhos do laptop e espiou por cima dos óculos. Tinha um rosto longo e melancólico, e cabelos brancos e grossos penteados para trás da testa no que lembrava o penteado pompadour.

— Sente-se. — Ele fez um gesto para a cadeira diante de si.

Era estranho saber que um ex-representante da Lethe tinha estado morando no campus durante todo o ano passado, aconchegado naquele cubículo. Por que ninguém o mencionara? Havia outros?

— Galaxy Stern — ele disse, recostando-se na cadeira.

— Prefiro ser chamada de Alex, senhor.

— Graças aos céus. Teria me sentido um tolo chamando alguém de Galaxy. Um nome um tanto extravagante — ele disse *extravagante* com a mesma repulsa que as outras pessoas reservavam para *fascista*. — Sua mãe é dada a tais arroubos?

Um pouco de verdade não faria mal.

— É — disse Alex. — Califórnia.

Ela deu de ombros.

— Hmmm — ele disse, assentindo, e Alex suspeitou que ele tivesse cortado do mapa o estado inteiro havia muito, possivelmente toda a Costa Leste. — Você é artista?

— Pintora.

Embora ela não tocasse em um pincel ou mesmo em um pedaço de carvão desde o semestre passado.

— E o que está achando do começo do ano letivo?

Exaustivo? Aterrorizante? Com cadáveres demais? Mas as pessoas estavam falando de só um assunto no campus.

— Esse negócio do reitor Beekman foi bem terrível — ela disse.

— Uma perda tremenda.

— Você o conhecia?

— Não era um homem que suportava permanecer desconhecido. Mas sinto profundamente pela família dele. — Ele esticou os dedos juntos. — Serei franco, senhorita Stern. Sou o que é chamado afetuosamente de dinossauro e menos afetuosamente de reacionário. A Yale um dia foi dedicada às coisas da mente, e, por mais que houvesse outras diversões e distrações, nada poderia ser tão divertido ou distrativo quanto a presença do sexo frágil.

Alex levou um longo momento para processar o que Walsh-Whiteley estava dizendo.

— Não acha que mulheres deveriam ser aceitas na Yale?

— Não, não acho. Em todo caso, que haja educação superior para as mulheres, mas misturar os sexos não traz nenhum benefício. Da mesma forma, a Lethe não é lugar para mulheres, pelo menos não no papel de Virgílio ou Dante.

— E Oculus?

— Mais uma vez, é melhor não criar uma atmosfera de tentação, mas, como o ofício é dedicado exclusivamente à pesquisa e atendimento, posso abrir uma exceção.

— Uma espécie de babá mais elevada.

— Precisamente.

Agora Alex sabia por que Dawes parecera tão mal-humorada.

Walsh-Whiteley puxou um fiapo da própria manga.

— Vivi o suficiente para ver o balido supostamente inofensivo da contracultura se tornar a cultura dominante, para contemplar os veneráveis departamentos acadêmicos abarrotando-se de tolos tagarelas que erradicariam centenas de anos de baluartes da literatura e da arte para apaziguar mentes pequenas.

Alex considerou suas opções.

— Não poderia concordar mais.

Walsh-Whiteley piscou.

— Perdão?

— Estamos assistindo à morte do cânone ocidental — ela disse, com o que esperava ser a quantidade adequada de angústia. — Keats, Trollope, Shakespeare, Yeats. O senhor sabia que eles têm uma aula focada em letras de músicas populares?

Passara a amar Shakespeare e Yeats. Keats a entediava. Trollope a encantava. Aparentemente ele tinha inventado a caixa postal. Mas duvidava que o professor Walsh-Whiteley se importasse muito com diversão, e ela também tinha gostado muito de um semestre estudando o Velvet Underground e Tupac.

Ele a examinou.

— Elliot Sandow era um desses tagarelas. Uma combinação repulsiva de hipócrita e covarde. Permita-me esclarecer que não vou admitir problemas sob o teto da Lethe, nem sem-vergonhice, nem tolices.

Era difícil não ficar obcecada por um homem adulto usando o termo *sem-vergonhice* de forma não irônica, mas Alex simplesmente disse:

— Sim, senhor.

— Você ficou sem um Virgílio ou qualquer tipo de liderança verdadeira por muito tempo. Não sei quais maus hábitos acumulou nesse tempo, mas não há espaço para eles debaixo da minha administração.

— Entendo.

Ele se inclinou.

— Entende? Durante os dias ignominiosos do reitor Sandow, um aluno desapareceu e provavelmente está morto. Às sociedades, foi permitido que afundissem em um miasma de privação e comportamento criminoso. Escrevi várias reclamações ao conselho, e estou aliviado por não terem caído em ouvidos moucos.

Ela apertou as mãos no colo, tentando parecer pequena e vulnerável.

— Só posso dizer que sou grata por termos uma... ãh... mão firme no leme. — *Seja lá que porra aquilo significasse.* — Perder meu Virgílio foi assustador. Desestabilizador.

Walsh-Whiteley soltou uma gargalhada baixa.

— Imagino que uma mulher com o seu passado tenha se sentido deslocada aqui.

— Sim — disse Alex. — Tem sido um desafio. Mas não foi Disraeli que disse: "Não há educação como a adversidade"?

Bendita sabedoria dos saquinhos de chá do refeitório.

— Foi mesmo? — questionou Walsh-Whiteley, e Alex se perguntou se tinha ido longe demais. — Não sou tolo, senhorita Stern, e não vacilarei perante discursos loquazes. Não há lugar na Lethe para simpáticos profissionais ou charlatães. Espero relatórios imediatos dos rituais que supervisiona. Também atribuirei leituras adicionais...

A aflição dela deve ter ficado à vista, porque ele levantou a mão.

— Também não gosto de ser interrompido. Você irá se comportar como uma representante da Lethe em todos os momentos. Se for tocada pelo menor sopro de controvérsia, recomendarei sua expulsão imediata da Lethe e de Yale. O fato de Michael Anselm e o conselho terem deixado que ficasse depois de sua atuação vergonhosa na Chave e Pergaminho está além da minha compreensão. Expressei minhas reservas ao sr. Anselm em termos inequívocos.

— E? — perguntou Alex, a raiva ganhando a batalha interna que travava.

O Pretor falou apressadamente.

— E o quê, senhorita Stern?

— O que Michael Anselm disse?

— Eu... não consegui contatá-lo. Somos ambos muito ocupados.

Alex teve que conter um sorriso. Anselm não retornava as ligações dele. E a Lethe evitara nomeá-lo Pretor até que todas as outras opções tivessem se esgotado. Ninguém queria ouvir o bom e velho professor Walsh-Whiteley. Mas talvez isso significasse que havia uma oportunidade ali.

Alex esperou para ter certeza de que ele havia terminado de falar, avaliando possíveis estratégias. Sabia que seria provavelmente inútil tentar transformar Walsh-Whiteley em um aliado, mas será que ele não ia querer Daniel Arlington – um representante da Lethe com todas as credenciais adequadas – de volta?

— Meu Virgílio...

— Uma perda tremenda.

As mesmas palavras que usara para descrever o assassinato do reitor Beekman. Insignificante. Um aceno de mão.

Alex tentou novamente.

— Mas se houvesse uma maneira de alcançá-lo, trazê-lo de volta...

As sobrancelhas do Pretor se ergueram em descrença, e Alex se preparou para outro discurso retórico, mas a voz dele era gentil.

— Querida menina, o fim é o fim. *Mors vincit omnia.*

Mas ele não está morto. Está sentado no salão de dança de Black Elm. Ou alguma parte dele estava.

Novamente Alex se perguntou o quanto Walsh-Whiteley sabia.

— Na Chave e Pergaminho... — ela arriscou.

— Não busque empatia em mim — ele disse, com ar severo. — Espero que conheça suas próprias limitações. Qualquer inspeção ou atividade ritual deve ser examinada por mim primeiro. Não hei de ver o nome da Lethe ainda mais degradado porque o conselho achou benéfico relaxar os padrões que existiam por um motivo.

Inspeção. Essa fora a história falsa que Alex dera à Chave e Pergaminho e que Anselm sustentara com os ex-alunos. Alex presumira que Anselm compartilharia todas as suas suspeitas com o conselho da Lethe. Mas talvez o conselho as tivesse escondido do Pretor. Afinal, por que provocar um cachorro que você sabia que adorava latir? E, se o Pretor não soubesse que ela e Dawes estavam tentando invadir o inferno, isso seria uma coisa a menos para se preocupar.

— Eu entendo — disse ela, tentando esconder o alívio

Walsh-Whiteley balançou a cabeça. Seu olhar era de pena.

— Você não tem culpa de ter sido colocada nessa posição. Simplesmente não tem as habilidades ou a experiência para lidar com o que está sendo atribuído a você. Você não é Daniel Arlington. Não tem estofo para desempenhar o papel de Dante, muito menos de Virgílio. Mas, com minha supervisão e um pouco de humildade de sua parte, vamos superar isso juntos.

Alex considerou enfiar uma caneta nele.

— Obrigada, senhor.

Walsh-Whiteley tirou os óculos, retirou um pano da gaveta da escrivaninha e poliu as lentes sem pressa. Seus olhos dispararam para a esquerda, e Alex rastreou o movimento até uma fotografia amarelada de dois jovens empoleirados em um veleiro.

Ele limpou a garganta.

— É verdade que você pode ver os mortos?

Alex assentiu.

— Sem nenhum elixir ou poção?

— Posso.

Alex tinha analisado a sala assim que entrara. O graveto na prateleira ao lado da foto, conchas e pedaços de vidro do mar, a citação emoldurada em um peso de papel: *Seja secreto e triunfe, pois, de todas as coisas conhecidas, essa é a mais difícil.*[11] Mas não tinha analisado Walsh-Whiteley

---

11. Estrofe do poema "To a Friend Whose Work Has Come To Nothing", de William Butler Yeats. (N.T.)

— não com sucesso. Tinha estado muito nervosa para entender o desespero à espreita naquela arrogância toda.

— Tem um Cinzento aqui agora — mentiu ela.

O escritório estava abençoadamente livre de Cinzentos, provavelmente porque o próprio Pretor estava a um passo de ser um cadáver.

Ele se assustou, então tentou manter a compostura.

— Há?

— Sim, um homem... — Agora era uma aposta. — Um homem mais velho.

O professor franziu o cenho.

— Não... ele é difícil de ver. Jovem. E muito bonito.

— Ele... — Walsh-Whiteley olhou ao redor.

— À esquerda da sua cadeira.

Walsh-Whiteley estendeu a mão, como se pudesse alcançá-lo através do Véu. O gesto era tão esperançoso, tão vulnerável, que Alex sentiu uma pontada aguda de culpa. Mas precisava daquele homem do seu lado.

— Ele falou alguma coisa? — perguntou o Pretor.

O anseio na voz dele tinha uma apreensão, afiada por anos de solidão. Ele amara aquele homem. Ele o perdera. Alex resistiu ao impulso de dar outra olhada naquela foto sobre a lareira, mas tinha certeza de que Walsh-Whiteley era um daqueles rostos sorridentes; eram jovens, bronzeados e tinham certeza de que a vida seria longa.

— Consigo ver Cinzentos, não ouvi-los — Alex mentiu de novo.

Então acrescentou, afetadamente:

— Não sou uma tábua Ouija.

— Claro que não — ele disse. — Não quis dizer isso.

Onde está seu desdém agora? Mas ela sabia que tinha que agir com cuidado. A avó de Alex lera a sorte de muitos em sobras de café turco amargo, escuro e tão espesso que parecia descer em seu próprio tempo pela goela.

— Você está vendendo mentiras às pessoas — a mãe de Alex reclamara. Uma ironia engraçada vinda de Mira, que vivia da esperança que encontrava nos cristais, banhos energéticos e feixes de sálvia que prometiam pureza, prosperidade, renovação.

— Não vendo nada — Estrea dissera à filha.

Era verdade. Estrea Stern nunca cobrava pelas sortes que lia. Mas as pessoas traziam pães, frigideiras de papel-alumínio da Jiffy Pop, babka, balas de morango mastigáveis. Saíam beijando suas mãos, com lágrimas nos olhos.

— Eles amam você — dissera Alex, maravilhada, observando com os olhos arregalados da mesa da cozinha.

— *Mi hija*, eles me amam até que me odeiem.

Alex não entendera até que vira a maneira como aquelas mesmas pessoas se afastavam de sua avó na rua, tratando-a como uma estranha na fila da loja, os olhos da caixa se desviando, um sorriso superficial em seus lábios.

— Eu os vi em seu nível mais baixo — explicara Estrea. — Quando alguém mostra a você seus anseios íntimos, não quer te ver, depois, comprando tomate cereja. Mas não conte isso para a sua mãe.

Alex não dissera uma palavra sobre as pessoas que entravam e saíam do apartamento da avó, porque, sempre que a mãe descobria que Estrea estava prevendo o futuro, passava a viagem de carro inteira reclamando.

— Ela ri de mim porque eu pago para lerem meu tarô e depois faz isso — Mira se enfurecera, batendo a palma da mão contra o volante. — Hipócrita.

Mas Alex sabia por que Estrea ria das farsas que sua mãe percorria em uma onda interminável de esperança e desilusão. Porque eram mentirosas, e Estrea só dizia a verdade. Ela via o presente. Previa o futuro. Se não havia nada na xícara, dizia isso aos visitantes também.

— Leia para mim — Alex implorara.

— Não preciso de uma xícara de café para te ler, *presiada* — Estrea dissera. — Você vai aguentar muita coisa. Mas essa dor que você sente?

Pegara o queixo de Alex com seus dedos ossudos.

— Vai devolver dez vezes mais.

Alex não tinha certeza da matemática envolvida naquilo, mas Estrea Stern nunca errara antes.

Agora ela estudava o Pretor. Ele estava com o mesmo olhar esperançoso que ela vira na mesa da cozinha da avó, a dor nele irradiando como uma aura. Estrea dissera que nunca conseguiria olhar para um coração e mentir. Alex não parecia ter herdado essa característica em particular. Pela primeira vez em muito tempo, pensou no pai, no mistério dele, pouco mais que um rosto bonito e um sorriso. Ela se parecia com ele... pelo menos fora o que a mãe lhe dissera. Talvez ele também tivesse sido um mentiroso.

— O Cinzento parece confortável — ela disse. — Gosta de estar aqui, observando o senhor trabalhar.

— Que bom — disse Walsh-Whiteley, a voz rouca. — Que... que bom.

— Pode levar tempo para que eles compartilhem o que precisam compartilhar.

— É claro. Sim. — Ele colocou os óculos de volta, limpou a garganta.

— Vou pedir para que a Oculus prepare um cronograma dos rituais que as sociedades estão tentando aprovar. Vamos avaliá-los amanhã à noite.

Ele abriu seu laptop e voltou para qualquer trabalho que estava fazendo. Era uma dispensa.

Alex olhou para o velho à sua frente. Ele choraria quando ela fosse embora; sabia disso. Ele perguntaria a ela sobre esse jovem novamente; sabia disso também. Ele poderia ser mais gentil ou mais justo com ela por um tempo. Esse tinha sido o objetivo, conseguir as boas graças dele. Mas assim que duvidasse de Alex, se voltaria contra ela. Tudo bem. Ela só tinha que permanecer em suas boas graças até que Darlington realmente voltasse para casa. Então o menino de ouro da Lethe consertaria as coisas.

Ela estava na metade do caminho de volta para os dormitórios quando as palavras do Pretor voltaram à sua mente: "Não há lugar na Lethe para simpáticos profissionais ou charlatães". Três professores haviam confrontado Mercy para tentar mantê-la no departamento de inglês, e um deles havia chamado o amado reitor Beekman de simpático profissional. Um termo incomum. "Não era um homem que suportava permanecer desconhecido."

Tornar-se Pretor significava obter acesso total aos arquivos e recursos da Lethe... incluindo um arsenal cheio de poções e venenos. O professor fora nomeado Pretor na semana anterior, pouco antes do início dos assassinatos, e certamente não gostava do reitor Beekman.

Motivo e meios, considerou Alex, enquanto abria o portão para o JE. Quanto à oportunidade, ela sabia melhor que qualquer um: era preciso criá-la.

19

Alex encontrou Dawes na sala de leitura da JE debruçada sobre uma planta do Sterling e o *Demonologia de Kittscher*.

— Esse é o livro que Michelle me mandou ler — disse Alex, pegando o volume e folheando. — Ele fala sobre o Corredor?

— Não, é uma série de debates sobre a natureza do inferno.

— Então é mais tipo um guia de viagem.

Dawes revirou os olhos, depois envolveu os fones de ouvido com as mãos como se estivesse agarrada a uma boia.

— Você não está mesmo com medo?

Alex queria poder dizer que não.

— Michelle me disse que vamos precisar morrer para completar o ritual. Estou apavorada. E realmente não quero fazer isso.

— Nem eu — disse Dawes. — Quero saber como ser corajosa. Como você.

— Eu sou imprudente. Tem uma diferença.

O que poderia ser um sorriso curvou os lábios de Dawes.

— Talvez. Fale como foi com o Pretor.

Alex se sentou.

— Ele é um querido.

— Jura?

— Dawes.

As bochechas de Dawes ficaram vermelhas.

— Dei uma pesquisada nele, e ele não era uma figura popular na Lethe. O Virgílio dele o odiava e fez campanha contra a escolha dele, mas não tem como negar que ele era uma estrela acadêmica.

— A má notícia é que ele não amoleceu com a idade. A boa notícia é que parece que Anselm e o conselho estão escondendo dele o que realmente aconteceu na Chave e Pergaminho.

— Por que fariam isso?

— Porque o cara parece ser sustentado por indignação virtuosa. Acho que vem reclamando há anos para a Lethe sobre como estamos todos nos arrastando na direção de Belém.[12] Eles só querem que ele cale a boca e os deixe em paz.

— Então agora ele é problema nosso.

— Algo assim. Acho que nossa melhor aposta é simplesmente fazer esse cara acreditar que somos burras e incompetentes.

Dawes cruzou os braços.

— Sabe o quanto precisei trabalhar para ser levada a sério? Para que levassem minha dissertação a sério? Bancar a estúpida não causa danos só a nós, causa danos a qualquer mulher com que ele entre em contato. Isso...

— Eu sei, Dawes. Mas também é um disfarce muito bom. Então vamos simplesmente dançar para ele até resolver isso, e depois vou lá te dar o maior apoio enquanto você esmaga o ego dele com seu intelecto brilhante, certo?

Dawes considerou.

— Certo.

— Sem querer parecer o Turner, mas nós temos um plano?

— Mais ou menos? — Dawes espalhou uma série de páginas datilografadas nas quais fizera destaques com diversas cores. — Se conseguirmos descobrir como terminar o Corredor, começamos a caminhada à meia-noite. Assim que encontrarmos nossas quatro portas, cada passagem vai precisar ser marcada com sangue.

— No Dia das Bruxas.

— Eu sei — disse Dawes. — Mas não temos escolha. Se fizermos certo... alguma coisa vai acontecer. Não tenho certeza do quê. Mas a porta para o inferno vai se abrir e quatro túmulos vão aparecer. De novo, a linguagem não é totalmente clara.

— Quatro túmulos para quatro assassinos.

— Supondo que tenhamos quatro assassinos.

— Vamos ter — disse Alex, embora Turner ainda não tivesse dado um sim a elas.

---

12. Referência ao poema "The Second Coming", de William Butler Yeats. (N.T.)

Se precisassem voltar àquele mapa horrendo, voltariam. Mas precisariam fazer isso rápido. E encontrar alguém que concordasse em ser enterrado vivo para resgatar alguém que não conhecia não seria fácil.

— Nós precisamos... não sei, levar armas ou alguma coisa?

— Podemos tentar, embora eu não saiba o que vamos enfrentar. Não tenho ideia do que pode estar esperando do outro lado. Só sei que nossos corpos não fazem a descida, nossas almas fazem.

Mas Alex se recordava do que havia visto no porão do Hall Rosenfeld.

— Darlington *desapareceu*, eu vi acontecer. Não só a alma, mas o corpo também.

Num momento, ele estava ali com ela, um berro nos lábios, e então sumira, junto com o som do grito. Não houvera eco, uma voz desvanecendo, apenas um silêncio súbito.

— Porque ele foi devorado — disse Dawes, como se fosse óbvio. — É a única forma de ele ter se tornado... bom, seja lá o que ele é.

— Então nenhum de nós vai se transformar em demônio?

Dawes renovou o aperto nos fones de ouvido.

— Acho que não.

— Puta merda, Dawes.

— Não consigo ter certeza — ela disse bruscamente, como se a ideia de perder a humanidade fosse menos preocupante do que a perspectiva de perder o emprego na Lethe. — Não existiram tentativas bem documentadas o bastante para dizer o que vai acontecer. Mas enviar apenas nossas almas é um tipo de proteção. Corpos são permeáveis, mutáveis. É por isso que precisamos de alguém cuidando de nós, para servir de conexão com o mundo dos vivos. Só queria que a gente não fizesse isso no Dia das Bruxas. Vamos atrair um monte de Cinzentos.

Alex sentiu uma dor de cabeça chegando. Tinham pouco mais de uma semana para arranjar tudo aquilo, e ela teve a mesma sensação de antes de se jogarem no ritual da Chave e Pergaminho. Não estavam prontas. Não estavam equipadas. Certamente não eram a equipe certa para aquele trabalho. O que Walsh-Whiteley dissera? *Espero que conheça suas próprias limitações.* Isso a fez pensar em Len. Apesar de toda a ganância e ambição equivocada, ele tivera um estranho tipo de cautela. Tinha sido estúpido o suficiente para pensar que poderia ganhar a confiança de Eitan e subir na hierarquia, mas nunca tentara algo como quebrar vitrine e roubar quando estavam com pouco dinheiro porque sabia que seriam pegos. Ele não era um ladrão. Definitivamente não era um planejador. Era por isso que adorava usar Alex para negociar nos campi quando ela ainda parecia uma menina, antes que o desespero e a decepção a esvaziassem. Pequenos riscos, grandes ganhos. Pelo menos para Len.

Agora Dawes falava de confiar em alguém para lutar com um bando de Cinzentos enquanto jaziam indefesas na terra. Pela primeira vez, Alex sentiu-se insegura.

— Não gosto disso — disse ela. — Não quero meter um estranho nessa coisa. E você vai dizer que eles precisam beber o elixir de Hiram para poder ver os Cinzentos? Pode ser fatal.

— Michelle...

— Michelle Alameddine não vai nos ajudar.

— Mas ele era o Virgílio dela.

Alex olhou para Dawes. Pamela Dawes, que salvara sua vida mais de uma vez e que estava pronta para caminhar lado a lado com ela pelos portões do inferno. Pamela Dawes, que vinha de uma boa família com uma bela casa em Westport, que tinha uma irmã gentil que vinha buscá-la no hospital e lhe pagava para cuidar dos filhos. Pamela Dawes, que não tinha ideia do que significava a vida doer tanto que você poderia acordar uma manhã pronta para morrer. E Alex estava feliz com isso. As pessoas não deveriam ter que marchar pelo mundo lutando o tempo todo. Mas Alex não pressionaria Michelle Alameddine a fazer um trabalho como esse de jeito nenhum, não depois que vira aquela tatuagem no pulso dela.

— Vamos encontrar outra pessoa — disse Alex.

Mas não sabia quem. Não podiam simplesmente pegar alguém na rua e oferecer pagamento, não podiam pedir a alguém das sociedades sem correr o risco de a pessoa ir direto falar com o conselho da Lethe.

— A gente poderia usar magia — disse Dawes, com hesitação. Fazia espirais lentas com a caneta nas margens das anotações. — Trazer uma pessoa e aí compeli-la, assim ela não vai conseguir se lembrar...

— Não façam isso.

Alex e Dawes quase pularam de seus assentos. Mercy estava sentada em um sofá bem ao lado da mesa delas.

— Há quanto tempo está aí? — exigiu Alex.

— Segui você desde o pátio. Se precisa de alguém para ajudar, posso ajudar, mas não se vão mexer com minha mente.

— Você não vai se envolver de jeito nenhum — disse Alex. — Absolutamente não.

Dawes pareceu horrorizada.

— Espere, quem... o que ela sabe?

— A maior parte.

— Você *contou* para ela sobre... — a voz de Dawes baixou para um sussurro furioso. — Sobre a Lethe?

— Contei — Alex retrucou. — E não vou pedir desculpas por isso. Foi ela quem me tirou da minha própria infelicidade no ano passado. Foi ela quem ligou para a minha mãe e se certificou de que eu estava bem quando você estava enfiada na casa da sua irmã assistindo a seriados velhos escondida debaixo das cobertas.

Dawes enfiou o queixo dentro do suéter e Alex sentiu-se instantaneamente terrível.

— Posso ajudar — disse Mercy, quebrando o silêncio. — Vocês disseram que precisam de alguém para cuidar das duas. Eu posso cuidar.

— Não — Alex passou a mão pelo ar como se estivesse cortando o pensamento pela metade. — Você não tem ideia de onde está se metendo. Não.

Mercy cruzou os braços. Ela usava um grande suéter de vovó naquele dia, com rosas de crochê em torno do pescoço. Parecia uma professora de jardim de infância com olhar desaprovador.

— Não pode simplesmente dizer não, Alex.

— Você poderia morrer.

Mercy zombou.

— Você acha mesmo que isso vai acontecer?

— Ninguém sabe o que vai acontecer.

— Não podem me dar uma arma?

Alex apertou o dorso do nariz. Pelo menos Mercy estava fazendo as perguntas certas.

— Você meio que não está em posição de dizer não, certo? — Mercy continuou. — Vocês não têm mais ninguém. E você me deve uma por toda essa coisa de magia.

— Eu não quero que você se machuque.

— Porque você se sentiria culpada.

— Porque eu gosto de você! — Alex gritou. Forçou-se a baixar a voz. — E, sim, eu me sentiria culpada. Você me resgata, eu resgato você. Foi o que você disse, lembra?

— Então, se uma coisa sair errado, é isso que você faz.

Dawes limpou a garganta.

— Nós precisamos de alguém.

Mercy esticou a mão.

— Mercy Zhao, companheira de quarto e guarda-costas.

Dawes apertou a mão dela.

— Eu... Pamela Dawes. Doutoranda e...

Alex suspirou.

— Vai, fala.

— Oculus.

— É um codinome ótimo — observou Mercy.

— É meu cargo — disse Dawes, com toda a dignidade que conseguiu juntar. — Não somos espiãs.

— Não — rebateu Alex. — Espionagem seria fácil demais para a Lethe.

— Na verdade — disse Mercy —, há uma especulação de que o termo *assombrações* para agentes da CIA tenha se originado por tantos recrutas virem da Crânio e Ossos.

Alex deitou a cabeça na mesa.

— Você vai se encaixar direitinho.

— Só me falem por onde começar.

— Não se empolgue — Alex avisou. — Ainda nem descobrimos como o Corredor funciona ou se entendemos isso tudo errado.

Dawes fez um gesto para a planta do Sterling.

— Supostamente deveria haver um circuito, um círculo para a gente completar, mas...

Mercy estudou a planta.

— Parece que vocês têm que andar pelo pátio.

— Certo — disse Dawes. — Mas não tem como completar o circuito. O caminho termina sem saída na Manuscritos e Arquivos.

— Não, não termina — disse Mercy. — É só atravessar pelo escritório do Bibliotecário da Universidade.

— Estive naquele escritório. — Dawes deu um tapa firme na planta. — Tem uma porta para a Manuscritos e Arquivos e outra para o pátio. A porta do relógio de sol. Só isso.

— Não — Mercy insistiu.

Alex teve a impressão de que assistia a uma luta de boxe na qual os lutadores soltavam citações em vez de socos.

— Não sei por que não está na planta, mas há uma porta atrás da mesa do bibliotecário, bem do lado da lareira, aquela com aquela citação engraçada em latim.

— Citação engraçada? — perguntou Alex.

Mercy puxou uma das rosas da própria gola.

— Não me lembro da procedência dela, mas basicamente quer dizer "cale a boca e vá embora, estou ocupado". É fácil não perceber que a porta está lá por causa dos painéis ornamentados, mas minha amiga me mostrou. Passamos através dela. Leva para a sala de leitura Linonia e Irmãos.

Dawes parecia a ponto de pular da cadeira.

— Para Linonia. Diretamente do lado do pátio.

Alex não tinha conseguido acompanhar muito do debate, mas entendeu. Uma porta escondida. Um modo de circular o pátio que não estava na planta.

— Podemos completar o circuito. Podemos terminar o Corredor.

— Viu? — disse Mercy, com um sorriso. — Sou útil.

Dawes se recostou na cadeira e olhou nos olhos de Alex.

— Você é o Virgílio agora. A decisão é sua.

Alex jogou as mãos para cima.

— Foda-se. Mercy Zhao, bem-vinda à Lethe.

O que precisa ficar claro é que os demônios são criaturas de desejo. Portanto, embora os poderes deles sejam virtualmente ilimitados, a compreensão deles é decididamente mais restrita. É por isso que se distraem tão facilmente com enigmas e jogos: ficam mais envolvidos com o que está imediatamente diante deles. É também por isso que a criação de objetos materiais do nada se mostra tão difícil. Fazer ouro do nada? Custoso em termos de sacrifício de sangue, mas bastante fácil. Uma liga? Um pouco mais difícil. Um item complexo como um navio ou um despertador? Bem, é melhor que você compreenda rigorosamente o funcionamento do item, porque posso garantir que o demônio não compreenderá. Um organismo mais complexo que uma ameba? Quase impossível. O diabo, meus amigos, mora nos detalhes.

— *Demonologia de Kittscher*, 1933

Soco-inglês de Shimshon,[13] tido como parte de um conjunto; ouro, chumbo e tungstênio
Proveniência: desconhecida; data de origem desconhecida
Doador: Cabeça de Lobo, 1998

Esse "soco-inglês" confere ao usuário a força de vinte homens. Foi adquirido durante uma das muitas escavações no Oriente Médio patrocinadas pela Cabeça de Lobo e sua fundação. Mas não se sabe se foi descoberto em um local arquitetônico ou em uma loja em algum bairro turístico. Também é desconhecido se o cabelo eternamente preso em ouro pertencia ao herói lendário ou é simplesmente uma parte do encantamento colocado sobre o objeto. Mas, enquanto a proveniência do soco-inglês é indefinida, sua magia não é, e este presente muito útil foi adicionado ao arsenal em 1998, em comemoração ao centenário da Lethe.

— *do Catálogo do Arsenal da Lethe,*
conforme revisado e editado por Pamela Dawes, Oculus

---

13. Trata-se do nome do personagem bíblico Sansão em hebraico. (N.T.)

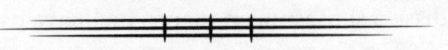

20

— Às vezes parece que nada disso é real? — sussurrou Mercy.

Estavam sentadas na sala comunal com Lauren e outro membro do time de hóquei em campo fazendo flores de cartolina para o Gostosuras ou Bebericos. Tinham arrumado a sala para que parecesse um jardim sombrio, com potes de terra de chocolate que encheriam com minhocas de gelatina.

— Só consigo pensar na sexta à noite.

Havia muito a ser feito antes do Dia das Bruxas e tinham apenas alguns dias para isso. Alex havia trazido para casa leituras recomendadas que Dawes escolhera para ela e Mercy, que estudavam no quarto entre as aulas e as refeições e depois escondiam debaixo da cama. Ainda não sabia o que sentia a respeito de Mercy correr perigo, mas também se sentia grata por não estar tão sozinha, e a empolgação de Mercy era um bálsamo para a preocupação constante de Dawes.

— *Isso aqui* é a vida real — Alex a recordou, levantando um bastão de cola. — A coisa toda da Lethe... aquilo é a distração.

Estava alertando isso para si mesma tanto quanto para Mercy. O clima frio mudara a sensação do campus. Tinha havido algo de impermanente nos primeiros meses do novo semestre, uma suavidade quente que os tornara maleáveis nos dias minguantes do que já não era verão, mas ainda não parecia outono. Mas agora apareciam chapéus e lenços, botas substituíam sandálias, um tipo de seriedade tomava conta. Alex e Mercy ainda abriam um pouco as janelas ou às vezes as escancaravam – os aquecedores do dormitório haviam abraçado a nova temporada com muito zelo. Mas, escondida na sala de leitura da JE ou reunida com o professor assistente de filosofia na Bass, Alex percebia uma sensação estranha rastejar sobre si, um conforto perigoso na rotina. Não nadava de braçada pelas aulas, mas estava sendo aprovada, um fluxo constante de Cs e Bs, uma cascata de mediocridade conquistada a duras penas. *Posso perder tudo isso,* disse a si mesma enquanto inclinava os lábios para outra xícara de chá, sentindo o vapor na pele. Essa facilidade, esse silêncio. Era precioso. Era impossível.

Estava colando olhinhos em um girassol quando seu telefone tocou. Alex tinha quase esquecido Eitan, ou talvez esperasse que ele a tivesse esquecido agora que Estranho tinha pago o que devia, e a novidade de tê-la como capanga havia se dissipado. A mensagem era de um endereço que Alex não reconheceu, e, quando procurou, viu que era em Old Greenwich. Como ela chegaria lá, porra?

— Quer fazer uma aula de teatro no semestre que vem? — perguntou Mercy.

— Claro.

— Qual o problema?

— Minha mãe.

De certa forma era verdade.

— Meus pais não vão gostar — continuou Mercy. — Mas eu posso dizer a eles que vai me ajudar a falar em público. Atuação em Shakespeare é a única disciplina aberta para quem não está estudando teatro.

— Shakespeare de novo? — perguntou Lauren, com aversão.

Ela estudava economia e reclamava constantemente de qualquer coisa que envolvesse mais leitura.

Mercy riu.

— É.

Se não fora temer sujar as mãos, te bateria.[14] Alex não conseguia se lembrar de onde era, mas ficou tentada a enviar por mensagem para Eitan. Em vez disso, mandou uma mensagem para Dawes perguntando se a Mercedes estava em Il Bastone.

"Por quê?", veio a resposta.

Mas Alex não estava com disposição para a mãe galinha-choca protegendo o carro precioso de seu menino. Estava arriscando tudo pelo querido Darlington e precisava de um transporte. Esperou Dawes esmorecer e por fim o telefone apitou.

"Está. Não deixe o tanque vazio."

---

14. Shakespeare, William. "Timão de Atenas". Ato IV, cena III. Tradução de Carlos Alberto Nunes. *Teatro completo*. Ediouro, s/d.

★ ★ ★

Alex gostava de dirigir a Mercedes. Sentia-se uma pessoa diferente nela, mais bonita, mais interessante, o tipo de mulher sobre o qual as pessoas comentavam, que usava sapatilhas femininas e falava com um sotaque suave e entediado. Claro que tinha comprado o carro para si mesma. Ele clamara por ela do estacionamento – uma coisa doce e velha. Não era prático, mas ela também não era.

Alex ligou o rádio. Não havia muito tráfego na 95, e pensou em contornar as estradas principais para dirigir ao longo da costa por um tempo, ou dar uma volta para dar uma olhada nas ilhas Thimble. Darlington lhe dissera que algumas abrigavam mansões famosas, enquanto outras eram muito pequenas e não comportavam nada muito além de uma rede, e que o capitão Kidd supostamente havia enterrado seu tesouro numa delas. Mas não tinha tempo para satisfazer suas fantasias de viagem de garota rica. Precisava terminar aquela missão de Eitan e voltar para se preparar para o ritual da Manuscrito no dia seguinte. Alex queria assegurar ao Pretor que estava pronta e não precisava de supervisão adicional.

Quando chegou a Old Greenwich, o crepúsculo estava começando, o céu suavizando-se para um azul profundo e puro. A maioria das cidades não parecia bonita se vista da estrada, mas aquele lugar não parecia ser assim. Tudo eram vitrines bonitas e paredes de pedra irregulares, árvores rendadas espalhando galhos negros contra a escuridão crescente. Ela seguiu a rota por uma estrada levemente curva, passando por gramados ondulantes e casas antigas. Agora as mensagens de Eitan faziam mais sentido.

Precisara checar quando ele lhe enviara o nome e o montante: "Linus Reiter, 50."

Ela perguntara: "50 mil?".

Eitan não tinha se dado ao trabalho de responder.

O nome parecia ser de um cara de tecnologia, e ela sabia que Eitan tinha clientes de alto nível em Los Angeles, mulheres que cheiravam Adderall para se manterem magras, executivos de TV que gostavam de festejar com *poppers*. Nada disso parecia certo para um lugar como aquele – de bom gosto, fino –, mas pelo menos entendia como Eitan deixara esse cara ir tão longe. Devia saber que o idiota era bom para isso e ficado feliz em devorar esse interesse.

Ela diminuiu a marcha do carro e ficou rodando devagar até quase parar enquanto olhava para o endereço estampado em uma das duas grandes colunas de seixos, cada uma encimada por uma águia de pedra.

— Caralho.

Estava contemplando um enorme portão de ferro forjado em um muro alto coberto de hera. Não conseguia ver muito além dele a não ser pela encosta de uma colina densa com árvores e uma entrada de cascalho desaparecendo na escuridão da noite.

Examinou o muro e o portão em busca de câmeras. Nada óbvio, mas isso não significava muita coisa. Talvez as pessoas em Old Greenwich não achassem que precisavam de proteção. Ou talvez fossem apenas mais discretos nessa questão. Se Alex fosse pega ali, definitivamente seria presa, e então Anselm e o conselho nem se incomodariam em falar de segundas chances. Simplesmente a expulsariam da Lethe. O professor Walsh-Whiteley provavelmente daria uma festa. Ou pelo menos organizaria uma reuniãozinha com queijos e vinhos. Mas que escolha tinha Alex? Não podia simplesmente dizer: "Putz! Toquei a campainha, mas não tinha ninguém em casa".

Alex ficou parada em frente ao volante, indecisa. Não viu nenhum Cinzento à espreita e não tinha certeza de que queria subir a colina sem a garantia de reforços. Esse cara poderia ter uma equipe inteira de capangas de plantão, como Eitan. Mas também não tinha certeza de que estava pronta para deixar outro Cinzento entrar, não depois do que acontecera com o velho em Black Elm e com aquele garoto que usara para o trabalho com Estranho. As conexões eram muito poderosas, muito íntimas. E sempre havia a chance de um deles entrar nela e se recusar a sair.

Enfiou a mão nos bolsos do casaco e sentiu o peso reconfortante do soco-inglês que havia roubado do arsenal da Casa Lethe.

— Não é bem roubar — murmurou. — Afinal, sou Dante.

Virgílio. Só que não era nenhum dos dois naquele momento. Era apenas Alex Stern e tinha um trabalho a ser feito. Estacionou a Mercedes a alguns quarteirões de distância e olhou para a visão de satélite da propriedade enquanto esperava escurecer totalmente. A casa era enorme, e a longa entrada de automóveis deveria ter pelo menos quatrocentos metros. Atrás da casa, Alex viu o losango azul de uma piscina e uma espécie de casa de hóspedes ou pavilhão.

Ao menos bater em um cara rico seria novidade.

Ela trancou o carro e deu um tapinha nele para dar sorte, então caminhou até o canto leste do muro, grata pelos postes de luz entre espaços amplos. Ainda não tinha visto ninguém na estrada, exceto uma mulher esguia correndo atrás de um carrinho duplo. Alex deslizou o soco-inglês por sobre os dedos. Na verdade, era de ouro maciço e áspero onde os fios do cabelo de Sansão supostamente haviam sido trançados. Não sabia se era mito ou realidade, mas, contanto que permitisse que ela perfurasse paredes, não se importava muito.

— "Tenho grilhões aos pés, mas livre o punho"[15] — sussurrou para ninguém. Ou para Darlington, imaginou. *Sansão agonista*. Mas ele não estava lá para se impressionar com a citação dela a John Milton.

O metal em seus dedos dificultava o agarre, mas a onda extra de força em suas mãos facilitava que ela pulasse a parede. Mesmo assim, hesitou antes de cair para o outro lado. Usava seu Converse preto, e tudo que ela *mais* precisava agora era quebrar um tornozelo e congelar até a morte esperando que Dawes viesse buscá-la.

Ela contou até três e se forçou a pular. Felizmente, as árvores já tinham começado a perder as folhas e o chão estava fofo delas. Correu em direção a casa, paralela à calçada, imaginando se estava prestes a ver lanternas ou ouvir os gritos dos guardas de segurança. Ou talvez Linus Reiter tivesse um bando de dobermans famintos para atacá-la. Mas não havia nenhum som exceto o de seus passos nas folhas secas, do vento sacudindo os pinheiros e da própria respiração ofegante. Darlington estaria rindo. *Vinte minutos por dia na esteira, Stern. Corpo são, mente sã.*

— Sim, bem, é você que está preso fazendo ioga pelado.

Ela fez uma pausa para recuperar o fôlego. Podia ver a enorme sombra da casa através das árvores à frente, mas nenhuma luz acesa. Talvez Reiter realmente não estivesse em casa. Deus, o pensamento era lindo. Mesmo assim... cinco por cento de cinquenta mil dólares. Seria mais dinheiro do que já tivera na vida. Eitan a atraíra para esse trabalho ameaçando sua mãe, tinha sido estúpida demais para estragar a

---

15. Milton, John. *Sansão agonista*. Tradução de Adriano Scandolara. Editora de Cultura, 2021.

primeira empreitada, acostumada demais a fazer o que esperavam dela. Mas talvez tivesse se acomodado. Violência era fácil. Era seu primeiro idioma, era natural voltar a ele, ficava na ponta da língua. E não podia fingir que o pé-de-meia que começara a juntar não era uma espécie de fundo, algo a que recorrer se Yale e a Lethe e todas as promessas delas desmoronassem.

Quando finalmente chegou ao topo da colina, parou na linha das árvores. A casa não era nada do que esperava. Imaginara que seria toda de tijolo velho e hera, como Black Elm, mas era uma coisa branca e arejada, uma pilha de merengue arquitetônico formado em um telhado inclinado, toldos listrados sobre as inúmeras janelas, um grande terraço perfeito para festas no gramado. Não tinha ideia de como iria entrar. Talvez devesse ter colocado um encanto sobre si, mas não teve tempo de planejar.

— Aí você me fode... — murmurou.

— Talvez uma bebida antes.

Alex sufocou um grito e girou, emaranhando os pés. Um homem estava atrás dela usando um terno branco imaculado. Ela se controlou, quase caindo. Não conseguia distinguir o rosto dele na escuridão.

— Veio até aqui num desafio? — ele perguntou, de modo agradável.

— Você é mais velha que as crianças que normalmente tocam minha campainha e derrubam meus vasos de flores.

— Eu...

Alex buscou uma mentira, mas o que tinha para mentir nessa situação? Em vez disso, enviou a mente à procura pela cidade. Não havia Cinzentos ao redor da casa ou do terreno, e só quando chegou a um amplo prédio do ensino médio encontrou aquele borrão, aquela ruga em sua consciência que sinalizava a presença de um Cinzento. Saber que poderia chamar um já era um conforto.

— Eitan me enviou.

— Eitan Harel? — ele perguntou, claramente surpreso.

— Você deve cinquenta mil — ela disse, sentindo-se ridícula. A propriedade parecia impecavelmente cuidada, e, pelo que conseguia ver, Linus Reiter também parecia.

— Então ele manda uma menininha para cobrar a dívida? — A voz de Reiter parecia perplexa. — Interessante. Gostaria de entrar?

— Não.

Não tinha motivos para fazer isso, e, se tinha aprendido alguma coisa em sua vida curta e espinhosa, era que não se entrava na casa de um estranho sem ter uma rota de fuga pronta. Isso valia o dobro no caso de estranhos ricos.

— Como quiser — ele disse. — Está ficando frio.

Ele passou por ela e subiu os degraus para a varanda.

— Preciso receber hoje.

— Isso não será possível — ele gritou de volta.

Claro que não seria fácil. Alex deu um puxão na professora, atraindo-a para mais perto da mansão, pelas ruas de Old Greenwich. Mas a Cinzenta seria o último recurso.

Ela seguiu Linus Reiter escada acima.

— Então, qual é a do lance meio Gatsby? — ela perguntou, enquanto o seguia para uma vasta sala de estar decorada com sofás de cor creme e *chinoiserie* azul.

Velas brancas brilhavam na lareira, na grande mesa de centro de vidro e no bar no canto, iluminando prateleiras de garrafas caras que brilhavam como um tesouro enterrado, âmbar, verde e vermelho-rubi. Nuvens ondulantes de hortênsias brancas estavam dispostas em vasos pesados. Era tudo muito glamoroso e de casa de vó ao mesmo tempo.

— Eu mirei em Tom Wolfe — disse o anfitrião, indo para trás do bar. — Mas aceito o que for. O que posso lhe oferecer...?

Ele estava querendo um nome, mas tudo o que ela disse foi:

— Estou sem tempo.

Se você fosse estúpido o suficiente para quebrar a regra número um e entrar na casa de um desconhecido, então a regra número dois era não beber nada de um rico desconhecido que tinha potencial para ser um rico esquisito.

Reiter suspirou.

— O mundo moderno mantém um ritmo tão implacável.

— Nem me fale. Olha só, você parece ser...

Ela não tinha certeza de como continuar. *Agradável? Gentil? Um pouco excêntrico, mas inofensivo?* Ele era surpreendentemente jovem, talvez trinta anos, e bonito de uma forma delicada. Alto, esguio, de ossos finos, pele pálida, cabelo dourado comprido o suficiente para roçar os ombros, o estilo de deus do rock em desacordo com aquele terno branco impecável.

— Bem, não sei o que você parece ser, mas é extremamente educado. Não quero estar aqui e não quero ameaçá-lo, mas esse é o meu trabalho.

— Há quanto tempo trabalha para Eitan? — ele perguntou, juntando copos, gelo, bourbon.

— Não muito.

Ele a observava com atenção, os olhos de um azul-acinzentado claro.

— Você é viciada?

— Não.

— Então é por dinheiro?

Alex não conseguiu evitar o riso amargo que escapou dela.

— Sim e não. Eitan me colocou numa enrascada. Assim como você.

Agora ele sorria, os dentes ainda mais brancos que a pele, e Alex teve que resistir ao impulso de dar um passo para trás. Havia algo antinatural naquele sorriso, no rosto de cera, no cabelo principesco. Ela enfiou as mãos nos bolsos, deslizando os dedos de volta no soco-inglês de Sansão.

— Querida menina — disse Reiter. — Eitan Harel nunca me colocou e jamais me colocará em uma *enrascada*. Mas ainda estou tentando resolver o enigma que é você. Fascinante.

Alex não sabia se ele estava dando em cima dela, e isso realmente não importava.

— Você não está sem dinheiro, então por que não transfere os cinquenta para Eitan e eu o deixo fazer seja lá o que um homem rico faz em sua mansão em uma noite tranquila de quarta-feira. Você pode arrastar os móveis ou demitir um mordomo ou algo assim.

Reiter pegou sua bebida e se acomodou em um dos sofás brancos.

— Não vou dar um centavo para aquele filho da puta ensebado. Por que não diz isso a Eitan?

— Adoraria, mas... — Alex deu de ombros.

Reiter fez um som de murmúrio ansioso.

— Agora as coisas ficaram interessantes. O que exatamente você deve fazer quando eu não der o dinheiro?

— Ele me disse para machucar você.

— Ah, muito bom — disse Reiter, realmente satisfeito.

Ele se recostou e cruzou as pernas, esticando os braços, como se recebendo uma multidão invisível para apreciar a generosidade dele.

— Eu a convido a tentar.

Alex nunca se sentira tão cansada. Não iria bater em um homem que não estava interessado em se defender. Talvez ele tivesse tesão nessa merda ou talvez estivesse desesperado por entretenimento. Ou talvez nunca tivesse tido motivos para ter medo de alguém como ela, e sua imaginação não estava à altura da tarefa. Mas percebia que ele amava aquela sua casa graciosa, seus belos objetos. Isso poderia ser toda a vantagem de que precisava.

— Estou com pouco tempo e tenho um encontro sexy com Chaucer.

Ela derrubou um vaso de cima da lareira.

Mas o barulho da queda nunca veio.

Reiter estava de pé na frente dela, o vaso aninhado em seus longos dedos brancos. Ele tinha se locomovido rápido. Rápido demais.

— Ora, ora — ele reprovou. — Comprei este aqui pessoalmente na China.

— É mesmo? — disse Alex, afastando-se.

— Em 1936.

Ela não hesitou. Apertou o soco-inglês nos dedos e desferiu o golpe.

21

Lenta demais. Não atingiu nada além do ar. Reiter já estava atrás dela, um braço em volta de seu peito, os dedos da outra mão segurando seu crânio.

— Não há dúvida, criança estúpida — ele ronronou. — Sou competição. Harel e seus compatriotas nojentos querem meu território. Mas por que aquele rato mandou você aqui, não sei dizer. Um presente? Uma tentação? A questão será se vou conseguir drenar você inteira sem estragar meu traje. É um pequeno desafio que gosto de me propor.

Os dentes dele – as *presas* dele – afundaram no pescoço de Alex. Ela gritou. A dor foi aguda, a picada da agulha, a agonia abrupta que se seguiu. Agora sabia por que não havia fantasmas na propriedade. Ali era onde a morte morava.

Alex gritou para a Cinzenta, que espreitava relutantemente do lado de fora dos portões. A professora correu até ela – aquele cheiro rançoso de um vestiário cheio de sacos marrons de almoço, uma nuvem empoeirada de giz e uma determinação implacável. *Quando levanto a mão, as bocas se fecham.*

O vampiro sibilou e soltou o aperto, cuspindo sangue. Alex o observou respingar no sofá, no carpete.

— Tudo isso pelo seu terno.

Os olhos dele agora brilhavam, moedas resplandecentes no rosto muito pálido, presas estendidas, molhadas com o sangue dela.

— Você tem gosto de túmulo.

— Ótimo.

Ela se lançou sobre ele cheia da força da Cinzenta, soco-inglês no lugar. Acertou dois bons golpes, ouviu a mandíbula dele estalar, sentiu o estômago dele amassar. Ele então pareceu se livrar do choque, recuperar a velocidade. Disparou para longe, colocando distância entre eles, e se ergueu, levitando, *voando*, sem peso diante dela em seu branco manchado de sangue.

A mente de Alex gritou com a coisa errada que ele era. Como podia ter confundido aquela criatura com um humano?

— Um verdadeiro enigma — o vampiro disse.

Os dois golpes com o soco-inglês teriam matado um homem comum, mas ele parecia imperturbável.

— Agora entendo por que Eitan Harel enviou uma menina emaciada atrás de mim. Mas o que exatamente você é, amorzinho?

Alguém apavorado pra caralho. Tudo o que ela tinha era a força fantasma e um pedaço de magia emprestado – roubado – da Lethe. E claramente não seria o suficiente.

Eitan a tinha enviado ali para morrer? Poderia se preocupar com isso mais tarde. Se ficasse viva. *Pense.* O que tinha abalado aquele monstro em particular? A única vez que o vira abalado tinha sido quando ameaçara suas belas coisas, suas tralhas gloriosas.

Tá legal, filho da puta cheio de dentes. Vamos brincar.

Ela pegou uma estatueta de porcelana de uma mesa lateral, arremessou-a pelas portas de vidro e se lançou para o bar. Não esperou para saber se ele havia mordido a isca, apenas se deixou cair sobre garrafas, quebrando o que pudesse e derrubando as velas na confusão de bebidas. Viu uma delas se apagar e soltou um soluço impotente. Mas então o fogo acendeu e floresceu, uma chama graciosa, uma videira que se espalhava. Ganhou força, lambendo o álcool, deslizando pelo bar.

O vampiro uivou. Alex se jogou atrás das chamas, usando-as como cobertura, sentindo o calor crescer e tentando cobrir a boca enquanto a fumaça subia. Tirou a blusa de moletom e a enrolou em uma tocha improvisada, empapando-a em bebida, o fogo ao redor dela como uma bola de algodão-doce. Disparou para as portas de vidro e jogou a tocha para trás, ouvindo um *uuoosh* quando as cortinas se incendiaram.

Alex se jogou pela janela com um estrondo e sentiu o vidro cortar sua pele. Então saiu correndo.

Tinha a força da Cinzenta dentro dela e deu passos largos, ignorando os galhos que arranhavam o rosto, o latejar em seu pescoço, onde Reiter a mordera. Não se preocupou em escalar o muro. Estendeu os braços à frente e bateu os portões. Eles cederam com um estrondo e ela saiu correndo pela rua, procurando as chaves da Mercedes. Mas seus bolsos estavam vazios. A blusa de moletom. As chaves estavam na blusa de moletom. Dawes iria matá-la.

Alex correu, os tênis batendo contra o asfalto das ruas vazias. Viu as luzes acesas nas casas. Poderia virar, implorar por ajuda, tentar encontrar um refúgio? Aproveitou a força da fantasma, sentiu-a penetrar mais profundamente enquanto suas pernas bombeavam. Mal parecia tocar o chão. Correu no escuro, através de bolsões de iluminação pública, para o centro, onde o tráfego era mais intenso, passando pela estação de trem, até que estava correndo pela rua paralela à rodovia. Desviou de um carro, ouviu o barulho de uma buzina e então se movia sobre a água. Um rio? O mar? Podia ver as luzes da ponte, grandes casas com suas próprias docas refletidas na superfície. Passou por cercas de arame, cães latindo e uivando em seu rastro. Estava com medo de parar.

Ele poderia rastreá-la? Sentir o cheiro do sangue dela? Não tinha gostado do gosto dela, isso estava claro, pelo menos não depois que convocara a Cinzenta. Não sabia mais onde estava. Nem sabia se estava correndo para New Haven ou para longe dela. Não se sentia humana. Era um coiote, uma raposa, alguma coisa selvagem que entrava nos jardins à noite. Ela mesma era um fantasma, uma aparição vislumbrada pelas janelas.

Mas a fadiga chegava. Podia sentir a Cinzenta implorando para que parasse.

À frente, viu uma saída de rodovia e um posto de gasolina em uma ilha de luz. Diminuiu a velocidade, mas não parou até entrar naquela cúpula brilhante de fluorescência. Havia carros estacionados na bomba, algumas caminhonetes paradas no grande estacionamento, viajantes fazendo compras no minimercado. Alex parou em frente às portas de vidro deslizantes e se dobrou, as mãos nos joelhos, a respiração ofegante, com medo de vomitar quando a adrenalina saísse de seu corpo. Os minutos passavam e ela observava a estrada, o céu. Reiter podia mesmo voar? Transformar-se em morcego? Tinha amigos vampiros para mandar atrás dela? Já havia apagado o fogo em sua mansão esplêndida? Ela esperava que não. Esperava que o fogo comesse tudo o que ele amava.

Por fim, renunciou à professora, sentindo o resto da força dela se esvair. Sentia-se enjoada e muito cansada. Sentou-se no meio-fio, descansou a cabeça nos joelhos e chorou lágrimas quentes e assustadas.

— Está tudo bem.

Alex deu um pulo ao ouvir a voz suave, meio que esperando ver Linus Reiter ao lado dela.

Mas era a professora. O sorriso dela era gentil. Havia morrido na casa dos sessenta anos e tinha vincos profundos ao redor dos olhos. Vestia calça, um suéter e um broche com um arco-íris sorridente que dizia *Muito bom! Muy bien!* O cabelo era curto.

Não havia feridas que Alex pudesse ver, e ela se perguntou como a mulher havia morrido. Sabia que deveria virar, fingir que não podia ouvi-la; qualquer vínculo com um Cinzento podia ser perigoso. Mas não conseguiu fazer isso.

— Obrigada — ela sussurrou, sentindo novas lágrimas deslizarem pelo rosto.

— Nós não vamos àquela casa — disse a professora. — Ele os enterra nos jardins.

— Quem? — Alex perguntou, sentindo que começava a tremer. — Quantos?

— Centenas. Talvez mais. Ele está lá há muito tempo.

Alex pressionou as palmas das mãos contra os olhos.

— Vou pegar alguma coisa para beber.

— Seu pescoço — murmurou a professora, como se mencionasse que Alex tinha uma manchinha de comida no rosto.

Alex colocou a mão no pescoço. Não conseguia saber se a ferida era muito séria. Soltou o rabo de cavalo, esperando que o cabelo disfarçasse um pouco.

— Posso ir com você? — perguntou a professora enquanto Alex se levantava com as pernas bambas.

Alex assentiu. Sabia o quanto o Noivo tinha tido vontade de se lembrar de como era estar em um corpo, e, mesmo que cada momento que passasse com essa Cinzenta fosse perigoso, não queria ficar sozinha.

Deixou a professora flutuar para dentro dela, dessa vez no ritmo dela. Alex viu uma sala de aula com rostos entediados, algumas mãos levantadas, um apartamento ensolarado e uma mulher com longos cabelos grisalhos dançando enquanto arrumava a mesa. O amor a inundou.

Alex deixou que ela a levasse para o minimercado. Comprou álcool isopropílico, bolas de algodão e uma caixa de curativos grandes, junto com um litro de Coca-Cola e um saco de Doritos. Manteve a cabeça baixa e pagou em dinheiro, olhando para o estacionamento, ainda com medo de ver uma forma escura que descia.

Foi ao banheiro se limpar. Mas, assim que fechou a porta e olhou no espelho, teve que parar novamente.

Tinha esperado talvez duas pequenas perfurações limpas como nos filmes, mas as marcas em seu pescoço eram irregulares e feias, com crostas de sangue. Ele não tinha perfurado sua jugular, ou estaria morta, mas havia muita sujeira. Parecia ter sido atacada por um animal, e supôs que tivesse mesmo. Alex limpou o sangue, ignorando a dor do álcool, grata por isso. Estava limpando Reiter, qualquer vestígio dele.

O pescoço parecia melhor quando terminou, mas Alex ainda estava com medo. E se aquela coisa a tivesse transmitido algo? E por que diabos ninguém tinha dito a ela que os vampiros eram reais?

Alex colocou um curativo no pescoço e caminhou até o meio-fio. Sentou no mesmo lugar e tomou um grande gole de refrigerante.

Por fim, a professora ressurgiu parecendo quase delirante de prazer com o açúcar. Seria educado perguntar o nome dela, mas Alex tinha que estabelecer alguns limites.

— Você tem alguém para ligar? — a mulher perguntou.

Ela soava como muitos orientadores educacionais e assistentes sociais que Alex tinha conhecido na infância. Os bons, pelo menos.

— Tenho que ligar para Dawes — ela disse, ignorando o olhar confuso do cara corpulento em flanela xadrez bombeando diesel em sua caminhonete e observando-a falar com ninguém. — Mas não quero.

Alex sentiu-se enjoada de dor pela Mercedes abandonada em Old Greenwich. Era possível que o vampiro não a encontrasse, ou não por um tempo. Não sabia nada sobre vampiros. Eles tinham algum olfato sobrenatural ou a habilidade de rastrear suas vítimas? Ela estremeceu.

— Você parece uma menina boa — disse a professora. — O que estava fazendo lá?

— Você era orientadora, não era?

— É tão óbvio assim?

— Você é legal — Alex admitiu.

Mas aquela Cinzenta não poderia salvá-la, assim como nenhuma das outras pessoas boas que tinham tentado.

Ela puxou o celular do bolso da calça jeans, grata por não tê-lo perdido na perseguição. Não adiantava ligar para Dawes, ainda não. Precisava de alguém com um carro.

Alex quase começou a chorar quando Turner realmente atendeu.

— Stern — disse ele, a voz monótona.

— Turner, preciso de sua ajuda.

— Novidade?

— Pode vir me buscar?

— Onde você está?

— Não tenho certeza. — Ela esticou o pescoço, procurando por uma placa. — Darien.

— Por que não pode chamar um carro?

Ela não queria chamar um carro. Não queria estar perto de outro estranho.

— Eu... aconteceu uma coisa comigo. Preciso de uma carona.

Houve uma longa pausa e um silêncio súbito, como se ele tivesse desligado uma televisão.

— Mande o endereço por mensagem.

— Obrigada.

Alex desligou, descobriu a localização do posto de gasolina e a enviou a Turner. Então olhou para o telefone. O medo saíra dela, substituído pela fúria, e era bom, como aquele álcool que tinha limpado suas feridas, acordando-a.

Ela apertou os números.

Pela primeira vez, Eitan atendeu imediatamente. Ele estivera observando, esperando para ver se ela sobreviveria.

Ela não se importou em cumprimentá-lo.

— Você armou pra mim.

— Alex — ele a repreendeu. — Achei que fosse vencer.

— Quantos você mandou antes de mim? Quantos não voltaram?

Houve uma breve pausa.

— Sete.

Ela enxugou novas lágrimas dos olhos. Não tinha certeza de quando começara a chorar de novo, mas precisava firmar a voz. Podia fazer isso. A raiva estava com ela, simples, familiar. Não queria parecer fraca.

— Tinha mesmo uma dívida? — ela perguntou.

— Não exatamente. Ele está tirando clientes de mim e de meus sócios. Foxwoods, Mohegan Sun, todos bons mercados.

Reiter era um traficante rival. Alex imaginou que até os vampiros tinham que ganhar a vida.

— Fodam-se você e seus sócios.

— Achei que você iria dar um jeito. Você é especial.

Alex queria gritar.

— Você botou um alvo nas minhas costas.

— Reiter não vai se incomodar com você.

— E como você tem certeza disso, porra?

— Estou com visita, Alex. Você acha que eu devia mandar algum dinheiro?

Ela sabia havia muito tempo que poderia ter que matar Eitan. Pensou em fazer isso em Los Angeles, mas ele sempre estava cercado por guardas como Tzvi, homens com armas que não pensariam duas vezes antes de dar cabo dela. E o acordo que Eitan havia proposto parecia tão simples, algo com que podia lidar, apenas um trabalho. *Faça isso e pronto. Boa menina.* Mas é claro que isso não tinha sido o fim. Ela conseguira o dinheiro para Eitan e fizera parecer fácil, então sempre seria mais um favor, mais um trabalho, mais um idiota que devia, mais uma história triste. E a mãe dela? Mira, que fazia caminhadas animadas até o mercado dos fazendeiros? Que ia para o trabalho todas as manhãs pensando que a filha estava finalmente segura, que ela mesma também estava segura?

Alex desligou e olhou para as luzes fortes perto das bombas, o letreiro brilhante com os preços da gasolina, o brilho do caminhão do cara de flanela. Parecia que o posto de gasolina era uma espécie de farol. Mas o que estavam chamando com toda aquela luz forte?

Matar Eitan iria libertá-la, mas precisaria ser inteligente ao fazer isso, encontrar uma maneira de pegá-lo sozinho, torná-lo vulnerável do jeito que ela era. E tinha que tirar a mãe da equação, ter certeza de que, se estragasse tudo, Mira não pagaria e que não poderia ser usada como vantagem novamente. Para isso, precisaria de dinheiro. Muito dinheiro.

— Quer que eu fique com você? — perguntou a professora.

— Você ficaria? Até minha carona chegar?

— Você vai ficar bem.

Alex conseguiu dar um sorriso.

— Porque eu pareço ser uma boa menina?

A professora pareceu surpresa.

— Não, criança. Porque você é uma assassina.

★ ★ ★

Quando o Dodge de Turner chegou, Alex deu um aceno de adeus à professora e deslizou agradecida para o banco do passageiro. Ele estava com o aquecedor ligado e o rádio sintonizado em alguma estação NPR local, descrevendo o dia nos mercados.

Turner dirigiu em silêncio por um tempo, e Alex já cochilava quando ele disse:

— No que você se meteu, Stern?

Havia sangue nas roupas e um curativo no pescoço dela. Os sapatos estavam cobertos de lama e ela ainda cheirava à fumaça e bebida que havia espalhado por toda a sala de estar de Linus Reiter.

— Nada de bom.

— Isso é tudo o que vai dizer a respeito?

Por enquanto era.

— Como vai o seu caso? — Ainda não tinha contado a ele sobre suas suspeitas em relação ao Pretor e sua rivalidade com Beekman.

Turner suspirou.

— Nada bem. Pensávamos ter encontrado uma conexão entre o reitor Beekman e a professora Stephen.

— Ah, é? — Alex estava ansiosa para falar sobre qualquer coisa que não fosse Linus Reiter.

— Stephen abriu o bico sobre os dados que saíram de um dos laboratórios do departamento de psicologia. Temia que tivessem sido manipulados por pelo menos um dos bolsistas e que houvesse supervisão de má qualidade do professor que publicou as descobertas.

— E o reitor?

— Ele chefiou a comissão que disciplinou o professor em questão. Ed Lambton.

— Juízes — Alex murmurou, lembrando-se do dedo da professora Stephen descansando entre as páginas da Bíblia. — Faz um certo sentido.

— Só se você estiver sendo literal — respondeu Turner. — Juízes não é sobre os juízes do jeito que pensamos neles. Era só uma palavra para designar líderes nos tempos bíblicos.

— Talvez o assassino não tenha feito escola dominical. Lambton perdeu o emprego?

Turner lhe lançou um olhar divertido.

— Claro que não. Ele tem estabilidade. Mas está de licença remunerada e precisou recolher o artigo. A reputação dele está em ruínas. O estudo psicológico era sobre honestidade, então era uma piada pronta. Infelizmente, não consigo encontrar nenhuma brecha no álibi dele. Não há absolutamente nenhuma maneira de ele ter ido atrás do reitor Beekman ou da professora Stephen.

— Então o que você vai fazer agora?

— Seguir as outras pistas. Marjorie Stephen tinha um ex-marido instável. Beekman tinha uma antiga acusação de assédio em seus registros. Os inimigos não são poucos.

Conheço esse sentimento.

— Beekman também estava conectado às sociedades.

— Estava? — Alex perguntou. Turner conseguira a pista do professor Walsh-Whiteley?

— Ele era da Berzelius.

Alex bufou.

— A Berzelius mal é uma sociedade. Eles não têm magia nenhuma.

— Ainda é uma sociedade. Você conhece Michelle Alameddine?

Ele sabia que ela conhecia. Vira as duas juntas no funeral de Elliot Sandow. Será que Turner a estava interrogando?

— Claro — ela disse. — Era o Virgílio de Darlington.

— Ela também passou um tempo na ala psiquiátrica no Yale New Haven. Fez parte de um estudo liderado por Marjorie Stephen, e estava na cidade na noite em que o reitor Beekman foi morto.

— Eu a vi — Alex admitiu. — Ela disse que precisava pegar o trem de volta para Nova York, que ia jantar com o namorado.

— Temos registros dela na câmera na estação de trem. Segunda-feira de manhã.

Não domingo à noite. Michelle mentira para ela. Mas poderia haver inúmeras razões para isso.

— Como você sabia sobre a ala psiquiátrica? — Alex perguntou. — Isso deveria ser confidencial, certo?

— É meu trabalho descobrir quem assassinou dois professores. Esse tipo de preocupação abre muitas portas.

O silêncio se estendeu entre eles. Alex pensou em todos os registros supostamente selados, nos processos judiciais, nas anotações de terapeutas e médicos de seu passado. As coisas que pensou que ninguém jamais saberia sobre ela. Sentiu o medo crescendo e teve que afastá-lo. Não fazia sentido valsar com velhos parceiros quando seu cartão de dança já estava cheio.

Ela se mexeu no assento para encará-lo.

— Não quero pedir para você voltar para aquele mapa comigo. Mas faltam dois dias para o Dia das Bruxas e precisamos encontrar nosso quarto integrante.

— O quarto integrante de vocês. Como se estivessem jogando tênis em duplas. — Turner balançou a cabeça. Manteve os olhos na estrada quando disse: — Eu vou.

Alex sabia que "a policial dado não se olham os dentes", mas não conseguia acreditar no que estava ouvindo. Turner não tinha amado Darlington, não tinha nenhum senso de obrigação para com ele. Odiava tudo o que a Lethe representava, especialmente depois daquela visita ao porão do Peabody.

— Por quê?

— Isso importa?

— Estamos prestes a ir para o inferno juntos. Então, sim. Importa.

Turner olhou para a frente.

— Você acredita em Deus?

— Não.

— Uau, e fala assim sem nem pensar?

— Já pensei sobre isso. Bastante. *Você* acredita em Deus?

— Acredito — ele disse, com um aceno firme. — Acho que acredito. Mas definitivamente acredito no diabo, e, se ele se apoderou de uma alma e não quer libertá-la, acho que é necessário tentar arrancá-la dele. Especialmente se essa alma tiver as qualidades de um soldado.

— Ou de um cavaleiro.

— Claro.

— Turner, isso não é nenhuma guerra santa. Não é o bem contra o mal.

— Tem certeza?

Alex riu.

— Bem, se for, tem certeza de que somos os mocinhos?

— Você matou aquelas pessoas em Los Angeles, não foi?

A pergunta pairou entre eles no carro, outro passageiro, um fantasma acompanhando o passeio. Alex considerou simplesmente contar a ele. Como seria se livrar do segredo daquela noite? O que significaria ter um aliado contra Eitan?

Observou a luz da estrada batendo forte, depois fraca, no perfil de Turner. Gostava dele. Ele era corajoso e estava disposto a ir até o submundo para resgatar alguém de quem não gostava muito só porque acreditava que era o certo a ser feito. Mas um policial era um policial.

— O que aconteceu com aquelas pessoas em Los Angeles? — ele pressionou. — Helen Watson. Seu namorado Leonard Beacon. Mitchell Bets. Cameron Aust. Dave Corcoran. Ariel Harel.

Alex estudou a estrada que passava, vislumbrou alguém examinando a tela do celular contra o volante, um outdoor de alguma banda tocando no Foxwoods em novembro, outro de um advogado de acidentes. Não gostou da maneira como Turner recitara aqueles nomes. Como se conhecesse o arquivo dela de cor.

— É engraçado — ela disse por fim. — As pessoas falam sobre a vida e a morte como se houvesse algum tipo de relógio tiquetaqueando.

— Não tem?

Alex balançou a cabeça lentamente.

— Aquele *tique tique tique* não é de um relógio. É de uma bomba. Não há contagem regressiva. Simplesmente explode e tudo muda. — Ela esfregou o polegar sobre uma mancha de sangue em seu jeans. — Mas não acho que o inferno seja um poço cheio de pecadores e um cara com chifres bancando de segurança.

— Acredite no que precisa acreditar, Stern. Mas sei o que vi quando entrei naquela sala em Black Elm.

— O quê? — perguntou Alex, embora uma parte dela desesperadamente não quisesse saber.

— O diabo — disse Turner. — O diabo tentando escapar.

22

Alex ficou feliz por Dawes não estar em Il Bastone.

Entrou, grata pela casa, suas proteções, seu silêncio. Eram quase oito da noite. Apenas algumas horas haviam se passado desde que partira para Old Greenwich. As luzes piscavam e uma música suave flutuava pelos corredores, como se Il Bastone soubesse que ela havia passado por algo terrível.

Lavou o sangue de Reiter do soco-inglês na pia da cozinha, devolveu-o à gaveta no arsenal e vasculhou os armários para encontrar o bálsamo que Dawes havia usado em seus pés na noite em que andara dormindo até Black Elm. A professora havia lhe emprestado força suficiente para escapar, mas fora o corpo de Alex que recebera o castigo. Estava cortada e machucada, os pulmões doíam e todo o corpo latejava por causa da corrida através dos limites do condado.

No quarto de Dante, colocou os suprimentos de primeiros socorros que comprou na escrivaninha bonita e depois se dirigiu ao banheiro para retirar o curativo.

A ferida no pescoço já estava fechando e não havia sangue fresco. Não deveria ter cicatrizado tão rápido. Isso significava que ele realmente havia perfurado sua jugular e aquilo tinha começado a cicatrizar imediatamente? Não sabia. Não queria saber. Queria esquecer Linus Reiter e seu rosto angelical e toda aquela dor e aquele medo. Podia sentir os dentes dele entrando, o aperto dele em seu crânio, o entendimento de que ela não era nada além de comida, um copo que ele levava aos lábios, um recipiente para ser esvaziado.

Não sentia medo, medo de verdade, fazia muito tempo. Para ser honesta, tinha gostado de enfrentar os pais de Darlington, Estranho, o novo Pretor. Quando Dawes convocou uma manada de cavalos cuspidores de fogo do inferno, tinha ficado assustada, mas bem. Gostava de se esquecer de tudo, exceto da luta diante de si.

Mas aquelas tinham sido lutas que ela poderia vencer. Não era forte o suficiente para derrotar Linus Reiter, assim como não era inteligente o suficiente para escapar do controle de Eitan Harel. Eles eram o mesmo homem. Linus a teria drenado alegremente até secar e a plantado em seu quintal para alimentar as rosas. Eitan continuaria a usá-la, enviando-a para trabalhos até que não voltasse.

Ela esfregou bálsamo na ferida, recolocou o curativo e procurou um conjunto limpo de moletom da Lethe. Havia esquecido de trazer os últimos conjuntos para serem lavados, então precisou subir ao quarto de Virgílio para pilhar o armário de Darlington. Eram muito compridos e muito largos, mas estavam limpos.

Sua próxima parada foi a biblioteca da Lethe. Tirou o *Livro de Albemarle* da prateleira do lado de fora, ignorando os gritos fracos e o sopro de enxofre que emergiam de suas páginas. O livro tinha um histórico de tudo o que havia sido pesquisado por último, e Dawes claramente estivera estudando alguma versão do submundo.

Alex tirou uma caneta da mesa de vime ao lado da prateleira, então hesitou. Sabia que precisava ser muito específica em seu pedido. Vampiros faziam parte de folclores e da ficção, e ela não queria ter que separar o que era mito do que poderia realmente ser útil. Além disso, quando se era muito vago com a biblioteca, as paredes começavam a tremer e havia uma boa chance de desabar completamente. Talvez devesse começar com pouco.

Ela rabiscou "Linus Reiter" e devolveu o livro ao seu lugar. A prateleira balançou suavemente e, quando assentou, Alex a abriu para a biblioteca.

Havia mais de uma dúzia de livros nas prateleiras, mas, enquanto os examinava, Alex percebeu que a maioria se concentrava na família Reiter e em sua casa grandiosa em Old Greenwich, Sweetwell. Os Reiter eram imigrantes alemães e tinham ganhado dinheiro fabricando caldeiras e aquecedores de água. Sweetwell e as terras ao redor tinham sempre sido passadas de um herdeiro Reiter para outro, mas Alex suspeitava de que todos fossem o mesmo homem.

Ficou surpresa ao ver um dos álbuns de recortes de Arnold Guyot Dana na prateleira da biblioteca, um volume grosso, encadernado em azul-marinho, com *Yale: Velho e Novo* gravado em dourado na lombada.

Darlington tinha ficado obcecado pelos álbuns de recortes dedicados a New Haven e Yale, e estimara os volumes dezesseis a dezoito, que, junto com o diário de Hiram Bingham III, tinham sido afanados da Biblioteca Sterling anos antes para esconder informações vitais sobre a Lethe e o fluxo de artefatos mágicos pela cidade.

Alex folheou as páginas grossas de recortes de jornais, fotografias antigas e mapas, até que seus olhos pousaram na foto de um grupo de jovens no Mory's, todos de rosto severo, todos de terno. E lá estava Linus, na última fila, com o rosto solene, os olhos azul-claros quase brancos na foto antiga. Ele parecia mais suave de alguma forma, mais móvel na foto do que quando estava sentado em sua própria sala de estar. Será que ainda era humano naquela época? Ou já tinha virado e estava se divertindo? E como ela deveria derrotar um vampiro sangue azul traficante de drogas de Connecticut?

O *Demonologia de Kittscher* também estava na prateleira, o mesmo livro que Michelle Alameddine havia recomendado e que Dawes estivera usando para sua pesquisa. Alex o folheou, ainda esperando um catálogo de monstros e, idealmente, como vencê-los. Mas o livro era como Dawes havia descrito: uma série de debates sobre o inferno entre Ellison Nownes, um estudante de teologia e cristão devoto, e Rudolph Kittscher, ateu e membro da Lethe.

Nownes parecia defender a versão de Turner do inferno – um lugar de punição eterna para os pecadores: "Sejam nove ou doze círculos, sejam poços de fogo ou lagos de gelo, embora a arquitetura do inferno seja indeterminada, sua existência e propósito não são".

Mas Kittscher discordava: "Superstição e besteira! Sabemos que existem outros mundos e planos e que a existência deles permite o uso de portais – ora, pergunte a qualquer Chaveiro se ele acha que está simplesmente desaparecendo de um lugar e reaparecendo em outro. Não! Sabemos que não. Existem outros reinos. E por que não deveríamos entender o 'inferno' como um desses reinos?". Aqui, a transcrição observava "aplausos entusiasmados".

Parte do que estavam dizendo passou direto pela cabeça de Alex, mas ela tinha certeza de que Kittscher estava sugerindo que a existência do inferno – e do céu – era uma barganha entre demônios e homens: "Assim como podemos nos alimentar de carne vermelha ou aves, ou sobreviver com uma dieta de raízes e frutas simples, os demônios são alimentados por nossas emoções básicas. Alguns se alimentam de medo, ganância, luxúria ou raiva e, sim, alguns têm fome de alegria. O céu e o inferno são um compromisso, nada mais, um tratado que obriga os demônios a permanecerem em seu reino e se alimentarem apenas dos mortos".

Foi aqui que a multidão se voltou contra Kittscher, e as notas descreviam Nownes como "com o rosto vermelho". "Nownes: Essa é uma visão de um mundo sem Deus – não apenas uma vida, mas uma vida após a morte desprovida de qualquer moralidade superior. Está sugerindo que nós, criaturas nascidas de Deus e feitas à imagem Dele, somos os animais mais débeis, coelhos tímidos presos em uma armadilha, feitos não para grandes estudos ou grandes realizações, mas para sermos consumidos? Este é o propósito e o destino da humanidade?"

Kittscher riu. "Nossos corpos são comida de vermes. Por que nossas almas não seriam refeições também?"

Nesse ponto, ambas as partes quase entraram em conflito e um recesso foi feito.

Alex esfregou os olhos. Tinha sido direta com Turner: não acreditava na versão de submundo dele, que ele aprendera na escola dominical. Mas também não tinha certeza se acreditava na teoria de Kittscher. E por que isso aparecera em sua busca sobre Linus Reiter?

Vasculhou o índice em busca de qualquer menção a ele, então deslizou o dedo até V, de vampiro. Havia uma única página listada.

"Kittscher: Pensem no vampiro.
(*Zombaria da assembleia.*)
Herman Moseby: Depois vai falar do que, de leprechauns e kelpies?
(*Uma chamada de ordem do moderador.*)
Kittscher: Nunca se perguntou por que, em nossas histórias, alguns seduzem e outros aterrorizam? Por que alguns são bonitos e outros grotescos? Essas histórias díspares são a prova de que os demônios permanecem em nosso mundo, alguns que se alimentam de infelicidade ou terror, outros que se alimentam de desejo, todos assumindo as formas mais prováveis para provocar essas emoções.
(*Terrence Gleebe é reconhecido pelo moderador.*)

Gleebe: Nesse cenário, o sangue é um veículo ou um acessório do processo?
(*Risos da assembleia.*)"

Alex tocou o curativo em seu pescoço com os dedos.
— Acessório é o meu rabo.
Pensou no belo Linus Reiter em seu terno branco. Por que um vampiro viraria traficante de drogas? Deviam existir mil outras maneiras de ganhar dinheiro quando se tinha tanto poder e tanto tempo. Mas e se você se alimentasse de desespero? E se o dinheiro não significasse nada, mas você exigisse um bufê interminável de medo e necessidade? Alex se lembrou dos parasitas na casa de Eitan, dos perdedores no Marco Zero, de sua própria tristeza dolorosa, da desolação que tinha sido sua vida, dos restos de esperança que extraíra dos momentos de paz que um pouco de maconha, um pouco de álcool, um pouco de Valium poderiam fornecer.

Então, se Kittscher estava certo e os vampiros eram demônios, pelo menos sabia com o que estava lidando. Mas como manter o monstro sob controle?

Saiu da biblioteca, pegou o *Livro de Albemarle*, escreveu: "Como evitar vampiros, não ficção". Então hesitou. Por que a biblioteca lhe fornecera informações sobre um vampiro quando pedira especificamente livros que mencionassem Linus Reiter? Ela manteve o *Livro de Albemarle* aberto e voltou para a mesa redonda onde tinha deixado *Demonologia de Kittscher*. Reiter não havia sido listado no índice. Ela folheou o livro até o final.

"Atas tomadas por Phillip Walter Merriman, Oculus, 1933.
Compareceram:"

Os participantes eram listados por sociedade, e ali, embaixo de Crânio e Ossos: "Lionel Reiter".

Ele estivera lá. Com um nome diferente, mas estivera nesta casa, sob o teto da Lethe. Talvez fosse mortal naquela época. Mas talvez tivesse existido um demônio em uma das sociedades, dentro de Il Bastone, e ninguém tinha ficado sabendo. E a data? 1933. Um ano após a construção da Sterling. Isso significava que realmente houvera uma primeira peregrinação ao inferno? Era esse o subtexto ali? Quem sabia sobre o Corredor, e será que aquilo era menos uma discussão acalorada sobre hipóteses filosóficas e mais um debate muito real sobre a possibilidade de viajar para o submundo?

E, se os demônios se alimentavam de humanos, de sua felicidade ou dor, até mesmo de seu sangue, havia outra variável que deveria levar em conta? Lembrou-se de Marjorie Stephen, envelhecida para a idade que tinha, olhos leitosos e cinzentos. E se não houvesse veneno? Será que Reiter estava envolvido? Ou algum outro demônio estava se divertindo? Provocando-os com as escrituras? Turner teria dito a ela se tivessem encontrado feridas no pescoço da professora Stephen ou do reitor Beekman, mas, antes daquela noite, Alex não sabia que vampiros eram reais. O que mais poderia estar à espreita no escuro?

Alex sentiu o pânico crescendo para sufocá-la. Pensou em todos aqueles jovens estudiosos de famílias abastadas debatendo moralidade e imortalidade, discutindo semântica, enquanto um monstro desfrutava da hospitalidade deles. *Porque somos um bando de amadores*. A Lethe fingiu saber o placar quando sequer conhecia o jogo. Mas aquela casa, aquela biblioteca, ainda poderiam protegê-la.

Depois de mais três buscas, recuperou um pouco de calma e obteve uma lista de recomendações selecionadas dos poucos livros que encontrou em inglês que cobriam como repelir demônios e vampiros, a maioria delas envolvendo armas de sal. De acordo com os livros que folheou, estacas, decapitação e fogo funcionavam porque matavam quase tudo. Cruzes e água benta dependiam da fé do usuário, pois davam coragem, não proteção real. O alho só era eficaz como repelente para um tipo particular de súcubo. E as proteções funcionavam. Isso era o que importava. No arsenal, localizou uma gola larga de renda feita de pequenas pérolas de sal que datava dos tempos coloniais e que poderia enfiar perfeitamente sob a camisa. Deitou-se no quarto de Dante, sob o dossel de veludo azul, e sonhou que estava jogando croqué no gramado de Linus Reiter. Estava descalça, e a grama estava molhada. Via o sangue subindo por entre seus dedos dos pés.

— Intrigante — ele sussurrou, mas no sonho, ele era Darlington, vestindo terno branco, com chifres dourados brilhantes. Ele sorriu para ela. — Olá, queridinha. Veio para ser devorada?

A casa atrás dele não era mais Sweetwell, mas Black Elm, coberta de hera, de alguma forma mais solitária do que o castelo de um vampiro em uma colina.

Alex entrou; conhecia o caminho, atraída por aquela mesma sensação estranha de compulsão. Os cômodos pareciam maiores, suas sombras, mais profundas. Subiu as escadas para o salão de baile e Darlington estava lá, no círculo, mas ele era o Darlington dela, igual a como ela se lembrava dele na noite em que desaparecera de Rosenfeld Hall, bonito, humano, vestido com seu longo casaco escuro, seu jeans desgastado.

Através das janelas, podia ver o demônio de chifres curvados de pé em meio às peças de croqué colocadas no gramado, olhando para ela com olhos dourados.

— Há dois de você — disse Alex.

— Precisa haver — respondeu Darlington. — O menino e o monstro. Sou o eremita na caverna.

— Eu vi tudo. Nas memórias do seu avô. Vi você tentando sobreviver a este lugar.

— Não foi cem por cento ruim.

Alex sentiu seus lábios se torcerem.

— Claro que não. Se tivesse sido tudo ruim, você teria só desistido.

— Quando foi que ficou tão sábia, Stern?

— Quando você tirou um ano sabático no purgatório.

— Eu consegui ouvi-los — ele disse, com os olhos distantes. Eram marrons-escuros, como chá infundido por muito tempo. — Meus pais. Quando estavam gritando na porta da frente.

— Eu devia ter deixado eles entrarem?

O olhar dele correu para o dela, e, na raiva dele, ela podia ver o eco do demônio.

— Não. Nunca. Eles desligaram a energia, depois que herdei este lugar. Acharam que poderiam me congelar.

Os ombros dele se levantaram, caíram. A raiva dele assentava como uma roupa mal ajustada. Ele parecia tão cansado.

— Não sei como não os amar.

Quantas vezes Alex desejara poder sentir apenas ressentimento em relação a Mira? Ou nada? O problema com o amor era esse. Era difícil de desaprendê-lo, por mais dura que fosse a lição.

— Isso é real? — perguntou ela.

Mas Darlington apenas sorriu.

— Não é hora para filosofia.

— Diga-me como chegar até você.

— Chegue mais perto, Stern. Vou contar tudo o que quer saber.

Ela estava com medo? Será que aquele era o verdadeiro Darlington ou o monstro que esperava no jardim? Uma parte dela não se importava. Deu um passo à frente.

— Era você naquela noite? — Ela podia ver que o círculo de proteção estava se desgastando, dissolvendo-se em faíscas. *Ele é perigoso. Não é o que você pensa ser.* — Na Livro e Serpente? Você usou aquele cadáver para soletrar meu nome?

— Galaxy Stern — disse Darlington, com os olhos brilhando em ouro —, tenho clamado por você desde o início.

Quando Alex acordou, os lençóis estavam encharcados de suor, e a ferida em seu pescoço vazava filetes de sangue rosa pálido.

É interessante contemplar quais fábulas de Esopo foram escolhidas para serem ilustradas na vidraçaria de Bonawit. Há uma lição nas escolhas? Isso depende de como cada fábula é lida. Considere "O Lobo e o Grou": ao comer muito rápido, um lobo guloso fica com um osso preso na garganta. Para o grou, ele diz: "Use seu bico fino para puxá-lo e lhe darei uma bela recompensa". O grou obedece, colocando a cabeça dentro das mandíbulas do lobo e extraindo o osso, mas, quando o trabalho está feito, o lobo não concede nenhum prêmio ao grou. Já não é o bastante que ele tenha deixado um tolo escapar de sua mordida? Tradicionalmente, dizem-nos que a moral é "Não há recompensa em servir aos perversos". Mas podemos muito bem entender a história de forma a questionar: "Não é divertido enganar a morte?".

Menos famoso, mas também encontrado nessas mesmas janelas, é o conto "O Cabritinho e o Lobo". Separado de seu rebanho, um cabrito encontra um lobo. "Já que serei comido", diz ele, "você não tocaria uma música para que eu morra dançando?" Feliz por ter música na refeição, o lobo obedece, mas, do outro lado do pasto, os cães do caçador ouvem a música. Perseguido pela floresta, o lobo se espanta com a própria tolice, pois nascera algoz, não flautista. A moral oferecida na maioria das leituras é, de fato, estranha: "Que nada o afaste de seu propósito". Então devemos nos entender como o lobo? Por que o cabrito inteligente não é nosso modelo? Fique, então, com esta lição: "Quando se deparar com a morte, é melhor dançar do que se deitar para ela".

— *Uma Reconsideração da Decoração da Biblioteca Memorial Sterling, Rudolph Kittscher (Jonathan Edwards, 1933).*

23

Alex esperou até o raiar do dia para voltar para os dormitórios e trocar de roupa. Pegou emprestado um suéter de caxemira cinza macio de Lauren e vestiu seu jeans menos surrado. Queria parecer responsável, um bom investimento, mas não havia nada que pudesse fazer a respeito de suas botas gastas.

Quando ligou para Anselm para solicitar uma reunião, esperava que ele lhe dissesse para se encontrar com o novo Pretor. Mas ele estava vindo ao Metro-North naquela tarde e concordou em arrumar um horário para ela.

— Vai ter que desculpar o nome do lugar — ele dissera. — Tenho um encontro lá antes de voltar para a cidade, mas posso encontrá-la para um almoço tardio.

Concha e Ossos.[16] Era um bar de ostras bem ao lado do mar. Alex verificou se a gola de sal não estava visível por baixo do suéter emprestado e empurrou a bicicleta para a rua. Ela às vezes esquecia que New Haven ficava tão perto do mar que era realmente uma cidade portuária.

O passeio pela Howard foi surpreendentemente bonito, passando por folhas mudando de cor e casas que ficavam mais grandiosas à medida que se aproximavam da orla. Não eram nada parecidas com as mansões de Old Greenwich. Havia algo de público nas varandas grandes, nas janelas voltadas para a estrada, como se fossem para ser vistas e apreciadas, em vez de escondidas atrás de um muro.

Dawes não recebeu bem a notícia do desaparecimento da Mercedes, porque é claro que o carro não era apenas um carro.

— Como assim você perdeu? — ela gritou.

— Eu não perdi. Eu sei onde está.

— Então me diga para que eu possa ir buscar. Tenho um conjunto de chaves reservas. Nós...

---

16. Em inglês, *Shell & Bones*, um restaurante que existe mesmo em New Haven. (N.T.)

— Não podemos.

— Por que não?

Porque eu tenho medo. Porque é muito perigoso. Mas Alex não conseguia explicar tudo. Linus Reiter. O que ela estava fazendo em Old Greenwich. O sonho de Darlington restaurado a si mesmo no círculo. *Tenho clamado por você desde o início.* Era demais.

— Você o perdeu — Dawes sibilou. — E agora isso.

— Não perdi Darlington — disse Alex, tentando manter a paciência. — Ele não é uma moeda brilhante que deixei cair em algum lugar. Elliot Sandow enviou uma besta infernal para comê-lo, então vá ao cemitério e reclame na lápide dele, se quiser.

— Você devia...

— O quê? Eu devia o quê? Saber o feitiço certo para falar, o encantamento certo? Deveria tê-lo agarrado para que pudéssemos ir para o inferno juntos?

— Sim — disse Dawes em um silvo. — Sim. Você é o Dante dele.

— É isso que você teria feito?

Dawes não respondeu, e Alex sabia que deveria deixar para lá, mas estava muito cansada e ferida para ser gentil.

— Vou lhe dizer o que você teria feito, Dawes. Você teria se mijado. Teria congelado igualzinho a mim, e Darlington teria ido embora do mesmo jeito.

Silêncio do outro lado da linha, e aí, como se ela nunca tivesse falado as palavras e não soubesse como combinar as sílabas, Dawes gritou:

— Vai se foder! Vai se foder! Vai se foder!

Algo naquele palavrão gaguejado rompeu o humor miserável de Alex. A raiva foi embora e ela sentiu uma vontade repentina de rir, o que sabia que seria um grande erro.

Ela respirou fundo.

— Sinto muito, Dawes. Você não sabe o quanto. Mas o carro não importa. Eu importo. Você importa. E prometo que vamos recuperá-lo. Eu só... preciso só de um pouco de clemência agora.

Depois de um longo momento, Dawes disse:

— Certo.

— Certo?

— Sim. Por enquanto. Desculpe por ter sido grosseira.

Então Alex riu.

— Está desculpada. E você devia xingar mais, Dawes.

Alex sabia que o restaurante ficava em um iate clube, mas não era o que esperava. Pensou que haveria um estacionamento com manobrista, homens de blazers azuis, mulheres de pérolas. Em vez disso, era um prédio de aparência comum à beira-mar, com uma bandeira na frente e um grande estacionamento. Alex prendeu a bicicleta na grade dos degraus. Gostaria de usar o cabelo preso, parecer um pouco mais conservadora, mas as marcas em seu pescoço ainda estavam vermelhas e inchadas, como se seu corpo estivesse evitando uma infecção, e se simplesmente colocasse outro curativo no pescoço ficaria parecendo que estava tentando esconder um chupão.

Anselm estava esperando em uma mesa para quatro no deque coberto de frente para o oceano, o porto lotado de barcos, seus mastros inclinando para um lado ou para o outro, alguns deles batizados com nomes de mulheres, outros com nomes como *Casco Encerrado, Vela Menina, Fácil De Cais*. Tinha pousado o braço sobre a cadeira ao lado e parecia um anúncio de um relógio caro. As outras mesas estavam lotadas de alunos da Yale e seus pais, homens de negócios almoçando demoradamente, algumas mulheres mais velhas em casacos acolchoados demorando-se em taças de rosé.

— Alex! — ele disse quando a avistou, a voz calorosa e vagamente surpresa, como se não a tivesse convidado para estar ali. — Sente-se.

Ele acenou para um garçom, que colocou um cardápio na frente dela.

— Eu já comi, mas, por favor, peça o que quiser.

Alex não ia dizer não a uma refeição grátis. Pensou que provavelmente deveria pedir algo como mexilhões ou peixe grelhado, mas anos comendo os experimentos de alfarroba germinados da mãe a tinham deixado com um desejo eterno por porcarias. Pediu mini-hambúrgueres e uma Coca-Cola como cafeína.

— Queria poder comer igual a você — disse Anselm, acariciando o que parecia ser uma barriga chapada. — A juventude é desperdiçada nos jovens. Se eu soubesse como seria a meia-idade, teria passado mais tempo comendo frango frito e menos tempo na academia.

— Você está na meia-idade?

— Bem, vou estar... que foi?

Alex percebeu que o estava encarando.

— Desculpe, você parece diferente, mais relaxado.

— Está surpresa? Acredite ou não, não sinto prazer em dar bronca em alunos da graduação.

— Dawes é doutoranda.

Ele lançou um olhar para ela.

— Acho que você me entendeu.

Agora que o novo Pretor havia sido nomeado, Anselm parecia uma pessoa diferente, aliviado das preocupações e obrigações da Lethe.

— Estou surpresa por ter voltado a Connecticut — ela disse. — Achei que precisaria ir para Nova York.

— Geralmente venho até Connecticut uma ou duas vezes por mês para reuniões. Foi por isso que o conselho me pediu para intervir e supervisionar as coisas na Lethe. E, considerando o que aconteceu com o reitor Beekman, achei que não faria mal verificar. Ele era uma lenda. Acho que todos que o conheceram estão bastante abalados.

— Você conhecia ele?

Ele inclinou a cabeça para um lado.

— Foi por isso que você queria almoçar? O Centurião pediu para você verificar álibis?

— Não — disse Alex, o que era verdade.

E não havia razão para ela suspeitar de que Anselm tivesse algo a ver com Marjorie Stephen ou o reitor Beekman.

— Desculpe. Depois de tudo o que aconteceu no ano passado. — Ela deu de ombros. — Velhos hábitos.

— Entendo. As pessoas que deveriam protegê-la realmente não fizeram o próprio trabalho, não é?

E nunca tinham feito. Mas Alex não queria pensar muito nisso, não naquela mesa com aquele estranho em uma tarde ensolarada.

— Acho que não.

— A Lethe exige muito de nós, não é?

Alex assentiu. Ela se sentia nervosa e suas palmas estavam úmidas. Entre seus pesadelos miseráveis, tinha ficado acordada na noite anterior tentando pensar na melhor abordagem para isso. Mas Anselm havia lhe oferecido uma abertura, então a aceitaria.

— Exige — disse. — Você viu meu arquivo.

— E agora você deve estar feliz da vida.

— Algo assim.

— Fale da Califórnia.

— É igual aqui, mas a água é mais quente e as pessoas são mais bonitas.

Anselm riu e Alex sentiu-se relaxar um pouco. Tinha se preparado para o Anselm autoritário, mas aquele cara não era de todo ruim. Claramente tinha tomado alguns copos de vinho no almoço e estava gostando de estar fora do escritório. Ela poderia trabalhar com isso.

— Quem estava encontrando? — ela perguntou.

— Alguns amigos que trabalham em Stamford. Sabe onde ficam os antigos escritórios da AIG?

— Na verdade, não.

— Não está perdendo muita coisa. De qualquer forma, eles são uma espécie de ovelha negra em nosso negócio, mas gosto de azarões, e eles precisavam de uns conselhos.

— "Esconde os dispersos" — ela murmurou.

Anselm riu novamente.

— Isso é exagero.

Então Anselm conhecia a citação de Isaías. Mas, se estivesse envolvido de alguma forma nos assassinatos, provavelmente não teria revelado esse conhecimento.

— Você não me parece ser do tipo religioso.

— De jeito nenhum, mas essa é uma parte essencial da tradição de New Haven. Por Deus — disse ele, balançando a cabeça. Nem um único cabelo cuidadosamente penteado se moveu. — Até eu estou me entediando.

— Vá em frente — incentivou ela. — Eu gosto desse tipo de coisa.

Especialmente se isso pudesse ajudá-la a pegar um assassino e colocá-la nas boas graças de Turner. Anselm pareceu cético, mas disse:

— É do sermão que John Davenport deu em apoio aos três juízes.

Juízes. Interessante.

— Isso esclarece tudo.

Ele ergueu as sobrancelhas mais uma vez e Alex percebeu por que gostava dessa versão de Anselm. Ele a lembrava um pouco de Darlington. Não o Darlington que conhecera, mas a versão dele que poderia ter sido se não tivesse crescido em Black Elm e se apaixonado pela Lethe, um Darlington mais elegante e menos faminto. Um Darlington menos parecido com ela.

— Nunca esteve na Caverna dos Juízes?[17] — perguntou Anselm. — Certo, então o ano é 1649, e Cromwell ordena a execução de Carlos I. Cinquenta e nove juízes assinam a sentença de morte. Tudo muito bem. Cortem a cabeça. Mas, apenas uma década depois, a monarquia é restaurada, e seu filho, Carlos II...

— Júnior.

— Exatamente. Júnior não está satisfeito com o que acontecera com o pai ou com o precedente de matar reis. Então, precisa ser implacável. Sentencia todos os juízes à morte.

— São muitos juízes mortos.

E fazia sentido com a teoria inicial de Turner sobre o crime, de que o desgraçado professor Lambton havia ido atrás das pessoas que o tinham julgado.

— Alguns foram executados, outros fugiram para as colônias. Mas há soldados britânicos por toda parte e ninguém está muito animado para abrigar fugitivos e derrubar a ira de Júnior. Exceto os bons cidadãos de New Haven.

— Por quê?

Anselm gesticulou para os barcos no porto como se eles pudessem ter uma resposta.

— Sempre foi uma cidade do contra. O bom reverendo John Davenport sobe ao púlpito e prega: "Esconde os dispersos, não reveles os fugitivos". E eles de fato escondem os dispersos. Quando os britânicos vêm bisbilhotar, os habitantes da cidade guardam segredo e os juízes se escondem perto de West Rock.

— Na Caverna dos Juízes?

— Que é tecnicamente só um aglomerado de rochas grandes, mas sim. Os nomes deles eram Whalley, Goffe e Dixwell.

Alex não morava em New Haven havia muito tempo, mas conhecia aqueles nomes. Eram ruas que se ramificavam da Broadway. Se seguisse reto na Whalley por um tempo, acabaria em West Rock. Três ruas. Três juízes. Três assassinatos.

---

17. Em inglês, *Judge's Cave*, um lugar que existe mesmo em New Haven. (N.T.)

Haverá um terceiro. Era isso que Darlington estava querendo dizer. Estava tentando fazer a conexão para eles, mesmo quando a metade demoníaca dele brincava, aproveitando o enigma que o assassino havia feito.

— O que aconteceu com os juízes? — Alex perguntou. — Foram pegos?

— Viveram bastante. Dois deles acabaram em algum lugar em Massachusetts, mas Dixwell mudou de nome e viveu seus dias em New Haven. Suas cinzas estão enterradas sob o Parque New Haven. As tropas britânicas costumavam viajar para cá apenas para mijar em sua lápide, cem anos depois de sua morte. Esse é o tamanho da importância que esses caras tiveram. Mártires pela liberdade e tudo o mais. E agora são uma nota de rodapé, uma curiosidade para eu tentar te impressionar durante o almoço.

Alex não tinha certeza se deveria ficar desconfortável ou lisonjeada com a ideia de Anselm tentando impressioná-la.

— Já se perguntou por que as palavras da morte funcionam? — Ele se inclinou para a frente. — Porque todos nós não seremos nada no final, e não há nada mais aterrorizante do que o nada.

Alex realmente não se importava com o motivo de funcionarem, contanto que funcionassem.

— Você sabe muito sobre este lugar.

— Eu gosto de história. Mas isso não dá dinheiro.

— Não como no direito?

Anselm levantou um ombro.

— A Lethe faz muitas promessas, assim como Yale, mas nenhuma delas se torna realidade em New Haven. São coisas que nunca vão retribuir sua lealdade.

Talvez não tão parecido assim com Darlington, por fim.

— E a Lethe?

— A Lethe era extracurricular. É bobagem pensar nisso como algo além. Perigoso até.

— Está me dando um aviso.

Assim como Michelle Alameddine fizera.

— Só estou conversando. Mas acho que você não veio até aqui para me ouvir palestrar sobre Cromwell e os perigos de envelhecer em Connecticut.

A hora tinha chegado.

— Você disse que leu meu arquivo. Minha mãe... minha mãe não está muito bem.

— Ela está doente?

Ficar procurando por qualquer sopro de milagre era algo passível de diagnóstico? Havia um nome para uma pessoa condenada a buscar padrões invisíveis em pedras e horóscopos? Que achava que os mistérios da vida poderiam ser revelados ao eliminar leite e derivados da dieta? Ou glúten e gorduras trans? Los Angeles poderia ser chamada de doença?

— Ela está bem — disse Alex. — Só não é realista e não é boa com dinheiro.

Isso era dizer o mínimo.

— Ela te envergonha?

A pergunta a assustou, e Alex não estava pronta para a onda de emoção que veio com ela. Não queria se sentir pequena e desamparada, uma criança sem proteção, uma menina sozinha. O semestre mal havia começado e já estava exausta, esgotada, a mesma garota que havia chegado a Yale mais de um ano antes, atacando qualquer um e qualquer coisa que pudesse tentar machucá-la. Queria uma mãe para mantê-la segura e lhe dar bons conselhos. Queria um pai que fosse algo mais do que uma história de fantasmas que sua mãe se recusava a contar. Queria Darlington, que estava ali, mas não estava, de quem precisava para navegar por toda aquela loucura. Tudo caiu sobre ela de uma vez, e ela sentiu a dor indesejável de lágrimas no fundo de sua garganta.

Alex bebeu um gole de água, recobrou o controle.

— Preciso arrumar um jeito de ajudá-la.

— Posso conseguir um estágio pago para você...

— Não. Agora. Preciso de dinheiro.

Aquilo saiu de um modo mais brusco do que tivera a intenção, a Alex de verdade esticando o queixo, cansada de conversa furada e diplomacia.

Anselm cruzou as mãos como se estivesse se preparando.

— Quanto?

— Vinte mil dólares.

O suficiente para tirar Mira do aluguel e se estabelecer em um novo lugar, o suficiente para mantê-la até que ela conseguisse um novo emprego. Tudo isso presumindo que Alex conseguisse convencer a mãe a deixar Los Angeles. Mas Alex achava que conseguiria. Seria compulsória se fosse necessário, se isso fosse salvar a vida da mãe e a dela.

— É um empréstimo e tanto.

— Um presente — ela corrigiu. — Não posso devolver tanto assim.

— Alex, o que você está pedindo...

Mas era hora de ser muito clara.

— Você leu meu arquivo. Sabe do que sou capaz. Posso ver os mortos. Posso até falar com eles. Você quer informações? Quer ter acesso ao Véu? Posso conseguir. E não preciso de nenhum ritual idiota na Livro e Serpente para fazer isso.

Agora Anselm a encarava.

— Você pode ouvi-los?

Ela assentiu.

— Isso é... isso é incrivelmente arriscado.

— Acredite em mim, eu sei.

— Mas as possibilidades... — a expressão de Anselm era ilegível.

Seu riso fácil e charme haviam evaporado no ar salgado do mar. Ele poderia querer não ter nada a ver com a Lethe e toda a sua magia estranha, mas também sabia o quanto a Nona Casa valorizava esse tipo de acesso, quanto poder poderia render. Sandow uma vez chamara a Lethe de "mendigos à mesa", autoridades sem autoridade, a mão estendida por qualquer migalha de magia que as outras sociedades pudessem estar dispostas a abrir mão. O dom de Alex poderia mudar isso, e o poder era uma linguagem que todos entendiam.

— Alex — ele disse —, vou perguntar uma coisa e preciso que seja honesta comigo.

— Certo.

— Você me disse que estava disposta a deixar de lado suas tentativas de chegar até Darlington, que estava pronta para deixar isso pra lá.

Alex esperou.

— Você não parece ser o tipo de pessoa que deixa as coisas pra lá.

Alex sabia que ele poderia pressionar e essa parte era fácil. Porque ela sabia exatamente o que ele queria ouvir.

— Você viu meu arquivo — ela repetiu. — Você sabe o que a Lethe me ofereceu. Não estou aqui porque quero vestir uma capa e bancar o mago. Todos vocês acham que o mundo além do Véu é algo especial, mas isso é só porque não tiveram que olhar para dentro daquele abismo em particular durante toda a vida. Não vim para Yale procurando magia, senhor Anselm.

— Michael.

Ela o ignorou.

— Não vim para cá pela magia, nem por diversão, nem porque queria fazer amigos e aprender a falar de poesia em coquetéis. Vim porque essa é minha única chance de um futuro que não se pareça com aquele arquivo. Não vou jogá-la fora por causa de um garoto rico que foi gentil o suficiente para falar comigo de modo paternalista algumas vezes.

Era tudo verdade. Tudo menos a última parte.

Anselm a estudou, avaliando o que ela havia dito.

— Você disse que a Lethe devia a ele.

— Eu não sou a Lethe.

— E não tem nada planejado?

— Nada — disse Alex, sem hesitação.

— Quero que me garanta. Eu quero que jure pela vida da sua mãe, porque, se estiver fodendo com a minha cara, não vai ter dinheiro nem plano de resgate. Não estou no ramo da caridade.

— Eu garanto.

— Você foi uma grande surpresa, Alex Stern.

Anselm levantou-se. Jogou algumas notas sobre a mesa. Então se espreguiçou e virou o rosto para a luz.

— Tenha um bom almoço. Um pouco de sol e mar, um papo com uma bela mulher. Eu me sinto quase humano. Vamos ver se dura até Nova York.

Ele estendeu a mão. A palma estava quente e seca, os olhos azuis, límpidos.

— Fique longe de confusão e garanta que tudo fique tranquilo. Vou arrumar esse dinheiro para você.

Anselm não se parecia nada como Darlington agora. Era um bronzeado de terno. Um vigarista rico procurando uma vantagem e disposto a usá-la para conseguir. Era mais um ladrão vasculhando artefatos em um país que não era o seu. Era a Lethe que Alex compreendia, não a Lethe que Darlington amara.

Alex apertou a mão dele.

— Fechado.

24

Na noite anterior ao Dia das Bruxas, eles se encontraram na sala de jantar de Il Bastone. Parecia mais formal do que a sala de estar, e Dawes argumentou que precisavam de espaço. Alex realmente não tinha entendido até que viu as plantas enormes da Sterling espalhadas sobre a mesa. Dawes pegou seu amado quadro branco e preparou um pote de sidra quente que encheu Il Bastone com o cheiro de maçãs fermentando.

Mercy trocou de roupa três vezes antes de saírem do dormitório, finalmente chegando com uma jaqueta de tweed confortável e saia de veludo.

— Você sabe que está nos fazendo um favor, certo? — Alex havia perguntado.

— Vista-se para o trabalho que quer.

— Que trabalho você quer?

— Não sei — disse Mercy. — Mas, se magia é real, quero passar uma boa impressão.

Estamos todos atrás disso?, Alex se perguntou enquanto conduzia Mercy até Il Bastone, observando seus olhos se arregalarem ao ver a escadaria de girassóis, o vitral, os azulejos pintados que emolduravam a lareira. Por que criar filhos com a promessa de magia? Por que criar neles um desejo que nunca será atendido – por revelação, por transformação – e depois deixá-los à deriva em um mundo pragmático e sombrio? Em Darlington, vira o que a dor de uma perda poderia causar a alguém, mas talvez o mesmo luto vivesse dentro dela também. O terrível conhecimento de que não haveria destino secreto, nenhum mentor gentil para ver algum talento oculto dentro dela, nenhum inimigo mortal para derrotar.

Talvez essa dor, esse desejo alimentado por histórias de mundos mais belos e suas possibilidades infinitas, fosse o que os tornava presas tão fáceis para a Lethe. Talvez tenha feito Mercy se vestir de veludo e tweed e colocar esmeraldas falsas nas orelhas, impulsionada pelo sonho de encontrar seu caminho no fundo do guarda-roupa. Alex só esperava que não houvesse algo horrível esperando atrás dos casacos.

Mais cedo naquela noite, ela precisara assistir os membros da Manuscrito amarrarem uma cantora pop no topo das paradas a uma cadeira, esticar o pescoço dela para trás e colocar um rouxinol na boca dela, prendendo-o com um pequeno freio de corda. Então esperaram que o pássaro cagasse na garganta dela. Supostamente traria de volta a voz lendária da cantora. *Essa* era a verdadeira magia: sangue e vísceras, sêmen e saliva, órgãos guardados em potes, mapas para caçar humanos, crânios de bebês ainda não nascidos. O problema não eram os livros e os contos de fadas, mas que eles contavam só metade da história, dando a ilusão de um mundo onde só os vilões pagavam com sangue, as madrastas ogras, as irmãs malvadas, onde a magia era justa e sem sacrifícios.

Elas encontraram Turner sentado à mesa da sala de jantar, debruçado sobre as anotações que Dawes havia preparado. Alex suspeitava que ele estava tentando ignorar Tripp, que se empanturrava diante da elaborada variedade de charcutaria, fondue e pedaços geométricos de massa folhada dispostos na cozinha.

— Alex! — ele gritou quando a viu, com a boca meio cheia de queijo. — Sua amiga Dawes é uma cozinheira irada. Tipo, doideira.

Dawes, servindo sidra quente em uma xícara, parecia dividida entre o prazer agudo e a desaprovação severa, e o resultado foi uma espécie de meio-sorriso constipado. Ela usava jeans em vez do moletom habitual, o cabelo penteado em uma trança francesa. Até Tripp usava um blazer azul e uma camisa polo em vez da camiseta e do moletom de sempre. Alex sentiu-se repentinamente malvestida.

— Vamos começar — disse Turner. — Alguns de nós precisam trabalhar de manhã.

E alguns de nós têm ensaios para entregar, pensou Alex. Sem falar na pilha de leitura que crescia cada vez mais: *Rumo ao Farol*, que a tinha entediado; *Novel on Yellow Paper*, que a surpreendera; página após página de Heródoto, que a tinha feito rapidamente repensar sua recém-descoberta paixão pela história grega; poemas longos e opacos de Wallace Stevens, que às vezes a colocavam em uma espécie de estado de sonho e outras vezes simplesmente a embalavam para dormir. Se pudesse ter escolhido outra que não a graduação principal em inglês, teria escolhido, mas não estava preparada para nada além disso. O que significava que talvez fosse ter um contato ainda mais próximo com o novo Pretor.

Eles se encontraram na sala naquela tarde para discutir os preparativos de Alex para o ritual do pássaro canoro na Manuscrito. O professor Walsh-Whiteley tomara um gole de xerez e mordiscara biscotti enquanto examinava as fichas de Alex, depois dera uma breve fungada e dissera:

— Aceitável.

Alex lutou para conter um grito de vitória, embora tivesse sido difícil manter aquele humor triunfante depois que realmente entendeu o que o ritual implicava. Queria ir para casa e nunca mais pensar naquilo, mas estava determinada a digitar seu relatório e enviá-lo ao Pretor antes que tentassem o Corredor. Não há razão para se preocupar, senhor. Não há necessidade de prestar muita atenção.

— Turner — Alex murmurou, quando tomaram seus assentos à mesa —, o professor Lambton tem filhos?

— Um filho. Mora no Arizona. E, sim, ele tem um álibi.

Turner respondeu instantaneamente, e Alex percebeu que ele podia até estar sentado à mesa, mas sua mente estava em outro lugar, constantemente revirando os detalhes dos assassinados da faculdade.

— Talvez você queira checar esse álibi de novo.

— Por quê? O que você sabe?

— As citações que estávamos procurando levam todas à execução de Carlos I. Mas foi o filho dele quem saiu em busca de vingança.

— E como você descobriu isso assim de repente?

— Sou uma investigadora — disse Alex, batendo na própria cabeça e gostando demais de revirar os olhos. — Andei fuçando. Juntei as peças.

Ela não iria mencionar o almoço com Michael Anselm, ou começar a falar sobre demônios e vampiros e a possibilidade de que alguém tivesse sangrado a vida de Marjorie Stephen. Não até que soubesse que havia algo mais nisso do que a própria paranoia.

Dawes bateu a faca contra o copo de água, o som surpreendentemente claro e ressoante. Ela corou sob as sardas quando todos se viraram para olhar para ela e disse:

— Vamos... vamos começar?

Tripp se juntou a eles na mesa, seu prato cheio, uma garrafa de cerveja na outra mão.

— Temos que fazer um juramento ou algo assim?

— Não morra. Tente não ser cuzão — disse Turner. — Esse é o juramento. Vamos em frente.

Dawes enxugou as mãos na calça jeans e assumiu sua posição ao lado do quadro branco, onde havia rascunhado uma planta da Sterling. Apontou para a entrada, para a primeira estação do Corredor.

— Chegaremos às onze em ponto para nos ajeitarmos. Fiquem na Sala Linonia. Estaremos usando um feitiço de ocultação muito básico para nos escondermos quando a biblioteca fechar.

— O que vamos dizer a Lauren? — sussurrou Mercy, enquanto Dawes descrevia onde em Linonia eles deveriam se esconder e qual parte da sala seria enfeitiçada. — Ela vai ficar furiosa se sairmos da festa mais cedo.

Alex não tinha certeza. Precisaria ser algo tão sem graça que Lauren não iria querer ir junto.

— Não temos muita orientação com que trabalhar — continuou Dawes. — Mas seria sensato jejuar por pelo menos seis horas antes. *Não consumam carne ou laticínios.*

— Só veganos vão para o inferno? — disse Tripp, com uma risada.

Dawes olhou para ele com olhos severos e estudiosos.

— Você vai querer estar com os intestinos vazios.

Isso o calou rapidamente.

Dawes gesticulou para Mercy.

— Nossa sentinela vai ficar parada no pátio. Os quatro peregrinos percorrerão juntos o Corredor, começando exatamente à uma hora.

— Como vamos proteger Mercy? — Alex perguntou.

Mercy ergueu um pequeno caderno vermelho.

— Tenho minhas palavras de morte.

— Melhor decorar — disse Dawes.

Mercy sorriu.

— *"Quid tibi, mors, faciam quae nulli parcere nosti?"*

— Você fala latim? — Tripp perguntou, incrédulo.

O sorriso de Mercy desapareceu e ela lançou a Tripp um olhar de puro desprezo.

— Quando preciso. Palavras de morte funcionam melhor em línguas mortas, tá?

Alex ficou surpresa com a irritação na voz de Mercy, mas Tripp apenas deu de ombros.

— Se você diz.

— O que isso significa? — perguntou Turner.

— "Que farei de ti, Morte, que não poupas ninguém?" — Mercy citou. — É engraçado, né? Como se a Morte fosse uma convidada ruim na festa.

— Sou totalmente a favor do latim — disse Alex —, mas palavras de morte não vão ajudar contra um demônio.

— Tenho algo em mente para isso — falou Dawes.

— Armadura de sal — disse Mercy.

Dawes sorriu para ela.

— Exatamente.

Alex ficou envergonhada por sentir uma pontada de ciúme naquele olhar orgulhoso, outro lembrete desagradável de que ela era a intrusa ali.

— O que acontece quando a biblioteca fecha? — perguntou Turner.

— Nós caminhamos pelas estações do Corredor juntos. — Dawes apontou para o aparador. — Mercy vai dar início ao tique-taque do metrônomo. O ritmo deve permanecer ininterrupto até que o ritual esteja completo.

Isso não fazia muito sentido para Alex.

— Acho que eles não tinham metrônomos em Thonis.

— Não — concordou Dawes. — No passado, um grupo de pessoas ficava de sentinela e mantinha o ritmo com tambores ou outros instrumentos. Mas não temos grupo e não sabemos quanto tempo vamos ficar. Não podemos arriscar que Mercy fique cansada ou seja interrompida.

Tique tique tique. A bomba esperando para explodir.

— Vamos começar do lado de fora, no escriba — continuou Dawes —, e marcar a entrada com nosso sangue misturado.

Turner balançou a cabeça.

— Isso é alguma merda satânica?

— Não é — disse Dawes, na defensiva. — O sangue nos une e deve despertar o Corredor.

— Então vamos saber se estamos no caminho certo? — Alex perguntou.

Dawes mordeu o lábio inferior.

— Essa é a ideia. Cada peregrino tem uma designação que determina a ordem que usamos para percorrer o Corredor. Soldado primeiro, depois erudito, depois sacerdote e depois príncipe.

Ela limpou a garganta.

— Acho que devo assumir o papel de erudito. Dadas as inclinações religiosas de Turner, ele pode assumir o cargo de sacerdote.

— Posso ser o soldado — ofereceu Tripp.

— Você é o príncipe — disse Alex. — Eu sou o soldado. Eu vou caminhar primeiro.

— Isso significa que você também deverá fechar o circuito — alertou Dawes. — Vai percorrer o trecho final sozinha.

Alex assentiu. Era assim que deveria ser. Fora ela quem deixara a besta infernal consumir Darlington naquele porão. Seria ela que fecharia o círculo.

— A essa altura — disse Dawes —, todos já teremos assumido nossas posições no pátio. Cada uma das quatro portas será marcada com sangue. Vamos precisar de um sinal para que possamos começar a caminhada até o centro do pátio ao mesmo tempo.

Ela pousou um disco de metal.

— Um afinador de sopro? — perguntou Mercy.

Dawes assentiu.

— Foi encantado em algum momento dos anos cinquenta para garantir a harmonia perfeita. Tenho esperanças de que vai nos ajudar a manter a sincronia se as coisas ficarem... difíceis.

Alex não queria pensar muito no que isso poderia significar.

— Temos certeza de que o pátio é o local?

Dawes apontou para uma série de post-its que havia colocado na planta do Pátio Selin.

— Quatro portas. Quatro peregrinos. Quatro pontos cardeais. E as inscrições não podem ser uma coincidência. Lembra-se da Árvore do Conhecimento? E isto que está gravado acima do relógio de sol de pedra na porta da biblioteca. *"A ignorância é maldição de Deus, e o saber, as asas com que nos elevamos para o céu."*[18]

---

18. Shakespeare, William. "Henrique VI". Ato IV, cena VII. Tradução de Carlos Alberto Nunes. *Teatro completo*. Ediouro, s/d.

— *Henrique VI* — disse Mercy, e olhou para Alex com um sorriso. Alex sorriu de volta.

— Mais Shakespeare.

— Também tem isso. — Dawes mostrou uma foto de uma grade de pedra com números.

— Sudoku? — perguntou Tripp.

Dawes olhou para ele como se não tivesse certeza se deveria colocá-lo para dormir com uma bolsa de água quente ou bater nele com uma pá.

— É o quadrado mágico de *Melencolia*, de Albrecht Dürer. Em qualquer direção que somar os números, o resultado é sempre o mesmo. Acho que é um gesto de contenção.

— Um quebra-cabeça perfeito para prender um demônio — disse Alex.

— Exatamente. E de todos os detalhes das obras de Dürer, não há qualquer razão para estar neste pátio.

— O que tem no meio dele? — perguntou Turner. — Para onde estamos todos marchando?

Mercy franziu o nariz.

— Tem uma fonte, mas não é lá muito interessante. Parece mais uma grande bacia quadrada com alguns querubins nos cantos.

— Foi adicionada mais tarde — disse Dawes. — Depois que a biblioteca foi construída. Porque tinha alguma coisa vazando pelas pedras.

O silêncio se instalou na sala.

Turner esfregou a mão na cabeça.

— Certo. Chegamos ao meio. E depois, o que acontece?

Agora Dawes hesitou.

— Nós descemos. Não sei no que isso implica. Algumas pessoas descrevem alucinações e uma sensação real de queda, outras descrevem uma completa desconexão do corpo e uma sensação de fuga.

— Legal — disse Tripp.

— Mas pode ser por causa do estramônio.

— Isso é veneno — disse Turner. — Peguei um caso uma vez em que uma mulher cultivava no quintal e o colocava em loções e pomadas.

— Tem usos medicinais — disse Dawes. — Só precisa de uma mão firme.

— Claro — disse Turner. — Vai contar a eles o outro nome?

Dawes olhou para as notas e murmurou:

— Figueira-do-demônio. Os peregrinos são ungidos com ela antes de começarem. Afrouxa as amarras da alma a este mundo. Não podemos atravessar sem ela.

— E aí nós morremos — disse Alex.

Tripp deu uma risada nervosa.

— Metaforicamente, certo?

Lentamente, Dawes balançou a cabeça.

— Pelo que posso dizer, vamos ser enterrados vivos.

— Merda — disse Turner.

— O verbo não é claro — disse Dawes. — Pode significar enterrado ou submerso.

Tripp se afastou da mesa.

— Dá pra ter certeza... isso é uma boa ideia?

— Não temos outras boas ideias — disse Alex. — Essa é o que nos resta.

Mas Turner não estava interessado nos nervos de Tripp.

— Então morremos — disse ele, como se estivesse pedindo informações sobre como chegar ao banco. — E aí o quê?

Dawes mordeu tão profundamente o lábio que surgiu uma fina linha de sangue.

— Em algum momento, devemos encontrar Darlington... ou a parte dele que ainda está presa no inferno. Guardamos a alma dele em um recipiente, então voltamos a este plano e o levamos para Black Elm. É quando estaremos mais vulneráveis.

— Vulneráveis como? — perguntou Alex.

Turner bateu no livro aberto na frente dele.

— Se não fecharmos o Corredor, alguma coisa pode nos seguir.

— Alguma coisa? — Mercy finalmente parecia assustada, e Alex estava quase grata por isso. Ela precisava levar isso a sério.

— O que nós estamos fazendo é considerado roubo — disse Dawes. — Não temos motivos para pensar que o inferno vai desistir facilmente de uma alma.

Tripp deu outra risada nervosa.

— Tipo um assalto infernal.

— Bem... — pensou Dawes. — Sim, isso mesmo.

— Se é um assalto, todos deveríamos ter trabalhos — disse Tripp. — O ladrão, o hacker, o espião.

— Seu trabalho é sobreviver — retrucou Turner. — E garantir que não faça nada estúpido que leve o resto de nós à morte.

Tripp levantou as mãos, cortês como sempre.

— Sem dúvida.

— Precisamos agir rápido e ficar atentos — disse Dawes. — Até que as duas partes da alma de Darlington sejam reunidas, vamos ser alvos.

De quaisquer demônios que os perseguissem. De criaturas como Linus Reiter. E se ele estivesse assistindo? E se soubesse o que pretendiam fazer? Mais uma vez, Alex notou aquela paranoia subindo, aquela sensação de que seus inimigos se multiplicavam.

— Você tem certeza de que vamos encontrar a alma dele? — perguntou Turner.

Dawes limpou o lábio com a manga.

— A alma dele *deveria* querer encontrar união com a outra metade, mas tudo depende do recipiente que escolhermos. Precisa ser algo que o chame. Como a escritura de Black Elm ou o armanhaque que Michelle Alameddine deixou para ele.

Só que a escritura havia se reduzido a cinzas meses antes e o armanhaque tinha explodido em pedaços na Chave e Pergaminho.

— Tipo um graal — disse Tripp. — Isso seria bom.

— Talvez um livro? — sugeriu Mercy. — Uma primeira edição?

— Eu sei o que deveria ser — disse Alex. — Se eu conseguir encontrar.

Dawes reabriu, de alguma forma, o corte em seu lábio.

— Precisa ser precioso. Precisa ter poder.

A memória de Alex não era dela – pertencia ao falecido Daniel Tabor Arlington III, que observava o neto misturar um elixir sobre a pia em Black Elm sabendo que o veneno poderia matá-lo, incapaz de fazê-lo parar. Ela se lembrou do que Danny – Darlington – havia escolhido para usar como xícara naquele momento de desejo imprudente: a caixinha de lembrança de algum tempo passado, um tempo melhor, a caixa que ele um dia acreditara ser mágica e estava determinado a tornar mágica novamente.

— É precioso — disse Alex.

O sonho de um mundo além do nosso, de magia tornada real. O caminho através do guarda-roupa, e talvez de volta.

25

O Dia das Bruxas no campus foi ameno no período diurno, quase como se os alunos estivessem constrangidos pelo desejo de brincar – algumas pessoas com capas ou chapéus bobos, um professor com um suéter de lanterna de abóbora, um grupo *a capella* cantando "Time Warp" nos degraus da Residência Dwight. As comemorações estavam ainda mais moderadas após o assassinato do reitor Beekman. Mas mesmo aquela excitação silenciosa fora o suficiente para irritar os Cinzentos. Tinham sentido a expectativa, a sensação de um feriado que zumbia pelas salas de aula, bibliotecas e dormitórios. Alex tentou não deixar que isso a afetasse, mas o barulho dos mortos – os suspiros, as exclamações e conversas deles – era difícil de ignorar. Apenas Morse estava quieto, o lugar onde Beeky havia sido morto. Lá os vivos não se sentiam à vontade para comemorar, e os mortos queriam ficar longe do lugar onde houvera matança.

Alex e Mercy foram longe na decoração da sala comunal como uma espécie de penitência por abandonar Lauren, pendurando correntes de flores de papel no teto e nas paredes para que parecesse um jardim gótico. Quando disseram a ela que iriam ajudar na troca de doces entre pais da igreja de Mercy, Lauren apenas dissera: "Vocês são as piores", e continuou colando meadas de papel crepom. Ela tinha um grupo de amigos de hóquei em campo com quem sair mais tarde naquela noite.

O Gostosuras ou Bebericos começou por volta das oito. Alex serviu doses de tequila e Mercy encheu os copos com terra de chocolate e minhocas de gelatina, enquanto Lauren tocava discos em seu short curto de jardineira sexy. Mas Alex e Mercy nem tocaram no álcool, e Alex se obrigou a evitar os doces também. Estava levando as instruções de Dawes a sério, e isso significava que ela estava tonta de fome e mal-humorada por isso.

Mais cedo, de manhã, Alex tinha ido até Black Elm. Tinha pegado a correspondência, colocado comida fresca e água para Cosmo e depois caminhado todo o primeiro andar até o escritório que dava para o jardim dos fundos. Sabia que Darlington havia trabalhado lá algumas vezes; havia até vasculhado as gavetas da escrivaninha de mogno enquanto procurava as anotações dele sobre o caso do assassinato do Noivo.

Mas o escritório parecia diferente do resto da casa. Porque tinha pertencido ao velho. Era uma sala grande e sombria, toda revestida de painéis de madeira escura, uma lareira havia muito adormecida ocupando a maior parte de uma das paredes. As únicas imagens eram fotos em preto e branco da fábrica de botas de borracha Arlington, um homem de terno escuro segurando a mão de uma criança sisuda na frente de um automóvel antiquado e uma foto de casamento emoldurada que, a julgar pelo vestido da noiva, devia ser da virada do século. Os Arlingtons antes que a maldição caísse sobre eles e antes que a prosperidade brilhante deles apodrecesse.

A caixa estava sobre a escrivaninha, uma peça de porcelana do tamanho da palma de uma mão com uma cena de crianças brincando na neve estampada no topo. No interior da tampa articulada havia a inscrição *Feliz Natal da Família das Botas de Borracha Arlington!* em letras azuis emolduradas por flocos de neve. Mas o fundo da caixa estava manchado de marrom avermelhado. Do elixir. A tentativa de Darlington de ver o outro lado, o sonho que quase o matara e que o levara à Lethe.

— Aquela coisa lá em cima não é o Danny.

O velho estava ao lado de Alex. Ela podia senti-lo se aproximando, esperando entrar nela, ansioso para estar em um corpo novamente. Alex tinha ficado abalada com seu desentendimento com Linus Reiter, com o sonho com Darlington no círculo, com a tarefa desagradável de puxar o saco de Michael Anselm, com o medo constante de outra ordem vinda de Eitan antes que encontrasse uma maneira de limpar sua barra. Mas não ia servir de carrinho de montanha-russa para nenhum velho filho da puta amargo que se importava mais com seu legado do que com o garotinho que prendera naquele castelo.

— É mesmo? — Ela se virou para Daniel Tabor Arlington III e seu roupão azul. — Darlington merecia mais do que você ou o seu filho de merda, e esta casa não é mais sua. *A morte é mãe da beleza* — rosnou ela.

Todo aquele Wallace Steven precisava servir para alguma coisa.

O velho desapareceu, sua expressão indignada.

Alex olhou para o teto, e a próxima coisa que soube era que estava subindo as escadas, movendo-se pelo corredor. Não pretendia ir para o segundo andar. Deveria simplesmente recuperar a caixa e sair rapidamente de Black Elm. Ou estaria mentindo para si mesma? Queria ver Darlington antes de tentarem o Corredor? Não tentou lutar contra qualquer força que a dominasse desta vez. Deixou-se levar para dentro do calor e da luz dourada do salão de dança.

Ele estava parado perto da beirada do círculo, o olhar fixo nela. Era o demônio de que se lembrava, nu, monstruoso, lindo. Não o jovem com quem falara em seu sonho. O calor parecia girar em torno deles, algo mais estranho do que uma mera mudança de temperatura, um crepitar de poder que ela podia sentir contra a pele. O círculo de proteção piscou. Estava ficando mais fraco? Dissolvendo-se como em seu sonho?

— Estamos indo buscar você — ela disse. — Você precisa ficar pronto.

— Não consigo aguentar muito mais tempo.

— Precisa aguentar. Se... se não funcionar, vamos voltar para fortalecer as proteções.

— Com certeza vocês podem tentar.

Alex se recordou desagradavelmente de Linus Reiter espalhado em seu sofá cor de creme, desafiando-a a machucá-lo.

— Hoje à noite — ela repetiu.

— Por que esperar?

— Não é fácil desvendar um Corredor e reunir um grupo de buscas de assassinos dispostos a ir para o inferno. E Dawes diz que nossas chances são maiores em um dia de portento.

— Como quiser, Caminhante da Roda. É você que escolhe os passos nessa dança.

Alex desejou que fosse verdade. Sentia um desejo poderoso de se aproximar, mas o medo dentro dela era igualmente forte.

— Era você no sonho? Era real? Isso é real?

O sorriso dele era o mesmo do sonho quando disse:

— Não é hora para filosofia, Stern.

Os pelos dos braços de Alex se levantaram. Mas aquilo era uma confirmação ou apenas outro enigma para o demônio provocá-la?

— Por que está fazendo isso? — ele perguntou. A voz fria do demônio vacilou e naquele momento ele era apenas Darlington, assustado, desesperado para encontrar o caminho de casa. — Por que arriscar sua vida e sua alma?

Alex não sabia como responder. Estava arriscando seu futuro, a segurança da mãe, a própria segurança. Estava pedindo a outras pessoas que arriscassem as próprias vidas. Turner pensava naquilo como uma guerra santa. Mercy queria empunhar a arma que tinha sido usada contra ela. Tripp precisava de dinheiro para gastar. E Dawes amava Darlington. Ele tinha sido amigo dela, um dos poucos que se preocuparam em dedicar um tempo para conhecê-la e, por causa disso, muito querido para ser perdido assim. Mas o que Darlington representava para Alex? Um mentor? Um protetor? Um aliado? Nenhuma dessas palavras parecia suficiente. Será que uma parte mole dela se apaixonara pelo menino de ouro da Lethe? Ou será que o sentimento dela por ele era mais difícil de nomear do que amor ou desejo?

— Lembra quando você me ensinou os ingredientes para o elixir de Hiram? — ela perguntou.

Ainda conseguia vê-lo em pé sobre o cadinho de ouro no arsenal, as mãos graciosas se movendo com uma precisão sofisticada. Dava sermões sobre os deveres da Lethe, mas ela mal ouvia. As mangas dele tinham estado arregaçadas, o que a deixara desconfortavelmente distraída pelo movimento dos músculos de seus antebraços. Fizera o possível para se vacinar contra a beleza de Darlington, mas às vezes ainda era pega desprevenida.

— Estamos entre os vivos e os mortos, Stern. Brandimos a espada que ninguém mais ousa empunhar. E essa é a recompensa.

— A possibilidade de uma morte dolorosa? — ela perguntara.

— Pagã — ele dissera, balançando a cabeça. — É nossa obrigação lutar, e mais que isso, é nossa obrigação enxergar o que os outros não enxergam e nunca desviar os olhos.

Agora, de pé na sala de dança, ela disse:

— Você não desviou os olhos. Mesmo quando não gostou do que viu em mim. Você continuou olhando.

O olhar de Darlington moveu-se e tremulou como uma labareda. Dourada, depois âmbar. Brilhante, depois sombreada.

— Talvez porque eu reconheça um colega monstro quando vejo um.

A sensação era a de uma mão fria empurrando-a para longe. Um aviso. Ela não era assim tão idiota para ignorar.

— Talvez — Alex sussurrou.

Ela se obrigou a dar as costas, sair do salão de dança e andar por aquele corredor escuro. Forçou-se a não correr.

Talvez fossem apenas dois assassinos, amaldiçoados a suportar a companhia um do outro, dois espíritos condenados tentando encontrar o caminho de casa. Talvez fossem monstros que gostavam da sensação de ter o olhar de outro monstro sobre si. Mas pessoas demais já haviam abandonado os dois. Ela não seria a próxima.

Conjunto de lanternas
Procedência: Aquitânia, França, século XI
Doador: Manuscrito, 1959

Acredita-se que tenham sido inventadas por monges heréticos para esconder textos proibidos. O feitiço permanecerá forte enquanto as lanternas estiverem acesas. Aqueles fora do alcance da luz perceberão o medo aumentar à medida que se aproximam. Velas comuns podem ser usadas e reavivadas adequadamente. Doação feita após o armazenamento acima do nexo do Manuscrito ter criado algum tipo de perturbação no encantamento e dois membros da delegação de 1957 terem se perdido por mais de uma semana na sombra.

— *do Catálogo do Arsenal da Lethe,*
conforme revisado e editado por Pamela Dawes, Oculus

O Dia das Bruxas é um feriado usado para evangelizar. Se você não comemora, é forçado a se esconder daqueles que comemoram, para que não coloquem uma máscara em seu rosto e exijam que saia saltitando por aí em nome da diversão.

— *Diário dos dias de Lethe de Raymond Walsh-Whiteley*
(Residência Silliman, 1978)

26

Eles se encontraram na biblioteca às onze horas e se esconderam em um dos nichos da sala de leitura Linonia e Irmãos. Dawes havia escolhido de alguma forma o local exato onde Alex adorava se sentar, ler e adormecer com as botas na grade do aquecedor. Quantas vezes tinha olhado para o pátio através dos vidros ondulados das janelas sem saber que olhava para o portão do inferno?

Colocaram o par de lanternas que tinham conseguido no arsenal em cantos opostos da entrada do recanto de leitura. O que projetavam quando acesas não era exatamente um feitiço, mas um enxame de sombra espessa que repelia qualquer olhar curioso.

Quinze minutos antes da meia-noite, uma voz veio do alto-falante lembrando aos alunos que a biblioteca estava fechando. Pessoas carregadas de mochilas e sacolas se arrastavam para tomar o caminho de casa, fossem dormitórios ou apartamentos, em uma marcha forçada em meio às festas de Dia das Bruxas. Os seguranças vieram em seguida, passando as lanternas por sobre prateleiras e mesas de leitura.

Alex e os outros esperaram, observando o piscar das luminárias nos cantos, pressionados contra as paredes sem motivo aparente, tentando ficar o mais quietos possível. Tripp usava a mesma camisa polo, blazer e boné virado para trás que usara no jantar de planejamento. Turner vestia o que pareciam ser roupas caras de ginástica e uma jaqueta estofada. Dawes estava de moletom. Mercy escolhera combinar um uniforme com um suéter preto e parecia o membro mais chique de uma unidade de forças especiais. Alex estava de moletom da Lethe. Não sabia o que aquela noite traria, mas estava cansada de perder roupas perfeitas para o arcano.

Pouco depois da meia-noite e sem aviso, as luzes se apagaram. Tudo o que restou foram as fracas luzes de segurança ao longo dos andares. A biblioteca ficou em silêncio. Dawes pegou uma garrafa térmica. Para interromper os sistemas de alarme, preparou a mesma tempestade em bule que tinham usado para invadir o Peabody, mas deixou o chá em infusão por mais tempo e conseguiu um recipiente mais bem isolado.

— Depressa — disse ela. — Não sei quanto tempo isso vai durar.

Colocaram Mercy no pátio, e Alex e Dawes a ajudaram a vestir a armadura de sal – manoplas, braçadeiras, um elmo grande demais para sua cabeça. Ela tinha até uma espada de sal. Era tudo muito impressionante, mas Alex precisou se perguntar se aquilo iria deter um monstro como Linus Reiter. Quando Mercy puxou um frasco do elixir de Hiram do bolso, Alex quis arrancá-lo da mão dela. Mas o tempo para advertências e preocupações já havia se passado. Mercy tinha feito sua escolha e precisavam dela ali, a sentinela deles. Alex observou-a abrir a rolha e engolir o conteúdo, os olhos bem fechados como se engolisse um remédio. Ela estremeceu e tossiu, depois piscou e riu.

Pelo menos a primeira dose não a matara.

Quando Mercy foi posicionada perto da bacia, com o metrônomo colocado no chão ao lado dela, eles se aglomeraram em torno da mesa de segurança na frente da biblioteca, checaram o Passeio Rose em busca de alunos que passavam e então saíram.

— Rápido — disse Dawes, enquanto eles faziam incisões nos braços, um a um.

— Devíamos ter feito isso na palma da mão — falou Tripp. — Do jeito que fazem nos filmes.

— Ninguém pega infecção em filmes — retrucou Turner. — E eu realmente preciso usar minhas mãos.

Alex não tinha percebido que tinha um coldre e uma arma debaixo da jaqueta dele.

— Acho que isso não vai ajudar muito no inferno.

— Mal não vai fazer — ele respondeu.

Dawes tirou um pequeno frasco do bolso e pingou óleo no polegar. Passou na testa de cada um deles. Devia ser o estramônio.

— Todos prontos? — perguntou Dawes.

— Pra caralho! — respondeu Tripp.

— Fala baixo — disparou Turner.

Mas Alex apreciou o entusiasmo de Tripp.

Dawes respirou fundo.

— Vamos começar.

Cada um deles tocou com os dedos o sangue que brotava de seus braços.

— Primeiro o soldado — disse Dawes.

Alex esfregou sangue em cada uma das quatro colunas que marcavam a entrada. Dawes a seguiu, colocando seu sangue sobre o de Alex, depois Turner e, finalmente, Tripp.

Ele olhou para a mancha de sangue misturado e recuou.

— Como vamos saber se...

Tripp foi interrompido por um som como um suspiro, uma lufada de ar, como se uma janela tivesse sido aberta.

A porta de madeira pesada sob o escriba egípcio havia desaparecido, deixando apenas escuridão. Não dava para ver a nave da biblioteca além daquele ponto, nenhum sinal de vida ou luz. Era como olhar para o nada. Um vento frio soprou com um gemido.

— Oh — disse Dawes.

Ficaram em um silêncio atordoado, e Alex percebeu que, apesar de toda a conversa e preparação, nenhum deles realmente acreditara que aquilo iria funcionar. Apesar de cada milagre e horror que testemunhara em seu tempo em Yale, não fora capaz de acreditar em um caminho para o submundo escondido bem debaixo de seus narizes. Será que algum outro grupo de tolos já havia estado naquela porta, despertada pelo sangue deles, naquele mesmo precipício, tremendo e com medo? Dawes afirmara que o Corredor nunca fora usado. Mas, novamente, Alex precisou se perguntar: se nunca fora usado, por que o tinham construído?

— Alex é a primeira, certo? — perguntou Tripp, um tremor na voz.

A coragem dela murchou ao ver todo aquele vazio. Mas não havia tempo para dúvidas. Ela podia ouvir pessoas se aproximando pela rua. *Venha me buscar, Stern,* ele dissera. *Por favor.*

Alex tocou a caixa de porcelana em seu bolso com a mão e entrou pela porta.

Nada aconteceu. Ela estava de pé na nave cavernosa da Sterling. Não parecia diferente do que era antes.

Dawes esbarrou nela, e as duas tropeçaram para fora do caminho quando Turner e então Tripp passaram.

— Não entendi — disse Tripp.

— Temos que trilhar o caminho — disse Dawes. — Esse foi só o começo.

Em fila única, desceram a nave em direção ao mural *Alma Mater*: soldado, erudito, sacerdote e príncipe, envoltos pela escuridão. Um desfile estranho e confuso. Viraram à direita no mural e marcaram os arcos sob a Árvore do Conhecimento com sangue. Mais uma vez, o corredor atrás dele pareceu se dissolver, como se a realidade deles tivesse desaparecido e deixado um vazio enorme. Mais uma vez, Alex respirou fundo, um mergulhador se preparando para afundar sob a superfície, e atravessou.

À direita, passaram pela porta de vidro por onde Alex entraria, mas ainda não era a hora dela. O soldado fecharia o círculo. Desceram o corredor, passaram pela Morte espiando por cima do ombro do aluno e entraram no vestíbulo cheio de xilogravuras de Soum Omem. Acima deles, Alex mal conseguia distinguir as silhuetas negras de ferro dos tritões com suas caudas divididas, monstro e homem, homem e monstro.

O corte no braço de Alex começou a fechar, então ela precisou apertá-lo para fazer o sangue brotar novamente. Um a um, ungiram a entrada ao lado da aranha de pedra, sob a inscrição do lema de Yale. Luz e Verdade. Pareceu uma piada quando a porta desapareceu na escuridão plana e negra.

— Essa é a sua estação — Dawes sussurrou, as primeiras palavras que qualquer um deles tinha dito desde que haviam entrado de novo na Sterling.

A mandíbula de Tripp estava tensa. Seus punhos estavam fechados. Alex percebeu que ele tremia ligeiramente. Ela quase esperou que ele desse meia-volta e saísse da biblioteca. Em vez disso, ele deu um único aceno de cabeça firme.

Alex deu um aperto rápido em seu ombro. Era fácil não levar Tripp a sério, mas ele estava ali, enfrentando o mesmo pavor disforme que o resto deles, e não havia reclamado nenhuma vez.

— Vejo vocês do outro lado.

Eles seguiram em frente, passando por outro corredor estreito que os levaria ao escritório do Bibliotecário da Universidade. Estava ainda mais escuro ali, as paredes se fechando sobre eles. O escritório agora parecia menos vazio e mais repentinamente abandonado, a cadeira da escrivaninha torta, papéis em pilhas bagunçadas.

Não havia nada de notável nessa porta, mas estampado do outro lado havia um grande relógio de sol de pedra e dois cavaleiros de vitral montando guarda.

Fizeram novos cortes e mancharam o batente da porta com sangue, desta vez prontos para a brecha de escuridão que se abriu e o vento gelado que soprou através dela.

— Mantenham a cabeça erguida — disse Turner, ao assumir seu posto.

A porta secreta estava logo atrás deles, ao lado da grande lareira de pedra com seu latim mal-humorado, quase invisível, a menos que se soubesse onde procurar o contorno escondido no painel. Alex e Dawes passaram por ela e entraram em outro vestíbulo minúsculo e escuro que não tinha nenhum propósito real – a menos que se estivesse tentando circum-navegar o pátio.

Emergiram na Linonia e Irmãos, no lado oposto da sala do nicho onde tinham se escondido. Ali, novamente, parecia que o lugar havia sido abandonado, como se a ausência do humano pudesse ser sentida.

Por fim, chegaram à entrada original do pátio, o nome de Selin estampado no lintel de pedra em letras douradas.

Alex não queria deixar Dawes lá. Não queria ficar sozinha naquele prédio escuro que mais parecia uma catedral.

— Os nichos estão todos vazios — disse Dawes.

— Estão? — perguntou Alex, completamente perdida.

Dawes estava com o afinador de sopro prateado nas mãos e sua voz era baixa, mas firme.

— Dá pra ver esses espaços por toda a biblioteca, essas molduras de pedra onde deveria estar uma escultura de um santo, como em uma catedral. Mas estão todos vazios.

— Por quê?

— Ninguém sabe de verdade. Algumas pessoas acham que ficaram sem dinheiro. Outras dizem que o arquiteto queria que o prédio parecesse ter sido saqueado. Todos os seus tesouros roubados.

— O que você acha? — perguntou Alex.

Ela podia sentir que estavam em território incerto, que essa história, essas palavras, eram o que Dawes precisava para continuar.

— Não sei — respondeu Dawes, finalmente. — Todos nós temos lugares ocos.

— Vamos trazê-lo pra casa, Dawes. Nós vamos sair dessa.

— Acredito em você. Pelo menos na primeira parte. — Ela respirou fundo, endireitou os ombros. — Vou ficar de guarda.

Alex esfregou o sangue dela na entrada. Dawes a seguiu. Desta vez, as grandes portas duplas pareciam ter desabado sobre si mesmas, dobrando-se como papel conforme o vento uivava. Estava mais alto agora, gemendo, como se o que quer que estivesse do outro lado da escuridão soubesse que eles estavam vindo.

— Veja — falou Dawes.

A inscrição acima da porta havia mudado para um idioma diferente.

— O que está escrito? — Alex perguntou.

— Não sei — respondeu Dawes. Ela parecia sem fôlego. — Não reconheço nem o alfabeto.

Alex teve que forçar seus pés a se moverem. Mas sabia que não ficaria mais fácil. Nunca ficava.

— Fique alerta — ela disse a Dawes, e então estava contornando a entrada e descendo a nave mais uma vez.

O soldado. Aquele que anda sozinho. A *Alma Mater* olhava para ela com benevolência, cercada por artistas e estudiosos, flanqueada pela Verdade, nua em sua alegoria.

Só quando Alex estava bem na frente do mural percebeu o que havia mudado. Todos olhavam para ela agora. O escultor, o monge, Verdade com seu espelho, Luz com sua tocha. Eles a observavam, e quaisquer características humanas que o artista lhes concedera não pareciam mais naturais. Os rostos deles pareciam máscaras, e os olhos espiando através deles eram muito brilhantes, vivos e cheios de fome.

Ela se obrigou a continuar andando, resistindo ao impulso de olhar para trás, para ver se de algum modo algum deles havia se desvencilhado da moldura e rastejado atrás dela. Passou por baixo da Árvore do Conhecimento, notando o nicho escultural em seu centro. Vazio. Como nunca tinha notado aquilo antes?

Por fim, chegou à porta de vidro que a levaria ao pátio. Um painel de vitrais amarelos e azuis marcava a entrada. Ela havia pesquisado. Era Daniel na cova dos leões.

— Estamos chegando para buscar você, Darlington — sussurrou.

Ela ouvia o tique-taque suave do metrônomo.

Mais uma vez tocou a caixa de porcelana no bolso. *Tenho clamado por você desde o início.* Ela mergulhou o polegar no sangue e o passou pela porta.

Ela desapareceu. Alex olhou para o vazio sem estrelas, sentiu o frio dele, ouviu o vento aumentando e então, flutuando acima dele, o suave e doce zumbido do Dó Central. *Vem comigo. Vem comigo.* Ela entrou no pátio.

Assim que sua bota atingiu o caminho de pedra, o chão pareceu tremer

— Merda — Tripp gemeu de algum lugar à esquerda.

Ela podia ver agora: uma noite comum, Mercy no centro do pátio, Dawes, Tripp e Turner nos outros cantos.

Ela continuou andando, continuou marchando em direção à bacia, marcando o tempo com o metrônomo. A cada passo vinha outro pequeno terremoto. *Bum. Bum. Bum.* Alex mal conseguia manter o equilíbrio.

Adiante ela viu Mercy, o rosto em pânico, tentando não tombar. Estavam todos tropeçando agora, as pedras do pátio cedendo sob seus pés, mas ainda assim o metrônomo tiquetaqueava.

Talvez o chão simplesmente se abrisse e os engolisse. Talvez fosse isso que Dawes tinha querido dizer com *submerso*.

— Era para isso acontecer? — gritou Tripp.

— Continuem — gritou Alex, balançando para a frente.

— A bacia! — berrou Mercy.

A bacia quadrada estava transbordando, água jorrando pelos querubins, acumulando-se na base e correndo pelas fendas entre as pedras, vindo na direção deles. Alex sentiu um estranho alívio por não ser sangue.

A água atingiu suas botas. Estava quente.

— Isso fede — murmurou Tripp.

— Enxofre — disse Turner.

É só um rio, disse Alex a si mesma. Embora não soubesse qual. Todas as fronteiras eram marcadas por rios, lugares onde o mundo mortal se tornava permeável e era possível atravessar para a vida após a morte.

Eles chapinharam, o nível da água subindo, ainda marchando, ainda em uníssono. Quando chegaram à fonte, ficaram olhando um para o outro enquanto a água fervia e borbulhava nas laterais. Querubins estavam sentados em cada um dos cantos da bacia, olhando para o centro, os olhos fixos no nada. Mas talvez estivessem apenas vigiando, esperando que a porta se abrisse.

Os dentes de Dawes estavam cravados no lábio inferior; o peito subia e descia em arquejos curtos e rasos. Tripp balançava a cabeça como se estivesse ouvindo uma música secreta, uma música de preparação mental de algum volume da coleção *Jock Jams*.[19] O rosto de Turner era severo, a boca definida em uma linha determinada. Era o único deles com experiência em algo próximo disso. Ele provavelmente havia arrombado algumas portas no chute, com a experiência que tinha, sem saber que problema poderia estar esperando do outro lado. Mas não era bem esse o caso, era?

Eles eram peregrinos. Eram cosmonautas. Estavam praticamente mortos.

— No três — disse Dawes, com a voz embargada.

Eles contaram juntos, suas vozes quase inaudíveis por causa do barulho da água.

Um.

Um vento levantou de repente, aquele vento frio que todos tinham sentido correndo pela escuridão. Agora sacudia as árvores do pátio e balançava as janelas em seus caixilhos.

Dois.

A luz parecia brotar das pedras aos pés deles, e Dawes engasgou. Quando Alex olhou para baixo, não havia pavimentação, nem grama. Olhava para a água, que simplesmente descia e descia.

Dawes lançou um olhar desesperado para Mercy e entregou a ela o afinador de sopro prateado.

— Cuide da gente — ela implorou.

— Corram, se for preciso — disse Alex.

Três.

Os olhos deles se encontraram e eles apertaram os lados da bacia.

---

19. *Jock Jams* foi uma coletânea de álbuns contendo hinos esportivos feita pela Tommy Boy Record, em parceria com a ESPN, iniciada em 1994.

A Descida

Alex não se lembrava de ter caído, mas de repente estava de costas na água, afundando rápido, o rio fechando-se sobre ela. Tentou ir para a superfície, mas algo agarrou seu pulso, um braço em volta de sua cintura. Ela gritou, sentiu a água entrar. Dedos enfiavam-se em sua boca, tentavam cavar em suas órbitas oculares, arranhando a pele de seus braços e suas pernas num aperto frio e implacável.

Enterrada viva. Não era para ser assim. Era para ser como cair, como voar. Ela tentou gritar por Dawes, por Mercy, por Turner, mas havia dedos enfiados em sua garganta que a faziam engasgar. Estavam também em seus ouvidos e empurrando entre suas pernas.

E se Dawes e os outros ainda estivessem lá em cima? O pensamento acionou um novo raio de terror por seu corpo. Ela se jogara no inferno, mas e se eles ainda estivessem no pátio? Ou estariam voando para algum reino melhor enquanto apenas ela era dilacerada? Porque ela era o problema. Ela sempre fora o problema. A única pecadora de verdade do bando. Turner tinha o quê? Tombado um bandido cumprindo seu dever, e isso ainda atormentava a consciência de líder escoteiro dele? Dawes matara Blake para salvar a vida de Alex. O confuso Tripp sem dúvida tropeçara em algo com que não conseguira lidar.

Mas Alex era o negócio. Tinha levado o bastão para Len, para Ariel, para todo o resto, e nunca perdera um minuto de sono sequer por causa das coisas que fizera. Algo do outro lado estava esperando para reivindicá-la. Estava esperando fazia muito tempo, e, agora que a tinha capturado, não iria deixá-la ir embora. Aquelas mãos estavam famintas. Ela sentira a força daquele desejo puxando-a pela cidade até Black Elm. Dissera a si mesma que era porque era especial, a Caminhante da Roda, mas talvez a verdadeira razão pela qual conseguira perfurar o círculo de proteção fosse que não tinha lugar entre os cidadãos mortais e cumpridores da lei deste mundo. Jamais fora punida por seus crimes, jamais sentira remorso, e agora mergulhara direto em um ajuste de contas.

Os dedos pareceram apertá-la por dentro, ganchos que se alojavam em sua pele e seus ossos. Ela lutou por um pouco de ar quente e fedendo a enxofre. Não se importava. Conseguia respirar novamente. A água tinha ido embora. Os dedos não obstruíam sua garganta. Doía para abrir os olhos, mas, quando abriu, viu a noite negra, estrelas cadentes, uma chuva de fogo. Estava caindo? Voando? Atirando-se na direção de algo ou afogando-se na escuridão? Ela não sabia. O suor escorria por seu pescoço, o calor vindo de todos os lugares, como se estivesse sendo cozida dentro da própria pele.

Bateu no chão com força, o impacto repentino arrancando um soluço curto e quebrado de seu peito.

★ ★ ★

Ela tentou se sentar. Lentamente, começou a ver formas emergindo no escuro... uma escada, um teto alto. Colocou a mão no chão para tentar se levantar e sentiu algo quente que se contorcia. Recuou, mas, quando olhou para baixo, não havia nada ali, apenas o tapete, um padrão familiar, as tábuas polidas, o teto artesoado. Onde estava? Não conseguia se lembrar. Sua cabeça doía. Tinha tentado abrir a porta e Alex gritara com ela, dissera-lhe para parar. Não, isso não estava certo.

Pam tentou fazer suas pernas funcionarem. Tocou a parte de trás da cabeça com os dedos, no ponto dolorido do couro cabeludo que ela sentia latejar, e então puxou os dedos para trás, ofegando com a dor. Por que não conseguia pensar?

Ela deveria pedir pizza. Talvez devesse cozinhar, em vez disso. Alex estava subindo para tomar banho. Estavam de luto. Juntas. Ela se lembrou do reitor Sandow falando aquelas palavras finais horríveis. *Ninguém será bem-vindo.* Lágrimas encheram seus olhos. Não queria chorar. Não queria que Alex a encontrasse chorando – foi só então que realmente entendeu onde estava: na base da escada em Il Bastone, cacos de vitrais espalhados ao seu redor. Tocou a parte de trás de sua cabeça novamente, pronta para a dor desta vez.

Alguém a tinha jogado contra a parede quando abrira a porta. Um acidente. Ela era desastrada. Tinha ficado no caminho. No lugar errado, na hora errada. Mas não tinha trancado a porta? Então por que ainda estava aberta? Onde estava Alex?

Havia música tocando. Uma música que conhecia dos Smiths. Ouviu vozes em algum lugar da casa, passos, alguém correndo. Forçou-se a ficar em pé, ignorando a onda de náusea que inundou sua boca de saliva.

Pam ouviu algo uivar do lado de fora e então uma enxurrada de corpos peludos entrou pela porta da frente. *Os chacais.* Ela os vira apenas uma vez antes, quando Darlington os chamara. Encolheu-se contra a parede, mas eles passaram correndo por ela, um monte de pelos e dentes estalando, o cheiro de animal selvagem de poeira, esterco e pelagem oleosa subindo deles em uma nuvem.

— Alex? — ela arriscou.

Alguém havia invadido, passado por ela. Alex estava bem, não estava? Ela era o tipo de garota que estava sempre bem. "Uma sobrevivente", dissera Darlington, certa vez, com admiração na voz. "Ainda grosseira nas bordas, mas vamos ver se não conseguimos extrair um diamante, não é, Pammie?"

Pam fizera o possível para sorrir. Nunca gostara do termo *diamante bruto*. Tudo o que ele significava era que teriam que te cortar repetidamente para deixar a luz entrar.

Não tinha certeza se queria que Alex falhasse. Sentira um certo consolo quando o novo Dante deles chegara e ela vira pela primeira vez aquela garota magricela, com braços que pareciam um arco e olhos fundos. Não era nada parecida com as garotas cultas e equilibradas que tinham aparecido antes. O primeiro impulso de Pam fora alimentá-la. Mas da maneira como se alimentaria um vira-lata: com cuidado, persuasão, nunca com a mão. Darlington parecia não entender que Alex era perigosa. Embora ela nunca tivesse pedido nada a Dawes. Nunca tinha dado ordens ou feito exigências. Limpava a própria bagunça e se escondia como um rato que tem medo de ser notado pelos gatos do celeiro. Não havia "poderia me fazer um grande favor e preparar algo para que eu possa surpreender meus colegas de quarto?". Nada de "posso jogar algumas coisas a mais na máquina de lavar?".

Pam se sentira inquieta, inútil e grata ao mesmo tempo. Darlington havia murmurado queixas sobre a garota, mas naquela noite, quando foram para Beinecke, tudo mudara. Tinham voltado, quebrado metade dos copos e ficado bêbados, e Pam colocara os fones de ouvido nas orelhas, botara Fleetwood Mac para tocar e fizera o possível para ignorá-los. Ela os encontrara desmaiados na sala na manhã seguinte, mas, para o crédito de Alex, ela ficara e arrumara tudo ao lado de Darlington.

E então ele desaparecera, e Dawes não fora capaz de perdoar aquela garota que andava no mundo como uma consequência não intencional, uma calamidade para tudo e todos ao seu redor.

Eu preciso me mexer, disse a si mesma. *Tem alguma coisa acontecendo, uma coisa ruim.* Teve aquela sensação doentia de quando seus pais discutiam. A casa não parecia certa. *Está tudo bem, coelhinha*, dizia a mãe, aconchegando-a à noite. *Estamos todos bem.*

Por um segundo, Pam achou que poderia estar alucinando ou prestes a desmaiar, mas não, as luzes realmente estavam piscando. Ouviu pratos caindo na cozinha e depois um grito vindo de cima.

Alex.

Pam agarrou o corrimão e se arrastou escadaria acima. O pavor deixava seus pés pesados. Passava os dias com medo; de falar a coisa errada, de fazer a pergunta errada, de se humilhar. Parada na fila, procurando troco, sentia o rosto corar, o coração disparar, pensando em todas as pessoas que estavam atrás dela, esperando. Aquilo era o suficiente para inundar seu corpo de terror. Já deveria estar acostumada com o medo. Mas, por Deus, ela não queria subir aquelas escadas. Ouviu vozes de homens, depois a de Alex. Ela parecia furiosa e tão assustada. Alex nunca parecia assustada.

De repente, os chacais passaram, apressados, por ela novamente, gemendo e ganindo, quase a derrubando. Por que estavam indo embora? Por que tinham vindo, afinal? Por que ela se sentia uma estranha naquela casa em que passara anos?

Por fim, alcançou o patamar, mas não conseguia entender nada do que via. Havia sangue por toda parte. O fedor almiscarado de animais pairava no ar. O reitor estava caído contra a parede, o fêmur projetando-se da perna, um súbito ponto de exclamação branco em busca de uma frase. Dawes engasgou. O que era aquilo? O que acontecera ali? Coisas assim não aconteciam em Il Bastone. Não eram permitidas.

Alex estava de costas no chão e havia um rapaz em cima dela. Ele era lindo, um anjo com cachos dourados e o rosto mais lindo que já tinha visto. Ele estava chorando, tremendo. Pareciam namorados. Ele estava com as mãos no cabelo de Alex, como se pretendesse beijá-la.

E havia algo nas mãos de Pam também, quente e macio e se contorcendo, uma coisa viva. Ela podia sentir o batimento cardíaco contra as palmas de suas mãos. Não. Era apenas uma escultura, fria e sem vida, o busto de Hiram Bingham III. Era mantido em um suporte perto da porta da frente. Não conseguia se lembrar de tê-lo pegado, mas sabia o que deveria fazer com ele.

Bata nele.

Mas não conseguia.

Ela poderia chamar a polícia. Poderia fugir. Mas a pedra estava muito pesada em suas mãos. Não sabia como machucar alguém, mesmo alguém terrível como Blake Keely, mesmo depois que ele a machucara. Blake invadira a casa e a deixara sangrando no chão. Tinha machucado o reitor. Ia matar Alex.

Bata nele.

Ela era uma garotinha no parquinho, alta demais, de seios fartos, o corpo todo errado. Suas roupas não serviam. Enroscava-se nos próprios pés. Ficava encolhida no ponto de ônibus, tentando não reagir quando os meninos da escola passavam gritando "mostre as tetas". Escolhia sempre a última fileira em toda sala de aula, encurvada no canto. Com medo. Com medo. Passara a vida inteira com medo.

Não consigo.

Ela não era feita do mesmo material que Alex ou Darlington. Era uma acadêmica. Era um coelho, tímido e indefeso, sem garras nem dentes. Sua única escolha era correr. Mas para onde fugiria sem Darlington, o reitor, Alex? Quem seria se não fizesse nada?

Estava de pé sobre eles, olhando para o rapaz e para Alex. Olhou para eles de uma grande altura, e agora era o anjo, talvez uma harpia, descendo com uma espada na mão. Levantou o busto e o baixou na cabeça do rapaz lindo. O crânio dele cedeu, o som úmido e macio, como se fosse feito de papel machê. Não tinha pretendido bater nele com tanta força. Ou tinha? *Coelhinho, o que foi que você fez?* Ela ficou olhando ele tombar para o lado. Suas próprias pernas cederam e agora ela chorava. Não conseguia evitar. Não tinha certeza se estava chorando por Blake, Darlington, Alex ou por ela mesma. Curvou-se e vomitou. Por que a sala não parava de se movimentar?

Pam ergueu a cabeça, sentiu o ar frio nas bochechas, uma borrifada de sal. O chão balançava para a frente e para trás, um navio à deriva nas ondas. Ela se agarrou às cordas.

★ ★ ★

— Tente acompanhar, Tripp.
A tempestade não deveria ter sido grande coisa. Tinham verificado o tempo. Sempre verificavam. Temperatura. Pressão. Velocidade do vento prevista.
Mas, toda vez que estava no barco, Tripp experimentava uma sensação de pânico. Ficava bem quando era só ele e o pai ou seus outros primos, mas, quando Spenser ia junto, ele ficava estranho. Era como se seu cérebro simplesmente parasse de fazer o que era dito.
Seus pés e mãos pareciam maiores. Ele ficava mais lento. De repente, tinha que pensar, pensar mesmo, sobre qual era a esquerda e qual era a direita, bombordo e estibordo, o que era ridículo pra caralho. Ele velejava desde criança.
Spenser era muito bom em tudo. Ele montava cavalos e quadriciclos. Corria de moto e carro. Sabia atirar, *trabalhava* para viver, ganhava seu próprio dinheiro e sempre tinha uma garota bonita nos braços. Uma *mulher* bonita. Eram todas talentosas e refinadas, e Tripp se sentia uma criança perto deles, mesmo sendo o único em Yale, e Spenser sendo apenas alguns anos mais velho.
Tripp nem entendia por que Spenser assumira o comando. Ambos já tinham navegado competitivamente, assim como o pai, mas Spenser simplesmente assumira o papel com um grande sorriso branco. Parte disso era a aparência dele. Elegante, esguio. Não tinha aquela cara de bebê dos Helmuth. Tinha um queixo de verdade, aparentava ser alguém que você não ia querer ferrar.
Spenser sempre se dirigia ao pai de Tripp como *senhor*.
— É um prazer estar a bordo, senhor, isto aqui navega como um sonho.
Em seguida, passava o braço em volta do pescoço de Tripp e gritava:
— Tripp, meu chapa! — Antes de se inclinar e sussurrar: — Como vai, merdinha?
Quando Tripp enrijecia, Spenser ria e dizia:

— Tente acompanhar.

E era assim que o dia seguia. *Pegue essa corda! Pegue o sarilho! Essa vela está pronta? Vamos, Tripp, tente acompanhar!*

A tempestade que viera não era grande. Não era assustadora. Pelo menos ninguém mais parecia pensar que era. Tripp vestira um colete salva-vidas, pendurando a serpente fina de tecido em volta do pescoço, amarrando-a na cintura enquanto permanecia na escada. Mal se percebia no corpo – não inflaria a menos que atingisse a água –, então qual era o problema?

Mas, assim que Spenser o vira, começara a rir.

— Que porra tem de errado com você? É só *chuva*, idiota.

O pai de Tripp virou o rosto para o céu e riu, o vento levantando seu cabelo.

— Olha só que tempo bom!

Tripp odiava aquilo. O cinza ficava intenso como os ombros curvados de algum animal grande, cutucando o navio, brincando com ele. Era possível sentir mesmo o mar lá embaixo, como era grande, e como pouco se importava, aquele jeito que poderia quebrar um mastro, quebrar um casco, afogar todos eles com um único dar de ombros. Tudo o que podia fazer era segurar firme – *uma mão para você, outra para o navio*, essa era a regra, assim como o colete salva-vidas –, forçar-se a continuar sorrindo e rezar para não vomitar, porque aquilo nunca teria fim.

Spenser não estava enganado.

— Já cagou nas calças, marica? — disse ele, com um sorriso. — Tente acompanhar.

Tripp queria gritar para ele parar de encher a porra do saco e deixá-lo em paz, mas aquilo só pioraria as coisas. *Não consegue aguentar nem uma brincadeira, Tripp? Jesus.*

Sua única esperança era continuar fingindo que gostava daquilo, que amava Spenser igual a todo mundo, que era tudo bem divertido. Era patético ter medo de uma tempestadezinha, ou do primo estúpido e arrogante. Só que ele tinha todos os motivos para se apavorar com as duas coisas. A tempestade, pelo menos, estava sendo apenas uma tempestade. Não estava tentando feri-lo. Já Spenser era diferente.

Quando Tripp tinha oito anos, toda a família se reunira na casa de sua família para comemorar seu aniversário. Spenser já era um idiota naquela época, mas Tripp não se importara com ele naquele dia. Era aniversário *dele* e isso significava os amigos *dele*, um novo PlayStation e o sorvete de que *ele* gostava, embora Spenser tivesse empurrado sua tigela sabor *cookies and cream* para longe e disparado: "Odeio essa merda".

Tripp comera bolo, abrira seus presentes e brincara na piscina até que seus amigos fossem para casa e tivesse ficado apenas a família. Tivera queimaduras de sol. Eles iam cozinhar naquela noite. Sentira-se preguiçoso e feliz, e quando pensava no fato de que não teria aula no dia seguinte, que ainda tinha o resto do fim de semana para fazer nada, era como se estivesse tomando grandes goles de sol a cada respiração.

Nadava na parte rasa com seu novo snorkel quando emergira para ver Spenser parado na beira da piscina de bermuda longa, o cabelo loiro caindo em uma mecha raiada de sol sobre os olhos de modo que Tripp não conseguira ver direito a expressão dele. Tripp havia observado o quintal. Aprendera que Spenser dava menos beliscões e socos quando havia alguém por perto. Mas o pai de Tripp e o irmão mais novo estavam montando uma rede de vôlei do outro lado da grama. A mãe e os outros primos já deveriam ter entrado.

— E aí? — ele guinchara, já se movendo para os degraus.

Mas Spenser fora mais rápido. Ele sempre era mais rápido. Caíra na água com apenas um respingo e batera com a mão no peito de Tripp, empurrando-o para trás.

— Teve um bom dia? — perguntara Spenser.

— Claro — dissera Tripp, sem saber por que de repente estava tão assustado, lutando para não chorar. Não havia motivo para chorar.

— Você precisa da sua enterrada de aniversário. Vinte segundos debaixo d'água. Isso não é nada. Mesmo para um merdinha como você.

— Eu já vou entrar.

— Está falando sério? — Spenser dissera, em descrença. — Cara, bem quando eu pensei que você estava começando a ser legal. Está me dizendo que não aguenta uns segundos debaixo d'água?

Tripp sabia que era uma armadilha, mas... e se não fosse? E se ele fosse lá e só fizesse aquilo e aí ele e Spenser ficassem bem, virassem amigos, como Spenser era amigo de todos. *Pensei que você estava começando a ser legal.* Ele podia ser legal.

— É só eu colocar a cabeça debaixo d'água por vinte segundos?

— Só, mas se você for muito merdinha...

Ele não vai me afogar, pensara Tripp. *Ele é um idiota e vai me segurar por um tempo, mas não vai tentar me matar de verdade. Vai tentar me assustar, e não vou deixar.* Tripp gostava muito dessa ideia.

— Tudo bem — dissera Tripp. — Vinte segundos inteiros. Marque o tempo.

E mergulhara a cabeça.

Sentira as mãos de Spenser em seus ombros imediatamente. Sabia que Spenser queria que ele lutasse, mas não faria isso. Ia ficar quieto, prender a respiração, ficar calmo. Contara os segundos em sua cabeça, devagar. Sabia que Spenser iria segurá-lo por mais tempo e estivera pronto para isso também.

Spenser o empurrara para baixo, colocara o pé no peito de Tripp. *Não entre em pânico, fique quieto.* O outro pé dele pressionava a barriga de Tripp, tentando expulsar o ar, e Tripp teve que ceder um pouco, as bolhas escapando para a superfície. O pé direito de Spenser se movera e Tripp entendera o que ele estava fazendo segundos antes de sentir o calcanhar de Spenser afundar em sua virilha, os dedos dos pés cavando as bolas de Tripp.

Agora Tripp se contorcia, preso no fundo da piscina, tentando empurrar Spenser. Sabia que o primo estava gostando e se odiava por ter reagido, odiava a maneira como sua carne se arrepiava ao sentir aquele pé com seus dedos à procura. A mente de Tripp já não cooperava. O peito doía. Ele estava assustado. Por que achara que poderia lidar com isso? *Ele vai me soltar. Ele precisa me soltar.* Spenser era mau, não um psicopata. Ele não era um assassino. Era só um idiota.

Mas o que Tripp sabia, mesmo, sobre até onde Spenser iria? Spenser gostava de aprontar. Colocara pimenta em pó na comida da cachorra deles e rira até seus olhos lacrimejarem quando ela choramingara e chorara. Uma vez, quando Tripp era muito pequeno, Spenser o impedira de ir ao banheiro, jogando-o contra a parede repetidas vezes, gritando "Pinball! Pinball!" até Tripp se molhar. Então talvez Spenser realmente fosse ruim, ruim igual aos livros e filmes.

Estaria rindo agora, gostando do jeito como Tripp tentava derrubá-lo.

Que maneira estúpida de se morrer, Tripp pensara enquanto cedia, enquanto abria a boca e a água escorria por sua garganta, o cloro cortante em seu nariz, o terror completo enquanto agarrava as panturrilhas de Spenser, e o mundo escurecia.

A próxima coisa que soube era que olhava para o rosto bronzeado do pai. Tripp tossia e não conseguia parar, a dor em seus pulmões era quente e apertada, como se todo o seu peito tivesse pegado fogo e a queimadura o tivesse esvaziado.

— Ele está respirando! — o pai gritara.

Tripp estava de costas na grama, o céu azul acima, as nuvens pequenas e perfeitamente contidas como num desenho animado. As mãos de sua mãe estavam fechadas em punhos que ela pressionava contra a boca, com lágrimas no rosto. Vira seus primos acima dele, o tio, o pai de Spenser e Spenser também, os olhos apertados.

Tripp tentou apontar para ele, dizer as palavras enquanto o pai o sentava. *Spenser fez de propósito.* Mas ele estava tossindo muito.

— É isso aí, amigão — disse o pai. — Isso mesmo. Respire. Vá devagar.

Ele tentou me matar.

Mas os olhos frios de Spenser estavam sobre ele, e Tripp sentiu como se ainda estivesse preso no fundo da piscina. Spenser não era como ele, não era como nenhum deles. Até onde ele iria?

Como se em resposta, Spenser começara a chorar.

— Eu pensei que ele estivesse brincando — dissera, engolindo os soluços. — Eu não sabia que ele estava com problemas.

— Ei — dissera o pai de Tripp, dando palmadinhas no ombro de Spenser. — Foi um acidente. Que bom que você chegou perto dele na hora.

Alguém devia ter olhado para a piscina, devia ter se interessado demais. Spenser teria agido rapidamente, fingido que estava tentando salvar Tripp. E quem pensaria o contrário? Quem poderia imaginar?

— Devemos levá-lo ao hospital? — a mãe de Tripp perguntara.

Spenser dera um leve aceno de cabeça.

Todos estavam olhando para Tripp, preocupados com ele. Apenas a mãe de Spenser estava afastada do círculo; só ela observava o filho. Havia preocupação em seus olhos. Ou talvez medo. *Ela sabe o que ele é.*

— Estou bem — dissera Tripp, a voz rouca, e os lábios de Spenser tinham se contraído em um sorriso que ele cobrira com outro soluço.

Nada mudara depois disso. Mas Tripp tivera o cuidado de nunca mais ficar sozinho com Spenser.

Mesmo aos oito anos de idade, Tripp soubera que não era inteligente, charmoso ou bonito como Spenser. Soubera que, se tivesse apontado o dedo naquele dia, dito a verdade, ninguém teria acreditado nele. Teriam dito que havia entendido mal, talvez até que havia algo de errado com ele para pensar tal coisa. *Ele* teria sido o monstro. Então talvez algo tivesse mudado afinal, algo dentro de Tripp, porque agora ele via que Spenser sempre venceria, e o pior, sabia o porquê. Spenser venceria porque todos gostavam mais dele. Até os pais de Tripp. Era tão simples. Essa compreensão estava em seu peito, alojada em seu coração, um peso que permanecera com ele muito tempo depois que seus pulmões tinham parado de doer e a tosse tinha passado. Isso o deixara com medo, desajeitado, e foi por isso que, dez anos depois em um veleiro pego por uma pequena tempestade, Tripp foi o único que viu quando Spenser caiu no mar.

Aconteceu tudo muito rápido. Spenser gostava de se aproximar furtivamente de Tripp, assustá-lo, tentar fazê-lo derrubar alguma coisa ou apenas lhe dar um soco certeiro no lado. Então Tripp tentava sempre estar ciente de onde Spenser estava, e observou quando Spenser atravessou o convés e se abaixou sob o portaló. O corpo dele estava escondido atrás da vela principal, apenas as pernas visíveis, e por um segundo Tripp não conseguiu entender o que ele estava fazendo. Todos os outros estavam focados nos próprios trabalhos, em superar a tempestade. Tripp olhou para trás, para o pai, que agora estava no leme, com o olhar fixo no horizonte.

Tripp viu Spenser estender a mão, curvando-se sobre o corrimão, para agarrar uma corda que havia escorregado do convés e se arrastava na água. Isso não era bom – uma corda solta na água poderia ser sugada para baixo do navio, bagunçar o leme ou o seguimento –, mas Spenser deveria ter pedido ajuda. Em vez disso, estava pendurado no parapeito com as duas mãos estendidas. Tripp só teve tempo de pensar *uma mão para você, uma mão para o navio* antes que a onda batesse, uma onda de água cinza, uma pata de gato batendo em um brinquedo, e Spenser desapareceu.

Tripp congelou por um breve segundo. Até abriu a boca para gritar. Mas aí ele só... não gritou. Olhou em volta, percebeu que todos ainda estavam absortos em suas próprias tarefas, gritando uns com os outros, tensos, mas aproveitando o vento e a chuva forte.

Sem correr, sem pressa, Tripp seguiu o caminho que Spenser havia feito, agachou-se sob a barreira e endireitou-se, escondido dos outros como o primo estivera. Viu Spenser nas ondas cinzentas, o casaco de chuva vermelho como uma bandeira de advertência, a cabeça aparecendo e desaparecendo. E Spenser também o viu. Tripp tinha certeza disso. Ele ergueu o braço, acenando desesperadamente, gritou, o som arrebatado pelo vento. Tripp estava perto o suficiente para ver a boca de Spenser aberta, mas não sabia dizer se o som que ouviu era o choro do primo ou sua imaginação.

Ele sabia que cada segundo importava, que a distância entre o barco e Spenser aumentava a cada momento. O corrimão sob sua palma se contorceu como um corpo quente, macio com pelo. Tripp recuou, levou a mão ao peito, mas não havia nada para ver, apenas metal frio.

Ainda havia tempo para fazer a coisa certa. Ele sabia disso. Sabia o que deveria fazer no caso de homem ao mar. Seu trabalho era manter os olhos em Spenser e gritar por socorro, segurar o corrimão com uma das mãos e usar a outra para apontar a localização. Era muito fácil perder alguém de vista entre os picos e vales das ondas. A tripulação levaria o barco para perto. Jogariam uma corda e arrastariam Spenser para fora da água, e Spenser o empurraria e exigiria saber por que ele não se mexera mais rápido, que porra havia de errado com ele. O pai de Tripp também se perguntaria. Spenser não ficaria com medo, apenas com raiva. Porque Spenser sempre ganhava.

Mal conseguia vê-lo agora. Um colete salva-vidas o teria feito flutuar. Se tivesse colocado um. Tripp teve que apertar os olhos para ver o casaco vermelho na água.

Segurou o corrimão com uma das mãos e abaixou-se para sentar, de modo a ficar seguro – do jeito que havia sido ensinado. Então se abaixou para segurar a corda que estava caindo pela borda, aquela que Spenser tentara puxar.

Tripp deu uma última olhada por cima do ombro para o mar cor de ardósia cheio de ondas ansiosas que procuravam por um descuido.

— Tente acompanhar — sussurrou, e começou a puxar a corda. Enrolou-a cuidadosamente, sentiu a corda mover-se facilmente em suas mãos, seu corpo confiante com nova graça, os nós como uma canção que conhecera desde sempre.

Finalmente sentiu o peso sobre o coração diminuir. A chuva salpicou suas bochechas, mas ele não estava com medo.

Era só o clima. O mar se aquietou. Ele estava em terra firme.

★ ★ ★

— É só chuva — disse Carmichael. — Tá com medo de derreter, meu bem?

Turner se obrigou a rir porque Carmichael se achava engraçado e, inferno, às vezes ele era mesmo.

O dia estava frio, as ruas escorregadias e negras feito pele de enguia molhada emoldurada por montes de neve suja caindo na chuva. Não era nem chuva de verdade, apenas uma umidade tamborilante que deixava Turner desesperado por um banho quente. Se houvesse um mercado para manhãs de merda na Costa Leste, New Haven teria ganhado rios de dinheiro.

Carmichael se amontoou ao lado dele em um de seus ternos amarrotados da Men's Wearhouse, tamborilando os dedos no ritmo de "We Will Rock You", o que sempre fazia quando estava com vontade de fumar um cigarro. A esposa dele, Andrea, havia exigido que ele parasse, e Car estava fazendo o possível.

— Ela não vai nem me beijar até que eu fique um mês sem fumar — reclamou Car, enfiando um chiclete na boca. — Diz que é um hábito nojento.

Turner concordava e queria enviar um buquê a Andrea por pressionar Carmichael a parar. Não tinha certeza de que conseguiria tirar o cheiro de fumaça do estofado do assento. Turner poderia ter dito que não naquele primeiro dia, quando pegou Carmichael na frente de sua casa amarela arrumada com gramado. Mas só não tinha tido coragem.

Chris Carmichael era praticamente uma lenda viva. Estava na polícia havia vinte e cinco anos, tinha se tornado detetive aos trinta, e sua taxa de solução de crimes era tão alta que os policiais o chamavam de Sandman, porque ele colocava vários casos para dormir. Carmichael não brincava em serviço. Tê-lo como patrono significava casos nobres, promoções, talvez até elogios. Car e seus amigos tinham levado Turner para beber depois que ele ganhara seu lugar no esquadrão, e, em algum ponto da noite turva de uísque e o balido de uma banda cover ruim do Journey, Carmichael apertara a mão no ombro de Turner e se inclinara para perguntar:

— Você é um dos bons?

Turner não tinha pedido para ele explicar, não tinha dito para ele parar com aquela porra. Tinha apenas sorrido e dito:

— Pra caralho, senhor.

Carmichael – o Grande Car – tinha rido, segurado a nuca de Turner com a mão carnuda e dito:

— Foi o que pensei. Cola na minha, garoto.

Tinha sido um gesto amigável, Carmichael fizera que todos soubessem que Turner tinha sua aprovação e sua proteção. Era uma coisa boa, e Turner disse a si mesmo para ficar feliz. Mas tinha ficado com uma sensação incômoda de um mundo duplo, de que, em alguma outra linha do tempo, Big Car colocava a mão em cima da cabeça de Turner e o empurrava para dentro de um carro da polícia.

Naquela manhã, pegou Carmichael e foram tomar café em um Dunkin'. Ou melhor, Turner tinha ido. Ele era o detetive iniciante, e isso significava fazer trabalho de merda num tempo de merda. Turner andava sempre com um guarda-chuva, e isso sempre fazia Car rir.

— É só chuva, Turner.

— Meu terno é de seda, Car.

— Me lembra de te apresentar o meu alfaiate, pra gente dar uma baixada nesses seus padrões.

Turner sorriu, correu para a loja de donuts e pegou dois cafés pretos e dois sanduíches de café da manhã.

— Para onde? — perguntou, quando entrou de volta no carro e entregou o café.

Carmichael se mexeu em seu assento, tentando ficar confortável. Tinha sido um boxeador na juventude, e mesmo assim ainda não devia ser legal estar do lado errado do gancho de direita dele, mas os grandes ombros se inclinavam um pouco agora, e a barriga pendia sobre o cinto.

— Recebi uma dica de que o rei Tut pode estar escondido em um duplex na Orchard.

— Tá me zoando, porra? — perguntou Turner, o coração começando a disparar.

Isso explicava por que Car estava tão nervoso naquela manhã. Tinham investigado uma série de arrombamentos e invasões na área da praça Wooster e saído de mãos abanando por vezes seguidas. Tinham dado murro em ponta de faca até um dos informantes de Carmichael apontar para Delan Tuttle, um pequeno vigarista que saíra da Osborn apenas algumas semanas antes do início dos arrombamentos. Parecia ser bom com roubos, mas não estava no endereço que havia registrado ao seu oficial de condicional, e todos os meios de chegar até ele tinham desaparecido.

Turner poderia ao menos relaxar um pouco agora. Carmichael tinha disparado todos os seus alarmes naquela manhã, os olhos muito brilhantes, muito animado. O primeiro pensamento de Turner tinha sido que Car estava chapado. Acontecia — nunca com Carmichael e raramente com detetives, mas, quando se trabalha em turnos consecutivos como policial de ronda, não é inédito cheirar um pouco de Adderall — ou coca, se conseguisse — para evitar andar como um sonâmbulo até o fim das doze horas.

Turner se mantinha limpo, é claro. Já tinha obstáculos o suficiente para ter que se preocupar com um exame de urina. E nunca tivera problemas para ficar acordado no trabalho. O pai havia dito isso da melhor maneira: *Se pegar o jeito pra ficar de olho, nunca mais perde.* Eamon Turner era dono de uma oficina de conserto de eletrodomésticos e, um dia, morreria na frente de uma fileira de aparelhos de som e DVD players usados — não nas mãos de um dos moleques que ocasionalmente apareciam na loja na esperança de encontrar uma tela plana ou algum tesouro escondido, mas de um ataque cardíaco que o derrubaria silenciosamente. Os negócios tinham estado ruins havia muito tempo, e o corpo do pai só tinha sido encontrado no final da tarde, quando Naomi Laschen fora buscar sua antiga prensa de panini. Turner tinha tentado se convencer de que aquele não era um jeito ruim de morrer, mas tinha sido atormentado pelo pensamento do pai morrendo sozinho em uma sala cheia de máquinas obsoletas, ficando sem energia como todas elas, no fim.

Agora Turner saía do estacionamento e se dirigia para Kensington.

— Como você quer que a gente faça?

Car deu uma grande mordida no sanduíche.

— Vamos descer na Elm, passando por aquela oficina mecânica. Para nos orientar. — Ele deu uma olhada para Turner e sorriu, gordura em seu queixo. — Sua nuvenzinha cinza vai embora pra casa pelo resto do dia, hoje?

— Vai, vai — disse Turner com uma risada.

Turner era mal-humorado. Sempre fora. Precisava prestar atenção nisso. Se as pessoas percebessem esse humor com muita frequência, começavam, de repente, a se afastar, os convites para tomar uma cerveja secavam, ninguém puxava você quando precisava de um homem extra. Podia ser o que acabaria com uma carreira. Então Turner tentava sorrir, manter os ombros relaxados, facilitar as coisas para todos ao seu redor. Mas hoje tinha acordado sentindo aquele peso sobre si, aquela pontada na parte de trás do crânio, a sensação de que algo ruim estava para acontecer. O clima de merda e o café fraco não ajudavam.

Desde criança, Turner tinha um sentido para problemas que aconteceriam. Conseguia localizar um infiltrado sem nem mesmo tentar, sempre sabia quando um carro de polícia estava prestes a virar a esquina. Seus amigos achavam assustador, mas o pai lhe dissera que isso significava que era um detetive nato. Turner tinha gostado desse pensamento. Não era particularmente bom em esportes, artes ou na escola, mas tinha uma noção das pessoas e do que elas poderiam fazer. Sabia quando alguém estava doente, como se pudesse sentir o cheiro na pessoa. Sabia quando alguém estava mentindo, mesmo que não tivesse certeza de como sabia. Só sentia aquela pontada na parte de trás do crânio que lhe dizia para prestar atenção. Tinha aprendido a escutar esse sentimento, e se continuasse sorrindo, escondesse a parte obscura de seu coração, as pessoas gostavam de verdade de conversar com ele. Conseguia fazer a mãe, o irmão, os amigos ou mesmo seus professores lhe contarem um pouco mais do que pretendiam.

Turner também tinha aprendido a esperar o olhar de vergonha que surgia nos rostos das pessoas quando percebiam o quanto haviam falado. Então tinha praticado não demonstrar muita simpatia ou muito interesse. Dessa forma, eles poderiam se convencer de que não tinham dito nada que valesse a pena. Não se sentiriam fracos ou pequenos e não teriam motivos para evitá-lo. E nunca suspeitariam de que Turner se lembraria de cada palavra.

Na força policial, eles o chamavam de Príncipe Encantado, creditando seu jeito com testemunhas e informantes a sua aparência. Mas nunca tinham entendido que o charme que fazia algum criminoso falar sobre a mãe, o cachorro, o crime que cometera como favor a um amigo recém-saído da prisão era o mesmo que fazia os colegas policiais de Turner tagarelarem sobre suas vidas e seus problemas bebendo umas no Geronimo.

A pontada geralmente aparecia antes de o telefone tocar com más notícias ou antes de alguém bater na porta. Mas, desde que havia entrado para a polícia, estava em alerta máximo, como se *sempre* tivesse certeza de que algo ruim estava para acontecer. Não sabia como separar aquele tipo de paranoia do alarme real.

— De todas as coisas que poderia pedir — a mãe tinha dito quando ele contara que iria se matricular na academia. — Por que pedir para que essa sua preocupação permaneça mais um pouco?

Ela queria que ele fosse advogado, médico – inferno, um agente funerário. Qualquer coisa, menos policial. Os amigos tinham rido dele. Mas ele sempre fora o estranho, o bom menino, o monitor do corredor.

— O supervisor — o irmão dissera a ele uma vez. — Diga o que quiser, mas você gosta desse distintivo e dessa arma.

Turner não achava que isso fosse verdade. Na maior parte do tempo. Tinha falado muito sobre mudar o sistema por dentro, sobre ser uma força para o bem, e tinha sido sincero a respeito de tudo. Amava sua família, amava seu povo. Poderia ser a espada e o protetor deles. Precisava acreditar que podia. Na academia, os líderes o queriam lá, aumentando suas estatísticas. Já tinham bastante rostos pretos e marrons, e todos com um comportamento exemplar. Não tanto quando estava de uniforme. Virava tudo um nós-contra-eles, uma sensação de pavor toda vez que ultrapassava a linha invisível entre o trabalho e a própria vizinhança. Depois que tinha se tornado detetive, ficara ainda pior, uma sensação constante de premonição – nunca provada, nunca refutada.

E muitas coisas ruins tinham acontecido, mas Turner estava determinado a não deixar que elas o afetassem. *É uma coisa a longo prazo*, tinha dito a si mesmo quando as brincadeiras passaram dos limites. Sobreviver ao emprego ruim para chegar à grande carreira, para chegar ao topo da montanha, onde pudesse realmente ver o que precisava ser feito, onde teria o poder de fazer alguma coisa. Sabia que poderia ser uma lenda como Grande Car, melhor que Grande Car. Só tinha que aguentar. Tinham colocado merda nos sapatos dele e ele tinha pisado direto, andando pelo vestiário e fingindo que não percebera, fazendo-os rir. Tinham pagado uma prostituta para levantar o vestido e foder um cassetete no capô do carro dele, e ele tinha rido, aplaudido e fingido gostar. Ele brincaria também até que eles se cansassem da brincadeira. Tinha sido o acordo que fizera consigo mesmo.

Tudo valera a pena quando o parceiro de Carmichael se aposentara e Turner tinha ficado com a vaga dele. Isso fora obra de Grande Car. Turner queria acreditar que era porque tinha tido espírito esportivo ao cumprir suas obrigações, ou porque era genuinamente um grande detetive, ou porque Car respeitava sua ambição. E tudo isso poderia ser verdade, mas ele também sabia que Car queria ser visto fazendo amizade com um homem negro. Carmichael estava envelhecendo, perto da aposentadoria, e não tinha um histórico impecável. Tinha um tiro questionável em seu arquivo – o garoto estava armado, mas ainda era só um garoto – e algumas queixas apresentadas por suspeitos que tinham dito que ele os agredira. Tudo coisa do passado, mas o tipo de coisa que pode voltar para te assombrar se não tomar cuidado. Turner era o disfarce. E tudo bem. Se a parceria com Carmichael o fizesse subir na carreira, ficaria feliz em bancar o escudo marrom para ele.

Quando pararam a alguns quarteirões do duplex, Turner fez uma careta.

— Temos certeza de que é uma pista real? — ele perguntou.

— Você acha que meu informante está fodendo com a minha cara?

Turner balançou a cabeça em direção ao prédio em ruínas, as latas de lixo caídas de lado no jardim enlameado da frente, a neve cobrindo a entrada da garagem, os montes de lixo eletrônico na varanda dianteira.

— Parece uma correnteza.

— Caralho — disse Carmichael.

Às vezes os informantes chamavam a polícia quando precisavam tirar invasores de um prédio. E definitivamente parecia que ninguém estava morando naquele duplex. Pelo menos ninguém que pagasse aluguel.

A chuva havia se transformado em névoa, e ficaram sentados com o motor ligado, aproveitando o calor do carro.

— Vamos — disse Carmichael. — Vamos dar uma olhada no que encontramos. Leve o carro lá para trás.

Assim que estacionaram na rua atrás da Orchard, Car jogou o grande corpo para fora do banco do carona.

— Vou bater. Você fica atrás para o caso de ele fugir.

Turner quase riu. Talvez o rei Tut estivesse de fato sentado sobre um estoque de laptops e joias dos trabalhos na praça Wooster, ou talvez alguns adolescentes estivessem acampados em um colchão fumando maconha e lendo gibis. Mas, assim que Grande Car batesse naquela porta, eles seriam obrigados a fugir, e caberia a Turner encurralar quem descesse as escadas dos fundos. Car não ia passar vergonha tentando correr pelas ruas de New Haven.

Turner observou Carmichael deslizar para o beco ao lado da casa e assumiu sua posição nas escadas dos fundos. Ele olhou pela janela suja para o primeiro andar – um corredor vazio sem móveis, exceto por um tapete que já tinha visto dias melhores, e mais correspondência empilhada perto da abertura de correio.

Um minuto depois, viu a sombra de Car aparecer na janela da frente e ouviu o *tum tum tum* do punho dele batendo na porta. Uma pausa. Nenhum som vindo da casa. Então, novamente, *tum tum tum*.

— Polícia de New Haven! — berrou Car.

Nada. Nenhum barulho de passos, nenhuma janela abrindo lá em cima.

Então Car arrombou a porta no chute.

— Polícia de New Haven! — ele gritou novamente.

Turner olhou para Car através da janela. Que porra ele estava fazendo? Não tinham sido chamados ali, na verdade, por proprietário nenhum. Não tinha razão para arrombarem a porta.

Car gesticulou para que Turner o seguisse.

— Foda-se — disse Turner.

O que mais tinham para fazer naquela manhã? O rei Tut era a única pista, e de jeito nenhum Grande Car se envolveria em uma busca ilegal. Turner sacou a arma, deu alguns passos para trás e depois bateu com o ombro na porta, sentindo-a ceder.

Antes mesmo que pudesse perguntar a Car o que estavam fazendo, o colega levou um dedo aos lábios e apontou para a escada.

— Tem alguém lá em cima. Eu ouvi.

— Ouviu o quê?

— Pode ter sido um gato. Pode ter sido uma menina. Pode não ter sido nada.

A pontada se espalhou, vinda da parte de trás do pescoço de Turner. Nada, não.

— Cheque o térreo — disse Car. — Vou subir.

Turner obedeceu, mas não havia muito território a checar. Uma sala com um colchão manchado e roupas sujas empilhadas em cima, uma cozinha vazia onde quase todos os armários estavam abertos, como se alguém os tivesse revistado. Dois quartos vazios, um banheiro com o chão podre onde parecia que um cano havia estourado.

— Vazio — ele gritou. — Estou subindo!

Estava com um pé no último degrau quando ouviu Car gritar. Um tiro soou, depois outro.

Turner subiu correndo os degraus, a arma em punho. Ele a sentiu se contorcer em sua mão, olhou para baixo e não viu nada além da sombra negra da arma sobressalente.

O medo estava mexendo com sua cabeça. Não o medo em si. Medo pelo que poderia fazer, por quem poderia machucar, a voz do seu irmão em sua cabeça: *Você gosta desse distintivo e dessa arma*. Turner sempre fazia a mesma oração. *Por favor, Deus. Que não seja um moleque. Que não seja um de nós.*

— Carmichael? — ele gritou.

Não houve resposta. Nenhum som. O desenho do segundo andar era quase idêntico ao andar de baixo. Turner falou em seu rádio.

— Detetive Abel Turner. Estou na Orchard, 372. Teve tiros, solicitar reforços e assistência médica.

Ele não esperou pela resposta, entrando no primeiro cômodo, o banheiro. Ao entrar no segundo, viu um corpo no chão.

Não era Carmichael. Sua mente levou um minuto para entender. O homem no chão, na verdade um rapaz, não devia ter mais de vinte anos, um buraco no peito, um buraco nas tábuas do assoalho ao lado dele. Carmichael de pé sobre ele.

Turner reconheceu Delan Tuttle de seu arquivo. Rei Tut. Sangrando no chão.

— Merda — disse Turner, ajoelhando-se ao lado do corpo. — Você foi atingido? — perguntou a Car, porque era o que deveria perguntar.

Mas sabia que Car não fora atingido, assim como sabia que aquele rapaz não estava armado. Os olhos dele examinaram o quarto, esperando que uma arma pudesse se materializar.

— Chamei uma ambulância — disse Carmichael.

Pelo menos isso era alguma coisa. Mas uma ambulância não ajudaria Tuttle em nada. O rapaz não tinha pulso. Nenhum batimento cardíaco. Nenhuma arma.

— O que aconteceu? — perguntou Turner.

— Ele me pegou de surpresa. Tinha alguma coisa na mão.

— Tudo bem — disse Turner.

Mas não estava tudo bem. O coração de Turner martelava no peito. O corpo ainda estava quente. Tuttle fora atingido quase diretamente no centro do peito, como se estivesse parado quando acontecera. Vestia uma camiseta, jeans. Devia estar com frio, pensou Turner. O aquecimento não estava ligado ali. Não havia móveis. Tinha nevado apenas dois dias antes. E o quarto estava vazio – sem cigarros velhos ou embalagens de comida, nem mesmo um cobertor. Não havia sinais de que ele ou qualquer outra pessoa estivesse vivendo ilegalmente ali.

Ele viera até ali para encontrar alguém. Talvez Carmichael.

— Não temos muito tempo — disse Car. Ele estava calmo, mas Car estava sempre calmo. — Vamos combinar nossa história.

Que história havia para combinar? E onde estava o objeto misterioso que supostamente estivera nas mãos de Tuttle?

— Aqui — disse Car.

Ele segurava um coelho branco pelo pescoço. O animal se contorcia em seu punho, as patas macias pisando no ar, os olhos arregalados, o branco aparecendo. Turner podia ver o coração batendo contra o peito peludo.

Então ele piscou e Car estava segurando uma arma para ele.

— Limpe — ele disse.

Turner pretendia ser severo, mas percebeu um sorriso nervoso se espalhando no próprio rosto.

— Você não pode estar falando sério.

— A ambulância está chegando. A corregedoria e os caralhos. Não fode, Turner.

Turner olhou para a arma na mão de Carmichael.

— Onde você conseguiu isso?

— Encontrei em uma cena de crime um tempo atrás. Chame de apólice de seguro.

Seguro. Uma arma que podiam plantar em Tuttle.

— Nós não precisamos...

— Turner — Carmichael disse. — Você sabe que sou um policial bom e o quanto estou perto de bater o cartão. Preciso do seu apoio aqui. O rapaz sacou a arma pra mim. Eu descarreguei minha arma. Foi tudo o que aconteceu. Um tiro bom, limpo.

Bom. Limpo.

Mas tudo a respeito daquilo parecia errado. Não apenas o tiro. Não apenas o corpo esfriando no chão atrás deles.

— O que ele estava fazendo aqui, Car?

— Porra, e eu que sei? Recebi uma dica, segui a dica.

Mas nada daquilo se encaixava. Por que tinham rodado feito tontos por semanas no que deveria ter sido uma investigação de rotina sobre uma série de roubos? Onde estavam as mercadorias que Tuttle supostamente levara? Por que Tuttle não correra quando ouvira Carmichael batendo na porta? Porque estava esperando por ele. Porque Carmichael tinha armado para ele.

— Você ia se encontrar com ele aqui. Ele conhecia você.

— Não comece a bancar o espertinho, Turner.

Turner pensou no deque novo que Carmichael colocara na casa dele no verão anterior. Tinham ficado sentados lá fora, feito churrasco, bebido *longnecks*, conversado sobre a carreira de Turner. Car tinha dito que o cunhado era empreiteiro, tinha conseguido um acordo para ele. Turner sabia que ele estava mentindo, mas isso não o tinha incomodado. A maioria dos policiais que já estavam por aí havia muito tempo davam umas desviadas, mas isso não os tornava corruptos. E ele já tinha visto a mulher de Car usar roupas melhores do que qualquer esposa de detetive deveria usar. Turner conhecia as grifes, gostava de um bom terno, e as mulheres com quem saía apreciavam o fato de ele falar aquela língua. Sabia diferenciar uma bolsa Chanel genuína de uma falsificada, e a mulher de Car sempre carregava uma verdadeira pendurada no braço.

Desviado, não corrupto. Mas talvez Turner estivesse errado sobre isso.

Ao longe, uma sirene começou a soar. Não poderiam estar a mais de um ou dois minutos de distância.

— Turner — disse Carmichael. Os olhos estavam firmes. — Você sabe qual é a escolha aqui. Eu caio, você cai comigo. Se tiverem perguntas sobre mim, vão fazer perguntas sobre você também.

Ele estendeu a arma.

— Isso resolveria tudo para nós. Você é bom demais para ser arrastado comigo pelas minhas merdas.

Nesse sentido ele estava certo. Turner deu-se conta de que estava tentando alcançar a pistola, viu a arma em suas mãos.

— E se eu disser não? — perguntou, agora que a arma estava fora do alcance de Car. — E se eu disser que não tem nada no registro de Tuttle que indique que ele era esperto o suficiente para se safar de vários arrombamentos sem ajuda?

— Você está extrapolando, Turner.

Ele estava. Não sabia o quanto Car estava envolvido nos roubos. Talvez tivesse apenas pegado um pouco de dinheiro ou um laptop sobressalente para fazer vista grossa. Mas a pontada lhe dizia que aquilo não era um erro. Não era só uma merda. Tinha sido uma armação. E rei Tut era apenas parte disso.

Carmichael deu de ombros.

— Suas impressões estão nessa arma, garoto. É a sua palavra contra a minha. Você tem um futuro brilhante. Eu soube desde a primeira vez que o vi. Mas você não pode fazer o trabalho sozinho. Precisa de amigos, pessoas em quem possa confiar. Posso confiar em você, Turner?

A pontada que percorria o crânio de Turner transformou-se no crepitar de um incêndio florestal. Se ele estava envolvido com Tuttle e os roubos, por que não se livrar dele discretamente? Por que trazer Turner até ali para testemunhar o tiro?

Turner então percebeu tudo. Car não o tinha escolhido como disfarce apenas porque ele era negro. Ele o escolhera porque Turner era ambicioso – tão ansioso para progredir que poderia querer um empurrãozinho. Poderia ser usado. O cadáver de Tuttle era a chance de Carmichael trazer Turner para o bando. Dois coelhos numa cajadada só. Assim que Turner limpasse a arma e colocasse o dedo de Tuttle no gatilho, assim que repetisse as mentiras de Carmichael, pertenceria ao Grande Car.

— Você armou tudo isso. Você armou pra *mim*.

Carmichael parecia quase impressionado.

— Estou cuidando de você, garoto. Sempre cuidei. Não tem uma grande decisão aqui. Faça a coisa certa e estará no caminho certo, será meu sucessor natural. Não terá nada em seu caminho. Ou tente bancar o herói e veja até onde isso vai te levar. Tenho muitos amigos, Turner. E não vai ser só você quem vai sentir o calor dessa fogueira específica. Pense na sua mãe, seu avô, como estão orgulhosos de você.

Turner tentou entender como tinha se enfiado numa pilha de merda tão grande. Por que não previra os problemas chegando dessa vez? Ou tinha só ficado complacente? A ansiedade pela antecipação de desastres era tão grande que ele tinha se acostumado demais ao medo. Seus alarmes disparavam com tanta frequência que começara a ignorá-los. E agora estava agachado ao lado de um cadáver, sendo ameaçado por um homem que poderia destruir sua carreira com uma palavra sussurrada, que não pensaria duas vezes em ferir as pessoas que amava se o prejudicasse. Estava prestes a cruzar a fronteira para um país que não queria conhecer. Ele nunca encontraria o caminho de casa.

— Não quero fazer isso — disse Turner. — Eu... eu não sou bandido.

— Nem eu. Sou um homem dando seu melhor em uma situação difícil, assim como você. Errar não te torna errado.

Mas poderia. Turner não era estúpido o suficiente para acreditar que esse seria o último favor, a última mentira. Seria apenas o começo. Car sempre teria mais amigos e conexões melhores. Ele sempre seria uma ameaça para a família de Turner, para sua carreira. Faça a coisa errada e continuará subindo, desde que guarde os segredos de Car, siga suas ordens. Faça a coisa certa e arruinará sua carreira e colocará sua família na mira de Carmichael. Essas eram as escolhas que ele tinha.

— Aquele menino que você matou — disse Turner. — Foi um tiro que deu por engano, não foi?

— Ele não era um menino. Era um bandido.

— Então você sabe se virar. Não vai deixar a gente ir pra cadeia por alguma besteira de amador.

— Pode deixar comigo.

E lá estava a resposta de Turner, alta e clara. Estivera sempre de um lado da lei, e agora estava firmemente plantado do outro. E quanto tempo demorara pra mudar? Trinta segundos? Um minuto?

— Você é um dos bons — disse Car, com olhos gentis. — Vai se recuperar disso.

— Você está certo — falou Turner, dando seus primeiros passos para longe das regras que ele sempre entendeu e obedeceu.

Não sabia se iria se recuperar disso. Mas Car não iria.

Turner se virou e atirou duas vezes no peito de Chris Carmichael.

O Grande Car nem pareceu surpreso. Era como se sempre tivesse sabido, como se estivesse esperando da mesma forma que Turner esperava que algo ruim fosse acontecer. Não exatamente caiu, foi mais como se estivesse se sentando, e depois caiu para o lado.

Turner limpou a arma exatamente como Car havia dito para fazer. Ele a enfiou na mão de Tuttle, disparou outro tiro para que o resíduo do disparo pelo menos parecesse plausível, embora houvesse tanta coisa no ar naquela cena de crime que a perícia estaria na merda, de qualquer maneira.

Ouviu sirenes gritando, pneus cantando, policiais gritando uns com os outros enquanto cercavam o prédio.

— Sinto muito — ele sussurrou para Delan Tuttle. — Ele vai ser um herói.

Não conseguiu conter as lágrimas que vieram. Tudo bem; os policiais que chegassem pensariam que ele estava chorando por Grande Car, seu parceiro, seu mentor. Chris Carmichael, a lenda.

Vou brincar também até que eles se cansem da brincadeira – essa fora a promessa que fizera a si mesmo. Era um detetive bom e ninguém lhe diria o contrário. Não importava por quanta merda eles o fizessem passar, não importava quanto sangue ele tivesse nas mãos.

Só então percebeu que aquela sensação de mau presságio havia desaparecido. Sem pontada. Sem medo. Ela tinha feito tudo o que podia a ele.

Fechou os olhos, contou até dez, ouviu o som de botas na escada. As sirenes diminuíram até que tudo o que podia ouvir era o som da própria respiração, inspirando e expirando. A chuva tinha parado.

★ ★ ★

Ela parou de respirar. Foi assim que soube que tinha dado tudo errado.

Hellie queria ficar ali, deitada de lado, observando Alex dormir. Quando os homens dormiam, era como se toda a violência se esvaísse deles, a ambição, as tentativas. Seus rostos ficavam suaves e gentis. Mas Alex não. Mesmo durante o sono, havia uma ruga entre suas sobrancelhas. A mandíbula estava tensa.

Para os ímpios não há paz, Hellie queria dizer. Mas as palavras morreram antes mesmo que pudessem se formar em sua língua. Sabia que estava prestes a rir, mas era como se a risada não tivesse lugar para se enraizar nela. Sem barriga para se formar, sem pulmões para ganhar fôlego.

Hellie podia sentir-se desmoronando agora que não tinha um corpo para se segurar. Não tinha certeza de quando isso tinha acontecido.

Não tinha sido rápido o suficiente. Não rápido o suficiente para poupá-la de toda a dor anterior. A noite passada tinha sido só mais uma noite ruim em uma série de noites ruins. De certa forma ela sabia que as memórias começariam a desaparecer assim que deixasse o mundo. Não teria que pensar em Ariel ou em Len ou em nada disso. A vergonha iria embora, a tristeza. Só precisava ir embora. Ela se esvaziaria como um copo emborcado. A atração daquele glorioso nada era quase irresistível, a promessa de esquecimento. Ela se despiria de sua pele. Iria se tornar leve.

Mas ela não podia ir. Ainda não. Precisava ver sua garota mais uma vez.

Os olhos de Alex se abriram. Rápido, sem um bater de pálpebras, sem uma saída fácil do sono.

Ela olhou para Hellie e sorriu. Era como assistir a uma flor desabrochar, a cautela indo embora, sem deixar nada além de alegria para trás. E Hellie soube que tinha cometido um erro terrível ao ficar, ao se segurar para dizer um último adeus, porque Deus, aquilo era ruim. Muito pior do que saber que estava morta. Queria acreditar que não sentiria falta de nenhuma parte de sua vida triste e desperdiçada, mas sentiria falta disso; sentiria falta de Alex. O anseio por ela, por mais um momento de calor, por mais uma respiração, doía mais do que qualquer coisa na vida.

O nariz de Alex enrugou. Hellie adorava a doçura que havia nela, que não havia murchado na tempestade implacável de merda que era a vida com Len.

— Bom dia, Hellie Fedida.

Vagamente, Hellie percebeu que tinha vomitado durante a noite. Talvez tivesse engasgado. Não tinha certeza. Havia tanto fentanil em seu sistema. Ela precisava disso. Queria se obliterar. Pensara que se sentiria limpa, mas, agora que estava feito, ainda estava presa a esse peso de tristeza.

— Vamos dar o fora daqui — disse Alex. — Para sempre. Chega deste lugar para nós.

Hellie assentiu, e a dor era uma onda que continuava crescendo, ameaçando quebrar. Porque Alex tinha sido sincera. Alex ainda acreditava que algo bom estava prestes a acontecer, tinha que acontecer com elas. E talvez Hellie também tivesse acreditado, não nos sonhos malucos de aulas na faculdade e empregos de meio período nos quais Alex gostava de se perder. Mas… Hellie achava mesmo que nada daquela merda iria grudar nela? Pelo menos não permanentemente. Nada daquela tragédia pertencia a ela. Tinha sido um problema que ela pegara, mas que ia largar de novo, voltaria para o verdadeiro negócio de ser humana, da vida que deveria ter. Este apartamento, estas pessoas, Len, Betcha, Eitan e Ariel e até mesmo Alex… eles seriam uma pausa, uma estação intermediária.

Mas não tinha sido assim no fim, tinha?

Alex estendeu a mão para ela, estendeu a mão através dela. Estava chorando agora, clamando por ela, e Hellie estava chorando também, mas não era como quando estava viva. Não tinha calor em seu rosto, não tinha respiração ofegante, era como se dissolver em chuva. Toda vez que Alex tentava segurá-la, ela vislumbrava flashes da vida dela. A escrivaninha do quarto de menina de Alex, cuidadosamente arrumada com flores secas e presilhas de libélula. Sentar em um estacionamento com os garotos mais velhos, passando um bong de um para o outro. A asa amassada de uma borboleta deitada no azulejo úmido. Era como sair do sol, a cada vez, para um quarto fresco e escuro, como deslizar debaixo d'água.

Len entrou no quarto delas, Betcha logo atrás. Sentiu uma pontada de carinho por eles, agora que podia vê-los a distância. A barriga de Betcha esticando a camiseta. O resquício de acne na testa de Len. Mas então Len colocou as mãos em Alex, a palma da mão em sua boca.

Tudo estava indo como sempre, de mal a pior. Estavam conversando sobre o que fazer com o corpo dela, e então Len deu um tapa em Alex, e Hellie pensou: *Certo, já chega.* Chega dessa vida. Não havia mais nada para ver aqui. Nenhuma memória feliz para deixar. Ela se flagrou à deriva e não se sentiu bem, mas era melhor do que o que viera antes.

Deslizou pela parede e pelo corredor até a sala de estar. Viu Ariel no sofá de cueca. Mas não queria pensar nele ou nas coisas que ele tinha feito com ela. A vergonha parecia distante, como se pertencesse a outra pessoa. Tudo bem. Ela gostava disso.

O que ela estava esperando? Ninguém iria falar por ela; nada iria mudar. Não haveria um adeus real, nenhum sinal de que já estivera no mundo. Os pais dela. Por Deus. Os pais dela acordariam com uma ligação da polícia ou do necrotério dizendo que ela havia sido encontrada em um beco. Ela sentia muito, sentia muito, mas logo a culpa também desapareceria, como se tudo o que restasse dela fosse um dar de ombros.

Len e Betcha estavam mexendo na porta do apartamento enquanto Alex chorava, e Ariel disse alguma coisa. Ele riu, uma risadinha estridente, e foi como ser jogada de volta em seu corpo, ouvindo-o rir enquanto abria caminho para dentro dela. Isso não deveria ser o fim de tudo.

Alex estava olhando para ela. Ainda podia ver Hellie quando ninguém mais podia. Não fora sempre assim com elas?

Mas Hellie alguma vez tinha visto Alex de verdade?

Porque agora que estava olhando, realmente olhando, para ela, podia ver que Alex não era só uma garota com pele quente e língua inteligente e cabelo brilhante como um espelho. Um anel de fogo azul brilhava ao redor dela. Alex era uma porta, e, através dela, Hellie podia ver as estrelas.

Me deixe entrar. O pensamento vem do nada, uma coisa natural: ela vê uma porta e deseja atravessá-la.

Alex a *escuta*. Hellie sabe disso, porque Alex diz:

— Não vá.

Me deixe entrar. É uma exigência?

Alex estende a mão.

Hellie está pronta. Está se derramando para dentro de Alex. É batizada em chama azul. A tristeza se vai e tudo o que ela sabe é como a sensação do taco é boa em suas mãos.

Ela está entrando em campo e seus companheiros de equipe estão cantando: "Manda eles pro inferno, Hellie!". Seus pais estão nas arquibancadas e são lindos, cor de cobre brilhante e gentis. Este é o último momento de que se recorda antes de tudo começar a dar errado e continuar dando errado, quando ainda sabia quem era.

Ela está de pé na base sob o sol. Sabe o quanto é forte. Não está confusa, nem com dor. Flexiona os dedos enluvados sobre o cabo do taco, testando o peso. A arremessadora está tentando lançar olhares para ela, intimidá-la, e ela ri, porque ela é muito boa, porque ninguém nem nada pode detê-la.

— Você fica nervosa? — a irmãzinha perguntara uma vez.

— Nunca — dissera Hellie. — Que motivo eu teria para ficar nervosa?

Ela não quer morrer. Não de verdade. Só não quer mais sentir nada porque tudo parece ruim. Quer encontrar o caminho de volta para esse momento, para o sol, para a multidão e para o sonho de seu próprio potencial. Não há preocupação com a faculdade, as notas ou o futuro. Tudo virá fácil como sempre foi.

Ela arrasta os pés contra a base, testa o balanço, o peso do taco, observa a arremessadora, vê o suor na testa dela, sabe que a garota está com medo.

Hellie vê o movimento do arremesso. Bate. O estalo que o taco faz ao acertar o crânio de Len é perfeito. Ela imagina a cabeça dele voando por cima da cerca. *Indo. Indo. Foi.*

Ela poderia bater aquele taco o dia todo. Sem arrependimento, sem tristeza.

Elas batem o taco. Batem novamente. É assim que se despedem, e só quando a última palavra foi dita é que ela percebe que há um coelho no meio da sala, sentado no tapete, encharcado de sangue.

— Coelho Babbit — Hellie sussurra. Ela o pega no colo, vendo as manchas vermelhas que as mãos deixam nos flancos macios dele. — Pensei que estivesse morto.

— Estamos todos mortos.

Por um segundo, Hellie tem certeza de que o coelho fala com ela, mas, quando ergue o rosto, vê Alex. A velha sala de estar do Marco Zero se foi, o sangue, os pedaços de cérebro, o taco quebrado. Alex está em um pomar cheio de árvores negras. Hellie quer avisá-la para não comer do fruto que cresce nelas, mas já está flutuando, desaparecendo. Nem mesmo um dar de ombros agora. *Indo. Indo.*

27

Alex não tinha certeza do que havia acontecido. Havia algo quente e macio em seus braços e ela sabia que era Coelho Babbit. Hellie tinha... *ela* o pegara. Onde estava? Estava muito escuro para ver e ela não conseguia entender os próprios pensamentos. Caiu de joelhos e teve ânsia de vômito uma, duas vezes. Não saiu nada além de um bocado de bile. Uma vaga memória veio à tona, de Dawes dizendo a ela para jejuar.

— Está tudo bem — ela sussurrou para Coelho Babbit.

Mas seus braços estavam vazios. Ele tinha sumido.

Ele nunca esteve aqui, disse a si mesma. *Bote a merda da cabeça no lugar.*

Mas ela o sentira nos braços, quente e vivo, o corpinho inteiro e seguro como deveria estar, como se ela tivesse feito seu trabalho e o protegido desde o começo.

O chão parecia macio sob suas mãos, coberto de folhas úmidas e caídas. Ela olhou para cima e percebeu que olhava através dos galhos de uma árvore, de muitas árvores. Estava em algum tipo de floresta... não, um pomar, os galhos negros e brilhantes muito carregados de frutas, com casca do roxo mais escuro. Onde a casca havia se partido, via sementes vermelhas que brilhavam como joias. Acima, o céu tinha a cor de ameixa de uma contusão feia. Ouviu um zumbido suave e percebeu que as árvores estavam cheias de abelhas douradas cuidando de colmeias negras no alto dos galhos. *Eu era Hellie.* Hellie na morte. Hellie na base. A infelicidade daquela noite no Marco Zero tinha grudado nela feito fumaça. Nunca se livraria disso.

Alex vislumbrou algo que se movia através da fileira de árvores. Ficou em pé.

— Turner!

Ela se arrependeu de chamar o nome dele imediatamente. E se o que estava no pomar apenas parecesse com Turner?

Mas, um momento depois, ele, e então Dawes, e depois Tripp, emergiram das árvores. Ninguém tinha a aparência exatamente igual à que deveria ter. Dawes usava túnicas cor de pergaminho, os punhos manchados de tinta, e seu cabelo ruivo estava elaborado em tranças grossas. Turner usava um manto de penas pretas lustrosas que brilhava como as costas de um besouro. Tripp usava uma armadura, mas do tipo que parecia nunca ter visto uma batalha, esmalte branco, uma capa de arminho presa no ombro esquerdo com um broche de esmeralda do tamanho de um caroço de pêssego. O erudito, o sacerdote e o príncipe. Alex estendeu os braços. Ela também usava uma armadura, mas era de aço forjado, feita para a guerra. A armadura de um soldado. Deveria parecer pesada, mas ela poderia muito bem estar vestindo só uma camiseta, pelo que sentia do peso.

— Estamos mortos? — perguntou Tripp, os olhos tão arregalados que Alex via um círculo branco perfeito em torno das íris. — Devemos estar, certo?

Não olhava para ela, exatamente; na verdade, ninguém olhava. Nenhum deles fazia contato visual. Tinham caído através das vidas uns dos outros, visto os crimes que haviam cometido, grandes e pequenos.

Ninguém deveria conhecer outra pessoa dessa maneira, pensou Alex. *É demais.*

— Onde estamos? — perguntou Turner. — Que lugar é este?

Os olhos de Dawes estavam vermelhos, a boca inchada de tanto chorar. Ela esticou um braço para tocar um dos galhos, então pensou melhor.

— Não sei. Algumas pessoas acham que o fruto da Árvore do Conhecimento era a romã.

Turner levantou uma sobrancelha.

— Isso não se parece com nenhuma romã que já tenha visto.

— Parece muito boa — disse Tripp.

— Não coma nada — retrucou Dawes.

Tripp fez uma careta.

— Não sou burro. — Então a expressão dele mudou. Ele parecia estar entre o assombro e o medo. — Puta merda, Alex, você...

Dawes afundou os dentes ainda mais no lábio e a boca sombria de Turner ficou ainda mais apertada.

— Alex — sussurrou Dawes. — Você... você está pegando fogo.

Alex olhou para baixo. Uma chama azul havia se acendido sobre seu corpo, uma chama baixa e móvel, como o chão da floresta em uma queima controlada. Ela a tocou com os dedos, a viu mover-se como se tivesse sido apanhada pelo toque. Ela se lembrava dessa chama. Tinha visto isso quando enfrentara Belbalm. *Todos os mundos estão abertos para nós. Se formos ousadas o bastante para entrar.*

Enfiou a mão por baixo do peitoral e sentiu a casca fria da caixa das Botas de Borracha Arlington contra as costelas. Só queria deitar e chorar por Hellie, por Coelho Babbit. Estava agachada sobre o corpo de um estranho enquanto a chuva caía lá fora. Estava empoleirada na amurada de um navio, o mar subindo e descendo abaixo dela. Estava parada no topo da escada em Il Bastone sentindo o peso da pedra nas mãos, o terrível poder de decisão.

Alex apertou a caixa com mais força. Não tinha chegado tão longe para chorar por erros do passado ou cuidar de velhas feridas. Ela se forçou a olhá-los nos olhos... Turner, Tripp, Dawes.

— Certo — ela disse. — Vamos encontrar Darlington.

Mais uma vez o mundo mudou, e Alex se preparou para ser jogada na cabeça de outra pessoa, em alguma outra memória terrível, como se estivesse na pior playlist do mundo. Não tinha sido mera passageira ou observadora. Ela tinha *sido* Dawes, Tripp, Turner e Hellie. Sua Hellie. Que deveria ter sido a única a sobreviver. Mas desta vez o mundo só se movia ao redor de Alex, e de repente ela enxergou um caminho entre as árvores.

Eles saíram do pomar para o que parecia ser um amplo shopping ao ar livre que havia sido abandonado, ou talvez nunca terminado. Os prédios eram imensos, alguns com janelas em arco, outras quadradas. Tudo estava imaculadamente limpo e era de uma cor entre o cinza e o bege.

Alex olhou para trás e o pomar estava lá, as árvores negras farfalhando com um vento que não conseguia sentir. Seus ouvidos ainda estavam cheios do zumbido das abelhas.

Ouviu alguém cantando e percebeu que vinha de um espelho colocado em uma grande bacia elíptica de rocha cinza lisa. Não... não era um espelho, era uma poça de água tão calma e plana que parecia um espelho... e nela podia ver Mercy montando guarda sobre os corpos deles... todos deitados de costas com água na altura dos tornozelos no pátio da biblioteca, flutuando como cadáveres.

— É ela mesmo? — perguntou Tripp.

Toda a sua bravata tinha desaparecido, arrancada dele pela descida. E eles estavam apenas no começo.

— Acho que sim — disse Alex. — A água é o elemento da tradução. É o intermediário entre os mundos.

Ela estava citando o Noivo, palavras que ele havia dito a ela enquanto estava com água até a cintura em um rio, nas terras fronteiriças.

Mercy estava cantando para si mesma.

— "E se eu morrer hoje, serei um fantasma feliz..."[20]

Boa escolha. A música inteira era feita de palavras de morte. Alex podia ouvir o metrônomo tiquetaqueando constantemente atrás da canção de Mercy.

— Por onde começamos? — perguntou Turner

A expressão dele era dura, como se depois de toda aquela infelicidade não houvesse nada a ser feito a não ser terminar. Tinha recebido a resposta que queria agora, sobre o que Alex tinha feito em Los Angeles. E ela tinha respostas para perguntas que sequer tinha pensado em fazer a Turner. O líder escoteiro. O assassino.

Alex semicerrou os olhos para o dia cinzento e plano. Poderia ser dia se não havia sol visível? O céu machucado se estendia infinitamente, e onde quer que estivessem... sem poços de fogo. Sem paredes de obsidiana. Parecia um subúrbio, novo, para uma cidade que não existia. As ruas eram impecáveis, os prédios, quase idênticos. Tinham o formato dos shoppings que existiam em cada canto do vale, cheios de salões de beleza, lavanderias e tabacarias. Mas não havia letreiros nas portas ali, e nenhum cliente. As vitrines estavam vazias.

Alex girou lentamente, tentando conter a onda de tontura que a atingiu. Tudo tinha a mesma cor bege arenosa e desbotada, não apenas os prédios, mas também a grama e as calçadas.

Ela sentiu um calafrio desagradável percorrê-la.

— Eu sei onde estamos.

Dawes afirmava com a cabeça lentamente. Tinha percebido também.

Eles estavam parados na frente do Sterling. Só que o Sterling era o pomar agora, a bacia cheia de água era a Mesa das Mulheres no mundo deles. E isso significava que todo o resto...

---

20. Citação da música "Happy Phantom", de Tory Amos (N.T.)

— Estamos em New Haven — disse Tripp. — Estamos em Yale.

Ou algo parecido com isso. Yale despojada de toda a sua grandeza e beleza.

— Ótimo — ela disse, com uma confiança que não sentia. — Então pelo menos conhecemos a disposição das coisas. Vamos.

— Para onde, exatamente? — perguntou Turner.

Alex olhou Dawes nos olhos.

— Para onde mais? — ela disse. — Black Elm.

★ ★ ★

Eles deveriam levar uma hora a pé para chegar a Black Elm do campus. Mas o tempo parecia escorregadio ali. Não havia condições climáticas, nenhum movimento do sol acima.

Atravessaram um pátio de concreto e desceram para o que ela pensou ser a rua Elm, mas margeada por grandes prédios de apartamentos. Quando Alex olhou para trás, foi como se a rua tivesse mudado. Havia um cruzamento onde não havia antes, uma curva à direita onde havia uma à esquerda.

— Não gosto disso — disse Tripp. Ele tremia.

Alex lembrou-se da corda molhada deslizando, do mar agitado abaixo dela.

— Estamos bem — disse ela. — Vamos continuar andando.

— Nós deveríamos... deixar migalhas de pão ou algo assim. — Ele parecia quase zangado, e Alex supôs que tinha um bom motivo. Aquilo não era uma aventura. Era um pesadelo. — Para o caso de nos perdermos.

— O fio de Ariadne — disse Dawes, a voz trêmula.

O silêncio era completo demais. O mundo, muito quieto. Parecia que estavam viajando através de um cadáver.

Alex manteve a mão em volta da caixa de porcelana. *Estou indo buscar você, Darlington.* Mas não conseguia parar de pensar em Hellie. Ainda podia sentir Coelho Babbit em seus braços. Ele estivera vivo. Por um momento, todos tinham estado juntos novamente.

Alex não sabia havia quanto tempo estavam andando, mas a próxima coisa que soube era que estavam do lado de fora de uma cerca de arame. Uma enorme placa dizia: "Futuro Lar de Westville: Vida de Luxo". A representação era a de um elegante edifício de vidro elevando-se sobre um gramado ajardinado, um Starbucks na base, pessoas felizes acenando umas para as outras, alguém passeando com o cachorro. Mas Alex conhecia esse caminho, os pedaços de pedra que antes eram colunas, as bétulas agora cortadas em tocos.

— Black Elm — sussurrou Dawes.

Parecia sábio falarem baixo. As casas ao longo da rua pareciam vazias, as janelas fechadas, os gramados cinzentos e nus. Mas Alex percebeu um movimento pelo canto do olho. Uma cortina puxada de lado numa janela do andar de cima? Ou nada.

— Estamos sendo observados — disse Turner.

Alex tentou ignorar o medo que a percorria.

— Precisamos de um alicate se quisermos passar por aquela cerca.

— Tem certeza? — Turner perguntou.

Alex olhou para baixo. A chama ao redor da caixa das Botas de Borracha Arlington estava mais brilhante, quase branca. Ela caminhou em direção à cerca e então passou por ela, o metal derretendo até virar nada.

— Legal — disse Tripp.

Mas ele soava como se quisesse chorar.

A entrada para Black Elm parecia mais longa, o caminho estendendo-se como um corredor em direção à forca entre os tocos de árvores. Mas a casa em si não estava visível.

— Ah, não — lamentou Dawes.

É claro. A casa não estava visível porque não era mais uma casa, apenas uma pilha de escombros abandonados. Alex percebeu, com um vislumbre, que alguma coisa se movia entre os montes de rocha.

— Não estou gostando disso — disse Tripp novamente.

Estava com os braços cruzados sobre o corpo como se quisesse se proteger. Alex sentiu uma suavidade em relação a ele que não sentia antes. Ainda podia sentir o gosto forte de cloro no fundo da garganta, sentir o pé de Spenser procurando pela virilha dele e o peso da vergonha de Tripp, prendendo-o para sempre sob a água.

— Alex — falou Turner, em voz baixa. — Olhe para trás. Devagar.

Alex olhou por cima do ombro e precisou se esforçar para manter o andar firme.

Estavam sendo seguidos. Um grande lobo negro os perseguia a cerca de cem metros de distância. Quando olhou para trás novamente, havia dois, e ela viu um terceiro se esgueirando por entre as árvores para se juntar a eles.

Eles não tinham uma aparência normal. As pernas eram muito longas, as espinhas, curvadas, a longa curva dos focinhos muito cheias de dentes. As mandíbulas estavam molhadas de baba e incrustadas com algo marrom que poderia ser sujeira ou sangue.

Alex e os outros passaram por uma grande poça que havia se formado na frente do que um dia fora a porta da frente e, na água turva, Alex viu Mercy andando de um lado para o outro no pátio da biblioteca. *Ela está bem. Isso tem que contar para alguma coisa.*

— Lá — gritou Dawes.

Ela apontava para as ruínas de Black Elm e lá estava Darlington – o Darlington igual a como se lembrava dele, como estivera em seu sonho, bonito e humano em seu longo casaco escuro. Sem chifres. Nada de tatuagens brilhantes. Ele tinha uma pedra nas mãos, e, enquanto observavam, arrastou-a até o que poderia ser o começo ou o fim de uma parede e a colocou cuidadosamente sobre as outras pedras.

— Darlington! — Dawes gritou.

Ele não parou de se mover, não alterou seu olhar.

— Ele consegue nos ouvir? — perguntou Tripp.

— Daniel Arlington — Turner ribombou, como se estivesse prestes a ler os direitos de Darlington para ele.

Darlington não diminuiu o passo, mas Alex podia ver o peito dele subindo e descendo, como se estivesse fazendo esforço para respirar.

— Por favor — ele falou entre os dentes. — Não consigo... parar.

Alex respirou fundo. Quando Darlington falou, ela viu toda a cena oscilar – a ruína de Black Elm, o céu ferido, o próprio Darlington. Viu a noite escura e um poço de chamas amarelas, ouviu pessoas gritando e viu um grande demônio dourado com chifres ondulados elevando-se acima de tudo aquilo. Ela o ouviu falar. "Alagnoth grorroneth." Nada além de um rosnado, mas ela podia sentir as palavras: "Nada é de graça".

— Como podemos ajudá-lo? — perguntou Dawes.

Alex a encarou. Dawes não tinha visto. Nenhum deles tinha. Tripp parecia assustado. Turner estava olhando para os lobos. Nenhum dos dois reagira ao que Alex vira quando Darlington tinha falado. Teria imaginado aquilo?

— Fique de olho nos lobos — ela murmurou para Turner, e entrou no meio dos escombros.

Darlington não levantou os olhos, mas falou de novo aquela palavra:
— Por favor.

O mundo oscilou e ela viu o demônio, sentiu o calor daquele poço de chamas. Darlington queria se libertar, assim como quisera mostrar o Corredor a eles, mas não tinha controle.

Ela tirou a caixa das Botas de Borracha Arlington do bolso e abriu a tampa. Uma parte dela esperava que isso fosse o suficiente, mas ainda assim Darlington se arrastava para a frente e para trás, erguendo pedra após pedra, colocando-as com cuidado infinito. Será que aquele objeto não era preciso o bastante? Ela tinha entendido errado?

Alex agarrou a tampa e lembrou-se de tudo o que tinha visto nas memórias do velho. Darlington quando ainda era apenas Danny, sozinho no abrigo frio de Black Elm, tentando se aquecer sob os casacos que encontrara no sótão, comendo feijão enlatado da despensa. Danny, que havia sonhado com outros mundos, com a magia tornada real e com monstros a serem derrotados. Ela se lembrava dele com sua receita de elixir improvisada, parado no balcão da cozinha, pronto para tentar a morte por uma chance de ver o mundo além.

— Danny — Alex disse, e não foi só a voz dela que surgiu, mas a do velho também, uma harmonia rouca. — Danny, volte para casa.

Os ombros de Darlington caíram. A cabeça dele se curvou. A pedra escorregou das mãos dele. Quando ergueu o olhar, seus olhos encontraram os dela, e neles ela viu a angústia de dez mil horas, de um ano perdido em sofrimento. Viu culpa neles também, e vergonha, e entendeu: aquele demônio dourado também era Darlington. Ele era prisioneiro e guarda ali no inferno, torturado e torturador.

— Sabia que você viria — ele disse.

Darlington explodiu em chamas azuis. Alex engasgou, ouviu Tripp gritar e Dawes chamar. A chama lambeu os escombros como um rio fluindo pelas ruínas de Black Elm e saltou para dentro da caixa.

Alex fechou a tampa. A caixa chacoalhou em suas mãos. Ela podia senti-lo ali, sentir a vibração em suas palmas. A alma dele. Ela segurava a alma dele em suas mãos, e o poder dela a percorria, brilhante demais para conter. Tinha um som, o toque de aço contra aço.

— Estou com você — ela sussurrou.

— Sua armadura! — gritou Dawes.

Alex olhou para baixo. Estava de novo com suas roupas de rua. Assim como os outros.

— Por que desapareceu? — Tripp perguntou. — O que está acontecendo?

Dawes balançou a cabeça como se tentasse expulsar o medo de si.

— Não sei.

Alex apertou a caixa contra o peito.

— Precisamos voltar para a Sterling. Para o pomar.

No entanto, quando virou para a rua, nada estava onde deveria estar. A entrada da casa havia sumido, os tocos de árvores, a cerca, as casas além. Estava olhando para um longo trecho de estrada asfaltada, um motel ao longe, um horizonte de colinas baixas salpicadas de árvores de Josué. Nada daquilo fazia sentido.

Os lobos ainda estavam lá e agora se aproximavam.

— Tem alguém com Mercy — disse Tripp.

Alex girou. Tripp estava olhando para a poça. Podia ver a silhueta de um homem na porta do pátio da biblioteca. Estava discutindo com Mercy.

— Tem algo errado com o ritual — Dawes disse —, com o Corredor. Não estou mais ouvindo o metrônomo.

— Alex — Turner disse, sua voz baixa.

— Temos que...

Ela pretendia dizer algo sobre Sterling, sobre completar o ritual. Mas estava encarando os olhos amarelos de quatro lobos.

Eles bloqueavam o caminho entre Black Elm e a rodovia.

— O que eles querem? — Dawes estremeceu.

Turner endireitou os ombros.

— O que os lobos sempre querem?

Ele sacou a arma e gritou. Segurava um coelho ensanguentado na mão.

Os lobos atacaram.

Alex gritou quando as mandíbulas se fecharam em torno de seu antebraço, os dentes do lobo afundando profundamente. Ouviu o osso estalar, sentiu a bile subir em sua garganta. Caiu para trás, a criatura em cima dela. Podia ver o focinho imundo dele, o sangue e a baba emaranhados em torno de seus dentes, a crosta de pus amarelo em torno de seus olhos dourados selvagens. Mas ela ainda segurava a caixa. O lobo a sacudiu quando as chamas em seu corpo pegaram em seu pelo oleoso. Sentiu o cheiro da pelagem dele queimando. Soltou um rosnado baixo vindo da garganta. Não ia desistir. Ela via pontos negros em sua frente. Não podia desmaiar. Precisava se libertar. Precisava chegar à Sterling. Precisava chegar até Mercy.

— Também não vou desistir — ela rosnou.

Virou a cabeça para o lado e viu os outros lutando com o resto do bando, e o coelho, pelo branco manchado de sangue, mordiscando uma folha de grama bege, marcas de mãos ensanguentadas nas laterais, ignorado pelos lobos.

Ela agarrou a caixa com mais força, mas podia sentir que estava começando a perder a consciência. Conseguiria sobreviver a esse monstro? O lobo estava em chamas agora, a carne assando. Ele choramingava, mas suas mandíbulas permaneciam presas no braço quebrado de Alex. A dor era esmagadora.

O que significava se morressem no inferno? Seus corpos descansariam tranquilos lá em cima, intactos e inteiros? O que aconteceria com Mercy?

Ela não sabia o que fazer. Não sabia quem salvar ou como. Não conseguia nem salvar a si mesma. Havia prometido a Darlington que o tiraria de lá. Acreditara que conseguiria mantê-los todos vivos, que esta era só mais uma coisa na qual poderia blefar e através da qual abriria caminho com os punhos.

— Eu não vou desistir.

Mas a voz dela soava distante. E pensou ter ouvido alguém, talvez alguma *coisa*, rindo. Ele a queria aqui. Ele a queria derrotada. Como seria o inferno para ela? Ela sabia muito bem. Acordaria em seu antigo apartamento, de volta com Len, como se nada disso tivesse acontecido, como se tudo tivesse sido um sonho maluco. Não haveria Yale, nem Lethe, nem Darlington, nem Dawes. Não haveria histórias secretas, nem bibliotecas cheias de livros, nem poesia. Alex estaria sozinha novamente, olhando para a profunda cratera negra de seu futuro.

De repente, as mandíbulas do lobo se soltaram e Alex gritou mais alto enquanto o sangue voltava para seu braço. Levou um momento para entender o que estava vendo. Darlington lutava contra os lobos, e ele não era nem demônio nem homem, mas ambos. Seus chifres brilharam dourados quando ele arrancou uma das bestas de Turner e atirou-a nos escombros. O lobo ganiu e caiu amontoado, com as costas quebradas.

A caixa. Ainda estava nas mãos de Alex, mas agora estava vazia, aquela vibração brilhante e vitoriosa havia desaparecido. Ele havia escapado. Para salvá-los.

Ele arrancou outro monstro de cima de Dawes e seus olhos encontraram os de Alex quando ele quebrou o pescoço do lobo.

— Vá — ele disse, a voz profunda e autoritária. — Vou mantê-los afastados.

— Eu não vou deixar você aqui.

Ele jogou o lobo que atormentava Tripp na areia do deserto, que correu, ganindo, o rabo entre as pernas. Mas havia mais vindo, sombras se esgueirando entre as silhuetas tortas das árvores de Josué.

— Vá — insistiu Darlington.

Mas Alex não podia. Não quando estavam tão perto, não quando ela tinha segurado a alma dele em suas mãos.

— Por favor — ela implorou. — Venha conosco. Podemos...

O sorriso de Darlington era pequeno.

— Você me encontrou uma vez, Stern. Vai encontrar de novo. Agora vá.

Ele se virou para enfrentar os lobos.

Alex obrigou-se a seguir os outros, mas toda sanha de luta havia desaparecido dela. Não era assim que deveria ser. Ela não deveria falhar novamente.

— Vamos! — Turner exigiu, arrastando Tripp e Dawes pela rua deserta.

Havia mais lobos esperando, bloqueando a estrada.

— Como passamos por eles? — gritou Tripp.

— Não é assim que funciona — disse Dawes, a voz rouca de medo. Ela tinha sangue no antebraço e mancava. — Eles não deveriam estar tentando nos impedir de sair.

Turner deu um passo à frente com as mãos erguidas como se esperasse que os lobos se abrissem como o Mar Vermelho.

— *Ainda que eu caminhe por um vale tenebroso, nenhum mal temerei...*

Um dos lobos inclinou a cabeça, como um cachorro que não entendeu um comando. Outro choramingou, mas não era um som de angústia. Soou quase como uma risada. O maior dos lobos caminhou em direção a eles, cabeça baixa.

— *Pois estás junto a mim* — Turner proclamou. — *Teu bastão e teu cajado me deixam tranquilo. Diante de mim preparas a mesa à frente de meus opressores...*

O grande lobo abriu a boca, a língua pendurada para fora. A palavra que saiu de suas mandíbulas foi baixa e rosnada, mas inconfundível:

— Ladrão.

Sem pensar, Alex deu um passo para trás, o terror crescendo como um grito em sua cabeça pelo erro daquilo. A boca de Tripp ficou aberta e Dawes gemeu, o pânico dominando os dois. Apenas Turner ficou firme, mas ela podia ver que ele tremia enquanto gritava:

— *Unges minha cabeça com óleo, e minha taça transborda. Sim, felicidade e amor me seguirão...*

Os lábios do lobo se abriram, mostrando seus dentes irregulares, suas gengivas negras. Estava sorrindo.

— *Se um ladrão for surpreendido arrombando um muro* — disse, as palavras rolando como rosnados — *e, sendo ferido, morrer, quem o feriu não será culpado do sangue.*

Turner baixou as mãos. Balançou a cabeça.

— Êxodo. Aquela porra de lobo está citando as escrituras para mim.

Agora outro lobo rastejava para a frente, de cabeça baixa.

— *Todos os que vieram antes de mim são ladrões e assaltantes.*

Alex captou movimentos da esquerda e da direita. Estavam sendo cercados.

— *Mas as ovelhas não os ouviram* — a última palavra foi pouco mais que um rosnado.

— É porque tentamos levar Darlington — disse Dawes. — Tentamos levá-lo para casa.

— Costas contra costas — gritou Alex. — Todo mundo comigo.

Ela não tinha ideia do que estava fazendo, mas tinha que tentar alguma coisa. Tripp agora chorava, e Dawes fechou os olhos com força. Turner ainda balançava a cabeça. Ela o tinha avisado de que aquela não era uma grande batalha entre o bem e o mal.

Alex bateu as mãos, esfregando as palmas uma contra a outra como se estivesse tentando se aquecer, e as chamas saltaram.

— Vamos — ela murmurou para eles, para si mesma, ainda sem saber o que pedia ou a quem implorava.

A magia indesejada que a atormentava desde o nascimento. O espírito da avó. Os cristais da mãe. O sangue do pai ausente.

— Vamos.

O grande lobo se lançou para a frente. Alex estendeu a mão e a chama azul foi com ela, desenrolando-se com um estalo como um chicote. Os lobos pularam para trás.

Ela atacou novamente, deixando a chama correr através de si, uma extensão de seu braço, seu medo e sua raiva inundando-a e transformando-se em fogo azul. *Crac. Crac. Crac.*

— O que é isso? — Turner perguntou. — O que está fazendo?

Alex não tinha certeza. Os arcos ardentes de chamas não se dissipavam. Quando Alex os soltava, eles pairavam no ar, contorcendo-se, buscando direção, finalmente encontrando-se uns com os outros – e quando faziam isso, começavam a se agitar, formando um círculo ao redor dela e dos outros de um branco brilhante e reluzente.

— O que é isso? — gritou Tripp.

Dawes olhou nos olhos de Alex e agora o medo dela havia desaparecido. Alex viu o rosto determinado do erudito brilhando de volta para ela.

— É a Roda.

O chão sob seus pés tremeu. Os lobos estavam investindo contra eles, atacando as faíscas azuis e brancas que saíam do fogo de Alex.

Uma rachadura se abriu sob os pés de Alex e ela tropeçou.

— Pare — gritou Tripp. — Você precisa parar.

— Não! — exclamou Dawes. — Tem alguma coisa acontecendo!

E Alex achava que não *poderia* parar. O fogo queimava através dela agora, e sabia que, se não o soltasse, iria queimá-la por dentro. Não sobraria nada além de cinzas.

Alex olhou para Black Elm. Os lobos abandonaram o ataque a Darlington para se lançarem contra a roda em chamas. Os chifres dele haviam desaparecido, e ele tinha uma pedra na mão. Ela o observou colocando-a cuidadosamente em cima da parede.

Vou voltar para você, ela prometeu. *Vou dar um jeito.*

A terra abaixo deles se partiu com um estrondo ensurdecedor. Eles caíram, cercados por uma cascata de chamas azuis. Alex viu os lobos caindo também. Eles resplandeceram em branco quando o fogo os pegou, brilhantes como cometas, e então Alex não viu mais nada.

Não temos apenas direito a fazer essa viagem, mas dever. Se Hiram Bingham nunca tivesse escalado os picos do Peru, teríamos seu Cadinho e nossa capacidade de ver atrás do Véu? O conhecimento que adquirimos não pode permanecer acadêmico. Posso citar o dinheiro e o tempo gastos, a generosidade de Sterling, o trabalho e a engenhosidade de JGR, Lawrie, Bonawit, as muitas mãos que trabalharam para construir um ritual de tamanha dimensão e complexidade. Eles tinham a vontade de se comprometer com o projeto e os meios para tentar. Agora é nosso dever mostrar a coragem de suas convicções, provar que somos homens de Yale, herdeiros legítimos dos homens de ação que construíram essas instituições, em vez de crianças mimadas que se recusam a sujar as mãos.

— *Diário dos dias de Lethe de Rudolph Kittscher*
(Residência Jonathan Edwards, 1933)

Estou sem energia ou vontade de registrar o que aconteceu. Conheço apenas o desespero. Há apenas uma palavra que preciso escrever que pode abranger nossos pecados: húbris.

— *Diário dos dias de Lethe de Rudolph Kittscher*
(Residência Jonathan Edwards, 1933)

28

Alex estava de costas. Em algum momento havia começado a chover. Ela limpou a água dos olhos e cuspiu o gosto de enxofre da boca.

— Mercy! — ela gritou, levantando-se e tossindo.

Seu braço estava inteiro e intacto, mas o mundo girava. Tudo parecia muito rico, muito saturado de cores, as luzes muito amarelas, a noite exuberante como tinta fresca.

— Você está bem? — Mercy estava ao lado dela, encharcada pela chuva, sua armadura de sal de algum modo mantendo a forma.

— Estou bem — mentiu Alex. — Estão todos aqui?

— Aqui — disse Dawes, seu rosto um borrão branco no aguaceiro.

— Sim — disse Turner.

Tripp estava sentado na lama, os braços sobre a cabeça, soluçando. Alex olhou ao redor, tentando se orientar.

— Vi alguém aqui em cima.

— Você parou o metrônomo? — perguntou Dawes.

— Desculpe — disse Mercy. — Ele me falou para parar. Eu não sabia o que fazer.

— Certamente não é sua culpa, senhorita Zhao.

— Merda — Alex murmurou.

Ela não sabia o que esperava – um vampiro, um Cinzento, alguma outra assombração nova e excitante. Tudo isso parecia mais fácil de administrar do que Michael Anselm. Tinham ensinado Mercy a lidar com intrusos mortos-vivos, não com um burocrata vivo.

Ele estava parado na porta sob a escultura em pedra do quadrado mágico de Dürer, braços cruzados, protegido da chuva. A luz âmbar do corredor projetava sombra sobre ele.

— Todo mundo em pé — disse ele, com a voz trêmula de raiva. — E para fora.

Eles se levantaram, tremendo, e arrastaram os pés para fora do pátio enlameado.

Alex se esforçava para fazer a mente funcionar. Os lobos. O fogo azul. Ela os salvara? Ou Anselm inadvertidamente viera em socorro deles, interrompendo o ritual e puxando-os para fora? E de onde tinham vindo os lobos? Dawes havia dito que não deveria haver obstáculos como aquele. Alex poderia culpar Anselm por aquilo também?

— Eu me sinto como se alguém tivesse derrubado uma casa em cima de mim — disse Turner.

— Ressaca do inferno — disse Tripp.

Ele enxugou as lágrimas e a cor estava voltando para suas bochechas.

— Tirem os sapatos — vociferou Anselm. — Senão vão deixar rastros de lama nesse piso.

Eles tiraram os sapatos e as meias e entraram descalços na biblioteca atrás de Anselm, o chão de pedra como uma placa de gelo.

Na penumbra dos geradores, Anselm os conduziu até uma entrada dos fundos que levava à York Street, onde permitiu que se sentassem nos bancos baixos e calçassem os sapatos molhados.

— Detetive Turner — disse Anselm —, vou pedir que fique.

Então apontou para Mercy e Tripp.

— Você e você. Chamei táxis.

— Não tenho dinheiro — disse Tripp.

Anselm parecia a ponto de socar alguém. Sacou a carteira e colocou uma nota de vinte na palma da mão molhada de Tripp.

— Vá para casa.

— Estou bem — disse Mercy. — A JE fica aqui do lado.

— A armadura não pertence a você — disse Anselm.

Mercy removeu o peitoral, manoplas e grevas e ficou ali sem jeito.

— Senhorita Stern — disse Anselm, e Alex pegou a pilha de armadura.

— Vá se aquecer — ela sussurrou. — Volto para casa o mais rápido que puder.

Ou assim esperava. Talvez estivesse prestes a ser levada para além dos limites da cidade de New Haven e ser jogada em uma vala.

Alex enfiou a armadura na bolsa de lona encharcada que tinham trazido com eles. Viu que as lanternas também estavam lá. Anselm deveria tê-las pegado.

Tripp acenou enquanto saía pela porta. Mercy se afastou lentamente como se esperasse algum sinal de Alex para ficar, mas tudo o que Alex conseguia fazer era dar de ombros. Era isso. Era isso que ela e Dawes tinham temido tanto. Mas ter consciência do que poderiam perder não fora o suficiente para detê-las. E agora literalmente tinham passado pelo inferno e voltado sem nada para mostrar.

Pelo menos não havia perdido a caixa das Botas de Borracha Arlington. Ela a tocou com os dedos no bolso úmido. Tinha segurado a alma de Darlington nas mãos. Sentira a força da vida dele, verde de folhas novas, brilhante como a manhã. E tinha falhado.

Esperava que Anselm os escoltasse até a Gaiola, ou talvez até o escritório do Pretor para algum tipo de repreensão formal. Mas aparentemente ele não estava interessado em deixar que se secassem.

— Eu realmente não sei por onde começar — disse Anselm, balançando a cabeça como um pai decepcionado em uma série de comédia. — Você trouxe um estranho para as atividades da Lethe, vários estranhos.

— Tripp Helmuth é um Osseiro — disse Turner, encostando-se na parede. — Ele sabe sobre a Lethe.

Anselm virou os olhos frios para ele.

— Estou bem ciente de quem é Tripp Helmuth, e de quem é o pai, e de quem é o avô dele, a propósito. Também estou ciente do que teria acontecido se ele tivesse sido ferido nesta noite. Você está?

Turner não disse nada.

Alex tentava se concentrar no que Anselm dizia, mas não conseguia pensar direito. Em um momento, sentia-se voraz, como se não tivesse comido havia dias e, quando respirava de novo, o mundo inclinava e ela queria vomitar. Ainda estava lutando contra os lobos. Ainda estava na cabeça de Hellie, balançando aquele taco. Estava sentindo a terrível perda de deixar um mundo no qual não tinha certeza de que queria ficar. A tristeza era insuportável. Não deveria ter sido assim. Deveria ter sido Alex a nunca acordar, a morrer no velho colchão, levada pela maré, jogada no piso daquele apartamento. Deveria ser Alex a estar enterrada sob os escombros de Black Elm no inferno.

Dawes estava com as mãos fechadas ao lado do corpo. Parecia uma vela derretida. Seu cabelo ruivo escuro estava colado na pele pálida como uma chama fracassada. O rosto de Turner era impassível. Poderia estar esperando na fila para tomar um café.

— De alguma forma, vocês encontraram um Corredor — continuou Anselm naquela voz calculada e mal contida — *no campus de Yale*, e acharam apropriado manter isso para si mesmos. Realizaram um ritual não autorizado que colocou inúmeras pessoas e a própria existência da Lethe em risco.

— Mas nós encontramos ele — Dawes disse as palavras suavemente, os olhos no chão.

— Perdão?

Ela levantou os olhos, queixo para cima.

— Encontramos Darlington.

— Nós teríamos trazido ele de volta para cá — disse Turner —, se não tivesse nos interrompido.

— Detetive Turner, você está, a partir deste momento, desobrigado de suas obrigações como Centurião.

— Ah, não — disse Turner, sem emoção. — Tudo menos isso.

O rosto de Anselm corou.

— Se você...

Turner levantou uma mão.

— Não gaste a saliva. Vou sentir falta do dinheiro extra e é só isso. — Ele fez uma pausa na porta e se virou para eles. — Esta é a primeira coisa real que vi a Lethe, ou qualquer um de vocês, picaretas agitando varinhas e usando túnicas, tentar fazer. Diga o que quiser, mas essas duas não fogem de uma luta.

Alex o observou ir embora. As palavras de despedida dele a fizeram ficar mais ereta, mas o orgulho não lhe faria bem agora. Pra falar a verdade, nunca tinha visto ninguém nas sociedades agitar uma varinha, embora suspeitasse que houvesse algumas no arsenal da Lethe. Que ela nunca mais poderia ver. De certa forma, isso era o pior – não apenas ser exilada de Yale e de todas as possibilidades atreladas a isso, mas ser barrada de Il Bastone, um lugar no qual ousava pensar como lar.

Ela se lembrou de Darlington, pedra na mão, tentando para sempre salvar algo que não poderia ser salvo. Fora por isso que ela não conseguira dar as costas ao garoto de ouro da Lethe? Porque ele não conseguia abandonar uma causa perdida? Porque ele achava que valia a pena salvá-la?

Mas que bem ela fizera a ele ou a ela mesma? O que iria acontecer com ele se não sobrasse ninguém na Lethe para lutar por seu resgate? E o que aconteceria com a mãe agora que perdera a chance de garantir uma lasca do dinheiro da Lethe através de Anselm?

Uma onda de fúria sacudiu seu desamparo.

— Vamos logo com isso.

— Está tão ansiosa assim para ser expulsa do Éden? — perguntou Anselm.

— Não me arrependo pelo que fiz. Me arrependo por termos falhado. Como você nos encontrou, afinal?

— Fui a Il Bastone. As anotações de vocês estavam todas espalhadas — Anselm limpou a chuva da testa, claramente lutando por calma. — Vocês chegaram perto?

Ela ainda podia sentir a vibração da alma de Darlington nas palmas das mãos, o poder dela se movendo dentro de seu corpo. Ainda podia ouvir aquilo soando, o som do aço no aço.

— Sim.

— Eu disse a vocês duas que haveria consequências. Não quis ser colocado nessa posição.

— Não? — Alex perguntou. Homens como Anselm de alguma forma sempre se encontravam *nessa posição*. O guardião das chaves. O homem com o martelo. — Então deveria ter escutado a gente.

— Vocês duas, a partir de agora, estão proibidas de usar as propriedades e bens da Lethe — disse Anselm. — Depois do que aconteceu hoje, se colocarem os pés dentro de qualquer uma de nossas casas seguras, vamos considerar invasão criminosa. Se tentarem usar qualquer uma das contas, artefatos ou recursos associados à Lethe, serão acusadas de roubo. Estão entendendo?

Era por isso que ele não as levara para a Gaiola, o lugar onde Alex já havia se refugiado, onde se enfaixara em mais de uma ocasião, onde Dawes a defendera contra Sandow. Ela ouvia carros passando na chuva do lado de fora, o grito de pessoas animadas voltando para casa de uma festa de Dia das Bruxas.

— Preciso de uma confirmação verbal — disse Anselm.

— Eu entendo — sussurrou Dawes, lágrimas escorrendo sobre o rosto.

— Você deveria colocá-la em um período probatório — disse Alex. — Vá em frente e me expulse. Todos nós sabemos que eu sou a má influência aqui. Dawes é um recurso que a Lethe não pode se dar ao luxo de perder.

— Infelizmente, senhorita Stern, não acho que a Lethe possa se dar ao luxo de manter nenhuma de vocês. A decisão está tomada. *Está entendendo?*

Havia uma irritação na voz dele agora, aquela calma burocrática, de gente certinha, desgastando-se contra a raiva.

Alex encontrou o olhar de Anselm.

— Sim, senhor. Eu entendo.

— Eu não mereço seu desprezo, Alex. Eu me ofereci para ajudá-la, e você me olhou nos olhos e mentiu para mim.

Uma risada amarga escapou dela.

— Você não se ofereceu para me ajudar até saber que eu tinha algo que queria. Você estava me usando e eu disse que me prostituiria de bom grado por você pelo preço certo, então não vamos fingir que havia alguma coisa nobre nessa transação.

O lábio de Anselm se curvou.

— O seu lugar não é aqui. Nunca foi. Grosseira. Rude. Sem instrução. Você é uma mancha na Lethe.

— Ela lutou por ele — Dawes disse, com voz rouca.

— O quê?

Dawes limpou o nariz escorrendo com a manga. Os ombros ainda estavam caídos, mas as lágrimas tinham desaparecido. Os olhos dela estavam claros.

— Quando você e o conselho decidiram fingir que Darlington não poderia ser salvo, demos um jeito. Alex lutou por ele, *nós* lutamos por ele quando ninguém mais lutou.

— Vocês colocaram em risco esta organização e a vida de todos neste campus. Mexeram com forças muito além do entendimento ou controle de vocês. Nem pensem em se pintarem como heroínas quando quebraram todas as regras destinadas a proteger...

Dawes deu uma longa fungada.

— As regras de vocês são uma merda. Vamos, Alex.

Alex pensou na Gaiola em toda a sua glória surrada, no antigo assento da janela, nas cenas pintadas de pastores e caçadores de raposa nas paredes. Pensou em Il Bastone, na sua iluminação quente, na sala da frente, onde tinha passado o verão cochilando no sofá, lendo livros, sentindo-se segura e relaxada pela primeira vez na vida.

Saudou Anselm com os dois dedos do meio e seguiu Dawes para fora do Éden.

29

Quando Alex acordou na manhã seguinte, seu corpo doía e ela não conseguia parar de bater os dentes, apesar das cobertas empilhadas em cima de si. Sua rebeldia e sua raiva haviam desaparecido, drenadas por pesadelos de Darlington esmagados sob Black Elm, Hellie desaparecendo diante de seus olhos, o corpinho ensanguentado de Coelho Babbit.

Depois que Anselm os expulsara, Alex convidara Dawes para ficar com ela e Mercy no dormitório. Ficava mais perto da Gaiola do que o apartamento dela. Mas Dawes queria ficar sozinha.

— Eu só preciso de algum tempo para mim mesma. Eu... — A voz dela falhou.

Alex hesitou, então disse:

— Alguém precisa ir para Black Elm.

— Pelas câmeras, me parece que está tudo normal — disse Dawes. — Mas vou dar uma olhada nele amanhã.

Ou o que quer que eu seja será libertado sobre o mundo. Alex tinha visto o círculo de proteção bruxulear em volta de si.

— Você não devia ir sozinha.

— Vou pedir a Turner.

Alex sabia que deveria se oferecer, mas não tinha certeza de que conseguiria enfrentar Darlington – em qual forma fosse. Ele sabia que tinham chegado bem perto? Ele estivera lá. Salvara Alex mais uma vez e sacrificara a própria chance de liberdade. Ela não estava pronta para olhá-lo nos olhos.

— Você foi vê-lo — disse Dawes. — Na noite anterior ao ritual.

Alex devia ter sido vista na câmera.

— Eu tive que pegar o recipiente.

— Ele não fala comigo. Só fica lá sentado meditando ou seja lá o que for.

— Está tentando nos manter seguras, Dawes. Do jeito que sempre fez.

Só que dessa vez a ameaça era ele. Dawes assentiu, mas não parecia convencida.

— Tenha cuidado — disse Alex. — Anselm...

— Black Elm não é propriedade da Lethe. E alguém precisa cuidar do Cosmo. Ou dos dois.

Alex observou Dawes desaparecer na chuva. Não fora feita para cuidar de ninguém nem de nada. Hellie era a prova disso. Coelho Babbit. Darlington.

Ela andou pela casa molhada, colocou um pijama seco, comeu quatro Pop-Tarts e caiu na cama. Agora rolava, tremendo de calafrios e faminta.

Mercy estava sentada na cama, uma cópia de *Orlando* aberta no colo, uma xícara de chá soltando vapor no topo da mala vintage que usava como mesa de cabeceira.

— Por que não podemos simplesmente tentar de novo? — perguntou Mercy. — O que nos impede?

— Bom dia pra você também. Há quanto tempo está acordada?

— Umas horas.

— Merda. — Alex sentou-se muito rápido, a cabeça disparando imediatamente. — Que horas são?

— Quase meio-dia. Da segunda-feira.

— *Segunda-feira?* — Alex ganiu.

Tinha perdido o domingo inteiro. Tinha dormido quase trinta e seis horas.

— Isso. Você não foi no espanhol.

O que isso importava? Sem a bolsa de estudos da Lethe, não tinha como ficar em Yale. Ela perdera a chance de se afastar de Eitan. Perdera a chance de uma nova vida para a mãe. Eles a deixariam terminar o ano? O semestre?

Mas tudo isso era triste demais para contemplar.

— Estou morrendo de fome — disse ela. — E por que está tão frio aqui?

Mercy fuçou na bolsa.

— Trouxe dois sanduíches de bacon do café da manhã. E não está tão frio. É porque você tocou o fogo do inferno.

— Você é um anjo — disse Alex, pegando os sanduíches de Mercy e desembrulhando um. — Agora, do que caralhos está falando?

— Você nunca estuda.

— Nunca não — Alex murmurou, a boca cheia.

— Li as anotações de Dawes, não o material original, mas contato com o fogo do inferno pode te fazer sentir frio e até causar hipotermia.

— Então a chama azul era isso?

— O quê?

Alex precisou relembrar que Mercy não tinha ideia do que havia acontecido no submundo.

— Qual é a aparência do fogo do inferno?

— Não tenho certeza — disse Mercy. — Mas é considerado o tecido do mundo dos demônios.

— E qual o remédio?

Mercy fechou o livro.

— Não fica muito claro. Sopa feita em casa e versículos bíblicos são recomendados.

— Sim, por favor, e não, obrigada.

Alex se arrastou para fora da cama e fuçou a cômoda. Colocou uma blusa de capuz sobre o moletom. Ainda tinha permissão para usar os conjuntos de moletom da Lethe? Deveria devolvê-los? Não fazia ideia. Tinha muitas perguntas que deveria ter feito a Anselm em vez de mostrar o dedo para ele, mas ainda tinha sido muito gratificante.

Ela encontrou o pequeno frasco de basso beladona na parte de trás da gaveta e pingou gotas nos dois olhos. Não conseguiria passar por aquele dia sem uma pequena ajuda.

"O que nos impede?", Mercy havia perguntado. A resposta era nada. Alex não queria passar pelo inferno novamente. Mas, se tinham feito aquilo uma vez, saberiam o que esperar da segunda. Dawes precisaria escolher uma noite de portento – imaginando que ela e os outros estivessem dispostos a fazer uma segunda passagem pelo Corredor –, e não teriam uma armadura para Mercy, mas poderiam enchê-la de outras proteções, descobrir uma maneira de driblar os alarmes, se não pudessem preparar outra tempestade. Por que não tentar de novo? O que havia a perder? Tinham chegado perto o suficiente e precisavam tentar de novo.

Ela verificou o celular. Havia uma mensagem de Dawes do dia anterior.

"Tudo certo em Black Elm."

"Sem mudanças?", ela respondeu.

Houve uma longa pausa, então finalmente: "Ele está lá onde o deixamos. O círculo não parece certo".

Porque estava ficando mais fraco.

Talvez não pudessem esperar por uma noite de portento. Esse era o outro problema. Anselm os repreendera por colocar a Lethe e o campus em perigo. Mas não tinha, mesmo, entendido o jogo que estavam jogando. Não sabia que Darlington estava preso entre os mundos, que a criatura sentada no salão de dança de Black Elm era demônio e também homem. E Alex não iria contar a ele. Assim que Anselm entendesse o que tinham feito, encontraria um feitiço para banir Darlington para o inferno para sempre, em vez de arriscar outro uso do Corredor.

— Sinto muito que a noite passada tenha sido um show de horror — disse Alex.

— Está brincando? — respondeu Mercy. — Foi demais. Tenho certeza de que vi William Chester Minor. Honestamente, achei que seria muito mais difícil.

Você deveria ter lutado com os lobos conosco.

— Acho que vou ser expulsa da faculdade — soltou Alex.

— Isso é... uma previsão ou um plano?

Alex quase riu.

— Uma previsão.

— Então precisamos trazer Darlington de volta. Ele pode tomar a frente do seu caso com a Lethe. E talvez assustá-los com um processo ou algo assim.

Talvez ele pudesse. Talvez tivesse mais coisas em mente depois de uma estadia prolongada no inferno. Não saberiam até que andassem pelo Corredor novamente. Mas, por Deus, Alex estava cansada. A descida fora uma surra, e não era apenas o corpo dela que doía.

Ela mandou uma mensagem para o bate-papo em grupo: "Todo mundo bem?".

A resposta de Tripp chegou primeiro. "Eu tô na merda. Acho que peguei um resfriado."

Tudo o que Turner disse foi: "Confirmado".

"Se alguém tiver uma cozinha disponível, posso fazer sopa. Deve ajudar", Dawes respondeu, e Alex sentiu uma nova onda de culpa.

Dawes tinha um micro-ondas e uma chapa elétrica em seu apartamento apertado, mas não uma cozinha de verdade. Eles deveriam estar se reunindo em Il Bastone, curando-se para a próxima luta, fazendo um plano. Pensou na casa esperando por eles. Ela sabia o que tinham tentado fazer? Estaria se perguntando por que não tinham voltado?

Alex esfregou as mãos no rosto. Sentia-se cansada e perdida. Sentia falta da mãe. Amava Mercy, mas, pela primeira vez em algum tempo, queria mesmo estar sozinha. Queria comer aquele segundo sanduíche de bacon, depois se enrolar e chorar bastante. Queria ir até Black Elm e correr direto para as escadas, contar a Darlington ou ao demônio ou a seja lá o que ele fosse tudo sobre lutar contra Linus Reiter, sobre os problemas que tinha com Eitan. Queria contar a ele todas as coisas terríveis e ver se ele se encolhia.

— Você está bem? — perguntou Mercy.

Alex suspirou.

— Não.

— Deveríamos faltar à aula?

Alex balançou a cabeça. Precisava se prender a este mundo o máximo possível. E não queria pensar em Darlington ou na Lethe ou no inferno por algumas horas. Se a Lethe não a deixasse terminar o semestre, o que faria? Procuraria pela saída. Bolaria um plano. Não era mais a garota de antes. Não era indefesa. Sabia lidar com Cinzentos. Tinha poder. Poderia conseguir um emprego. Ir para a faculdade comunitária. Inferno, poderia escutar um pouco os fantasmas e ser contratada por alguns babacas ricos de Malibu. Seria Galaxy Stern, a Médium das Estrelas.

Tomou um longo banho quente, depois colocou jeans e botas e o suéter mais pesado que tinha. As aulas de Shakespeare e metafísica eram em LC, e Alex se perguntou o que aconteceria se encontrasse o Pretor. O professor Walsh-Whiteley olharia para ela com pena? Olharia para ela e fingiria que não a conhecia? Mas, se o professor estava em algum lugar ali no meio da multidão de estudantes, ela não viu.

Estavam entrando na aula quando Alex ouviu seu nome sendo chamado. Vislumbrou uma cabeça familiar de cabelo escuro na multidão.

— Volto já — ela disse a Mercy, entrando no fluxo de pessoas.

— Michelle?

O Pretor já avisara Michelle Alameddine para substituí-la?

— Ei — disse Michelle. — Segurando a barra?
Melhor isso do que "Eu avisei".
— Mais ou menos. Veio se encontrar com Walsh-Whiteley?
Houve uma pausa brevíssima antes que Michelle dissesse:
— Tive que resolver uma coisa para a Butler.
— Aqui?
Michelle parecia bem-arrumada para uma reunião de trabalho – saia escura, gola alta cinza, botas de camurça e uma bolsa combinando. Mas ela trabalhava com doações e aquisições na Biblioteca Butler. Se tivesse uma tarefa em Yale, deveria estar na Beinecke ou na Sterling, não no departamento de inglês.
— Foi o lugar mais fácil que achei para te encontrar.
Alex não tinha aquele senso de Turner pela verdade, aquela pontada que sentira quando estivera na cabeça dele, mesmo assim sabia que Michelle estava mentindo. Será que estava tentando poupar os sentimentos de Alex? Ou precisaria manter os assuntos da Lethe em segredo agora que Alex fora expulsa?
— Michelle, estou bem. Não precisa pisar em ovos comigo.
Michelle sorriu.
— Certo, você me pegou. Não tive encontro nenhum no LC. Precisava vir a New Haven e queria ver como você estava.
Ninguém está cuidando de nós a não ser nós mesmas. Fora o que Michelle dissera quando tentara avisar Alex para não usar o Corredor. Mas ainda assim...
— Todas essas idas e vindas devem estar deixando você esgotada. Como foi o jantar com os pais do seu namorado?
— Ah, bem — ela disse, com um risinho. — Já tinha encontrado com eles antes. Desde que o assunto política seja evitado, são ótimos.
Alex considerou suas opções. Não queria assustar Michelle, mas também não queria continuar naquela dança.
— Eu sei que você não voltou para a cidade naquele dia.
— Do que está falando?
— Você me disse que ia voltar para Nova York. Disse que precisava pegar o trem, mas só foi embora na manhã seguinte.
O rosto de Michelle ficou vermelho.
— E o que você tem a ver com isso?

— Com dois assassinatos no campus, fiquei meio cética.

Mas Michelle tinha recuperado a compostura.

— Não que seja da sua conta, mas estou saindo com uma pessoa aqui e tento vir para a cidade algumas vezes por mês. Meu namorado não se importa, e, mesmo que se importasse, não mereço ser interrogada. Estava preocupada com você.

Alex sabia que deveria se desculpar, para ser agradável. Mas estava cansada demais para bancar a diplomata. Tinha segurado a alma de Darlington nas mãos e, nela, sentido a afinação pesada e adormecida de um violoncelo, a vibração súbita e exultante de pássaros que voavam. Se Michelle tivesse corrido riscos, mesmo que só um pouco, poderiam ter estado mais bem preparados. Poderiam ter conseguido.

— Preocupada o suficiente para aparecer com um sorriso — disse Alex —, mas não o suficiente para ajudar Darlington.

— Eu te expliquei...

— Você não precisava fazer a descida conosco. Nós precisávamos de sua sabedoria. Sua experiência.

Michelle lambeu os lábios.

— Vocês fizeram a descida?

Então ela não tinha conversado com Anselm ou com o conselho, não tinha se encontrado com o Pretor. Estaria mesmo só preocupada com Alex? Será que Alex estava assim tão desacostumada à ideia de bondade que desconfiava instantaneamente? Ou Michelle Alameddine era campeã em mentira?

— O que você está fazendo aqui, Michelle? O que estava fazendo, de verdade, em New Haven na noite em que o reitor Beekman morreu?

— Você não é detetive — Michelle a cortou. — Mal é estudante. Vá para a aula e fique longe da minha vida pessoal. Não vou perder meu tempo com você de novo.

Ela se virou e desapareceu na multidão. Alex ficou tentada a segui-la.

Em vez disso, entrou na aula de Shakespeare. Mercy tinha reservado um assento para ela, e, assim que Alex se sentou, verificou o telefone. Dawes estava indo para o loft de Tripp para cozinhar.

Alex enviou uma mensagem particular para Turner.

"Michelle Alameddine está no campus e acho que ela acabou de mentir sobre o motivo."

A resposta de Turner chegou rapidamente. "O que ela te disse?"
"Disse que estava resolvendo um negócio para a Biblioteca Butler."
Ela esperou, olhando a tela. "Duvido. Ela não trabalha na Butler."
"Desde quando?"
"Nunca trabalhou."

O que estava acontecendo? Por que Michelle mentira para ela – e para a Lethe – sobre trabalhar na Columbia? Por que, de verdade, estava no campus, e por que havia rastreado Alex? E por que, quando Alex se referira a dois assassinatos, Michelle sequer piscara? Até onde qualquer um no campus sabia, houvera apenas um assassinato. Marjorie Stephen, uma mulher que Michelle realmente conhecia, supostamente morrera de causas naturais. Mas Michelle não tinha motivos para ferir nenhum professor. Pelo menos nenhum que Alex soubesse.

Ela não conseguiu se concentrar na aula, embora tivesse lido o texto dela. Parte da razão pela qual deixara Mercy convencê-la a frequentar esse curso era porque já havia feito dois semestres das peças de Shakespeare. Havia muito mais para ler, porque sempre havia, mas pelo menos não tinha que blefar em todas as aulas.

Talvez tivesse um ponto positivo em todo aquele desastre. Não teria mais dificuldades em aulas. Não assistiria mais divas pop engolindo merda de pássaro por causa de um novo álbum de sucesso. Alex tentou imaginar como seria a vida do outro lado de tudo isso, e foi muito fácil vislumbrar. Não queria voltar ao brilho quente e sem estações de Los Angeles. Não queria ter um emprego de merda e ganhar um salário de merda e viver por fiapos de esperança, dias de folga, uma cerveja e uma foda para tornar o mês mais suportável. Não queria esquecer Il Bastone, com seu som estéreo metálico e seus sofás de veludo, a biblioteca que precisava ser convencida a dar seus livros, a despensa que estava sempre cheia. Queria manhãs longas e salas de aula superaquecidas, aulas sobre poesia, mesas de madeira muito estreitas. Queria ficar ali.

Ali. Onde o professor comparava *A tempestade* com *A trágica história do Doutor Fausto* traçando linhas de influência, as palavras zumbindo pela sala. "Isto é o Inferno, e fora dele não estou."[21] Ali, debaixo do teto

---

21. Marlowe, Christopher. *A trágica história do Doutor Fausto*. Tradução de A. de Oliveira Cabral. Hedra, 2017.

alto, os candelabros de latão flutuando sem peso lá em cima, cercados por painéis de madeira fulva e aquela janela com um vitral Tiffany que não servia para uma sala de aula, iluminado de azul profundo e verde, roxo rico e dourado, agrupamentos de anjos que não eram exatamente anjos apesar das asas, garotas bonitas em vestidos de vidro com halos que diziam "Ciência", "Intuição", "Harmonia", enquanto "Forma", "Cor" e "Imaginação" se agrupavam em torno de "Arte". Os rostos delas sempre pareciam estranhos para Alex, muito sólidos e específicos, como fotografias que tinham sido coladas na cena, *"Ritmo"* sendo a única figura que olhava para fora do quadro, seu olhar direto, e Alex sempre se perguntava por quê.

A janela com vitral Tiffany tinha sido encomendada em homenagem a uma mulher morta. Seu nome, Mary, estava inscrito no livro que um dos anjos-não-anjos ajoelhados segurava. Os painéis tinham sido guardados durante os julgamentos dos Panteras Negras, para o caso de tumultos. Tinham sido rotulados erroneamente e deixados para mofar em caixas, até que alguém tropeçara neles décadas depois, como se o campus estivesse tão repleto de beleza e riqueza que fosse fácil se esquecer de algo extraordinário, ou simplesmente lamentar como se tivesse sido perdido.

Qual é o objetivo disso?, Alex se perguntou. E precisava de um objetivo? As janelas eram lindas por si sós, pelo prazer de existirem, membros lisos, cabelos esvoaçantes, ramos carregados de flores, tudo isso escondido em uma lição de virtude e destinado a ser um memorial. Mas gostava dessa vida cheia de beleza sem sentido. Tudo poderia desaparecer tão facilmente quanto um sonho, só que a lembrança não desapareceria como os sonhos. Iria assombrá-la pelo resto de sua vida longa e medíocre.

Uma garota estava encostada na parede debaixo da janela com vitral Tiffany, e Alex teve que ignorar a pontada que sentiu ao ver o brilho de seu cabelo dourado e a pele cor de mel. Era parecida com Hellie. E ninguém tinha um bronzeado assim antes das férias de inverno.

Na verdade, ela era exatamente como Hellie.

A garota olhava para Alex, olhos azuis tristes. Vestia camiseta preta e jeans. O coração de Alex de repente disparou. Precisava estar alucinando, outro sintoma de sua ressaca do inferno literal. Sabia que não, mas uma esperança selvagem entrou em sua cabeça antes que pudesse detê-la. E se Hellie de alguma forma a tivesse encontrado através do Véu? E se ela tivesse sentido a presença de Alex no submundo e atravessado para finalmente encontrá-la? Mas os Cinzentos estavam sempre com a aparência que tinham tido em morte, e Alex nunca se esqueceria da pele pálida de Hellie, do vômito seco em sua camiseta.

— Mercy — Alex sussurrou —, está vendo aquela garota debaixo da janela com vitral Tiffany?

Mercy esticou o pescoço.

— Por que ela está olhando para você? Nós a conhecemos?

Não, porque Alex havia apagado cada pedacinho de sua antiga vida, o bom junto com o ruim. Não tinha colocado uma foto de Hellie em cima da cômoda. Nunca tinha falado o nome dela para Mercy. E a garota parada ali embaixo de todos aqueles anjos-não-anjos não podia ser Hellie porque Hellie estava morta.

A garota loira se dirigiu para a porta dos fundos da sala de aula. Parecia um teste, e Alex sabia muito bem que deveria ficar onde estava, pegar a caneta, prestar atenção, fazer anotações. Mas não conseguiu deixar de segui-la.

— Já volto — ela sussurrou para Mercy, e pegou seu casaco, deixando sua bolsa e livros para trás.

Não é ela. Ela sabia disso. Claro que sabia. Empurrou a porta para a rua principal. O crepúsculo estava caindo, a noite de novembro chegando cedo. Alex hesitou, parada no meio-fio, observando a garota atravessar a rua. O asfalto parecia um rio, e não queria entrar nele. A ponte da rua principal parecia flutuar sobre ele, as mulheres aladas de pedra reclinadas suavemente contra o arco. O arquiteto tinha sido um Osseiro. Tinha projetado e construído a tumba deles também. Não conseguia se lembrar do nome dele.

— Hellie? — ela chamou, parando, incerta, com medo.

Mas do quê? De que aquela garota se virasse, ou não se virasse?

A garota não parou, apenas cruzou para a viela ao lado da Crânio e Ossos.

Deixe-a ir.

Alex pisou na rua e correu atrás dela, seguindo o ouro polido do cabelo escada acima até o jardim de esculturas onde havia conversado com Michelle apenas uma semana antes.

Hellie estava sob os olmos, uma chama amarela na luz azul do crepúsculo.

— Senti sua falta — ela disse.

Alex sentiu algo se rasgar dentro de si. Aquilo não era possível. Mercy tinha visto a garota. Não era uma Cinzenta.

— Senti sua falta também — disse Alex. Sua voz soava errada, rouca.

— O que é isso? O que você é?

— Não sei. — Hellie deu de ombros levemente.

Precisava ser uma ilusão. Uma armadilha. O que teriam feito no inferno que teria tornado aquilo possível? Havia perigo ali. Precisava haver. Desejos não eram concedidos assim. A morte era definitiva, mesmo que sua alma continuasse – para o Véu, para o céu, para o inferno, para o purgatório ou para qualquer reino demoníaco. *Mors vincit omnia.*

Alex deu um passo, depois outro. Ela se movia lentamente, meio que esperando a garota – *Hellie* – correr.

Seus olhos captaram um movimento nos galhos acima. O Cinzento de cabelo encaracolado, o menino morto, estava agachado ali, sussurrando algo para si mesmo, o som suave como o farfalhar das folhas.

Deu outro passo. Hellie era toda sol da Califórnia, olhos azuis-claros, uma garota saída de uma revista. Não poderia ser. Tinham se despedido com sangue e vingança nas águas rasas e turvas do rio Los Angeles. Fora carregada pela força de Hellie de volta ao apartamento onde o corpo frio dela permanecia. Tinha implorado a Hellie que ficasse e depois se deitara, meio que esperando não acordar. Quando acordou, os policiais tinham projetado uma luz em seus olhos, e Hellie, o único raio de sol em sua vida, tinha ido embora.

— Merda, Alex — disse Hellie. — O que está esperando?

Alex não sabia. Uma risada borbulhou, ou talvez um soluço. Ela começou a correr, e então seus braços estavam em torno de Hellie, seu rosto enterrado no cabelo dela. Ela cheirava a xampu de coco e a pele estava quente como se ela tivesse se deitado ao sol. Não uma Cinzenta, não uma coisa morta-viva, mas sim quente, humana e viva.

E se não fosse uma punição ou um julgamento? E se, pela primeira vez, a sorte estivesse correndo a seu favor em vez de contra ela? E se esse fosse seu prêmio por tanta dor? E se, dessa vez, a magia tivesse funcionado como deveria, como nas histórias?

— Eu não entendo — disse Alex, enquanto caíram em um banco debaixo de uma árvore.

Tirou o cabelo loiro sedoso do rosto bronzeado de Hellie, maravilhada pelas sardas dela, os cílios quase brancos, a lasca no dente da frente de quando caíra do skate no Parque Balboa.

— Como?

— Eu não sei — sussurrou Hellie. — Eu estava... não sei onde estava. E agora estou... — Ela olhou em torno de si, confusa. — Aqui.

— Em Yale.

— Quê?

Alex riu.

— Universidade Yale. Frequento aqui. Sou aluna.

— Mentira.

— Eu sei, eu sei.

— Tem alguma coisa aí com você?

Alex balançou a cabeça.

— Eu não... não estou mais nessa.

— Certo — disse Hellie, com um riso. — Menina de faculdade. Mas eu preciso de alguma coisa. Só para tirar o nervosismo.

Alex não iria dizer não. Não quando Hellie estava ali na frente dela. Viva. Dourada e perfeita.

— Vou dar um jeito.

— Certo.

— Não precisa sussurrar — disse Alex, esfregando o braço de Hellie. — Estamos seguras aqui.

Hellie olhou por cima do ombro, depois para Alex, como se esperasse que algo surgisse do crepúsculo.

— Alex — disse ela, ainda sussurrando —, acho que não estamos.

— Eu te protejo. Prometo. Estou mais forte agora, Hellie. Consigo fazer coisas.

— O Len...

— Não se preocupe com ele.

— Ele sente sua falta.

Alex sentiu algo frio deslizar por ela.

— Não quero falar sobre ele.

— Você devia dar outra chance para ele.

— Ele está *morto*. Eu o matei. *Nós* o matamos juntas.

— Eu também estava morta, não estava?

— Estava — disse Alex, e agora também sussurrava. — Estava. E eu senti sua falta todos os dias.

— Você deveria ter vindo me buscar — disse Hellie, os olhos sombrios na escuridão, brilhando com lágrimas. — Você deveria ter me ajudado.

— Eu não sabia que podia. — Alex não queria chorar, mas era inútil lutar contra as lágrimas. — Está tudo bem. Prometo. Posso proteger você.

O olhar incrédulo de Hellie doeu.

— Você não conseguiu me proteger antes.

Era verdade. Apenas Alex tinha sobrevivido ao Marco Zero, a Len, Ariel.

— As coisas estão diferentes agora.

— Len pode nos ajudar.

Alex limpou as lágrimas de Hellie.

— Pare de falar dele. Ele está morto. Não pode nos machucar.

— Ele pode cuidar de nós. Não podemos fazer isso sozinhas.

Alex quis gritar, mas forçou a voz a ficar calma. Não sabia o que Hellie havia enfrentado desde que morrera. Não sabia o que havia acontecido para que ela voltasse ao mundo mortal.

— Estou dizendo, não é mais assim. Você pode ficar comigo. Posso te ajudar a arrumar um emprego, estudar, o que quiser. Vai ser como sempre dissemos que seria. Não precisamos dele.

— Isso é só fingimento, Alex.

O desdém de Hellie era tão firme, tão familiar, que Alex sentiu um lampejo de dúvida. E se nada daquilo fosse real? O pátio. As torres da Jonathan Edwards e da Ossos. Yale. E se fosse tudo alguma fantasia estúpida que tinha inventado para elas?

Alex balançou a cabeça.

— É real, Hellie. Vamos. — Ela ficou de pé, puxando a mão da amiga. — Vou mostrar a você.

— Não. Precisamos ficar aqui. Precisamos esperar o Len.

— Foda-se o Len. Fodam-se todos eles.

Algo farfalhou nos arbustos. Alex girou, mas não havia nada ali. Olhou para cima, nos galhos. O menininho fantasma estava gemendo baixo, agachado no galho. Não estava brincando, não de esconde-esconde. Estava apavorado. Por quê?

Alex puxou a mão de Hellie até que ela ficasse de pé.

— Precisamos ir, tá? Podemos falar de Len ou do que for, mas vamos só sair daqui. Vamos pegar alguma coisa para você comer... ou qualquer coisa que precise. Por favor.

— Você disse que conseguiria nos proteger.

— E consigo — disse Alex.

Mas agora tinha um pouco menos de certeza. De Cinzentos? Claro. De namorados ruins? Daria seu melhor. Mas também sabia que a noite estava caindo, e que havia criaturas como Linus Reiter em algum lugar lá fora.

— Preciso que confie em mim.

Os olhos de Hellie estavam tristes.

— Eu confiei.

Se Hellie tivesse voltado com raiva, cheia de vingança ou com sede de sangue, Alex teria lidado com isso, talvez até recebido bem. Elas botariam fogo no mundo juntas. Mas essa dor de culpa e vergonha era demais. Iria afogá-la.

— Me diz o que posso fazer para acertar isso — disse Alex. — Me diz o que falar.

Hellie pegou o rosto de Alex entre as mãos. O dedão dela roçou no seu lábio inferior.

— Você sabe que essa boca só serve para uma coisa. E não é falar.

Alex se encolheu. Hellie não falava daquele jeito. Len falava.

Mas os dedos de Hellie afundaram em seu crânio, puxando-a para mais perto.

— Hellie...

— Ele era bom pra gente — sibilou Hellie. — Ele cuidava da gente.

— Me solta.

— Ele era tudo o que a gente tinha e você o matou.

— Ele queria jogar você fora feito um saco de lixo!

— Você me deixou morrer.

Hellie a jogou no chão e Alex caiu de joelhos na terra. Sentiu o chute em seu lado, e então seu rosto foi empurrado para o chão, o fedor de folhas podres e água da chuva enchendo seu nariz.

— *Você* me deixou morrer, Alex. Não Len.

Hellie estava certa. Se ela tivesse acordado quando Hellie chegara naquela noite, se tivesse chegado em casa mais cedo, se não tivesse adormecido no cinema em primeiro lugar, se tivesse dito não a Len, teriam acabado com aquilo. Se as tivesse mantido em Las Vegas, poderiam estar lá agora, olhando para todos os lindos vidros daquele grande hotel, sentindo aquele perfume com cheiro de cigarro velho no fundo.

Hellie empurrou a parte de trás da cabeça de Alex, mas Alex não estava lutando, estava chorando, porque tinha fracassado repetidamente com Hellie.

— É isso mesmo. — Hellie virou Alex e enfiou uma mão cheia de folhas podres em sua boca. — Eu sufoquei no meu próprio vômito, deitada ao seu lado. Mas você culpa Len por isso? Eu deixei Ariel me foder. Ele colocou algum tipo de bastão elétrico dentro de mim. Achou engraçado o jeito como eu pulava enquanto ele fodia minha bunda. Fiz isso pela gente. Fiz sacrifícios, mas aí está você, com seus amigos novos e suas roupas novas, fingindo que me amava.

— Eu te amava — Alex tentou dizer. *Ainda te amo.*

— Você deveria ter morrido, não eu. Era eu quem tinha terminado a escola. Era eu quem tinha uma família de verdade. Você me deixou morrer e roubou a vida que deveria ser minha.

— Eu sinto muito. Hellie, por favor. Posso consertar isso...

Hellie a atingiu, um golpe de raspão, não o suficiente para realmente doer, apenas o suficiente para calar a boca de Alex.

O corpo sentado em cima de Alex estava quente. Quente demais. As mãos dela estavam quentes quando Alex as segurara. As bochechas dela estavam quentes quando Alex tocara seu rosto.

Mesmo que ela só estivesse usando uma camiseta.

Mesmo sendo uma noite de novembro em New Haven.

Alex enfiou a mão sob o colarinho para pegar o colar de pérolas de sal. Não estavam ali, tinham caído em algum lugar... não, o fio quebrado ainda estava lá, duas pérolas penduradas. Alex pegou uma e a esmagou na mão, jogando a poeira no ar úmido.

A coisa em cima dela se encolheu, um miado alto e agudo escapando de seus lábios. Os olhos da criatura eram negros, não aquele azul Oceano Pacífico que Alex tanto amava. Porque aquele monstro não era Hellie. Porque a magia nunca fazia a coisa certa. Não haveria prêmio no final de todo sofrimento. Não haveria recompensa a não ser a sobrevivência. E os mortos estavam mortos.

— Foi o que pensei — disse Alex, cuspindo folhas e terra da boca, cambaleando enquanto tentava ficar de pé.

Quantas vezes antes ela já não tinha se levantado?

— Você me abandonou — disse Hellie, e a voz dela estava irregular.

Não importava que Alex soubesse que não era a Hellie de verdade. Nada poderia parar a dor dentro dela, o arrependimento. Os sentimentos eram reais. Mas dessa vez Alex podia ver algo mais nos olhos de Hellie, não apenas dor, mas algo ansioso. Desejo.

Os demônios são alimentados por nossas emoções baixas. Alimentados por luxúria, amor ou alegria. Ou infelicidade. Ou vergonha.

— Você está com fome, não está? — disse Alex. — E eu estou só aqui te enchendo.

Hellie sorriu, doce e familiar.

— Sempre te achei gostosa, Alex.

— Você não é a Hellie — rosnou Alex.

Levantou o braço e o pequeno Cinzento entrou nela com um grito alto e lamentoso nos lábios. Sentiu gosto de cânfora, ouviu o som de cascos de cavalos, sentiu o cheiro de água de rosas – a mãe dele usava. Empurrou o demônio com as duas mãos, mas ele não caiu para trás. Saltou para o muro baixo que margeava o jardim, o corpo equilibrado.

A mente de Alex gritava. Anjo-não-anjo. Hellie-não-Hellie. Mas aquilo parecia com ela, e se movia com a graça dela.

— Você não pode simplesmente nos abandonar — disse o demônio com a voz de Hellie. — Somos uma família.

E tinham sido. Não apenas Hellie, mas Len também. Betcha. Tinham sido tudo o que Alex tivera por muito tempo. A intenção dela tinha sido raspar até limpar tudo, de não deixar nada além de um buraco, assim como aquele buraco de explosão de bomba no antigo apartamento. Tinha construído algo novo e brilhante naquele exato lugar vazio.

— Por que você ganhou uma segunda chance? — inquiriu Hellie, indo na direção dela. — Essa nova vida?

Alex sabia que deveria correr, mas viu-se tentando formular uma resposta, alguma razão por ter sido ela e não Hellie. É um enigma. É uma armadilha. Mas também era verdade. Hellie deveria ter sobrevivido.

A mão de Hellie deslizou ao redor de sua garganta, apertando-a. Era quase uma carícia.

— Deveria ter sido eu — ela disse. — Era eu quem deveria dar a volta por cima. Eu é que deveria te deixar para trás.

— Você está certa — Alex arquejou, sentindo novas lágrimas no rosto, a vontade de lutar saindo de si. — Deveria ter sido você.

Alex nunca pertencera a esta vida, cada dia era uma luta, uma nova oportunidade para o fracasso, uma guerra que não poderia vencer. Hellie teria superado tudo isso, linda e corajosa.

— Deveria ter sido você — repetiu, as palavras quebrando em soluços enquanto seus dedos se fechavam sobre a última pérola de sal.

Mas não foi.

— A vida é cruel. A magia é real. E não estou pronta para morrer.

Ela bateu a pérola na testa do demônio, sentindo-a explodir sob a palma da mão. Era como se o crânio da coisa cedesse, amassando-se como areia molhada, dissolvendo-se em uma cratera sangrenta. O demônio gritou, a pele sibilando e borbulhando.

Alex correu – escada abaixo, na direção da rua. A Gaiola ficava mais perto, mas ela disparou para Il Bastone, deixando a força do pequeno Cinzento carregá-la. Precisava da biblioteca. Precisava se sentir segura novamente.

Atrapalhou-se com o telefone e ligou para Mercy sem diminuir o passo.

— Onde você está?

— Em casa. Estou com sua bolsa. Você...

— Fique aí. Não abra a porta para ninguém que... não sei... ninguém que não deveria estar vivo.

Ela desligou e correu pela Elm. Mesmo com a força do Cinzento, suas pernas já tremiam, seus músculos exaustos pelas provações da última semana.

Alex arriscou um olhar para trás, tentando examinar a multidão de estudantes de chapéu e casaco. Fez uma pausa para digitar outro número em seu telefone. Estava correndo de novo antes de Dawes atender.

— Você ainda está com Tripp? — perguntou Alex. A voz dela estava rouca e sem fôlego. — Vá para Il Bastone.

— Não temos permissão para entrar em Il Bastone.

— Dawes, só vai pra lá. E faça Turner e Tripp irem também.
— Alex...
— Só faz a porra do que eu tô dizendo. Eu trouxe alguma coisa comigo. Uma coisa ruim.

Alex olhou de novo por sobre o ombro, mas não tinha certeza do que esperava ver. Hellie? Len? Algum outro monstro.

Não havia nada a fazer a não ser continuar correndo.

30

Enquanto corria pela rua Orange, Alex podia sentir o pequeno Cinzento clamando para ser solto, chacoalhando em sua cabeça como se alguém tivesse dado muito açúcar para ele. Mas não o deixaria ir até saber que poderia entrar em Il Bastone.

Alex subiu os degraus em um salto único e desajeitado. O que significaria se aquela porta estivesse fechada para ela agora? Se a diretoria da Lethe já a tivesse expulsado daquele lugar de proteção? De tranquilidade, segurança e abundância?

Mas a porta se abriu. Alex cambaleou para dentro, caindo para a frente. Sentiu o fantasma do pequeno Cinzento sendo libertado, as proteções impedindo-o de entrar, mesmo escondido dentro de seu corpo. Ele saiu em uma corrida mal-humorada, levando sua força com ele. A porta bateu atrás dela, com força suficiente para que as janelas tremessem.

Alex sentiu as coxas tremendo de fadiga. Usou o corrimão para se erguer, sentiu a madeira fria sob a palma da mão, pressionou a testa contra o remate, as bordas do padrão de girassol duras contra a pele. Aquele era o seu lar. Não o dormitório. Não os destroços que ela deixara para trás em Los Angeles.

Respirou fundo algumas vezes e se obrigou a espiar pela janela da sala da frente. Hellie – ou o demônio que fingia ser Hellie – estava na calçada do outro lado da rua. Como Alex confundira um monstro com a coisa real? Hellie tinha a graça confiante de uma atleta, de uma beleza fácil, mesmo quando a vida delas se desgastava nas bordas. Mas a coisa do outro lado da rua se mantinha tensa, cautelosa, a fome mal contida.

Era eu quem deveria dar a volta por cima. Eu é que deveria deixar você para trás.

— Cale a boca — murmurou Alex.

Mas não conseguia fingir que aquelas palavras eram só mentiras de um demônio. A garota errada havia morrido no Marco Zero.

Alex pegou o celular e enviou uma mensagem ao grupo. "Tem uma loira do lado de fora de Il Bastone. Parece uma garota. NÃO É UMA GAROTA. Usem sal."

Mas seu olho captou movimento na calçada. Dawes e Tripp. Teriam visto sua mensagem?

Alex hesitou. Não tinha tempo de invadir o arsenal em busca de sal e armas. Não tinha mais pérolas de sal. Certo. Não podia ficar lá sem fazer nada.

Você roubou minha vida. Roubou minha chance.

Alex estremeceu e escancarou a porta.

— Dawes!

O demônio saltou para o outro lado da rua, direto para Alex na varanda de Il Bastone, seu andar selvagem, galopante e inumano. Alex se preparou para o impacto.

O demônio saltou por sobre a cerca baixa e preta e depois gritou, despencando no chão, com a carne borbulhando, quando Dawes e Tripp jogaram punhados de sal nele.

Alex deveria saber que Pamela Dawes viria preparada.

— Entre! — gritou Dawes.

Alex não precisava ouvir duas vezes. Tropeçou escada acima e voltou para o hall de entrada. Assim que Dawes e Tripp entraram, trancaram a porta e quase pularam quando a campainha na parte de trás da casa tocou.

Mercy e Turner estavam do lado de fora.

— Estamos seguros aqui? — perguntou Turner, os olhos examinando o corredor enquanto entravam.

Um pensamento inquietante entrou na mente de Alex.

— O que você viu?

Turner andava de cômodo em cômodo fechando as cortinas como se esperasse tiros de um atirador de elite.

— Um homem morto.

— Ah, Deus — arquejou Mercy.

Ela olhava para a rua pela janela da frente, na sala.

Hellie estava lá, mas não estava sozinha agora. Blake Keely estava com ela, a cabeça inteira, perfeita e bonita como um bolo de casamento. Um homem de meia-idade em um terno de aparência barata também estava lá – braços cruzados, balançando-se nos calcanhares, como se já tivesse visto de tudo nessa vida e não se impressionasse mais –, junto com um cara alto e esguio que não poderia ter mais de vinte e cinco anos.

— Spenser — disse Tripp. — Vocês... vocês estão vendo ele? Achei que estava imaginando coisas.

Alex reconhecia todos eles. Ela os tinha visto no inferno. Todas as vítimas deles. Todos os demônios deles.

— Não fechamos a porta — disse Dawes, a voz rouca, assustada. — Não completamos o ritual. Nós...

— Não fale — disse Tripp. — Não fale.

Dawes deu de ombros, o rosto pálido.

— Vamos ter que voltar.

Era uma meia questão, uma súplica para que alguém a corrigisse.

— Vamos — disse Alex. — Vamos para a biblioteca.

Dawes enfiou as mãos dentro do suéter.

— Se Anselm...

Mas Alex cortou o ar com a mão.

— Se Anselm pudesse nos trancar para fora, teria trancado. Esta casa é nossa.

Dawes hesitou, então assentiu com firmeza.

— Primeiro, vamos cozinhar.

★ ★ ★

Dawes começou a preparar uma panela de canja de galinha e bolinhos e os mandou para cima com uma lista de termos de pesquisa para escrever no *Livro de Albemarle*. Quando a prateleira se abriu na biblioteca, Alex ficou surpresa ao descobrir que a sala parecia maior, como se a casa soubesse que um grupo maior exigiria mais espaço.

Eles se sentaram para ler, cada um com uma pilha organizada de fichas fornecidas por Dawes do que Alex suspeitava ser um suprimento ilimitado. Era muito cedo para ficarem juntos novamente, depois de tudo o que tinham visto e passado. Precisavam de tempo para se livrar das memórias um dos outros, para empurrar toda aquela dor e tristeza de volta ao passado antes de contemplar outra descida. Mas não podiam se dar a esse luxo.

Todos, menos Mercy, ainda sofriam as sequelas da primeira viagem. Alex via os sinais. Todos tremiam de frio. Tripp estava com olheiras fundas debaixo dos olhos, as bochechas geralmente coradas estavam pálidas. Nunca tinha visto Turner nada menos que imaculado, mas agora seu terno estava amarrotado e, no queixo, a barba estava por fazer. Eles pareciam apavorados.

Se realmente fossem tentar uma segunda viagem ao submundo, não poderia ser apenas uma missão de resgate. Precisavam saber como lutar contra os lobos ou o que quer que o inferno mandasse atrás deles. Além disso, precisavam atrair seus demônios de volta para o inferno e garantir que nada os seguisse para casa quando voltassem. Mas agora precisavam descobrir como manter aqueles demônios afastados antes que todos perdessem a cabeça.

Alex havia estudado um pouco desse assunto quando estava tentando encontrar uma defesa contra Linus Reiter, e sabia que eles estavam em apuros. Ao contrário dos Cinzentos, os demônios não eram detidos por *memento mori* ou palavras de morte; não tinham um passado ao qual desejavam se apegar, nenhuma lembrança de terem sido humanos, nenhum negócio inacabado. Darlington ou Michelle Alameddine deveriam estar com eles naquela biblioteca. Ou qualquer pessoa que soubesse, de verdade, dar nome àqueles inimigos e vencê-los.

— O que vocês encontraram? — Dawes perguntou quando surgiu na porta da biblioteca uma hora depois.

— Nada de sopa? — Tripp parecia ter acabado de descobrir que Papai Noel não existia.

— Precisa reduzir — disse Dawes. — E não comemos na biblioteca.

— Eles ainda estão lá fora? — perguntou Mercy.

Dawes assentiu.

— Eles... eles parecem bem sólidos.

Turner deu uma batidinha no livro que estava lendo.

— Você achou que Darlington tinha sido comido, certo? Por Mammon?

— Talvez — disse Dawes, com cautela. — Há uma série de demônios associados à ganância. Diabos. Deuses.

Ganância é pecado em todas as línguas. Isso fora o que Darlington dissera. A gana de Sandow por dinheiro. O desejo de Darlington por conhecimento.

— Mas esses demônios não estão tentando nos fazer sentir ganância, estão? — perguntou Turner.

Ambição, motivação, desejo. Qual o oposto disso?

— Desesperança — disse Alex.

Fora o que sentira quando Hellie – não Hellie – gritara com ela, uma sensação de inevitabilidade, que era isso que ganhava em troca, que estava recebendo apenas o que merecia. Ela era uma criminosa que havia roubado a chance daquela vida dourada e, claro, haveria um preço a ser pago. Era por isso que o demônio que a atormentava usava o rosto de Hellie em vez do de Len ou de Ariel. Porque Alex nunca tinha derramado uma lágrima sequer por eles. Fora a perda de Hellie que tinha chorado.

— Eles querem que a gente sinta desesperança.

— Pensei que Hellie fosse loira — disse Dawes.

— Ela é — respondeu Alex. — Era.

Mercy assentiu.

— Eu também a vi. Em nossa aula de Shakespeare.

O rosto de Dawes estava transtornado. Sem dizer uma palavra, eles a seguiram para fora da biblioteca e pelo corredor até o quarto de Dante, até as janelas que davam para a Orange Street.

Os demônios ainda estavam lá, um bando deles nas sombras entre os postes de luz.

O cabelo dourado de Hellie parecia preto, os olhos escuros. As roupas dela... todas pretas.

— Ela se parece com você, Alex — disse Dawes.

E ela estava certa.

Alex percebeu o tom quente do cabelo de Blake Keely, algo parecido com o vermelho brilhante do coque de Dawes. O detetive Carmichael estivera usando um terno barato quando o vira pela primeira vez, mas agora aquele terno parecia mais alinhado, as linhas mais elegantes, a gravata num tom lilás profundo, algo que Turner poderia usar. E Spenser parecia um pouco mais infeliz, um pouco menos resistente e duro?

O que Alex tinha pensado quando olhou para Não Hellie do outro lado da rua de Il Bastone? Que ela não tinha a graça fácil e atlética de Hellie. Que ela parecia cautelosa, tensa. Porque estava olhando para si mesma. Aquela raiva de fio desencapado era da própria Alex.

Alex fechou as cortinas azuis pesadas. Aprendera a amar aquele cômodo, os desenhos que os vitrais projetavam no final da tarde, a banheira com pés em formato de patas que ela ainda não tivera coragem de usar.

— Acho que sei o que aconteceu com Linus Reiter.

— Quem? — perguntou Tripp.

— Ele é um vampiro com quem trombei em Old Greenwich. Foi... foi assim que perdi a Mercedes.

Dawes inspirou profundamente.

— Um vampiro? — Mercy parecia apavorada e empolgada ao mesmo tempo.

— Puta merda — disse Turner.

— Linus Reiter era estudante aqui em Yale — Alex continuou. — Mas ele tinha um nome diferente na época. Era um Osseiro. E acho que ele foi uma das pessoas que usaram o Corredor nos anos trinta. Acho que Linus, ou, na verdade, Lionel Reiter, foi para o inferno.

— Não podemos ter certeza de que...

— Fala sério, Dawes. Por que construir se não tinham a intenção de usar? Por que matar um arquiteto...

— Eles mataram um arquiteto? — guinchou Mercy.

— Ninguém matou Bertram Goodhue! — retrucou Dawes. Depois mordeu o lábio. — Pelo menos... não acho que ninguém tenha matado Bertram Goodhue.

Alex viu-se andando para lá e para cá. Não conseguia parar de ver a criatura na calçada. Hellie-não-Hellie. Alex-não-Alex.

— Eles desligaram o arquiteto original — disse Alex. — Construíram esse enigma gigantesco em uma catedral gigante. Por quê? Só para ver se conseguiam? Um tipo de gesto grandioso?

— Eles já fizeram umas merdas mais loucas — disse Turner.

Ele não estava errado. E ela podia imaginar aqueles rapazes descuidados, ousados e terríveis criando exatamente esse tipo de problema. *Como chiste*, Bunchy poderia ter dito. Mas não achava que era o que tinha acontecido nesse caso.

— Eles construíram o Corredor — disse ela — e depois foram para o inferno. Lionel Reiter, membro da Crânio e Ossos, era um dos peregrinos.

Tripp tirou o boné, passou uma mão pelo cabelo loiro-escuro.

— E ele trouxe um demônio de volta?

— Acho que trouxe. E acho que a coisa tirou o melhor dele. Literalmente. Acho que sugou a esperança e roubou a vida dele.

— Mas você disse que Reiter era, ãhn... um vampiro — Tripp sussurrou a palavra, como se soubesse que ela soaria improvável.

— Vampiros são demônios — disse Dawes baixinho. — Quer dizer, é uma das teorias.

Que fazia muito sentido para Alex. Reiter se alimentava de infelicidade; o sangue era apenas o veículo. E é claro que ele não era Reiter. Era um demônio que havia se alimentado do verdadeiro Reiter até que andasse como ele, falasse como ele e se parecesse com ele. Assim como os demônios que estavam na calçada.

Lionel Reiter tinha sido o filho de uma família rica de Connecticut. Fabricavam caldeiras. Tinham construído uma casa graciosa. Tinham mandado o filho e herdeiro para New Haven para praticar seu latim e grego e fazer contatos comerciais. E Lionel tinha se saído bem, chegando até a entrar para a sociedade de maior prestígio da escola. Fizera amizade com rapazes que trazia para casa para jogar ferraduras e tênis no gramado no verão, andar de trenó e cantar canções de Natal no inverno. Jovens com nomes como Bunchy e Harold.

Fora conduzido a um mundo misterioso e se sentira seguro, mesmo tendo que observar homens sendo abertos e tendo as entranhas remexidas pelas mãos de um harúspice. Mantivera seu manto e fizera suas recitações, sentira a emoção de todo aquele poder e soubera que estava protegido por sua riqueza, por seu nome, pelo simples fato de não ser o homem na mesa. Juntara-se aos membros da Ossos, e da Chave e Pergaminho, e talvez da Lethe em uma noite fatídica. Andara pelo Corredor e vira... o quê? A menos que Alex estivesse muito errada sobre aqueles alegres andarilhos da noite, não eram assassinos. Então, para onde tinham ido no inferno? Que canto do submundo tinham visitado, e o que tinham visto lá? E o que tinham trazido com eles quando voltaram?

— Não há registro disso, há? — perguntou Turner. — Da breve estadia deles no inferno? Eles apagaram dos livros.

— Tentaram apagar — disse Alex.

Mas a biblioteca havia reconhecido o que era Reiter, provavelmente porque um dia existira documentação da tentativa deles de usar o Corredor.

— Deveríamos procurar os *Diários dos dias de Lethe* de quem estava servindo como Virgílio nos últimos anos de estudante de Reiter.

Turner se encostou na parede, ficando de olho nos demônios abaixo.

— Quero ter certeza de que entendi. Se não mandarmos esses... essas coisas de volta para o lugar de onde vieram, vão se transformar em vampiros?

— Acho que sim — disse Alex.

Vampiros usando o rosto deles, alimentados de suas almas.

— Vão arrancar nossos corações — disse Tripp, a voz rouca. — Spenser era... ele disse...

— Ei — disse Alex. — Aquele não é o Spenser.

A cabeça de Tripp se levantou rapidamente.

— É *sim*. Spenser era exatamente daquele jeito. Sabia... ele sempre sabia a coisa mais maldosa a ser dita.

Alex não precisava ser convencida. Ela se lembrava de ter se sentido assustada e impotente, sabendo que ninguém acreditaria que Spenser era um monstro. Fora como ser uma garotinha novamente, cercada por Cinzentos, sozinha, sem palavras mágicas ou belos cavaleiros ou ninguém para protegê-la.

Alex se sentou ao lado de Tripp na cama. Ultrapassara os limites do que ele podia suportar, e ele estava se sentindo pior do que todos.

— Certo, Spenser era ruim pra caralho. Mas precisa se lembrar do que aquelas coisas lá embaixo se alimentam. Estão tentando fazer você se sentir derrotado antes mesmo de tentar. Querem que se sinta desesperançoso e pequeno.

— É, bem — Tripp disse, olhos no tapete. — Funcionou.

— Eu sei. — Ela olhou em torno do cômodo para os outros, todos cansados e assustados. — Quem mais trombou com um deles?

— Carmichael apareceu — disse Turner. — Mas não falou muita coisa. Só me matou de susto na sala do esquadrão.

Dawes enfiou as mãos debaixo do suéter.

— Eu vi Blake.

— Ele falou?

O queixo dela baixou. Dawes estava tentando desaparecer. A voz dela estava baixa e rouca.

— Ele disse muita coisa.

Alex não ia pressionar por detalhes, não se Dawes não quisesse revelá-los.

— Mas tudo o que fizeram foi falar?

— O que mais eles fariam? — perguntou Turner.

Alex não tinha certeza de como responder a isso. Por que Hellie a atacara quando os outros demônios tinham se limitado a palavras? Fora porque Alex a perseguira? Ou Alex simplesmente tinha um dom para o pior resultado possível?

— Hellie partiu para a agressão em cima de mim.

— Eles podem... podem nos machucar? — Tripp estava enfiando os dedos nas coxas.

— Talvez seja só comigo — disse Alex. — Não sei.

— Precisamos nos preparar para o pior — disse Turner. — Não vou entrar no que pode ser uma briga de faca achando que estou entrando em um debate acalorado.

Mercy estivera em silêncio durante tudo aquilo, mas agora se adiantara parecendo estar prestes a fazer um solo em um grupo à capela.

— Acho... acho que encontrei uma coisa. Na biblioteca. Que vai ajudar.

— Vamos comer primeiro — disse Alex.

Tripp precisava daquela sopa. E talvez de uma dose de uísque.

31

Alex ficou surpresa com o quanto a sopa ajudara. Sentiu-se aquecida pela primeira vez desde que saíra do submundo e caíra na chuva fria de New Haven. Nada parecia mais tão terrível. Não com bolinhos na barriga e sabor de endro na língua.

— Porra, Dawes — disse Tripp, sorrindo como se Spenser e todas as outras coisas ruins tivessem sido esquecidas —, você poderia por favor vir morar comigo e me engordar?

Dawes revirou os olhos, mas Alex percebeu que ela estava contente.

Nenhum deles olhava na direção das janelas, onde as cortinas continuavam fechadas.

Foram procurar o *Diário dos dias de Lethe* da época de Lionel Reiter em Yale. Rudolph Kittscher havia servido como Virgílio na época, mas, embora seu *Demonologia* tivesse tido permissão para permanecer, seus diários haviam sumido. Tudo parte do apagamento.

Mesmo assim, Dawes ficou empolgada com o feitiço de proteção que Mercy havia encontrado. Precisava apenas de ingredientes dos estoques da Lethe, e ela achava que conseguiriam fazê-lo no Cadinho de Hiram. Deu a cada um deles uma lista de suprimentos para reunir, e passaram a hora seguinte na penumbra do arsenal, vasculhando as pequenas gavetas e armários de vidro, sem serem perturbados por nada além de Tripp cantarolando *frat rock* e ocasionalmente ganindo quando tocava em algo que não deveria.

— Por que vocês têm essas coisas? — reclamou Tripp, chupando um dedo depois que um medalhão que pertencera a Jennie Churchill o beliscou.

— Porque alguém precisa mantê-las em segurança — disse Dawes, empertigada. — Por favor, concentre-se na sua lista e tente não explodir nada.

O lábio inferior de Tripp se projetou, mas ele voltou ao trabalho e, um minuto depois, estava cantando "Under the Bridge" em um falsete aceitável. Alex não teve coragem de dizer a ele que ficaria feliz em passar os próximos dois semestres no inferno se isso significasse nunca mais ouvir Red Hot Chili Peppers.

A receita era aparentemente banal – uma série de ervas de proteção, incluindo sálvia, verbena e hortelã, junto com montes de ametista moída e turmalina negra, penas de corvo amarradas com alecrim e olhos de gralha secos que atingiram a base do cadinho estalando como pedrinhas. Com a ajuda de Turner, Dawes removeu várias das tábuas da base abaixo do cadinho, revelando uma pilha de carvões. Dawes sussurrou algumas palavras em grego, e elas brilharam em vermelho, aquecendo suavemente o fundo da grande tigela dourada.

— Este é o maior momento da minha vida — disse Mercy, em um sussurro eufórico.

— Tudo isso vem com um preço — avisou Alex.

Aqueles carvões nunca esfriavam completamente, nunca se extinguiam, nunca precisavam ser reabastecidos. Tinham sido usados pela Union Pacific para dominar os trilhos, e a criação de cada briquete exigira um sacrifício humano. Ninguém sabia de quem fora o sangue derramado para criá-los, mas a suspeita era que fosse de trabalhadores, imigrantes da Irlanda, China, Finlândia. Homens que ninguém viria procurar. As brasas tinham chegado a Yale através de William Averell Harriman, Osseiro. A maioria dos carvões havia sido perdida ou roubada, mas aqueles tinham permanecido, outro presente amaldiçoado para a Lethe, outro mapa sangrento escondido em um porão.

— Temos suprimentos suficientes para fazer isso só uma vez — disse Dawes, enquanto Alex e Mercy levantavam sacas de sal de Prahova e da câmara secreta em Zipaquirá e as esvaziavam no cadinho. — Alguém pode me trazer uma pá de cinzas?

Tripp deu uma risadinha e depois soltou um pedido de desculpas rápido quando Dawes olhou para ele.

Alex encontrou o armário de vidro contendo de tudo, desde uma Winchester Modelo 1873 que carregava a desgraça que Sarah Winchester tinha tanta certeza de que a seguira até a Califórnia; uma vassoura que datava da queima de bruxas escocesas em 1600, chamuscada, mas que não sofrera danos na pira; o que talvez tivesse sido um cetro de ouro maciço; e um pedaço fino de freixo, esculpido e lixado até que ficasse perfeitamente liso. Parecia um cajado de mago, se o mago em questão o tivesse usado pra virar a massa em um forno de pizza.

— Precisamos ficar mexendo sem parar — disse Dawes, enquanto começava a combinar os ingredientes, movendo a pá com firmeza. — Agora, cuspam.

— Desculpe? — disse Turner.

— Precisamos de saliva suficiente para dissolver o sal.

— Meu momento de brilhar — disse Tripp, e começou a cuspir.

— Isso é nojento — disse Mercy, enquanto cuspia graciosamente no caldeirão.

Ela não estava errada, mas Alex preferiria fazer isso a ter que voltar qualquer dia ao aviário da Manuscrito.

— Certo, quem quer tentar virar a pá? — perguntou Dawes, sem interromper o ritmo. — Precisa manter esse ritmo.

— Quanto tempo fazemos isso? — perguntou Turner, tomando a pá dela com suavidade.

— Até que a mistura desperte — disse Dawes, como se aquilo explicasse tudo.

Um a um, eles se revezaram mexendo com a pá de freixo até que seus braços chegassem à fadiga. Não parecia mágico, e isso fez Alex se sentir meio constrangida e ansiosa. A magia deveria ser mística, perigosa, não uma sujeira no fundo de uma tigela gigante. Talvez uma parte dela quisesse que os outros ficassem impressionados pelo que a Lethe podia fazer, com o poder de seu arsenal. Mas Dawes não parecia nem um pouco preocupada. Estava totalmente concentrada na tarefa e, quando o cadinho começou a zumbir, ela pegou o remo das mãos de Alex e disse:

— Passe para mim.

Alex deu um passo para trás e sentiu o calor crescendo no chão, irradiando do cadinho.

A mistura faiscou e sibilou, o brilho iluminando o rosto determinado de Dawes. O cabelo dela tinha caído do coque e se espalhado sobre os ombros em cachos vermelhos úmidos. O suor brilhava na testa pálida dela.

Caralho, pensou Alex, *Dawes é uma bruxa*. Ela fazia mágica com suas poções, infusões e pomadas curativas, com suas sopas caseiras, recipientes de plástico com caldo na geladeira só esperando para serem usados.

Quantas vezes tinha curado Alex e Darlington com xícaras de chá e pequenos sanduíches, com tigelas de sopa e potes de conservas?

— Mantenham o ritmo! — Dawes ordenou, e eles bateram as mãos contra os lados do cadinho, o som mais alto do que deveria ser, enchendo o cômodo e fazendo tremer as paredes conforme o calor se levantava do caldeirão de Dawes em ondas fervilhantes.

Alex ouviu um *pop* alto, como uma rolha estourando de uma garrafa de champanhe, e uma nuvem de fumaça âmbar explodiu do cadinho, inundando-lhe o nariz e a boca, fazendo seus olhos arderem. Todos se curvaram, tossindo, perdendo o ritmo.

Quando a poeira baixou, a única coisa que restava no cadinho era um monte de pó branco de cinzas.

Mercy inclinou a cabeça para o lado.

— Acho que não funcionou.

— Eu… achei que tinha acertado nas proporções — disse Dawes, a confiança dela se dissipando com a fumaça.

— Espere — disse Alex.

Havia algo lá embaixo. Ela se curvou sobre a borda do cadinho, esticando a mão. Era profundo o suficiente para que a beirada afundasse em sua barriga e ela tivesse que se inclinar para a frente com os dedos dos pés. Mas as pontas de seus dedos roçaram alguma coisa sólida nas cinzas. Ela a arrastou para fora e a espanou. Uma escultura de sal de uma serpente aninhada na palma de sua mão, dormindo em círculo, com a cabeça achatada apoiada no corpo.

— Um talismã — disse Dawes, as bochechas brilhando de orgulho. — Funcionou!

— Mas o que isso… — Alex sufocou um arquejo quando a serpente se desenrolou em sua mão. Espiralou em torno de seu antebraço, indo até o cotovelo, e então desapareceu em sua pele.

— Olhem! — gritou Mercy.

Havia escamas brilhantes sobre os braços nus de Alex. Elas brilharam forte e então se apagaram, sem deixar nada para trás.

— Isso deveria ter acontecido? — ela perguntou.

— Não tenho certeza — disse Dawes. — O feitiço que Mercy achou…

— Era só um feitiço protetor — terminou Mercy. — Está sentindo alguma coisa diferente?

Alex balançou a cabeça.

— Espancada, coberta de hematomas e empanturrada de sopa de qualidade. Nada diferente.

Tripp enfiou a mão no cadinho, quase caindo nele. Turner o agarrou pelo cós da bermuda e o puxou de volta. Havia algum tipo de pássaro na mão de Tripp.

— Isso é uma gaivota? — ele perguntou.

— É um albatroz — corrigiu Dawes, com a voz perturbada.

Enquanto eles observavam, as asas brancas de sal da ave se abriram. Ela voou, circulou uma vez ao redor de Tripp e depois pousou em seu ombro, dobrando-se sobre o corpo dele como se tivesse encontrado o lugar perfeito para se empoleirar. Um padrão de penas prateadas cascateou sobre Tripp e desapareceu em sua pele.

— São pássaros incríveis — disse Mercy, batendo as mãos como se ela também estivesse a ponto de levantar voo. — Podem prender as asas em posição e dormir enquanto voam.

Tripp sorriu, braços estendidos.

— Sem zoeira?

— Sem zoeira — respondeu Mercy.

Essa tinha sido a conversa mais civilizada que já tinham tido.

Hesitante, Dawes esticou-se para as cinzas.

— Eu... o que é isso?

A criatura de sal minúscula na mão de Dawes tinha olhos enormes e mãos e pés estranhos que pareciam quase humanos. Sentou-se como se escondesse o rosto.

— É um lóris lento — disse Mercy.

— Na verdade é uma gracinha — disse Alex.

O lóris de sal espiou por trás de suas mãos, então subiu no braço de Dawes, seus movimentos graciosos e deliberados. Ele se aninhou na orelha dela e então se enrodilhou na curva de seu pescoço, dissolvendo-se. Por um momento, os olhos de Dawes pareceram brilhar como luas.

Turner não pareceu impressionado.

— Isso aí vai matar aqueles demônios usando fofura?

— Eles podem ser mortais — disse Mercy, de modo defensivo. — São os únicos primatas com mordida venenosa, e se movem quase em silêncio.

— Como você sabe de tudo isso? — perguntou Alex.

— Eu era uma criança realmente solitária. A vantagem de não ser popular é que você lê muito mais.

Alex balançou a cabeça.

— Rapaz, você está no lugar certo.

— Já li sobre o lóris lento — disse Dawes. — Só nunca tinha visto um. São noturnos. E dão péssimos animais de estimação.

Alex riu.

— Parece mesmo.

Turner suspirou e olhou para a pilha de cinzas.

— É melhor que tenha uma porra de um leão aí dentro.

Ele tirou uma escultura do cadinho.

— Uma árvore? — perguntou ele, incrédulo.

Tripp explodiu em gargalhadas.

— Acho que é um carvalho — disse Dawes.

— Um carvalho poderoso? — arriscou Mercy.

— Por que todo mundo recebeu algo bom e eu recebi uma porra de uma planta?

— O feitiço indicava que os guardiões viriam do mundo dos vivos — disse Dawes. — Além disso...

— Um carvalho é um ser vivo! — Tripp riu, dobrando-se. — Você pode atacar seus inimigos com bolotas até dominá-los.

Turner fez uma careta.

— Isso é algum tipo de...

O carvalho saltou, vivo, na palma dele, disparando em direção ao teto, espalhando-se em um vasto dossel de galhos de sal branco, as raízes explodindo no chão e derrubando Tripp. Elas envolveram Turner e afundaram na pele dele. Por um momento foi impossível distinguir o que era árvore e o que era homem. Então os galhos brilhantes evaporaram.

Mercy foi a última. Alex a ajudou a se equilibrar enquanto ela se inclinava no caldeirão. Puxou um cavalo empinado, a crina fluindo como água atrás dele.

Assim que Mercy colocou os pés de volta no chão, o cavalo criou asas e empinou nas patas traseiras. Ele circulou pela sala, parecendo crescer cada vez mais, os cascos sacudindo o chão. Saltou diretamente na direção de Mercy, que gritou e ergueu as mãos em defesa. O cavalo desapareceu em seu peito e, por um momento, duas asas enormes pareceram se estender das costas dela.

Mercy murmurou uma palavra que Alex não entendeu. Ela estava radiante.

— Precisamos limpar as cinzas — disse Dawes.

— Espere — disse Tripp. — Há mais alguma coisa lá dentro.

Ele virou a borda do cadinho novamente e arrancou uma sexta figura de sal dos restos.

— Um gato? — perguntou Turner, olhando para a escultura em sua palma.

Dawes soltou um soluço e pressionou a mão sobre a boca.

— Não é qualquer gato — disse Alex, sentindo uma dor indesejável no fundo da garganta.

Havia uma cicatriz em um dos olhos do gato, e não havia como confundir aquele rosto indignado. O ritual havia escolhido Cosmo como guardião de Darlington, embora ela duvidasse que esse fosse o verdadeiro nome do gato. Lembrou-se do gato branco que vira nas memórias do velho. Há quanto tempo aquela criatura existia?

— Eles vão mesmo nos proteger? — perguntou Tripp.

— Deveriam — disse Dawes. — Se você estiver sob ameaça, lamba o pulso ou a mão ou... Acho que qualquer lugar que conseguir alcançar.

— Nojento — disse Mercy.

Dawes apertou os lábios.

— O feitiço alternativo exigia que eu usasse a tíbia de alguém para mexer o pote.

— Não, obrigado — disse Turner.

— Consigo fazer isso de modo quase indolor.

— *Não, obrigado.*

Alex lembrou-se das mariposas de endereço que Darlington havia usado para remover suas tatuagens, um presente que ele lhe dera, uma tentativa de mostrar a ela que o sobrenatural poderia servir para alguma coisa além de lhe causar sofrimento. Essa era aquela magia aconchegante e imaginada por crianças. Espíritos amigáveis que ofereciam proteção. Gatos, cobras e animais alados que guardavam seus corações. Ela enfiou o Cosmo de sal no bolso, ao lado da caixa das Botas de Borracha

Arlington que agora carregava para todo lugar. Precisava que a magia trabalhasse a favor deles pela primeira vez. Se pudessem trazer Darlington para casa, se pudessem arrastar aqueles demônios de volta para onde pertenciam... bem, quem sabia o que poderia ser possível? Talvez não precisasse mais ser assombrada por Hellie ou Darlington ou qualquer outra coisa. Talvez o conselho da Lethe tivesse pena dela. Poderia fazer a mesma oferta que fizera a Anselm. Ficaria feliz em trocar seus dons se isso significasse que ficaria com as chaves deste reino.

— Em quanto tempo podemos tentar voltar? — perguntou Alex.

Dawes estalou a língua contra os dentes, calculando.

— A lua cheia é daqui a três dias. Precisamos esperar até lá. A porta vai se abrir para nós. Só não vai ser fácil desta vez.

— Fácil? — Turner perguntou, em descrença. — Não quero passar por cada maldito minuto do pior momento da vida de vocês novamente. Muito obrigado.

— Eu quis dizer que vai ser mais difícil de abrir o portal — disse Dawes. — Porque não vamos ter a vantagem do Dia das Bruxas.

— Acho que não — disse Alex. — Aquela coisa vai se escancarar pra gente.

— Por quê?

— Porque alguma coisa do outro lado vai estar empurrando, tentando passar. A parte difícil vai ser fechar de novo.

— A gente precisa... — Dawes mastigou a parte interna da bochecha como se tivesse estocado palavras ali para o inverno. — A gente precisa se preparar para... uma coisa pior.

Tripp tirou o boné de vela com o símbolo da Yale da cabeça, deixando o cabelo despenteado. Alex notou que a linha do cabelo dele estava começando a recuar.

— Pior?

— Demônios adoram enigmas. Adoram truques. Não vão nos deixar voltar para o reino deles e seguir o mesmo roteiro duas vezes assim tão fácil.

Tripp parecia querer rastejar para dentro do cadinho e nunca mais sair.

— Não sei se consigo fazer aquilo tudo de novo.

— Você não tem escolha — disse Mercy.

A voz dela era dura, e Tripp parecia ter levado um tapa. Mas Alex finalmente entendeu por que Mercy não gostava de Tripp com tanta intensidade. Ele era muito parecido com Blake. Só não era predador – sua única crueldade era uma casualidade, carregar a lâmina dos privilégios e não ter consciência de que essa lâmina era uma arma em suas mãos –, mas, na superfície, ele era feito daquele mesmo material presunçoso.

— *Todos* nós podemos escolher — disse Turner.

Alex abriu a boca para argumentar – que não podiam se quisessem viver sem tormento, que ainda tinham dívidas a pagar – quando sentiu cheiro de fumaça.

— Tem alguma coisa queimando — disse ela.

Eles desceram as escadas.

— A cozinha! — gritou Turner.

Mas Alex sabia que Dawes não havia deixado o fogão ligado.

O andar térreo se enchia de fumaça e, ao chegarem à base da escada, Alex viu os vitrais brilhando com a luz das chamas. Os demônios tinham incendiado a entrada de Il Bastone.

— Eles estão tentando nos expulsar com fumaça! — disse Turner. Já estava com o celular na mão, ligando para o corpo de bombeiros. — Onde está o seu extintor?

— Na cozinha — disse Dawes, tossindo, e correu para pegá-lo.

Alex virou-se para Mercy e Tripp.

— Saiam pelos fundos. E *fiquem juntos*. Esperem por mim lá fora, ok?

— Certo — disse Mercy, assentindo de modo firme. — *Mexa-se* — ela disse a Tripp.

O alarme de fumaça de Il Bastone começou a apitar, um balido lamentoso e ferido. Alex esperou apenas o tempo de ver Mercy e Tripp começarem a descer o corredor; então correu na direção da cozinha. Interceptou Dawes e pegou o extintor. Precisara usar um quando Len botara fogo em gordura na cozinha do apartamento ao cozinhar bacon, mas ainda assim se atrapalhou com ele.

Turner o agarrou de suas mãos.

— Vamos — disse ela.

Ela abriu a porta da frente. As chamas tinham consumido a grama e as sebes. Rugiam nas colunas da frente. Alex teve a sensação de também estar queimando, como se conseguisse ouvir os gritos da casa.

Os demônios estavam à luz do fogo e, atrás deles, suas sombras pareciam pular e dançar. Ela ouviu o barulho do extintor de incêndio enquanto Turner lutava para sufocar as chamas. Mas Alex não parou. Caminhou em direção aos demônios.

— Alex! — Turner gritou. — Que porra você está fazendo? É isso que eles querem!

A coisa fingindo ser Hellie sorriu. Ela parecia mais magra agora, mais faminta. Mais parecida com Alex. Mas não exatamente. As mãos se curvavam em garras. Os olhos eram escuros e selvagens, a boca, cheia de dentes.

— Você me quer, sua imitação barata? — Alex exigiu. Passou a língua pelo pulso. — Vem me pegar.

A coisa correu na direção dela e depois gritou, disparando para trás, o sorriso grotesco desaparecendo. Alex viu que sua própria sombra havia mudado, como se ela tivesse uns cem braços a mais – não eram braços, eram serpentes. Elas sibilavam e estalavam ao redor de Alex, atacando os demônios, que se encolhiam para longe dela.

— Alex — disse a coisa chamada Hellie, e ela era Hellie de novo, os olhos daquele azul aquarela tempestuoso e cheios de lágrimas. — Você prometeu que iria me proteger.

O coração de Alex se contorceu no peito, a dor muito poderosa, muito familiar. *Sinto muito. Sinto muito.*

As serpentes vacilaram como se sentissem sua hesitação. Então Alex inspirou e tossiu, sentindo o gosto da fumaça no ar, as cinzas de sua casa queimando. Ouviu o chocalhar de cascavéis, as caudas delas se sacudindo pela raiva que sentia, um aviso.

— Este é o meu último aviso — ela rosnou para Não Hellie. — Você vai voltar para o lugar de onde veio.

Os olhos de Hellie se estreitaram.

— Esta vida é *minha. Você* é a impostora.

Certo. Talvez Alex não passasse de uma ladra que roubara a segunda chance de outra pessoa. Mas ela estava viva e Hellie estava morta, e iria proteger o que era dela – mesmo que não merecesse, mesmo que não fosse dela por muito mais tempo.

— Esta vida não é sua — ela disse para a coisa que não era Hellie. — E você está invadindo uma propriedade.

Uma das serpentes avançou, o bote tão rápido que Alex não viu mais do que um borrão, e então o demônio recuou, segurando a bochecha fumegante.

— Você não pode nos banir assim tão fácil — lamentou Hellie. Ela quase se parecia com Len agora, cabelo desgrenhado, testa marcada por espinhas. — Nós te conhecemos. Conhecemos o seu cheiro. Você não passa de um trampolim.

— Talvez — disse Alex. — Mas por enquanto quem faz a segurança aqui sou eu, e é melhor você correr.

★ ★ ★

Alex sabia que eles não tinham ido longe. Os demônios deles precisavam de infelicidade fresca para sobreviver neste mundo. Estariam de volta e mais bem preparados.

Ouviu sirenes uivando na rua e, ao se virar, viu que as chamas não lambiam mais Il Bastone. A frente da casa estava carbonizada e salpicada de espuma, a pedra ao redor da porta, enegrecida e fumegante, como se a construção tivesse exalado um profundo hálito fuliginoso. O fogo nas cercas vivas e na grama havia sido extinto – derrubado pelas raízes de Turner. O poderoso carvalho. Enquanto Alex observava, elas pareciam se retrair. Suas serpentes também haviam desaparecido.

Ela não conseguia desemaranhar a bagunça de medo e triunfo que sentia. A magia tinha funcionado, mas quais eram seus limites? Não estariam seguros até que aqueles demônios estivessem de volta no pote, com a tampa bem fechada, e como fariam isso? E como explicariam isso ao Pretor e ao conselho? Fora ousada o suficiente em reivindicar Il Bastone como sua casa, mas não era mais nem membro da Lethe.

— Encontre os outros — disse Turner. — Vou falar com os caras do caminhão. Eu os chamei, e ainda sou policial, mesmo que vocês duas tenham sido...

— Expulsas? — ofereceu Alex.

Era possível que o Pretor nem percebesse que estiveram em Il Bastone, já que o incêndio começara lá fora. Mas, se olhasse mais do que de forma meramente superficial lá para dentro, veria as sobras do jantar e qualquer outra coisa que tivessem deixado para trás. Ela não tinha certeza de quão sério Anselm tinha falado sobre *invasão criminosa* e não queria descobrir.

Mercy, Tripp e Dawes estavam esperando no beco, batendo os pés no frio.

— Estão todos bem? — ela perguntou ao se aproximar.

— Alex — disse Tripp, colocando as mãos nos ombros dela. — Aquilo foi *irado*. Eles correram de você de verdade! Parecia que Spenser ia se cagar.

Alex tirou as mãos dele.

— Certo, certo. Mas eles ainda não terminaram o negócio deles com a gente. Precisamos ficar alertas, todos nós. E você precisa se lembrar de que aquele não é o Spenser.

— Com certeza — disse Tripp, com um aceno sóbrio. — Ainda assim, foi legal pra caralho.

Mercy revirou os olhos.

— A casa ficou muito feia?

— Não está terrível — disse Dawes, com a voz rouca. — Com sorte os bombeiros vão passar a Turner a extensão dos danos.

— Sua voz está uma merda — disse Tripp.

Mercy exalou de maneira exasperada.

— Acho que ele quer dizer que você parece ter inalado muita fumaça.

— Tem uma ambulância — disse Alex. — Você deveria ser examinada.

— Não quero que ninguém saiba que a gente esteve aqui — protestou Dawes.

Alex não gostou do alívio que sentiu com isso, mas ficou feliz por Turner estar disposto a encobri-los e por Dawes estar disposta a colaborar.

Havia dois policiais com os bombeiros e paramédicos, e Alex viu o professor Walsh-Whiteley, envolto em um longo sobretudo e usando um chapeuzinho elegante, aproximando-se de Turner, que conversava com dois policiais uniformizados.

— O Pretor está aqui — disse Alex.

Dawes suspirou.

— Deveríamos falar com ele? Tentar explicar?

Alex fez contato visual com Turner, mas ele deu um leve aceno de cabeça. A antiga Alex se perguntou se ele estaria só protegendo a ele mesmo e deixando um rastro de problemas que os levariam para longe dele e diretamente para ela e Dawes. Seriam bodes expiatórios fáceis. E fora Alex quem os trouxera de volta para Il Bastone, que a reivindicara como dela.

— Precisamos sair daqui — disse Alex, conduzindo-os em direção ao estacionamento.

Eles poderiam escapar para a Lincoln Street, esperar por Turner lá.

— Não vi Anselm — disse Dawes.

Tripp não parecia se importar.

— Talvez ele tenha voltado para Nova York?

— Provavelmente.

Ele tinha uma família. Tinha uma vida. Mas Alex sentiu-se inquieta. Fazia dois dias que Anselm havia encerrado a viagem deles para o inferno, e não tinham ouvido uma palavra sequer dele. Nenhuma demissão formal ou acompanhamento, e Il Bastone não havia sido barrada para eles. Anselm havia interrompido o ritual na Sterling. Alex não sabia que regras regiam os demônios, mas e se estivessem de olho nele também?

Ela olhou para Il Bastone, observando a fumaça subir da construção em nuvens suaves, uma chama de advertência, um fogo ritual.

Ela se arrastou para trás dos outros e apoiou a mão na parede como se colocasse a palma contra o flanco de um animal para acalmá-lo. Pensou no apartamento da mãe, lenços jogados sobre lâmpadas, cristais e fadas em todos os cantos. Pensou no Marco Zero, com as paredes salpicadas de sangue, em Black Elm apodrecendo em torno de Darlington como uma tumba. Alex sentiu as pedras zumbirem.

Turner lutaria à sua maneira, com a lei, a força e todo o poder que seu distintivo lhe proporcionava. Dawes usaria seus livros, seu cérebro, sua infinita capacidade de organização. E quais ferramentas Alex tinha? Um pouco de magia. Um talento para o infortúnio. A capacidade de levar uma surra. Precisaria ser o suficiente.

Este é meu lar, ela jurou, *e nada vai tirá-lo de mim.*

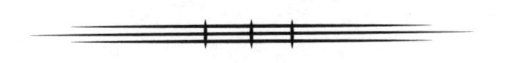

As Pérolas de Sal de Emilia Benatti; sal e fio de prata
Proveniência: Mântua, Itália; começo do século XVII
Doador: desconhecido, possivelmente uma doação
da coleção secreta do Museu New Haven

O mecanismo pelo qual o sal protege contra os demônios ainda é um grande mistério. Sabemos que o sal é entendido como um purificador espiritual e é usado para proteger contra o mal em muitas culturas. Seus usos mais comuns também despertam a imaginação – como agente de limpeza, catalisador para o vinagre usado na limpeza, conservante natural que evita a deterioração, restaurador para flores e frutas que não vingam. Soldados já foram pagos com ele. Presentes de sal já foram trocados entre amigos. Mas qual é o significado de Eliseu derramar sal nas águas de Jericó para restaurá-las por ordem de Deus? Depois de um funeral, por que algumas famílias japonesas espalham sal pelo chão? E por que todos os nossos registros indicam que o sal, acima de todas as outras substâncias, é mais eficaz no despacho de corpos demoníacos – tanto imateriais quanto corpóreos?

Se Emilia Benatti encantou, ela mesma, as pérolas ou simplesmente as adquiriu, também não sabemos. Mas ela e sua família estavam entre os poucos sobreviventes da praga demoníaca que atingiu Mântua em 1629. Os descendentes dela imigraram para a América por volta de 1880 e se estabeleceram em New Haven, onde se tornaram membros proeminentes da comunidade italiana e podem ser vistos na fotografia do Banquete da St. Andrew Society de 1936. As pérolas podem ter sido descartadas junto com outras superstições do Velho Mundo, mas a maneira como foram documentadas e preservadas na coleção secreta da Sociedade Histórica de New Haven é algo desconhecido.

— *do Catálogo do Arsenal da Lethe,*
conforme revisado e editado por Pamela Dawes, Oculus

32

Todos se espremeram no Dodge de Turner para uma carona sombria e coberta de fuligem – Dawes na frente; Tripp, Alex e Mercy se apertaram atrás. Ninguém ia voltar para casa sozinho naquela noite.

Deixaram Dawes em seu apartamento na faculdade de teologia primeiro. Turner e Alex a escoltaram até a porta e protegeram todo o edifício com nós de sal.

— Vamos nos encontrar amanhã — disse Alex, antes que Dawes fechasse a porta. — Mande mensagem no grupo de hora em hora.

Tripp era o próximo, e ele se projetou pelo espaço entre os assentos da frente para conduzir Turner até um grande bloco de apartamentos não muito longe do parque.

Era um prédio legal. Tijolos expostos, iluminação industrial artificial quente. O pai de Tripp podia até ter cortado o dinheiro dele, mas Tripp devia estar usando algum tipo de fundo fiduciário. Os tempos difíceis eram diferentes para um Helmuth.

Eles protegeram o exterior e, em seguida, desenharam um nó de sal no topo do tapete de boas-vindas de Tripp para garantir.

— Vocês, ãhn, querem entrar? — perguntou Tripp.

Toda a empolgação dele havia desaparecido, o medo rastejando de volta.

— Você pode ficar com a gente — ofereceu Alex. — Temos um sofá na sala comunitária.

— Não, eu estou bem. Tenho minha ave marinha, certo?

— Dê notícias no grupo — disse Turner. — E não saia se não precisar.

Tripp assentiu e ofereceu o punho para um cumprimento de soco. Até Turner corresponder.

Descendo as escadas, Turner disse:

— Vou voltar para Black Elm quando deixar vocês em casa. Quero ter certeza de que Darlington ainda está encurralado em seu cercado.

Alex quase tropeçou.

— Por quê?

— Não banque a tonta. Você viu Marjorie Stephen. Ela teve a vida drenada dela. Não há nada de natural nisso.

— Isso não significa que Darlington tenha algo a ver com isso.

— Não, mas ele poderia saber se alguém da espécie dele tem. Se tem algo por aí usando o rosto de Marjorie Stephen.

— Ele não é um demônio — disse Alex, com raiva. — Não igual a eles.

— Então podemos dizer que vou verificar o bem-estar dele. Só quero saber se ele está contido.

Voltaram para o campus em silêncio, e Alex e Mercy se despediram do detetive na rua York.

— Vocês têm certeza de que não querem ajuda com o sal e tudo mais? — ele perguntou.

— Não — disse Alex. — Nosso quarto está protegido. Vamos proteger a entrada também, mas vou deixar o pátio aberto. Preciso ter acesso aos Cinzentos. Você conhece o padrão do nó?

— Conheço.

Turner dissera que conseguiria proteger a própria casa sozinho. Alex tinha a sensação de que ele não a queria em sua casa, ou apartamento, ou onde quer que morasse. Não queria a Lethe e o sobrenatural invadindo sua vida real. Como se pudesse fechar aquele livro em particular quando o capítulo pesado terminasse.

— Se Carmichael aparecer, não dê ouvidos a ele. Não deixe que ele entre na sua cabeça.

— Não precisa me explicar, Stern.

— Não amarrote seu terno chique, Turner.

Ele ligou o motor.

— Vejo vocês amanhã à noite.

Elas não esperaram para ver as lanternas traseiras desaparecerem. Não queriam ficar do lado de fora mais tempo do que o necessário.

O dormitório parecia estranhamente normal, com a iluminação dourada, a música e as conversas de cada quarto chegando até o pátio.

— Como é que pode a vida simplesmente continuar? — perguntou Mercy enquanto passavam por pessoas embrulhadas em seus cachecóis, xícaras de chá quente ou café nas mãos enluvadas. As árvores pareciam

343

ter perdido o verde do verão durante a noite, as folhas amarelas se enrolando como pedaços brilhantes de casca de uma lua descascada.

Normalmente Alex gostava da sensação do mundo normal, do sentimento de que havia um lugar para onde voltar, que tinham mais coisas no mundo além da Lethe, de magia e de fantasmas, que ela tinha uma vida toda esperando por ela quando esse trabalho estranho terminasse. Mas, naquela noite, tudo o que conseguia pensar era que essas pessoas eram presas fáceis. O perigo estava em todos os lugares e elas não conseguiam vê-lo. Não tinham ideia do que poderia estar atrás de si enquanto riam, discutiam e faziam planos para um mundo que mal entendiam.

Lauren estava enfiada na poltrona reclinável da sala comunitária com um conjunto de problemas, com Joy Division no toca-discos.

— Aonde vocês estavam, porra? — ela perguntou. — E por que estão com cheiro de incêndio florestal?

O cérebro cansado de Alex procurou por uma mentira, mas foi Mercy quem respondeu.

— Tivemos que ajudar a terminar a troca de doces e uma casa pegou fogo na Orange.

— Na igreja de novo? Vão me dizer que encontraram Jesus, por acaso?

— Eu gosto do vinho de graça — disse Alex. — Estamos sem Pop-Tarts?

— Tem Tastykakes em cima da geladeira. Minha mãe mandou. Vocês me deram um grande susto, viu? Precisam me avisar se vão simplesmente desaparecer. Houve um assassinato no campus, e vocês ficam andando por aí no meio da noite como se nada tivesse acontecido.

— Desculpe — disse Mercy. — Perdemos a noção do tempo, e como estávamos juntas, nem pensamos nisso.

Lauren deu um gole na garrafa grande de água que levava para todo lugar.

— Precisamos começar a pensar onde queremos morar no ano que vem.

— Agora? — perguntou Alex, enfiando um Krimpet na boca.

Ainda não queria começar a olhar para o fundo do cano que era sua falta de futuro. Ainda assim, não tinha muitos amigos, e saber que Lauren realmente queria passar outro ano perto dela era bom, como se talvez não precisasse ficar anunciando seus traumas.

— Queremos morar dentro ou fora do campus? — perguntou Lauren. — Podemos puxar o saco de alguns alunos do último ano, descobrir quais apartamentos parecem bons.

— Talvez eu passe um semestre no exterior — disse Mercy.

Desde quando?, Alex se perguntou. Ou Mercy só estava procurando uma desculpa para ficar longe dela e da Lethe?

— Onde? — exigiu Lauren.

— Na França? — disse Mercy, de modo pouco convincente.

— Deus do céu, foda-se a França. Todo mundo lá tem IST.

— Não tem, não, Lauren.

Alex pegou outro Krimpet e sentou-se do lado de Mercy no sofá.

— Está me dizendo que não trocaria New Haven por Paris?

— Não — respondeu Lauren. — E isso se chama lealdade.

Foi só quando estavam se preparando para dormir que Alex teve a chance de perguntar a Mercy sobre a França.

— Você vai mesmo para o exterior?

— Agora que sei que a magia é real? — Mercy tinha vestido um pijama vintage e passado creme no rosto. — Sem chance. Mas não seria mais fácil ir e vir com todas essas coisas da Lethe se não tivéssemos que nos preocupar com Lauren fazendo perguntas?

— Eu não estou mais na Lethe — Alex a lembrou. — Nem você. E estamos sendo caçadas por demônios.

— Eu sei, mas... não dá pra eu voltar no tempo e não saber.

Isso não depende mais de nós. Alex não falou, mas ficou acordada por um longo tempo olhando para o escuro. Tinha vivido com a magia por toda a vida, mesmo que nunca a tivesse chamado assim. Nunca pudera opinar sobre o assunto. A única escolha que tivera pra fazer fora concordar em aceitar a oferta do reitor Sandow quando ele apareceu ao lado de sua cama no hospital, quando fora convidada para a Lethe. E agora essa escolha também estava sendo retirada dela. Por quanto tempo conseguiria continuar fugindo de homens como Eitan? De demônios como Linus Reiter? Dos monstros de seu passado que tinham se tornado tão presentes?

Ela não se lembrava de ter adormecido, mas deve ter passado pelo sono, pois acordou subitamente com o som do celular tocando.

Dawes.

— Você está bem? — Alex perguntou, tentando se situar.

Tinha dormido demais de novo. Já passava das nove da manhã.

— O Pretor acabou de telefonar. Quer encontrar com você hoje.

Então era isso? A dispensa oficial? Um "vai se foder" formal?

— O que ele disse? — pressionou Alex.

— Só que, à luz dos eventos da noite passada, o Pretor requer a presença do Virgílio durante seu expediente no escritório.

Não em Il Bastone ou na Gaiola.

— Ele ainda me chamou de Virgílio?

— Chamou — disse Dawes, com um suspiro cansado. — E me chamou de Oculus. Talvez exista algum tipo de processo pelo qual precisemos passar antes de sermos... não sei. Retiradas de nossos cargos.

Alex olhou pela janela para o pátio. O céu da manhã estava escuro, a calçada, úmida. Nuvens cor de ardósia prometiam mais chuva. Estava muito frio para ficar sentada do lado de fora, mas havia uma garota largada em um banco abaixo, vestindo apenas camiseta e jeans. Não Hellie olhou para Alex e sorriu, o sorriso torto, os dentes muito longos. Como os lobos com que tinha lutado no inferno. Como se, quanto mais ela passasse fome, mais difícil fosse fingir ser humana. Mas foi o homem ao lado dela que causou uma onda de medo em Alex. O cabelo era longo e loiro, o terno branco, o rosto de ossos finos tornado quase suave pela luz cinzenta do outono. Linus Reiter olhou para ela com uma expressão confusa, como se alguém tivesse contado uma piada que ele realmente não tinha achado engraçada.

Alex fechou rápido as cortinas. Foda-se ter acesso aos Cinzentos. Ela precisava proteger o pátio. Talvez o campus inteiro.

— Alex?

Dawes ainda estava no telefone.

— Ele está aqui — Alex conseguiu dizer, as palavras surgindo em um sussurro estrangulado. — Ele...

— Quem?

Alex desceu até o chão ao lado da cama, os joelhos para cima, o coração disparado. Não conseguia respirar direito.

— Linus Reiter — ela arquejou. — O vampiro. No pátio. Eu não... não posso...

Ela podia ouvir o sangue correndo nos ouvidos.

— Acho que vou desmaiar.

— Alex, me diga cinco coisas que está vendo no seu quarto.

— Quê?

— Faz o que eu tô falando.

— Eu... minha mesa. Uma cadeira. O tule azul da cama de Mercy. Meu pôster de *Junho Flamejante*. Aquelas estrelas de grudar que alguém colocou no teto.

— Certo, agora quatro coisas que você pode tocar.

— Dawes...

— Vai.

— Precisamos avisar os outros...

— Faça o que estou falando, Virgílio.

Dawes nunca a chamara assim. Alex conseguiu respirar com dificuldade.

— Certo... a armação da cama. É lisa. Madeira fria. O tapete... meio macio e empelotado. Tem glitter nele. Talvez do Dia das Bruxas.

— O que mais?

— Minha camiseta cavada... é de algodão, acho. — Ela se esticou e tocou as rosas secas da mesa de cabeceira de Mecy. — Flores secas, parecidas com papel de guardanapo.

— Agora três coisas que esteja escutando.

— Eu sei o que você está fazendo.

— Então vai.

Alex aspirou profundamente pelo nariz de novo.

— O farfalhar das flores quando coloco a mão nelas. Alguém cantando no corredor. A porra do meu coração batendo no meu peito. — Ela passou a mão sobre o rosto, sentindo um pouco do terror recuar. — Obrigada, Dawes.

— Vou mandar mensagem no grupo para avisar sobre Reiter. Lembre-se de que seu espírito de sal deveria funcionar contra ele também.

— Como você pode parecer tão calma?

— Eu não fui atacada por um vampiro.

— Está de dia. Como...

— Talvez ele não esteja diretamente na luz do sol. Vai ficar nas sombras, e certamente só vai conseguir caçar depois que anoitecer.

Aquilo não era reconfortante.

— Alex — insistiu Dawes —, você precisa ficar calma. Ele é só mais um demônio, e não pode mudar de forma ou entrar em sua cabeça.

— Ele é rápido, Dawes. E tão forte.

Ela não fora páreo para ele, mesmo com a força de um Cinzento dentro dela. Mal tinha escapado dele uma vez, e não tinha certeza de que teria a mesma sorte de novo.

— Certo, mas tudo o que eu li diz que ele não vai ficar longe do ninho por muito tempo. Não consegue.

O ninho precioso dele, cheio de objetos inestimáveis e flores brancas. No qual Alex tinha ateado fogo.

Alex se obrigou a se levantar e abrir a cortina. Não Hellie tinha ido embora. Viu Reiter atravessando o pátio em direção aos portões que o levariam para fora da JE e, com sorte, para longe do campus. Alguém com roupas escuras e jaqueta com capuz caminhava ao lado dele, segurando um guarda-chuva branco acima da cabeça de Reiter.

— E se Reiter ficar com fome a caminho de casa? — Alex disse. — Eu o trouxe até aqui. Coloquei todas essas pessoas ao alcance dele.

— Pare com isso. Reiter conhece Yale desde muito antes de você existir. Acho... acho que ele está aqui para assustar você. E talvez porque usamos o Corredor.

Agora a voz de Dawes vacilava. Se a teoria de Alex – na verdade, a teoria de Rudolph Kittscher – estava correta, então Reiter era, na realidade, um demônio que tinha seguido o verdadeiro Lionel Reiter para fora do inferno e tomado a forma e a identidade dele. Tinha se alimentado da alma de Reiter e agora se sustentava com sangue. Será que os demônios que os tinham seguido através do portal para o inferno tinham convocado Reiter de alguma forma? Ele se importava que o Corredor tivesse sido despertado ou só queria se vingar por Alex ter destruído suas coisas chiques?

Não importava. Só havia uma maneira de lidar com ele.

— Coloque-o na lista, Dawes. Nós nos livramos dos demônios e nos livramos de Reiter também.

— Não vai ser fácil — disse Dawes. Agora que a tarefa de cuidar de Alex estava feita, ela parecia menos segura. — As coisas que eles sabem...

Alex olhou para o banco vazio.

— Quer me contar o que Blake disse?

Houve um longo silêncio.

— Ele estava do lado de fora da minha janela hoje de manhã. Na neve. Sussurrando.

Alex esperou.

— Ele disse que era inocente. Que nunca tinha machucado ninguém. Que a mãe dele chorava até dormir todos os dias. Ele disse... — a voz de Dawes balançou.

Alex sabia que Dawes não queria continuar. Mas demônios se alimentavam da vergonha, fruto que brotava de sementes cultivadas no escuro.

— Hellie me disse que eu roubei a vida dela — disse Alex. — Que quem deveria ter morrido era eu, não ela.

— Isso não é verdade!

— Tem importância?

— Talvez não. Não se parece real. Ele disse... Blake disse que eu o matei porque sou o tipo de garota com quem ele jamais treparia. Ele disse... disse que sabia como minha... como sou lá embaixo. Que eu era feia.

— Meu Deus, isso realmente parece uma coisa que o Blake diria.

Do que esses demônios eram feitos? Da tristeza de Hellie. Da crueldade de Blake. Da vergonha de Alex. Da culpa de Dawes. Mas do que mais? Qual era a diferença entre ambição e desejo? Essas criaturas queriam sobreviver. Queriam se alimentar. Alex entendia a fome e o que ela poderia levar você a fazer.

— Não é verdade, Dawes. Temos que continuar dizendo isso até acreditarmos.

Era muito fácil deixar aquelas palavras tomarem conta.

— Ele está aí agora? — Alex perguntou.

— O lóris mordeu ele — Dawes riu. — Subiu pela janela e mordeu ele na bochecha. Ele começou a gritar "Meu rosto! Meu rosto!".

Alex riu, mas lembrou-se das serpentes mirando a bochecha de Hellie. Como se os espíritos de sal não gostassem da mentira dos demônios, do fingimento das máscaras humanas que usavam.

O celular dela soou. Uma mensagem de Turner: "Ligue para mim". Por que ele nunca simplesmente ligava para *ela*?

Quando encerrou a ligação com Dawes, verificou o grupo de mensagens: todos haviam dado notícias e Dawes emitira seus avisos sobre Reiter. Estavam todos armados com sal e se encontrariam em Il Bastone antes de escurecer. Estariam mais seguros quando estivessem atrás das barreiras juntos.

Alex ligou para Turner, esperando ouvir que ele havia avistado Grande Car à espreita na delegacia.

— Você está bem? — ela perguntou.

— Quê? Bem. — Claro que Turner estava bem. Ele era o carvalho poderoso. — Pegamos o filho de Ed Lambton.

Alex demorou para se lembrar de quem era Lambton. O professor suspeito no assassinato duplo.

— Pensei que ele estivesse no Arizona.

— Andy Lambton está em New Haven. Nós o prendemos do lado de fora do apartamento de um dos colegas do pai dele.

— Uma das pessoas que falsificaram os dados?

— Exatamente. Colocamos segurança para os outros professores envolvidos na censura dele e os colegas que trabalhavam no laboratório.

Portanto, a pista de Carlos II estivera certa, o filho estava vingando o pai. Mas tudo parecia tão teatral, tão bizarro.

— Ele realmente matou duas pessoas porque achou que o pai levou a pior?

— Parece que sim. Quero que se encontre com ele.

— Vai ser o pior encontro às cegas de todos os tempos.

— Stern.

— Por que, Turner?

O detetive estivera disposto a envolvê-la no caso de modo periférico, uma olhada na cena do crime, uma conversa sobre teorias, mas encontrar um suspeito era uma coisa muito diferente. E, agora que Alex poderia estar fora da Lethe e de Yale para sempre, não tinha certeza se tinha coragem ou vontade de investigar um assassinato.

— Você nunca me quis nos seus negócios antes.

— Tem alguma coisa errada aqui e ninguém mais parece concordar.

— Ele tem um álibi?

— O álibi dele não se sustenta. E ele confessou.

— Então qual é o problema?

— Você quer encontrar com esse cara ou não?

Ela queria. Gostava de que, mesmo depois de ter caído em desgraça com a Lethe, Turner ainda se importava com o que ela pensava. Além disso, se Turner acreditava que algo estava errado, estava mesmo. Estivera na cabeça dele, tinha olhado através dos olhos dele. Tinha visto o mundo como ele, os detalhes, os sinais e indicações que todas as outras pessoas não percebiam ou ignoravam. Ela sentiu o formigamento na base do crânio.

— Tenho que me encontrar com o Pretor esta tarde — ela disse. — Posso ir depois disso. Mas você vai ter que me dar uma carona até a prisão.

— Ele não está na prisão — disse Turner. — Ele está no Yale New Haven.

— No hospital?

— Na ala psiquiátrica.

Alex não sabia como responder. Tinha passado tanto tempo entrando e saindo de reabilitações, programas de prevenção de delinquência juvenil e observação de vinte e quatro horas que nunca mais queria colocar os pés em uma daquelas alas. Mas também não contaria nada disso a Turner. Talvez não precisasse contar. Ele tinha visto a vida dela através dos olhos de Hellie.

— Preciso saber o que você disse aos policiais e ao Pretor sobre o incêndio — disse ela.

— Vandalismo — disse Turner. — Não tinha como dizer que foi acidente. Eles não encontraram acelerador e o fogo não cresceu, apenas subiu. Esse é um mistério que não vão conseguir desvendar.

Fogo do inferno? Algo mais? Quais armas os demônios tinham à disposição? Talvez Turner pudesse simplesmente prender Linus Reiter e poupar muitos problemas a todo mundo.

Enquanto se vestia, tentou pensar em qualquer coisa, menos no Pretor e no que poderia vir a seguir. Queria voltar para Il Bastone. Queria que Turner colocasse policiais do lado de fora da casa para mantê-la segura. Queria alguma promessa de proteção para a mãe, os amigos, ela mesma. Pensava em Il Bastone como uma espécie de fortaleza, sustentada por magia, história e tradição. Ela se perguntou se Não Hellie sabia o quanto o fogo a abalara.

Tocou o pulso onde a serpente de sal havia se enrolado em sua pele. Não estava mais indefesa. Pelo menos, da próxima vez que brigasse com a coisa que não era Hellie ou com o monstro que não era verdadeiramente Lionel ou Linus Reiter, poderia estar mais perto de uma luta justa.

★ ★ ★

Alex se atrapalhou com as aulas da manhã, tentando afastar o medo que pesava em seu estômago. Seria essa a última palestra? O último café da manhã apressado entre as aulas? A última vez que se sentava no William L. Harkness Hall e tentava pensar em algo inteligente para dizer nas discussões?

O professor Walsh-Whiteley trabalhava das duas às quatro, e Alex pensou em esperar até o último momento possível para aparecer, mas a preocupação era demais para ela. Melhor acabar logo com isso, saber o quanto havia caído para que pudesse começar a se arrastar de volta para um terreno alto.

Apareceu no Blue State para tomar um café e comer um bagel para se fortalecer. Sempre havia um jovem Cinzento do lado de fora do prédio vazio ao lado, vestido com uma camisa de flanela xadrez, às vezes pairando atrás da janela perto de onde antes havia um jukebox, quando era uma pizzaria. Ocasionalmente, achava que o ouvia cantarolando os acordes monótonos de "Hotel California". Mas hoje ele estava sentado nos degraus da frente, como se estivesse esperando a porta se abrir para comprar uma fatia. Alex passou os olhos por ele e então tropeçou quando alguém lhe deu um empurrão por trás.

Mal conseguiu se segurar e derramou café quente no casaco.

— Que porra? — ela disse, virando-se.

Por um longo segundo, ela não reconheceu Tzvi, não conseguiu conceber a presença do guarda-costas de Eitan ali, em New Haven, mas não havia como confundir o corpo magro, a barba bem cuidada, a expressão pétrea.

— Olá, Alex. — Eitan estava logo atrás de Tzvi com um casaco de couro feio, cabelo cortado rente e cheirando a loção pós-barba cara. Um Chai dourado brilhava em seu pescoço.

Seu primeiro pensamento foi "corra". O segundo foi "mate os dois". Nenhum dos dois era uma opção razoável. Se corresse, eles a encontrariam. E assassinar duas pessoas em plena luz do dia nas ruas de New Haven não parecia um movimento estratégico.

Ficaram se encarando mutuamente na calçada lotada, as pessoas passando por eles a caminho de aulas ou reuniões.

— Vamos — disse ela.

Não queria ser vista com nenhum dos dois. Eles se destacavam – os casacos, o cabelo. Não tanto por serem criminosos, mas por serem criminosos de Los Angeles. Elegantes e vistosos demais para New Haven. Ela os conduziu até a entrada de automóveis que ligava a escola de música ao Clube Elizabethan.

— Aqui está bom — disse Eitan, e com uma combinação de frustração e orgulho ela percebeu que ele não queria sair da vista da rua movimentada.

Não sabia se Eitan e Tzvi tinham medo dela, mas estavam sendo cautelosos. Esse era o problema com Eitan. Ele era muito bom em se manter vivo.

— Já esteve no Clube Elizabethan?

Alex balançou a cabeça.

— Você precisa ser membro. De Shakespeare, eles têm o primeiro...

— Fólio — disse Alex, sem pensar. E uma primeira edição de *Paraíso Perdido*. E um monte de tesouros literários guardados em um cofre. E, mais importante, serviam um chá da tarde luxuoso. Darlington era membro, mas ele nunca a levara lá.

— Sim! Fólios — disse Eitan. — Está indo para a aula?

Alex pensou em mentir. Seria fácil afirmar que trabalhava nos refeitórios. Dissera a Eitan que estava de mudança para o leste com seu namorado imaginário. Ele até se oferecera para conseguir um emprego para ela em um dos cassinos. Esperava que ele a deixasse em paz, mas, em vez disso, os empregos na Costa Leste tinham continuado de onde os da Oeste tinham parado. Eitan tinha negócios em todos os lugares e amigos a quem concedia favores de bom grado.

Mesmo assim, se Eitan estava ali, isso significava que ele sabia mais do que deveria. Já tinha alguém escavando tudo o que existia sobre ela, e se conseguira encontrá-la no meio de um campus lotado de alunos, deveria estar observando Alex havia um tempo.

— Não — ela disse. — Acabei por hoje. Estava voltando para o dormitório.

— Vamos com você.

Aquilo era longe demais. De jeito nenhum levaria aqueles cuzões a qualquer lugar perto de Mercy e Lauren.

— O que você quer, Eitan?

— Vamos ser agradáveis, Alex. Seja educada.

— Você quase causou minha morte. Isso mexeu com os meus modos.

— Sinto muito. Sabe disso. Gosto de você. Você faz um bom trabalho para mim. Reiter vem sendo difícil.

Ele parecia realmente lamentar. Do jeito que alguém lamentaria comer a última fatia do bolo ou se atrasar para um jantar.

— Você tem alguma ideia do que ele é de verdade? — perguntou Alex.

— Não preciso saber — respondeu Eitan. — Ele é problema. Você é solução.

— Você quer que eu volte lá?

Sem chance. Já era bem ruim ver Reiter à espreita no pátio, mas, se Dawes estivesse certa, ele ficava mais fraco quando precisava se esconder da luz do dia e quando estava longe do ninho. Em seu covil, ele tinha a vantagem. Só de pensar naquela casa branca enorme, os pulmões de Alex apertavam, prendiam sua respiração, enrolavam-se rapidamente feito um carretel. O que a professora Cinzenta dissera? Ele matara centenas, talvez mais

— Você está feliz aqui — disse Eitan.

Alex não tinha certeza do que era ser feliz. Tinha certeza de que não envolvia ser perseguida por demônios ou perder sua bolsa de estudos.

— Feliz o suficiente.

— Dê um jeito em Reiter para mim e daí estamos quites. Você pode ter nova vida. Não precisa se preocupar com Tzvi aparecendo na sua porta.

— Foi por isso que veio aqui? Para me mandar para morrer?

— Eu tinha negócios na cidade. E aqui é um mercado bom. Muita gente jovem. Muita pressão. Todo mundo tentando se divertir.

Aquilo parecia uma ameaça. Eitan iria forçá-la a negociar no campus? Deveria existir um limite em algum lugar. Tinha que ter um fim nisso. Alex sentiu-se constrangida pelas pessoas ao seu redor, pela vulnerabilidade e pela fraqueza delas. Presas fáceis – para demônios e para homens como Eitan. Ele não pertencia àquele lugar, e nem ela. Eram serpentes no jardim.

Alex considerou suas escolhas.

— Eu cuido de Reiter e estamos quites. Esse é o acordo. Sem mais trabalhos. Sem mais negociações.

Eitan sorriu e deu um tapinha no ombro dela.

— Sim.

— E se eu não voltar... — Alex enfiou as unhas na palma da mão, relembrando da sensação das presas de Reiter entrando em seu corpo. — Se eu não voltar, você dá um jeito de dar dinheiro para a minha mãe. Cuide para que ela fique bem.

— Não fale assim, Alex. Você vai ficar bem. Sei o que consegue fazer.

Alex sustentou o olhar no dele.

— Você não tem ideia do que eu posso fazer.

Ele não se encolheu. Eitan não deixaria que ela o atacasse quando estivesse sozinho, mas não tinha medo dela. Ela podia ter influência sobre os mortos, mas ele mandava nos vivos.

Ele deu outro tapinha no ombro dela, como se estivesse encorajando uma criança.

— Termine esse trabalho e dizemos tchau, certo?

— Certo — disse Alex.

— É justo. Você se redime. Todo mundo fica feliz.

Ela duvidava de que ele estivesse certo sobre aquilo, mas tudo o que disse foi:

— Claro.

— Boa menina — disse Eitan.

Ele também não estava certo a respeito disso.

33

Alex esperou que Eitan e Tzvi desaparecessem no grande Suburban preto parado no meio-fio. Deveria ter notado o carro, mas estava concentrada nas ameaças erradas.

Pressionou as costas contra o muro do beco e deslizou para baixo, descansando a cabeça nas mãos. Precisava voltar para os dormitórios, para algum lugar coberto, onde pudesse ficar sozinha para pensar, mas suas pernas tremiam.

Eitan tinha estado *ali* em Yale. Sabia onde encontrá-la. E ela não era estúpida o suficiente para acreditar que, se de alguma forma sobrevivesse a outro encontro com Linus Reiter, Eitan estaria quite com ela. Ele não desistiria daquela arma em seu arsenal, não quando tinha tanta certeza de que a tinha sob seu controle. Quanto ele sabia sobre ela? Que outra vantagem ele poderia encontrar? Não tinha como ele ter descoberto os segredos da Lethe, mas será que a teria seguido até Il Bastone? Até Black Elm?

Uma sombra recaiu sobre Alex e ela olhou para cima para ver uma garota de cabelo escuro.

— Acabou — ela disse. — Está tudo indo pelo ralo. Quanto tempo achou que podia continuar fingindo?

Alex teve a estranha sensação de estar se olhando no espelho. O cabelo de Não Hellie estava preto e repartido ao meio, os olhos negros como petróleo. *Ela está se alimentando de mim.* A desesperança de Alex a chamara como um sino de jantar.

Alex sabia disso, mas sua tristeza tornava difícil pensar. Teve a impressão de estar no fundo de um poço. Deveria lutar. Deveria se proteger. Mas, quando pensava em se mover, em executar qualquer tipo de ação, era como se estivesse arranhando as paredes de pedra do poço, molhadas de musgo. Era impossível encontrar apoio. Estava cansada demais para tentar.

As tatuagens de Não Hellie começaram a surgir. Peônias e esqueletos. A Roda. Duas cobras que se encontravam nas clavículas.

Cascavéis.
Tem uma pequena víbora espreitando aí dentro. Pronta para atacar.
Fora isso que a verdadeira Hellie dissera a ela. A Hellie que a amara, que a protegera até o fim e além. E essa maldita impostora estava usando o rosto dela.

— Essas tatuagens não te pertencem — rosnou Alex.

Ela se forçou a arrastar o braço até a boca, passar a língua sobre os nós dos dedos. Seu espírito de sal deu o bote, as serpentes atacando Não Hellie. O demônio recuou, mas mais devagar do que da última vez.

— Deixe ela em paz!

Alex olhou para cima para ver Tripp caminhando pelo beco. Queria gritar para ele manter a voz baixa, mas estava tão feliz em vê-lo correndo para resgatá-la que não se incomodou em fazer cena.

Ela ficou grata pelas sombras do beco quando o viu lamber o braço e o albatroz dele guinchou para a frente, batendo em Não Hellie.

O demônio se encolheu com um gemido agudo, mas sorria enquanto corria de volta para a rua movimentada. E por que não? Estava de barriga cheia.

Alex não tinha certeza do que alguém passando por ali teria visto. Talvez simplesmente não tivessem notado as cobras, a ave marinha, uma garota fugindo de uma forma que não era exatamente humana. Ou talvez suas mentes tivessem passado direto, inventando uma explicação que lhes permitiria continuar com suas vidas diárias, a memória de qualquer coisa estranha ou misteriosa esquecida com gratidão. Ela poderia ter morrido nas sombras daquele beco, e teriam passado por ela.

— Você está bem? — perguntou Tripp.

Ele estava tenso, estalando de energia e nervosismo.

— Não — ela realmente não achava que conseguia ficar de pé.

— Você está horrível.

— Não está ajudando, Tripp.

— Mas o albatroz funcionou.

Tinha funcionado. Alex queria acreditar que suas serpentes teriam dado conta, mas parecia que elas estavam ligadas ao seu próprio estado de espírito.

— Obrigada — ela disse, ficando de pé. Estava trêmula e fraca, e, quando Tripp lhe ofereceu o braço, ficou envergonhada por ter que aceitá-lo.

— É uma sensação tão ruim — ele disse enquanto caminhavam de volta para o Blue State e se refugiavam em uma das mesas.

— Spenser foi atrás de você?

— Assim que saí do meu apartamento. Tive que ir trabalhar. Minha fiel ave marinha ajudou.

Talvez sim, mas Tripp não parecia ótimo. Ele estava pálido e suas bochechas pareciam encovadas, como se não tivesse comido, embora ela o tivesse visto comer apenas um dia antes.

Alex balançou a cabeça em direção ao menu de giz atrás do balcão.

— Alguma chance de que o chili aqui seja feito em casa?

— Sim, mas acho que é vegano.

— Para a fome não há pão duro.

Quando Tripp foi até o balcão, Alex ligou para Dawes.

— Precisamos verificar as câmeras de Black Elm.

— Pelo que devo procurar?

— Um Suburban preto na garagem.

— Eu teria recebido um alerta se alguém estivesse lá.

— Certo. Mas fique de olho.

— Quem você está esperando?

Alex hesitou. Faltavam apenas duas noites para a lua cheia, mas parecia uma distância pela qual ela não sabia atravessar.

— Só estou sendo cuidadosa — respondeu ela.

— Já que você mencionou Black Elm — começou Dawes —, eu preciso...

— Atrasada para o Pretor — ela disse, de modo apressado e desligou.

Não se sentiu bem por fazer isso, mas Dawes ia perguntar se ela poderia ir a Black Elm para checar Darlington, alimentar Cosmo, pegar a correspondência. Ela deveria. Era a vez dela, e Dawes tinha feito muito. Mas agora não podia pensar nisso. Precisava se encontrar com o Pretor para lidar com Eitan. Precisava encontrar uma saída. Seus fracassos estavam se acumulando muito, e a ideia de encarar Darlington atrás daquele círculo dourado, ainda preso entre os mundos, ainda não inteiro, a fez sentir-se desesperada novamente.

Ela mandou uma mensagem no grupo com um aviso: "Mantenham a animação. Eles sabem quando estamos mal".

— Acha que isso é verdade? — Tripp perguntou quando voltou com duas tigelas de chili e um muffin de chocolate.

— Acho.

Tripp comeu um bocado do chili e limpou a boca com a manga do moletom.

— Não sei se aguento muito mais disso. O Spenser...

— Não é o Spenser.

— Você vive dizendo isso, mas que diferença faz?

— Temos que nos lembrar do que eles são. Não são as pessoas que amamos ou odiamos. Eles só... estão com fome.

Tripp comeu outro bocado, então empurrou a tigela para longe.

— É o Spenser. Eu não sei explicar. Sei o que está dizendo, mas não estou falando só da merda que ele fica falando. É porque ele está gostando.

Alex pensou no que havia lido no *Demonologia de Kittscher*. Se Rudolph Kittscher estava certo, então os demônios se alimentavam das emoções dos mortos havia muito tempo, e isso não era nada comparado a se banquetearem da dor e do prazer dos vivos. Por que não estariam se divertindo agora que estavam no reino mortal? O bufê estava aberto.

— Escute, Tripp... desculpe por ter enfiado você nessa.

— Eu entendo totalmente. Você só estava fazendo o seu trabalho.

Alex hesitou.

— Você... você sabe que isso não foi aprovado pela Lethe, certo? Nunca iríamos lhe causar problemas na Crânio e Ossos.

— Ah, eu sei.

— E ajudou a gente mesmo assim?

— Bem, é. Eu precisava do dinheiro e... não sei direito onde estou, sabe? Meus amigos estão todos trabalhando na cidade. Ainda não me formei. Nem sei se quero mais. Eu gosto de Darlington e... sei lá. Gosto de fazer parte do time dos bonzinhos.

É isso que somos? Não havia bem maior ali, não havia luta por um mundo melhor. Mas o que Mercy dissera? *Você me resgata. Eu resgato você. É assim que funciona.* Para pagar suas dívidas, você precisava saber a quem devia. Precisava decidir por quem estava disposto a ir para a guerra e em quem confiava para entrar na briga por você. Isso era tudo que havia neste mundo. Não tinha heróis ou vilões, apenas pessoas pelas quais você enfrentaria as ondas e aquelas que deixaria se afogar.

★ ★ ★

Alex e Tripp se despediram no gramado. Ela se sentia melhor do que uma hora antes, mas o duplo pesadelo de Eitan e Não Hellie a deixara arrasada. Não estava em condições de se encontrar com o Pretor, mas não havia como evitar.

— Meu Deus — ele disse, quando ela bateu na porta do escritório.
— Está com uma aparência terrível.
— Tive uns dias difíceis.
— Entre. Sente-se. Posso lhe oferecer um chá?

Alex balançou a cabeça. Queria acabar logo com aquilo, mas sentia-se tão mal que se deixou cair na cadeira enquanto ele colocava uma chaleira elétrica para ferver. Ela simplesmente não tinha forças para fingir, e não havia mais razão para isso.

— Bem — disse o Pretor, enquanto separava uma seleção de chás. — Por onde devemos começar?
— O incêndio ontem à noite...

Ele acenou com desdém.
— New Haven.

Então Walsh-Whiteley acreditara nas alegações de vandalismo de Turner. Talvez ele não tivesse entrado. Talvez, depois de ser convocado de sua cama quente, tivesse ido para casa de bom grado.

— Era muito pior nos anos 1980 — continuou o pretor. — New Haven era uma piada. Bolacha?

Ele estendeu uma lata azul para ela.

Alex ficou perplexa, mas não recusava comida. Pegou dois.

— Houve um lado positivo, é claro. Demos algumas festas estupendas na velha fábrica de relógios e não havia ninguém, mesmo, por perto para se importar. Os murais ainda estão lá, sabe? Foram alguns alunos da escola de arquitetura que os pintaram. Lindos, realmente, de um jeito meio arruinado-no-lago.

Por que o Pretor estava relembrando seus dias de festa na graduação em vez de lhe passar sermões sobre o Corredor, ou sobre os crimes dela contra Lethe e a universidade, ou sobre o processo para expulsar ela e Dawes – ou, melhor ainda, algum plano para reabilitá-las? Se Alex não o conhecesse melhor, pensaria que estava tentando construir algum tipo de camaradagem com ela. Será que ele estaria apenas saboreando o que viria a ser uma grande despedida?

— Agora — disse Walsh-Whiteley, acomodando-se atrás de sua mesa com uma caneca de chá. — Vamos começar.

— Eu... tem alguma coisa que preciso assinar?

— Para a corrida dos lobos? Não, todos sabem os riscos que estão assumindo. É por isso que farão a maior parte da transformação em terra. Acho que escolheram — ele consultou suas anotações — condores para a corrida aérea no próximo semestre.

Alex tentou entender o que o Pretor estava dizendo. Sabia que ele estava se referindo ao ritual da Cabeça do Lobo agendado para a noite do dia seguinte. A alcateia inteira se transformaria e teria todo o Parque Estadual Sleeping Giant para a tarefa. Não eram autorizados a tentar voar no início do ano letivo porque já tinham ocorrido muitos ferimentos e acidentes no passado. Mas Alex imaginara que o ritual seria suspenso até... bem, não tinha pensado sobre o que a Lethe faria sem Dante e sem Virgílio. Imaginou que Michelle Alameddine seria convidada a voltar.

Então, por que o Pretor olhava para ela como se esperasse que fosse pegar um monte de fichas e começasse a falar sobre procedimentos de segurança espiritual?

— Desculpe — ela disse. — Ainda quer que eu supervisione a corrida dos lobos?

Walsh-Whiteley ergueu uma sobrancelha.

— Espero, certamente, que não esteja esperando que eu arraste meus ossos velhos até o Sleeping Giant na calada da noite. Ora, vamos, senhorita Stern. Seu relatório sobre o Manuscrito foi muito coeso. Espero que mantenha esse gabarito.

Que porra estava acontecendo? Será que o conselho estava esperando para tomar uma decisão sobre a expulsão dela e de Dawes?

Alex notou uma sensação de preocupação. Havia outra possibilidade. Ela não tinha visto ou ouvido falar de Anselm desde que ele interrompera a viagem deles ao inferno. E se Anselm nunca tivesse voltado para Nova York? E se ele nunca tivesse tido a chance de falar com Walsh-Whiteley ou com o conselho?

— Senhor, peço desculpas — respondeu, tentando se situar. — Não tive tempo de me preparar.

Os cantos da boca de Walsh-Whiteley viraram-se para baixo.

— Reconheço que você tem um dom, senhorita Stern, e talvez não devesse ter pedido que... o demonstrasse a meu favor. Porém, deve entender que não concederei salvaguarda a trabalhos torpes só porque você nasceu com um talento incomum.

— Mais uma vez, peço desculpas. Eu... estive um pouco doente.

— Você certamente não parece bem — admitiu o Pretor. Ele colocou a tampa na lata de biscoitos. Aparentemente, eram oferecidos apenas para os mais próximos. — Mas temos incumbências com as sociedades e haverá lua cheia na quinta-feira próxima. Concentre-se, senhorita Stern. Haverá consequências caso...

— Eu estarei lá — interrompeu Alex.

Ela podia começar a noite com uma transformação em massa de dezesseis alunos de graduação e depois terminar com uma viagenzinha rápida ao submundo.

— E estarei pronta.

Walsh-Whiteley não pareceu convencido.

— Envie-me suas anotações por e-mail e podemos marcar uma reunião na Gaiola até que os reparos sejam realizados em Il Bastone. Fiz uma petição ao conselho para arrecadar fundos.

— O senhor entrou em contato com o conselho?

— Claro que entrei. E pode se assegurar que, caso não cumpra suas incumbências...

— Certo, claro. Entendido.

Alex se levantou e saiu pela porta antes que Walsh-Whiteley pudesse estabelecer suas reclamações. Sabia que deveria tentar ficar e apaziguar o Pretor, mas precisava falar com Dawes. De alguma forma, tinham conseguido desviar de uma bala, e isso significava que ainda tinham acesso a todos os recursos da Lethe. Talvez tivessem tido sorte. Ou talvez a sorte de Michael Anselm tivesse acabado.

34

— Tem alguma coisa errada — ela disse a Dawes enquanto atravessava o campus para encontrar Turner. — O Pretor não disse nada sobre o Corredor ou a ação disciplinar.
— Talvez Anselm tenha mudado de ideia?
— Ele estava furioso, Dawes. Não tem como ele ter decidido nos dar outra chance.
— Acha que alguma coisa... um dos demônios...
— Veja se consegue descobrir se ele foi pra casa.
— E como você acha que eu faria isso?
— Ligue para a casa dele, finja que trabalha com ele.
— Alex!
— Que merda, Dawes, será que eu tenho que fazer tudo sozinha?
— Se "tudo" for antiético, então sim!

Alex desligou. Ela se sentia descontrolada, exposta, como se Não Hellie pudesse estar em qualquer esquina. Ou Eitan. Ou Linus Reiter. *Demônios não são inteligentes*, Dawes lhe dissera uma vez, *são astutos*. Alex se perguntou quantas pessoas haviam dito a mesma coisa sobre ela.

— Certo, então o que eu faria? — ela murmurou para si mesma, observando sua respiração flutuar no ar frio enquanto se apressava em direção à rua Chapel.

Ficar para trás e observar. Procurar por uma oportunidade. Encontrar uma maneira de mudar as chances a seu favor.

Se algo tivesse acontecido com Anselm... bem, isso resolveria um de seus problemas. Mas a Lethe não iria simplesmente ignorar o desaparecimento dele, não quando dois membros do corpo docente também estavam mortos. Alex parou em frente à Galeria de Arte da Universidade. Marjorie Stephen. Reitor Beekman. Anselm poderia ser uma vítima também? Não se Turner tivesse o suspeito certo sob custódia. O filho de Ed Lambton não tinha motivos para ir atrás de alguém que quase não era mais associado a Yale. A não ser que estivessem fazendo as conexões erradas desde o início.

Alguns minutos depois, Turner parou seu Dodge e Alex deslizou para o banco do passageiro, grata pelo calor.

— Jesus — disse ela. — Você chegou a dormir?

Ele balançou a cabeça, um músculo pulsando em sua mandíbula. Estava bem-vestido como sempre, terno de lã azul-marinho com listras sutis, gravata cor de ardósia, sobretudo Burberry cuidadosamente colocado no banco de trás. Mas tinha círculos escuros debaixo dos olhos e sua pele parecia pálida. Turner era um homem bonito, mas, se ficasse brincando de pega-pega por mais algumas noites com seus demônios pessoais, ele poderia não ser mais.

— Como ele tentou te atingir?

Turner conduziu o Dodge de volta ao trânsito.

— Não apareceu para mim como Carmichael dessa vez. Achou que seria bonitinho me esperar no estacionamento vestido como meu avô.

— Ruim?

Ele deu um único e conciso aceno de cabeça.

— Por um segundo eu pensei... não sei.

— Você acreditou que era ele.

— Os mortos permanecem mortos, certo? Mas ele... parecia ele, soava igual a ele. Fiquei *feliz* quando o vi, como se fosse algum tipo de milagre.

Um presente. Uma recompensa por toda a dor. Exatamente da mesma forma que Alex se sentira quando abraçara Hellie. Perder isso de novo quase a destruíra.

Era por isso que Turner estava com uma aparência terrível. Não porque não tinha dormido, mas porque o demônio se alimentara dele.

— Não sei por quanto tempo mais vou conseguir lidar com isso — disse Turner.

— Como você se livrou dele?

— Ele me disse que nós dois estávamos em perigo, que eu tinha que ir com ele, e eu estava no meio do quarteirão quando percebi como ele se movia rápido, como parecia caminhar de forma leve. Meu avô tinha artrite. Não conseguia dar um passo sem sentir dor. Eu disse... talvez alguma parte minha soubesse que ele não estava certo. Eu disse: "Cura--me, Iaweh, e eu serei curado".

— Ele explodiu em chamas?

Turner soltou uma risada.

— Não, mas ele olhou para mim com um sorriso suave, como se eu tivesse dito algo sobre o tempo. Meu avô amava as escrituras. Tinha uma Bíblia de bolso e a carregava com ele para todos os lugares, guardada sobre o coração. Se eu citasse a palavra de Deus para ele, seu rosto deveria ter se iluminado como o nascer do sol.

Astutos, mas não inteligentes.

— Então a coisa ficou feia — disse Turner. — Mesmo sabendo que não era ele, eu não queria usar o carvalho nele, para afastá-lo. Ele parecia...

A voz de Turner ficou tensa, e Alex percebeu que ele estava lutando contra as lágrimas. Ela o vira com raiva, frustrado, mas nunca sofrendo, nunca perdido.

— Ele estava tão velho e frágil. Quando me virei para ele, ele parecia assustado e confuso. Ele...

— Não era ele — disse Alex. — Aquela coisa estava se alimentando de você.

Eles pararam em um estacionamento.

— Eu sei, mas...

— Ainda é um sentimento de merda.

— É mesmo. — Ele olhou diretamente para a frente, para a cerca de arame e o grande prédio de tijolos além. — Sabia que chamam o diabo de Pai da Mentira? Não acho que tivesse entendido de verdade o que isso significava até agora.

Alex tentou não se contorcer no assento. Toda vez que Turner ficava todo bíblico, ela ficava inquieta, como se ele estivesse lhe contando sobre alguma grande alucinação e fosse seu trabalho balançar a cabeça sabiamente e fingir que também via milagres. Mas ela tinha passado a vida inteira vendo coisas que ninguém mais via; talvez pudesse estender a ele o benefício da dúvida.

Por um momento, sentiu aquele impulso de contar tudo a ele, o que Eitan havia dito, os trabalhos que fizera para ele, o fato de ele ter estado ali, em New Haven. Turner sabia o que era estar encurralado, fazer a coisa errada porque todas as coisas certas apenas o levavam mais para o fundo.

Em vez disso, ela saiu do carro.

— Acho que alguma coisa pode ter acontecido com Michael Anselm.

— Porque ele não apareceu em Il Bastone?

— Achei que ele tivesse voltado para Nova York, mas acabei de me encontrar com o novo Pretor e ele não disse uma palavra sobre o Corredor ou todos nós sendo expulsos da Lethe.

— Pode ser que Anselm queira falar pessoalmente com o conselho.

— Pode ser — disse Alex.

Eles atravessaram a rua com pressa até a entrada e passaram por uma porta giratória que dava para um grande saguão anônimo. Não parecia um hospital. Eles poderiam estar em qualquer lugar.

— Ou talvez alguma coisa tenha acontecido com ele antes que conseguisse voltar para a cidade.

Turner mostrou o distintivo e a identificação na recepção, e eles foram para uma fila de elevadores.

— Achei que os demônios fossem ligados a nós. Por que iriam procurar por Anselm?

Ele parecia preocupado, e Alex entendia o motivo. Nenhum deles queria aquelas coisas indo atrás de seus amigos e sua família.

— Quem sabe se algo mais não aconteceu? Anselm interrompeu o ritual. Talvez tenha sido uma reação.

— Você está dando palpites — disse Turner. — Ou, como chamamos na área, tirando coisas do cu. Até onde você sabe, Anselm pode ter brigado com a mulher e só ainda não ter tido tempo de nos ferrar.

— É tudo palpite, Turner. Mas não precisa ser.

Turner suspirou.

— Certo. Vou ver se consigo dar uma olhada nisso sem causar nenhum alarde. Agora, pode se concentrar?

Concentre-se, senhorita Stern. Mas Alex não queria se concentrar. Tudo aquilo era familiar demais. As paredes brancas, a arte inofensiva nelas, o tapete da recepção dando lugar ao piso frio. Aqueles eram os lugares onde aprendera a mentir, a fingir que era uma menina comum que tinha começado a andar com um bando ruim, a dizer para assistentes sociais gentis e psiquiatras curiosos que gostava de inventar histórias malucas, que gostava da atenção.

Houvera verdade ali no meio também. Ela não queria machucar a mãe. Sabia que era uma fonte de dor de cabeça, mágoa, problemas financeiros, problemas maternos. Queria fazer amigos, mas não sabia como. As lágrimas vinham facilmente. O mais difícil fora esconder o quanto estava desesperada para melhorar, o quanto queria se livrar das coisas que via. A única vantagem das alas psiquiátricas era que os Cinzentos as odiavam ainda mais do que os vivos.

Apenas uma vez ela cedera e dissera a verdade. Tinha catorze anos, já saía com a turma de Len. Já tinha deixado ele meter nela na cama estreita com os lençóis sujos. Tinham fumado antes, depois. Ficara desapontada pela sujeira da coisa, mas tentara seguir adiante, fizera os barulhos que pareciam deixá-lo excitado. Acariciara as costas estreitas dele e sentira algo que poderia ser amor ou apenas um desejo de sentir amor.

A mãe a tinha arrastado para avaliação, e ela concordara com isso porque Len dissera que, se fizesse uma boa jogada, eles prescreveriam algo bom, e também porque era melhor do que ser enviada a algum lugar que a levaria de volta ao programa de prevenção de delinquência juvenil. Caras de uniforme podiam gritar com ela e obrigá-la a fazer flexões e limpar banheiros, mas sentira medo a vida toda e só ficara cada vez mais desvirtuada.

Alex, na verdade, tinha gostado da médica com quem se encontrara naquele dia em Wellways. Marcy Golder. Era mais nova que as outras, engraçada. Tinha uma linda tatuagem de uma roseira em volta do pulso. Oferecera um cigarro a Alex e elas tinham se sentado juntas, olhando para o oceano distante. Marcy havia dito: "Não posso fingir que entendo tudo neste mundo. Seria arrogante dizer isso. Achamos que entendemos e depois bum! Galileu. Bam! Einstein. Temos que ficar abertos".

Então Alex contara a ela as coisas que via, apenas um pouco sobre os Silenciosos que sempre estavam com ela, que só desapareciam em uma nuvem de kush. Não tudo, só um pouco, um teste.

Mas ainda assim fora demais. E ela soubera imediatamente. Vira a compreensão nos olhos de Marcy, o calor estudado e, por baixo disso, a empolgação que ela não conseguira esconder.

Alex calara a boca rapidamente, mas o estrago já estava feito. Marcy Golder queria mantê-la na Wellways para um programa de tratamento de eletrochoque de seis semanas, combinado com psicoterapia e hidroterapia. Felizmente estava fora do orçamento de Mira, e a mãe era muito hippie para concordar em colocar eletrodos no crânio da filha.

Agora Alex sabia que nada disso teria funcionado porque os Cinzentos eram reais. Nenhuma quantidade de medicação ou eletricidade poderia apagar os mortos. Mas, na época, tinha se questionado.

Yale New Haven estava pelo menos tentando se manter humana. Plantas nos cantos. Uma grande claraboia lá em cima e toques de azul nas paredes.

— Você está bem? — perguntou Turner enquanto o elevador subia.

Alex assentiu.

— O que está te incomodando nesse cara?

— Não tenho certeza... ele confessou. Deu detalhes dos crimes, e a investigação forense encaixa. Mas...

— Mas?

— Tem alguma coisa esquisita.

— A pontada — ela disse, e Turner se assustou, então esfregou o queixo.

— É — ele disse. — É isso.

A pontada nunca levara Turner ao erro. Ele acreditava no próprio taco, e agora acreditava no dela também.

Uma médica saiu para recebê-los, de meia-idade, com cabelo loiro com mechas e franja da moda.

— A dra. Tarkenian vai observar — disse Turner. — Alex conhece o pai de Andy.

— Você foi aluna dele? — perguntou a psiquiatra.

Alex assentiu e desejou que Turner a tivesse preparado melhor.

— Andy e Ed eram muito próximos — disse a médica. — A mulher de Ed Lambton morreu há pouco mais de dois anos. Andy veio para o funeral e encorajou o pai a se mudar para o Arizona com ele.

— Lambton não se interessou? — perguntou Turner.

— O laboratório dele é aqui — respondeu a dr. Tarkenian. — Consigo entender a escolha.

— Ele deveria ter aceitado a oferta do filho. Ao que tudo indica, seus doutorandos quase não tiveram supervisão. A cabeça dele simplesmente não estava nisso.

Alex viu como aquela avaliação incomodou Tarkenian.

— Você o conhecia — disse Alex.

Tarkenian assentiu.

— Fiz meu doutorado com ele anos atrás. Receio que não o tenha visto em sua melhor forma. — A expressão dela endureceu. — E eu também conhecia o reitor Beekman. Ele não merecia aquilo.

Ela os conduziu pelo corredor até um solário onde um homem na casa dos trinta estava sentado, algemado a uma cadeira de rodas, de costas para uma vista espetacular de New Haven. Os lábios dele estavam rachados e os dedos se flexionavam e esticavam nos apoios de braço como se conhecessem um ritmo secreto, mas fora isso ele parecia bem. Saudável. Normal. Tinha cabelo escuro e uma barba curta com mechas grisalhas. Parecia que trabalhava em uma microcervejaria

Poderia ser eu, ela pensou. *No caso, ele* era *eu*. Ela conhecera o reitor Sandow em um hospital. Tinha sido algemada à cama, ninguém ainda tinha certeza se era uma vítima ou suspeita. Algumas pessoas provavelmente ainda estavam tentando descobrir isso.

Atrás de Andy Lambton, nuvens cinzentas pairavam sobre a cidade. Ela podia ver a lacuna do parque New Haven, com East Rock ao longe; o grande pico gótico da Torre Harkness, embora duvidasse que alguém pudesse ouvir os sinos dali.

— É uma bela vista — disse Alex, e Andy estremeceu.

Eles se sentaram em frente a ele.

— Como você está, Andy? — Turner perguntou.

— Cansado.

— Ele tem dormido? — Turner perguntou à médica.

Alex o cortou.

— Não fale como se ele não estivesse aqui. Você está dormindo bem?

— Não — admitiu Andy. — Não é exatamente um ambiente tranquilo.

— Já vi piores — disse Alex.

Andy deu de ombros.

— Não gosto daqui.

— Do hospital?

— Da cidade. — E Andy olhou por cima do ombro, como se New Haven estivesse escutando, como se tivesse chegado de fininho perto dele.

Mas Andy estava calmo, com modos tranquilos. Alex se perguntou se ele estaria medicado.

Turner se inclinou para a frente e apoiou os cotovelos nos joelhos, entrelaçando os dedos.

— Preciso que você nos conte o que aconteceu, estritamente fora do registro, sem gravador, sem anotações, nada que vá ser usado contra você em um tribunal.

— Por quê? Já contei pra vocês o que fiz.

— Estou tentando entender.

Os olhos de Andy Lambton se voltaram para Alex.

— E ela deveria ajudar você a entender?

— Isso mesmo.

— Ela está coberta de fogo — disse ele.

Alex se obrigou a não olhar para Turner, mas sabia que ambos estavam pensando na chama azul que a tinha rodeado no inferno.

— Eu te disse que fui eu — disse Andy. — O que mais você quer?

— Só preciso esclarecer algumas coisas. Demos uma boa olhada em seu computador. Além de alguns pornôs bastante comuns, seu histórico de pesquisa não revelou nada digno de menção. E nada relacionado à professora Stephen ou ao reitor Beekman.

— Talvez eu tenha limpado.

— Você não limpou. E isso também é incomum.

Andy deu de ombros novamente.

— Como você entrou na casa do reitor Beekman? E na sala da professora Stephen? — Turner continuou. — Você os seguiu? Vigiou os dois?

— Eu simplesmente sabia como.

— Como?

— Ele me disse.

Turner praticamente grunhiu de frustração. Mas Alex tinha a sensação de que Andy não estava sendo teimoso. Tinha mais alguma coisa acontecendo ali.

— *Quem* disse? — inquiriu Turner.

Agora Andy hesitava.

— Eu... o meu pai?

Turner se recostou na cadeira, apaziguado.

— Ele sabia que você estava planejando machucar essas pessoas?

A cabeça de Andy se levantou rápido.

— Não!

— Então ele só entregou o cartão-chave dele e contou os horários de trabalho dos outros para se divertir?

— Ele não falou nada disso. O carneiro me contou.

Andy estalou os lábios, raspando a língua nos dentes como se não gostasse do sabor das palavras.

Alex ficou muito parada.

— O carneiro?

Andy revirou os olhos. Não era um olhar de desprezo. Havia algo selvagem no movimento, como um animal preso em uma armadilha, lutando para se libertar.

Mesmo assim, a voz dele era razoável.

— Não foi grande coisa encontrá-los, fazer com que me deixassem entrar. Passei a maior parte da minha vida em Yale, certo? — Ele apontou um dedo para Turner. — E não tente envolver meu pai nisso. Você disse que essa conversa estava fora do registro.

— Não vou mandar prender seu pai. Estou tentando entender o que aconteceu aqui. — Turner estudou Andy. — Fale sobre Carlos II.

— O... rei?

— Por que você abriu a Bíblia de Marjorie Stephen? Por que *Juízes*?

Agora o rosto de Andy brilhava de raiva.

— Ela fez meu pai perder tudo. E por quê? Pelo erro de outra pessoa?

Turner abriu as mãos como se estivesse apenas expondo as evidências.

— Até onde entendi, ele era a pessoa encarregada do laboratório. A supervisão era responsabilidade dele.

— Eles foram longe demais.

— Ele tem estabilidade. Não ficou desempregado.

Andy riu, um som áspero e serrilhado.

— Ele conseguiria superar a perda do emprego, mas virou motivo de piada. Um estudo sobre honestidade que usou dados falsificados? Não podia mais aparecer em conferências. Perdeu a reputação, a dignidade. Era motivo de chacota. Você não... você não sabe como foi para ele. Não quer mais dar aulas. Não quer fazer mais nada. É como se uma parte dele tivesse morrido.

— Eles julgaram o seu pai — disse Alex. — Assinaram a sentença de morte dele e depois o executaram. Você queria vingança.

— Eu... queria.

— Você queria humilhá-los.

— Isso.

— Derrubar eles da torre de marfim.

— Isso — ele sibilou, o som arrolando pelo cômodo.

— Mas não queria matá-los.

Andy pareceu surpreso.

— Não. Claro que não.

Os olhos de Turner se estreitaram.

— Mas você os *matou*.

Andy assentiu, depois balançou a cabeça, como se ele fosse um mistério para si próprio.

— Matei. Ele facilitou as coisas.

— O carneiro? — perguntou Alex.

As pálpebras de Andy bateram rapidamente.

— Ele era gentil.

— Era? — pressionou Alex.

— Era fácil de conversar com ele. Ele... sabia de tanta coisa.

— Sobre o quê?

Novamente Andy olhou por cima do ombro.

— Esta cidade. As pessoas daqui. Ele conhecia tantas histórias. Tinha todas as respostas. Mas ele não era... ele não mandava em mim, sabe? Só queria ajudar. Consertar as coisas. Ele era educado. Um verdadeiro...

— Cavalheiro — Alex terminou para ele.

Suor frio brotou no corpo de Alex, que lutou para não tremer.

O carneiro me contou. Alex pensou nos chifres de Darlington, curvados para trás na testa, brilhando atrás da proteção do círculo dourado – da prisão dele.

Mas talvez o círculo tivesse sido uma ilusão. Talvez Darlington os tivesse feito acreditar que aquilo o manteria afastado quando não passava de pó de fada.

Ela sabia que havia algo de estranho nas cenas de crime, cenários elaborados impregnados de tradições e histórias de New Haven. Um jogo que um demônio poderia gostar de jogar.

Turner a observava.

— Tem alguma coisa que você queira compartilhar com a sala, Stern?

— Não... eu... eu preciso ir embora.

— Stern... — Turner começou, mas Alex já havia saído pela porta, andando pelo corredor. Ela precisava ir até Black Elm.

Darlington, que sabia tudo sobre a história de New Haven, que havia "reconhecido" a citação do sermão de Davenport. O que ele dissera naquele dia? *Sempre admirei a virtude. Mas nunca fui capaz de imitá-la.* Alex digitou a citação em seu telefone. Os resultados da pesquisa apareceram imediatamente: Carlos II. Darlington havia dito que era o eremita na caverna. E, claro, tinha querido se referir à Caverna dos Juízes. Anselm a tinha avisado: *O que quer que tenha sobrevivido no inferno,* não é o Darlington que você conhece.

Demônios amavam jogos. E Darlington vinha jogando com eles desde o começo.

PARTE II

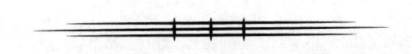

COMO ABAIXO

35
Novembro

— Não estamos sozinhos — o Cinzento sussurrou, um dedo levantado sobre os lábios como um ator em uma peça.

Alex tinha chamado um carro para ir até os portões de Black Elm.

Tinha percorrido a trilha de cascalho a passos largos, a raiva como um motor, uma locomotiva empurrando-a para além do bom senso.

Tinha enfiado a chave na porta, arrumado a correspondência, lavado as mãos. Vira a porta do porão, uma ferida rasgada, uma sepultura aberta.

Tivera mil momentos para pensar, para reconsiderar. Ficara parada no topo da escada do porão olhando para a escuridão, uma faca na mão, e ainda assim acreditara estar sendo cautelosa.

A queda viera rapidamente. Mas sempre vinha.

Na escuridão fria do porão, Alex avaliou seus erros. Deveria ter ficado com Turner e terminado a entrevista com Andy Lambton. Não deveria ter vindo até Black Elm sozinha. Deveria ter contado suas suspeitas a Dawes, ou a Turner, ou a qualquer pessoa. Nunca deveria ter confiado em seu cavalheiro demônio. Mas quis acreditar que Darlington ficaria bem, que o que quer que tivesse sofrido no inferno não deixaria uma marca, que ela poderia ser perdoada, e a ordem seria restaurada. Ele ficaria inteiro, e ela, ao lado dele.

Mas e se estivesse tirando conclusões erradas agora? E se a Não Hellie ou um dos outros demônios a tivesse empurrado escada abaixo, ou algum invasor que não tivesse aparecido nas câmeras de Dawes? E se Eitan e Tzvi a tivessem seguido até ali? Ou Linus Reiter, com seu guarda-chuva branco?

Sombras demais, história demais, corpos demais acumulando-se. *Inimigos demais.* Não havia como lutar contra todos eles.

Pelo menos Alex apareceria nas câmeras. Alguém saberia para onde ela tinha ido. Se não voltasse. A dor nas costelas dificultava que ela respirasse fundo. Olhou para os Cinzentos à sua frente. Não eram Cinzentos quaisquer. Eram Harper Arlington e Daniel Arlington IV. Os pais de Darlington.

Ninguém da longa lista de inimigos de Alex tinha motivo para querer vê-los mortos. Ninguém além de Darlington, o pequeno Danny, abandonado de novo e mais uma vez. *O céu excluiu-os, porque o aviltaria, e o fundo inferno também os proscreve.*[22]

— Há quanto tempo estão aqui? — ela perguntou.

Os olhos de Daniel dispararam para o canto, como se esperasse que algo aparecesse pelas paredes.

— Não sei.

Harper concordou com a cabeça.

— Não conseguem sair? — perguntou Alex.

Cinzentos nunca ficavam perto de seus corpos por muito tempo, a menos que tivessem um motivo. Como Hellie querendo dizer adeus. A verdadeira Hellie que a amara.

— Ele nos disse para ficar.

— Quem?

Não disseram mais nada.

Alex se curvou para olhar os corpos. O frio ajudara a evitar que os cadáveres apodrecessem muito, mas ainda cheiravam mal. Gentilmente, rolou-os. Havia valas escancaradas esculpidas no peito de ambos. Marcas de garras. E iam fundo. Passavam direto pelo esterno e pelas costelas, deixando duas crateras escuras e carnudas. Ele havia arrancado o coração deles.

— Quem fez isso com vocês?

Harper abriu a boca e a fechou, como uma marionete manipulada por uma mão desajeitada.

— Ele era nosso filho — respondeu ela —, mas não exatamente nosso filho.

Mais uma vez, os olhos de Daniel deslizaram para o canto.

— Ele deixou isso ali. Disse que poderia acontecer isso com a gente também. Disse que comeria nossas vidas.

Alex não queria saber o que havia no canto. As sombras pareciam mais escuras ali, o frio, mais profundo. Apontou a luz do celular para

---

22. Alighieri, Dante. *Inferno*. Canto III, tradução de Italo Eugenio Mauro. Editora 34, 1998.

aquela direção, mas não conseguiu entender o que viu: uma pilha de raspas de madeira? Pedaços de papel? Levou um momento para entender que estava olhando para um corpo – ou melhor, os restos de um corpo. Estava olhando para alguém que fora devorado, não restava nada além de uma casca. Era isso que Linus Reiter teria deixado dela? Fora isso que Darlington começara a fazer com Marjorie Stephen, deixando-a murcha e envelhecida, mas ainda reconhecível?

Alex sabia que seria inútil, mas tentou ligar para Dawes. A tela congelou no número. O sinal em Black Elm era, na melhor das hipóteses, falho, e inexistente no subsolo. Apontou a luz da tela do celular escada acima novamente. O que a estaria esperando lá em cima? Será que Darlington a teria escondido para um lanchinho da madrugada? Será que ainda estava, de alguma forma, preso a Black Elm, ou se esgueirava por New Haven para montar suas pequenas cenas de crime? Fazia certo sentido. Darlington havia sobrevivido no inferno tanto como demônio quanto como homem. Alguma parte de ambos havia retornado ao mundo mortal para sentar-se naquele círculo dourado. E alguma parte daquele menino demônio ainda amava New Haven e suas tradições e histórias peculiares, saberia a história dos três juízes, teria gostado de organizar uma caça ao tesouro macabra para ela e para Turner.

Mas isso fazia mesmo sentido? O desespero dele tinha sido uma atuação? Seria ele mais demônio que homem? Sempre tinha sido?

O que quer que ele fosse, Darlington realmente não sabia o que ela poderia fazer, que poderia estar fraca e ferida, mas que as coisas que havia deixado para aterrorizá-la seriam armas em suas mãos. As costelas de Alex doíam toda vez que respirava, e o ombro latejava onde batera na escada, mas já tinha sofrido coisa pior. Mesmo assim, a porta lá em cima era pesada o suficiente para que não fosse capaz de arrombar sozinha no chute. Ela tocou o pulso no lugar em que a estrela de sal marcava onde a serpente a havia penetrado. Só podia esperar que estivesse pronta para o ataque.

— Quem quer nos ajudar a sair daqui? — ela perguntou aos Cinzentos.

— Pode nos trazer de volta à vida? — perguntou Daniel.

Então a inteligência dos Arlington tinha mesmo pulado uma geração.

— Não — respondeu ela. — Mas pelo menos posso me certificar de que não passem a eternidade em um porão.

— Eu vou — disse Harper.

— Não me deixe aqui sozinho — gritou Daniel.

— Foda-se — disse Alex, embora não soubesse se o que estava a ponto de fazer era ao menos possível. — Entra todo mundo na piscina.

Alex estendeu as mãos e os pais de Darlington foram na direção dela. Parecia que estava em uma festa lotada, centenas de vozes gritando, o barulho insuportável. Sentiu o gosto de champanhe na língua, cheirou cravo, tuberosa, âmbar. *Caron Poivre*. O nome do perfume veio à sua cabeça, a visão de uma garrafa sobre uma penteadeira, uma granada de vidro. Viu seu rosto magro no espelho; um menino brincava no chão no reflexo, cabelo escuro, olhos sérios. Estava sempre olhando para ela, sempre precisando de algo dela, o anseio nele a exauria.

Depois andava pelos terrenos de Black Elm. Estavam mais arrumados, verdes e exuberantes no calor do verão. Observava um velho caminhar com o mesmo garotinho, a uma curta distância da trilha. Ele amava os dois. Odiava os dois. Odiava o próprio pai, o próprio filho. Se conseguisse apenas se assentar, se conseguisse só um pouco de sorte, não precisaria se sentir assim, feito um zé-ninguém, mesmo sendo um *Arlington*.

Alex balançou a cabeça. Sentia-se como se afundasse em autodepreciação.

— Vocês dois realmente precisam pensar sobre como querem passar a vida após a morte. Recomendo terapia.

Olhou para os cadáveres no chão. Lembrou-se de Darlington no sonho, humano e com o coração partido. *Não sei como não os amar*. Aparentemente, ele havia descoberto.

Então correu escada acima. A sensação de força nela era quase demais, como se seu corpo não fosse capaz de contê-la. Não sentia mais a dor no ombro ou nas costelas. O coração batia alto em seus ouvidos. Subiu os degraus de dois em dois, ergueu os braços para proteger o rosto e atravessou a porta trancada.

Alex ouviu alguém gritar e viu Michael Anselm agachado ao lado da porta de trás aberta, o rosto branco, os olhos arregalados de terror.

— Alex? — ele guinchou.

— O que você está fazendo aqui? — inquiriu Alex.

— Eu... o que *você* está fazendo aqui?

— Black Elm não é propriedade da Lethe. E alguém precisa cuidar de Cosmo.

— Foi por isso que acabou de arrancar a porta do porão das dobradiças?

Alex estava feliz por Anselm não ter se transformado em comida de demônio, mas isso não significava que confiava nele.

— O que você quer? E onde esteve?

Anselm se levantou e se espanou. Endireitou os punhos da camisa, tentando recuperar alguma dignidade.

— Em Nova York. Vivendo minha vida, indo para o trabalho, brincando com meus filhos e tentando esquecer a Lethe. Eu me reuni com o conselho hoje de manhã. Vim falar com você sobre a decisão deles.

— Aqui?

— Dawes disse que você estaria aqui. Ela deveria estar aqui também. Não quero fazer esse discurso duas vezes.

Dawes devia ter visto Alex nas câmeras de segurança. Podia até ter ligado para avisar Alex que Anselm estava a caminho, mas ela estava presa no porão. Os Cinzentos em sua cabeça eram tão barulhentos que não conseguia pensar, mas não estava disposta a desistir da força deles ainda. Será que Anselm a tinha empurrado escada abaixo? Que possível razão ele teria? Só sabia que tinha que se livrar dele. Darlington podia até estar num humor meio assassino, mas ela não pretendia deixar Anselm decidir o que aconteceria com ele.

— Vamos sair daqui — disse Alex. — É frio e meio assustador.

Anselm estreitou os olhos.

— O que está acontecendo?

Há dois cadáveres no porão, provavelmente três, e estou lotada de Cinzentos porque tenho certeza de que o cavalheiro da Lethe achou que seria fofo cometer homicídio múltiplo e comer alguém.

— Muita coisa — disse Alex, porque nem ela conseguiria fingir ao dizer *nada*. — Mas você desistiu de resolver meus problemas, certo?

— Não se esses problemas se tornarem da Lethe. — Ele olhou em volta e esfregou os braços. — Mas você está certa. Vamos achar outro lugar para conversar. Esta casa deveria ser demolida.

Bum.

O som balançou as paredes, como se alguém tivesse detonado uma bomba no segundo andar.

— O que foi isso? — gritou Anselm, agarrando a ilha da cozinha como se fosse se afogar.

Alex conhecia aquele som: era algo batendo em uma porta que nunca deveria ser aberta, tentando entrar no mundo mortal.

Bum.

Anselm olhava para ela.

— Por que você não parece assustada?

Ela estava assustada. Mas não surpresa. E cometeu o erro de deixar isso transparecer.

— Que diabos você fez, Alex?

Ele estava com raiva agora, e passou por ela, andando pela sala de jantar, em direção à escada.

— Pare! — disse Alex, alcançando-o. — Precisamos ir embora. Você não sabe com o que está lidando.

— E você sabe? Claramente subestimei sua ignorância e sua arrogância.

— Anselm.

Ela agarrou o braço dele e o girou. Era fácil com os Cinzentos dentro dela, e ele piscou com a força de Alex, olhando para os dedos dela segurando seu braço.

Bum. Gesso caiu do teto da sala. Estavam diretamente abaixo do salão de dança agora, embaixo do círculo de proteção.

— Tire as mãos de mim — insistiu ele, mas parecia assustado.

— Anselm, se eu precisar arrastar você para fora daqui, vou arrastar. Não é seguro e precisamos sair daqui *agora*.

— Você conseguiria fazer isso, não conseguiria? — disse Anselm, os olhos aterrorizados procurando pelos dela. — Eu peso só um pouco a mais do que você, né? Só uns quarenta e cinco quilos? Você conseguiria mesmo me arrastar para fora daqui. O que você *é*?

Bum.

Alex foi poupada de responder pelo teto que desabou.

KITTSCHER: Há uma teoria segundo a qual toda magia é essencialmente demoníaca, todo ritual convoca e prende os poderes de um demônio.
Nunca se perguntaram por que a magia tem um preço tão alto? Nossos encontros com o sobrenatural são encontros com essas forças parasitas. O demônio está se alimentando, mesmo que seus poderes estejam contidos. Quanto maior a magia, mais poderoso o demônio. E os nexos não são nada além de portas pelas quais os demônios podem, por um breve período, passar.
NOWNES: O que o senhor sugere é perverso em todos os sentidos.
KITTSCHER: Mas o senhor não diga que estou errado.

— *Demonologia de Kittscher*, 1933

36

Alex e Anselm caíram para trás quando o chão do salão desabou em uma cascata de gesso e madeira. Darlington se agachou nos destroços, os chifres brilhando, os olhos dourados como holofotes. Ele parecia maior do que antes, as costas mais largas.

Ele rosnou, e no som ela ouviu uma palavra, talvez um nome, mas não conseguiu entender.

Alex se colocou entre Darlington e Anselm.

— Darlington...

Darlington rugiu, o som como o trovejar de um carro do metrô. Ele golpeou o chão, deixando sulcos profundos na madeira. Ela pensou nas marcas de garra no peito dos pais dele.

— Corra! — ela gritou para Anselm. — Eu consigo segurar ele!

Anselm estava apertado contra a parede, gesso no terno, olhos grandes como luas.

— Isso... ele... o que...

Darlington avançou na direção deles.

Ela lambeu o pulso e as serpentes salgadas saltaram de seu corpo, sibilando e mordendo. Anselm gritou. O que quer que Darlington tenha se tornado parou quando as serpentes deslizaram pelo chão na direção dele.

Anselm ganiu.

— Isso aí é... isso é Daniel Arlington?

As cascavéis deram o bote em Darlington, mandíbulas fechando-se em suas pernas e braços. Ele uivou e tentou afastá-las, cambaleando de volta para a escada.

— Isso aí é... isso é uma abominação — balbuciou Anselm. — Detenha-o agora! Você está com a vantagem.

— Só vai embora daqui! — gritou Alex por cima do ombro.

— Não pode achar mesmo que vai salvá-lo! Ele poderia arruinar a Lethe, todos nós.

Darlington jogou uma das serpentes de sal contra o corrimão e a prendeu ali com seus chifres.

— Olhe para ele — exigiu Anselm. — Pela primeira vez na vida, pense, Stern.

Pense, Stern.

— Não o deixe chegar ao círculo! — gritou Anselm. — Mande esse monstro de volta para o inferno e vou dar um jeito de te colocar na Lethe de novo!

Mas por que Darlington iria querer voltar para sua prisão? E como Anselm sabia sobre o círculo de proteção?

Pense, Stern. Para Anselm, ela sempre fora Alex. Senhorita Stern quando ele estava com raiva. Era Darlington quem a chamava de Stern. Ela hesitou, uma ideia impossível abrindo caminho por seus pensamentos confusos. Recordou-se de quando Anselm contara a ela a história dos três juízes, o quanto ele a tinha lembrado de Darlington.

Do Darlington sem magia, sem Black Elm. Sem alma.

Ela se lembrou de como ficara surpresa quando ele perguntou sobre sua mãe. *Ela te envergonha?* A onda de embaraço que a dominara, como se sentira exausta depois daquela reunião. Lembrou-se de Anselm espreguiçando-se ao sol como um gato bem alimentado. *Eu me sinto quase humano.*

Alex sabia que não deveria virar as costas para um demônio ferido, mas tinha a sensação de que já tinha cometido esse erro antes. Moveu-se lentamente, com cautela, tentando manter tanto Darlington quanto Anselm na mira.

Anselm estava apertado contra a parede em seu terno amarrotado.

Alex deslizou a língua por sobre o pulso. Suas serpentes de sal se desenrolaram. Reconheciam um demônio quando viam um. Mesmo que estivesse vestindo pele humana e a autoridade da Lethe. Elas saltaram.

Anselm ergueu as mãos e um anel de fogo laranja avançou. As serpentes de sal pareciam estalar e chiar no calor, explodindo em uma chuva de faíscas.

— Bem — disse ele, espanando-se pela segunda vez naquele dia. — Eu esperava que fosse cometer o assassinato. Queria ver você se atormentando pelo assassinato de seu amado mentor por um tempo.

Ela te envergonha? A pergunta a atingira como um soco no estômago, deixando-a abalada e presa em culpa. Ele estivera se alimentando dela.

Lembrou-se de Anselm parado na Sterling, balançando a cabeça como um pai cercado de problemas em uma série de televisão. Como se ele estivesse interpretando o papel de ser humano.

— Você é o demônio dele — disse Alex, a compreensão a inundando. — Você pegou uma carona quando tentamos tirar Darlington do inferno pela primeira vez. Quando Dawes e eu estragamos o ritual na Chave e Pergaminho. E está fodendo nosso esquema desde então.

Ele era nosso filho, mas não exatamente nosso filho.

— Você matou os pais de Darlington.

Anselm girou os ombros, o corpo parecendo mudar sob a pele.

— Eles apareceram em Black Elm quando eu estava tentando descobrir como tirar minha metade inferior daquele círculo amaldiçoado.

O que quer que eu seja será libertado sobre o mundo. Darlington não estava apenas usando sua força de vontade para permanecer dentro do círculo; reunira o restante de sua humanidade para se conter. Fora essa mesma humanidade que lutara para dar pistas a eles, até mesmo tentado avisá-los. No sonho, havia dois dele: demônio e homem. *Precisa haver*, ele dissera. *O menino e o monstro.*

Mas Anselm não conseguira se alimentar de Darlington no reino mortal porque ele estivera protegido pelo círculo. Então o demônio precisou assumir outra forma.

— Você matou Michael Anselm também — disse ela.

Era a casca no porão. O demônio se alimentara de Anselm, roubara a vida dele. Quando Alex almoçara com ele perto da praia, notara como ele parecia diferente – jovem, à vontade, bonito, como se estivesse se divertindo muito. Porque estava. Tinha fartura de infelicidade humana. Ela apertara a mão dele. Fizera um acordo pela vida da mãe. Ele devia ter dado muita risada de seu desespero.

Nas escadas, Darlington rosnava, ainda cercado pelas serpentes de Alex, mas ela não tinha ideia de como pará-las. E por que Anselm era tão melhor assim em lutar contra seus espíritos de sal do que Não Hellie, Não Blake ou os outros demônios?

— Os assassinatos — disse ela —, tudo aquilo sobre os juízes e o professor Lambton, eram apenas distrações.

— Um jogo — corrigiu Anselm, com um sorriso gentil. — Um enigma.

Para impedi-los de encontrar e usar o Corredor e libertar a alma de Darlington do inferno.

— Duas pessoas morreram e Andy Lambton está em uma ala psiquiátrica.

— Foi um bom jogo.

Na noite do ritual desastroso na Chave e Manuscrito, o verdadeiro Michael Anselm estivera em Il Bastone – exigente, frio, determinado a manter a Lethe livre de problemas. O primeiro assassinato no campus acontecera naquela mesma noite. O demônio se alimentara de Marjorie Stephen, envelhecendo-a como um terrível veneno, mas parara antes de transformá-la em casca. Não queria assumir a forma dela. Não servia para nada. Além disso, estava lá apenas para construir um pequeno quadro. Fora mais cuidadoso quando matara o reitor Beekman, mantivera a fome demoníaca sob controle, usara Andy Lambton para fazer o trabalho sujo.

— Eu precisava cortar o vínculo de Darlington com o mundo mortal antes que vocês, trapalhões, libertassem a alma dele e a unissem ao corpo — admitiu Anselm. — Mas, enquanto ele estava no círculo, estava protegido. E, no entanto, a isca estava bem na minha frente o tempo todo. Eu só tinha que colocar a donzela dele em perigo. Claro que ele veio correndo.

Anselm levantou a mão.

— E agora a tarefa é simples.

Um arco de fogo laranja ardente explodiu para a frente. Alex o sentiu passar por seu ombro fervilhando na carne. Acertou Darlington em cheio.

— Não! — gritou ela.

Ela correu até Anselm, deixando a força dos Cinzentos inundá-la. Ela o jogou contra a parede e ouviu o pescoço estalar. Os Cinzentos gritavam em sua cabeça. Porque Anselm era um demônio. Porque era o assassino deles. Porque ela também era assassina. Harper e Daniel Arlington saíram de seu corpo à força, deixando-a fraca e sem fôlego.

A cabeça de Anselm pendeu por sobre o pescoço quebrado, mas ele sorriu e levantou a mão novamente, o fogo saltando para a frente. Alex enfiou a mão nos bolsos e jogou uma nuvem de sal nele, saboreando o uivo enquanto a carne dele borbulhava. Pelo menos ele era suscetível a isso. Ela descarregou o resto de seu estoque de sal nele, mas sabia que não havia como destruir Anselm. Não sem uma estaca ou uma espada de sal – e talvez nem isso resolvesse. Aquele demônio não era como os outros.

As serpentes de Alex saltaram para a frente e se amontoaram na massa trêmula e borbulhante do corpo de Anselm.

— Segurem ele! — implorou ela, embora não tivesse ideia de que estivessem entendendo.

Ela correu em direção a Darlington. Ele estava nu na escada, o brilho das marcas diminuindo, a pala de joias brilhando contra o pescoço. A queimadura era preta e cortava seu peito. As serpentes de Alex jaziam em montes carbonizados e contorcidos, chamuscadas pelo fogo de Anselm.

Alex caiu de joelhos na escada.

— Darlington? — A pele dele estava quente ao toque, mas ela podia senti-la esfriando sob a ponta dos dedos. — Vamos lá, Danny. Fique comigo. Me diga como consertar essa bagunça.

Os olhos dourados de Darlington se abriram. O brilho deles desaparecia, tornando-os leitosos.

— Stern... — a voz dele soava distante, um simples eco. — A caixa...

Por um segundo, Alex não entendeu do que ele estava falando, mas então assentiu. A caixa das Botas de Borracha Arlington estava no bolso do casaco. Ela a mantinha sempre com ela.

— Vou aguentar o quanto puder. Vá para o inferno. Traga minha alma de volta.

— O Corredor...

— Escute, Caminhante da Roda. O círculo é uma porta.

— Mas...

— *Você* é uma porta.

Hellie havia descrito Alex da mesma forma, na noite de sua morte.

Por que esperar? Fora o que Darlington havia lhe perguntado quando ela dissera que tentariam passar pelo Corredor. E se ele estivesse tentando explicar que ela não precisava percorrer todo aquele caminho, que havia um portal bem na frente dela, uma fenda entre os mundos pela qual só ela poderia passar? *Como quiser, Caminhante da Roda. É você que escolhe os passos nessa dança.*

— Fique vivo — disse ela, e forçou o corpo a subir as escadas.

Ela era lenta sem os Cinzentos, desajeitada por causa da dor. Mas estava com a caixa de lembranças no bolso do casaco e ela parecia um segundo coração, um órgão vivo, batendo em seu peito. Não sabia se Anselm a estava seguindo. Ele não tinha motivos para isso. Não tinha ideia do que ela pretendia fazer, e o foco dele estaria em Darlington, em destruí-lo. Se Alex não se apressasse, Anselm queimaria o corpo de Darlington vivo antes que ela tivesse a chance de recuperar a alma dele. Se ela conseguisse. Se esse não fosse outro erro que os mataria.

Ela cambaleou pelo corredor e viu o brilho do círculo mais escuro agora, quebrado em alguns lugares. Mas, nos lugares mais claros, ela vislumbrou a outra Black Elm, aquela que tinha visto no inferno, uma pilha de pedras em ruínas.

Neste mundo, no mundo dela, não havia nada além de um buraco no chão. Se caísse, quebraria as pernas, talvez as costas. Não havia tempo para adivinhar. *Todos os mundos estão abertos para nós.*

— Espero que esteja certo sobre isso, Darlington.

Alex saiu pela porta. Deu um passo, dois passos. Saltou.

Um calor passou por ela quando cruzou o círculo. Mas ela não caiu no chão. Em vez disso, viu-se tropeçando em terreno poeirento e rochoso. Ainda conseguia ver o brilho do círculo ao seu redor, mas agora estava no reino dos demônios.

— Darlington! — gritou, e arrancou a caixa do bolso. — Danny, sou eu!

Ela não precisou da voz do velho dessa vez. Ele se lembrou dela. Sabia que ela tinha tentado levá-lo para casa.

Ele olhou para ela, uma pedra ainda nas mãos.

— Alex?

Ela segurou a caixa aberta.

— Confie em mim. Uma última vez. Confie em mim para nos tirar daqui.

Mas o olhar no rosto dele era de terror.

Ela percebeu tarde demais que era um aviso.

Algo bateu em suas costas. A caixa voou de suas mãos. Era como observar a cena debaixo d'água. O tempo desacelerou. A caixa fez um arco no ar e atingiu o chão. Quebrou.

Alex gritou. Ela estava no chão, lutando para alcançar os pedaços quebrados. Sentiu algo agarrar a parte de trás de sua blusa e virá-la, a força tirando o fôlego de seu corpo.

Um coelho estava parado sobre ela, com um metro e oitenta de altura e vestido com um terno – o terno de Anselm. Colocou um dos pés brancos e macios no peito dela e empurrou. Alex gritou quando suas costelas quebradas se moveram. Mas nada disso importava. A caixa estava quebrada. Não havia meio de levar Darlington de volta e reuni-lo a seu corpo. Ele morreria no mundo mortal e sua alma ficaria presa para sempre no inferno.

O coelho se inclinou, apertando os olhos vermelhos.

— Ladra — zombou ele.

Ela os deixara morrer um após o outro. Coelho Babbit, Hellie, Darlington. E talvez agora também morresse, esmagada por um monstro. Se morresse no inferno, ficaria ali para sempre? Seguiria para algum outro reino? O fogo azul que se arrastava sobre seu corpo pegou no pelo do coelho, mas ele não pareceu se importar.

— Como cruzou o círculo? — a coisa exigiu, ajeitando seu peso, pressionando-a com mais força.

Alex não conseguia nem respirar para gritar. Virou a cabeça para o lado e viu Darlington observando, o rosto triste, uma pedra na mão. Ele queria ajudá-la, mas não sabia como, tanto quanto ela. Ela não tinha Cinzentos para chamar aqui.

— Como foi que você cruzou o círculo? — o coelho exigiu novamente. Ele flexionou a pata e Alex estremeceu. — Não está mais tão durona agora, né? Não é mais tão assustadora. O que você é sem a força que rouba? Um receptáculo vazio.

Ela pensou no corpo de Darlington, queimado, na escada, na velha caixa de porcelana em pedaços, nos demônios que tinham libertado. Suas costelas doíam; seu ombro latejava. A coisa que a esmagava com o pé estava certa. Ela se sentia vazia. Fora esvaziada. Um receptáculo, um recipiente vazio.

Uma caixa quebrada.

Mas Alex não estava quebrada, não exatamente. Estava machucada e espancada, e tinha um mau pressentimento de que a costela quebrada cutucava um de seus pulmões, mas ainda estava ali, ainda estava viva, e tinha um dom que Anselm desconhecia – em qualquer um dos reinos. *Não pode imaginar a vitalidade de uma alma viva.* Fora o que Belbalm lhe dissera. Alex só chamara os mortos para dentro de si até então. Mas e se ela chamasse vivos?

Lembrou-se de Darlington a levando escada acima na Gaiola, pelo corredor em Il Bastone, por ruas assombradas e por passagens secretas. Ele tinha sido seu guia, seu Virgílio. Quantas vezes havia se virado para ela e dito: *Venha comigo?* Ele prometera a ela milagres e horrores também, e havia cumprido.

Ela estendeu a mão, assim como havia feito para Hellie, assim como havia feito para incontáveis espíritos, assim como Darlington tinha feito com ela repetidas vezes.

— Vem comigo — sussurrou ela.

Darlington deixou a pedra cair. A alma dele a inundou como luz dourada. De uma folha verde recém-brotada. Do brilho da manhã. A doce vibração do arco do violoncelo. O som triunfante de aço contra aço. Seu corpo explodiu em chamas brancas, queimando, cegando.

O coelho guinchou, alto e indefeso, enquanto o fogo queimava o corpo dele.

A dor de Alex se fora. Ela se levantou num salto e, antes que Anselm pudesse se recuperar, estava correndo em direção ao brilho do círculo. Jogou o corpo através dele. O mundo ficou branco. Ela fechou os olhos contra a claridade, então engasgou ao perceber que estava caindo.

O chão de Black Elm subia para encontrá-la. Mas ela estava com o espírito de Darlington dentro de si, que não era nada parecido com o poder que os Cinzentos concediam a ela. Se a força de um Cinzento era uma vela acesa dentro dela, aquilo era como mil holofotes, uma explosão de bomba. Ela atingiu o chão suavemente. Era leve, graciosa, e o mundo explodia em cores. Sentiu na pele o frio de uma corrente de ar em algum lugar da casa. Viu cada pedaço de madeira quebrada e reboco caído no ar, belos como uma nevasca. Viu o corpo de Darlington na escada, a pala ainda brilhando em seu pescoço, embora o resto dele estivesse totalmente preto. Ele estava curvado de lado, tentando se esconder de Anselm, que havia seguido Alex até o inferno e estava de volta.

O coelho monstruoso desaparecera e Anselm era novamente um homem, embora estivesse chamuscado onde o fogo de Alex o queimara.

Ele saltou sobre ela em direção a Darlington, uma chama laranja saindo das pontas de seus dedos – mas caiu agachado, sibilando, mantendo a distância.

Por causa de Cosmo.

O gato desceu as escadas uivando, o pelo arrepiado, brilhando com a luz branca. O protetor de Darlington. Havia quanto tempo aquele gato vigiava os donos desta casa? Era um espírito de sal ou algo totalmente diferente? Anselm gritou, balançando para a frente e para trás sobre os calcanhares e as mãos. Nunca parecera tão pouco humano.

Alex podia ouvir aquele som de aço ecoando, podia sentir o espírito de Darlington dentro de si. Agora sabia o prazer que Belbalm sentira quando consumia os espíritos dos vivos. *Ganância é pecado em todas as línguas*. A voz de Darlington, repreendendo, confusa. Ela podia *ouvi-lo*, os pensamentos dele claros como se fossem seus. Não queria abrir mão dessa sensação de poder, dessa euforia. Ele tinha gosto de mel. Mas ela sabia que não devia se acostumar com uma droga como essa. Só podia esperar que não fosse tarde demais.

— Vá — Alex se obrigou a sussurrar.

Ele saiu dela, um rio de ouro. Ela ainda podia saborear a alma dele na língua, quente e doce. Ele fluiu para o corpo na escada.

— Ladra! — gritou Anselm, e Cosmo uivou quando o demônio soltou uma torrente de fogo que engolfou Darlington.

Alex correu na direção de Anselm sem pensar, apenas desesperada para impedi-lo. Deveria ter se sentido fraca por causa de todo aquele poder. Mas não havia dor. Suas costelas não estavam quebradas. Seu peito não doía. Isso era o que o poder dos vivos podia fazer. Ela colidiu com Anselm, derrubando-o no chão, mas ele estava em cima dela em um segundo, as mãos apertadas em torno de sua garganta

— Vou queimar a sua vida — ele disse, alegremente. — Vou... te... devorar.

Os dentes dele cresciam na boca, longos e amarelados. Na escada ao lado deles, o corpo de Darlington era uma casca carbonizada. Ele parecia aquelas fotos das pessoas em Pompeia, retraídas enquanto o mundo se transformava em cinzas. Tarde demais. Ninguém conseguiria se recuperar daquilo.

Mas então ela percebeu que a pala de joias havia sumido.

As marcas começaram a brilhar, a luz cintilando através das rachaduras da carne queimada. Mais uma vez Alex sentiu o gosto de mel em sua língua.

Anselm sibilou, e ela viu uma chama azul subindo por suas mãos, seus braços, envolvendo-a em fogo. No fogo dela. Fogo do inferno. Como? Ele só existia no reino dos demônios.

Ele gritou e recuou, parecendo piscar diante dela, a forma mudando, e ela sabia que estava vislumbrando a verdadeira forma dele, algo com garras e estranho, os ossos dispostos em ângulos esquisitos.

— *Golgarot* — aquele rosnado de Darlington novamente, mas desta vez ela entendeu o nome do demônio.

A coisa que se elevava sobre ela na escada era, ao mesmo tempo, mais e menos parecida com Darlington. A voz soava igual a dele, o eco sumira, mas os chifres ainda se projetavam para trás de suas têmporas, e seu corpo parecia muito grande, não totalmente humano. As marcas também haviam mudado. Os símbolos haviam sumido, mas havia faixas douradas em torno de seus pulsos, pescoço e tornozelos.

— Assassino — gritou Anselm, enquanto seu corpo se contorcia e pulsava debaixo do terno. — Mentiroso! Matricida! Você...

Não conseguiu dizer mais nenhuma palavra. Darlington agarrou Anselm com as mãos enormes e o levantou do chão. Com um único grunhido furioso, rasgou Anselm em dois.

A carne do demônio cedeu como se fosse papel, dissolvendo-se em uma massa de vermes contorcidos.

Alex saltou para trás.

O corpo de Darlington pareceu mudar novamente, retraindo-se. Os chifres desapareceram, as faixas douradas. Ele parecia mortal. Ficou parado por um momento, olhando para os restos de Anselm, então se virou e começou a subir as escadas.

— Darlington? — gaguejou Alex. — Eu... aonde está indo?

— Pegar umas roupas, Stern — disse ele, subindo os degraus e deixando pegadas ensanguentadas para trás. — Um homem consegue passar só um certo tempo sem calça antes de começar a se sentir um depravado.

Alex olhou para ele, uma mão no corrimão. O cavalheiro da Lethe havia retornado.

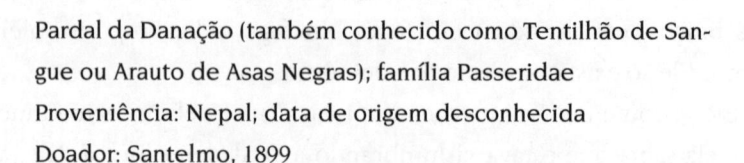

Pardal da Danação (também conhecido como Tentilhão de Sangue ou Arauto de Asas Negras); família Passeridae
Proveniência: Nepal; data de origem desconhecida
Doador: Santelmo, 1899

Se esses pardais foram criados ou encantados, ou desenvolveram suas características únicas na natureza, não se sabe. Os primeiros foram identificados por volta de 700, quando uma colônia de pardais passou a residir em uma aldeia nas montanhas, cuja população posteriormente se envenenou em um ato de suicídio em massa. A população mundial da ave também é desconhecida, mas pelo menos doze existem em cativeiro.

Notas sobre cuidados e alimentação: o pardal é mantido em estado de estase mágica, mas deve ser alimentado semanalmente, momento em que precisa ter permissão para voar, ou suas asas atrofiarão. Prefere espaços escuros e frios e torna-se letárgico à luz do sol. Ao cuidar do pardal, mantenha as aberturas de suas orelhas bloqueadas com cera ou algodão. Não observar essa regra pode resultar em apatia, depressão ou, no caso de exposição prolongada, morte.

Ver também: canário de Tyneside e rouxinol rainha-Lua da Manuscrito.

Doado pela Santelmo, que acreditava estar adquirindo um arauto de bico nebuloso, notável por sua habilidade em prever tempestades a partir de seus padrões de voo.

— *do Catálogo do Arsenal da Lethe,*
conforme revisado e editado por Pamela Dawes, Oculus

Ninguém percebeu que as sociedades "presenteiam" a Lethe com toda a magia que consideram muito hostil ou sem valor para suas próprias coleções? As sobras, os desastres, os erros, os artefatos desgastados e os objetos imprevisíveis. Embora nosso arsenal possa representar um dos maiores repositórios de magia alocados em uma universidade, ele também tem a distinção duvidosa de ser o mais perigoso.

— *Diário dos dias de Lethe de Raymond Walsh-Whiteley*
(*Residência Silliman*, 1978)

37

Darlington tinha estado dormindo, e em seus sonhos ele era um monstro. Mas agora estava acordado e sentia um frio brutal. E talvez ainda fosse um monstro.

Ele subiu os degraus, vagamente consciente de que deixava um rastro de pegadas sangrentas atrás de si. Seu próprio sangue. Anselm não tinha sangue para vazar. Partira-se ao meio como se estivesse cheio de serragem, uma imitação de um homem. Cada passo era uma batida de tambor: raiva, desejo, raiva, desejo. Ele queria foder. Queria lutar. Queria dormir por mil anos.

Darlington sabia que em algum momento tinha ficado envergonhado por estar nu. Mas talvez tivesse passado tanto tempo em dois lugares simultaneamente que sua modéstia se perdera ali em algum lugar entre as duas coisas. Não queria ver o dano que havia causado ao salão de dança. Na verdade, depois de tanto tempo em cativeiro, não tinha certeza se queria ver o salão de dança novamente. Em vez disso, dirigiu-se diretamente para seu quarto no terceiro andar.

Ele tinha a impressão de que enxergava através de um vidro grosso, ou que estava vendo tudo por um daqueles brinquedos antigos, View-Masters, clicando no botão para que o disquinho com o slide girasse. As cores pareciam erradas, os livros, estranhos. Tinha amado aquele quarto. Tinha amado aquela casa. Ou alguém tinha. Mas agora não lhe dava prazer.

Estou em casa.

Ele deveria estar feliz. Por que não estava? Talvez porque Alex tivesse libertado sua alma, mas uma parte dele estaria para sempre presa no inferno, carregando pedra após pedra, assentando pedra sobre pedra, implorando para parar, para descansar, mas incapaz de fazê-lo. Não sentira tédio, nem sensação de repetição. Estivera desesperado o tempo todo, um homem tentando reviver um cadáver, tentando dar vida a um corpo que tinha esfriado, procurando algum sinal de esperança, certo de que cada pedra seria aquela que traria Black Elm de volta à glória.

Havia mais, claro. Tinha sido muitas coisas no inferno, carcereiro e preso, torturador e torturado, mas não estava pronto para pensar nisso e se sentia só aliviado por ter alguns segredos que ainda podia esconder de Galaxy Stern.

Ele podia senti-la parada na base da escada, hesitante, e se sentia envergonhado com os pensamentos que lhe passavam pela cabeça. Poderia culpar o demônio por essas visões luxuriosas? Ou era apenas um homem que estivera preso por um ano? Seu pau não estava muito interessado nesse debate, e Darlington estava feliz por estar sozinho. E por sua ereção não brilhar mais feito um farol da Nova Inglaterra. Vestiu uma calça jeans, um moletom, seu casaco velho, e esperou pacientemente que a onda de desejo diminuísse. Arrumou uma pequena mala de viagem – a velha bolsa de couro de seu avô. Foi só então que aquilo o atingiu.

Seus pais estavam mortos. E, de certa forma, ele os matara. Golgarot havia se alimentado de sua alma no inferno, jantado sua vergonha e sua desesperança. Tinha devorado as memórias de Darlington e o pior de sua tristeza e de sua necessidade. Havia matado Michael Anselm por causa de seus planos, um meio conveniente para um fim. Matar os pais de Darlington, porém, o tinha encantado não apenas porque Anselm tirava satisfação da dor, mas porque uma parte enrugada e amarga de Darlington queria que eles morressem e que tivessem uma morte ruim – e Golgarot sabia disso. O menino que fora abandonado nas pedras de Black Elm não mostrara nenhum cuidado ou clemência pela mãe e pelo pai, apenas violência.

Darlington sentou-se na beira da cama, a consciência de tudo o que havia acontecido caindo sobre ele. Se deixasse que sua mente se concentrasse em qualquer pensamento por muito tempo, enlouqueceria. Ou talvez já tivesse enlouquecido. Como conseguiria voltar a ser humano depois do que tinha visto e feito?

Nada havia mudado. Tudo havia mudado. Seu quarto parecia estar exatamente como ele havia deixado, e, além do buraco gigante no chão do salão de dança por cujo conserto jamais poderia pagar, a casa parecia intacta.

Seus pais estavam mortos.

Ele não conseguia processar aquele fato a ponto de que ganhasse peso e assentasse.

Então continuaria se movendo. Pensaria na bolsa, pegaria a bolsa. Pensaria na porta, abriria a porta. Pensaria em cada passo que estava dando no corredor. Eram coisas seguras de se ter ao redor.

Darlington desceu as escadas. A mancha de vermes contorcidos que Anselm havia deixado para trás deveria lhe causar repulsa, mas talvez fosse sua pele de demônio que se recusava a se arrepiar. Alex estava esperando na cozinha, comendo cereal seco de uma caixa. Ela também era a mesma – magra, pálida, pronta para dar um soco em qualquer coisa que a olhasse feio.

Ela é uma assassina. Aquilo tinha parecido importante um dia, uma revelação sombria. Ele se lembrava dela parada no porão do Rosenfeld Hall, como tinha ficado estática no momento em que ele precisara que ela agisse, uma garota silenciosa com olhos de vidro preto, o olhar tão firme e cauteloso quanto agora. *Tenho clamado por você desde o início.*

Eles se observaram no silêncio da cozinha. Sabiam tudo um sobre o outro. Não sabiam absolutamente nada. Ele tinha a sensação de que haviam entrado em uma trégua incômoda, mas não conseguia definir o nome da guerra. Alex era mais bonita do que Darlington se lembrava. Não, isso não era verdade. Não que ela tivesse mudado ou que sua visão tivesse ficado mais aguçada. Sentia-se só menos intimidado pela beleza dela agora.

Depois de um longo momento, Alex estendeu a caixa de cereal. Uma estranha oferta de paz, mas ele a aceitou, mergulhou o braço e jogou um punhado de cereal na boca. Arrependeu-se imediatamente.

— Meu Deus, Stern. — Ele arquejou enquanto cuspia na pia da cozinha e lavava os restos. — Está comendo açúcar puro?

Alex enfiou outro punhado de lixo na boca.

— Tenho certeza de que tem um pouco de xarope de milho também. E saborizante real de fruta. Podemos comprar um estoque daquele seu negócio de nozes e gravetos… se quiser ficar aqui.

Darlington não estava pronto para tomar nenhuma decisão sobre a casa. Sobre qualquer coisa.

— Vou dormir em Il Bastone esta noite. — Ele não queria dizer o que vinha a seguir, mas obrigou-se a formar as palavras. — Preciso ver os corpos deles.

— Certo — disse Alex. — O carro deles está na garagem.

— Golgarot deve ter colocado ele lá.

O nome parecia errado na língua humana dele, como se estivesse falando com sotaque de turista.

— Só o conheci como Anselm. A casca dele... a casca do verdadeiro Anselm está lá embaixo também.

— Você não precisa ir comigo.

— Ótimo.

Darlington sentiu-se tentado a rir. Alex Stern tinha ido até o inferno duas vezes por ele, mas o porão era ir longe demais. Ele fuçou uma gaveta atrás de uma lanterna e desceu os degraus.

O cheiro o atingiu, mas ele sabia que estaria por vir. O que não estava preparado era para a forma como os corpos tinham sido mutilados.

Ele parou na escada. Queria... não tinha certeza do que queria. Fechar os olhos deles gentilmente? Falar algumas palavras de conforto?

Passara três anos estudando palavras de morte, mas ainda não tinha nada a dizer. Tudo em que conseguia pensar eram as palavras estampadas em cada peça efêmera da Casa Lethe.

— *Mors vincit omnia* — sussurrou ele.

Era tudo o que ele tinha para oferecer. Fora levado para uma praia familiar, mas o mar o tinha mudado. A dor teria que esperar.

Ele apontou a lanterna para o que havia sido o corpo de Michael Anselm, um homem que conhecera brevemente quando era um calouro sendo introduzido à Lethe como o novo Dante. Como explicariam, exatamente, um membro do conselho morto? Isso também precisaria esperar.

Ele subiu as escadas. A porta do porão havia se soltado das dobradiças e ele a encostou cuidadosamente no batente, a pedra na porta da tumba.

Alex havia devolvido o maldito cereal ao armário e estava encostada no balcão olhando para o celular, o cabelo um feixe preto, um rio escuro de inverno.

— Preciso saber o que dizer para a Dawes — ela disse. — Anselm evitou as câmeras dela, mas ela sabe que estou aqui e sabe que a câmera do salão de dança está off-line. Está pronto para estar de volta?

— Eu não sei se isso importa. Talvez seja melhor explicar pessoalmente. — Ele hesitou, mas não havia razão para não perguntar. — Você os viu? Meus pais? Depois...

Ela assentiu.

— Eles me ajudaram a sair do porão.

— Eles acham que eu os matei?

— Meio que sim?

— Eles estão aqui agora?

Alex balançou a cabeça. Claro que não. Ele sabia que não. Cinzentos raramente retornavam ao local de suas mortes. Ao contrário do que a ficção popular acreditava, os fantasmas não voltavam para assombrar seus assassinos. Queriam se lembrar de lugares e pessoas que tinham amado, de prazeres humanos. Era necessário que o espírito fosse vingativo e dedicado para assombrar alguém, e nenhum dos pais de Darlington tinha esse tipo de motivação.

E eles gostariam de ficar longe de Golgarot. Os mortos temiam os demônios porque eles eram garantia de dor quando a dor já deveria ter acabado. Estavam com muito medo de Darlington, de fato.

Alex fechou o próprio casaco com mais força.

— O velho está aqui.

— Meu avô?

— Eu consigo ouvi-lo. Consigo ouvir todos eles agora.

Darlington tentou não demonstrar surpresa, curiosidade, *inveja*. Como esse fiapo de garota poderia ter tanto poder? Como era capaz de enxergar o mundo oculto que o evitara por tanto tempo? E depois de um ano no inferno, por que ele ainda se importava?

— Nunca calam a boca — acrescentou ela.

Ela está confiando em mim, ele disse a si mesmo. Alex estava lhe fornecendo um conhecimento que ele sabia, com total certeza, que a Lethe não tinha. Outra oferta. Descobriu que era tão ávido pela confiança dela quanto pelo poder que ela oferecia. Afastou esses pensamentos.

— O que ele está dizendo?

Agora os olhos de Alex se deslocaram, inquietos, para a ponta de suas botas.

— Ele diz para você ficar livre. Que você já deu sangue demais por este lugar. É seu para pegar ou largar. Deveria ter sido assim desde o começo.

Darlington bufou.

— Você está mentindo. O que ele está dizendo de verdade?

Alex deu de ombros e olhou nos olhos dele.

— Que Black Elm precisa de você mais do que nunca, que esta é sua casa por direito de sangue e riqueza, e muitas divagações sobre o legado dos Arlington.

— Parece muito mais uma coisa que ele diria. — Darlington fez uma pausa, estudando-a. — Você sabe o que aconteceu aqui, não sabe? O que eu fiz? Por que sobrevivi à besta infernal?

Alex não desviou o olhar.

— Sei.

— Sempre me perguntei se tinha feito a coisa certa.

— Se isso faz você se sentir melhor, eu sufocaria seu avô agora mesmo se pudesse.

Darlington se assustou com a própria risada abrupta. Talvez Alex pudesse ter impedido que ele fosse comido naquela noite em Rosenfeld Hall. Talvez ela quisesse que a descoberta de seus crimes morresse com ele naquele porão. Supôs que ela o tinha traído. Mas no final fora preciso que essa garota monstruosa o arrastasse de volta do submundo. Não havia nada que ele pudesse dizer que a chocasse, e isso era um conforto poderoso.

— Eu vou voltar — disse ele, na esperança de que o avô entendesse o que ele estava prestes a fazer. — "É melhor que quem foge fuja à desgraça do que seja tomado"[23] — citou, deixando as palavras de morte expulsarem o velho, uma oferta de paz para Alex.

— Obrigada — disse ela.

— Não sei o que fazer sobre... — Ele não conseguia dizer *os corpos deles*.

Em vez disso, balançou o queixo em direção ao porão.

— Temos problemas maiores que esse — disse Alex, levantando-se do balcão. — Vamos, chamei um carro.

— Por que não usamos a Mercedes? — Ela estremeceu. — Stern, o que aconteceu com o meu carro?

— Longa história.

---

23. Homero. *Ilíada*. Canto XIV. Tradução de Frederico Lourenço. Penguin-Companhia, 2013.

Ela trancou a porta da cozinha depois de saírem e os dois começaram a descer o caminho de cascalho. Mas, depois de apenas alguns passos, ele teve que parar, colocar as mãos nos joelhos, respirar fundo.

— Você está bem? — ela perguntou.

Não, certamente não estava. O céu estava pesado, baixo e cinza, cheio de nuvens que prometiam neve. O ar era musgoso e doce, abençoadamente frio. Uma parte dele acreditara que não havia mundo fora de Black Elm, sem nenhuma rua cruzando a esquina, com nenhuma cidade além dali. Tinha se esquecido de como as coisas podiam parecer grandes, cheias de vida, como era bonito saber a estação do ano, o mês, a hora, e simplesmente constatar: é inverno.

— Estou bem — disse ele.

— Ótimo. — Ela continuou a andar.

Prática, impiedosa, uma sobrevivente que continuaria caminhando, continuaria lutando, não importava o que Deus, o diabo ou Yale jogassem contra ela. Seria ela uma cavaleira? Uma rainha? Ela mesma um demônio? Fazia alguma diferença?

— Tenho notícias boas e ruins — disse ela.

— As notícias ruins primeiro, por favor.

— Vamos precisar voltar ao inferno.

— Entendo — respondeu Darlington. — E a boa notícia?

— Dawes está fazendo avgolemono.

— Bem — falou ele, quando chegaram às colunas que marcavam o fim da propriedade dos Arlington. — Isso é um alívio.

Não olhou para trás.

38

Dawes estava parada nos degraus da frente de Il Bastone quando eles chegaram, os fones de ouvido em volta do pescoço, as mãos se contorcendo nervosamente nas mangas do moletom. Turner estava ao lado dela, apoiado em uma das colunas manchadas de fumaça. Ele estava de jeans e camisa social, e vê-lo sem terno era quase tão angustiante quanto assistir a um teto desabar.

— Quem são esses convidados que não me lembro de ter chamado? — perguntou Darlington enquanto os demônios saíam das sombras do outro lado da rua.

Lentamente, Alex abriu a porta e saiu, imaginando o que o motorista estaria pensando sobre o estranho grupo de pessoas paradas na estrada ao crepúsculo.

— Demônios — ela disse. — Trouxemos eles pra cá.

— Tipo um programa de intercâmbio?

— Foi um acidente — disse ela, enquanto o carro se afastava. — Tocaram fogo na casa.

— Por que não estou surpreso?

— Estávamos tentando resgatar você, Darlington. Era provável que desse uns pepinos mesmo.

— Pepinos demoníacos.

— Alex? *Mi hija?*

A avó de Alex estava parada na calçada, o cabelo escuro com fios grisalhos, vestida com uma gola rulê macia e uma longa saia preta que roçava o chão. Quando Alex era pequena, adorava o som do tecido se arrastando pelo chão: "Mas assim não suja, *avuela?*". A avó piscara e dissera: "O que é um pouco de sujeira quando o diabo não consegue me encontrar?".

Alex sabia que aquela não era sua avó, mas seu coração apertou do mesmo jeito. Estrea Stern, que não tinha medo de nada, era determinada em proteger a neta estranha da filha volúvel, a protegê-la com orações, canções de ninar e comida gostosa. Mas então tinha morrido e Alex ficara sem nada além da mágica da loja de um dólar da mãe, os cristais dela, as vitaminas de whey, o namorado acupunturista, o namorado capoeirista, o namorado cantor e compositor.

— Quem está alimentando você, *mi hija?* — perguntou Estrea, os olhos afetuosos, os braços abertos.

— Alex! — gritou Dawes, mas a voz dela parecia distante quando o lar estava tão perto.

Darlington saltou na frente dela e rosnou. A forma dele mudou diante dos olhos de Alex, os chifres dourados curvando-se para trás na testa.

Alex sentiu gosto de mel. Seu corpo explodiu em chamas azuis e a avó demônio gritou, perdendo sua forma, parecendo deslizar de volta para o formato de uma jovem mulher, um híbrido de Hellie, Alex e algo antinatural, um ombro levantado muito alto, a cabeça abaixada como se para esconder a boca maliciosa, os muitos dentes.

Darlington avançou como um touro, acertando o demônio e prendendo-o na calçada. Batia os chifres no demônio enquanto ele gritava. Os outros demônios recuaram para as sombras entre as casas.

— Darlington! — disse Alex.

Estava quase escuro e as pessoas voltavam do trabalho. Se atraíssem uma multidão, teriam ainda mais problemas.

Mas ele não estava ouvindo, ou o monstro nele não se importava. Ele se chocou contra o demônio com um rosnado, cortando o torso dele. As pernas da coisa se dissolveram em vermes contorcidos, mas ele continuou gritando.

— Darlington, chega!

A chama dela se desenrolou em um fio azul crepitante, estalando ao redor da faixa dourada brilhante que apareceu no pescoço dele no lugar em que a pala tinha estado. A chama serpenteou ao redor da garganta de Darlington e o puxou para longe de Não Hellie. O resto do torso do demônio se dissolveu em larvas que se contorciam.

Darlington caiu de cócoras com um rosnado. Feito um cão de caça acuado.

— Merda — disse Alex, batendo na coleira de chama azul, observando-a recuar. — Desculpe, eu não...

Mas os chifres de Darlington desapareceram com o fogo. Ele era humano novamente, ajoelhado na calçada.

— Desculpe — ela repetiu.

O olhar dele era sombrio e crítico, como se estudasse um novo texto. Ele se levantou e espanou a poeira do casaco.

— Melhor entrarmos, acho.

Alex assentiu. Sentiu-se enjoada e cansada, todo o brilho de carregar a alma de Darlington dentro dela tinha sido sugado. Deixara o demônio se alimentar dela como uma espécie de amadora. E que porra tinha acabado de acontecer?

— Ele morreu mesmo? — perguntou Alex, passando por cima dos vermes e tentando não se engasgar.

— Não — disse Darlington. — O corpo vai se juntar de novo e tentar se alimentar de você outra vez.

— E Anselm?

— Golgarot também.

Alex imaginou o que aquilo significava para uma criatura como Linus Reiter.

Na entrada de Il Bastone, Mercy soltou um riso nervoso.

— Os demônios não gostam dele, gostam?

— Nem um pouco — disse Turner, as folhas do carvalho amontoadas em torno dele.

Ele tinha acionado seu espírito de sal. Para ajudar Darlington ou derrubá-lo? Talvez Turner estivesse duvidando de a coisa toda ser um soldado bonzinho depois de ver aqueles chifres aparecendo.

— Como foi na Espanha?

Darlington limpou a garganta. Era humano de novo, mas a forma do demônio parecia permanecer sobre ele, uma memória, uma ameaça.

— Mais quente do que o esperado.

— Alguém quer me explicar como ele chegou aqui? — perguntou Turner. — E por que Alex acabou de pegar fogo?

Mas, independentemente de qual fosse o feitiço que tinha congelado Dawes nos degraus, havia se quebrado. Ela desceu as escadas lentamente e depois parou.

— Isso é... não é um truque, é? — ela disse em voz baixa.

Foi sábia em perguntar, já que amigos, pais, avós e membros do conselho da Lethe poderiam ser todos monstros disfarçados. Já que Darlington acabara de esmagar um demônio contra a calçada. Mas dessa vez a magia tinha sido bondosa.

— É ele — disse Alex.

Dawes soluçou e se lançou para a frente. Ela jogou os braços em volta de Darlington.

— E aí, Pammie — disse ele, gentilmente.

Alex ficou de lado, sem jeito, enquanto Dawes chorava e Darlington a deixava chorar. Talvez fosse o que ela mesma devesse ter feito, o que alguém sem tanto sangue nas mãos faria. *Bem-vindo ao seu lar. Bem-vindo de volta. Sentimos saudade. Senti sua falta mais do que deveria, mais do que queria ter sentido. Fui até o inferno por você. E iria de novo.*

— Vamos — disse Darlington, o braço sobre os ombros de Dawes, conduzindo todos de volta para dentro, assumindo o papel de Virgílio como se nunca tivesse ido embora. — Vamos ficar atrás das proteções.

Mas, quando ele pôs os pés nos degraus de Il Bastone, as pedras tremeram, as colunas chamuscadas balançaram, a lanterna acima da porta chacoalhou em sua corrente. Sob a varanda, Alex ouviu os chacais choramingarem.

Darlington hesitou. Alex conhecia esse sentimento, o medo de ser expulso de um lugar que você chamava de lar. O que Anselm dissera? *Está tão ansiosa assim para ser expulsa do Éden?* Outra piadinha de demônio, outro enigma que ela não conseguira resolver.

A porta rangeu suavemente nas dobradiças, um gemido alto de ansiedade, como se estivesse decidindo se havia perigo à porta ou não. Então a casa se decidiu. Os degraus ficaram parados e sólidos, a porta se escancarou, todas as janelas se incendiaram de luz. Até a casa conseguia dizer o que Alex não tinha conseguido: *Bem-vindo de volta. Sentimos sua falta. Você é necessário.* Parte demônio ou não, o menino de ouro da Lethe estava de volta, e humano o suficiente para passar pelas barreiras.

— Cadê o Tripp? — perguntou Alex.

— Ele não está atendendo o celular — disse Dawes.

O estômago de Alex revirou.

— Quando foi que ele deu notícias pela última vez?

— Três horas atrás — disse Turner, conforme seguiam para a sala de jantar, onde alguém havia arrumado a mesa. — Fui até o apartamento dele, mas não tive resposta.

Darlington parecia cético.

— Imagino que seja uma hora razoável para perguntar por que levaram Tripp Helmuth, de todas as pessoas, ao inferno?

Alex levantou as mãos, irritada.

— Então tenta aí reunir um time de assassinos em tão pouco tempo.

Ela tinha deixado Tripp no parque New Haven. Tinha visto quando ele seguira na direção do centro. Será que estava atrasado? Com medo de voltar ao inferno? Ele sabia que outra descida era o único jeito de se livrarem de seus demônios. Eles eram isca. A infelicidade deles. A desesperança deles.

— Não deveríamos ter deixado ele sozinho — disse Alex.

— Ele tem a ave marinha — apontou Turner.

— Mas os espíritos de sal só vão até certo ponto. Não sei vocês, mas percebi que Não Hellie estava se adaptando. Ela teve menos medo daquelas serpentes da última vez que as usei. Não ficou assustada na calçada há um minuto.

— Vocês estão todos esquecendo que ele pode ser só um covarde — disse Mercy, conforme se sentavam à mesa.

— Isso não é justo — gritou Dawes da cozinha.

— Quê? — retrucou Mercy. — Você viu como ele estava apavorado. Não queria descer pela segunda vez.

— Nenhum de nós quer — disse Turner. — E você também não iria querer.

— Eu vou — disse Mercy, levantando o queixo. — Vocês estão sem um peregrino. Precisam de alguém para preencher o lugar dele.

— Você não é assassina — disse Alex.

— Ainda. Talvez eu só esteja demorando um pouco pra amadurecer.

Dawes voltou da cozinha com uma terrina grande de sopa fumegante.

— Isso não é brincadeira!

— Vamos tentar nos lembrar de que não ser assassino é, na verdade, uma coisa boa — disse Darlington. — Eu fico no lugar de Tripp. Serei o quarto.

Dawes colocou a terrina na mesa com um *tum* alto de desaprovação.

— Você *não* vai.

Alex também não gostava da ideia. O Corredor não fora feito para ser usado como porta giratória.

— Não estou desistindo do Tripp. Não sabemos se o Não Spenser o pegou. Ainda não sabemos de nada.

— Sabemos a matemática da coisa — disse Turner. — Quatro peregrinos para abrir a porta, quatro para fazer a jornada e quatro para fechar tudo no final. A lua cheia é amanhã, e, a não ser que Tripp apareça de repente, o demônio pródigo é nossa única opção.

— Vamos dar outro jeito — insistiu Dawes, servindo agressivamente conchadas de sopa em cumbucas.

— Claro — disse Turner. — Então a gente devia só pedir pra Mercy esfaquear alguém?

— Claro que não — retrucou Dawes, embora Mercy parecesse assustadoramente disposta. — Mas...

Um sorriso fraco, triste, tocou os lábios de Darlington.

— Continue.

Agora Dawes hesitava.

— Olhe só pra você — ela disse, em voz baixa. — Você não é... não é mais completamente humano. Está preso àquele lugar.

E olhou desconfortavelmente para Alex.

— Vocês dois estão.

Alex cruzou os braços.

— O que eu tenho a ver com isso?

— Vocês dois estavam pegando fogo — disse Dawes. — Do mesmo jeito que estavam no submundo.

Dawes enfiou a colher na sua própria cumbuca de sopa e depois a largou.

— Não podemos mandar Darlington voltar lá, e eu... se o demônio de Tripp... se alguma coisa aconteceu com ele, a culpa é nossa.

Ninguém poderia discordar disso. Dawes havia dito que Alex e Darlington estavam ligados ao submundo, mas a verdade era que estavam todos juntos agora. Tinham visto o pior um do outro, tinham sentido cada coisa feia, vergonhosa e assustadora. Quatro peregrinos. Quatro crianças tremendo no escuro. Quatro tolos que tinham tentado o que nunca deveria ser sequer considerado. Quatro heróis capengas em uma missão na qual deveriam, além de tudo, sobreviver a um esforço imprudente.

Mas Tripp não estava ali.

— Vou voltar ao apartamento dele amanhã — disse Turner. — Procurar no trabalho dele. Mas vamos deixar combinado que, independentemente de qualquer coisa, faremos a descida amanhã à noite. Não podemos deixar que aquelas coisas continuem a se alimentar de nós. Já vi muita merda nessa vida, e passei por muita coisa também. Mas não vou aguentar até a próxima lua cheia.

Ninguém iria discutir sobre aquilo também. Alex não queria que Darlington voltasse ao inferno, mas estavam sem opções. Se o que ele tinha acabado de fazer com Não Hellie não podia parar aquelas coisas, nada no reino mortal poderia.

— Certo — disse Alex.

Dawes assentiu brevemente.

— Como exatamente você libertou Darlington? — perguntou Turner, de um modo um pouco casual demais.

Alex ficou tentada a perguntar se ele queria que ela escrevesse uma declaração. Mas Dawes, Mercy e Turner mereciam uma explicação, ou quaisquer respostas que pudessem juntar.

Então comeram e conversaram sobre Anselm que não era mais Anselm, os corpos que tinham deixado em Black Elm, os assassinatos da professora Stephen e do reitor Beekman e o terceiro assassinato que teria sido cometido se Turner não tivesse prendido Andy Lambton.

Quando terminaram, Turner empurrou a cumbuca vazia para longe e esfregou as mãos no rosto.

— Então está me dizendo que Lambton é inocente?

— Ele estava lá — disse Alex. — Pelo menos no caso de Beekman. E talvez no de Marjorie Stephen. Acho que Anselm gostou de ter um cúmplice.

— Esse não é o nome dele — disse Darlington.

— Bem, como quiser chamá-lo. Golgarot, o rei demônio.

— Ele é um príncipe, não rei, e seria pouco inteligente subestimá-lo.

— Não estou entendendo — disse Mercy. — O… príncipe demônio, ou sei lá… ele comeu o Anselm. Ele não deveria ser um vampiro a esta altura? Por que está aprontando e fazendo um cara aí cometer assassinatos aleatórios?

— Não eram aleatórios — disse Darlington. A voz dele estava sombria, fria, algo deixado no fundo de um lago. — Eram um quebra-cabeça imerso na história de New Haven, uma isca personalizada para minha mente, para Alex, para o detetive Turner. Uma distração perfeita. Ele estava se divertindo.

— Mas ele não bebia sangue? — perguntou Alex. Ela lutara com Não Anselm, e, para além de conseguir criar fogo do nada, ele era fisicamente fraco, nada parecido com Linus Reiter.

— Golgarot não é como os demônios de vocês ou o demônio que devorou Lionel Reiter. Ele me torturou no inferno. Já tinha se alimentado da minha infelicidade, e, quando tentei passar pelo portal que vocês abriram na Chave e Manuscrito, ele conseguiu me seguir.

— Foi quando o círculo prendeu você em Black Elm — disse Dawes.

— Mas Golgarot não. Ele não tinha se alimentado de mim o bastante para ficar preso pelo feitiço de Sandow.

— E os chifres? — perguntou Turner.

— Vocês eram todos viajantes, movendo-se entre este mundo e o reino dos demônios enquanto seus corpos permaneciam aqui. Isso não aconteceu comigo. Entrei direto na boca de uma besta infernal e, quando adentrei o reino dos demônios, cindi. — Ele manteve as palavras firmes, mas seu olhar era distante. — Eu me tornei um demônio a serviço de Golgarot, uma criatura de… vontades. E um homem que alimentava seu guardião com o próprio sofrimento.

— Um meio a meio perfeito, né?

O sorriso de Darlington era pequeno.

— Não, detetive. Acho que sabe muito bem que uma pessoa pode tanto ser assassina como boa. Ou pelo menos uma pessoa que tenta ser boa. Se só o mal fizesse coisas terríveis, o mundo seria muito simples. Tanto o demônio quanto o homem em mim permaneceram no inferno. Tanto o demônio quanto o homem em mim estavam presos no círculo de proteção.

— Anselm me seguiu até o inferno — disse Alex — quando cruzei o círculo.

— Ele precisou fazer isso para lutar com você. Golgarot é, ao mesmo tempo, mais e menos poderoso que seus demônios. Enquanto eu estava preso ao círculo, ele podia se mover livremente, consumir as vítimas como quisesse, mas permaneceu fraco. Não poderia entrar neste reino completamente, não sem matar ou me empurrar de volta para o inferno para sempre.

— Mas... mas ele está morto agora, certo? — perguntou Mercy.

Darlington balançou a cabeça.

— Eu destruí o corpo mortal dele, o que ele tinha construído. Mas ele vai estar esperando por mim no inferno. Por todos nós.

Dawes franziu o cenho.

— Ele sabia que tínhamos encontrado o Corredor?

— Não — disse Darlington. — Sabia que estavam procurando, mas não tinha ideia de que tinham encontrado ou que estavam tentando fazer o ritual para me libertar na noite do Dia das Bruxas.

— Ele disse que tinha ido a Il Bastone e visto nossas anotações — disse Mercy.

— Ele nos disse isso — respondeu Alex. — Mas é impossível. Ele é um demônio. Não conseguiria passar pelas proteções. Foi por isso que não nos levou até a Gaiola no dia que nos expulsou da Lethe.

Darlington assentiu.

— Ele tinha colocado um sistema de alarme. O inferno é vasto. Ele não poderia guardar todas as entradas. Mas sabia para onde iam, e, depois que o alarme fosse acionado, ele saberia que tinham me encontrado.

Turner respirou fundo.

— Os lobos.

— Isso. Ele os colocou para vigiar Black Elm.

— Eles eram demônios — disse Alex, a percepção atingindo-a feito um tapa. — Eles se transformaram em nossos demônios.

Quatro lobos para quatro peregrinos. Todos eles tinham arrancado sangue quando haviam atacado, todos tinham sentido o gosto do terror humano deles. Alex se lembrou dos lobos queimando como cometas enquanto fugiam do inferno. Os demônios os tinham seguido até o reino mortal.

— Golgarot interrompeu o ritual — disse Mercy. — Ele me fez desligar o metrônomo.

— Mas não entrou no pátio.

Alex lembrou-se dele parado sob o quadrado mágico de Dürer. Talvez não tivesse desejado se arriscar a vê-lo ou se envolver no quebra-cabeça.

— Ele não ia deixar vocês me tirarem do inferno — disse Darlington. — Pretendia prender vocês lá comigo.

— Mas Alex nos tirou de lá — disse Turner.

Alex virou-se na cadeira.

— E deixei a porta aberta para nossos demônios nos seguirem.

— Não entendo — disse Dawes. — Por que não existem avisos sobre o Corredor na biblioteca da Lethe? Por que não há registros da construção dele, do que aconteceu com os primeiros peregrinos que o atravessaram, de Lionel Reiter?

— Não sei — admitiu Darlington. — Não seria a primeira vez que a Lethe teria encoberto alguma coisa.

Alex encontrou o olhar de Dawes. Elas sabiam disso muito bem. Os membros da Lethe, o conselho e os poucos na administração de Yale que conheciam a verdadeira ocupação das sociedades secretas tinham um histórico longo de varrer todo tipo de atrocidade para baixo do tapete. Vítimas de magia, quedas de energia misteriosas, desaparecimentos estranhos, o mapa no porão do Peabody. Todos tinham acreditado que Daniel Arlington estivera na Espanha durante a maior parte do último semestre, e quase ninguém sabia que Elliot Sandow era um assassino. Não havia consequências, não se fosse possível continuar encontrando novos lugares para enterrar os erros.

Mercy havia colocado seu caderno de notas vermelho ao lado da cumbuca de sopa e desenhava uma série de círculos concêntricos nele.

— Então eles encobriram tudo. Mas Lionel Reiter se tornou um vampiro. Não sabemos o que aconteceu com os outros peregrinos ou com a sentinela. Por que deixar o Corredor intacto se sabiam como era perigoso?

Então fez-se silêncio, pois ninguém tinha a resposta, mas todos sabiam que a verdade não podia ser boa. Algo dera errado naquela primeira viagem, algo ruim o bastante para que o Corredor tivesse sido apagado dos livros e para que o diário de Rudolph Kittscher tivesse sido escondido ou destruído. Poderia ser o fato de Reiter ter sido seguido por um demônio, que a Lethe tivesse sido responsável por criar um vampiro. Mas então por que não caçá-lo? Por que deixá-lo atacar pessoas inocentes por quase cem anos?

— Posso ir sozinha? — perguntou Alex. Ela não queria dizer isso. Não queria fazer isso. Mas podiam ter perdido um peregrino, e, quanto mais esperassem, pior seria. — Eu não preciso do Corredor. Por que não posso simplesmente voltar por aquele círculo e encontrar uma maneira de arrastar nossos demônios comigo?

— Isso seria um sacrifício pessoal terrível — disse Turner. Olhou para Darlington. — Ela bateu a cabeça?

— Não estou fazendo isso para bancar a heroína — respondeu Alex, amarga. — Mas já causei a morte de Tripp.

— Você não sabe disso — protestou Dawes.

— É só um bom palpite.

Ela esperava que não fosse verdade. Esperava que Tripp estivesse escondido na segurança de seu apartamento chique, comendo tigelas de chili vegano, mas duvidava que fosse o caso.

— Eu o envolvi nisso, e há uma boa chance de ele não voltar.

— Você não pode simplesmente entrar sozinha — disse Darlington. — Pode puxar seu próprio demônio com você, mas cada um precisará atravessar para se livrar do seu próprio.

— E o Spenser? — perguntou Alex. — Ãhn... o Não Spenser. O demônio de Tripp?

— Se o demônio consumiu a alma de Tripp... — começou Darlington.

— Não sabemos se isso aconteceu — insistiu Dawes.

— Mas, se tiver acontecido, então o demônio conseguirá permanecer no mundo mortal e se alimentar dos vivos.

Um novo vampiro poderia estar caçando pessoas em New Haven naquele exato momento. Mais um pedaço de infelicidade que Alex ajudara a criar. Mercy tinha todo o direito de não confiar em Tripp, de suspeitar que ele era um covarde. Mas Alex gostava de Tripp. Ele era um babaca, mas tentara dar seu melhor por eles. *Gosto de fazer parte do time dos bonzinhos.*

— Vamos precisar criar uma corda — disse Dawes. — Abrir a porta e puxá-los de volta.

— O vampiro também? — perguntou Mercy.

— Não — disse Darlington. — Se o demônio de Tripp tiver se tornado vampiro mesmo, vai precisar ser caçado sozinho.

— Mercy e eu procuramos no arsenal e na biblioteca por uma maneira de atrair nossos demônios — disse Dawes. — Mas há uma limitação ao que podemos fazer se precisarmos estar na posição certa para abrir o Corredor.

— São atraídos até nós quando as coisas estão ruins — disse Alex.

Turner lançou um olhar para ela.

— Então você quer dizer todas as horas o dia?

— Existe um Pardal da Danação — disse Mercy, consultando suas anotações. — Se você o solta em um cômodo, ele semeia a discórdia e cria um sentimento geral de mal-estar. Era usado para atrapalhar encontros de organizadores de sindicatos nos anos 1970.

— *Já ouviu aquele silêncio em que os pássaros estão mortos, mas algo canta como um pássaro?*[24] — citou Darlington.

— Senti tanta falta de não ter ideia do que você está falando — disse Alex. E estava sendo sincera. — Mas não tenho certeza se queremos começar uma viagem ao inferno nos sentindo completamente infelizes e derrotados.

— Tem também o Voynich — disse Dawes. — Mas não sei como pegá-lo.

— Por que o Voynich, de todas as coisas? — perguntou Mercy.

Até Alex já tinha ouvido falar do manuscrito Voynich. Depois da Bíblia original de Gutenberg, era provavelmente o livro mais famoso da Beinecke. E certamente o mais difícil de dar uma olhada. A Bíblia ficava em exibição em uma caixa de vidro no saguão sempre, e uma página era virada diariamente. Mas o Voynich estava trancado a sete chaves.

— Porque é um enigma — disse Darlington. — Uma língua impossível de ser falada, um código sem solução. Foi por isso que foi criado.

Mercy fechou a capa do caderno de anotações com um *snap* alto.

— Espera um minuto. Então... está dizendo que o manuscrito Voynich foi criado para prender demônios? Estudiosos especulam sobre ele há séculos.

Darlington levantou os ombros.

— Imagino que prenda acadêmicos também. Mas Dawes está certa. Acessar qualquer coisa além de uma cópia digital é quase impossível, e tirá-lo da Beinecke? Nem pensar.

---

24. Referência ao livro *The Gates of Damascus*, de James Elroy Flecker, sem tradução para o português.

— E Pedro, o Tecelão? — perguntou Mercy.

Turner se recostou e cruzou os braços.

— É melhor que isso seja bom.

Mas Dawes batia a caneta contra os lábios.

— É uma ideia interessante.

— É brilhante, na verdade — disse Darlington.

Mercy sorriu.

— Alguém quer contar para mim e para o Turner quem é Pierre e o que ele tece?

— O Tecelão foi comprado pela Manuscrito — disse Dawes. — Foi usado por uma série de líderes de culto e gurus falsos para atrair seguidores. Pierre Bernard foi o último, e o nome ficou. O truque é ter certeza de que o Tecelão está tecendo a teia emocional correta.

— E isso vai aprisionar os demônios? — perguntou Turner.

— Só por um período curto de tempo — disse Dawes. — É tudo... muito arriscado.

— Não tão arriscado quanto não fazer nada.

Alex não queria falar mais. Não podiam esperar até a próxima lua cheia.

— Não vou deixar aquelas coisas nos caçarem e comerem nossos corações um a um.

— Só vão ficar mais fortes e mais habilidosos — disse Darlington. — Pessoalmente, eu preferiria não ver vocês todos comidos e depois precisar lidar com um bando de vampiros usando a cara de vocês.

— Certo — disse Turner. — Usamos Pierre, o Tecelão. Que seja. Nós os prendemos e os arrastamos para baixo conosco. Ainda tenho um suspeito de assassinato que foi... encorajado, senão coagido, a ajudar a cometer dois crimes horríveis e planejar outro. Não posso fazer com que aliviem a sentença porque havia demônios envolvidos.

— Ele enlouqueceu — disse Darlington. — É assim que vai conseguir leniência para ele. Se os monstros eram reais ou imaginários, o resultado foi o mesmo.

— Vamos dizer que eu deixe isso para lá — continuou Turner. — Ainda temos restos de três pessoas desaparecidas no porão de Black Elm, e alguém vai vir procurar aquelas pessoas um dia. Eu tendo a acreditar que a mulher de Anselm está se perguntando por que ele não voltou para casa, mesmo com aquele demônio por aí, vestindo o terno dele e usando seu cartão de crédito.

Ensacar os corpos. Trocar as placas do carro alugado para transportá-los. Cremá-los no cadinho durante a noite em Il Bastone. Limpar o carro. Abandoná-lo. Alex sabia o que deveriam fazer. Turner também sabia. Mas o que ela também sabia era que ele não falaria sobre isso. Podia ter matado Carmichael a sangue frio, mas ainda era policial e não se envolveria no acobertamento de um crime.

— Vamos cuidar disso — disse Alex.

— Não vou limpar a bagunça de vocês.

— Não vai precisar.

Turner não parecia convencido.

— Vou acreditar na sua palavra. Agora, apesar de toda a conversa, você não explicou o que aconteceu lá na calçada, na frente desta casa. Vi um demônio rasgar outro demônio ao meio. Vi você coberta de um fogo que não deveria existir em nosso mundo e vi quando o usou para mantê-lo sob controle. Alguém quer explicar tudo isso?

Darlington deu de ombros e pegou uma segunda cumbuca de sopa.

— Se pudéssemos, explicaríamos.

Alex percebeu, pelo olhar de Turner, que ele achava que Darlington estava mentindo.

Alex também achava.

39

A casa era grande o suficiente para que todos pudessem dormir atrás das proteções. Darlington estava de volta ao quarto de Virgílio no terceiro andar. Dawes dormiria no sofá da sala, e Turner reivindicara o andar do arsenal.

Alex e Mercy montaram acampamento no quarto de Dante. Mas, antes de Alex apagar a luz, tentou enviar uma mensagem de texto para Tripp mais uma vez. Não era seguro procurá-lo à noite, mas ela e Turner tentariam pela manhã.

— Não fui muito legal com ele — disse Mercy.

— Não foi isso que o enfiou em problemas. E você não tem a obrigação de ser legal com ninguém. — Ela se recostou no travesseiro. — Preciso que você esteja pronta amanhã. Dawes disse que a descida pode ser diferente dessa vez. Não sei o que significa para você aqui na superfície, mas tem pelo menos um vampiro solto lá fora. Não gosto de colocar você em perigo de novo.

Mercy se retorceu sob as cobertas.

— Mas estamos sempre em perigo. Ir a uma festa, encontrar a pessoa errada, andar pela rua errada. Acho... acho que às vezes é mais fácil, em vez de ficar esperando problemas, ir de encontro a eles.

— Tipo um encontro ruim.

Mercy riu

— É. Mas se alguma coisa horrível acontecer comigo...

— Não vai.

— Mas se acontecer...

— Mercy, se alguém fizer qualquer porra com você, vou ensinar um significado novo para a palavra violência a essa pessoa.

Mercy riu, o som quebradiço.

— Eu sei.

Ela se sentou, bateu no travesseiro, recostou-se nele. Alex podia praticamente ver as engrenagens rodando.

— Para ser um peregrino... vocês todos mataram alguém.
Alex sabia que aquela conversa ia acontecer.
— É.
— Eu sei... sei que Dawes matou Blake. Não tenho certeza se quero saber sobre todo mundo, mas...
— Por que sou qualificada para o Time Assassinato?
— Isso.

Alex havia contado a Mercy sobre Lethe, sobre magia, até mesmo sobre os Cinzentos, e que podia vê-los e usá-los. Mas deixara seu passado enterrado. Pelo que Mercy sabia, ela era uma criança da Califórnia que tinha algumas lacunas na educação.

Havia muitas mentiras que Alex poderia contar agora. Fora legítima defesa. Fora um acidente. Mas a verdade é que tinha pensado em matar Eitan naquela manhã mesmo, e, se conseguisse escapar impune e encontrar um lugar para esconder os corpos, teria feito isso e nunca mais olhado para trás. E tinha prometido que não iria mentir para Mercy novamente.

— Eu matei um monte de gente.
Mercy rolou para o lado dela e a olhou.
— Quantos?
— O bastante. Por ora.
— Você... como você vive com isso?

Que verdade deveria arriscar dizer? Porque não eram as pessoas que tinha matado que a assombravam. Eram as pessoas que tinha deixado morrer, aquelas que não conseguira salvar. Alex sabia que deveria dizer algo reconfortante. Que tinha orado ou chorado ou corrido para esquecer. Não tinha muitos amigos e não queria perder essa. Mas estava cansada de fingir.

— Eu não sou muito certa, Mercy. Não sei se é remorso ou consciência que me falta, ou se o anjo no meu ombro resolveu tirar férias prolongadas. Mas não perco o sono com a minha listinha de corpos. Acho que isso não faz de mim uma colega de quarto ótima.

— Talvez não — disse Mercy, e apagou a luz. — Mas fico feliz por você estar do meu lado.

★ ★ ★

Alex esperou até que Mercy estivesse roncando, saiu da cama e subiu as escadas para o terceiro andar. A porta do quarto do Virgílio estava aberta, e havia fogo ardendo na lareira sob os vitrais representando um bosque de cicutas. Darlington estava esparramado em uma cadeira perto do fogo. Vestia uma calça de moletom da Casa Lethe e um roupão velho – ou talvez fosse chamado de robe. Não tinha certeza. Só sabia que estivera olhando para ele sem uma peça de roupa por semanas, mas algo sobre vê-lo daquela maneira – pés apoiados na otomana, roupão aberto, peito nu, um livro na mão – fazia com que se sentisse uma observadora secreta.

— Quer alguma coisa, Stern? — ele perguntou, sem levantar os olhos da leitura.

Era uma pergunta complicada.

— Você mentiu para o Turner — disse ela.

— Imagino que tenha feito a mesma coisa quando necessário. — Ele por fim levantou os olhos. — Vai ficar aí parada na porta a noite toda ou vai entrar?

Alex se obrigou a entrar. Por que estava tão nervosa?

Este era Darlington – estudioso, esnobe e um saco. Nenhum mistério ali. Mas tinha segurado a alma dele dentro dela. Ainda podia sentir o gosto dele na própria língua.

— O que está bebendo? — ela perguntou, pegando o copinho de líquido âmbar da mesa ao lado da cadeira dele.

— Armanhaque. Fique à vontade para provar.

— Mas nós...

— Sei bem que meu armanhaque foi sacrificado por uma causa válida... talvez junto com a Mercedes do meu avô. Essa garrafa é bem mais barata e menos rara.

— Mas não barata de verdade.

— Claro que não.

Ela pousou o copo e se acomodou na cadeira em frente a ele, deixando o fogo aquecer seus pés, consciente do buraco que se formava em sua meia direita.

— Tem certeza de que é uma boa ideia? — perguntou Alex. — Voltar para o inferno?

Os olhos dela se voltaram para o livro que ele estava lendo. *Diário dos Dias de Lethe* de Michelle Alameddine.

Será que estava se perguntando por que ela não tinha ficado de sentinela?

— Encontrou algo interessante aí?

— Sim, na verdade. Um padrão que não tinha visto antes. Mas um demônio ama um enigma.

— Ela ajudou — disse Alex. — Disse pra gente que você acreditava que o Corredor ficava no campus.

— Ela não me deve nada. Disse a mim mesmo que jamais olharia o diário dela, que não caçaria as opiniões dela sobre seu Dante e cederia a essa vaidade em particular. Mas aqui estou eu.

— O que ela diz?

O sorriso dele era pesaroso.

— Muito pouco. Sou descrito como meticuloso, aplicado e, nada menos que cinco vezes, ávido. O retrato geral é vago em seus detalhes, mas longe de ser lisonjeiro. — Ele fechou o livro, deixando-o de lado. — E, para responder à sua pergunta, voltar para o inferno é uma ideia abominável, mas não tenho outra. Em meus momentos mais fúteis, fico tentado a culpar Sandow por tudo isso. Foi a ganância dele que gerou essa série de tragédias. Ele convocou a besta infernal para me devorar. Suponho que tenha pensado que seria uma morte rápida.

— Ou limpa — disse Alex, sem pensar.

— Bom ponto. Sem corpo para se livrar. Sem perguntas a serem feitas.

— Você não deveria ter sobrevivido.

— Não — ele matutou. — Imagino que eu e você tenhamos isso em comum. Isso que estou vendo é um quase sorriso, Stern?

— Muito cedo para dizer.

Ela se mexeu na cadeira, observando-o. Ele sempre fora indecentemente atraente, o cabelo escuro, a constituição esguia, o ar de algum rei deposto que vagava pelo mundo comum vindo de um castelo distante. Era difícil não ficar olhando para ele, lembrando a si mesma de que ele estava realmente ali, realmente vivo. E que de alguma forma parecia tê-la perdoado. Mas ela não podia dizer nada disso.

— Me fale o que não falaria na frente dos outros. Por que você ainda tem chifres...

— Chifres ocasionais.

— Certo. Por que você acendeu feito um maçarico quando os usou?

Darlington ficou em silêncio por um longo tempo.

— Não há palavras para o que nós fizemos. Para o que ainda podemos fazer. Pense no Corredor como uma série de portas, todas destinadas a impedir que os incautos caminhem até o inferno. Você não precisa dessas portas, Stern.

— Belbalm... antes de morrer...

— Antes de você matá-la.

— Foi um esforço em grupo. Ela disse que todos os mundos estavam abertos para os Caminhantes da Roda. Eu vi um círculo de fogo azul em torno de mim.

— Eu também vi — ele disse. — No Dia das Bruxas. Há um ano. A Roda. Não acho que tenha sido coincidência. E acho que isso também não é.

Ele se levantou, atravessou o quarto até a escrivaninha e pegou um livro com pontos turísticos de Nova York. Movia-se com a mesma confiança fácil de sempre, mas agora havia algo sinistro naqueles passos largos. Ela enxergava o demônio. Enxergava um predador.

Ele folheou o livro e segurou-o aberto para ela.

— Atlas — disse ele —, no Centro Rockefeller.

A foto em preto e branco mostrava uma figura musculosa esculpida em bronze e apoiada em um joelho, dobrada sob o peso de três anéis entrelaçados apoiados em seus ombros colossais.

— As esferas celestes — continuou Darlington. — Os céus em seus movimentos. Ou...

Alex passou o dedo em torno de um dos círculos estampados com os signos do zodíaco.

— A Roda.

— Essa escultura foi projetada por Lee Lawrie. Ele também é responsável pelo trabalho em pedra que fica em Sterling.

Darlington pegou o livro das mãos de Alex e o devolveu à escrivaninha. Ficou de costas para ela quando disse:

— Naquela noite na Manuscrito, não foi apenas uma roda que vi. Foi uma coroa.

— Uma coroa. O que isso significa? O que tudo isso significa?

— Não sei. Mas, quando você foi para o inferno através do círculo de proteção, quebrou todas as regras que existem. E, quando me trouxe de volta, encontrou mais uma para quebrar. — Ele se ajeitou de novo na cadeira de frente para ela. — Você me roubou do submundo. Isso deve ter deixado uma marca.

Alex podia ouvir Anselm – Golgarot – gritando *ladra*. Tinha visto os lábios dos lobos se repuxarem para trás para formarem a mesma palavra.

— É isso que essas coisas são? — ela perguntou. — Em volta dos seus pulsos e do seu pescoço? Marcas?

— Isso?

Ele se inclinou para a frente, e a mudança foi instantânea, os olhos brilhantes, os chifres curvados, o alargamento dos ombros. Sem querer, Alex se viu recuando na cadeira. Passara de homem a monstro no intervalo de uma respiração. As faixas douradas brilhavam em seus pulsos e garganta.

— Isso — ela disse, tentando não demonstrar medo. — Essas.

— Essas marcas significam que sou obrigado a servir. Para sempre.

— O inferno? Golgarot?

Então ele riu, o som profundo e frio, a coisa no fundo do lago.

— Estou preso a você, Stern. À mulher que me tirou do inferno. Vou servi-la até o fim dos meus dias.

40

O rosto dela ficou imóvel. Darlington aprendera que era isso que Alex Stern fazia quando confrontada com a incerteza. Lutar ou fugir? Para sobreviver, às vezes era necessário não se mover. Podia vê-la no porão naquela noite tanto tempo antes, uma garota esculpida em pedra.

Ela levantou uma sobrancelha.

— Então... você vai lavar minha roupa?

Lutar, fugir ou ser sarcástica.

— Que garota horrível você é.

— Senhora. Que garota horrível você é, *senhora*.

Agora ele riu.

Mas as sobrancelhas de Alex se juntaram. A mandíbula estava rígida. Parecia que ela estava se preparando para uma luta.

— Tem muitas coisas misteriosas. Não gosto do jeito como essas coisas estão se encaixando.

— Eu também não tenho certeza se gosto — disse ele, e não estava mentindo desta vez. — Você consegue ver os mortos, ouvi-los, usá-los para seus próprios fins, e, a menos que esteja muito enganado, não fosse por certos escrúpulos que faltaram a Marguerite Belbalm, poderia usar os vivos da mesma maneira.

Tudo o que ele conseguiu com esse relatório foi um aceno curto e intenso.

— Quanto a mim...

Ele não tinha certeza de como terminar essa frase. Como homem, havia sofrido no inferno. Mas, como demônio, distribuíra sofrimento com facilidade e engenhosidade. Sandow viera até eles, assassinado por Belbalm, sua alma já consumida por ela. Nunca passaria para além do Véu, mas o inferno o reivindicara de bom grado. O eu demoníaco de Darlington tinha gostado de encontrar maneiras inovadoras de causar infelicidade a Sandow, de fazê-lo pagar pela angústia que tinha causado.

Darlington tinha assustado as sombras do Véu e até a si mesmo. Tinha sido... honestamente, tinha sido divertido. Sempre havia sido um homem da razão, desde pequeno – línguas, história, ciências. O resto, o treinamento ao qual se submetera – luta, esgrima e até acrobacias –, tudo serviria para as futuras aventuras que tinha certeza de que teria. Mas o grande convite nunca viera. Não houvera missões nobres ou missões secretas. Houvera rituais, vislumbres do mundo além, trabalhos escolares, relatórios para escrever, e isso fora tudo. Então ele seguiu se afiando feito uma lâmina que nunca seria testada.

Mas aí o reitor Sandow o mandara para o inferno. Darlington não deveria ter sobrevivido, entretanto conseguira aguentar até que o resgate finalmente chegasse.

E agora? Era humano o suficiente? Conseguira sentar-se à mesa e manter uma conversa. Não tinha rosnado para ninguém nem quebrado nenhum móvel, mas não fora fácil. Demônios não eram criaturas pensantes. Operavam por instinto, movidos por seus desejos. Ele se orgulhava de não ser nada disso. Nunca fora imprudente. Era guiado pela razão. Mas agora tinha vontades de um jeito que nunca tivera antes. Sentira-se tentado a enterrar o rosto na cumbuca de sopa e lambê-la como um animal guloso. Queria se colocar entre as pernas de Alex e fazer o mesmo com ela agora mesmo.

Darlington passou a mão sobre o rosto e se sacudiu um pouco, rezando para que o juízo voltasse. Ele era o mentor dela. O Virgílio dela. Devia a vida a Alex e poderia fazer melhor por ela. Não era uma fera babona. Fingiria que era humano de novo até que fosse, de fato.

Darlington ficara surpreso com a maneira como os outros tinham se reunido para trabalhar e planejar. Quase não conseguira reconhecer a liderança em Alex, a confiança em Dawes, tudo isso nascido de sua ausência. *Elas teriam continuado sem mim. Teriam ficado mais fortes.* Sentado ali, observando as duas traçarem seus esquemas com Turner e Mercy, sentiu-se um estranho num lugar ao qual uma vez soubera que pertencera. A compreensão de sua própria falta de importância tinha sido de uma crueldade ao mesmo tempo lenta e repentina.

— Quanto a mim, não sei o que sou — ele disse, por fim.

— Mas você pode controlar. — Ela acenou com a mão como lançasse um feitiço sobre ele. — Seja lá o que for essa merda de demônio.

— Certamente espero que sim. Mas acho que seria sensato que você e qualquer outra pessoa perto de mim mantivesse um estoque de sal à mão. Podemos considerar colocar proibições em Black Elm também, ou onde quer que eu vá parar, para que eu não possa sair sem escolta.

Ele parecia muito coerente. Não era tão difícil interpretar o homem que tinha sido.

Considerou a garota estranha e terrível diante de si. Os olhos dela eram negros à luz do fogo, o cabelo brilhava como se fosse laqueado. Ondina, o espírito da água, surgindo no lago em busca de uma alma. Darlington odiava pensar naquela noite na festa de Dia das Bruxas na Manuscrito. Estivera louco com o que quer que tivessem usado para drogá-lo. Mas, quando olhara para o grande espelho, vira que Alex era algo mais do que a forma mortal que exibia. E entendeu que não era o herói que sempre sonhara ser. Tinha sido um cavaleiro, e o que era um cavaleiro senão um servo com uma espada na mão? Pela primeira vez conhecera a si mesmo e seu propósito. Pelo menos parecera assim na época. Tudo o que tinha querido era servi-la, ser visto e desejado por ela. Não soubera que estava prevendo o futuro.

— Você é uma Caminhante da Roda — ele disse. — Sei disso só porque você sabe disso, só porque Belbalm e depois Sandow sabiam disso. Vou precisar ir além da biblioteca da Lethe para descobrir o que isso significa de fato. Mas de uma coisa eu sei: nem todos nós vamos voltar do submundo na noite de amanhã.

— Já fizemos isso antes.

— E trouxeram quatro demônios com vocês. Um deles pode ter fixado residência em nosso mundo para se alimentar de pessoas até ser derrotado. Mas nem todos nós voltaremos desta vez. Enquanto o inferno estiver com um assassino a menos, a porta permanecerá aberta e os demônios de vocês vão continuar voltando. O preço do inferno deve ser pago.

Alex fez uma careta.

— Por quê? Como você sabe disso?

— Porque eu fui um deles. Fui um demônio que se alimentava do sofrimento dos mortos.

Tivera a intenção de dizer aquilo de forma simples, casualmente. Em vez disso, as palavras saíram com hesitação e fedendo a confissão.

— Eu deveria estar chocada e horrorizada?

— Por eu ter praticado um tipo de canibalismo emocional para sobreviver? Por eu ter me alimentado de dor e gostado da ideia? Pensei que até você ficaria perturbada com isso.

— Você já esteve na minha cabeça — respondeu Alex. — Deu uma olhada nas coisas que fiz para sobreviver nesta vida?

— Tive vislumbres — admitiu ele.

Uma série de momentos sombrios, um oceano profundo e desesperado, Hellie brilhando como uma moeda de ouro, a avó faiscando como uma brasa coberta, a mãe... um desastre, uma nuvem, um emaranhado de fios puídos, uma confusão de pena, saudade, raiva e amor.

— A gente faz o que precisa fazer — disse Alex. — Esse é o único trabalho de um sobrevivente.

Uma bênção estranha, mas pela qual ele era grato. Ele cruzou as mãos, debatendo suas próximas palavras, sem querer deixá-las não ditas.

— E se eu dissesse que uma parte de mim ainda tem fome de sofrimento?

Alex não se encolheu. Claro que não. Não fazia parte do repertório dela.

— Eu lhe diria para manter a porra da cabeça no lugar, Darlington. Todos nós queremos coisas que não deveríamos querer.

Ele se perguntou se ela realmente entendia o que ele era. Se entendesse, fugiria daquele quarto. Mas não seria uma preocupação por muito tempo, não depois da descida. Até lá, ele garantiria que o demônio não escaparia da coleira.

— Você precisa aceitar que o inferno vai tentar manter um de nós — ele disse. — Serei eu, Stern. Eu nunca deveria ter saído.

Ele não tinha certeza do que esperava: risos? Lágrimas? Uma exigência heroica de que ela tomasse o lugar dele no inferno? Tinha perdido a noção de quem era Dante, Virgílio, Beatriz. Ele era Orfeu ou Eurídice?

Mas tudo o que Alex fez foi se recostar na cadeira e lançar um olhar cético para ele.

— Então, depois de lutarmos e de sangrarmos para te arrastar para fora do inferno, você acha que vamos te levar de volta feito um cão adotado que cagou no tapete?

— Eu não diria...

Alex se levantou e virou a taça do armanhaque caro dele como se fosse bebida barata na noite das mulheres no Toad's.

— Vai se foder, Darlington.

Ela caminhou até a porta.

— Onde está indo?

— Para o arsenal para falar com Turner. Depois preciso dar uns telefonemas. Sabe qual é o seu problema?

— Uma predileção por primeiras edições e mulheres que gostam de me passar sermão?

— Um respeito doente pelas regras. Vai dormir.

E ela desapareceu no corredor escuro, estava ali e depois sumiu, como algum tipo de truque mágico.

41

Alex só adormeceu nas primeiras horas da manhã. Havia muito a planejar, e seu tempo com Darlington a tinha deixado zumbindo em uma frequência desconfortável que tornava o sono impossível. Por ter conversado com ele mentalmente havia tanto tempo, deveria ter sido fácil sentar e ter uma conversa. Mas não eram mais as mesmas pessoas, aluna e professor, aprendiz e mestre. Antes, o conhecimento fluía em um único sentido entre eles. O poder repousava apenas nas mãos dele. Mas agora esse poder estava em movimento, mudando constantemente, esbarrando no entendimento que tinham um do outro, confuso pelos mistérios que permaneciam, caindo nos lugares sombrios no qual esse entendimento falhava. Parecia encher a casa, uma espiral de fogo infernal que percorria os corredores e subia as escadas, um pavio aceso. A Yale e a Lethe tinham pertencido a Darlington, mas agora atuavam em um palco mais amplo, e Alex ainda não tinha certeza de qual papel cada um deles deveria desempenhar.

Mal tinha adormecido quando foi acordada por Dawes chacoalhando seu ombro.

Ao ver o rosto dela em pânico, Alex sentou-se rapidamente.

— O que foi?

— O Pretor está vindo.

— Aqui? — perguntou Alex enquanto pulava da cama e pegava as únicas roupas limpas que tinha: moletons da Lethe. — Agora?

— Estava fazendo o almoço quando ele ligou. Disse a Mercy para ficar no andar de cima. Ele quer repassar as preparações para a corrida de lobos. Você não mandou e-mail para ele?

— Mandei!

Tinha enviado suas anotações, links para a pesquisa, junto com um pedido de desculpas de quatrocentas palavras por não ter se preparado para a última reunião e uma declaração de lealdade à Lethe. Talvez tivesse exagerado.

— Onde está Darlington?

— Ele e Turner foram até o apartamento de Tripp.

Alex passou os dedos pelo cabelo, tentando torná-lo respeitável.

— E?

— Ninguém atendeu a porta, mas o nó de sal na entrada ainda estava intacto.

— Isso é bom, certo? Talvez ele esteja ficando com a família ou...

— Se não tivermos Tripp, não vamos conseguir atrair o demônio dele de volta ao inferno.

Teriam de enfrentar aquele problema depois.

Estavam no meio da escada quando ouviram a porta da frente se abrir. O professor Walsh-Whiteley entrou assobiando. Colocou a boina e o casaco na prateleira perto da porta.

— Senhorita Stern! — ele disse. — A Oculus disse que poderia se atrasar. Está... de pijama?

— Só fazendo algumas tarefas — disse Alex, com um sorriso brilhante. — Casas antigas precisam de muita manutenção.

O degrau abaixo dela rangeu fortemente como se Il Bastone estivesse se juntando à farsa.

— Uma coisa grandiosa, essa casa — disse o Pretor, entrando na sala. — Esperava descobrir que Oculus havia abastecido a despensa.

Oculus. A quem ele não se preocupara em cumprimentar. Não era de admirar que o Virgílio e o Dante dele o odiassem. Mas tinham preocupações mais sérias do que um professor retrógrado sem boas maneiras.

— Ligue para o Darlington — sussurrou Alex.

— Eu liguei!

— Tente de novo. Diga a ele para não voltar até...

A porta da frente se abriu e Darlington entrou.

— Bom dia — disse ele. — Turner...

Alex e Dawes acenaram freneticamente para que ele calasse a boca. Mas era tarde demais.

— Temos convidados? — perguntou o Pretor, virando o pescoço para ver o que estava depois da porta.

Darlington congelou com o casaco nas mãos. Walsh-Whiteley o encarou.

— Senhor Arlington?

Darlington conseguiu assentir com a cabeça.

— Eu... sim.

Alex conseguia mentir com a mesma facilidade com a qual falava, mas naquele momento estava sem palavras, então nem pensava em ficções verossímeis. Não tinha pensado em como explicariam o reaparecimento de Darlington. Em vez disso, ela e Dawes estavam paradas ali, como se tivessem acabado de levar um banho de água gelada.

Bem, se já estava fingindo estar chocada, poderia continuar com isso. Alex juntou toda a sua vontade e irrompeu em lágrimas.

— Darlington! — ela gritou. — Você voltou!

Jogou os braços ao redor dele.

— Sim — disse Darlington, muito alto. — Voltei.

— Pensei que estivesse morto! — lamuriou-se Alex a plenos pulmões.

— Meu bom Deus — disse o Pretor. — É mesmo você? Foi-me dado a entender que, bem, você estava morto.

— Não, senhor — disse Darlington, enquanto se desvencilhava de Alex, a mão nas costas dela como um carvão em brasa. — Só caí em uma outra dimensão. Dante e Oculus tiveram a gentileza de solicitar a Hayman Pérez que tentasse um feitiço de recuperação em meu nome.

— Isso foi muito inapropriado — repreendeu Walsh-Whiteley. — Eu deveria ter sido consultado. O conselho...

— Sem dúvida nenhuma — concordou Darlington enquanto Alex continuava fungando. — Uma terrível quebra de protocolo. Mas devo confessar, estou grato por isso. Pérez é tremendamente talentoso.

— Nisto eu concordo. Um dos melhores da Lethe. — O Pretor estudou Darlington. — E você simplesmente... reapareceu.

— No porão do Rosenfeld Hall.

— Entendo.

Dawes, quase esquecida na escada, pigarreou.

— Querem algo para comer, talvez? Fiz torradas de queijo com amêndoas defumadas e curry de abóbora.

Os olhos de Walsh-Whiteley foram de Dawes para Alex e depois para Darlington. O homem poderia ser pomposo e pudico, mas não era tonto.

— Bem — disse ele por fim —, suponho que a maioria das coisas seja mais bem explicada durante uma boa refeição.

— E uma boa taça de vinho — acrescentou Darlington, conduzindo o Pretor pela sala.

Alex olhou pela janela para onde podia ver os olhos brilhantes dos demônios, reunidos nas sombras entre as casas do outro lado da rua. Pelo menos estavam mantendo distância. O ataque de Darlington a Não Hellie deveria tê-los assustado.

— Devo envenenar a sopa dele? — Dawes sussurrou enquanto Alex passava.

— Você já teve ideias piores.

O almoço foi longo, e Darlington e Alex só conseguiram beliscar a comida. Precisavam jejuar para a descida. A conversa girou em torno da morte de Sandow, do desaparecimento de Darlington e dos detalhes do suposto feitiço de recuperação que Pérez tinha feito. Alex se perguntou se Darlington mentia tão bem assim antes de se tornar parte demônio.

— Não estão com fome? — inquiriu o Pretor enquanto Dawes servia uma crostata de maçã quente e um pote de crème fraîche.

— Viagens de portal — disse Darlington. — Péssimas para a digestão.

Alex estava faminta, mas apenas fungou e disse:

— Estou muito emocionada para comer.

Walsh-Whiteley espetou o ar com o garfo.

— Tolice sentimental. Não há espaço na Lethe para sensibilidades delicadas. Esta é a razão para a Nona Casa não ser lugar para mulheres.

Dentro da cozinha, um estrondo soou quando Dawes expressou seus sentimentos.

— Está disposto a participar da corrida de lobos hoje à noite? — o Pretor perguntou a Darlington.

— Certamente.

— Acredito que ficará jubiloso pelo progresso de nossa senhorita Stern. Apesar de sua formação contestável e falta de educação formal, ela se saiu bem. Só posso concluir que seja resultado de sua tutela.

— Naturalmente.

Alex resistiu ao impulso de chutá-lo por baixo da mesa.

Quando Walsh-Whiteley terminou a última bocada da crostata e bebeu o último gole de seu Sauternes, Alex o acompanhou até a porta.

— Boa sorte hoje à noite, senhorita Stern — disse ele, as bochechas rosadas por causa do vinho. — Espero seu relatório no domingo, o mais tardar.

— Claro.

Ele parou nos degraus.

— Deve estar aliviada pelo retorno do sr. Arlington.

— *Muito* aliviada.

— Um grande fortúnio que Hayman Pérez tenha conseguido administrar um feitiço tão complicado.

— *Muito* fortúnio.

— É claro que o senhor Pérez tem procurado por bunkers nazistas perdidos na Antártida na maior parte do ano. Uma empreitada vã, suspeito, mas ele conseguiu financiamento, então suponho que o conselho deve enxergar um propósito. Ele tem andado bastante inacessível.

Alex não tinha certeza se o Pretor realmente os tinha pego na mentira ou se estava blefando.

— Ah, é? Acho que tivemos sorte.

— *Muita* — disse o Pretor.

Enfiou a boina na cabeça.

— A Lethe me vê como um estorvo, um pedante. Sempre foi assim. Mas soergo a Nona Casa a um padrão mais elevado do que aqueles que fingem governá-la. Acredito na instituição que a Lethe poderia ser, que deveria ser. Nós somos os pastores. — O olhar dele encontrou o dela, os olhos eram de um marrom indeterminado e remelento. — Existem locais que jamais deveríamos adentrar, mesmo se tivermos os meios para tanto. Tenha cuidado lá fora, senhorita Stern.

Antes que Alex pudesse pensar em uma resposta, ele já andava pela rua, assobiando uma música que ela não reconheceu.

Alex observou enquanto ele ia embora imaginando quem era, de verdade, Raymond Walsh-Whiteley. Um jovem gênio. Um mesquinho reacionário. Um estudante ainda apaixonado pelo garoto que conhecera em algum idílio à beira-mar, o garoto pelo qual ainda lamentava.

Alex fechou a porta, grata por estar atrás das proteções. Dawes estava na sala de jantar com suas plantas e anotações, orientando Darlington sobre o que esperar da descida. Alex ficou feliz em deixá-los sozinhos. Não queria pensar em Darlington como ele estava na noite de ontem em frente ao fogo. *Uma predileção por primeiras edições e mulheres que gostam de me passar sermão.* Uma piada. Nada mais. Mas aquela palavra não saía de seus pensamentos – *predileção*, precisa e suja ao mesmo tempo.

Foi direto para o quarto de Dante. Tinha trabalho a fazer.

— Querida! — a mãe exclamou quando atendeu o telefone, e Alex sentiu aquela onda familiar de felicidade e constrangimento que sempre vinha com a voz da mãe. — Como você está? Tudo bem?

— Está tudo ótimo. Estava pensando em voltar para casa no Dia de Ação de Graças.

Mercy e Lauren estavam planejando uma viagem para Montreal com algumas pessoas do teatro que Lauren conhecera trabalhando no Dramat. Tinham convidado Alex, mas ela não estava nadando em dinheiro, e, se conseguisse passar pela segunda descida e tudo o que isso implicava, usaria o pouco que tinha para uma viagem para Los Angeles.

Uma longa pausa. Alex podia imaginar Mira andando de um lado para o outro em sua antiga sala de estar, o medo descendo sobre ela.

— Tem certeza? Adoraria vê-la, mas quero ter certeza de que é um passo saudável para você.

— Está tudo bem. Eu iria só pra ver você por uns dias.

— Mesmo? Seria perfeito! Encontrei uma curandeira nova e acho que ela poderia fazer milagres por você. Ela é ótima para purgar energias negativas.

E quanto a demônios?

— Claro. Parece bom.

Outra pausa.

— Tem certeza de que está tudo bem?

Alex deveria ter protestado mais contra a curandeira.

— Estou bem, de verdade. Amo você e estou empolgada para te ver e… tá, não estou lá tão empolgada para comer peru de tofu, mas posso fingir estar.

O riso de Mira era tão fácil, tão leve.

— Você vai amar, Galaxy. Vou deixar seu quarto todo pronto.

Elas se despediram e Alex ficou sentada olhando para a janela, para a lua de vitral brilhando em um banco de nuvens de vidro azul, nunca aumentando, nunca diminuindo. Quando era pequena, havia procurado nas feições da mãe algum indício de si mesma e não encontrara nada.

Mas uma vez, quando estavam sentadas lado a lado na cama, descalças, ela notou que os pés das duas eram iguais, o segundo dedo mais longo do que o dedão, o mindinho amontoado como se tivesse sido feito de improviso. Aquilo a tranquilizou. Ela pertencia àquela pessoa. Eram feitas do mesmo material. Mas não era o bastante. Onde estava o senso de humor compartilhado? Um talento tipo costurar, cantar ou aprender idiomas? Alex pensou em sua mãe andando pela rua, radiante de esperança. Mas Alex estava sempre na sombra.

Queria dizer à mãe para ir embora por alguns dias, para ficar com Andrea, mas não podia fazer isso sem deixá-la em pânico. E, se falhasse hoje à noite, nada disso teria importância, de qualquer maneira.

Alex verificou o celular. Nenhuma mensagem de Turner. Ela não ia ligar, não ia arriscar inclinar a balança para o lado errado. O que tinha pedido que ele fizesse não era exatamente criminoso, mas também não era nada honesto, e a veia virtuosa de Turner era muito ampla para o seu gosto.

— Você está planejando o quê, exatamente? — ele perguntara quando ela o encontrara no arsenal na noite anterior.

— Quer mesmo saber?

Ele considerara por um longo momento e depois dissera:

— De jeito nenhum.

Sem dizer mais nada, deitara-se de novo e puxara a coberta sobre a cabeça.

— Mas vai fazer o que eu pedi? — ela insistira. — Vai ligar?

— Vai dormir, Stern — fora tudo o que ele dissera.

Agora ela contemplava o telefone, digitando o número de Tripp pela vigésima vez naquele dia. Não atendia. Quantas mais pessoas morreriam até que aquilo acabasse? Quantos outros corpos teria flutuando em seu rastro?

Alex hesitou, com o telefone na mão. Sua próxima ligação poderia salvá-la ou condená-la literalmente.

Eitan atendeu no primeiro toque.

— Alex! Como vai? Vai ver o Reiter?

Alex manteve os olhos na lua de vidro.

— Estou ligando por educação. Não aguento mais ser sua garota de recados. Vou trabalhar para Linus Reiter.

— Não seja tonta. Reiter não é bom. Ele...

— Não vai conseguir detê-lo. Não existe uma arma sequer no seu arsenal que o pare.

— O que está dizendo é muito sério, Alex.

— Vou contar a ele até o último detalhe de sua organização e dos seus sócios.

— Sua mãe...

— Mira está sob proteção dele.

Ou poderia estar.

— Estou em Nova York. Venha me ver. Conversamos. Fazemos novo acordo.

Alex não tinha dúvidas de que não voltaria daquele encontro.

— Sem mágoas, Eitan.

— Alex, você...

Ela desligou. *Ficou vazio todo o inferno; os demônios estão soltos.*[25] Shakespeare novamente. Uma das strippers do King King Club tinha a citação tatuada acima do osso púbico. Alex estivera sambando para dar conta das ordens de Eitan fazia meses. Era hora de ele ter medo. Era hora de ele vir correndo. Reiter era o demônio que os outros demônios não conseguiam vencer, aquele sobre o qual alertavam uns aos outros.

— Você está tramando alguma coisa, Stern — disse Darlington, enquanto arrumavam as coisas para a corrida do lobo mais tarde naquela noite. — Estou percebendo.

— Só fique de cabeça baixa e não deixe nada tentar me matar.

— Sou eu quem deve pagar o preço — ele a avisou.

— Mas esse preço é do Sandow. Você não foi parar no inferno por ter feito algo ruim.

— Mas fiz.

Alex avaliou o conteúdo da mochila: sal, anéis de prata e uma adaga de prata para garantir.

— Podemos debater isso quando terminarmos. Dawes fará anotações. Podemos encaderná-las e colocá-las na biblioteca da Lethe. *Demonologia de Stern*.

---

25. Shakespeare, William. "A tempestade". Ato I, cena 2. Tradução de Carlos Alberto Nunes. *Teatro completo*. Ediouro, s/d.

— *Demonologia de Arlington*. Você não vai se oferecer bravamente para ficar no inferno em meu lugar?

— Vai se foder.

— Senti saudade, Stern.

— Sentiu?

Ela não queria perguntar, mas as palavras saíram antes que conseguisse impedir.

— Tanto quanto um demônio profano e sem sentimentos humanos poderia ter sentido.

Aquilo quase a fez rir.

Não, Alex não estava disposta a se voluntariar para uma eternidade de angústia. Não tinha as qualidades de uma heroína. Mas não deixaria Darlington lá novamente. *O preço do inferno deve ser pago.* Tudo o que isso significava era que o inferno não era diferente de nenhum outro lugar. Sempre havia um preço e alguém para pagá-lo. E alguém sempre recebia propina.

Quando saíram de Il Bastone para encontrar a delegação da Cabeça do Lobo no Sleeping Giants, ela sentiu uma espécie de alívio, como se o fio que os unia agora tivesse se esticado, como se nenhum demônio ousasse enfrentá-los juntos.

Vou servi-la até o fim dos meus dias. Aquilo tinha sido um sonho ou algum tipo de previsão? Será que Alex, assim como a avó, de alguma forma estivera prevendo o futuro? Mesmo que tivesse, isso não lhe proporcionava uma visão maior do que tudo aquilo significava, ou do que significavam aquelas algemas douradas nos pulsos de Darlington, ou do que significava o conforto perturbador que ela sentia em saber que poderia ligar e ele viria correndo. Um demônio cavalheiro. Uma criatura da qual até os mortos tinham medo.

De New Haven zarpou um navio,
E os ares afiados e algentes
Que enchiam as velas na partida
Pesavam com preces das boas gentes.

"Oh Senhor! Se é teu desejo" –
Assim rezava o velho sacerdote, –
"Enterrar nossos amigos no oceano,
Pois são teus, então os arrebate!"

— *"O navio fantasma"*, Henry Wadsworth Longfellow

Eis minha última entrada como Virgílio. Achei que nunca mais iria querer deixar este ofício, mas, em vez disso, me vejo contando os dias até poder fechar a porta de Il Bastone e nunca mais escurecer a soleira desta casa. Parto com minha fortuna garantida, mas sei que verei o inferno novamente. Como Nownes riria de mim se soubesse a extensão de nossa loucura. Como choraria se soubesse a extensão de nossos crimes. Mas por que escrevo? Esconderei este livro, e nele nossos pecados. Queria apenas acreditar em Deus para que pudesse implorar por Sua misericórdia.

— *Diário dos dias de Lethe de Rudolph Kittscher*
(Jonathan Edwards College, 1933)

42

À uma da manhã, Alex e Darlington estavam de volta ao campus, tremendo de frio, os ouvidos ainda zumbindo dos uivos. Esperaram pelos outros na Mesa das Mulheres. As sombras pareciam muito densas, como se tivessem peso e forma. Ela estava quase desmaiando de fome, e as terríveis possibilidades de tudo o que havia colocado em movimento atormentavam seus pensamentos.

Alex certificou-se de que o celular estava ligado e enviou uma última mensagem para sua mãe só por precaução.

"Amo você. Se cuida."

Absurda, uma mensagem ridícula vinda de uma garota que passara pela vida como se corresse através de uma série de janelas de vidro laminado. Se cortara inteira, depois se remendara, só para começar tudo de novo e de novo.

"Você também, estrelinha." A resposta veio rápida, como se a mãe estivesse esperando. Mas Mira estivera esperando ao lado do telefone havia muito tempo. Por uma ligação do hospital, da polícia, do necrotério.

Alex sabia que eles precisavam começar, mas, quando Dawes conseguiu que entrassem na biblioteca, foi primeiro checar Mercy no pátio.

O ar parecia mais frio perto da bacia, como se realmente tivessem deixado uma porta aberta e uma corrente de ar entrasse. Não havia estrelas visíveis no céu cinzento de novembro, mas Alex se viu absorvendo a sensação do clima, o frio do inverno em sua pele, a luz amarela fraca das janelas da biblioteca, o cinza texturizado da pedra. O inferno fora como um vácuo, morto e vazio, esvaído de toda cor e vida, como se algum demônio tivesse se alimentado tanto do mundo quanto das almas que o habitavam. Se fosse essa sua última vez contemplando algo real, queria se lembrar.

Ela ajudou Mercy a vestir a armadura de sal e elas conversaram sobre o plano. Ainda não sabiam o que poderia estar esperando por eles – neste mundo ou abaixo. Mercy estava armada com palavras de morte, pó de osso e uma espada de sal, mas Alex havia retirado outro item do arsenal. Entregou o frasco para Mercy.

— Eu não abriria...

Mas Mercy já tinha levantado a tampa. Ela engasgou e fechou o frasco rapidamente.

— Alex — ela tossiu —, você só pode estar de brincadeira comigo.

— Não estou, não — hesitou Alex. — Vampiros odeiam cheiros fortes. É daí que vem o mito do alho. Não é tarde demais para desistir.

Ela precisava oferecer essa chance de fuga, em segurança. Mercy havia trilhado aquele caminho sem hesitar, mas será que ela sabia mesmo para onde estava indo com aquele ímpeto tão feliz?

— Certeza que é.

— Nunca é tarde demais para cair fora, Mercy. Confie em mim.

— Eu sei. — Mercy baixou os olhos para a espada em suas mãos. — Mas eu gosto mais dessa vida.

— Mais do que o quê?

— Mais do que a que eu estava vivendo antes. Mais do que uma vida sem magia. Acho que estive esperando a vida inteira pelo momento em que alguém fosse ver algo em mim que não fosse comum.

— Nós todos estivemos. — Alex não conseguiu evitar a amargura na voz. — É assim que eles pegam você.

Os olhos de Mercy brilharam.

— Não se a gente pegar eles antes.

Talvez porque Mercy fosse tão doce, tão esperta, tão gentil, Alex se esquecera de quanto ela havia lutado. Não pôde deixar de pensar em Hellie, no que havia custado a ela cair na órbita de Alex. O que poderia custar a Mercy ser amiga de Alex? Mas era tarde demais para esse cálculo. Ela precisava de Mercy naquele pátio e naquela noite.

— O telefone está ligado — ela disse, entregando o celular. — Deixe ligado.

Mercy deu um aceno rápido.

— Entendi.

— Fique perto da bacia. Não se esqueça do bálsamo. E, se as coisas ficarem feias, fuja. Encontre um quarto na biblioteca para se trancar e fique lá até o amanhecer.

— Entendido. — Agora Mercy hesitou. — Você vai voltar, né?

Alex se obrigou a sorrir.

— De um jeito ou de outro.

★ ★ ★

Assim que o metrônomo foi acionado no pátio, eles esperaram pelo silêncio no Cross Campus. Em seguida, em frente à entrada principal da biblioteca, fizeram seus cortes, cada um no braço esquerdo. Alex olhou para Darlington, que vestia seu casaco escuro, para Dawes, de moletom, e para Turner, em posição de sentido, pronto para a batalha, mesmo que não tivesse certeza de que a guerra poderia ser vencida.

— Certo — disse ela. — Vamos para o inferno.

Um a um, eles mancharam com sangue as colunas de entrada. Alex sentiu uma náusea repentina, como se um gancho tivesse se alojado em seu estômago e a estivesse puxando para a frente, como a força que a arrastara pela cidade descalça até Black Elm. Eles entraram, passando por baixo do escriba egípcio, e por aquela escuridão fria, a porta que não era mais uma porta.

Todos tomaram os mesmos títulos, na mesma ordem. Todos menos Tripp. Alex entrou primeiro como soldado, seguida por Dawes como erudito, depois Turner como sacerdote e, finalmente, Darlington: o príncipe. Alex não pôde deixar de pensar que o título assumiu um significado diferente com ele no papel em vez de Tripp, e isso fez com que se sentisse culpada. Perguntou-se que papel Lionel Reiter teria assumido quando tinha feito a descida, quase um século antes.

Continuaram em fila indiana até a *Alma Mater*, depois na direção dos arcos sob a Árvore do Conhecimento, que mais uma vez marcaram com sangue. Desceram o corredor passando pela porta do soldado, pelo estudante de pedra inconsciente da Morte em seu ombro e entraram no vestíbulo cheio daquelas estranhas janelas que pareciam pertencer a um bar rural.

— Só um homem — murmurou Darlington, e Alex soube que ele estava se recordando de sua luta para lhes fornecer pistas sobre o Corredor, suas artimanhas demoníacas em guerra com sua esperança humana.

Mas viu deleite no rosto dele enquanto passavam pela Sterling, maravilha e perplexidade. Apesar de tudo o que acontecera, ele não conseguia deixar de se emocionar com os segredos escondidos sob a pedra, deixados para que eles descobrissem. Havia algo de reconfortante na maneira como os olhos dele brilhavam, no murmúrio ansioso sobre citações e símbolos. *Ele ainda é o mesmo.* O menino de ouro da Lethe podia não parecer o mesmo para ela, podia ter visto e feito coisas que nenhum homem deveria ter visto e feito, mas ainda era Darlington.

— Aqui — disse Dawes em voz baixa. — Sua porta.

Darlington assentiu, então franziu o cenho.

— Qual o problema? — perguntou Alex.

Ele balançou a cabeça na direção do trabalho em pedra.

— *Lux et Veritas*? Ficaram sem ideias?

Conte com Darlington para ser esnobe ao analisar um portal escondido para o inferno.

Ungiram a pedra com sangue e aquele poço negro apareceu. Um vento gelado despenteou o cabelo escuro de Darlington. Alex queria dizer a ele que não precisava fazer isso, que ficaria tudo bem. Mas algumas mentiras nem mesmo ela conseguia contar.

— Eu... — começou Dawes.

Mas parou gaguejando, uma vela que tremeluzia.

— Vocês conhecem a história do Navio Fantasma? — Darlington perguntou no silêncio. — Na época em que a colônia de New Haven estava indo mal, os habitantes da cidade se reuniram e encheram um navio com seus melhores produtos, amostras de tudo que esse admirável mundo novo tinha a oferecer, e seus principais cidadãos partiram para tentar convencer as pessoas na Inglaterra de que valia a pena investir na colônia e para talvez virem para cá.

— Por que estou com a impressão de que essa história não tem um final feliz? — perguntou Turner.

— Não acho que fabriquem finais felizes em New Haven. O honrado reverendo John Davenport...

— Aquele John Davenport do "esconde os dispersos"? — perguntou Alex.

— O próprio. Ele diz: "Senhor, se é teu desejo enterrar esses nossos Amigos no fundo do Mar, eles são teus, então os salve!".

— Siga em frente e os afogue? — disse Turner. — Um discurso motivacional e tanto.

— O navio nunca chegou à Inglaterra — continuou Darlington. — A colônia toda foi deixada no limbo, sem ideia do que tinha acontecido com seus entes queridos e com toda a riqueza que tinham enfiado no porão. Então, um ano desde o dia que o navio tinha zarpado, uma névoa estranha vem do mar, e os bons cidadãos de New Haven todos vão até o porto, onde veem um navio emergindo das brumas.

Ele parecia Anselm naquele dia à beira do mar, contando a história dos três juízes. Será que Anselm estava imitando Darlington? Ou aquilo só viera naturalmente porque o demônio de Darlington, alimentado de seu sofrimento, falava com a voz dele?

— Eles conseguiram voltar? — perguntou Dawes.

Darlington balançou a cabeça.

— Foi uma ilusão, uma alucinação coletiva. Todos no porto viram o navio fantasma naufragar diante dos olhos. Os mastros quebraram, os homens caíram no mar.

— Balela — disse Turner.

— Está bem documentado — disse Darlington, imperturbável. — E a cidade tomou aquilo como evangelho. Esposas esperando por seus maridos agora eram viúvas, estavam livres para se casar. Testamentos foram lidos, e propriedades foram pagas. Ainda não há explicação para o que aconteceu, mas o significado disso sempre foi claro para mim.

— Ah, é? — disse Turner.

— Sim — disse Alex. — Essa cidade foi fodida desde o começo.

Darlington sorriu de verdade.

— Estarei à espera do sinal.

Foram para a porta ao lado e para o escritório do bibliotecário. Quando Alex olhou para trás, Darlington estava emoldurado pela escuridão, a cabeça baixa como se rezasse.

Turner assumiu seu posto ao lado da porta do relógio de sol.

— Mantenham a cabeça erguida — disse ele, as mesmas palavras que usara na primeira descida. — E não se afoguem.

Alex pensou em Tripp agarrado à amurada do barco, no navio fantasma afundando no fundo do mar. Olhou Turner nos olhos.

— Não se afogue.

Ela seguiu Dawes pela porta secreta para a sala de leitura Linonia e Irmãos.

Aquela parte da biblioteca estava mais silenciosa, e Alex podia ouvir cada barulho de seus sapatos no chão acarpetado.

— Darlington acha que não vai voltar — disse Dawes.

Alex podia sentir os olhos dela em suas costas.

— Não vou deixar isso acontecer.

Elas pararam em frente à entrada original do pátio com o nome de Selin estampado em letras douradas.

— E quanto a você? — perguntou Dawes. — Quem está cuidando de você, Alex?

— Eu vou ficar bem — respondeu Alex, surpresa pela oscilação na voz dela.

Sabia que Dawes não suportaria a ideia de perder Darlington novamente, mas não lhe ocorrera que Dawes se importaria se Alex também voltasse.

— Não vou deixar você lá embaixo — disse Dawes, ferozmente.

Alex dissera a mesma coisa a Darlington. Promessas eram fáceis de serem feitas neste mundo. Então por que não fazer outra?

— Vamos todos voltar — prometeu ela.

Alex bateu com a palma da mão ensanguentada no arco, e Dawes esfregou seu sangue sobre ela. A porta se dissolveu e as letras douradas do nome de Selin se desfizeram, substituídas por aquele alfabeto misterioso.

— Eu... — Dawes olhava para a escrita. — Consigo ler agora.

O erudito. Que conhecimento Dawes trouxera com ela desde a primeira descida? Que novos horrores aprenderia quando trilhassem o caminho para o inferno desta vez?

— O que diz? — Alex perguntou.

Dawes apertou os lábios, o rosto pálido.

— Nada é de graça.

Alex tentou ignorar o tremor que passou por ela com aquelas palavras. Ela as ouvira antes, durante a primeira descida, quando vira a metade demoníaca de Darlington, o torturador em seu elemento.

Alex hesitou.

— Dawes... se isso não acontecer do jeito que planejamos... obrigada por cuidar de mim.

— Tenho bastante certeza de que você quase morreu várias vezes desde que nos conhecemos.

— É o *quase* que conta.

— Eu não gosto disso — disse Dawes, os olhos disparando novamente para aquelas letras douradas. — Parece uma despedida.

Algum dia estive aqui?, Alex se perguntou. Teria morrido ao lado de Hellie? Será que já fora mais do que um fantasma passando por aquele lugar?

— Não se afogue — ela disse, e obrigou-se a caminhar de volta à nave, onde cuidadosamente evitou olhar para o mural *Alma Mater*, depois para a direita, onde o circuito havia começado. Era hora de fechar o ciclo.

Ela estudou a imagem do vitral de Daniel na cova dos leões. Seria ela a mártir da vez? Ou a besta ferida com um espinho na pata? Ou, no fim, só um soldado mesmo. Não conseguiu fazer seu corte sangrar, então cortou o braço novamente e espalhou sangue no vidro. Ele desapareceu, como se a biblioteca estivesse feliz por ser alimentada. Estava contemplando o vazio.

Ela esperou e, no silêncio, Alex teve a impressão de que podia sentir algo correndo na direção deles. Um momento depois, ouviu o zumbido suave do afinador de sopro. Deu o primeiro passo na direção do pátio.

Desta vez estava pronta para a maneira como o prédio balançou, o estremecimento das pedras sob seus pés, o assobio e a bolha de água transbordando da bacia, o fedor de enxofre. Bem à frente, podia ver Turner marchando em sua direção, Dawes à sua direita, Darlington à esquerda.

Eles se encontraram no centro do pátio e Dawes ergueu a mão para que parassem. Mas não apertaram a bacia. Em vez disso, Darlington acenou com a cabeça para Mercy e ela se aproximou, segurando um fuso de prata fino. Pierre, o Tecelão. Ela espetou o dedo na ponta, como uma menina em um conto de fadas, pronta para cair em cem anos de sonho. Em vez disso, a prata rachou, revelando uma massa branca e pegajosa por dentro. Um saco de ovos.

— Já falei pra vocês do quanto odeio aranhas? — perguntou Turner.

Uma perna esbelta saiu do casulo de teia, depois outra, tão pequenas que quase pareciam pelos. Alex ouviu um som suave de fungada, e então Mercy engasgou quando o saco de ovos cedeu, uma onda de pequenas aranhas bebês caindo em cascata sobre suas mãos. Ela gritou e deixou cair o fuso.

— Entrem aí — disse Darlington, agachando-se.

Ele parecia calmo, mas Alex precisou de toda a força de vontade para ficar parada enquanto as aranhas fluíam pelo chão como uma mancha que se espalhava. Darlington colocou a palma da mão na pedra do calçamento e as deixou correr por seus dedos.

— Deixe que elas mordam vocês.

Turner lançou os olhos para o céu e murmurou algo baixinho. Agachou-se e mergulhou a mão, Dawes em seguida, e Alex se forçou a fazer o mesmo.

Queria gritar ao sentir todas aquelas pernas finas sussurrando sobre sua pele. As mordidas não doíam, mas dava pra ver sua pele inchando em alguns lugares.

Felizmente, as aranhas se moveram rapidamente, espalhando-se pelos troncos das árvores, lançando fios de seda no ar, deixando-os balançar ao vento.

Na noite anterior, todos tinham se revezado tecendo com o fuso, o novelo de seda de aranha caindo em uma massa irregular. Não tinha ficado bonito, mas era o ato de tramar que importava, de concentrar-se naquilo, uma única frase repetida várias vezes: *Faça uma armadilha. Faça uma armadilha de tristeza*. No passado, o fuso tinha sido usado para criar carisma e feitiços de amor para unir grupos, torná-los leais, roubar a vontade própria. Aquele era um tipo diferente de vínculo.

Bem acima deles, as aranhas começaram a tecer, aparentemente no ritmo do metrônomo. Era como observar a névoa se formar, um borrão suave e silencioso espalhando-se das calhas e cantos no topo do telhado, até que estavam debaixo de um amplo dossel de seda de aranha, a teia, como geada brilhante, transformando o céu noturno em uma espécie de mosaico. Alex sentia a tristeza irradiando daquilo, como se os fios estivessem pesados dela, fazendo a teia se curvar no centro. Uma sensação de desesperança a tomou.

— Resistam — disse Turner.

Mas ele pressionava as mãos nos lados da cabeça, como se pudesse espremer a infelicidade para fora dela.

Em algum lugar da biblioteca, Alex ouviu vidro quebrando. Mercy desembainhou sua espada de sal.

— Eles estão vindo — disse Dawes. — Eles não...

Ela foi interrompida pelo som de vidro quebrando.

— Não! — gritou Dawes.

— O vitral... — disse Darlington.

Mas os demônios não se importavam. Tinham sido atraídos por um farol de total desesperança, e seu único pensamento era se alimentar.

— Coloquem as mãos na bacia! — gritou Alex. — No três!

Alex viu os demônios correndo na direção deles. Não haveria tempo para últimas palavras ou despedidas afetuosas. Ela fez uma contagem regressiva rápida.

Como um, eles agarraram as bordas da fonte.

43

Alex tinha tentado se preparar para a queda – dedos que a agarravam, sufocavam-na e a arrastavam para baixo, mas dessa vez caiu de costas na água. O mar estava quente ao seu redor e, quando as mãos não vieram, ela se forçou a abrir os olhos. Viu bolhas apressadas e depois os outros – o casaco escuro de Darlington atrás dele, Turner com os braços apertados contra o corpo, o cabelo ruivo de Dawes como uma bandeira de guerra.

Vislumbrou luz à frente e tentou se impulsionar com os pés na direção dela, sentindo que subia. Sua cabeça irrompeu da superfície e ela ofegou em busca de ar. O céu acima era plano e brilhante, aquele tom escuro de nada. À frente, viu uma faixa do que poderia ter sido uma praia. Atrás dela, uma parede de nuvens escuras cobria o horizonte.

Onde estavam os outros? O mar estava quase desagradavelmente quente, e a água cheirava mal, metálica. Estava com medo de afundar a cabeça de novo. Não queria ver algo com escamas e mandíbulas ondulando na sua direção.

Nadou para a praia, os membros movendo-se desprovidos de qualquer elegância. Nunca fora uma nadadora forte, mas a corrente a empurrava para a terra. Foi só quando seus pés tocaram o fundo, quando conseguiu ficar em pé, que olhou de verdade para a água. Tinha manchado sua pele de vermelho. Estivera nadando num mar de sangue.

O estômago de Alex deu um nó. Ela se dobrou e vomitou. Quanto daquilo tinha engolido?

No entanto, quando olhou para baixo, o sangue havia sumido e suas roupas estavam secas. Ela se virou para olhar o horizonte e o mar também havia desaparecido. Estava parada na calçada do lado de fora de seu antigo prédio de apartamentos. Marco Zero. Tinha sacolas plásticas de supermercado nas mãos.

Alex teve aquela sensação horrível de vertigem, a vida real se esvaindo, desmoronando como um sonho – Darlington, Dawes, tudo aquilo. Apenas um devaneio. Sua mente vagava, inventando histórias, mas os detalhes já desapareciam. *Esta* era a vida real. A textura de seixos da escada. A batida do baixo vindo do apartamento de alguém, o estrondo e o tiroteio de *Halo* vindo da casa deles.

Alex não queria voltar para casa. Não queria voltar para casa nunca. Gostava de se demorar no supermercado, navegando pelos corredores limpos com um carrinho dos grandes, mesmo que nunca o enchesse, ouvindo qualquer música horrível que estivesse tocando, com a pele enchendo de espinhas no ar-condicionado. Mas, inevitavelmente, teria de voltar para o estacionamento, o calor saindo do asfalto, e entrar no pequeno Civic apertado se tivesse sorte – se Len tivesse sido um cuzão naquele dia, precisaria esperar pelo ônibus.

Agora ela subia os degraus com seus sacos de Doritos, a carne do almoço e as grandes caixas de cereal que encontrara em promoção, e empurrava a porta da frente. Era melhor quando Hellie vinha com ela, mas Hellie estava de mau humor naquele dia, cansada e rabugenta, dando a Alex respostas monossilábicas, com a cabeça em outro lugar.

Em algum lugar melhor. Hellie viera de uma vida diferente do resto deles. Tinha pais de verdade. Escolas de verdade. Uma casa de verdade, com quintal e piscina. Hellie estava de férias ali. Tinha entrado no trem errado, ido parar em uma terrível viagem de campo, e estava aproveitado tudo ao máximo. Mas Alex entendia que, um dia, acordaria e Hellie teria ido embora. Ficaria de saco cheio. Alex até desejara isso para Hellie em seus dias mais generosos. Mas não era fácil saber que talvez Hellie pensasse que era boa demais para a vida frágil feita de pau-de-balsa que Alex conseguira juntar. Abrigo, comida, maconha, amigos que nem sempre pareciam amigos. Era o melhor que ela podia fazer, mas isso não era verdade para Hellie.

Alex bateu com o quadril na porta e entrou no apartamento, o cheiro de maconha forte, o ar nublado de fumaça. O barulho da TV era avassalador, o som ritmado de tiros incessantes de "Halo", Len, Betcha e Cam gritando uns com os outros no sofá, o pit bull de Betcha, Loki, dormindo aos pés deles. Um saco de Cheetos estava aberto na mesa ao lado de um bong de vidro azul, um saquinho vazio e o cigarro eletrônico de Len. Hellie estava encolhida na grande chaise redonda com a almofada colada com fita adesiva vestindo uma camiseta longa e roupa íntima como se não tivesse se dado ao trabalho de se vestir, apenas rolado para fora da cama. Olhava para a TV com indiferença e nem viu quando Alex começou a descarregar as compras na pequena cozinha.

Alex desempacotava um pote de ragu quando viu a massa de pelo ensanguentada perto das portas de vidro de correr que davam para a sacada. A jarra escorregou de sua mão e se espatifou no linóleo.

— Qual é a porra do seu problema? — disse Len, por cima do barulho do jogo.

Aquilo não podia estar certo. Estava vendo coisas. Estava entendendo errado.

Alex sabia que deveria descer o corredor e verificar a jaula, mas não conseguia fazer as pernas funcionarem. Havia um pedaço de vidro alojado na lateral de seu pé, molho de tomate em seus chinelos. Ela os tirou, limpou o vidro, forçou-se a dar um passo, depois outro, sentiu a elasticidade crespa do tapete sob os pés. Ninguém virou a cabeça quando passou, e ela teve a estranha sensação de que não havia entrado no apartamento.

O corredor estava silencioso. Nunca tinham pendurado arte ou fotos nas paredes, exceto por um pôster do Green Day que tinham colado depois que alguém dera um soco na parede de gesso numa festa.

O quarto deles estava como sempre. O velho suporte de TV surrado que ela enchera de livros de bolso, principalmente ficção científica e fantasia. Anne McCaffrey, Heinlein, Asimov. O colchão de futon no chão, a velha colcha azul e vermelha amassada. Às vezes era ela e Len na cama, às vezes os três, às vezes só ela e Hellie. As últimas eram as melhores vezes. E, no parapeito da janela, a gaiola de Babbit. Estava vazia. A porta estava aberta.

Alex estava com as costas pressionadas contra a parede. Tinha a impressão de que rachara no meio. Ela e Hellie tinham conseguido o coelhinho de orelhas caídas em uma feira de adoção de animais do lado de fora da Ralphs. Tinham mentido no formulário sobre onde moravam, quanto dinheiro ganhavam, tudo. Porque, depois que Alex segurara aquele corpo branco e macio nas mãos, quisera-o mais que tudo. Quando o trouxeram para casa, Len apenas revirara os olhos e dissera:

— Não quero ficar com o cheiro dessa coisa. Não gosto de viver no meio da merda.

Alex ficara tentada a dizer que tinha más notícias para ele, mas estava tão grata por Len não ter tido algum tipo de acesso de raiva que ela e Hellie simplesmente correram pelo corredor e fecharam a porta. Tinham passado o dia inteiro brincando com o coelho. Ele não fazia muita coisa, mas havia algo em estar perto dele, em sentir o batimento cardíaco lento dele nas mãos, saber que aquela coisa viva confiava nela, que fazia Alex se sentir melhor com tudo.

Tinham começado a chamá-lo de Coelho Babbit porque não tinham um nome para ele, então ficara.

— Essa coisa parece uma isca. — Betcha dera risada uma vez.

— É a maneira mais barata de alegrar uma vadia — respondera Len. Ele ficava irritado quando elas falavam sobre o Coelho Babbit ou cantavam para ele. — Melhor do que engravidar uma delas.

Isca.

Alex caminhou de volta pelo corredor. Nada havia mudado. Ninguém havia se movido. Ela havia se tornado um fantasma. A pilha de pele e sangue jazia imóvel no tapete. Era inconfundível agora que se obrigava a olhar, realmente olhar. Um pequeno cadáver. Havia sangue no focinho de Loki.

— O que foi que aconteceu? — ela perguntou.

Ninguém parecia ouvi-la.

— Hellie?

Hellie virou a cabeça lentamente, como se o esforço lhe custasse algo. Ergueu os ombros dourados. Ela sempre parecia um tesouro bronzeado, algo precioso. Inclusive agora, frouxa e com os olhos mortos, a voz monótona quando disse:

— Queríamos ver se ele e Loki iam brincar.

Alex se ajoelhou ao lado do corpinho. Havia sido dilacerado e quase não havia mais nada dentro. O pelo ainda era macio nos lugares onde não estava pegajoso de sangue. Alex adorava acariciar as orelhas dele com o polegar. Estavam mutiladas agora, a cartilagem exposta em linhas fibrosas. O único olho rosa restante olhava para o nada.

— Não vá ser cuzona por causa disso — disse Len. — Foi um acidente.

Betcha pareceu culpado e disse:

— Não achávamos que Loki fosse ficar tão empolgado.

— Ele é um cachorro — disse Alex. — Que porra vocês acharam que ele ia fazer?

— Ele não conseguiu evitar.

— Eu sei — disse Alex. — Eu sabia que ele não ia conseguir.

Ela não culpava Loki.

Alex pegou os restos de Coelho Babbit e foi para a cozinha. Limpou os chinelos e jogou o molho e o copo em um canto.

— Ah, vá — disse Len. — Coelhos são basicamente pragas urbanas. Você está chorando por causa de um rato.

Mas Alex não estava chorando. Ainda não. Não queria chorar ali. Pegou as chaves de Len no balcão sem perguntar. Poderia pagar essa conta mais tarde.

Enfiou o que restava do corpo do coelho em um saco Ziploc e saiu para o Civic. Esperava que Hellie a seguisse. Durante todo o caminho que fez descendo os degraus, atravessando o gramado seco, a calçada, a rua, esperou. Ficou sentada no banco do motorista por um longo tempo, ainda esperando.

Então finalmente girou a chave e dirigiu. Pegou a 405 pelo vale, passou pela Galleria e pelo Castle Park, com suas áreas de prática de rebate de beisebol, subindo a colina. Era como sempre chamavam, "a colina". Alex nem sabia o nome da cordilheira que atravessava, só sabia que era a grande divisória entre o vale San Fernando e o lado oeste. De Mulholland era possível ter uma visão, se olhasse para o oeste, do sonho do oceano, de museus, de mansões. Ou para o leste, para o vale e o prêmio de consolação de dias de poluição e condomínios baratos. O sonho californiano para pessoas que não podiam pagar por Beverly Hills, Bel Air ou Malibu.

Desceu na Skirball e pegou a estrada sinuosa que levava ao cume da Mulholland Drive. Não sabia bem para onde estava indo. Só queria estar em um lugar alto.

Só quando parou em um grande estacionamento ao lado de uma igreja, olhando para a bacia nebulosa da cidade com aquele corpinho envolto em plástico nas mãos, que ela chorou, grandes soluços que ninguém, exceto os carvalhos e os arbustos de chaparral puderam ouvir. Não enterraria Coelho Babbit ali. Temia que algum coiote o desenterrasse e o atacasse pela última vez. Mas precisava estar em um lugar bonito, limpo, onde não esbarrasse em nenhum problema.

Alex não conseguia dar nome ao que sentia. Só sabia que nunca deveria ter trazido Coelho Babbit para casa. Quando Hellie o tinha apontado nas gaiolas, nunca deveria tê-lo pegado, segurado o corpinho dele contra o coração. O coelho deveria ter pertencido a algum garoto que morava em Encino, que teria dado a ele um nome de verdade e o levado para a aula para mostrar e se gabar aos amigos, que teria cuidado dele. Alex tinha roubado da mãe. Tinha mentido, enganado e infringido muitas leis. Mas sabia que trazer Coelho Babbit para casa tinha sido o que havia feito de pior e mais egoísta na vida. Nada de bom poderia pertencer a ela.

Observou o sol se pôr e as luzes se espalharem pelo vale.

— Você poderia ir pra qualquer lugar — ela disse para o ar da noite.

Mas ela não iria. Nunca tinha ido.

Enxugou os olhos, atravessou a rua e enterrou Coelho Babbit no lindo jardim ao lado do portão que pertencia a uma escola particular. Removeu o saco plástico para que o corpo dele pudesse se decompor e alimentar as raízes das sebes de mirtilos-magenta.

Alex pensou em se deitar no meio da Mulholland, bem no meio dos traços brancos que cortavam a estrada como uma espinha. Pensou em alguma mãe voltando para casa com os filhos no banco de trás do carro, o que ela veria nos faróis um momento antes do impacto. Viu-se flutuando sobre a calçada, a grade vazia do estacionamento, o Civic devagar com a porta do lado do motorista ainda aberta. Flutuava sobre o chaparral, a sálvia branca e os carvalhos antigos, sobre as casas construídas na montanha, destemidas em suas palafitas, as piscinas brilhando no crepúsculo, e subiu ainda mais alto quando as luzes diminuíram, um jardim de flores brilhantes arrumadas em seus canteiros.

Quanto tempo ela permanecera lá, livre e longe de seus sentimentos? Em algum momento, o sol começou a nascer, apagando as estrelas em uma onda de luz rosa. Mas ela não conhecia aquela cidade abaixo, não a entendia. Sentiu o cheiro de folhas de outono e de chuva, daquele borrão mineral de concreto molhado. Viu um gramado aberto, com caminhos se cruzando e formando padrões estrelados, três igrejas, suas torres como para-raios em busca de tempestade. A grama era verde, o céu cinza e suave com nuvens; as folhas farfalhavam, vermelhas e douradas, em seus galhos.

Uma brisa suspirava por entre as árvores, trazendo cheiro de maçãs e pão fresco, de qualquer coisa boa que fosse possível desejar. Cada superfície, cada pedra parecia brilhar com uma luz suave.

Viu figuras que se aproximavam dos cantos do gramado – não, do parque. Conhecia aquele lugar. Será que ainda estava sonhando ou já teria acordado? Conhecia aquelas pessoas, vasculhou pelos nomes delas em sua memória. Dawes, Turner, Darlington. Tripp não tinha conseguido. Era culpa dela. Também se lembrava disso.

Conforme se aproximavam, Alex pôde ver que algo havia mudado nas vestes de peregrino deles. Dawes ainda usava as roupas do erudito, mas agora elas brilhavam, douradas como os olhos dos lóris. O manto de penas de Turner era tecido com folhas de carvalho acobreadas. A armadura branca do príncipe combinava melhor com Darlington do que com Tripp, mas agora ele usava um elmo com chifres. E Alex? Ela estendeu os braços. Suas braçadeiras de aço estavam adornadas com serpentes.

Ela sabia para onde deveriam ir. De volta ao pomar. De volta à biblioteca.

Lentamente, desceram a rua que teria sido a Elm, passando por Hopper e Berkeley. O sentimento agora não era mais sinistro, não era mais uma Yale desprovida de beleza. Em vez disso, era como se a universidade tivesse sido pintada por algum pintor de aluguel, uma cena de um globo de neve, uma faculdade dos sonhos. Podia ver as pessoas comendo, conversando e rindo no calor âmbar atrás das janelas grossas dos refeitórios. Sabia que, se decidisse entrar, seria bem-vinda.

A biblioteca não parecia mais uma biblioteca, nem uma catedral, nem um pomar. Erguia-se em brilhantes pináculos prateados, um castelo impossível, um palácio de ar e luz. Ela encontrou os olhos de Darlington. Esses eram os lugares que tinham sido prometidos a eles. A universidade da paz e da abundância. A magia dos contos de fadas que exigia apenas desejos, não sangue ou sacrifício. A Mesa das Mulheres brilhava como um espelho, e Alex viu Mercy nela andando de um lado para o outro.

— Nós estamos... estamos no céu? — sussurrou Dawes.

Turner balançou a cabeça.

— Não me parece o céu que eu conheço.

— Não se esqueçam — avisou Darlington. — Demônios se alimentam de alegria, assim como de dor e tristeza.

As portas do palácio se abriram e uma criatura emergiu. Devia ter dois metros e meio de altura e tinha a cabeça de um coelho branco, mas o corpo de um homem. Entre as orelhas, uma coroa de fogo brilhava vermelha. Estava tão nu quanto Darlington estivera no círculo dourado, mas os símbolos em seu corpo brilhavam avermelhados, como brasas cobertas.

— Anselm — disse Alex.

O coelho riu.

— Me chame pelo meu nome verdadeiro, Caminhante da Roda.

— Cuzão? — Alex se aventurou.

A criatura mudou, e era Anselm novamente, com aparência humana, vestido. Não estava de terno agora, mas com sua melhor roupa casual de fim de semana – jeans, um suéter de caxemira, um relógio caro no pulso, uma imagem da riqueza descontraída. Darlington sem Black Elm. Darlington sem alma.

— Gostei de ver Darlington te matar.

Anselm sorriu.

— Aquele era um corpo mortal. Fraco e impermanente. Não posso ser morto porque não estou vivo. Mas estarei.

Alex viu que havia uma coleira nas mãos dele e que, quando a puxou, três criaturas rastejaram para a frente sobre as mãos e os joelhos. Seus corpos pálidos estavam emaciados, um barulho de ossos mal amarrados pelos tendões. Alex não conseguia dizer se eram humanos, e de repente os detalhes infelizes se encaixaram – um mais velho, carne flácida, cabelo cortado em um corte militar grisalho; outro jovem e frágil, cachos irregulares em alguns lugares, as feições magras assombradas pela memória da beleza; e uma mulher com os seios encolhidos, feridas ao redor da boca, o cabelo louro emaranhado e embolado.

Carmichael, Blake e Hellie. Em volta do pescoço, cada um deles usava uma pala de ouro como a que circundara o pescoço de Darlington ligada a uma corrente de ouro presa por Anselm.

Pareciam muito inofensivos, muito assustados, mas eram demônios do mesmo jeito.

— Que cães deploráveis — disse Anselm. — Vão passar fome até se alimentarem do sofrimento dos mortos. Ou até voltarem pelo portal para perseguirem vocês de novo. Só então vão comer até se fartarem e vão se alimentar dos amigos e companheiros de vocês. Esse é o sonho do demônio. Uma terra de fartura. Eu ficaria feliz em concedê-la a eles.

Fez uma pausa e sorriu, a expressão terna, beatífica, de Jesus em um cartão de aniversário.

— A menos que o preço do inferno seja pago. A alma de Daniel Arlington foi legitimamente reivindicada por este lugar. Ele é um de nós e deve servir aqui pela eternidade.

— Estou disposto — disse Darlington.

— Puta merda, pelo menos tente negociar — disse Turner.

— Não há nada para negociar — disse Dawes. — Ele não pertence a este lugar.

Anselm baixou a cabeça, concordando.

— Isso é verdade. Ele fede a bondade. Mas nem todos vocês fedem.

— Não precisa tentar ser fofo — disse Alex. — Todo mundo sabe que está falando de mim.

Os dentes de Anselm eram brancos e retinhos.

— Você ouviu os corações deles. Viu através dos olhos deles. Estão todos cheios de culpa e vergonha, mas você não, Caminhante da Roda. Seu único arrependimento é pela garota que não conseguiu salvar, não pelos homens que assassinou. Você tem mais remorso no coração por um coelho morto do que por todos aqueles rapazes que espancou até virarem nada.

Era verdade. Alex sabia disso desde o início. Dissera a mesma coisa a Mercy na noite anterior.

— Não — disse Dawes. Cortou o ar com a mão. — Nada disso. Você não pode ficar com Alex. Nem com Darlington. Ninguém fica.

Nada é de graça. Alex sentiu uma dor na garganta. A corajosa Dawes, que só queria sua família inteira. E Alex estava feliz por fazer parte dessa família. Mesmo que não fosse durar muito.

— Você foi muito corajosa — falou Alex. — Mas essa batalha não é sua.

— Você também não pertence a este lugar. Não importa o que isso... essa coisa diz.

— Você está tão certa, *erudito* — disse Anselm. — Mas o Corredor foi construído para trazer a Caminhante da Roda até aqui, um farol sangrento, um sinal de fogo.

Alex manteve o rosto impassível, mas arriscou um olhar para Mercy no reflexo. Do que Anselm estava falando? Seria algum truque novo para atrasá-los, alguma estratégia nova?

— Você lutou para me manter fora do inferno — disse Alex. — Todos nós.

Ele fizera tudo o que podia para impedi-los de descobrir o Corredor e resgatar Darlington.

— Não entendia o que você era, Caminhante da Roda. Ah, entendia seu apelo. Um brinquedo interessante, uma coleção de truques de salão, uma capacidade infinita de dor. Mas eu não enxergava você de verdade. Não conseguia entender como tinha escapado dos meus lobos. Não até você tomar a alma dele dentro de seu corpo.

— Ele está mentindo — disse Dawes.

Turner balançou a cabeça. Ele sempre conseguia saber a diferença, mesmo no submundo.

— Não está.

— Vocês sabem que não são os primeiros peregrinos a andarem por esse caminho — disse Anselm.

Foi nesse momento que Alex entendeu por que o Corredor e aqueles que tinham ousado andar por ele tinham sido apagados dos livros, por que tinham se certificado de que ninguém saberia sobre o portal extraordinário construído nas paredes da biblioteca. Pela primeira vez desde que Darlington havia retornado, Alex sentiu um medo real se aproximando.

— Eles fizeram um pacto, não fizeram? — ela perguntou.

Anselm piscou.

— A única coisa que um demônio ama mais do que um enigma é um bom negócio.

44

Os animais de estimação de Anselm ganiram como se sentissem o prazer dele. A coisa com o rosto abatido de Blake pressionou a cabeça contra a perna do demônio.

— O que isso quer dizer? — exigiu Turner.

Anselm passou os dedos pelo cabelo de Não Blake.

— Os homens de Yale construíram um Corredor e chamaram a jornada que faziam de exploratória. Mas exploração é só uma outra palavra para conquista, e, como acontece com todos os aventureiros, assim que viram as riquezas que poderiam alcançar, não viram motivos para voltar de mãos vazias.

— É Fausto tudo de novo — disse Darlington.

Anselm cantarolou.

— Só que Fausto pagou seus próprios pecados. Seus peregrinos, não. Reivindicaram dinheiro, fama, talento e influência. Para eles mesmos e para as sociedades deles. Mas deixaram a conta para outra pessoa pagar.

Crânio e Ossos. Livro e Serpente. Chave e Pergaminho. Alex pensou em todo o dinheiro que havia passado pelos cofres delas. Os presentes dados à universidade. Tudo comprado à custa do sofrimento de uma geração futura. E a Lethe tinha permitido isso. Eles poderiam ter investigado a proveniência da mesa escondida no porão do Peabody. Poderiam pelo menos ter feito uma campanha para fechar a Manuscrito depois do que acontecera com Mercy, ou ido atrás da Chave e Pergaminho depois do que acontecera com Tara. Mas não tinham feito isso. Era importante demais apaziguar os ex-alunos, manter a magia viva, não importando quem fosse atropelado durante o funcionamento dela.

— Ai, meu Deus — disse Dawes. — Foi por isso que apagaram a viagem. Para esconder o pacto que fizeram.

— O Corredor não era um jogo — disse Darlington. — Não foi um experimento. Foi uma oferenda.

— E uma oferenda muito boa — disse Anselm. — Eles foram embora com riqueza e poder, estoques de conhecimento antigo e boa sorte, e deixaram o Corredor no lugar, marcado com o sangue deles, um farol.

— A Torre — sussurrou Dawes.

— Um farol para quê? — perguntou Turner, o rosto sombrio.

— Para um Caminhante da Roda — disse Darlington, calmamente.

— Eu não tinha entendido, mesmo, o que você era, Galaxy Stern. Não até você passar pelo círculo de proteção em Black Elm. Não até você roubar o que era nosso por direito. Não tínhamos ideia de que a espera seria tão longa por uma de sua espécie.

Agora Alex riu, um som triste.

— Daisy atrapalhou vocês.

Daisy Whitlock era uma Caminhante da Roda e permanecera viva, disfarçada de professora Marguerite Belbalm, consumindo as almas de mulheres jovens. Sua presa preferida era sua própria espécie: Caminhantes da Roda como ela, inexplicavelmente atraídas por New Haven. Atraídas para o Corredor.

— Não fazia diferença que o farol tivesse sido construído — disse Alex. — Porque, toda vez que uma Caminhante da Roda aparecia, Daisy a consumia.

— Mas você não, Galaxy Stern. Você sobreviveu e veio até nós, como estava destinada a fazer. É a *sua* presença no inferno que manterá a porta aberta, e você vai permanecer por aqui. Um assassino nos é devido. O preço do inferno deve ser pago.

— Não — disse Darlington. — A sentença é minha, eu devo cumprir.

— Precisa ser Darlington — disse Turner. — Não vim aqui para fazer um pacto com o diabo, mas, se Alex ficar, ele disse que a porta do inferno continuará aberta. Isso significa demônios indo e vindo, alimentando-se dos vivos em vez dos mortos. Não vamos deixar isso acontecer.

Anselm ainda estava sorrindo.

— Fique — ele disse a Alex. — Fique e seu consorte demoníaco retornará ao reino mortal imaculado. Fique e seus amigos vão embora. Sua mãe será protegida pelos próprios exércitos do inferno.

Ele se virou para os outros.

— Vocês entendem a extensão do meu poder? O que significa receber o favor de um demônio? Tudo o que se deseja será seu. Tudo o que se perde será restaurado.

Alex engoliu uma onda de náusea quando sua visão mudou. Estava sentada à cabeceira da mesa em um jantar, a luz das velas brilhando nos pratos, a música de um violoncelo tocando suavemente sob um murmúrio de conversa. O homem na ponta da mesa ergueu o copo. Os olhos dele brilharam.

— À professora.

Levou um segundo para ela entender que era Darlington sentado ali.

— À estabilidade de emprego — disse a mulher à direita dela, e todos riram. Alex. Estava mais velha, talvez mais sábia. Estava sorrindo.

Pam virou-se e viu seu rosto no espelho. Era ela mesma, mas não exatamente ela, confiante e relaxada, o cabelo ruivo solto nas costas. Tudo estava mais fácil agora. Acordar de manhã, tomar banho, escolher o que vestir, o que fazer a seguir. Ela se movia pelo mundo com graça. Tinha preparado aquela refeição para seus convidados. Havia publicado. Poderia ensinar. Todos os dias seriam como este, uma série de tarefas cumpridas em vez de um ciclo interminável de indecisão. As possibilidades tinham sido impiedosamente podadas, deixando um caminho único e óbvio a seguir.

Ela bebeu profundamente de seu copo. *Tudo está bem.*

★ ★ ★

— Você conseguiu — disse Esau.

Turner passou um braço ao redor do irmão.

— *Nós* conseguimos. E vamos conseguir mais.

Estavam no parque Jocelyn Square encarando uma multidão animada – que torcia por ele, pelos empregos que tinha trazido para a cidade em que todos viviam, pela possibilidade de um futuro diferente.

Ele ergueu o braço acima da cabeça e balançou o punho. A mãe chorava de alegria. O pai estava vivo ao lado dela. Seu povo estava ao seu redor. Ele não era mais o monitor do corredor. Era um herói, um rei, um maldito senador. Tinha autorização para amá-los e receber amor deles de volta. Sua esposa estava à sua esquerda, um sorriso radiante.

Chamou a atenção dele com os olhos, e o olhar que compartilharam disse tudo. Melhor do que ninguém, ela sabia o quanto ele havia trabalhado, o quanto tinham se sacrificado para chegar até aquele momento.

Não havia mais mistérios, nem monstros além daqueles com quem ele precisava almoçar na capital. Iria descansar um pouco. Iriam para Miami ou se dariam ao luxo de fazer uma viagem até o Caribe. Ele compensaria cada momento em que estivera ausente ou distraído atrás desse objetivo.

— Conseguimos — ela sussurrou no ouvido dele.

Ele a puxou para perto de si. *Tudo está bem.*

⋆ ★ ⋆

Darlington estava sentado em seu escritório em Black Elm olhando para os canteiros exuberantes de flores, o labirinto de sebes bem aparado. Como sempre, a casa estava cheia de gente, amigos que vinham visitá-lo, estudiosos que ficavam para usar sua extensa biblioteca ou ministrar seminários. Ouviu risadas flutuando pelos corredores, conversas animadas em algum lugar da cozinha.

Sabia tudo o que queria saber. Só precisava tocar com a mão em um livro para apreender o conteúdo dele. Podia pegar uma xícara de chá e conhecer a história de qualquer pessoa que já a tivesse segurado. Visitara viajantes e místicos em seus leitos de morte, segurara a mão deles, aliviara a dor deles. Vira o escopo daquelas vidas, absorvera o conhecimento através do toque. Os mistérios deste mundo e do próximo lhe tinham sido revelados. Não porque tivesse passado por algum ritual, nem mesmo por um estudo rigoroso do arcano, mas porque a magia estava em seu sangue. Quase perdera as esperanças, abandonara os desejos infantis. Mas o poder secreto estivera lá o tempo todo, só esperando para despertar.

Viu Alex no jardim, um pássaro de asas negras, a noite reunida ao redor dela como uma mortalha de seda salpicada de estrelas. Sua rainha monstruosa. Sua governante gentil. Ele sabia o que ela era agora também.

Voltou para seus escritos.

Tudo está bem.

★ ★ ★

Alex estava do lado de fora de um bangalô recém-pintado – tijolos de adobe branco com detalhes em azul. Sinos de vento pendurados na varanda. Um Buda de pedra era o centro das atenções no jardim, exuberante com lavanda e sálvia. A mãe tomava chá em um sofá-cama cheio de almofadas coloridas. Era a casa dela – uma casa de verdade, não um apartamento solitário com uma varanda que dava para a parede de outro apartamento solitário. Mira levantou-se, espreguiçou-se e entrou, deixando a porta aberta atrás de si. Alex foi atrás dela.

A casa era arrumada, aconchegante; cristais enchiam a cornija da lareira. A mãe enxaguou o copo na pia. Uma batida soou. Uma mulher loira estava parada na porta, um tapete de ioga enrolado pendurado no ombro. Ela parecia familiar, mas Alex não tinha certeza do motivo.

— Está pronta? — a mulher perguntou.

— Quase — disse Mira.

Não podiam vê-la.

— Você se importa se minha filha for com a gente? Ela voltou da escola.

Hellie estava atrás da mulher na porta. Mas não uma Hellie que Alex já tivesse conhecido. Ela parecia corajosa, totalmente confiante, os braços esguios e musculosos, o cabelo brilhante preso em um rabo de cavalo.

— Esse lugar é tão fofo — ela disse, com um sorriso.

Alex observou Hellie e a mãe dela na sala de estar, esperando que Mira se trocasse e pegasse seu tapete de ioga.

— Essa é a filha dela — disse a mãe de Hellie, apontando para a fotografia que Hellie estava olhando.

Era uma foto de Alex em uma jaqueta jeans, encostada em seu velho Corolla, quase sem sorrir.

— Ela é bonita — disse Hellie.

— Não era uma menina muito feliz. Faleceu uns anos atrás. Só tinha dezessete anos. Overdose.

Faleceu.

Havia incenso na frente da foto, uma pena branca com a ponta preta. Outra foto estava em um porta-retratos atrás da foto de Alex. Um jovem com cabelo preto encaracolado que caía sobre o rosto bronzeado. Estava parado na praia, o braço em volta da prancha apoiada ao lado dele. Havia um pingente em seu pescoço, mas Alex não conseguiu identificar o que era.

— Isso é tão triste — disse Hellie. Andou até um baralho de tarô disposto numa mesa de café. — Aah, a Mira lê tarô?

Ela puxou uma carta do topo do baralho e levantou. A Roda.

Pela primeira vez, Alex sentiu algo além de amor e arrependimento brotando dentro de si ao ver Hellie, a Hellie perfeita, com seus olhos de oceano.

— Você não deveria ter deixado eles matarem Coelho Babbit — ela disse. — Eu não teria deixado ele morrer.

Alex observou a Roda girar, acesa com um fogo azul que consumiu primeiro a carta, depois a mão de Hellie, depois Hellie, a mãe dela, o quarto, a casa. O mundo foi engolido pela chama azul. *Tudo está bem.*

Ela estava parada nos degraus da Sterling cercada pelo fogo, e os outros a olhavam com pena nos olhos. Alex enxugou as lágrimas, sentindo um nó no estômago de vergonha. Não sentiu tristeza pela própria morte, apenas alívio por ver o mundo limpo. Sabia que a mãe havia chorado por ela, mas quantas lágrimas mais ela tinha desperdiçado com uma garota viva?

E Hellie? Bem, isso fora o pior de tudo. Se Alex não estivesse com Len naquele dia no calçadão de Venice, talvez Hellie nunca tivesse ido para casa com eles. Talvez ela não tivesse ficado tanto tempo. Teria voltado do inferno e retornado ao mundo dos jogos de *softball*, transcrições da faculdade e ioga no sábado de manhã. Não teria morrido.

— Vou facilitar as coisas para você — disse Anselm, gentilmente. — Ocupe o seu lugar aqui, Galaxy Stern. Viva com esplendor e conforto, nunca deseje nada e veja todos os danos que causou no mundo serem apagados. Todos saem ganhando. Tudo ficará bem.

Isso significaria tornar-se um fantasma?

Darlington segurou o braço dela.

— Isso não é real. É só outro tipo de tortura, viver com algo que não é real.

Ele não estava errado. Ela sabia que o amor de Len não era real. Sabia que a proteção da mãe não era real. Essa consciência consome todos os dias. É como viver numa corda bamba, esperando pelo momento em que a corda vai desaparecer. Era um tipo específico de inferno.

— Posso facilitar as coisas ainda mais — disse Anselm. — Fique ou sua amiga adorável morre.

No brilho da fonte que seria a Mesa das Mulheres, Alex captou um lampejo de movimento.

Ela reconheceu o homem que se aproximava de Mercy no pátio. Eitan Harel.

Como se estivesse a uma grande distância, ela o ouviu perguntar:

— Onde está aquela vagabunda? Tá achando que isso aqui é piada?

Ele a tinha encontrado.

— Ele vai machucá-la — disse Anselm. — E você sabe disso. Mas pode impedi-lo. Não gostaria de salvá-la? Ou ela será só mais uma garota com quem você fracassou? Mais uma vida tirada porque está muito determinada a sobreviver?

Outra Hellie. Outro Tripp.

Alex olhou nos olhos de Dawes e disse:

— Dê um jeito de fechar a porta atrás de mim. Sei que consegue.

Turner deu um passo na frente dela.

— Não posso deixar você fazer isso. Não vou libertar uma enxurrada de demônios que vão se alimentar da nossa tristeza. Eu mato você antes de deixar que condene o nosso mundo por causa de uma garota.

Ele não era um ator muito bom, mas não precisava ser.

— Afaste-se, sacerdote — disse Anselm, com um riso. — A Caminhante da Roda tem a minha proteção. Você não tem autoridade aqui.

Darlington agarrou o braço de Alex.

— Esse era o seu plano? Se entregar? Esse sacrifício não deveria ser seu, Stern.

Alex quase sorriu.

— Acho que isso não é verdade.

A vida dela tinha sido construída sobre mentiras e chances roubadas, uma série de truques, evasões e ilusionismo. Já conhecia a linguagem dos demônios. Tinha sido fluente por toda a vida. Um pouco de magia. Tudo estava lá desde o início.

— Dê um passo para a frente e receba a punição que merece — disse Anselm.

Ele levantou a pala. Era diferente daquela que Darlington fora forçado a usar, incrustado com granadas e ônix preto. Era linda, mas não havia dúvidas a respeito do que significava.

— Alex — disse Darlington. — Não vou deixar que faça isso.

Ela deixou o fogo florescer sobre seu corpo e Darlington puxou a mão para trás, os chifres emergindo.

— Essa decisão não é sua.

— Gostei do nosso jogo — entoou Anselm. — Tem muito mais por vir.

Mas Alex não estava mais prestando tanta atenção. Observava o reflexo na fonte espelhada. Tzvi estava atrás de Eitan. Pegara a espada de sal de Mercy. Eitan tinha uma arma nas mãos.

E Mercy tinha uma garrafa na dela. Estramônio. Ela a atirou em Eitan. A garrafa de óleo quebrou contra ele, e, antes que Eitan pudesse se recuperar, Mercy o empurrou para a bacia.

Alex agarrou a pala de Anselm e saltou em direção à água, enfiando a outra mão sob a superfície dela.

Ela ouviu gritos ao seu redor. Anselm investia contra ela e não estava mais em sua forma humana. Não sabia o que ele era – uma cabra com chifres pontudos, um coelho de olhos vermelhos, uma aranha de pernas peludas. Era todo o horror possível de uma vez só. Mas Dawes, Darlington e Turner se posicionaram ao redor dela.

— Protejam ela — gritou Turner. — Ninguém passa!

A capa emplumada dele agora se parecia menos com uma fantasia do que com asas de verdade, abrindo-se amplamente. Dawes ergueu as mãos e palavras apareceram em seu manto de erudito – símbolos, rabiscos, mil idiomas, talvez todos os idiomas já conhecidos. Os chifres de Darlington brilharam, dourados, e ele desembainhou sua espada. Tinham participado daquele teatrinho para agradar Anselm, mas agora estavam prontos para a defesa.

Alex tinha provocado Eitan dizendo que iria trabalhar para Linus Reiter, que conhecia os segredos dele, que compartilharia todos em troca da proteção do vampiro. Tinha pedido para Turner ligar para Eitan com toda a autoridade do Departamento de Polícia de New Haven para questionar a conexão dele com ela, para deixar claro que ela andava falando, fazendo dela um risco. Alex sabia que Eitan viria lidar com ela pessoalmente. Afinal, ele sabia exatamente como localizá-la. Percebera isso quando ele se aproximara dela do lado de fora do Blue State Coffee. Tinha se certificado de que seu telefone estava ligado e o deixara com Mercy no pátio para que ele pudesse encontrá-la naquela noite.

Agora Alex sentia a alma dele lutando contra ela, escorregadia e gritando, assustada pela primeira vez em muito tempo, lutando para permanecer no reino mortal. Ela pensou no coração de Coelho Babbit batendo contra a palma de sua mão.

Ela atraiu o espírito dele para ela, assim como atraía Cinzentos, assim como atraíra a alma de Darlington para trazê-lo para casa. Ele lutou, mas Alex o segurou. O espírito de Eitan correu para dentro dela. Viu uma cidade de arranha-céus e pedras branqueadas pelo sol, sentiu o gosto de café amargo na língua, ouviu o rugido da 405 no vale abaixo.

Ela o cuspiu.

— Você quer um assassino? — Alex disse quando Eitan emergiu, ofegante, as roupas molhadas, o corpo em chamas com o fogo azul dela. — Então toma.

— Não cabe a você decidir quem arromba as portas do inferno — zombou Anselm. — Você não pode...

— Eu sou a Caminhante da Roda — disse Alex. — Você não tem ideia do que eu posso fazer.

— O que é isso? — exclamou Eitan.

O Chai em seu pescoço se desfez em cinzas.

Alex puxou a pala de ouro por sobre a cabeça dele e observou os fechos de joias se fecharem. Os demônios emaciados amarrados a Anselm gritaram e choramingaram.

— Herege! — sibilava Anselm. — Meretriz!

Foi a vez de Alex rir.

— Já fui chamada de coisa pior na fila da farmácia.

Anselm havia lidado por muito tempo com os rapazes gentis e desajeitados de Yale. Não sabia como reconhecer alguém de sua própria espécie.

— Vão — gritou Alex, mantendo a mão na água.

Um após o outro, eles pularam na fonte, passando por ela para o reino mortal – Dawes, Turner, Darlington por último. Ela era a Caminhante da Roda, o canal. Sentiu todos eles, brilhantes, aterrorizados, furiosos, vivos. Dawes era como os corredores frios e escuros de uma biblioteca; Turner, afiado e brilhante como uma cidade à noite; Darlington, brilhante e triunfante, vibrando com o som de aço contra aço.

— O que é isso? — exclamou Eitan. — Tá tentando foder...

— Agora é a sua vez de levar suas próprias surras — disse Alex. — O preço do inferno deve ser pago.

Ela pulou na água. Mas Anselm agarrou seu braço.

— Você está destinada ao inferno, Galaxy Stern. Você está destinada a mim.

Ele mordeu o pulso dela, e Alex gritou enquanto a dor a atravessava. A chama azul irrompeu sobre ela, sobre ele. Mas ele não queimou.

Você está destinada ao inferno.

Ele bebia dela em grandes goles, as bochechas afundando a cada gole. Ela *sentia* seu próprio sangue sendo puxado para fora, sentia sua força diminuindo.

Você está destinada a mim.

— Certo — engasgou ela. — Então venha comigo.

Ela apertou a própria mão no braço dele.

— Vamos ver como você se sai contra nós no reino mortal.

Estendeu seu poder, atraindo o espírito dele para si. Era como lama, um rio de infelicidade fluindo para dentro dela, uma profunda agonia junto com um prazer obsceno, mas ela não parou.

Alex viu medo nos olhos dele, e foi como uma droga para ela.

— Tudo está bem.

Anselm soltou o pulso dela com um rugido furioso. Ela podia ver seu sangue cobrindo o queixo dele. Alex empurrou o resto do espírito dele para fora de si e mergulhou na água, com medo de sentir o aperto dele em seu tornozelo a qualquer momento, arrastando-a para trás.

Os pulmões dela doíam em busca de ar, mas continuou chutando, continuou nadando, desesperada para ver luz à frente. Ali – uma faísca, depois outra. Subia através de um mar de estrelas. Irrompeu na superfície e respirou o ar frio de uma noite de inverno.

Alex tentou se orientar. Estavam no pátio da Sterling. Tzvi havia sumido – provavelmente afugentado pela visão de Darlington em sua glória demoníaca cheia de chifres – e o corpo de Eitan jazia de bruços na lama. Ela ouviu o tique-taque do metrônomo parar abruptamente.

Algo embaçava sua visão – rajadas de branco. Tinha começado a nevar. Ela contou seus amigos – Mercy, Turner, Dawes e Darlington, seu cavalheiro demoníaco. Seu exército em ruínas, todos encharcados e tremendo, todos sãos e salvos. Acima deles, a teia do Tecelão ainda brilhava, de arquitetura frágil, carregada de gelo e tristeza.

Dunbar arrastou um vagabundo da estação ferroviária ontem à noite, coberto de fuligem, parecendo uma lata de carvão, e vestido com roupas tão sujas que podiam sair andando. Alegou que tinha a Visão. Rudy disse que era perda de tempo e eu estava inclinado a concordar. O homem fedia a gim barato e mostrava todos os sinais de ser um charlatão. Tagarelava sobre longas viagens e grandes riquezas, comum para esses adivinhos. A fala dele estava tão arrastada que eu mal conseguia entender as palavras, até que finalmente Dunbar ficou entediado e nos tirou de nossa infelicidade.

Eu nem iria comentar todo o caso lamentável, só – e anoto isso para que possa rir da minha própria letra tremida de covarde mais tarde – que, quando Dunbar disse a ele que era hora de ir embora e colocou cinco libras no bolso do homem, o vagabundo alegou que ainda não havia dito o que precisava ser dito. Os olhos dele reviraram um pouco – só encenação – e então ele disse:
— Cuidado.
Rudy riu e perguntou, muito naturalmente:
— Cuidado com o que, seu velho farsante?
— Com aqueles que andam entre nós. Gente que bebe de noite, que fala com a lua, todos aqueles que habitam no que é morto e vazio. Melhor ficar de olho neles, rapazes. Melhor trancar as portas quando eles vierem.

Ele não enrolou a língua para falar nesse momento. A voz dele era clara como um sino e ecoou pelo corredor. Arrepiou os pelos dos meus braços, confesso.

Bem, Rudy e Dunbar estavam de saco cheio. Eles o puxaram para fora e o mandaram embora, e Rudy deu-lhe um chute para garantir. Eu me senti mal com isso e pensei que deveria dar a ele mais cinco libras. Sem dúvida, vamos rir de tudo isso amanhã

— *Lionel Reiter, Livro das trivialidades da Crânio e Ossos, 1933*

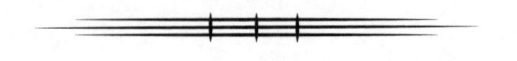

45

Darlington não conseguia assimilar os momentos que tinham se sucedido à descida. Lembrava-se da neve caindo, do peso triste das roupas encharcadas em seu corpo. Estavam todos cansados e abalados, mas não podiam simplesmente se arrastar para casa. Tinham que descartar muitas evidências. Quando entrara na boca da besta infernal, ele era um homem que seguia regras, que acreditava entender o mundo e seu funcionamento. Mas, como não era mais humano, supôs que uma abordagem mais flexível de moralidade era necessária.

Havia livros espalhados pela Sala Linonia e Irmãos. Uma das mesas fora derrubada. Os demônios haviam entrado pelas janelas voltadas para o leste, destruindo, no processo, uma imagem de São Marcos trabalhando em seus evangelhos, e então arrebentado as janelas que davam para o pátio. Não podiam fazer nada a respeito dos danos. Até existia uma magia de restauração que poderiam usar, mas era longa e meticulosa demais. Doía em Darlington deixar a Sterling naquele estado, mas quando a universidade denunciasse o vandalismo, a Lethe ofereceria o uso do cadinho e tudo o mais que encontrassem no arsenal. Por enquanto, só tinham que remover qualquer sinal de atividades sobrenaturais.

Foi fácil devolver as aranhas ao fuso com outra picada no dedo de Mercy, mas a teia acima do pátio ainda pendia, densa de melancolia. Levaram quase uma hora para puxá-la para baixo com uma vassoura que tinham pegado emprestada do armário do zelador e transferi-la para as águas da bacia, onde a observaram se dissolver. Todos choravam incontrolavelmente quando se livraram da maldita coisa.

Deixaram o corpo para o final. Eitan Harel estava deitado de bruços na lama e na neve derretida.

Turner pegou o Dodge e esperou por eles na entrada da rua York. A tempestade que Dawes preparara ainda estava quente o suficiente para controlar as câmeras, mas não havia nada de mágico ou misterioso no ato de colocar um cadáver em um porta-malas. Era um ato frio, feio pela transformação inerente: o corpo se tornava carga. Mercy ficou para trás segurando sua espada de sal como se pudesse se proteger contra a verdade do que tinham feito.

— Você disse que não ia ajudar a limpar nossa bagunça — observou Alex quando o trabalho terminou, e eles se amontoaram no Dodge, úmidos e cansados, o amanhecer ainda a horas de distância.

Turner só deu de ombros e ligou o motor.

— Essa bagunça é minha também.

★ ★ ★

A porta de Il Bastone se abriu antes que chegassem ao topo da escada. As luzes estavam acesas, os velhos radiadores bombeando calor por todos os cômodos. Na cozinha, Dawes havia alinhado garrafas térmicas com restos de avgolemono, que beberam em goles ávidos. Havia pratos de sanduíches de tomate e chá quente temperado com conhaque.

Ficaram no balcão da cozinha, comendo em silêncio, cansados e maltratados demais para conversar. Darlington não pôde deixar de pensar em como a sala de jantar de Il Bastone raramente era usada, em como tinham sido poucas as refeições compartilhadas com Michelle Alameddine ou o reitor Sandow, em como tinham sido poucas as conversas que tivera com o detetive Abel Turner. Tinham deixado a Lethe atrofiar, tinham deixado o segredo e ritual dela torná-los estranhos uns aos outros. Ou talvez fosse assim que a Lethe sempre tivera a intenção de funcionar, desdentada e impotente, desajeitada pelo senso da própria importância, um suborno para a universidade enquanto as sociedades faziam o que bem entendiam.

Por fim, Mercy baixou a caneca e perguntou:

— Acabou?

A garota era corajosa, mas aquela noite tinha sido demais para ela. A magia, os feitiços, os objetos estranhos tinham sido uma espécie de brincadeira. Mas agora ela ajudara a matar um homem, e o peso disso não era fácil de carregar, não importava a justificativa. Darlington sabia disso muito bem.

Alex os avisara de que haveria um momento em que precisaria da defesa deles, em que pediria que lutassem por ela sem questionar. Tinham feito isso porque estavam desesperados e porque, apesar de todos os nobres protestos, nenhum deles queria sofrer por toda a eternidade. Mercy estivera ansiosa para executar aquele plano, vestir sua armadura de sal, enfrentar um monstro muito humano. Talvez se arrependesse disso agora.

Mas não era hora de ser gentil.

— Não acabou — disse ele. — Há mais demônios para matar.

Talvez sempre houvesse.

Alex estava fraca por causa de todo o sangue que perdera, então Dawes aplicou bálsamo no ferimento que Anselm havia deixado em seu pulso e a levou para cima para colocá-la em um banho de leite de cabra no cadinho. Tinham uma espécie de rotina rápida de cuidados que Darlington não entendia muito bem e que o fazia se sentir como uma criança deixada de fora de um jogo. Então iria fazer algo de útil em vez disso.

Foi com Turner de volta para Black Elm.

— Não acredito que vou servir de motorista para um demônio — murmurou Turner ao sair do estacionamento de Il Bastone.

— Meio demônio — corrigiu Darlington.

Os dois não falaram nada por um tempo enquanto Turner dirigia, mas Darlington finalmente perguntou:

— Como foi que Alex fez você concordar com isso?

— Ela veio me ver ontem à noite — disse Turner. — Eu não queria fazer isso. Ela estava me pedindo para usar meu distintivo para armar um assassinato. Então dei uma olhada no registro de Eitan Harel.

— Isso o convenceu?

Ele balançou a cabeça.

— Não. Na verdade, gosto muito do devido processo legal. Mas você conhece Alex... se ela vê uma brecha, se retorce por ela até transformar aquilo numa janela

— Uma descrição adequada.

A gente faz o que precisa fazer. Esse é o único trabalho de um sobrevivente.

— Ela me disse que Eitan era um soldado do mal.

Darlington lançou a Turner um olhar incrédulo.

— Isso não me parece uma coisa que Alex Stern diria.

— Ela estava só me citando. Soldados bonzinhos, soldados do mal. Eu sei que você não vai concordar, mas, no que me diz respeito, isso tudo aconteceu para mantermos o diabo sob controle. Ela ficava me dizendo que era besteira. Até ontem à noite.

— Mas daí?

— Mas daí ela disse: e se eu estiver errada?

Então Darlington riu.

— *Isso* parece uma coisa que Alex Stern diria.

Turner bateu no volante enquanto navegava pelas ruas quase vazias.

— Vou ser sincero com você. Não foi isso, também, que mudou minha cabeça.

Darlington esperou. Não conhecia Turner muito bem, mas era fácil de ver que não era um homem que gostava de ser apressado.

— Fui buscá-la em Darien — Turner continuou finalmente — na noite em que Harel a enviou para enfrentar Linus Reiter. Ela estava... eu já vi Alex trocar socos com um cara com o dobro do tamanho dela. Vi um garoto de fraternidade em busca de vingança quase rachar o crânio dela. Mas nunca tinha visto Alex com tanto medo.

Quando chegaram a Black Elm, Darlington destrancou a porta da cozinha e eles rolaram o corpo de Eitan escada abaixo até o porão. A casa que amava havia se tornado uma tumba. Ele se perguntou o que o avô acharia da carnificina, ou o fato de seu neto ter abandonado aquela nobre pilha de rochas. Por enquanto, pelo menos. Não tinha certeza do que fariam com todos aqueles cadáveres, ou que tipo de enterro devia aos pais. O que significaria se eles simplesmente desaparecessem? E a família de Anselm?

Sumir era fácil demais. Ele mesmo fizera isso. E quem estivera lá para procurá-lo? Dawes e Alex, Turner e Tripp. Que vida poderia construir com o que restava?

Darlington chamou Cosmo, esperando que o gato aparecesse e ele pudesse oferecer algum presente de gratidão, uma homenagem em forma de atum. Mas parecia que precisaria ser paciente. Assim como todos os gatos, Cosmo apareceria só quando quisesse, nem um momento antes.

Turner ajudou Darlington a encostar a porta do porão no batente mais uma vez. Então não havia nada a ser feito senão dar as costas aos mortos

★ ★ ★

Darlington dormiu pela primeira vez desde que fora restaurado a este mundo, pela primeira vez em mais de um ano. Nunca tivera permissão para dormir no inferno, ou para sonhar. *Para os ímpios não há paz* acabou sendo uma proposição muito literal

Sonhou que estava de volta ao inferno, que era um demônio de novo, uma criatura de desejos e nada mais. Ajoelhou-se novamente no trono de Golgarot, mas dessa vez, quando levantou a cabeça, foi Alex quem olhou para ele, o corpo nu banhado em chamas azuis, uma coroa de fogo prateado na testa.

— Vou servi-la até o fim dos dias — prometeu ele.

No sonho, ela riu.

— E me amar também.

Os olhos dela eram negros e cheios de estrelas

★ ★ ★

Ele acordou ao meio-dia, com o corpo dolorido. Preguiçoso e infeliz, tomou banho e vestiu o jeans e o suéter que havia guardado na velha bolsa de couro do avô. Aparentemente não conseguia se aquecer.

— Ressaca do inferno — Alex explicou ao vê-lo.

Ela estava sentada na sala, uma perna dobrada sob o corpo, ainda de moletom da Lethe, um livro de poesia de Hart Crane aberto no colo – lendo para uma das aulas, imaginou. Ficava muito feliz por vê-la ali, relaxada no sofá de veludo, o cabelo preso atrás das orelhas.

— Dawes fez sopa para o café da manhã.

Caseira, claro. A cura perfeita. Ele comeu duas tigelas de changua com coentro fresco, pequenas torradas com ovos pochê flutuando no caldo leitoso. Sua mente estava começando a clarear o suficiente para pensar em outra coisa além de sobrevivência. Imaginava que precisaria refazer a matrícula. A Lethe o ajudaria. Supondo que ainda fosse considerado membro da Lethe.

— Onde está Mercy? — ele perguntou.

Alex manteve os olhos no livro.

— Fui com ela de volta à JE hoje de manhã.

— Ela está bem?

— Queria falar com o pastor dela e almoçar com Lauren. Precisa de um pouco de normalidade.

Infelizmente, o estoque de normalidade estava bem baixo.

Depois do café da manhã, ele foi até o arsenal e passou uma hora vasculhando as gavetas e os armários. Precisavam lidar com os corpos no porão de Black Elm. Pensou em tentar a biblioteca, mas não conseguiu encontrar a frase certa para o *Livro de Albemarle*. "Como se livrar de um corpo. Como descartar os restos mortais de sua mãe." Era tudo muito sombrio. O que realmente precisava saber era como chorar por pessoas que fizera o possível para parar de amar anos atrás. Os pais de Darlington iam e vinham de sua vida como brechas inesperadas nas nuvens, e se tivesse passado os dias esperando por aquelas breves horas de sol, teria murchado e morrido.

Resumidamente, ele considerou o Tayyaara, um "tapete mágico" que realmente poderia levá-lo a qualquer lugar simplesmente abrindo um portal abaixo dele. Mas o destino tinha de ser incluído no desenho, e qualquer um que tivesse habilidade para tais coisas já havia ido embora, então a trama permaneceu inalterada, e o tapete só poderia levá-lo a um lugar: uma catacumba abaixo de Vijayanagar. Por várias centenas de anos, serviu como uma espécie de lixão não oficial para pessoas e objetos indesejados. Ele não sabia se o que sentia por seus pais era dever ou amor ou a lembrança do amor, mas não podia jogá-los em uma velha pilha de lixo.

Alex e Dawes o encontraram sentado no chão do arsenal, cercado por artefatos brilhantes e pedaços de coisas efêmeras, preso. O menino com a pedra na mão, sempre tentando construir algo que há muito se perdera. Elas o ajudaram a colocar tudo de volta em seus devidos lugares e depois foram para Black Elm.

A casa inteira estava começando a cheirar mal. Ou talvez ele apenas soubesse o que os esperava enquanto abriam a porta do porão e olhavam para a escuridão.

— Você... quer dizer alguma coisa? — perguntou Alex.

Ele não tinha certeza.

— Meu avô está aqui?

— Ele está na cozinha com Dawes.

Darlington olhou por cima do ombro, a cozinha vazia a seus olhos, exceto por Dawes segurando uma colher de pau como uma arma.

Golgarot havia oferecido a ele uma vida de revelação, de conhecimento, o invisível tornado visível. Isso nunca aconteceria.

— Você pode falar com ele, sabe? — disse Alex.

— Sei que você gostava do "Réquiem", de Stevenson — disse ele, esperando que o avô estivesse ouvindo, sentindo-se tolo do mesmo jeito. — Mas acho que não serve.

Honestamente, o avô não gostaria de nada disso. Um discurso fúnebre não passava de palavras de morte.

— Vá em frente — ele disse a Alex.

Ela deu um passo escada abaixo, depois outro. Darlington a seguiu. O cheiro era pior ali.

— Já chega — disse ele, e viu os ombros dela caírem de alívio.

As pilhas dos corpos de seus pais eram visíveis agora, os restos que tinham sido Anselm, Eitan Harel caído contra a parede. Como aquela poderia ser a vida dele? A casa dele? O que permitira por falta de habilidade, conhecimento ou coragem?

— Estou impressionado com a grande profundidade do meu fracasso.

Alex olhou para ele de seu lugar na escada.

— Não foi você que permitiu que o demônio entrasse. Foi Sandow. Foram as sociedades. Quando chegou a hora, você ficou entre os vivos e os mortos. "Hoplita, hussardo, dragão", lembra?

— Você tem prestado atenção. Estou tão encantado quanto desanimado.

Não havia nada para ser feito além de terminar o serviço.

Ele colocou a mão no ombro de Alex e acionou o demônio. Foi uma coisa fácil, como flexionar um músculo, como respirar fundo. Sentiu seu corpo mudar, uma onda de força. Todo o medo desapareceu; a dor e a confusão desapareceram. Ele sentiu a curva do ombro de Alex sob a palma da mão. Se fechasse os dedos, suas garras afundariam mais. Ouviria o arquejo dela. Ele se conteve.

A chama azul floresceu sobre o corpo dela. Ela olhou para trás novamente, procurando por um sinal dele. Ele viu a vontade no olhar dela, a maneira como ela suprimia o medo que sentia. *Vou servi-la até o fim dos dias.*

Ele assentiu uma vez e ela ergueu o braço. O fogo azul girou, saindo das mãos dela, um arco em chamas que se tornou um rio, descendo as escadas e indo até os corpos. Estava preparado para falar, usar uma citação de... a mente demoníaca dele não conseguiu. Ele se lembrou de Alex com seu livro de poemas. Hart Crane. Agarrou as palavras.

— "E, se tiram seu sono, às vezes, o devolvem."

Era o melhor que podia fazer. Ele observou os corpos queimarem.

Parte dele queria dizer a Alex para não parar por aí, que queimasse a casa inteira, que os queimasse com ela também. Em vez disso, eles ficaram juntos nas sombras escuras de Black Elm até que não restasse nada além de cinzas e as velhas pedras que poderiam permanecer ali para sempre, mas jamais lamentariam.

46

A Mercedes estava estacionada na garagem de Black Elm.

Por um longo minuto, Alex não conseguiu entender o que estava vendo. Ainda estava na escada do porão, olhando para uma cova lotada. Quando o fogo terminou, as paredes estavam carbonizadas e não havia mais nada – nenhuma caixa ou entulho velho, nenhum corpo, nenhum osso. Uma coisa que queimava assim tão forte deveria tê-los consumido também. Mas aquele não era um incêndio comum.

Quando Darlington falou por seus pais, Alex se perguntou se deveria dizer algo por Eitan. Ela conhecia a oração certa de sua avó. *Zikhrono livrakha.* Que sua memória seja uma bênção. Mas, como diria Darlington, achava que não servia.

— *Mors irrumat omnia* — ela sussurrou para as chamas. Era tudo o que podia oferecer a um homem que estivera disposto a mandá-la para morrer a fim de aumentar um pouco seus lucros.

O carro não deveria estar ali. Parecia recém-lavado, a pintura cor de vinho brilhando na luz do final da tarde. *Reiter.* O coração de Alex tropeçou em um galope.

— Você a tinha deixado em Old Greenwich? — sussurrou Dawes.

— Está de dia — Alex conseguiu dizer. — O sol está brilhando. Como ele a trouxe aqui?

E por que agora? Será que ele os estava observando? Estava no encalço deles?

— Ele tem um parente — disse Darlington. — Talvez mais de um.

Alex se recordou da pessoa andando ao lado de Reiter no pátio do JE, segurando a sombrinha branca dele, mantendo-o em segurança. Observou as árvores, o céu sem nuvens, grata pelo sol ardido de inverno.

— Precisamos ir para algum lugar protegido — disse Dawes. — Nos reagrupar.

Alex não queria nada mais além de fazer exatamente isso. Seu corpo tinha começado a suar frio e ela lutava para respirar. Mas não tinham acabado ainda.

Ela se obrigou a caminhar em direção ao carro.

— Alex, não! — disse Dawes, agarrando o braço dela. — Pode ser uma armadilha.

Alex a afastou.

A porta do motorista estava destrancada, e o interior, impecável. Ele havia deixado as chaves enfiadas no porta-luvas. Elas pesaram na mão de Alex.

— Passe para mim — disse Darlington.

Alex desejou ter coragem para discutir, mas estava com muito medo. Deixou-as cair na palma da mão dele.

Eles se reuniram em volta do porta-malas e Darlington enfiou a chave na fechadura. O porta-malas se abriu com um suspiro. Ele o puxou para cima.

Dawes soltou um grito alto e impotente.

Michelle Alameddine estava deitada de lado, com as mãos sob o queixo, como se tivesse adormecido rezando.

Alex deu um passo para trás. Outra morte para a sua contabilidade. Michelle, que os avisara para não usar o Corredor, que lutara contra a morte para isso.

— Sinto muito — disse ela, ofegante. — Sinto muito, porra.

Ela perdeu o equilíbrio e sentou-se com força no cascalho.

Sinto muito. Dissera a mesma coisa para Mercy quando a deixara nos portões da JE naquela manhã. Mercy estivera ansiosa para lavar o fedor de enxofre da noite, para voltar a vestir seu crochê e veludo cotelê. Não tinha mais mencionado planos de Ação de Graças.

— Você está bem? — perguntara Alex no portão, e, quando Mercy baixara o olhar para suas botas, acrescentara: — Você salvou minha vida ontem à noite.

— Você me resgata. Eu resgato você — dissera Mercy.

Mas não a olhara nos olhos.

Mercy tinha desejado uma aventura, uma chance de ver além do mundo comum. E Alex a transformara em uma assassina.

— Pensei que seria diferente — dissera Mercy, e Alex podia ver que ela lutava contra as lágrimas.

— Sinto muito.

— Mesmo?

— Não — admitira Alex. Tinha precisado de uma saída e a utilizara. — Mas sou grata.

— Obrigada — dissera Mercy enquanto passava pelo portão.

— Por quê?

— Por não ter mentido para mim.

Mercy tinha uma consciência. Acreditava em um Deus justo. Não conseguiria se afastar da morte sem que ela deixasse uma mácula em seu coração. Mas isso não tinha impedido Alex de usá-la. Nunca impedira.

E agora Michelle Alameddine estava morta.

Alex sentiu a mão de Darlington em seu ombro.

— Coloque a cabeça entre os joelhos. Tente respirar.

Alex pressionou as palmas das mãos contra os olhos.

— Eu o trouxe até aqui.

— Reiter já estava aqui — disse Darlington. — Michelle era parente dele.

— O quê? — exclamou Dawes.

Alex olhou para ele.

— Do que está falando?

— Acho que ele a recrutou enquanto ela era estudante. Juntei as peças enquanto lia o *Diário dos dias de Lethe* dela. Provavelmente houve outros antes dela.

— Ela sabia onde estava o Corredor? — perguntou Dawes.

— Não sei — disse Darlington. — Não sei o que ele compartilhou com ela. Reiter sabia sobre as sociedades. Roubou a vida de um Osseiro. Sabia sobre a Lethe. Mas não podia entrar em espaços protegidos, então precisava encontrar alguém para ficar de olho no Corredor.

Alex pensou em Michelle sentada na sala, sempre ao telefone, mantendo-se distante de suas pesquisas, mas nunca se afastando completamente. Lembrou-se do choque de Michelle quando Alex lhe dissera que tinham encontrado o Corredor, a insistência dela para que Alex não o usasse. Estivera alertando Alex ou falando por Reiter? Michelle, que mentira sobre o motivo de estar no campus, que seguira Alex e Mercy para a aula. Michelle, sempre com um cachecol alegre no pescoço, o suéter de gola rulê. Ele estivera se alimentando dela?

— Ela não faria isso — disse Dawes. — Não trabalharia para um demônio.

Mas talvez tivesse trabalhado. Pelo preço certo. Michelle estivera do outro lado quando tentara tirar a própria vida. Dissera claramente a Alex: *Nunca vou voltar.*

Alex compreendia esse tipo de juramento.

— Ele prometeu imortalidade a ela.

— Isso não faz o menor sentido! — Dawes estava quase gritando agora, com lágrimas no rosto. — Ele é um demônio. Ele teria que comer a alma dela. Ele...

— Pammie — disse Darlington gentilmente —, ela queria acreditar que poderia viver para sempre, e foi isso que ele prometeu a ela. Às vezes a história é o que importa.

— Não vamos colocá-la no porão — disse Alex, levantando-se. — Nem enterrá-la.

Ela não enterraria Michelle Alameddine do jeito que Reiter tinha feito com suas outras vítimas. Como ele teria enterrado Alex se ela não tivesse fugido para tão longe, e tão rápido, naquela noite terrível.

Alex se obrigou a andar de volta ao porta-malas, a olhar para o cadáver, para as marcas de furo no pescoço dela, a tatuagem no pulso. Esperava que Michelle tivesse encontrado alguma paz para além do Véu, que a alma dela estivesse segura e íntegra.

— Ele cometeu um erro — disse Alex. Conseguia sentir o próprio medo mudando de forma, ganhando garras e dentes, tornando-se raiva. Uma alquimia bem-vinda. — Se ele fosse esperto, teria mantido Michelle viva para espionar para ele.

— Orgulho — disse Darlington. — Reiter estava muito ansioso para nos machucar, para nos fazer sentir seu poder.

— Astuto, não inteligente — disse Alex, e Dawes assentiu, enxugando as lágrimas dos olhos.

Darlington olhou para o corpo de Michelle.

— Você merecia coisa melhor — disse, em voz baixa.

Assim como Mercy. E Hellie. E Tripp. Assim como o Coelho Babbit e cada outra criatura triste que cometera o engano de cruzar o caminho de Alex. Doía saber que Reiter não se alimentara apenas do sangue de Michelle, mas da dor dela. Ele teria se saciado com seu desespero, sua tristeza, seu desejo por uma vida que nunca acabaria.

Vou castigá-lo, prometeu Alex enquanto deitavam Michelle entre os olmos, enquanto Darlington pronunciava as palavras de um antigo poema sobre seu corpo, enquanto ela chamava o fogo mais uma vez. *Vou machucá-lo do jeito que ele te machucou.*

— "A selva primitiva, ei-la" — recitou Darlington. — "Com verdes cintos, e com barbas de musgo, no crepúsculo indistintos, subsistem a cicuta, e os múrmuros pinheiros, como Druidas d'outr'ora, espalhando agoureiros melancólicos sons..."[26]

Ela ensinaria a Reiter o gosto da dor verdadeira. Era tudo o que podia oferecer àquela garota que mal conhecera. Uma vingança atrasada demais e orações pronunciadas sobre o fogo.

---

26. Longfellow, Henry Wadsworth. *Evangelina*. Tradução de Miguel Street de Arriaga. Edição de David Corazzi, Empreza Horas Romanticas, 1879. Grafia atualizada. (N.T.)

47

Alex precisou de algumas tentativas para se lembrar exatamente de onde ficava o apartamento de Tripp. Turner poderia ter ajudado, mas tinha voltado ao trabalho, tentando discernir, usando sua consciência, o que fazer no caso do homem que tinha sido cúmplice de dois assassinatos sob influência demoníaca.

— Sem mais favores — ele a advertira na última vez que ela o vira em Il Bastone.

— Não são exatamente favores, são? — perguntara Alex enquanto estavam sentados nos degraus da frente no frio, a respiração gerando plumas no ar. A neve havia derretido, um falso começo para o verdadeiro inverno, e o céu acima deles parecia duro e brilhante como esmalte azul, como se fosse possível estender a mão e bater nele. As folhas ainda se agarravam aos galhos em nuvens trêmulas de vermelho e laranja. — Não mais. Você não pode voltar a não retornar mais minhas ligações — disse Alex.

— Por que não?

Porque acho que Mercy pode ter mudado de ideia sobre morar comigo no ano que vem. Porque não me restam muitos amigos, e eu preciso saber que você é um deles.

— Porque agora você faz parte disso. Viu através do Véu, para além dele. Não pode voltar a fingir que não.

Turner pousara os cotovelos nos joelhos, juntara as mãos.

— Não quero fazer parte disso.

— Besteira. Você gosta da luta.

— Talvez. Mas não posso fazer parte da Lethe, daquele mapa da porra, de tudo que este lugar e as sociedades representam.

— Você sabe que é policial, certo?

Ele lançara um olhar para ela.

— Não comece com essa merda, Stern. Sei quem eu sou e quem é meu povo. E você?

Turner estava tentando irritá-la. Não conseguia evitar. Ela era do mesmo jeito, cutucando e espetando, procurando pelo ângulo. Mas nada como algumas viagens ao inferno para colocar as prioridades em ordem.

— Meu povo está bem aqui — dissera ela. — Você. Dawes. Darlington. Mercy, se não a assustei. Vocês são aqueles que lutaram por mim. Aqueles por quem quero lutar. A Lethe não tem nada a ver com isso.

— Não é assim tão simples.

Provavelmente não. Mas ela estivera na cabeça de Turner. Quando chegara o momento de escolher um caminho, ele trilhara o próprio – com uma bala. Isso era algo que Alex entendia.

Turner se levantara e Alex fizera o mesmo. Sem dores e desconfortos graças à magia da Lethe.

— O que você quer no final de tudo isso, Alex? — ele perguntara.

Liberdade. Dinheiro. Uma soneca de uma semana.

— Eu só quero ter permissão para viver. Talvez... talvez eu queira ver todo esse lugar desfeito. Ainda não sei. Mas não dá para as coisas voltarem a ser como antes. Não importa o quanto se queira. Não dá para voltar do inferno sem nenhuma mudança.

— Vamos ver — dissera ele, descendo os degraus.

Parara na passarela e olhara para ela.

— Isso tudo mudou você também, Stern. Você pode até não se importar com o bem e o mal, mas isso não significa que eles não existem. Você roubou um homem do inferno. Venceu um demônio no jogo dele. É melhor pensar no que isso significa.

— E o que significa?

— O diabo agora sabe seu nome, Galaxy Stern.

★ ★ ★

Alex tinha esperado que Turner fosse tentar desaparecer e voltar para a própria vida, para tentar se distanciar da Lethe, mas quando finalmente chegaram à casa de Tripp, lá estava ele, envolto em um sobretudo Armani, encostado no Dodge. Lia um jornal que dobrou cuidadosamente quando viu Alex, Dawes e Darlington.

— Estou surpresa em ver você — murmurou Alex enquanto se dirigiam para o saguão.

— Não tão surpreso quanto eu.

— Acha que ele está vivo? — perguntou Dawes enquanto lotavam o elevador e Turner apertou o botão para o último andar.

— Não — ela admitiu.

Alex queria acreditar que Tripp simplesmente estava com muito medo de voltar para o inferno e que o encontrariam assistindo TV e tomando sorvete, mas realmente não acreditava nisso e eles não iriam correr nenhum risco.

Dawes e Darlington haviam feito novas barreiras de sal sangrento em padrões de nós na entrada do prédio, no elevador e agora na porta da escada. Alex estava com a espada de sal de Mercy. Se o demônio de Tripp ainda estivesse ali, teriam que encontrar uma maneira de contê-lo e destruí-lo. Se tivesse fugido, precisariam encontrar uma maneira de caçá-lo. Mais trabalho, mais problemas, mais inimigos para lutar. Por que isso a animava? Deveria estar passando as noites estudando e escrevendo trabalhos. Se ao menos essas coisas fossem tão naturais para ela quanto a violência.

— Estão sentindo o cheiro? — perguntou Darlington quando se aproximaram da porta de Tripp.

Não havia como confundir, o fedor de algo deixado para apodrecer.

— Isso é novo — disse Turner. Ele pousou a mão na arma.

A porta estava destrancada. Rangeu nas dobradiças quando Alex a abriu gentilmente. O loft tinha uma enorme parede de janelas que havia sido escurecida com cobertores e fita adesiva.

Na penumbra, Alex viu que a cozinha estava cheia de pratos sujos e algumas caixas de pizza velhas. Não havia muitos móveis – uma enorme tela plana com um sistema de jogos, um sofá e uma poltrona reclinável.

Um segundo depois, percebeu que alguém estava na cadeira, encolhido no escuro. Alex levantou a espada de sal, mas a coisa se moveu rapidamente, com a mesma velocidade horrível que tinha visto em Linus Reiter. *Vampiro*. O medo aumentou e começou a sufocá-la. O monstro sibilou e arrancou a espada de suas mãos.

Mas então o vampiro estava no chão. Darlington se elevava sobre ele de chifres para fora, as faixas em seu pescoço e pulsos brilhando. Alex estava em chamas. Turner estava com a arma em punho.

Darlington agarrou a espada de sal e sibilou quando ela queimou sua palma.

— D-D-Darlington? — disse o monstro. — É você, cara?

Darlington hesitou.

Alex puxou um dos cobertores da janela. A coisa guinchou e recuou.

— Tripp?

— Alex! Pessoal, ah Deus, não olhem para mim, estou tão nojento.

Tripp estava com a mesma camisa polo suja e o blazer que usara na primeira descida, um boné da Yale na cabeça. Estava chocantemente pálido, mas, fora isso, parecia ser Tripp. Bem, isso e as presas.

Alex deu um passo para trás, ainda cautelosa.

— É o Tripp? — perguntou Dawes. — Ou é o demônio dele?

Turner manteve a arma levantada.

— Definitivamente não é humano.

— Merda — disse Tripp, tirando o boné e passando a mão pelo cabelo sujo em um gesto que Alex tinha visto inúmeras vezes. — Eu sabia que algo estava errado. Eu não cago... nem sei há quanto tempo. E, toda vez que tento comer, tenho algum tipo de convulsão. E...

Ele olhou para cima, culpado.

— Acho que ele quer beber nosso sangue — disse Dawes.

— Não! — gritou Tripp.

Mas então ele lambeu os lábios.

— Tá, sim. É que... estou com tanta fome.

— Podemos dar a ele alguns ratos ou algo assim? — sugeriu Dawes.

— Eu não vou comer ratos!

Alex olhou para ele.

— Se este é o demônio, o corpo de Tripp deve estar em algum lugar. Ou o que restou dele.

Os olhos de Não Tripp dispararam com culpa para o canto da cozinha, para o que parecia ser uma pilha de pedaços de papel enrolados. Uma casca. Assim como a que tinha visto no porão de Black Elm – a casca do verdadeiro corpo de Tripp Helmuth.

A forma demoníaca de Darlington não havia recuado. Ele ainda estava em alerta máximo, os olhos brilhando em ouro.

— Aquela coisa sugou Tripp até o talo. Aquilo ali foi o que sobrou.

Tripp – ou o demônio – recuou, mostrando as presas.

— Não pude evitar.

— Você é um assassino — disse Turner.

— Somos todos assassinos!

— Eu não vou discutir semântica com um vampiro — rosnou Darlington. — Você sabe o que temos que fazer.

Ele estava certo. Alex tinha se envolvido com um vampiro, e aquilo já fora mais que o suficiente. Mas esse demônio não parecia uma ameaça. Parecia selvagem, fraco e... meio chapado.

Os olhos dela examinaram o apartamento; além da casca do corpo no canto, parecia bagunçado, mas normal – roupa suja no chão, pratos na pia. A única parte do loft que parecia limpa ou bem organizada era a cadeira grande e o *setup* de jogos dele. Fotos da família e dos amigos de Tripp haviam sido organizadas cuidadosamente em torno dele, algumas estatuetas de jogos que ela não reconheceu. Pensou nos vasos e garrafas de licor e buquês de jacintos de Linus Reiter. Todos os vampiros gostavam de fazer ninho?

— Darlington está certo — disse Turner. — Essa coisa é uma ameaça. E nós somos responsáveis pela presença dela aqui. Precisamos derrubá-la. É perigosa.

— Não acho que seja — disse Alex lentamente. — O que você fez na última semana, Tripp?

— Só joguei videogame. Assisti episódios antigos de *Ridiculousness*. Dormi muito.

— O que você tem comido? — perguntou Dawes, a voz tensa.

— Insetos, principalmente. Mas são uma iguaria em alguns países, certo?

— E se não o matarmos? — perguntou Alex.

— Você só pode estar brincando — exclamou Turner. — Ele é uma arma carregada.

— Tá mais pra pistola d'água.

— Pode ser tudo fingimento — rugiu Darlington.

— Posso colocar umas músicas? — perguntou Tripp. — Eu tenho um disco duplo maravilhoso do Red Hot Chili Peppers...

Talvez *devessem* matá-lo.

— Ele é... — Ela não diria *inofensivo*. — Ele é o Tripp. Talvez ele tenha puxado a personalidade, junto com a força vital.

Darlington balançou a cabeça com os chifres.

— Ou é tudo fingimento e ele está considerando matar todos nós.

— Você está? — perguntou Dawes.

Tripp se encolheu.

— Um pouquinho?

Mas uma ideia havia surgido na mente de Alex.

— Tripp, convoque sua ave marinha.

Tripp lambeu os nós dos dedos, e um albatroz prateado surgiu atrás dele, circulando a sala, com um grito brilhante e penetrante.

— Ainda está aí — maravilhou-se Dawes. — Como pode?

O pássaro mergulhou direto na direção de Darlington. Alex deslizou na frente dele, arrastando a língua sobre o pulso e deixando as serpentes saírem.

Por um momento, as cascavéis e o albatroz pareceram se enfrentar, e então recuaram.

— O espírito de sal de Tripp fez o que deveria fazer — disse Alex. — Tentou proteger a vida dele e, quando não conseguiu, ficou com ele. Protegeu a alma dele.

Darlington ainda não parecia convencido.

— Olha — disse Alex —, fomos nós que fizemos isso com ele. Nós o levamos para o inferno. Nós o colocamos em perigo. Ele é nossa responsabilidade. Sem ele, nunca teríamos recuperado você.

— Não disse que ele fez isso por dinheiro?

— Bem — disse Tripp —, não queria mencionar isso, mas meu aluguel é…

— Isso não é hora, Tripp.

— Alex está certa — disse Dawes. — Ele… ainda é ele. E pode ser útil se formos atrás de Linus Reiter. Podemos encontrar uma maneira de colocá-lo sob algum tipo de proibição se estivermos preocupados que ele vá… aprontar.

Depois de Michelle, depois de Anselm, depois dos pais de Darlington, eles precisavam disso, uma pequena vitória para sair daquele pesadelo.

Darlington ergueu as mãos, as garras recuando, e era um jovem bonito em um casaco de lã fina mais uma vez. Alex sentiu as próprias chamas recuarem. Os poderes deles estavam conectados agora. Unidos pelo fogo do inferno.

Turner guardou sua arma.

— Se ele matar alguém, a culpa não é minha.

Darlington apontou um dedo para Dawes.

— Você ficou mole.

Dawes sorriu.

— Vamos — ela disse para Tripp. — Vamos levá-lo para Il Bastone e vou ver o que posso encontrar para alimentá-lo.

— Ah, cara, obrigado. Obrigado.

— Mas você vai ter que mudar isso aí — disse Alex.

— Claro. Sei que não tenho sido o membro mais responsável da equipe, mas acredito no crescimento transformador...

— De roupa, Tripp. Você vai ter que mudar de roupa.

— Merda, cara! Mas é claro. O que foi que eu disse? Você está certa, Alex. — Ele levantou a mão para cumprimentá-la com um soquinho. — É que eu quero muito comer você.

Alex bateu os nós dos dedos nos dele.

— Eu sei, parceiro.

Ele desapareceu no banheiro com uma velocidade perturbadora e voltou com uma bermuda limpa e uma camisa de flanela.

Enquanto caminhavam para a noite que caía, Alex sentiu-se extremamente esperançosa. Eitan estava morto. Anselm fora banido. Encontrariam uma maneira de desfazer os encantamentos do Corredor para que ninguém jamais fosse capaz de usá-lo novamente.

As igrejas no parque brilhavam como estrelas em sua própria constelação, e os sinos da Harkness começaram a tocar. A melodia era doce e familiar, embora seu cérebro não conseguisse localizá-la.

Vem comigo. Vem comigo.

Medo, duro como pedra, alojou-se em sua garganta.

Deixe eu te levar pela mão. Até o homem. Até o homem. Que é o líder da banda.

Alex olhou para a Harkness. Enquanto observava, uma forma escura se destacou na pedra do alto da torre. Abriu as asas, uma sombra negra contra o crepúsculo que se aproximava, os olhos vermelhos brilhando.

— Ai, Deus — gemeu Tripp.

— É o Reiter? — disse Dawes com a voz rouca.

— Acho que não — respondeu Darlington. — Ele não pode sair da forma humana.

Turner estava olhando para a Harkness, para aqueles olhos olhando para eles.

— O que mais poderia ser?

— Um demônio. Um monstro sob o comando dele.

— Não — disse Dawes. — Não pode ser. Nós prendemos aqueles demônios no inferno. Fechamos a porta.

É sua presença no inferno que vai manter a porta aberta. A ferida no pulso de Alex latejava.

— Ele a sangrou — disse Darlington.

Golgarot. Ele não tinha tentado matar Alex ou mesmo mantê-la no inferno quando a mordera.

— Ele usou meu sangue para abrir a porta.

A coisa empoleirada no topo da Harkness lançou-se noite adentro.

— Temos que rastreá-lo — disse Dawes. — Capturá-lo ou...

— Aquela coisa é a primeira — disse Darlington. — Mas não será a última. Precisamos encontrar uma maneira de fechar a porta para sempre, selar o Corredor antes que os demônios descubram como mantê-lo aberto.

— Seria assim tão ruim? — perguntou Tripp, inocente.

— Demônios se alimentando de seres vivos? — retrucou Turner. — O inferno na Terra? Sim, Tripp. Seria ruim.

Alex observou a criatura voando em círculos lá em cima. Estava cansada de ser usada pela Lethe e por homens como Eitan.

— Você não vai nos caçar — disse ela para a coisa no céu, para Linus Reiter, Golgarot e para cada coisa faminta que poderia os estar caçando. — Não vai me usar para fazer isso.

Ela encarou Turner.

— Encontre Mercy. Avise isso para ela. Certifique-se de que ela está segura. Dawes, leve Tripp para Il Bastone... e não deixe que ele coma você.

— Alex — advertiu Dawes, com preocupação na voz. — O que vai fazer?

— A única coisa em que sou boa.

Alex saiu pelo gramado, desafiando o monstro acima a segui-la. Sacou a espada de sal e convocou seu fogo infernal, deixando-o florescer sobre o próprio corpo. Se Reiter quisesse um alvo, ela lhe daria um.

Darlington já andava ao lado dela, acompanhando seu passo, os chifres brilhando, um rosnado baixo retumbando no peito.

Um pouco de magia. Talento para apanhar. Um demônio ao seu lado. Isso era tudo que ela tinha, mas talvez fosse tudo de que precisava.

— Vamos, Darlington — disse Alex. — Vamos mandar ele para o inferno.

Agradecimentos

Obrigada por mais uma vez fazer a descida comigo. Como em *Nona casa*, quase todos os prédios e as estruturas deste livro são reais e podem ser encontrados no mapa de New Haven – exceto Black Elm, que foi inspirada em algumas das casas na área de Westville. Sweetwell também é imaginada, mas não recomendo passear por Old Greenwich em busca de uma casa semelhante. Pelo menos não à noite.

Cada inscrição e peça de decoração descrita em Yale, New Haven, e na Biblioteca Memorial Sterling é real, incluindo a porta secreta do Bibliotecário da Universidade. Tomei uma pequena liberdade com o quadrado mágico de Dürer, que fica a poucos metros da entrada de Daniel e a cova dos leões no Pátio Selin, em vez de diretamente acima dela. (James, eu estava me referindo à Bodleian, mas, se tivesse de escolher uma biblioteca para uma prisão, a Sterling seria uma ótima ideia.) A coleção de águas de lago no porão do Museu Peabody também é real (embora eu tenha certeza de que foi embalada com segurança durante a reforma). O mapa de ametista não é real, mas preciso fazer a observação de que muitos alunos e professores de Yale eram donos de pessoas escravizadas, incluindo Jonathan Edwards – o pregador de fogo e enxofre que deu nome à residência universitária de Alex. Para saber mais sobre a relação da Ivy League com a escravidão, considere a leitura de *Ebony and Ivy: Race, Slavery, and the Troubled History of America's Universities*, de Craig Steven Wilder, e a pesquisa do Grupo de Pesquisa Yale e Escravidão (https://yaleandslavery.yale.edu).

Gostaria de agradecer especialmente a Camila Zorrilla Tessler, cuja ajuda para acessar e desvendar os mistérios da Sterling foi inestimável. Obrigada por responder às minhas perguntas mais estranhas e por compartilhar suas muitas ideias sobre Yale e a biblioteca. Agradeço também a Tina Lu e Suzette Courtmanche, da residência Pauli Murray, que me receberam em minha visita de pesquisa mais recente ao campus; e agradeço a David Heiser, do Museu Peabody, que teve a gentileza de fazer comigo um tour por uma pequena fração da coleção extraordinária do museu durante minha primeira visita. Agradeço novamente a Michael Morand, Mark Branch, Claire Zalla e à brilhante Jenny Chavira, que me ajudou a contatar tantas pessoas e a obter recursos maravilhosos. D, obrigada por compartilhar suas experiências em ambos os lados da lei.

Muitos livros contribuíram para o mundo de *Nona casa* e *Para o inferno*, mas gostaria de destacar especificamente *Visions of Heaven & Hell Before Dante*, editado por Eileen Gardiner; *Yale: A History*, de Brooks Mather Kelley; *Yale in New Haven: Architecture and Urbanism*, de Vincent Scully; (como sempre) *Yale University: An Architectural Tour*, de Patrick Pinnell; *Model City Blues: Urban Space and Organized Resistance in New Haven*, de Mandi Isaacs Jackson; *The Plan for New Haven*, de Frederick Law Olmsted e Cass Gilbert; *The Great Escape of Edward Whalley and William Goffe*, de Christopher Pagliuco; *The Public Artscape of New Haven: Themes in the Creation of a City Image*, de Laura A. Macaluso; e *The Streets of New Haven: The Origin of Their Names*, de Doris B. Townshend. Se ainda estiver em cartaz, recomendo a fantástica exposição do Museu New Haven sobre a Fábrica de Relógios de New Haven. Se não estiver, ouvi dizer que Gorman Bechard está trabalhando em um documentário.

Na Flatiron, gostaria de agradecer a Bob Miller, Kukuwa Ashun e minha editora, Megan Lynch, que abordaram este romance com engenhosidade e cuidado. Agradeço também às minhas geniais equipes de marketing e publicidade: Nancy Trypuc, Katherine Turro, Maris Tasaka, Erin Gordon, Marlena Bittner, Amelia Possanza e Cat Kenney; Donna Noetzel, Keith Hayes e Kelly Gatesman, que fizeram este livro ser tão bonito; e Emily Walters, Morgan Mitchell, Lena Shekhter e Elizabeth Hubbard na produção. Sou eternamente grata a Jenn Gonzalez, Malati Chavali, Louis Grilli, Kristen Bonanno, Patricia Doherty, Brad Wood e a todos da equipe de vendas da Macmillan por apoiar minhas histórias.

Na New Leaf, muito obrigada a Veronica Grijalva; Victoria Hendersen; Jenniea Carter; Emily Berge-Thielmann; Abigail Donoghue; Hilary Pecheone; Meredith Barnes; Joe Volpe; Katherine Curtis; Pouya Shahbazian, que me ajudou a caminhar pelo vale tenebroso do desenvolvimento; Jordan Hill, que é uma leitora fantástica, estrategista e co-conspiradora; e, claro, Joanna Volpe, que tem sido minha defensora por mais de dez anos e que de alguma forma enxerga um caminho na tempestade quando estou prestes a naufragar o navio.

Muito obrigada a David Petersen e Justin Mansfield pela ajuda com o latim e o árabe, Sarah Mesle por me apresentar ao restaurante Shell and Bones *[no livro, Concha e Ossos]*, Amie Kaufman por sua experiência em velejar e sua ajuda para moldar a história de Tripp, minhas colegas de faculdade Hedwig, Emily, Leslie e Nima por compartilharem suas memórias comigo, e aos meus generosos e sábios parceiros de crítica Daniel José Older, Holly Black, Kelly Link e Sarah Rees Brennan, por sua criatividade, inteligência e bom humor. Obrigada a Melissa Rogal por ser uma diplomata e general, Peter Grassl por fazer as contas e apagar muitos incêndios, e Morgan Fahey por sempre apresentar arcanos de qualidade. Jeff, obrigada por ser um parceiro de conspiração tão divertido. Adrienne, obrigada por oferecer coquetéis, bondade e sabedoria quando mais preciso. Alex, obrigada por me emprestar sua mente maravilhosa em termos de redação e marketing. Sooz, obrigada por sua ajuda em tudo, desde o resumo na orelha até meu cérebro de estímulos estranhos. Obrigada também a Noah Eaker, que primeiro se arriscou com Alex e sua jornada.

Chris, Sam, Ryan e Em, obrigada por me fazerem rir. Mãe, obrigada por me criar com poesia e bom senso. E, obrigada por construir um lugar de conforto, facilidade e beleza comigo. Estou tão feliz por estar em casa com você. Fred, *todos saúdam Ball*.

Como sempre, um agradecimento final a Ludovico Einaudi, cuja música me guia em cada rascunho.

Para o inferno é a sequência eletrizante de *Nona casa*, estreia de Leigh Bardugo no gênero adulto

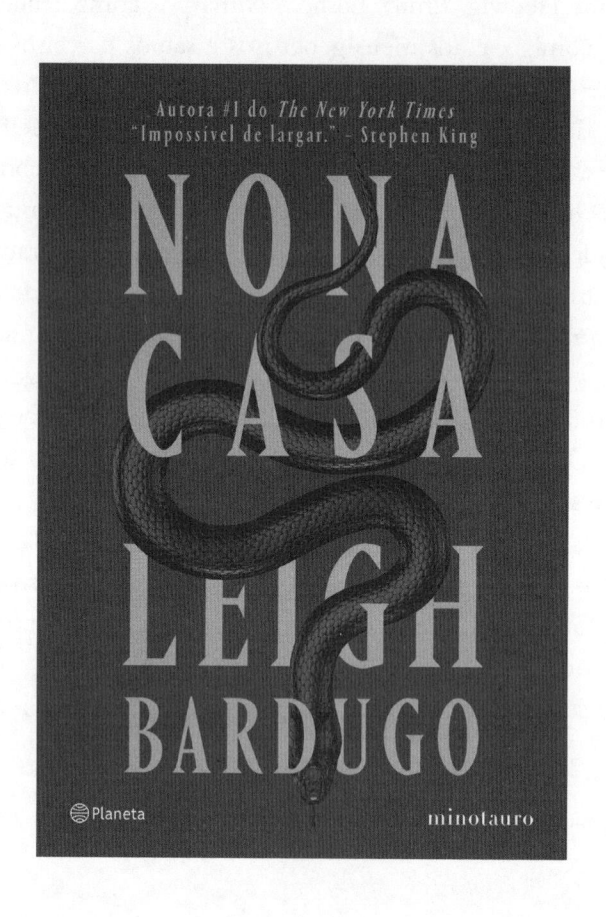

A fascinante estreia adulta de Leigh Bardugo: uma história de poder, privilégio, magia negra e assassinato, ambientada na elite da Ivy League.

Criada nos arredores de Los Angeles por sua mãe hippie, Galaxy "Alex" Stern abandonou a escola cedo e se envolveu no perigoso submundo das drogas, entre namorados traficantes e empregos fracassados. Além de tudo isso, aos vinte anos ela é a única sobrevivente de um massacre terrível, para o qual a polícia ainda não encontrou qualquer explicação. Alguns podem dizer que Alex jogou sua vida fora. No entanto, a garota acaba recebendo uma proposta inusitada: frequentar Yale, uma das universidades de maior prestígio do mundo... e com uma bolsa integral. Alex é a caloura mais improvável de uma instituição como essa. Por que logo ela?

Ainda em busca de respostas, Alex chega a New Haven encarregada por seus misteriosos benfeitores de monitorar as atividades das sociedades secretas de Yale. Suas oito tumbas sem janelas são os locais mais frequentados pelos ricos e poderosos, desde políticos de alto escalão até os maiores magnatas de Wall Street. Alex descobrirá que as suas atividades ocultas nesses lugares são mais sinistras e extraordinárias do que qualquer imaginação paranoica poderia conceber. Eles mexem com magia negra. Eles ressuscitam os mortos. E, às vezes, eles atormentam os vivos.

Editora Planeta
Brasil | **20 ANOS**

Acreditamos nos livros

Este livro foi composto em Dante MT Std, ITC Novarese STD e
Adobe Jenson Pro e impresso pela Geográfica para
a Editora Planeta do Brasil em setembro de 2023.